骆宾基全集

难忘的往事

骆宾基

著

山西出版传媒集团　山西人民出版社

图书在版编目（CIP）数据

难忘的往事/骆宾基著．—太原：山西人民出版社，2022.6

（骆宾基全集）

ISBN 978-7-203-12157-2

Ⅰ．①难… Ⅱ．①骆… Ⅲ．①杂文集—中国—当代 Ⅳ．① I267.1

中国版本图书馆 CIP 数据核字（2022）第 034747 号

难忘的往事

著　　者：骆宾基
责任编辑：高　雷
复　　审：武　静
终　　审：姚　军
装帧设计：张镆尹

出 版 者：山西出版传媒集团·山西人民出版社
地　　址：太原市建设南路 21 号
邮　　编：030012
发行营销：0351 - 4922220　4955996　4956039　4922127（传真）
天猫官网：https://sxrmcbs.tmall.com　电话：0351 - 4922159
E — mail：sxskcb@163.com　发行部
　　　　　sxskcb@126.com　总编室
网　　址：www.sxskcb.com

经 销 者：山西出版传媒集团·山西人民出版社
承 印 厂：山西出版传媒集团·山西新华印业有限公司

开　　本：720mm×1020mm　1/16
印　　张：43.5
字　　数：630 千字
版　　次：2022 年 6 月　第 1 版
印　　次：2022 年 6 月　第 1 次印刷
书　　号：ISBN 978-7-203-12157-2
定　　价：178.00 元

如有印装质量问题请与本社联系调换

目录

- 001 / 戏台下的风波
- 006 / 夜与昼
- 009 / 诗人的忧郁
- 014 / 播种者
- 017 / 纪念孙中山先生逝世十五周年
- 020 / 关于宪政
  ——由知与行、认识与实践上说起
- 023 / 欧洲和远东
- 027 / 七十五届议会后敌国国民将怎样生活
- 030 / 纪犀牛岭
- 035 / 鸡鸣与狗吠
- 041 / 乡居小记
  ——在广西两江
- 045 / 答读者
- 049 / 孤　独
- 052 / 读诗小记
- 063 / 三月书简
- 076 / 新诗和诗人
- 084 / 幸运的人们
  ——桂渝旅途小记

087 / 大风暴中的人物
　　　　——评丁玲著《我在霞村的时候》

095 / 忘　却
　　　　——读《发疯》之后

097 / 论感伤

098 / 发表欲小论

099 / 答友问
　　　　——关于写作种种

100 / 祝　福

101 / 给C君

102 / 文学与人生

105 / "新春噩梦"之外的话

107 / 虐杀者与战士

110 / 我欢呼，我怀念，我又担心呀！

113 / 纪念鲁迅，加强学习

115 / 读诗小论
　　　　——兼评田间著《抗战诗抄》

120 / 纪念高尔基，学习高尔基
　　　　——在山东大学召开的纪念高尔基逝世十四周年大会上的讲话

125 / 八月一日记事
　　　　羽衣

127 / 国庆大典观礼记

130 / 有理由自豪，但并不满足
　　　　——评王安友著《李二嫂改嫁》

135　/ 我们带回来的是什么?
　　　　　——慰问十九兵团归来

138　/ 英雄气概与生产艺术家

142　/ 纪念民盟先烈的几句话

146　/ 略谈契诃夫

150　/ 以往和未来

152　/ 从王府井大街所见而想起的
　　　　　——关于"写真实"问题

158　/ 十年,奔驰了百年的路

166　/ 响应号召,持续跃进

168　/ 争取做红色文艺工作者

171　/ 富饶迷人的黑河

176　/ 航行在黑龙江上
　　　　　——大兴安岭散记之一

180　/ "东北"号江轮上
　　　　　——大兴安岭散记之二

183　/ "燕子峡"外
　　　　　——大兴安岭散记之三

188　/ 高举毛泽东旗帜前进
　　　　　——关于《在延安文艺座谈会上的讲话》

192　/ 东北的冬天

196　/ 我们如处春天
　　　　　——听《祝辞》之后在中国文学艺术工作者第四次
　　　　　代表大会的一个小组会上的发言

204　/ 写在孔厥著《灯塔》出版之前

206　/ 初到哈尔滨的时候

213 / 《初春集》编后语(一九八〇年秋)

218 / 悼茅公

219 / 风姿飘逸似崖松
　　　——悼茅盾先生

220 / 悼念茅盾先生

223 / 复宫尾正树先生的信

231 / 与茅盾先生第一次见面的前后

237 / 多读、多看、多写
　　　——答《编创之友》编者问

239 / 庐山行之一
　　　——仙人洞外

239 / 庐山行之二
　　　——盘山道上

240 / 关于作者的话
　　　——柳溪长篇《功与罪》代序

243 / 悼冯雪峰同志

249 / 我的创作历程
　　　——为了悼念雪峰、荃麟和彭康等同志

274 / 我在嵊县抗日救亡活动片段

279 / 六十自述

293 / 由戈悟觉的作品而想到的
　　　——《记者和他们的故事》序

298 / 初访"神坛"(第一夜)
　　　——回忆乡居的冯雪峰同志

337 / 关于刘岘木刻画展的几句话

339	/ 关于抗战时期的作品评论问题
	——致秦兆基同志书稿
344	/ 生活是文学艺术之源
349	/ 纪念郭沫若 师承其创新精神
355	/ 一曲优美的赞歌
	——《"修氏理论"和它的女主人》读后
357	/ 珲春小志
367	/ 一九三九年冬去绍兴
378	/ 一九四〇年初春的回忆
393	/ "工农兵"的概念要更新
396	/ 两个时期的农民朋友
	——为了纪念建国三十五周年
403	/ 怀念胡风先生
407	/ 谈"挂历"
409	/ 瞭望时代的窗口
	——读《经济和人》
416	/ 八六年书怀
	——纪念金剑啸殉国五十周年
417	/ 难忘的往事
421	/ 关于《老女仆》在日本
	——致赖丹同志书稿
423	/ 答香港作家彦火问
	——摘自彦火著《中国现代作家风貌》续篇
428	/ 抗战初期到浙东
	（回忆提纲）

445 / 总攻击令
　　　　史纽斯

448 / 关于《海军大将》

450 / 纪念高尔基

455 / 关于我和鲁迅先生的两次通信
　　　　——答复旦大学《鲁迅日记》注释组

457 / 关于我的笔名
　　　　——答上海文学研究所及广西八步师专等同志问

459 / 政治与文学
　　　　——《中国现代作家作品在日本》代序

464 / 文艺理论的危机
　　　　——也谈"方法论"

468 / 冯雪峰和他的朋友们

484 / 《泰山诗联集墨》小序

486 / 抗日战争爆发那一天
　　　　——纪念抗战爆发五十周年

495 / 《大洋彼岸的龙雾》读后随笔

498 / 又是一年春草绿
　　　　——忆秦似怀绀弩

511 / 往事堪回首
　　　　——为纪念韩侍桁先生而想起来的

570 / 《瞭望时代的窗口》自序

573 / 纪念老舍先生的几句话

577 / "的士"与"巴士"
　　　　——谈谈出租汽车

580 / 希望寄托在这一代

583 / 白各庄小记
——北京郊区纪实

587 / 题外有关的话
——在厦门大学丁玲创作讨论会上的致辞

595 / 关于环境

597 / 七星岩下怀故人

601 / 悼念丁玲同志

604 / "七次量衣一次裁"
——致《井旁琐记》作者信

610 / "窦店纪行"附记
——关于《八十年代中国农业一座里程碑》的话

616 / 纪念巴人同志
——在宁波巴人学术讨论会上的书面致辞

618 / 许行著《第四片枫叶》序

622 / 《李起超小说集》序

627 / 回忆诗人伍禾
——读诗集《行列》有感

630 / 我的启蒙老师和他的私塾
——珲春县人物小志

634 / 父子情
——珲春县人物小志

639 / 传记文学随想

641 / 丁卯之秋

642 / 点点滴滴　记忆犹新
——为了悼念萧军先生

647 / 相隔十八年的两次会面
　　　　　——《点点滴滴　记忆犹新》之二

657 / "电视"漫笔

659 /《美的殉道者吕荧传》代序
　　　　　——《美学家——吕荧之死》及附语

665 / 三十年代左翼女作家葛琴
　　　　　——香港版《葛琴选集》后序

669 / 为了继承和发扬
　　　　　——"左联"六十年纪念语

675 /《艺窗琐记》序

679 / 关于"围棋"的话

684 /《骆宾基》自序

戏台下的风波

煤气灯一片亮光覆映下，照着观众们稠密的嘴脸，肩膀靠近肩膀，胸脯压着脊背，无数的鼻梁随着脖子在扭动。锣鼓的急凑激动着每个人的心脏，就是摆小摊的阿七，也鼓舞起精神，高叫："老刀牌二十七个铜板！小金鼠……"

偶尔戏台后的角落里会响出巨吼："去四！免三！二煞全门！"接着是赌客们的吵嚷与咒诅。这淆杂音响像雷鸣似的，压低了阿七的呼叫，冲破了锣鸣凝成的堡垒。

一个身穿缺了纽扣的旧灰制服青年，满面镇静而严肃地走进来，有些人和他扬手打招呼。向观众环顾一眼，他不言不语走向戏台对面的大殿。

"我们正等你，福新。"身材瘦瘦的小学教师杨光宇迎面走来，"你看，戏这样长久演下去，我们的夜校就得关门了。"

被叫福新的青年，鼻子哼了声，挠挠短发，在靠近黑板的木凳上坐下，望望这空洞教室，一个学生影子都不见，整排书桌冷冷清清的，教师台上一盏煤油灯，寂寞地燃着。蚊虫在光圈里飞扑。

"福新哥，你想个办法，把他们赶出去……"保长的儿子钱生高声说着。一阵手提锣疾响掩覆了他的话声。钱生竞赛似的嘴巴贴了福新的肩头暴叫："你只要出个主意，有我来动手，他妈的。"

"福新哥，我们开个会，商量商量。他们是诚心诚意来捣蛋，想破坏我们的夜校。"光头顶的汉子，手掌在福新的眼前摆来舞去，抽空偏过头贴了杨光宇的耳边低声说，"听传言汉奸在杭州开了个秘密会议呢，万一我们这村子……"

急雷般鼓响,像蜂蜡似的灌塞满小学教师杨光宇的耳朵,他只见秃头汉子的嘴唇启动,仿佛无声影片上的人物。

歪头望去,戏台上一个穿长肥褂的老太婆,嘴里念着什么,持杖背身走去。密层层的人群仰脸望向空台。朴素打扮的农妇,坐在大殿台阶上,抽暇拍了拍睡在前怀的孩子。

锣鸣鼓响的声浪,已经减低,人声沸腾中,只有幽婉悦耳的胡琴单调地响。

"没有什么别的妙法,除了详细解释,不怕厌烦地解释在抗战时期,这种歌舞升平现象是怎样一种罪过,我们不能来强制。"福新的响朗语言继续下去,"我们在这测验器里检查一下我们的工作,群众们……总之我们没有打下坚固的基础,没有完全把握住群众们的意识。"

"你是说还找机会上台演讲去解释吗?"杨光宇瞪起囚蛙似的眼睛,"我可不挨骂了,这是挨骂的事情,并且今天有打的风声。"

院落透来一阵骚动的呼唤,教师台上的煤油灯起了不安的闪烁,福新抬起脸来。

四老板的彪形身材,在人丛中出现了。酒后的脸红作一团,头微微点动着,答谢观众们彼谦此让而闪的空隙。短小精悍的"义勇壮丁"提来了条长凳。

"来了,副乡长来了。"秃头顶映出灯光一闪一闪的,他低呼着。

"福新哥你上台讲一讲救国的道理,给他们听听,看四老板怎么样。"钱生坐在一个较高的台子口,叠起两膝说,"让他们搬出去唱,我们这里要读夜书。"

突然乡公所刘事务员闯进门来,匆忙地。

"借条凳子,借条凳子,对不起!对不起!"顺手提了一只,又匆忙地走去。

"写写今天的壁报。"福新低头掀起制服,从小褂兜里掏出油印简报,"消息不错,津浦路敌人的计划整个将要失败了,台儿庄收复时歼灭万把敌人。"

显然是台儿庄对于人们是陌生的名字,他们没有感到什么。

抖了抖身子,纷纷站起来。钱生懒懒地挺了挺腰。

舞台换了个场面,娇声娇气的花旦,正向台下伸出食指发媚地唱着。灿烂鲜丽的装束,在四老板眼前闪射。间或向他投一俏眼。

"福新,我们的事情……你等一些工夫上台解释吗?"杨光宇用一把生锈的短把刀裁着白纸,"我们的夜校不能再延迟下去了。"

"不听我们的话,势逼得不能不打出去了,这是公众祠堂不是姓……"钱生望了望门外四老板背影,"他妈妈的。"

福新手持了教师台上的煤油灯,移向木质熏黑的香案。

"我讲也可以,你们负责把壁报写起来。"拍了拍秃头顶那家伙的肩膀,跨出门去。

夜间胡琴音调出色的清爽,花旦娇媚地抿嘴微笑,且对戴相公帽的小生装着含羞的眉眼,趁空又瞟了下满面红光的四老板。

福新挪过眼睛,在烛火迷离、暗影耸动的赌摊前站住。

"统统下上……这一注不赢……他娘的,"刘事务员抓了抓汗水淋漓的眉毛,大声疾呼,"三……三三……除三不来,免二,去幺,凶够木。"

"净手!净手!"戴眼镜的局主聚精会神地把住"宝盒"。空气立即紧张,所有的人都瞪眼注视"宝盒"上战抖的手掌。

霎时,赌客们有的转身挤出去,有的在算眼前赔的钱。钞票混同银角,诱惑着周围的人群,但刘事务员可不声不响擦了擦汗,转过了身子。

"都输了,输了个精光……"向福新摇摆下头,搬起木凳来。

台前透来爆豆似的小牛皮鼓响声。

"真是出乎意料呢!"福新说,"你竟也弄起这个劳什子。"

"不过玩玩罢了。"一面擦着汗。

"对于我们村子这次演戏,你有什么意见没有?"

"无所谓……无所谓。"

"乡长的意思呢?"福新瞅着他那疲劳的眼睛。

"乡长也并不……也是无所谓。"刘事务员像苍蝇摆脱蛛网似的点了点头,"我还有事……对不起……"

走进观众们的圈子里,刘事务员挨近四老板粗壮身子坐下,揉揉眼,向戏台扫了眼。

花旦迈着轻捷娇小的步子,在小生挟持下入场了。

"这小浪种……嘻……嘻。"四老板深深透了口气,一偏脸,望见刘事务员,"你到啥地方去咯!……你告诉台主……我点出戏,《梅龙镇》好不好,嗳,就是《梅龙镇》吧!"

刘事务员会意地笑了笑。

"喂!刚才下场这花旦必须扮李凤姐这个角色。"最后,四老板还叮嘱了句,燃起支香烟来。

周遭静下去,只有阿七"老刀牌二十七个铜板……"的单调叫卖声。

台上空了场,煤气灯响着,鼓架旁一个长衫汉子,调整胡琴弦,细妙音韵时断时续飘来。

四老板吐出口烟,静静思索而两眼无神地望向舞台,门帘缝隙间,似乎露出花旦一双俊俏的凤眼。

猛抬头,雪亮的煤气灯下,福新的身影出现了,血立即涨满四老板的脸,酒燃烧着激动的胸脯,火星在眼前迸射。

"拖下来!"四老板指台上高叫,"他总想捣我的蛋……拖下来!"

"打呀……打呀!"

"谁敢打——他妈妈的。"钱生挤在人群里,东顾西望地说。

"拖下来……"

"打打……打……"

"谁……哪个说的?"

"不要吵,不要吵。"福新脸色苍白,嘴唇战栗着,平伸出两手,"你们知道我想说什么?很简单,不干涉你们作乐,可是民众夜校的男女学生听着,我报告个好消息,千万弟兄在台儿庄流着鲜血,将那残垣染上了光荣……克服了,完全克服了!我们今晚要到教室里开庆祝会,这里有时事报告……就是为了这个事。"

人群里翻起了浪花,四老板仓促挤出去。

"……今晚谁不到就开除。"为了加强口气,福新临下台又坚决地喘吁着补充一句,"全体不到,全体开除,因为他失去了血性,不是中国的子孙。"

人们吵着,拥挤,议论,稠密的嘴脸闪动,眉眼晃动,大量鼻梁在时闪时隐。

福新脸上流满豆大汗珠,脸色还是苍白,眉毛蹙成摺纹,眼睛顶撞着凝集到他身上的许多有力的眼光。

"福新哥,"阿七拦腰截住仰脸说,"帮帮忙,你若扰散了戏……真是我这几天都是随着戏喝点水的,往香烟里混两升米吃……若是散了……福新哥……"

像烈阳下的冰岩,群众逐渐融化了。大殿里吸进一批批农夫与农妇,而后门吐出一批批老太婆伴同窜动的孩子。随了骚动的来往穿梭的肩膀,一只有力的手掌从阿七身后抓来,福新在群众里消逝了。黑影里,阿七窥出"义勇壮丁"一张神秘的脸。……

第二天清早,村庄里的人再看到福新时,他那右手已经包缠起纱布,而带有浓紫血迹的嘴唇,嚙了糨糊刷子。左手放下人们熟习的那只小圆筒,面朝粉壁墙,撕扯起红绿圈画的纸张来,在贴壁报。

"管台儿庄做什么,钱生念念杭州的消息吧,日本鬼子过了江了没有?"人群里有谁说。

夜与昼

站在航行于夜的甬江上游的哈纳轮甲板上,环顾着苍暗的波涛和远方幽深的密竹丛,心神随了广展的夜空,觉得宽恕而轻松了。凉爽的秋风,吹散了终日跋涉的疲劳,我仰脸望着天空的繁星,辨认着"大熊座"与"织女"……睁着宁静的眼睛,逐渐被带到无止境的遐想里了。

大地如同铺上无边际的黑毡,隙缝之间错综地交映着电灯,仿佛静悬着在半空里。

"定海到了,客人自己当心行李!下船时人多手杂。"茶房嘶哑的喊声,从统舱间透出来。

几个水手在黑阴里,开始搬弄绳索,偶尔传来爆豆般嬉笑。旅客有的跑上船面张望去了,指手画脚地。一个肚子胖得圆桶似的商人把肩膀靠近了我,说:

"从海门带来的橘子,不纳入口税吧?!先生!"

"当然。"我简捷了当地答复这四十多旅客里仅有的攀谈的对手。

"要是一定要检查,那就很麻烦。中国人办事净往小处着眼,对自己人也这样仔细。"

"你不是到府上了么?今晚能舒适地睡一觉。"我故意撇开这样说。

"越是熟人,越检查得厉害。这帮警察……真是老话说:'阎王好见,小鬼难过。'"

船近岸时,夜的肃穆被撕裂成碎片。统舱、房舱、甬道、楼梯口……每个角落都吐出——黑压压人群,紊乱地挤挨着,响亮地嚣叫着。带扁担的挑夫,像潜水艇似的沉浮在人丛间。

"船马上开上海啦!有行李下去的交把我呵!"斜着身子往人隙

里钻的矮个子这么地嚷。

如果旅客携带的提箧等类,那就诱来一团的骚扰与咒骂。圆桶肚子的商人,气喘喘地将大藤箧交给一个光头汉。

一阵隆隆声响过,人群蜂拥地登岸去了。同时,码头上的另一群庞大的人流,像冲溃防堤的山洪样突破警察的防阻线,冲向船来。

"啥个事……"我尽力支持着向后倒的身子问。

"到上海……福生抓牢侬的提箱……快……"年轻的陌生者已过去了。

"下船客人走完,你们再上去!"接着是拍拍的藤棍抽打什么的响声。

我逆着人流,挺身冲了一下,只挤到电光刺目的饭馆门口被阻住了。炉火熊熊的锅灶,放着热烘烘蒸汽,并带来一股香喷喷的牛排骨味。

"谁?"一声高叫,警察跳了过来。

"这家伙,硬推硬挤。"立在身边的胖商人说。

于是肩上荷着重皮箱的汉子,为了离开那摆动到眼前来的藤棍远些,不得不挨到我的身边来了。

"你们到上海能出口吗?"我瞟着汉子的刮得净光的下巴问。

"为什么?你说壮丁吗?马马虎虎的,这都是快到太阳下山年纪的人……"没说完,见警察影子一逝,他立即背起皮箱冲上前去。

"中国人事事都马虎,就这样马虎得失去一半土地。哪有入口不检查的。"商人挺着桶形肚子微微喘吁道。

不愿让耳朵沾染这家伙吐出来的,那带脂肪味的语言,我掉过头聚精会神巡望着流过的人群。乡妇和啼哭的孩子可像稻田间野草那样稀少。

这一晚我睁着不安的眼睛,直到半夜。

当我踏进上虞境界时,正是冬初的一个有太阳的早晨。寒雀敏捷地在丛林间伸展着薄薄的翅子,野雉吐噜吐噜地高啼着。多么新鲜的江南的冬野呀!麦苗一片片地散满了原野。

我提了不重的布包，顺着麦田间的草径，缓慢地走着。

瞬间，迎面闪出一群有着雄壮魄力的队伍，这使我的心里感到有如教徒伏在基督脚下那样景慕之情，我恭谨地笔直地立在路旁。

队伍像铁锁链式地拖长，除了肩上崭齐的枪支和臂间"浙江省嵊诸新游击队"臂章一色无二外，相同的还有每个人都洋溢着一脸的朝气。然而他们的服装杂乱得可不顺眼：蓝布大褂、藏青色工装、酱紫粗布短袄、黑布制服、灰而脏的外套……真如旧衣铺陈列窗式的叫人炫目。

瞅了我尖尖的一眼，那穿对襟小褂的家伙，肩上扛着自动步枪，两只铁脚搭在左肩，枪筒警戒似的朝着高空。

等到过去了六十七挺轻机关枪，队伍的粗尾巴才现出来了，那是一辆辆两人抬的竹椅轿。像要发掘某种奥秘似的，我探头窥望着它。当中的一辆远远走来，一个朴实的少妇，大半身露出帘外，手榴弹像链样挂满她的前胸。等抬到眼前，吓！驳壳枪口正向我展着小圆嘴，从布帘隙缝间露出来。

轿没停下，然而轿边却走来了没带步枪的高个子的服务兵。

"瞅什么？"许是看到我的徽章，这小家伙又改了口气，"同志！到哪里去的？"

"到前面一个村子，你们呢？同志。"

"到前线打日本鬼子去，今夜就得摸过江。"这小家伙抽出手枪，装模作样地大摇大摆向轿子追去。

"再见呵！"我给了他一个热烈而真挚的临别招呼。

立在路边默默望着，挑零碎什物的伙夫的背影，不知过去了多久，我才想起自己曾经从他身上得到些快慰的对手——那圆肚商人是早在定海就分了手，并且前面还有廿多里的路程等着我走呢！

想到定海，我不禁默祷着："愿前夜所见的会在白昼的光辉下消逝溶化！"

耸了耸肩，打着口哨，我又提起了不重的布包。

诗人的忧郁

天气阴沉，灰云在头上飘卷，气息潮湿而闷窒。

入伍那天的兴奋，早已在投笔从戎的诗人叶绿菊的周身消逝，心胸塞满了烦恼。

春花秋月何时了，
往事知多少。
小楼昨夜又东风，
故国不堪回首月明中……

低诵着词句。孤零零地背倚了一株法国梧桐，眼睛向远空凝视，一只鸿雁在飞。

落叶凋零，一片片飘下来。诗人叶绿菊摸了摸浓厚的长发，坐在残草上，叹了口气。

"孤独哟！"两只白而柔的手，撮起了下颌，沉思什么。

短装灰色军衣，在他瘦长身材上失去了润泽似的。只有丰密柔发，给他些微安慰。诗人叶绿菊不时抚摸着它，手掌从前额缓慢地沿耳挪移向脑后。眼光迷惘无力地垂视散满地皮的枯叶，感喟情绪在脑际动荡着。

"故国不堪回首……"诗人叶绿菊像吃橄榄样重复咀嚼末尾的词意，燃起一支香烟，漫意地喷吐出婀娜的圈纹。

"噹噹……"传来警钟洪亮的声波。

诗人叶绿菊立起身子，走向队伍暂驻的基督教堂，见到门岗的影子,掷掉了烟尾。

"成班纵队集合。"少尉排长胸脯笔挺,发下了命令。

诗人叶绿菊暮气沉沉地夹杂在兵群间,不声不响。一层无形丝网束缚着他的身子。

点名开始了,薄薄册子不住翻卷,少尉排长用铅笔画着什么。

"叶绿菊。"

"有。"他像触电似的咬牙微答,左脚并没移动,仍然作着稍息的姿势。

"大声点,要精神……叶绿菊。"

"有。"保持着尊严,傲慢地重复了句。

少尉排长瞥了他一眼,继续点过去。之后,开始训话了,斩钉截铁的音调,随同挥舞的拳头,也引不起诗人叶绿菊的兴味。相反,他感到厌烦、俗气,眼瞅向瓦屋顶直立的十字架,旁边有鸽子群在骚动。

"报告!叶同志字笔漂亮,壁报由他负责……"粗眉大眼的三班班长说。

诗人叶绿菊迟疑了下,瞅瞅班长的扫帚眉,那黧黑颧骨和横肉,像鲁智深呢!多么俗气呀!

"……叶绿菊!听到没有?"是少尉刺耳的音调。

"……听到了……"

"解散!"

零乱的脚步响起来,配合着士兵们的喧笑和杂谈。每一张脸都具有朴实而欣悦的神情,在诗人叶绿菊脸前,摇来摆去。一个笑音爽朗的家伙,嘴里闪耀着金牙光泽。另一个矮小身材的,追逐起眇了一只眼的汉子。

"老叶!"这称呼带来了"侮辱",诗人叶绿菊闭着唇,忍气吞声地扭回头,一只粗厚手掌拍过来,他侧歪一下肩膀。

"你得教我作诗,壁报上你作诗了没有?"又是三班班长的啰唆。

"……作诗不是容易的，得有天才……"诗人叶绿菊摸了下头发，迎面看了看，啊！一脸横肉。

"……壁报……"

"我是来搜集材料，脑子不集中呀！壁报还是你编……"转过身子，走到操场角落上。

鸽子在头上，自由飞舞。兵们在竞赛跳高，跨过标杆架，人群中响起一阵欢呼，落在草地寻食的灰鸽，又惊起飞开。

"我也来一个……"三班班长从诗人叶绿菊身边跑过，疾驰而去。

"躲开，躲开。"一手拿了红毛衣的家伙高喊，两眼聚精会神地凝视飞跑者的脚步，弯勾下腰。

"好哇！……"响起一片轰鸣。

"再来一回，班长。"谁在高叫。

"闪开，闪开，……"牙齿有金色光亮的家伙，跑来。后面矮小身材的和眇了一只眼的汉子，争抢起飞跑者掷下的军帽。

"孤独哟！"诗人叶绿菊吸了口香烟，满怀无聊而惆怅的心情走回来。

"叶绿菊头发该剃短一点，那么长，多难看。"少尉回脸说一声，一边答着门岗举手礼，迈着捷健脚步走出去。

"神气。"吐出浓烟，诗人朝空打了个懒嚏。

开饭了，人们杂乱拥向厨房，三班班长从身后跑来，光秃头顶冒着蒸汽，满脸横肉，现出红光，汗水在滴。

"老叶，无论如何你得给壁报作首诗。"三班班长一手挥着军帽，一手拍了下诗人叶绿菊的肩膀。

"……妙……"

"……哈……哈……"

"不文雅的怪东西。"诗人叶绿菊落在他身后，说了句。

饭后，院里卷起一阵风，秋叶纷纷飘荡，浓云也翻滚起笨重的身子。远处传来雁鸣,诱惑着人们的乡感。

诗人叶绿菊孤立院心,在搜求诗句,不时喷吐出香烟烟雾,偶尔会举手摸下柔发。

"孤独哟!"仰脸朝天,吐了口闷气。

"老叶!作好了诗没有?"湖南土音极重的眇目汉子问。

"我脑子不集中呀!"

"最妙能写冲锋的诗。吓!马嘶人喊,那才有味道呢!"

"呔!"诗人叶绿菊走开去。

后面有人追来了,又是三班班长。粗肉纵横的脸上,现着"愚蠢"的表情。

"我作了一首诗,老叶!"他忸怩不安地说,"我念给你听听,题目是'防空'——

"日本飞机天上转,

"就要掷下五百磅炸弹;

"老百姓,不要慌,兄弟们,不要看,

"伏在地上四下散。"

"……好……"诗人叶绿菊敷衍了句,昂头走向操场。

"……你看,同志!最好给改改,我……嘻嘻……我弄不来呢!"班长撕缠着。

"我的脑子不集中呀!晚上再……"一眼不瞅,边走边漫意喷着香烟。

操场上见不到一个人影,秋虫低吟,交组成一片无形的琴弦,颤动的音韵激动着诗人叶绿菊的心胸。

"多么寂寞呀!"摸了摸头发,巡视四围一周,像一片荒凉沙漠中的旅客似的,怀着孤寂而怅惘的心情,坐下来。

春花秋月何时了？

往事知多少。

小楼昨夜又东风，

故国不堪回首……

　　两手捧起下颌，诗人叶绿菊又在低诵了。

　　远处飘过一阵激心动魄的雁鸣，门前十字架在暮色苍茫中，静静地模糊下去，诗人依然呆坐着。

　　"孤独哟！"这个诗人又顺手摸了下长发。

录自一九三八年二卷九期《文艺阵地》

播种者

当冬末春初在古老中国交替的时候，雾仍然极浓厚地障翳着人们的眼睛。可是我的耳朵，没有完全被堵住。

在空中、在看不清的战壕里、模模糊糊的丛林间、稻田以及远处隐约的山谷……有各种声音奔放着，并织融成一片。不知那是夜枭还是晨鹊，总之，我听出是一种布谷鸟的畅鸣。

尽眼朝雾蒙蒙的空中望望，只能见到一点星光，时隐时现。

于是我背了发潮的被褥，提着种子袋和短烟管，在雾里摸索着伸展脚步。继之，我听到近处也有人们的寒噤声了，那是天没亮以前常听到的动静，我辨别着声音的远近，让闪着路。几个阔肩的阴影闪了闪，在浓雾里，我们互相打着招呼，谁也没有锐觉的眼睛辨清楚彼此的轮廓。可是谁也知道同是播种者，有的还是植林和压枝的能手。

我又在雾里摸索着走起来。四周飘着布谷鸟的声音，另外什么都听不到。

猛然我被撞了一下，透过浓雾，我发现一个轻脚走动的影子。

"做什么的？"

"花卉繁殖师。"

"呸！贩卖罂粟花种的么？你这个骗子手。"

阴影迅速地消失在雾里了。好久，我停在那里听不到丝微动静。

最后，我摸索着走进我所播种的园地。

掷下了发潮的被褥，抽了袋烟，我开始工作了。一手朝种子袋里摸索着，另一手挖着发湿味的土壤。然而田主人隔着雾层呼喊了，我抬起头来传去问询。

"我种的是玉蜀黍!"

田主还是埋怨我的种子,怀疑着我的种子。朝鞋底把烟袋锅磕磕之后,我朝着这声浪走去。立刻我发觉有什么微细的东西,磨触我的脚趾了。起初我欢喜,继而迟疑了。用手摸起一棵幼芽——呵!这片我曾散布下种子的田!终于我吐出一口叹息,因为我发觉幼芽都枯萎了,像受灾害。于是在土壤间,在腐烂的稻根间,我查验起来,把烟管插入腰带。

我完全明白了,大量的螟虫在稻根丛中潜伏着。

"收拾干净这些东西吧!"

"这是什么话,你不说那种子坏。稻根是特意遗留下来的肥料呢!我的聪明伙计。"

我被田主驱逐出来,身后继续着漫骂。

布谷鸟的声音,高鸣着,我还是得干活呀!于是毅然地冲出雾层,走到我前一个田主那里。又一次碰到花卉繁殖师的闪闪躲躲的影子。

"喂!伙计,你就不想想秋收么?"

"乖乖,消夏必须花朵陪伴呀!"

"可是我要见到你弄罂粟,我要打歪你的鼻子。"

最后,田主出来了。

"你究竟给我种了些什么呀!人家都说不会开花的。我那小褥子你没有给我带来吗?"

我故意先用手指弹了弹衣领上的尘沙,后用手指夹了仅有的一点金屑,隔着雾层,塞到田主手里。

"你留下吧,权当我弄脏了的褥子。"

没看清他是作着什么样脸色,我就阔步走回来。

雾仍然极浓重地障翳着人们的眼睛,可是我的耳朵没有完全被堵住。

在空中、在看不清的战壕里、模模糊糊的丛林间、稻田以及远处隐约的山谷……有各种声音放纵着,并织融成一片。

我踏着不知是夜枭声还是晨鹊声,总之,我听出是一种布谷鸟的畅鸣,我背了发潮的被褥,提着种子袋和短烟管,在雾中摸索着走。

尽眼朝雾蒙蒙的空中望望,还是只能见到一点星光,在时隐时现。

一九二九年一月十五日于绍兴

纪念孙中山先生逝世十五周年

孙中山先生是出生在一个由旧的到新的这划时代过程刚开始的一八六六年（同治五年），而在十六年前——一九二四年（民国十三年）去北京为"主张召开国民会议以解决国内人民之生计问题及废除不平等条约二事"而中途受病，就在十四年前今天离开了还没发育起来的我们这一辈，给我们留下来的遗产，是一部伟大的三民主义。

在过去孙中山先生大部分的革命生活里，他勇敢地观察现实，毅然地发挥主观火力，直到死。而客观形势怎样呢？一面是各帝国主义的工业商品，一齐竞争着输入中国农村，而由这竞争引起了各帝国主义间的矛盾；一面是中国农村的经济自给基础的崩毁，而由这崩毁又产生出来的新的经济生活，使广大的农民失去了旧的生产支柱，跑入非民族资产阶级所设的工厂，使无数的封建地主不得不投身到买办一类的生活里，仰息外国资本而企图赚点利润。于是前一点，决定了沦中国为殖民地而喘息在地球一角，虚保留着一个独立的躯壳，形式上没被瓜分掉，实质上各帝国主义已在中国各个乡村造成经济堡垒，以保守既得据点；后一点决定了社会意识形态，随着经济变动而必有的一页新历史的展开。

孙中山先生就适应这客观形势的需要，提出了具体的的政治纲领，以期达到整个历史发展所必经的民主革命这一阶段。在思想上，第一期，他受到欧美学说的熏染（如孟德斯鸠、林肯等）；第二期，就是俄国革命给他的影响，"余深喜苏俄能先实行与余之主义相符之政策，益信余之主义切合实行终必能成功也"（见中山先生全集告廖仲恺语）。这说明了孙中山先生后来怎样会注意到吸收农工群众的广大力量，以及接受这鼓励而努力于国民会议的实现。并且说："要解决民族问题，不能不解决民权问题，要解决民权问题，不能不解决民生问题。"更进一步指出："民国成立以来，不过十三年，为什么倒塌三次呢？就是由于国基不稳固……我们要国家巩固永远不倒，是用什么作基础呢？要用人心作基础。"（十三年在广东女子师范讲词）然而终于没能够看到国民会议的实现而离开我们了。

当抗战迈进逐渐于我有利的现阶段，当民众已从历史实践当中对政治有了更进一步认识的现阶段，当国民大会（不过这里的国民大会本质上和国民会议多少有些出入，后者是专对内的，前者则范围广泛）又在去年第四次参政会议提出通过的现阶段，我们该怎样的详细讨论与注意，是我们四万万五千万人纪念孙中山先生的最出色的表示。

在这里，不容问题拉得很长，我们只作一个简略的探讨。

第一，是许多政论家对这问题表示怀疑的理由是"中国在抗战中，应该集中全力对外的时候，国民不该有这样要求"。这论调的机械，小学生也能指出来。抗战和建国是根本不能划开的，我们并不能把两者歪曲地对立起来，需知民主并不是把力量分散开，正相反，为了各阶层的力量能更广大地吸收到政府里、集中在政府下，才有民主提出的要求。

那么第二个问题来了："各民主国家在战时都采取集权制，中国何得其反？"这问题的提出，就由于对抗战本质的认识不够。在日本帝国主义侵占了东北四省之后，中国的各阶层都受了个重大的打击。首先形式上可以看出来的，就是刚在生长的民族资本家所临到的空前危机，作为民族资本家集合场的上海工厂随着失去的东北市场而倒闭缩小，跟着是失业工人的增多。于是失业工人、小商主的回乡，广大的农村，也被带来的气氛所惊醒了，直接受到挫折的，是以东北经济力为主要补给地的山东、河北等农村，越发贫弱不堪了。……总之全民早已经要求抗战了。欧美的战争呢？那可以说完全是少数人权益所关者拥护的战争。实际上他们全民倒是反战,例如最近一部分前进的爱尔兰的共和军还在活动独立,英首相丘吉尔也曾问过:"英国为什么失去慕尼黑以前拥有英苏法三国力量支持捷克斯拉夫的正义战机会呢?"至于萧伯纳,还曾给予以无情的讥笑,在这情形下,当然他们的政府是要大权独揽的。

还有问者最后的拿手牌:"中国人民的知识水准太不够,哪能随便给以政权呢?"其实,这更简单,我们只要回问一句:"那么我们对这次为争取独立自由的中国而抗战,而打击拥有武器比我们强、战斗技能比我们优的日本帝国主义的抗战,是否等待着中国的民众完全有了军事上的武器、训练上有了充分的准备,再打的呢?"事实告诉我们,战斗力及战斗技能的进步,还是抗战后的事情,并且现在的中国民众,在这次抗战过程中,本质上,已经有了个猛的飞跃,较比民国十三年中山先生召开国民会议解决时局问题的时候,不止距离二三十年的差数。

总之,我们要纪念孙中山先生,最好接受先生的遗产,以更大的决心与努力,一面抗战,一面也是建国来发挥民族民权民生的伟大火力。

关于宪政
——由知与行、认识与实践上说起

开始——老王和阿五找哲学教授谈谈宪政问题，恰好，哲学教授吃过晚饭因为电灯厂遭炸，点着蜡烛在厨房烧菜。

哲学教授：我不是研究政治的，不过我们谈谈天也好，那么我们到厢房去吧！

阿五：把蜡烛拿到厢房去。

老王：再点着一只好啦！省得歇一会儿再来看烧的茶水滚不滚的时候摸黑。

阿五：那多么不节省。

于是老王拿着蜡烛，烛尾随着哲学教授经过外面走廊，走进厢房，各自找位坐下，围着小火炉。

哲学教授：我们无论看什么事情，都要冷静点，把握住客观的形势，再透过主观的分析来论断。关于宪政问题，我觉得整个在进展中的历史是必然经过"在本质上是民主，形式上是召开国民大会"这一环，当然我们不能违背历史，抗战后，更加强了这需要，因为民族资产阶层，也已经在冲破外国经济的重压力和部分的封建残石，而露头角了。

老王：可是中国是农业国，国家的基础是广大的农民，这些农民是没有像你这种修养的，叫他们怎样"主"法呢？

阿五：我去看看开水滚了没有，蜡烛也拿去了。

屋子里黑下来，对面见不到人，只有炉火发着不强的光辉。

哲学教授：和抗战以前比较起来，现在的民众，已经有了一个猛的飞跃，更有人说，这短短二三年中实在进步了二三十年，这不是假话，有一部分事实证明这点的，当然我们不能说中国的民众，完全都达到对于政治充分了解的程度了，像一般高级知识分子一样。可是我们不能为了认识不够，而放弃了实践，这是不正确的，相反我们正为了要取得充分的认识去实践，也就是说个人认识发展是根据客观的迈进而由历史实践中表现出来的。

老王：我不懂。

阿五：嗷，拿着蜡烛来回跑一趟，就流去大半截烛油，还不如在厨房也点一支节省呢。

老王：我说你在那边点一支好了，你偏要来回拿。

阿五：啊呦！你又先知了，这是我从经验中得来的。

哲学教授：对了，你的经验就是行，这就是行给了你知，也就是从实践中认识烛油在风里吹一会儿，比点在屋里要消耗得多。

阿五：怎么你们又谈起知行问题来了？可是我到现在还弄不清楚，从前人"知之匪艰，行之维艰"的学说，哪点不对？

哲学教授：那么我先说说这知、行的问题，你们听听。因为从前人是把知看作行的基础，把行看作知的结局，而弄错了。实在行是知的基础，知是行的结局，而从这个结局知上，又产生出新的行来给客观形势点影响，而这客观形势又给予主观新的知。拿现在的话来说，就是，实践是认识的准则，认识是实践的目的，但这不是说一旦达到认识的程度就完结了。相反，这认识更进一步来加强实践重新会带给我们更充分的确切认识。也就是我刚才所说的个人认识的发展，是实践中呈现出来的。孙中山先生"知难行易"的学说，也是不离乎这些原因。

老王：中山先生也是这样说法吗？

哲学教授：怎么不呢？中山先生曾说："古人之得其知也，初费千百年之时间以行之，而后乃能得知之，或费千万人之苦心孤诣经历，试验而后知之。"这就是说"行而后有知",也就是实践而后有认识,可见认识是比实践难的。

老王:那么请你举个例子吧!这样我们还是不懂。

哲学教授:譬如辛亥革命,假若当时人们都主观地摸着辫子说,这哪能行呢?有多少老百姓能离开皇帝,并且有几个懂得(知)"民族革命"这四个字的?那么当时主持革命的人,若蹲在屋里,整天等候着老百姓明白(知)了以后再革命(行),那么恐怕宣统多戴几年皇冕了。实在客观已在进展当中影响着主观。我还是这么说。再拿现在的日本来说,过去他们凭着主观的知而发动(实践)了惨酷的侵略,但这侵略战支持了两三年,客观的现实给了日本军阀财阀们一个真正的认识,所以松井之出家当和尚,也不是偶然的。在我们呢!抗战中(行)发现(知)了敌人确不足打,发现(知)了内部需要作哪些进步改革,经济上已实行物产统制、外汇统制,军事上已确定了运动战为主、阵地战为辅的战略,政治上已有民意机关之参政会组织,并预备今年十二月二十三日召开国民大会,实施宪政!……

老王:好了好了,那么我们再说本题吧,我明白了,宪政是能在实践中给大家一个认识的。

哲学教授:这原则上是对的,但我们不能就这样把宪政问题埋在肚皮里,也不必讨论(知),等着实施(行)时候再看情形讨论。这也犯了机械论的毛病。我们应该在未实施(行)前多多进行讨论,那么,这讨论又帮助了实施,那实施又会给我们新的认识。

阿五:好的,宪政有实施的必要是确定了,那我们谈谈具体的问题吧!

哲学教授:那么水大概滚了,你在厨房另点支蜡烛吧!这是从实践中知道的,这样并不消耗得大。

欧洲和远东

台长室：本电台请金阳先生作第一次广播。因地点在前哨，后方材料运输困难，所以只有一个节目，现已派员采购大批材料，不日电力将充实，以酬诸听客。

开始我们庆幸欧洲的西北角和北冰洋的战事结束了，苏联又和芬兰恢复了原有的友谊。议和条约已于本月十二日签字，芬方除了放弃卡累利阿地峡暨芬兰湾中足以威胁苏联安全的某些岛屿的握有权外，并将汉科岛之一部，以年租八百万芬兰马克租于苏联，俾在该处建立足以保卫芬兰湾入口抵御侵略之海军根据地。这明显地表白了芬兰政府已经切实觉悟到自己过去被资本主义国家利用做进攻苏联的前哨，是如何的失计；而另一面也显示出来芬兰共和政府，对于世界和平的真诚。

促成这和平局面的最卖力者，当然是斯堪的纳维亚半岛的国家和德意志，然而主要的还是苏联本身主动的外交力。因为美国副国务卿威尔斯秉承着罗斯福的使命东渡欧洲，从美合众社所传出来特别把斯堪的纳维亚半岛的危机强调起来的论调看，原意未尝不含有欲促成由于资本主义国家间相互矛盾发展而变成本身冲突的英德战事的结束，再集中力量利用荷兰为先锋来对付最大敌人社会主义国家苏联的作用。并且由苏芬谈判而美国始终没表示一点意见这点也可证明，在美方，是并不像瑞典那样热烈、德国那样兴奋。尤其是当苏芬战争开始之际，美国是表现了它所有的站在中立地位的援芬力量，这在比较援助土地主权被侵略的中国似乎更起劲，当时几乎以召回美驻苏大使以相胁。过后为什么又缓和了些呢？而由这缓和态度又给恰在日汪买卖中国密约揭穿之后这点上，我们就可以知道，谁也不愿意"一人树两敌"，恐美国更不会忽略了这简单的道理。中国是它在远东拥有购买力最强的市场和过剩品销售地。当日汪买卖中国密约的铁证，击碎一部分顽固派的梦想时，美国政府又重新给远东以更密切的注意了。然而它不得不在苏芬问题上慎重它的态度了。然而美国却没有继对日废除商约后，拿出更有力的武器来，即便是对日禁运的问题也悬而不决，为什么呢？这原因可说是第一次欧战所给它的教训的决定，美国绝不肯轻意对敌，尤其是惧于日本投向苏联怀抱而给它行动上的报复，不管这是可能不可能，美国是有些担着过分的忧虑。所以苏芬和约之谈判开始，美国也没有给大的阻力的原因，也在这里。

例外的是英法，在这里我们找出一段路透社电讯看看：

（十三日路透社伦敦电）……首相之言曰，芬外长十二日夜已在莫斯科签字，双方订于十三日十一时停战云，自苏芬开战以来，英法政府步骤一致，对芬供给大批军火及各种给养，始终如此，（欢呼）本国政府业经明白表示准备以多种资源援芬，此点实在已符合芬政府愿望，吾人一向即主张芬应自己决定循何路线对其自身利益得有裨助，现结果如斯，此深切的故事在芬历史上将时时为人回溯追忆永不忘矣。

张伯伦这段演词的确酸得可怜，接着十四日合众社电又有"……就下院辩论之情形观察……现更公开抨击首相，今后张伯伦苟不加紧作战，则必将遭遇严厉之批评"这段消息。总之这里充分说明了张伯伦的政策是着着失利的，不但这次芬兰没能完全受其利用和苏联继续火拼下去，并且还失掉了自己进攻德国失助的最好机会。

现在苏芬战事结束，苏土又将继续开始谈判，意苏也在准备缔结商约，而意相墨索里尼和德元首希特勒又于十八日晨在布累纳墨氏专车上举行了两小时半的谈话，虽然这谈话大半是关于"墨氏响应威尔斯的和平运动以与希氏预先酌议"这一类的问题，但另一面也是给英法的一个有力的威胁。这之间，摆在英帝国眼前的两条路——战争和和平，究竟选择哪条路呢？这是很难说的，单看"讨价还价"的发展，大不列颠为了维持支撑帝国主义的殖民地市场，它是不肯轻意真的挺胸卷袖和德意志作战的。

尤其是在远东印度这块英帝国主义的最大支柱的不稳固，加重了英帝国走向和平的可能性。因为印度现在的内部还存在着种种矛盾，如僧侣和市民的对立、宗教的分歧、语言的不统一、民族的复杂等，但在外国资本主义悠久的压榨下，尤其曾上过第一次欧战英帝国不兑现诺言的大当，这古老民族已经觉到本身应该集中全力团结，抓住这次机会争取独立地位了。印度国民大会已在筹备开始争取的方式的研讨，我们预祝这远东被压迫的民族友人能获得所当获得的胜利。那末英帝国在这情形下真的会接受威尔斯的和平献议吗？这还得威尔斯返美后才能决定。至于法国，则跟着张伯伦那把洋伞所指的方向走，虽然这次苏芬的和约也给了达拉第一个有力的打击。

不但英法各国，即使日本帝国主义也掩饰不住对苏芬议和后的惊慌畏缩的窘态。很明显的，以前日本帝国主义在办分战事发生并分去美国一部分注意力的时候，得到外交上暂时舒然轻喘的机会，除了军队还可随心所欲地勉强调动来华外，更得到左右无忌的牵线汪精卫伪"中政会"之召集，预备很快使其傀儡登台的余力；只有经济上受了闷棍，虽然美国并没禁止原料对日的输出及增加日货入口税率，可是续约没订前是随时有这种可能，且美日各工业主及出入口商人间在这局面下，不敢订立长期合同，以致交易上日方得掏出现金的。

但苏芬和约签订后，情形在日本帝国主义就更重要了，不但经济上，军事、外交、利用傀儡都加多了它的忧虑。因为现在不但苏联的注意力可移到远东，而且美国也有进一步给日本帝国主义压力的可能了，这还不只日本本身，并间接地把汪逆的登台期又拉长了，这里再引一段路透电讯作为结束。

（路透社十二日东京电）朝日新闻十二日撰文称美对日仍采"极令人不快"之政策，并举两事为证，一即美政府批准对华借款两千万圆，一即赫尔向全世界五十五国讨论建设战后新世界之工作，但未与日本商讨，尤有甚者即美拟否认中国"新中央政府"之政权，更有一部分美国人士主张，此类"政权"成立后，美应发起召开九国会议，采取积极行动，否认"新局面"，英法或将声援美国，因此希望政府保持镇静态度，严密注意美国未来之态度及行动云。

七十五届议会后敌国国民将怎样生活

日本东京第七十五届议会于三月二十六日结束了。据"中央社"香港电台京讯：本届议会所通过之各项预算案连追加预算计在内共计一百六十万万日圆，计普通预算五八二二九六三〇〇〇日圆，第一次追加预算五七六八四〇〇〇日圆，第二次追加预算二一六六八四〇〇〇日圆，以上三项是属于普通预算项下。又特别军事预算共四四六〇〇〇〇日圆，合计一〇五五七三三一〇〇〇日圆，剩下五四四二六六九〇〇〇日圆，是拓务预算与政府举办各企业之预算。除了发行公债六十万万外，日政府将一百万万的预算都寄托在税收上。

所谓发行公债，实际上就是交日本银行承受，日本银行再加印些钞票抛到市场上来，真正的公债买主是少而又少。所以这公债的发行直接影响到恶性的通货膨胀，给已经紊乱的商场，一个新的有力的刺激。一些拥有资本者之抛出货币，购进商品囤积居奇，也是在这情形下所必然的现象。即便是日本国民作为主要吃粮的米，也早已因囤积而飞涨到两三倍以上的价格。虽有日本当局的统制限价在三十六圆一石的水准上，然而暗市确得以四十三圆起码，否则，有钱也是买不到。加以去年日本的大旱灾，十一公顷之稻田也大受影响，一般人或单纯地解释作天意，其实这有其必然理由的，而在这些必然理由当中，因军役而农村劳力缺乏，无人兼顾溉灌，畜力大批出征，化学肥料、人工肥料的减少等，都是些主要的事实。于是乎日本御用报纸杂志，曾热烈地讨论过寻求来的代用品这问题，在粮友会的妇人公论上有过这样提议："虽然有了丰富的代用品，仍然渴求食米，以致米价奢贵，故非养成吃廉价小麦、高粱、玉蜀黍、芋类习惯不可，那末即使米没有了，也没有什么不便，单吃这种东西，当然不甚适当，故以做成面包，或与他物混合，加工调制为妥。"然而这又有问题，即是小麦大都得由外国输入，争相购买，价格或超于米价之上，高粱已是养鸡与军用马的饲料，而甘薯又是制火酒的工业原料，哪一样的价格都早已昂贵，日本国民恐怕要连饥饿线上都站不牢了。

拿㖿税来说，实际上不加到商品厂主身上，因为这些厂主会提高货价，归根到底还是从劳苦大众这些人们间榨取。另外吃亏的则是属于小资产阶级的薪给者。因为大藏省的税制改正案实行后，薪金之课税也提到空前的高额上，这里引一段日本北海道炭矿汽船支店次长前田一的一段文……到今年又要把薪给生活者的勤劳所得，吞没不少去。……税制改正案的要纲如次：

一、课税种类——俸给、工资、年金、恩给以及类似之一切所得。

二、课税标准——依据收入所得。

三、基础免额——所得者每人得扣除六百圆。

四、扶养免额——妻及家族扶养，每人得知扣除一百五十圆。但总所得在五千圆以上者，则不在此例。

五、税率——百分之五左右。

因此，假定月入二百二十五圆，年收一千五百圆者，除扣去基础免额六百圆外，其余九百圆应赋百分之六的税金，如该项所得者有妻及子女三人，则除去基础免额外尚可扣扶养免额四百五十圆……从这里我们不难想到日本国民是在过着怎样的生活。

当然除了这些有力的压榨国民经济的增税外，日本劳苦大众还得忍受，日本因燃煤电力等工业必需物质的恐慌，而引起的物价高涨。这是增税囤积刺激高涨另外的一个原因。

在日本军侵占了华北以后，他们早就订下劫夺工业主要燃料的计划。出产量最大之大同煤矿即由南满铁路公司变与其辖属机关兴中公司经营拟将此项煤料供给日本电力公司应用，以月运三十万吨为规，然而以我军竭力之扼守交通线或阻扰或袭击，实际上据日本报天津通讯上记载，仅去年六月份运输十八万吨回国为最高额，而日本向来依靠之法属印度支那燃煤，（几年输入二千二百万日金）也因欧战而受到阻力，最近盛传日本将向某国接洽燃煤若干万吨，想这不会是假的。

  总括起来说：日本国民的生活水准，出于两年多侵华战争，早就低落到贫穷阶段上了，而这一次的议会为什么很容易地又通过一庞大预算呢？连以前削减的办法都没人敢提了。这固然是一些议员们的素质较第三任内阁前已经不自觉地在法西斯将军们的指挥刀下变化了。最大的原因，还是法西斯军阀们的手段，当议会一开始，就拿出齐胜隆夫的事件作为第一声下马威炮，议员们从此战战兢兢不敢大声叹气是必然的，一百六十万万预算的通过也是必然的，只有日本的国民生活在这次议会闭幕后，将起更大的变化了，杂粮之外，不知化学师还给他们预备下什么代用品！

纪犀牛岭

前面展开一片稻田，年轻的稻秧在阴郁的气氛里，闪着愉快的光辉，因为云天有一段阳光映射着，远一点的地方呢，自然也会有两三片鲜美悦目的甘蔗林子，发出强烈光辉的河流什么的，而空中却继续不断在落雨。这就是中国南方的神秘可爱的气候。那些片片地铺在田野里的阳光，不时移动着、飘游着，一会儿距离犀牛岭仅仅有半里路的金田村，在阳光下愉快地现出整个轮廓来，那些密集的农舍仿佛新建筑的，至多也不过五六十年，很整齐，在中国农村这是少有的。看来虽不富庶，却是生活美满的一个村庄；一会儿又在雾蒙蒙间隐避了，代之是村西南角的一座祠堂，瓦屋闪着亮，这是太平天国北王韦昌辉的祠堂，他的神位享受着后一代农民香火的地方。一会儿，那阳光又向远一点儿的田野，逐步飘开去，像是在抚摸立在大地上的每一物体，一个天使在亲吻土上生长出来的万物。

后面呢，就是说面朝南站着呢，那么反映在我们眼睛里的是兀立头上的一座马鞍山，那峰头儿是馒头式的，浓重的云雾在他周围缭绕着。马鞍山对面的紫荆山——东王杨秀清的栖息地！——在庄严地俯视着他俩之间的一段低谷。一两只老鹰在那低谷所有的空旷中，飘荡不休。

这里所说的我们，是我和另外两个湖北青年。我们从桂平坐汽船到江口，谁知从这儿步行到金田村这短短二三十里路程，就会遇到雨呢，正像别的北方旅行人一样，连件竹笠都没带。我们从桂平动身时候，找到一个本地向导，这是个仅能听北方话，而却说不顺口的广西人。在路上，他给借到防雨的东西，笠帽连同遮身的"蓑衣"。说是蓑衣，又不像蓑衣。那是形同甲虫——像乾——的硬甲壳样式的竹编物。这，我们就费了许多周折，终于棺材铺主，借给我们三套。究竟广西人对于外省人怀有成见呢，还是生性豪爽？若是前者对，他绝对不会借给我们漠不相识的路人，若是属于后者呢，仿佛又不该这样推搪三四十分钟。不过无论如何，广西人是耿直可爱的。

那时的三四十分钟，在我是极宝贵，正像一个朝香客，在五六里路外，遭到不得不耽搁几十分钟的纠缠一样的感觉，而又何况我还必须当天赶回桂平去，因为那里同行的旅伴们，在候着我。

现在我和另外两个湖北朋友，终于站在犀牛岭巅了。头戴竹笠，身上披着防雨的竹编物。陪着我们的，是两个金田村小学的教师，两个也仅能听懂北方话的青年。两级小学的校舍，在犀牛岭头上，是座两层楼的建筑，来的时候，在五六里外就曾经望见那校舍的两排玻璃窗了。因为虽说它是立在岭上，岭却不高，在中国多山的北方，只算是一个高崖子，或是好听一点，叫作土岗，很远，又哪能望见呢？

犀牛岭尾，正是我们脚踏的地方，周围也不过五百方尺，看来不是很小吗？谁知太平天国最初那些基本农民军队，就是从这五百方尺大的岭尾上训练出来的。附近人们管这块平地拔起的土崖子，叫作"营盘"，四周是颓倒的土垣，只从那土垣经过九十一年，依然倔强的存立着大部分看，就明白当初它是怎样的巩固，那些农民英雄是怎样日夜劳碌地、兴奋地把它建筑起来的，而且这恰似列国时代齐桓公会诸侯的平台那种形势：前面一望无际的广大平原，背后依据马鞍、紫荆两座山峰，谁不觉得这是作为拜将或歃血会盟的平地筑起的高台更其适当呢？

犀牛岭和那两山之间，也是一带低谷，除了大半是稻田，在犀牛岭脚还存在着一个犀牛潭。潭水现着绿沉沉的颜色，掷下一块石头，就会发出极沉闷的声音，是多么忧郁的一种音韵呀！据说，这潭水的深度谁也不摸底细，不过他们都断定绝不会在四百尺以内。其实那茫茫一片的形状,倒像一个小湖。又有人说,这里从前是老龙的潜伏所,虽然广西方言十分难懂,然而在这阴沉的潭水题目上,有一段奥妙的神话,是可以想象的。而且岭脚还孤立着韦昌辉的一口祖坟,靠近犀牛潭的边沿,一些苇丛和残存的短树围绕着它。

据说,韦昌辉是清代监生,而杨秀清是紫荆山里靠着砍柴过日子的贫农。这是那些依靠材料的论客所忽略的,尤其竟有论者把韦昌辉列作贵县乡绅。实际上,金田村村西,还存在有一道坚固的石墙,那就是韦昌辉氏的住所,搭住下额向里望,现在却是一片空场了,不知谁家把这块失去主人的土地,开垦做麦地、果木园。我仿佛依稀望见一座大院落的楼厦巍峨图,九十一年的过程那么快就会一块瓦片的遗迹都找不出来吗?我想这里遭到过灾劫。当太平天国在金陵瓦解以前或以后,清帝兵力恢复了这块土地上的统治权的年代,整个金田村不会不受到巨大灾劫,虽然那只是残留着几个老农衰妪的村庄,因为差不多全部韦氏家族以及附近各乡庄各山村的壮年男女,都随军远征去了。但那代表着大地主阶层的皇家兵力,也绝不会吝啬他们的残酷手段,这也说明,为什么初看,那整个金田村是那样整齐的原因,显然要是没有久历风雨,是近代才恢复的村庄。

现在遗留在湖北的二万多户远征家族,还时常有信来故乡探问他们的祖墓。太平天国野史所记,有这么一段:

> 韦昌辉原名正,广西桂平人,家业质库,饶田产,富甲一邑。道光季年,广西群盗蜂起,富室一空。独昌辉以慷慨喜施与,县民群护之,盗不敢犯。时洪秀全客桂平,与杨秀清等相要结,图革命,闻昌辉名,使石达开、秦日纲说之。昌辉慨然曰:"吾闻洪先生贤,无缘得一见,今承相召,是我素志也,敢不奉命乎?"秀全悉召徒党,宰牛置酒,迎昌辉,遂假昌辉名,创立保良攻匪会,昌辉复出资充军饷,购器械,旬日之间,得众千人。

紫荆山和金田村，只隔二十里路远，洪秀全当时就住在杨秀清家里，为什么宰牛置酒后，洪、韦才见面，不知道。到现在年过七十的乡民还伸出三个手指说："光打刀打枪就打了整整三年。"那么，或许在一八五七年洪、韦已经有所计划了，而军费确是韦昌辉卖去全部家产得来的，有人还能说出数目，四十万两。

在记忆中，这是多么伟大的一个空旷呀！那矮而平坦的犀牛岭，那巍然兀立的马鞍山脉，那夹在山间之低谷，是多少失败后的太平军人所怀恋的呀！在恐怖的向宁国逃亡的路上，在他们投奔大渡河的茫茫荒野中，这一群土地培养出来的英雄，一定对这一块圣地，作为操练场的犀牛岭，冥想、眷恋、向往而且叹息。也只有在那悲惨、沮丧、绝望、失败的时期，脑子才浮起这块地的影子，那是他们的黄金时代。劲拔有力的时代。他们团结、坚决地杀向桂平，围攻桂林，进占长汀，直到克长沙建都金陵，他们是一直保守着一个志念。

然而随着这胜利，形成一个把握这古老民族命运的权威，而且更可说是改变历史的划时代权威，然而这一权威在这些土地培育出来的英雄们目光中，却又是一种满足人类私欲的东西了。于是那些由砍柴人、没落知识分子、贫农、手工业者出身的英雄们，觉得已经不再是穷苦的、被剥削、被侮辱的那一阶层的人了，他们在这权威座旁，并始了内部争斗，谁都要把别人从权威座上拖下来，而谁都要自己踏着别人肩膀爬上去，他们的眼睛离开了期待他们的整千整万的劳苦农民，离开了正义，在狭小而堂皇的议事厅上兜着圈子。他们追求名望、权威、珠宝和财富，用脚踢开那些不讨自己欢心的将领，怀着恐惧，怀着疑虑，为了怕他们离开自己爬上权威台，又迅速把他们召回来，于是李秀成，那时代的豪杰，终于和福瑱出奔了，太平天国只成了一个云雨天所有的一道阳光，正像它出现那样快，又那样快地隐去了。只给了这古老民族一种幻想上的温暖。

我站在犀牛岭上,望着对面那傲岸窥伺人间的山峰,九十一年在他们是多么暂短的一秒钟呀!我觉得作为人类之一的人,若是孤零零对着它,又是这样渺小。

东北沦陷十周年后五日于香港

鸡鸣与狗吠

我醒来，起初不知道是受了伤，躺在什么地方，经过了多久的时间。睡眠满足后的一种舒适感，使我什么也没有想，就那么躺着，静静地躺着，甚至忘记了自己。

夜的天空，密密的星星一个靠着一个，放着小宝石的光芒，星星之间的空隙，是那么深远而奥秘，我仿佛注视这夜宇之深渊，又仿佛我什么也没有真实地望见。实际上，我的脑子，一无所思，正像春天的池水，没有风，池水平静得连丝波纹都没有。

不久，我听到一声低微的吠叫，是那么神秘而紧张，我的全身一阵颤抖，就立刻机警地坐起来。从那低微的一声吠叫当中，我仿佛望见军用犬在嗅着地上的血迹，摇摆着尾巴，一会子走，一会子又停下来，侦听着寂无一声的大地，侦听着寂无一声的天空。我在那短促的第二声低吠中，又仿佛望见跟随犬尾的敌人，俯着腰，轻手轻脚地潜进。

大地是寂静的，天空也是寂静的。不知是我的听感错觉，还是斗中血鸣，我隐隐听见似乎地层下一片蚯蚓的颤鸣，是那么渺茫而又无边无际，仿佛发自我自身，又仿佛确是属于地层下的蚯蚓的颤鸣。

许久，没有听见低微的犬吠；许久，我也没有动。完全是塑像的姿态，制止住自己的呼吸，谛听寂静中的声音。

终究那吠声是来自什么方向？距离多少米远？为什么只听见两声？又为什么气息之间含着一种血腥呢？

于是我顿然大悟，我是受了伤，但伤在哪一部分，我可依旧感觉不出来。

我立刻记起所负的使命，打开烽火井上的压板，让烽火一窜几十丈，那时候，远远近近的公鸡会齐声高鸣；那时候，狗的吠声会尖锐得一闪即逝，正像挟尾奔逃时，所常有的那种哀叫；那时候，人们会从敌人手里夺过太阳。

烽火井是建设在山顶上，敌人在山腰布置有铜柱钢条纽成的障网。嗅觉灵敏的狗群，都散布在网里网外，巡视、守望。我只向它们投了一块石子，它们就懦怯地哀呼着，尾巴夹入两腿间，逃开去。那哀呼的声音，惊动了敌人，于是一声弓弦颤抖的响，而我就失去知觉，仰倒在地了。

现在我不知道哪里还潜伏着友军，只记得执剑的先导确早已阵亡。

我又冷又饿，疲倦而且口渴，想找个匿身的森林，养伤。但这时我听见第三次的狗吠，一连两声，且是来自不同的方向。于是我迅速地蹲起来，用手触摸着沿路的骷髅——那些都是盗火者的骨骸，是那么多呀！——拾起挪到两边，这样脚尖就碰不到足能作响的障碍，在悄悄地潜行。偶然我发觉自己只一只手，在触摸那些骷髅。那时汗滴开始从前额滴到我的眼睫毛上，我心想用另一只手去擦，就这瞬间，我发觉我的那只手，没有去擦，而且有一滴汗，从眼睫毛间落到我的嘴唇上。仿佛我已经失落了一只手臂，然而不痛，也不痒。我立刻用存在着的手，去摸我的左臂，左臂实际上是完完整整连手带指挂在我的身旁，仿佛一只枯枝挂在绿叶蓬生的树上，完全不用属于我自己似的，它还握着箭袋和长弓，不肯放。而且就在我脚跟落地的那秒钟，它——那只不属于我了似的手臂，触动了一个骷髅的头骨，当时我想立刻抓住它，但臂膀一动不动，就那么听凭骨头滚下去了，沿路作着响。

于是我的附近爆发了一声狗吠，接着是弓弦震抖空气的声韵，并且有种禁止犬吠的人声——嗤。来自不同方向的狗吠，骤然高鸣，又骤然寂止。终于又立刻狂叫起来，我听见狗的嘶喘和奔扑什么东西的脚步声，以及弓弦的颤鸣。这立刻感染了散布这座山上的所有的狗，它们全都激烈地叫着，朝骷髅滚动处追扑。

我非常镇定，然而膝盖抖着。听见追逐、奔扑的狗声渐渐远了，当即膝行着，一边用手触摸着路，心里依然很镇定，脚胫也依然抖索着。结果，我爬出敌人的包围圈，汗水浸透了全身，我是这样幸福而愉快。

于是想起另外一个退伍的执剑者，我当即走向另一座山谷，他的隐居处。

当我走入那深谷的木端，就望见了遥远的家屋透出来的烛光。走近，伏耳在窗外，听不到一点声音，很久，纸页嗤的一声响，于是我立刻明白，执剑者在夜读。

轻轻走进去，左手依然握着箭袋和长弓。剑主仿佛已经发现有人进来，但没有抬眼观望，虽是看着书，但我觉到他是停止了，而在谛听。

多久了，在我只觉得片刻工夫，而执剑者已经失去了壮年人所有的自负，眼睛不见了当初威严的光芒，肌肉也失去了当初的坚实感。头发发白，闪着雪的光泽，脸色平淡，可以看出修心养性之隐者所有的那种恬静无思的气氛。自然，他身上不见了盔甲，而是一领长衫、两只布鞋，墙壁上挂着他的宝剑，却盖满了灰尘。

"谁？"他仍旧看着书，问道。那声音也失去了当初的雄壮气势，是那么衰老。

"我——一个司掌烽火的战士。"

"来做什么？"

"请老人执剑。"

"先导呢？"

"已经阵亡。"

他骤然抬起头来，向我凝望。他的眼睛重新射出锋利的光，仿佛久经战斗的老马，听见冲锋号筒的声响。但从他那只鹰眼的深底，我读出他在回忆以往。而且他的手指激动得不住颤抖。只一会子工夫，那眼睛又恢复了原有的平静，正像竖耳扬头的战马，已经垂下了长颈。

我说："抽出你的剑来吧！"

于是一阵剑的啸鸣，壁上落尘纷纷。

剑主扬扬头，不作声，他在沉思。久之，一声叹息："我老了！"仿佛在自语。

"你没有老。"

"真的吗？"

"真的！真的没有老！"

"你握握我的手腕，还有力量吗？"

"有！"

"还能砍断敌人的头颅吗？"

"能！"

"还能执剑吗？还能削钢斩铁吗？还能挥动我的长矛吗？"

"能！剑主！你相信自己是有着这样的力量。"

"那么拉出我的战马，扛出我的长矛！递给我战盔！拿给我战甲！"

他的脸上重新放出光辉，眉宇洋溢着复仇者的激愤，声音健壮，语气高昂。这立刻感染了战马，它刨着蹄子，发出一串响声彻野的鼻啸，引起山谷的反响，于是遥遥遥远地传来了几点声音。

"是什么动静？鸡鸣吗？"

"现在哪儿来的鸡鸣？那是狗吠——一片狗吠！"

"敌人已经越过烽火台了吗？"

"早已越过，而且侵略了我们的营盘。"

"走，快冲下山去！"

山雾这时很大，望不见星星，也望不见我自己的下半身。只觉得马的喘吁打我身旁响过，接着是清越的马蹄声，奔驰开去。

我在后面飞跑着。

我们的距离越来越远,于是彼此高声呼应:"烽火手,你在哪儿呀?"

"在这儿,剑主!"

"奔向我的声音来吧!"

马蹄的声音从山壁上激撞出清越的回音,蹄声过处卷起一阵急骤的夜风,沙沙地扫着山径的落叶,满山的树木都齐声啸鸣起来,远处的狗声突然静止了,代替的是那战马响声彻野的鼻啸。

我听见自己的心在急剧跳跃,热血在我周身奔驰,我的力气恢复了,忘记我曾受了伤,我猛力地向前疾走。

蓦然,远处黑暗的森林里,响出一声弓弦的颤鸣,一阵飕——飕——的尖利声音,划过黑暗的空间,仿佛无数残忍的毒笑,从血腥的獠牙中间迸出。山径上的风声立刻停止了,树木的啸鸣消失了,四周陷入一种可怕的静寂,刚低下去的狗吠声,接着又高扬起来。

"剑主!剑主!"

我连喊几声,听不见回音,就站住了,用手遮着口,再呼喊着,依然没有反应。我立刻折身向回跑,仍然在山雾中播送着呼叫。我仿佛听见执剑者的遥远呼应,但又确不定是来自哪一方向。我旋转着、侦听着,一切又是那么寂然。偶尔遥远地透过浓雾,送来几声狗吠。现在那吠声,不是神秘而带有嗅觉性的了,而是骄狂,蔑视一切的胜利者的骄狂,还感到吠者在自得地摇着尾巴。

于是我颓然坐下,谁管是路边,谁管是沟崖,或是山石、洼池呢,就那么坐下来,觉着不舒服,心想朝一边挪挪,可是不舒服尽管不舒服,心想尽管心想,脚不做主,身子也不顺从我的意旨。只一闭眼,那也是眼睛自己闭的,我心还想"要机警",可是心口一迷,就睡着了。

惊醒,狗吠声已散布在我的周近,我带着臂伤,伏下身子,用膝盖、脚掌和一只手,上满了弓,我愉快地听见弓弦颤鸣,在群狗的狂吠中,出现了一声尖叫……夹尾而有韵的尖叫……

空中一阵冷笑,仿佛发自我的唇间。

执剑者终于没有找到，到今天，烽火也依然没喷出井口，于是鸡不鸣，友军还在睡觉。夜的标志，依然是狗吠，而我孤零零地带着伤，悄悄拉着弓，上着箭。

一九四二年六月二十四日桂林

乡居小记
——在广西两江

有一天我提着藤杖到镇外火车站去散步。

六月的太阳傍落西,来往的火车似乎距离到站的时间还很早,候车室里,只有几个打盹的小贩。没有护路警,也没有旅客。

在铁轨旁边有两个女孩子。一个穿着有红花纹的白裙,身后背着顶阔边的标致草帽,另一个身量矮一点,戴着洁白的软胎鸭嘴帽,蓝布制服,白布灯笼裤,仿佛是都市里的初级小学生回乡来度暑假的。

背着标致草帽的两脚先后俏皮地搭上一条铁轨,说道:"你看,我能走到那一头去!"

"那谁不能?"矮一点的也跳上去了,"你看,你看。"摇摆着两只娇小的手臂,低头疾步走着。

"不准掉下来的,看谁先走到那儿去!"

"哪儿?"矮一点的并不停脚问。那时背着草帽的女孩子掉落下去两次了,她低头尽自走着没有看见。"有桐树林的地方?"她的两只赤裸的娇小腿肚,迅速地挪移着,"你掉下一回了。"

"那不算,我是回头看你看的。"矮一点的男装女孩子虽然给背标致草帽的超越过去,却仍然低头疾走着,

两个幼小孩子的背影,逐渐远去。三四只村狗出现在月台的长廊下,另外什么也没有了。我想,还是到公路去走一走吧!

平常我都是在那傍晚的公路上走走的。别人喜欢车站热闹,我倒欢喜公路的寂静。

这条公路是和那两道无尽止的铁轨并行的,不过相隔五丈远的距

离，而且除了经过直达车站横跨那块广场，可以望见铁轨、车站那三间平式瓦房、离地丈高的储水塔以外，无论向东或向西，只要越过广场，就看不见铁道了。因为公路和铁道之间，隔着一块高地，高地上且种植着绿枝蓬发的桐树。

公路的另一边，是作为坟场的荒地。耕牛在摇着它们的尾巴吃草，其间的池塘，有几只鸭子。还有一直是戴着圆笠钓鱼的农民。这些都是我每晚所见的。那个钓鱼的农民，也和往日一样低着头，站在那里，一会儿——许是没有鱼的踪迹吧，又挪两步到这里。从他姿态上看，他的全部注意力都集中在垂钓上，仿佛世界上所有的一切，都在他感觉之外。我每次望见他，也正如望见桐林、墓地一样的熟视无睹。

这时候，西方的天陲，涌起了浓云，阳光虽还照耀着公路和墓场，可是太阳本身却隐没了。那浓云深灰，只边缘闪着一线金光。山峰也给渐浓的雾气遮蔽了，雾气上涌联结着那片灰云。气温也突然降低，显然倾盆大雨就要来了。而且我估量着来不及走回车站附近的短街。果然我只走出不远，阳光已完全消逝，只觉一阵微风吹过，大的雨点开始坠落下来，立刻远近一片雨声和由空直垂的雨柱了。

我听见一声天真的欢呼，顺声一望，那两个女孩子跳着跳着且欢叫着向桐树林奔去，我也想跑到那边去避雨。本来那两个女孩子在欢笑着——这突降的甘雨仿佛带给她们一种淋头的愉快，可是一望见我，她们那天真的小脸蛋就失去了笑容，正像一般受都市熏染的女孩子一样，作出目不旁视，只望着自己前方而给人赏视的尊贵姿态，虽然她们之间最大的也不过十二岁。

"你叫什么名字？"

"郑小宝。"那个高一点的望了望我，低声说。

"你呢！"

戴洁白鸭嘴帽的男装女孩子不作声，向郑小宝作出商量什么的眼神，仿佛说："咱们走吧！"她的脸上浮着娇憨气。那个郑小宝则用庄重的神色，表示"怕什么？不要走"，她的额前有一排秀整的童发，脸蛋洁白，眼睛乌黑。

正在我想还问什么的时候，那个要走的女孩子就跳开去，郑小宝也慢慢离开桐林，等她走到公路边，也跑起来："到那去呀！"那时雨止天晴，西天一色是猩红的晚霞。

"你快来呀！一条火鱼！"

"钓的吗？"郑小宝也跑过去了。

原来那个永远戴着圆笠的汉子，没有避雨，现在正用手抓着渔线，钓竿已经放在他的脚旁了，对了三个围观者，也不看一眼，尽自摘鱼，很艰窘地使它脱离开渔线，显然是想向腰旁的小鱼筐里放，神色那么慌急，很像别人望得仔细一点，就减轻了几两秤似的。

"我看看！"我问她名字而不说的那个男装女孩子，现在却抓着钓鱼者的手，"我看看嘛！怕什么？"

"嗳！嗳！要跑了。"他是说你捉不住会跳到水里去。

"不！跑不了。"

"你在我手上看看好了嘛！"

"不，我要拿着看看——小宝，咱们买下来吧！"

"买下来做什么？"

"拿到水缸里养着呀！"

到底她拿到手里了，郑小宝付给五角钱。那是一条三两重的小鲫鱼。郑小宝也要仔细看看，并且必定要自己亲手拿着，而一到手又不肯还给她的小朋友，就说："快要死了，你看嘴都扯破了呢！"

"那是肠子从嘴里露出来了吧，我看看。"

"不是肠子，是舌头。把它放在水里叫它喝水呀？"郑小宝那乌黑眼睛俏皮地一瞧，要伸伸舌头的样子。

"可别叫它跑了。"

那个垂钓者一直在嘱咐着她们，不要向水里放。可见谁也没有注意他。他自己也凑过来，蹲下了，还是说："捉紧呀！"

"怎么向家拿呢？"郑小宝问。

"小宝，火车来了，你看，那不是……"

"那么怎么拿呢——放了它吧！"

"放了它吧。"那个男装女孩子站着，并不望池塘里的鲫鱼，却望着远山之前的一道冲霄烟雾，"快呀！要赶不及了。"

"给我吧！别放，别放。给我吧！"那个农民追过来。

"别给他，小宝。"男装女孩子说。

小宝尖叫了一声说："一下就没影了……火车在哪呢！快呀！"

她们两个人飞速地奔开去，一边发着欢呼，并不是由于鱼，而是她们在和火车比赛呢！

"先生，你知道钓上来真不容易呢！"那个农民望着池塘叹息地说，"放呢，可是一撒手的事。"

六月十七于松竹轩

（收入一九四二年桂林华工书店出版立波等人著《雪山集》）

答读者

王琛先生：

　　六月二十二的来信，现在才由《中学生》编者，辗转递给我，想你一定等得不耐烦了。不知道你的生活近来有否变动，还能见到这信不？现在人们的生活常常起着变化，今天在桂林还见到的人，明天也许在香港出现，你说不是吗？就拿你这信来说，我是远在离开桂林一个小山城收到的。来信又无地址，而你又是要私函作复的，所以这信还是由《中学生》编者转，若是那边也无地址可查，也许在什么刊物上发表了，总之希望你能见到。

　　来信，我连读了两遍，深切明白你是怎样一个热诚而纯朴的青年。你所提出的问题，诸如你盼望自己能写出像样一点的文章，但是人物对话都像"自己扮演的"；你想多读别人的小说、散文，而能够从中得到某些写作上的帮助，然而倒弄得"反感棘手"，并且你盼望能好好"分析一篇作品的内容"，而往往"分析不来"。这些问题，我想不只是你一个，多半想写作的青年，都可能感觉到的。原因如你所说，"大概由于看书像走马和耽于空想的缘故"；只不过在——你最近所写的自觉反不如幼年在小学时所写的文字，虽然浅，人物、语言却都生动——这点上，得到了一个不恳切的解释。另外，还有些青年在最初本来能够写几篇小说散文，等到知道要写出有价值的作品，需要有一个世界观，所以丢下笔，去翻社会科学，一旦理论上有了一个雏形的基础，再拿起笔来，就觉着落墨很难，即便是写出一篇，也觉得大不如前，于是投笔嗟叹，甚至埋怨理论束缚了他。最近重庆一份日报上，就有关于这个问题的一篇文字。你的问题，和这都有着类似性的。

究竟是不是多读了几本理论书，就会束缚了我们的写作才能呢？究竟是不是多读了几本文学著作，写作就反感棘手呢？请你想想。

幼年的时候，你所写的文字生动，我以为这是真正的。你知道，我们幼年是过着怎样天真无邪的生活呀！我们没有身份，根本就不知道什么叫身份，眼睫毛还挂着泪点儿，我们就又嘻嘻地笑了；打碎一个茶杯，我们就会咬着自己手指发呆了。接触的人物，迫使你要落笔记录的故事，都是这些憨态可掬的角色，所以不犯"像自己扮演"的毛病，因为笔触的，都是你周遭那些真真实实的东西。

等到年岁长了，不论是自身，是接触的外人，都已经先后为那社会上人和人之间的既存关系所熏染、所融化，都已经先后披上伪装，一以防护，一以掩饰，目标是一种：财产，权威，也就是金钱和地位。这时候，你接触的人物是不能直觉地去看了，若是这话你还不明白，那么读一遍鲁迅先生的《故乡》自然而然会体味到的，体味到闰土之所以称幼年曾经一块儿去偷乘小船看社戏、吃茴香豆的朋友为"老爷"；他不再对着幼年时代的朋友，兴致淋漓地述说看瓜地、用铁叉斩刺猬的故事了，满口尽是唯唯的应对和苦笑。这些，我们都曾亲身感到或将要感到的，只要我们离开那纯真无瑕的童年之后。现在的人类社会，就是这样，将来呢？自然也不会免，不过闰土不能称呼他幼年时代的朋友为"老爷"，是敢确切说不但可能，而是一定的。苦笑也许换作微笑，或是哧哧的畅笑，但是唯唯应对，至多不过换了"今天，天气可真好"或是"几年没见，您有点老了呢"一类的话题。因为那时候的闰土还可能留有尊重别人身份的脾气。你想想，直觉地从唯唯应对和苦笑里，会发现些什么东西呢！这时候，和站在你面前的人谈话，你必要使另外那个理性的你，站在你们旁边，来观察你和另外那人的姿态与灵魂。但是现在你不但没有完成那个理性的你，或许完成了而没有使他能够和你分开的能力，而且你根本就忽略了你周围的人和摆在眼前生活的现实。这正如你自己所说的"耽于空想"。这就说明了你所感到棘手的原因，感到反而不如在小学时代所写的东西生动的原因。

那么"理性的你"怎么样来完成呢，这回要看你的思维力、生活经验和一般文学社会科学的修养了。有的人，尽管理论运用得多么灵活，遇见任何一件事情，能够分析，然而却不能找出有诗性的东西来，有的管这叫作天才关系，而我这里叫它作思维力的差别。其次说到生活经验。你现在接触的人物是青年和中年人们了，上面已说过，他们非如童年的孩子，那样容易把握。遇到一个孩子，你尽可要说什么就说什么，遇见青年或是中年的人们，你就不妨小心，先看看他的两只眼睛，再决定对他的态度。有时他很温和而诚恳地问你："先生，你看什么书？"你若不曾注视过他的两只眼睛，昧然地说："你看看，这书真够味道。"若是再笑着，他就会一个捷步站到桌前翻一翻，然后拍着你们的肩膀说："老哥！别这样用功吧！弄什么哲学政治，到游泳池玩玩去，吓！那里女人的大腿……"若是也还有个同伴，走出去一会对后者说"这家伙一定是什么什么"的话。若是你已经注意过他的眼睛，你不妨对他的第一句闲话来个："呅，你的衣服料子挺好，香港来的吗？"若是尾音拉得长一点，说不定他会和蔼可亲地站起来说："是的！"他会浮一个浅笑，可是你这时候切忌微笑，就是一个叫作笑容根据的姿态都不要露出来。你想想，书本上能告诉我们关于这类的事情吗？这些是必待你吃过亏而后才知道有诗性的，才会运用到文学上的。以前，有许多人高喊着要求生活实践，要和社会各式各样人的生活打成一片，就是要青年提高写作的主要方法之一。观察力不够，谈理论，理论不足，证以观察，所以我现在劝你要注意地观察生活中种种，自然会免去空想了，也自然能一目了然地分析作品内容了。

说到我那篇《生与死》小说，实际在标题上，已很明白告诉读者了。那时我的心境不好，希望不要过分注意好了。几个小的节目，如人物以及动作，不外是表达他们在死以前的各种意识与感情与用作幸福学识诸类的化身。

其次，关于末后一节问题，我想在得到你的地址后，再用私函作答，因为那是关于我个人的，仿佛没有在这里说的必要。又因为这信或许转不到你手。有一个接我这信的朋友，我很欣喜。在这里和你握手。

骆宾基敬复，七月十五日

孤　独

我发现自己失踪了。

哪去了呢？这样黑的天，没有太阳，也没有星星，远远近近全是一片狂风暴雨声。

雨声敲打着大地、沙砾、池渠、树木和茅屋，一切都给风吼雨啸的声音淹没了。此外，什么也听不见，什么也看不见。

四周都是乌黑的大气，仿佛就在我的周围凝聚，形成云雾，上升……逐渐上升，而我依然留在地上，逆着风，冲着雨，强自镇定着在走。什么也看不见。这是白天呢，还是夜半？或者是我的两只眼睛完全失去视觉的性能。

树的哀啸是那么凄凉，暴风的呼叫又是那样发狂，从一片倾盆大雨声中，我更辨不出来。另外还有夜枭的冷笑、鬼魅的欢叫。

我不知自己在哪里，却要去找寻它。

我的衣衫，渐渐沉重，紧束着我的身子。前胸后背，全流着雨水。我感到口渴和寒冷。雨水从头发上淌滴着，在我面颊上，形成无数道激流，经过颈部而直泻往肩头、腋下。我不得不用手，时时分拨我的蓄有充分水量的头发。若不，它遮着我的视线，虽然我已失去视觉，眼睫又凝结着雨珠和泪水。

我疲倦了，任随狂风撕卷着我那雨水淋淋的头发，因为我给沟渠之类的土崖，绊跌，而颓然跌在地上。唯一的感觉，是我自己那雨水淋淋的头发，敲打着我的前额、眼角和耳朵。我喘息了一会子，又爬起来。这时，我也分不清夜枭的冷笑、树木的狂啸以及风的鬼魅性般的"口哨"。远远近近，只是一片烈雨声，刺耳的雨声。

我又第二次跌倒，满身满脸全是泥泞，我喘吁着，鳄鱼式停在一条激雨集成的激流里，觉得沙从我两臂上冲过去。从我下颌尖冲过去。然而我却听不见水流声。实际上，我现在是什么也听不见了。我又满身满脸出着冷汗，从鼻尖，从前额，流滴着，流滴着，一会子，我也分不清，是汗滴是雨滴。

我喘吁着，用失去视觉性能的眼睛，向四围探望，这浓重的黑雾，还似乎在我身边凝聚，上升……逐渐上升，其实我是什么也没望见。

"我得找到它。"我喃喃着站起来。

我处在狂风的旋涡中，不由自主地狂奔起来，我不知道是我还是风，改变了方向。我被挂在一个树枝上，原来离地很近，树干早已给风拔倒。我在刺身刺眼的枝叶间两手伏地地膝行着。现在我是既听不见什么，也觉不到什么了，终于我两膝并坐下来，依然是喘吁……喘吁……喘吁。用失去视觉的眼睛探望，用失去听觉的耳朵谛听，一切是虚无、渺茫，没有色，没有声，空荡荡，手足无所触。

于是我朝一无所有的天空，高呼着："青年人，你在哪儿呀！"回答我的也是"青年人，你在哪儿呀"，声音洪亮，不似发自人间，是大地、是山音，还是来自高空？

我是迷途于群山当中了吗？不是迷途于群山当中了吗？在这夜底旷野间，我完全像一个游魂，彷徨……找不到哪里是穿过山丛的道路，我彷徨。

忽然，天裂开一道缝儿，绿色光辉开展了一下，那瞬间一片亮，犹如月夜，犹如白昼。反映到我眼睛里的，是无边际的广阔的田野，既没有山，也没有岭，而且大路就在我的身旁。那暂短的一秒间，我立刻跳上大路，狂跑起来。电光一逝，我立刻又四顾彷徨，摸索着潜然而走。

终于我望见一点灯光，于是振作着疾奔过去。灯光是那么遥远，时灭时亮，实际上它又是一直没熄的。

我仿佛路过一个村庄，灯光就从一座茅草屋的窗口透出，而这茅草屋立在村口。我俯窗窥望，我发现一具死尸坐在面窗的椅上，满脸坚硬，早就冷僵，脸色枯槁，手背惨白，开着口，似乎大睡模样。

忽然他向我露齿冷笑，当我走进去的时候，从他那失去光泽的死尸所有的牙齿间，我听出他说："善良！善良……及时埋葬……"我立刻拥抱起他来："我的主人呀！我到处找你……"于是形影相吻，二者合一。我醒来发觉自己坐在椅上，远远听见确乎有雷声和风雨。

一九四二年五月三十一日于桂林

读诗小记

一

从前有个俄籍的盲诗人到中国的北京,说:"寂寞呀!"因为他听不见一点点声音。这情形由鲁迅记叙下来,并说当时问他在南洋有什么不同吗。爱罗先珂说:"那里,一到深夜,可以听见蛙叫。"自然在那秋天的北京,感到寂寞了。不但读者可以从鸭的喜剧里感受到那寂寞的气氛,而且从作者笔下所表现的——刚悄悄走入那盲诗人房间而望见他独坐冥想的脸色上——一个盲人独坐冥想的脸色上,感受到那寂寞的可怕!

然而这感受,只是旁观人的感受,在爱罗先珂自己,虽然是觉得寂寞,还未必知道自己的脸色是使旁观人觉得那么可怕,自然更不会了解旁观人望见自己那种独坐冥想的状态之后的一瞬间的感觉。

虽然这感受只是一瞬间的,却又是深刻的,常常在自己感到寂寞的时候出现。

不过,到底还是旁观人的感觉,至于当时那俄罗斯的盲诗人的感觉听不到一点声音的感觉究竟是怎样,还是不能切身体味的。

二

一九四二年春末,从香港回到内地来,由于旅途的悠长,我和普通的知识分子一样,带着两本书,消磨那些寂寞的时日,就在这时候,我和诗结了缘,还记得当时谈到的是田间的"那些工人"。

和一般不读诗的知识分子,没有差别,在从前,我望见诗,就像望见汽车尾后的尘烟一样，说不到烦厌，也说不到有没有恶感，只是避避眼睛，走过去。翻到书上有诗的页数，也就这么翻过去，不过，是没有躲避尘沙那种斜过脸去的神情的。

并不是不喜欢诗，童年我说读过《唐诗合解》，直到现在我还记得一些，最爱的三首是：

> 偶来松树下，
> 高枕石头眠。
> 山中无历日，
> 寒尽不知年。

> 松下问童子，
> 言师采药去。
> 只在此山中，
> 云深不知处。

> 野酌乱无巡，
> 送君兼送春。
> 明年春色至，
> 莫作未归人。

喜欢前两首的闲情逸致，喜欢后一首友爱的纯真。以后，读书北京的日子，我又神往于李后主的词、关汉卿的曲，同时读了臧克家的《罪恶的黑手》和《烙印》。这又不能说是没读过诗的人，然而不知道怎么一发展，旧时，还读读，新时却拿到手，翻翻就放下了，所以放下，也正是因为读过《罪恶的黑手》和《烙印》，尤其是每次见到臧克家以后的诗集，总是翻翻，就放下了。

读诗的诗欲，完全给某些诗那短短的行列，冰剑一样的行列所削减了。

如今我的读诗欲又获得了一粒火种，来到桂林，读到苏金伞的《眼睛都睡红了》、立方的《爹娘，我》，这粒火种，开始跳跃、分裂，而且吐出火苗。因之自庆可以读书了，因之也自悼那些为短短行列的冰剑所伤害的寂寞日子。

苏金伞的《眼睛都睡红了》共两首（见《诗创作》十三期），请看他在第一首里所给予我们的宇宙：

> 槐树荫大又风凉，
> 像一个深湛的池塘，
> 下了工，
> 老牛在这里歇晌，
> 上午，
> 犁，一架山，
> 红色的汗，
> 沉淀成一场酣眠，
> 任凭：
> 槐花落了一脊梁；
> 蜣螂在肚皮下推车，
> 小芦花鸡
> 站在角上学叫响；
> 也没惊到一根睫毛。

画家尽可以用彩色笔，构成一幅彩色鲜美的绘图，然而却很难把这匹犁了一架山的老牛的疲倦和睡在树荫下的幸福——只有在过度劳动的疲倦中睡眠而获得的安甜的幸福，表达出来，若是能表达出来，那么这幅绘图,已不是纸上的绘图,而是有生命的诗了;那么这个画家,已不是普通我们所说的画家,而是诗人了。不过由于这诗人是用特殊的表现方法——色彩和线条的混合组织——表达出来的而已,在这相同的意义上,同样我们也可以把这位诗人称作画家,不过这画家是不同于一般所说的画家,正像一般用行列短短的或大小不一的字体写的诗一样,不是我们这里所说的诗。这位诗作者,还恐怕读者的感受不深切,继续地歌唱:

> 等主人来牵它吃草,
> 它才用尾巴掸一掸屁股上的灰尘,
> 慢吞吞的站起来,
> ——眼睛都睡红了。

这睡眠是老牛的劳动报酬!在它还有什么比睡眠更幸福的报酬呢?我们这里更可以知道,那"一架山"的山地是多么难耕,更可以知道"红色的汗"是怎样的光润滴滴,不是把汗画作圆形的汗珠的诗人所可比拟的,而且"槐树荫大又风凉""槐花落了一脊梁"也不是为了表现乡村的幽美的景致,而是这位诗人赐给这下了工的老牛的睡眠时候的幸福。这是血肉相融的作品,作者现出了对于那匹老牛的崇高的爱。

从"槐树荫大又风凉"和"槐花落了一脊梁"这两句诗里,我们读者可以知道这"上午"的太阳是多么烈,而老牛在山地里的耕种的"红色的汗"又是怎么淋漓地流滴,不用说,这大热的曝阳,天是一点儿风都没有的,于是这"槐花落了一脊梁"才现出这诗人赐给它的爱的真切。我们读者既感受到老牛劳动以外的烈阳的热力,也感受到那安静睡眠的幸福,只有从这里可以感受到诗人对于他的爱的真切,只有从这里我们可以知道那"红色的汗"的意义和作为"槐树荫"出现的诗人的崇高的赐予这匹劳动生物的爱情。而且也只有从这里才能了解"眼睛都睡红了"的意义,这声音是怎么叹惋刺耳呀!

《爹娘,我》的作者立方,就不是这种呼声了,他的声音是坚强而又愉快的。你听:

爹娘是农人,
不是还糊涂的,
忙碌在故乡的原野上吗!

你听:

喜欢说:"不干不净,吃了没病。"
皮肤受伤了,
用黄沙土和雨泪,
蒙散在血口上
把庄稼刺透窟窿的
土布鞋底
烧成灰当药吃。

你听:

他们哪会知道
土壤里有什么成分呢?
看天上的云,
按摸雨后的田土
听庄稼棵里的风声……

这是从我们中国农民生活里，提炼出来的东西，把握住了亚洲农业生活的特征。这里并没有形象化的美景，像某些诗人所歌颂的"星呀""落叶呀""秋呀"之类的语句，虽然立方君的语言有些还没作到炉火纯青的工夫，然而整个地说，这是诗。他扬弃了旧的时代，接下去是唱出他内心的对于未来的憧憬：

将来
我们会依着温度计去播种，
照着晴雨来晒庄稼；
七月底
高粱泛红米的时候，
成熟的穗头上空
有测风器飘动。

这未来时代的特征，一句话，就是科学。在这里，立方是作为和旧时代的生活风习对比的，那么：

而且
有个好剧本
像在我参加过的庆祝会上
到我们的村庄开演。

就更是有力的诱惑了，除掉那些科学的生活工具，在这里还有精神生活，爹娘不必"张着泪眼，看天上的云"了。从这里，我们读者知道诗人的笔后，那些农民生活是多么寂寞，几千年来，农民们就在看云、听风声中一代一代交替着，只是要一个生长在中国农村的诗人，怎么不会这样唱：

"我／昂起头／站立在他们中间。"当他参加战斗的时候。只有在这两个时代之间,诗人"昂起头"在现在确是值得自负的,而"站在他们中间"也并不是普通的姿态,我们读者的脑际一定浮出这英雄的站立,抚着胸脯,直着腿,于是:

> 我生活在高原上
> 和同伴们一致的
> 参加战斗。

这声音更显得有力,这高原更加深读者心目中这位英雄的高傲不凡的站立姿势了。

三

等到我读了《七月诗丛》的《无弦琴》,读诗欲的焰火,怕不只是吐苗儿,而是热旺烘人了。SM是读者所熟悉的,我不须在这多说。现在来谈绿原的《童话》。

这是一〇八回的诗集,分四辑,共二十首。诗人绿原在第一首《惊蛰》里所歌:

> 当星逸出天空的门槛
> 向这痛苦的土地上坠落
> 据说就有一个闪烁的生命
> 在这痛苦的土地上跨过
>
> 那么,我想
> ——十九年前,茂盛的天空
> 那一片丰收着的金色谷粒的农场里

我是那一颗呢

可以知道绿原是多么年轻而且有着怎样可爱的童声的歌喉。虽是年轻，也可以说正因为年轻，没有插身在社会生活圈子里，所以这诗人的宇宙是广旷的、无际的，而且保存着尖锐的敏感，没有受伤，也没有一点麻木，抱着一颗雄心：

　　但我也要回去的
　　等我唱完了我底歌
　　等我将歌声射动雷响
　　等我将霄声滚破了
　　人类底喧哗的梦……

在中国出现了。

那么这"惊蛰"的标题，不是没有意义的，因为他是生长在这样一个疾雷狂雨的时代。诗人绿原自己也说：

　　不是要写诗
　　而是要写一部革命史呵

然而他也要求：

　　夜深了
　　请给我一根火柴……

十九岁的诗人呀！无论他的宇宙是多么广旷，然而他终于是生长在四十年代的中国的人民，他不能跳出社会生活的圈子以外，虽

然在他十九岁的世界里,到处是诱取他的爱的东西,他还歌唱着嘱咐别人:

> 用嘴唇去吻花朵吧!
> 用鼻子去嗅花朵吧
> 用眼睛调戏花朵吧
> 用手去拥抱花朵吧

而且唱:

> 我要摘一支最漂亮的花朵带回去
> 插在小恋人底金发间
> 那么,我究竟爱谁呢

这样游疑地自问着,然而诗人终于是在《乡愁》一首里叹息地哀歌了:

> 为什么?
> ——谁知道
> 为什么……
> 反常的
> 不民主的
> 有什么高贵的价格
> 哎
> ……
> 亲爱的乡村呀
> 我要回来

诗人真的对社会生活的中心——都市厌倦了吗？真的对时代反映最显著的城市厌倦了吗？

没有的，诗人绿原开始就是自负的，他知道自己是负着什么任务，虽然他年轻，然而他并没有看轻自己——一个四十年代的中国的诗人，他激昂地发出呼唤：

> 向着
> 被统治于夜的地带
> 我们召唤
> 来
> ——这一次
> 请灵感者
> 从黑流的最深处
> 醒来。
> 请风砂
> 从山谷
> 卷着星底旗子
> 吹来
> 请你
> 起来
> 我们将有
> 一次像潮水的集会

他浸在十九岁那种自欢自娱的心境里，也歌唱：

> 让我喝点露水
> 说醉了　醉了
> 回去睡

> 我跪着
> 向东方
> 辞别着夜
>
> 新鲜的生命呀
> 我问你们好
> 你好
> 大家好
> 我将骑着马
> 乌拉
> 乌拉
> ——喊着：
> 向森林去
> 呼吸空气（神话的夜呵……第七首）

可是他也写下了《越狱》而唱着：

"他呀，如此凄凉的下了山东………"这样叹惋英雄的声音。

诗人在这四十年代的中国，又苦痛又激奋，又愉快又骄傲，时代和年龄的激奋与愉快都集在他的身上。他的宇宙里既有"蓝色的夜"也有"苦痛的土地"，既有慷慨的呼啸，也有灰白的哀伤。

寄语，幸福的人，作为读者的我，听见这呼声了。

到现在，我回顾过去的我，仿佛望见一个听不到一点声音的人，那当时不自觉的寂寞，是这样可怕，切身体会到爱罗先珂独坐冥想的寂寞心境，而当时又不自知。

我感到幸福，一个聋汉最初能听到声音的幸福。

我劝朋友们读诗。

一九四三年一月一四日

三月书简

一、给桂林凯声剧团演出《茶花女》的朋友们

高贵的朋友们：

这信是在一种热情澎湃之下写的，词句是不加斟酌的，想你们也不会为了可能挑剔的句法而见罪这出自纯洁的友谊的声音吧！

那么我要说，尽管有多少观众在面对着舞台的演出人物流泪，尽管有多少观众在票房里争吵着要预定第二天的座位，争吵着要在招待位的团队座上获得一席，然而你们没有在艺术上达到可能达到的更高峰。十人批评会上有人说，主演的×××小姐突破了她自己以往的演出水准，这是对的，我们不只是从形态举止上感到她所扮演的人物的内在生命，而且更受了这内在生命的感染，随着舞台人物情感的波动而波动，可是总觉得面对着我们的和理想中的茶花女还有距离，其他的人物也同样不够理想的真切。

《十九世纪文艺思潮》的著作人克兰兑斯在论及施莱盖尔译的莎士比亚剧作集的时候，曾经有过这样的评语，说是莎士比亚逝世二百多年之后，出于施莱盖尔的努力，他的精神又在德国复活了。这"复活"两个字是有着它怎样可贵的价值呀！只有从这两个字义上，我们才能理解译者曾经通过怎样的一种艰苦的脑力过程。剧人追求理解剧作家所表现的人物，脑力通过这种艰苦过程去把握这人物本身的内在生命的方法，是有着它的共通点的。

若说译者施莱盖尔是使莎士比亚死后二百多年在德国复活，那么就可以说托尔斯泰使十九世纪的俄罗斯的时代和那时代的俄罗斯社会

生活在《战争与和平》里再现了。译者把握的是原著人的内在的思想系统、内在气质和感情，可是著作家本身把握的是社会生活的历史性特征、社会生活的内在气质。好的译者非理解原著背后的作者生活就不能表现作者的内在情愫，好的剧人同样地必定要进一步去追求，去理解他所要表现的剧中人物本身背后的社会生活。

因为著作家的创作根据是现实生活、社会、人物、风习，诗人或画家同样是根据这种现实资料生长的，自然剧人绝对不会例外，仅有的差别只是他是使剧作家著作中的社会、生活、人物、风习再现而已。虽然表现方式，有的是色彩，有的是文字，有的是语言举止和音貌，然而追求人类社会生活本质，把握他所要表现的社会生活中的人物内在气质的艰苦过程又是一样的。

人物里的内在气质是决定他的生活形象的基本要素，这里所说的生活形象包括着姿态、言谈、音貌。那么人物的内在气质的生长，自然又是人类的历史社会生活所培育的，也就是说外在的人类的社会意识通过人物才能具体表现出来的，人们受着这社会意识的孕育、塑造，而又在现实社会生活里具体表现出来，这是成为相因相果的发展律了，这和外在的剧中人物的社会生活通过剧人的内心再具体表现出来的过程有着它的共同点的，那就是说社会中的人在阶层生活中所形成的气质，又会时时在社会生活中表现出来他的阶层特征，这是二除二等于一的说法。

一个这一社会生活阶层出身的人，在另一阶层的社会圈子里出现会是如何的呢？中国气质的大地主就是穿上燕尾服和欧美气派的实业家或是买办在一起，姿态不管作得怎样像，内在的地主气质所受的磨折，不会使他的笑脸之间不露困惑。同样，一个退伍的农民出身的老兵，就是再回到他的农村社会生活里去，他所表现的姿态、言谈、举止，也绝对不是农村社会所能培养出来的了。原因是不同的社会生活给了他不同的气质，不同的性格也是产生于不同的生活，在这里，性格是属于气质范围之内的。

比如主演《复活》中南赫柳道夫的人，不但要在剧作中能找到决定南赫柳道夫内在生活气质的外在的社会生活根据，而且还要进一步通过整个剧本去理解产生他的十九世纪的俄罗斯的社会生活。

另外一个问题，就是民族气质的问题，由于不同的民族性的社会生活，决定了不同的民族生活气质，法国人不同于俄国人，正如阿芒不同于南赫柳道夫，玛格雷特不同于喀瞿莎，很显然的，人类的历史性的社会生活由于在每个民族里发展的阶段的先后，决定了它。这些问题，我们只有从他们的文学作品里去接触。当南赫柳道夫到医院去探访喀瞿莎的时候，喀瞿莎向他取媚地一笑，南赫柳道夫是极深的难过，心想：我对她这样好，怎么还会用妓女对待嫖客的那种眉眼卖弄风情呢？他在那媚笑里，看出那完全是虚伪的，从她这一笑里就决定了她的内心气质，反映出培养它的外在的社会生活，因为那种社会生活过去不久，她自身的新生活还没有深入她的内心意识，她还没有能力完全摆脱开，那种笑已经是习惯了。玛格雷特同样是妓女，然而在她的嘴唇眉眼间绝对不会有喀瞿莎的这种媚笑，因为她是生长在靠利息过活的大公爵时代，生活在商业资本发达的十九世纪的法国，而喀瞿莎是生长在以卢布直接和肉体作交易的十九世纪的落后的封建的农村社会生活里，因之玛格雷特抽烟的姿态也绝对不会和喀瞿莎的姿态相像，把握内心气质的分歧点就在这里。所说从一粒沙里能看出宇宙，也就在那一笑上。

一个认真向上追求的剧人，不但是一个能体验人类社会生活的诗人，同时也该是一个文学作品的鉴赏家。这两种关系对于一个向上追求的剧人，仿佛一朵未开的花之于土壤和阳光、雨露的关系，剧人的艺术生命的资料，不单是取于人类社会生活，一部好的文学作品，也就是一个人类生活的社会面。

我们不能停下来等待那些脚步缓慢的小市民和我们的古老中国的

那些意识、生活也古老的农村社会的人民，让他们在后面追赶吧！假如他们割稻老是用镰刀，就是等待也不中用的。因之《茶花女》的演出，有它的可贵的意义，无论如何，它使观众知道了在生活里怎样去追求真，怎样去追求爱。至于茶花女上了阿芒爸爸的当，以及怎样能使观众理解这是宗法社会对她欺骗，我想该是导演负责的。

中国民间的文学里，有杜十娘、花魁，而且已经用旧的形式搬到过舞台上，不过内容所针对的问题小。在这一类作品里，我以为《白蛇传》和《茶花女》的中心主题，有着它的共同点。法海和尚实际上除去法衣，不就是宗法社会势力代表吗？不就是中国的吗？除了热诚地向你们道贺，在这里向你们提出这个可研究的问题。在这一问题得到解决后，或许剧中人物的内在气质、性格和姿态、举止、音貌会更明朗一些吧。因为这是探讨决定他们的十八世纪法国的社会生活的内在的意识和外在形态的问题。

祝你们好。

骆宾基　三月一日

二、乡居给G兄

G兄：

你的来信，说是详细写一些乡居生活给你，实在说，我的乡居生活是太单纯了，太单纯了。除了早晨，这是都市生活所没有的早晨，楼窗外所有的黎明第一次的鸟叫声，使我感到我是身居乡间，再没有什么使我觉得乡间的美了。一切是这么单调，尤其是午间，村庄的所有人们都到田里去了，或者到山上砍柴去了，这个百把份人家的村庄，就一点声息也没有，那么每家屋子都锁了门吗？走空了吗？这又有谁知道呢？可是他们的门，没有锁，院子里有来往走动的母鸡，它们是那么缓慢地走着，寻找着谷粒，或是草种，从它们那神气上看，它们并不饥饿，它们的胃是饱满的，可是它们也无聊呀！没有孩子吓它们，也没有狗追逐它们，它们是多么无聊呀！只有寻找草种什么的。有的院子，有一两只鹅，它们也不叫，用一只腿站着，仿佛是立在那儿打盹。草垛展布着阴影，也仿佛在那儿打盹，石碾子也在那儿打盹，任何东西都在打盹。春天的农家呀！我想屋子里也有人打盹吧！好寂寞。

然而我那时候还能听见话声，那是响亮的，来自后山的声音，她们在那山半腰的密草里砍柴呢！山上的农妇和山脚下的农妇在攀谈，好寂寞！

不寂寞的日子也有。做什么？赶墟。这得走八里路，今天我刚回来，我的好朋友，我要告诉你，我在自然界里，读到诗了。感激SK——那位天才的书客，是他把我带进这块美的宇宙里来的。

我每次赶墟都经过那一条路，有五十岁年纪的石铺的山路，清末的工程呀！然而每次我都没有发现那幅天然的画。我们身旁经过许多有闪光的灵魂的孩子吧，我想，也正因为我们没有注意，就轻轻走过来了。

我起初还是向它望望而已，这是说一株树。它是立在阔野之间的，附近没有一棵草。它的背景，是一排山，高阔而平坦的红颜色的山，我想那是一片枯草的颜色。这样年轻的柳树，就挺然地站在它前面，仿佛那些山的存在，完全为了守护它似的。那柳树是怎样的绿呀！三月的绿呀！我就这么望一眼，就走过来了。

走出半里路远，我又回头向它望了一下，它现在是那么遥远而清楚。这块平原上唯一的绿色，它是那么挺然地站在那儿，仿佛很愉快地说，它是多么幸福呀！是这块宇宙之间，唯一的生命。突然，我神往了，我遥远地面向着它立了许久，它是怎样孤独的一个生命的存在呀！附近连一根高的蒿草都没有，在这空旷里，它是一个同伴也没有，没有流水也没有羊群。

它的影子一直闪现在我脑子里。今天回来得特别早，因为在墟上就望见北部的天陲，有浓雾垂下来，那底下就是我居住的村庄。空气逐渐寒冷，眼看要落雨了，北部不久就有雷鸣。

半里外，我又望见那株年轻的柳树了。那时它树干和根部全埋进乳灰色雾气里，那雾气轻柔地飘舞着，只现出——绿色的叶子，大部分仿佛悬挂在空间一样。忽然我脑子里现出《呼兰河传》作者的影子，而且我完全是清醒的，不是给鬼迷了心，就觉得那不是一株垂柳，而是那位逝世的诗人，又仿佛是一个什么精灵的幻象，而且飘游在它周围的，也不是雾气，而是一些希腊神话里的有翅膀的天使和仙女，如我们在插图上所见的披发赤身的幽灵。

你知道，我不是一个人赶墟的，另外还有一个同伴，就是我居楼的主人的少爷，也就是邀我来住的那位朋友。然而我们是不能谈天的，你想不能够把心里最大的感受说出来，又是多么难过呀！这里就说到我为什么自比欧洲人的乡间生活和这位我称呼作少爷的朋友了，以及为什么我们之间不能谈天。

我有两间房子，寝室之后就是我的小书斋，就是我给你写这信的小楼。有口圆窗，外边是菜圃，泥壁的瓦屋顶，屋瓦后的林丛。林丛并不高，所以能望见，因为它们是生在山脚下，可是看不见山，窗口是太小了。上半天，若是有阳光，我就面对这口窗写那篇图们江的神话，下半天就去后山的松林里采菌。那位朋友，从来不在我这里停留十分钟的。

晚餐有酒，有腊肉和香肠，我们自己采的牛肉菌做的汤和腐乳。酒是自己酿的，法子不高明，微甜而带酸，可是喝起来，也可口。我和年老的人，一向是没有话谈，尤其是语言不通，更使我内心有理可据了。朋友的祖父是个七十岁的老人，高个子，结实，常常不离手的是一根长烟管。是一个能挑百斤谷走三五十里路的老地主。我们晚餐一碰头，就彼此笑笑，用眼睛和筷子作作手势，一开始，彼此就不觉彼此的存在了。

那位陪我喝酒的朋友，是个十九岁的高中生。他的笑是没有声音的，你看，各人有各人笑的神气呀！有人是用眼睛笑，而肌肤是不动的，只是有片光辉，像一朵雨后性质高雅的花儿；有人是用嘴唇笑的，只要她嘴角有笑窝，哪怕是低着头呢，你就感觉到一种美，一种使你神醉的一刻间的幸福；有的人嘴唇和眼睛都是镇定的，只是发出一种声音来，那是他的快活的笑了。可是我的这位朋友，他一向是不用声音的，并且也不用嘴唇（也许我没有注意），而他的笑又是那么深刻，只是眼角的两道皱纹一出现，你就觉得他是怎样的善良可爱了，那时所注意的，也只有他的眼角的愉快皱纹，还有两个笑窝。这笑窝是出现在他的眼睛下面的，我们北方叫作泪窝，而且俗语说是妨老婆；姑娘们有呢，说是妨男人；若是夫妻们能白头到老，自然是妨爹妈了。然而我的朋友的妻子、父母，都挺壮实，大概是妨哥哥吧！因为他的哥哥两年前死去了。一笑作解。

不管我喝多少杯，他总是陪着的。我说："你若是不愿喝了，就尽管吃你的饭吧！"

他的眼睛角又有皱纹，笑窝也又出现了："我还要喝！嘻嘻！"

可是我把杯子喝完顺手放到茶几上了，我的朋友也立刻喝干，去装饭。这两天我才体会到，为什么我喝一口，他就连忙端起杯子来喝一口，哪怕他正夹菜呢，也会放下筷子来，以便能及时和我一齐放杯子。洒酒呢！从来不让我沾手，而且给我斟后，就自己斟。给我斟得满，给他自己斟得也不浅一点儿。在喝酒当中我总觉着他是我的影子。为什么他不少斟一点呢！为什么他不少喝一口呢！若是嗜酒，又为什么在我停杯后，他也喝干呢！而且有一次，我有意地五分钟不触酒杯，我暗暗窥着他，六分钟、七分钟……他渐渐注意我了，窥伺我是不是要摸杯子，那么他可以不落后……我心里是这样不舒服呀！我这才知道他是陪我，我不由憎恨起我们古老的中国所遗留给我们的礼节，使一个年轻的人，完全失去了他的独立性和应有高傲。从这里我又一次体悟到女孩子们之所以不喜欢善良的追随者。祝福我这位朋友，幸而他早婚，没有与女孩子们之间的来往。

餐后，祖父走出去，这间客厅完全是我们的自由场所了。供台有一盏古老的油灯，我们两个人围着火炉，取暖、谈天。这谈天是十分钟一句的，例如我说："你读完杜谷的《写在一个人的墓下》那节诗了吗？"

他的眼角的肌肉笑笑说："读完了。"

"那么你说说你的意见吧！"

"嘻嘻！"

这样就完了，若再追问下去，他就会说："头晕，只读了三行。"

这时只有母鸡夜宿的低鸣声了，那低鸣颤微，像地下的蚯蚓的呻吟。好寂寞的农家之夜呀！炉下又传来蟋蟀声，唧唧唧唧……老黄狗在炉旁蜷尾瞌睡。说睡吗？它又分明地不时微微扇动着两耳。我的心很沉重，他的心也仿佛很沉重。为什么我来到乡下呀！桂林不是有喜欢我读文章给她听，而我也喜欢陪她走路、谈天的朋友吗？桂林不是有一坐下来就围着炭火谈半夜而情还未尽的书斋吗？桂林不是有那些一谈到诗一谈到剧本一谈到绘画就沉醉的朋友吗？老聂！我想念你们呀！在这里让我们拥抱吧！

"为什么你不入学校读书呢？"有一天夜里，我说出久久想说的话。

"功课都赶不上了！"

"怎么赶不上了？你可以找人补习呀！"

"你看，我进中苏友协办的俄语专科怎么样？"

"为什么你不入正式学校呢！你知道，你还年轻，你才十九岁呀！若是你的英文基础打得好，那么学俄文不是更容易吗？"

"是的！"

"那么你的英文程度怎么样？"

"我初中第二学期害病,丢了半年,以后就赶不上了。"

"那么你都忘光了?"

"嘻嘻!"

"那么你怎么会毕业呢?又会考入高中呢?"

"那是私立的呀!"

不问他是不说话的,这就是我们中国的教育下的一个模范的青年。那些商业式的私立中学,是摧毁了多少中国的年轻的生命呀!这并不比兵役问题小呀!伤害青年的知识的那些教育商人,恶毒的罪名并不下于有害于民族的奸细,他们是伤害着一个民族的文化的生长呀!

信到这里告一段落,下次我再告诉你一只野性的山禽——那整天立在我寝室外一个竹笼里的英雄。就此祝

好

骆·二,廿八,雪雨天

三、给舒强

舒强,我的好朋友:

来信是十天前接到的,那时我刚从两江回去,若不,早就见到了,说不定你也不必消耗许多精神,在盼望复信上。

那天交给胡风你的手迹的拍照,虽然不及胡风像拍得精致,线条和光点倒都映得清楚,这是颇觉安慰的一点,可惜临走匆匆,未能在那小照上题几个字。

第二天我就去柳州了。

到柳州去是我离开两江时意料不到的,本来打算送走胡,看一看苏联的画展,不料画展又延期,那么远离桂林去玩一趟也好。同行的有三个人,田汉、许之乔和CK,我们打了十两三花酒,谈了一夜,兴致勃勃,倒没觉得旅途的寂寞和疲倦,当中谈到艺术家的气质之类

的问题，CK 有些高明的意见，或许他有那么一天，写到纸上来的。

你可以想象到第二天是多么疲乏，可是依然走到长官部去，从那里出来我们实在是咬着牙挪步了，然而还游览一番"商务"，还买了两本书，搭长官部客车到四队的时候差不多快落太阳了。

六天来和四、五两队的相处，得到了一个结论，四队的朋友都是深通世故的，理解力很高。五队就不同了，天真热情，可爱呀！正因为社会生活体验得不够吧！然而呢！我自己觉得就是笑，都似装出来的，我感觉和他们有着某种距离，正仿佛一个流浪人站在墙外看运动场上那些打球的学生一样。年龄虽是差不许多，可是情绪上衰老了，因之，不无一点灰色的感觉。不管怎样，心里是愉快的。然而，又想念着你。

临走的前一天，长官部有位谢秘书，这是一位黑发夹着白发的中年人，拿来一本"剧"的底稿，题名是"白娘娘"。在这上他消耗了十年的工夫，抱着歌德写《浮士德》的雄心，把中年五分之二的生命献给"白蛇"了。你想，这是使我多么激动的事情呀！我曾久久责问自己，惭愧呀！当夜我就读完了，作者的意识和感情，在某一点说，是高超的，然而文字上是平庸得很，而且陈腐。完全是吃了《浮士德》的译者的亏，在这里我不能不说，那些译者是怎样地罪恶地损害着天才，他们没有 A·W. 施莱盖尔的伟大精神，就着笔于莎士比亚了。《十九世纪文艺思潮》的作者克兰兑斯有几句话，我以为是很对的，他说莎士比亚是附了他的德国的翻译者重新降生了，在德国复活了。差不多是莎翁死后二百年，中部和北部的欧洲，才真正理解他。我们不能不把一七九七年以后德国文学上所以能产生浪漫派那些辉煌诗歌的功绩，归在 A·W. 施莱盖尔的身上。然而在中国，到处是普式庚的诗，到处是拜伦和雪莱，可是译者真能把握住原作者的内在生命的，是少而又少，假若没有瞿秋白的一部《茨冈》，我恐怕到现在还不是普式庚的读者，还不知道为什么俄国那么崇拜这位诗人。这位完全受了歌德译者伤害的诗人，第二天来听取意见，当时我难过，怎样才能婉转地说出他的十年的工夫消耗得可惜呢？怕他难过，怕他伤心，然而我到底说了："你是上了《浮士德》译者的大当，他骗去了你十年的心血和劳力，你只换得某部分的成功，可是这一部分的成功，也不是得自歌德的译者，而是你自己的高超的'精神'。"

三月廿一号，我回到两江来了。这里非常的幽静，有高阔的天空，有高山峻岭，有小溪、松林和草地，我在这儿要完成《蓝色的图们江》，就是那个关于人参的神话，大概原稿可以在五月底寄出，特伟也许等待得很切吧！

黄昏的时候，到附近松林里去采菌，晚上煮着作酒肴，什么时候，我们能喝两杯白酒，用自己采的菌来下酒呢！

告诉我一些你最近的生活吧！常和 F·S 在一块玩吗？代我问好！匆此祝

安

骆·三、廿三、一九四三

四、给×弟

××弟：

来信到手，你可以想象到我觉得是多么意外，然而读后，我是高兴的。礼帖也同时收见，先在这里祝福你们，以大哥的热诚祝福你们。可惜我不能在你们的婚礼的日子到场，因为我回来才两天，而且疲倦得很，假如你知道江桂路上的旅程是多么苦，那么你会知道我所说的疲倦的真正意义了。

失去了你的友谊，我也曾感到过难受，实在说，我从前对你有着很高的期望和要求，不管是在做人处事上，还是在艺术的追求上。现在呢，依然是一样。虽然我们路上碰着，彼此点点头就过去了，虽然我们不再热情地谈笑了，然而仿佛彼此也没有什么大的裂痕，不是一样吗？各人有各人的生活方式，在某点上说，也许是好的。我很同意H·F在某一份刊物上答复某诗人的话，说是有人把诗人比作舞台上的戏子，舞台上，她认真地浸入到艺术里去，下了台呢，反而把真正的人生当作戏。实际上呢！戏子也不尽是这样，就拿×××来说吧，有一次我曾在中北路上碰到过，她穿着黑大衣，同行的还有一个演小生角色的女艺人，演老旦的和青衣的母女俩。她们在一座百货店的窗橱前站下了，不知是无意浏览呢，还是有心寻找什么可心的衣料。在我从她们身旁走过的那一瞬间，我清清楚楚望见×××那双智慧的眼睛里所含蓄的一种气质，完全是一种艺术家的气质，不能说是忧郁，也不能说是渺茫，总之她是没有注意她眼前的窗橱，而是一无所见，如独身孤处沙漠那种高贵的虚无感。自然我并不是一个虚无者，然而我们不能不说这种虚无处在这个时候是多么可贵，至少她说出这个时候的现实，有几个有良心的艺术家，在这个伟大的时代，不表示他内心的一种憧憬呢！我们这时若是拿着那些沉醉在歌舞之间的饮酒诗人或迷惑在衣饰当中的女伶相比，那简直是侮辱，对于一个艺术家的侮辱。H·F又说，在现实的生活上既不认真，在舞台上认真的就很少。然而在舞台上认真也好呀！自然我们要求做一个真正的人，唯有在人生上是一个可敬的斗士，那么在艺术的表现上才有成功的希望。我们不是生活在十九世纪以前的诗人，我们不要继承拜伦生活上的某些传统，随便到哪儿去都要带几个女人，在艺术上我们是站在人类精神领域上搏斗，二十世纪的时代，还需要我们站在实地上搏斗！所以我痛恨那些在舞台上不认真的诗人、艺术家，更痛恨那些在舞台下打着旗子到处招摇撞骗的人，因之也痛恨自己。痛恨自己不坚实，在都市生活里，老是想到卡尔登或是中茶去。实际上，只不过吃两杯茶，然而日子就在这消闲中过去了。

　　自己耐不住孤独，需要友情，需要谈天，当然友情和谈天，不是坏的，然而脑子却没有思考的余地了，于是全心浸入生活里了。到头又耐不住友情的包围——那些可爱的朋友呀：特质最浓的是SK和××，将来有一天，我想介绍给你，只坐着谈谈天我就觉得幸福了。——于是逃了，也只有逃了。不离开桂林，我真不知道什么年月才能完成我的今年的工作。

离开朋友们，就像离开火，日子久了，也就感觉不到火的温暖和诱惑。整天的时间，除了读书，就去松林里采菌或是到河里捕鱼，今天晚上，我们就准备在岭角一日潭边上过夜呢！有时我自问，这是脚踏实地的作战吗？我自己作答：是的，就是那个坚强的鲁迅，还需要走到森林去"舐伤口"呢！虽然我是没受到什么大的迫害，然而我就是在这种游玩的情形下，也没有丢下我的笔。

以上的话，随着内心的波动写来，想你不会怪我。

希望很快能得到你的信。可以告诉我，你们的打算吗？到南岳度蜜月去吧！若是你们一月之后可以去的话，那么我准备陪你们去玩。有位前辈朋友，答应给介绍南岳的一位老方丈，作兴这位朋友也去玩呢，匆此祝

你们愉快

你们的人哥普、平乐

新诗和诗人

首先我们应该感谢五四运动以后所产生的那些开路的新诗人,在新诗发展的路程上,他们是有着不可琢灭的功绩,没有语体派的诗人,也就没有今天的已经在开始灿烂发光的诗坛,正像没有五四以后的时代,就没有今天的将要闪光的中国一样。这是从外形来看,实质上呢,没有今天的这个伟大的坚苦的日子,也就没有今天的七月社的那些诗人。人类的历史性社会生活是一个主要的根据,历史性的诗的发展,诗的遗产的批判性接受只不过是它的一个反映。这关系是很简单的,就是说,人类的历史性社会生活的发展,就是诗的发展;人类的社会生活的追求,就是诗的追求。

一、诗的理解

今天一谈到诗,就有些人摇头说是不懂,怀疑今天已经存在的形式,怀疑诗的音乐性——在这点上,他们是作为韵脚来看的——可见诗的理解是很难的,这难的程度正像理解生活。因为生活的本身就是诗,诗是产生于人类的历史性社会生活的土壤之中的。

A. 诗和美所遭遇的问题是同样的

我们就拿美来说,这是可以感觉可以认识的,西欧的美学专家只在这"美"字上就消耗了一二百年的工夫,直到现在还没有一个确定的解释,这是和诗的争论性质同样的。美学创始者 Baum Gasten 把美解释作"为感觉所认识的完全"。然而怎样才是"完全"呢?以什么尺度来看才是"完全"呢?问题就复杂了。

一个乡村姑娘认为戴耳环、衣襟上结着个红绸巾——美,可是有那么一天，她如果到桂林住下来了，生活久了，纯封建的生活意识又加入了一些殖民地式的生活形态的影响，那么她从前所认为的美会一天天给她抛弃了，这时候她所表现的形态该是一个烫发、涂口红的女郎了。从这里我们就可以知道，美不是固定的，它随着人类生活的发展而发展，没有什么固定的标准，由于生活背景的不同，你所认为美的，他或许相反认为丑。审美力的不同完全被他的社会生活所决定着，时时变更，时时发展。

诗的理解和美的理解是一致的，人类始终追求着它们，而始终得不到固定的满足。它随着人类的历史性社会生活的进步而进步。所以为感觉所认识的固定的"完全"，是没有的，假若有，那么就是作为决定他意识的社会生活的停滞来解释。一个人只要他的生活是发展的、进步着的，那么为他所认识的"完全"就不会固定。在诗的理解上是一样的，为什么有些人欢喜去看旧戏呢？因为他们的社会生活的停滞。为什么有些人欢喜话剧呢？由于他们的社会生活的发展。只有在现实生活上有所追求的人，才追求诗，只有理解现实生活的人，才能理解诗，这是一致的

B. 自然生活和社会生活的理解

理解自然生活是作为自然动物的人的本能。一个画家通过大自然的一切色彩可以理解那些色彩组成的特征，色彩在这上只不过是宇宙本质的外在表现而已。然而作为一个大画家他同样能通过人的面色和线条，看出他内在的生命，这内在的生命是为他所过的社会生活培育着的。倔强、懦弱、骄傲、庄严，只是那内在生命的外在形态表现而已。

当我们听见第一次蛙鸣，我们会感觉到春天的降临。当我们望见最初的发芽的绿草，我们会意识到春天的降临。当我们感受到突然变了的柔风，也会感到春天的来临，开始追求着去理解一切春天的声音了。当他完成了初步的对于自然生活的理解——这理解永远不会完

的，太丰富呀！人类永远在追求着去理解——他听到灶下促织声，就会意识到村外的风雪、冬季的萧条；听到池塘里夜蛙呱呱叫，就会意识到第二天是一个怎样晴的日子，这天晚上雷雨过后的气息又是多么爽朗，通过那些声音，可以理解到宇宙进行的旋律。然而在海洋里，一色是蓝的世界和点缀它的白色的浪花，我们感触不到有什么不同的气息，望不见天陲远处有什么特殊的气色；老渔夫或是老水手就能说出一场飓风来袭的预告，面色苍白地高声呼唤着、警告着，挂帆到就近的海港去躲避了。这时飓风还在百里以外呢。为什么我们不会感受到什么？也或许老渔夫在天陲线下望见一点点黄的颜色，也或许白浪的高度和澎湃汹涌的姿态有一点差异，可是由于我们的自然生活的不完全，那一点点黄的颜色和那白浪澎湃的一点点微异的气势，在我们就完全没有什么意义。这微妙的征兆只有老渔夫才能理解，通过那一点点表现，他可以理解宇宙进行的变化，因为他有了深入这部分自然生活的基础。诗的理解同样地，只能从社会生活的理解上去求解释。因为人不只是自然生活的生物，而所以说是人，是由于他有他的独特的社会生活。人类生活越向高峰发展，诗和其他艺术就越和社会生活拥抱得密切。

C. 诗和社会生活

喜欢看京戏的市民去看话剧和喜欢看话剧的知识分子去看京戏，坐在台下的心情或是一样的。剧情和观者没有那种应有的共鸣，原因是他们的不同的生活意识决定了他们对于戏剧的不同的理解，他们的不同的社会生活决定了他们不同的生活意识。假若有那么一天，中国到处流行着艾青和田间的诗了，那么中国也就不是一个半殖民地加上半封建的国家了。诗和社会生活的关系就被这样解释着。

你沉醉于李白的诗，正因诗人的生活意识和你的社会生活的情趣的一致，这里有一种共鸣。你不喜欢读雪峰的《真实之歌》，正因为你和社会生活拥抱的程度和诗人拥抱社会生活的程度的相差。这就是我所说的要理解好诗，首先得具备理解社会生活的基础。诗能帮助你去理解生活，生活也同样能帮助你去理解诗。人在这种诗和社会生活的相互影响关系下进步着。没有普希金、涅克拉索夫、果戈理、列夫·托尔斯泰、契诃夫、车尔尼雪夫斯基、高尔基这些重要的诗人、文学家的贡献，俄国大革命的基础可能不那么雄厚。没有当时的亚历山大·尼古拉所统治的那时代的俄罗斯的斗争生活，也就绝对不会出现高尔基那样的大作家。

二、诗和诗人

诗和诗人的关系就是诗人和社会生活拥抱的一种具体思想意识的反映关系。并不是诗人为了要歌唱而到自身以外的社会生活里去找诗。

我们站在江边上看见过往的船只，那些纤夫是多么吃力地拉着纤绳呀！那用撑竿的双手是多么吃力地撑，水手的双桨是多么吃力地划呀！空中没有风，挂着布帆就没有一点意义，可是当一阵风突然降临，布篷突然膨胀，而又恰在船只越过浅滩，进入大的水流里的时候，那些水手和纤夫就会突然地欢呼起来，船只是飞一样地顺流而下了。他们在那一瞬间的内心感受是美的，他们在那瞬间的呼声就是一个诗的音符。为什么我们的诗人生长在这样一个"褴褛""阴湿"的国度里，生长在这样一个大的震撼大的澎湃的日子里，自身以内无所感受而只在自身以外去寻找诗呢？这不是诗人，即使他写出一行一行很完整的有韵脚的文字来。

三、诗的形式问题

还是在美学上找解释：我们遇见印度的贵妇，鼻孔垂着金的镶着翡翠的鼻环，我们觉着是难看的，我们所否定的不只是她们的这种奇怪的外形，若进一步探求，我们实际上是否定她们的形态之内的生活意识。那鼻环和那些奇怪装饰，只不过是那内在的落后的生活意识的表现而已。那么所说为感觉所认识的完全，不只是完全的标准，各有各的尺度，而且所认识的认识若是全部作为形态上的理解，那就是形式论的歪曲，这里是包括着决定形式的内容的存在的。

为什么有一些漂亮的女人——如我们所常说的——有的往往接近久了，由于她内在意识的伪而一天天感觉到不美了呢？为什么有的姿态极平庸的女人，当我们接触久了，理解了她内在的思想，一天一天对她产生了美的感受以及美的友谊了呢？这类乎约翰·克利斯朵夫为什么爱上那个医生太太——婀娜的问题。所以一切的美不只是外在的形态完全可以解决的，主要的还有内在的本质，何况在有机发展的社会生活上就根本没有完全可说呢？

我在上面说过，诗是人类生活所永远追求的东西，它是随着人类生活的发展而发展。人类的生活的本身就是一种不完全的继续，从一个不完全的社会生活到另一个不完全的社会生活之后，被否定的前一阶段的社会生活在历史上可以说是完全，若真的有那么一天说是我们的社会生活是完全了，那么人类还有什么进步呢？人类生活不是要陷入停止的状态了么？这是绝对不会的。五言或七言绝句之类被诗人的肯定，正因为它在历史上已经是完全，假若将来有一种诗的新形式出现了，代替了现在的诗的排列，那就完成了今天的诗的形式上的完全。人们之所以不懂新诗，借口说它的形式的不固定，正因为新诗的形式的存在否定了旧体诗，社会生活本身就是不固定体。

从这里我们就理解到诗的内容和形式的问题了。当一个人放声大哭的时候，他不会注意到他的面部表情是不是还保持着容仪上的美，他会吗？绝对不会的。假若他注意到这上面去，那么他的放声大哭不是出自衷心的悲伤，而是别有所图。一个女孩子呢？照俗话所说就是撒娇。所说内容决定形式，从这上面就可以得到解释，而形式可以决定内容，我们是应该把它看作由于那大哭致哀的面容和声音而使我们感染到同样的悲恸来解释的,在这点上,那形式是内容的一种自然的表现方式而已,她的哀泣形态若是还保持着娇美,我们也会从那表现方式上看出它的虚伪,这是一个原则,可以两用。人们在这上是不该有那种闲情逸致,说她大哭的时候嘴唇不好看的。

四、诗的音乐性

在《真实之歌》里我们就接触到音乐性的问题,一首好的诗,必定是一个好的曲子,这就说明歌德的诗为什么变成贝多芬的曲子,文字在《真实之歌》里确如诗人所说,是作为符号用。有的诗人说诗是一本好诗,只是文字损害了诗人的感情。假若文字能损害了诗人的感情,那感情又是怎样脆弱呢?诗人在社会生活以内的自身所怀的要求与诗人自身以外的社会生活的现实,发生了不平衡的激鸣,那激鸣是由于他的要求强弱而决定着的,要求越是强,越是和所要求的不符,那么诗人发出的音波越是强烈。这诗人内在的情感波动的旋律是由外在的社会生活和内在要求的相差所激发着的,文字只是代表情感波动旋律的音符而已,正如作曲家所用的音符。

在《真实之歌》里所接触到的问题,倒是方块字和中国语言本身的落后,那情形和一个天才的作曲家生长在只有笛管的落后国度里,他所吹奏的调子,正因为感情过于澎湃而显出笛管工具的局限性,倒不是笛管损害那位音乐家的内在情感,在这点只能说是限制,然而就是限制还是可以领会到那超乎文字之外的澎湃之声的。从《雪之歌》里就更能明显地感觉到诗人内在情感的波动旋律,这就是音乐性,这绝对不是形式上的韵脚可能达到的。若是诗人仅仅在文字和语言上用工夫,那诗就绝对不会取得社会生命的。

五、诗人和战士的问题

从上面我所说的就可以知道为什么理论家胡风在给一个诗人的短

简里肯定地说，一个诗人首先必定是生活上的战士的问题了。诗人自身是生长在人类的历史性社会生活以内的，不是纯然站在社会生活以外的。假若诗人能两脚腾空，将自身纯然独立起来，那自然没有话说，否则他若失去社会生活以内的自身，纯然淹埋于人类的历史性社会生活里，那更没有话说。若是他是个诗人，他首先必定有他的不纯然独立的社会生活以外的自身的存在——只在这点上他就必定以一个战士的战斗精神才能获得，而又必须回过头来面对着自身以外的社会生活，寻求适合自身所要求的真理，诗人产生诗的痛苦过程，就在这里，那么诗人就没有"第二义"这一流的存在。在今天，要把人生和写诗分作两码事，和舞台上舞台下一样地分开来，那是绝对不会写出诗来的，尽管它是一行一行的文字，尽管采取怎样完美的排列方法，那也绝不会是诗。就是以往，那纯粹农村经济支配着人类生活的日子，满怀愁苦的农民会凭靠弦管或牛角，也有那使他作乐的生活意识和社会生活的根据在。李白和杜甫的不同，是被他们不同的自身以外的社会生活所决定着的。所以拿着人生当作戏，而能在舞台上认真演唱的艺人，也只是限于那一阶段的作为艺术根据的人类社会生活。即是现在有这种诗人，他偶尔写出一首真正的诗来，那偶尔碰出来的，也还是他偶尔和外在现实的接触而孕育的东西，失去这一点，连偶尔写出来的诗也不会有，那么在这点上他还是作为第一义诗人出现的。只要他失去社会生活以内的自身，或失去包括自身的而又在自身以外的社会生活，两者失一，他的内在求真的情感就不会颤动，连最细弱的声音也就唱不出来了。

今天的中国已经是接近诞生一个新时代的产期了，临盆的苦痛是超过任何国家的苦痛，这外在苦痛若不为他的感觉所认识，苦难的自身感受若不和这外在的苦痛交触，那么他就失去了诗人的生命。

最后恕我乐观地不客气地说，我们今天的中国是要产生大诗人的日子了，不但要，而且已经有些大诗人的光辉出现了。

中国是有中国的独特性,中国的独特苦难,中国独特的"褴褛""阴湿"和"骄傲",因之也必定产生它的独特的不同于任何国家的大诗人。

一九四四年

幸运的人们
——桂渝旅途小记

我们是一群走长途的旅客，一个新闻记者，两个校级的军需官，还有五个办货的布匹商人和三个不明身份的少妇。我们都是奔路心切的人，都盼望早一天到贵阳，早一天到设备舒适的澡堂洗个澡。和一般坐长途汽车的人一样，我们是疲乏、困倦，再受不了这公路的颠簸和尘土的笼罩了。

谁都知道我们中国的道路是多么出奇的不平，出奇的忽高忽低，出奇的泥泞，再不就是尘沙飞扬。城市里的背静街道充满了石头和砖瓦，连贯城市和城市之间的公路呢，得穿越一些山丛，在山丛间，盘旋上去，又折转地盘旋下来……而且谁都知道我们客运车是多么少，那些来往奔波的人又是怎样的多，仿佛到处追求什么，到处又一样厌倦、一样褴褛和一样的不安。尤其是衡山会战前夕，公共汽车站的旅人麇集，旅馆里的旅人麇集。

然而我们这一群幸运的人们，是舒坦地坐上一辆燃酒精的军用车了，当作一批走私的私货，偷偷地向司机手里塞钱，暗地里小声讲价，就这样我们在接洽好的检查站外的公路旁边停候了三个小时，而且到底舒坦地坐上了这烧酒精的汽车，而且走出三十公里，在一个荒凉的小村子口前，抛锚了。

"今天是不能到贵阳了。"那个新闻记者说。

"还到什么贵阳，到马场坪就不错。"那个上校军需官说。

当我们唉声叹气走下车子，从司机的口里知道是连接左右轮的横杆断了时候，我们立刻庆幸起我们的好运气来。

"险得很,若是我们正下着山,这横杆一断,那可就要没命了。"

"这是大家的福气。"

"说不定我们的车上有贵人。"

我们相互庆慰。车子是不能开了,住乡村的茅棚小店吧?一天的路,我们得走两天,在我们中国的公路上,又有什么话讲,到底还算我们的运气好。

第二天,换了车,仍然是我们这一群有好运气的人们,一个新闻记者,两个校级军需官,还有五个办货的商人和三个不明身份的少妇。仍然是一个燃酒精的军用车,而话仍然担保当天到,不同的,我们各人又多贴补上两百元的法币。

我们的汽车,飞速地在这出奇的不平的公路上奔驰了。我们的身子左右摇摆,有时身子离开车有五寸高。我们这一群幸运的人们,谁也不讲话,因为我们是高高盘踞在空的汽油桶上的。我们眼望着前方,各人的两手把持着近身的东西,我们的神经是那么紧张,汽车是连飞带跳跃的迅速呀!

当我们离开马场坪还有三公里的那一天,我们的军用车又出了事,下坡的时候给一个上坡的军车撞碎了车右手的厢板。就这样,新闻记者抱着空的大油桶滚下去了,一个中校军需官拖着一个办货的商人滚下去了,另外还有一个秀丽的少妇的手给压扁,两个撞坏脚的商人。然而我们的车子,已临悬崖,而没有翻下去。

三十分钟之后,我们这些幸运的人,又围着车子聚在一起,没有一个当场死亡,有的擦破脸,有的折了臂,于是我们相互地庆贺:"好险呀!我们的车子没有翻下去真是运气。"

有的说:"真是,这算是运气好呀!"

有的说:"我们的车子稍微歪一歪,不就坠落这有十丈深的山涧里去!"

"好险呀!"

"真还算是大家的福气。"

一天的路，我们还得走两天。我们这一群受伤的、折臂的、擦破脸的都说："慢慢走吧！分作五天也可以，别贪着赶路了。"都说："幸而我们还算运气好，车轮子临到悬崖就停住了。"都说："我们是幸运的。"

然而谁霉气呢？

一九四四年七月七日于陪都

大风暴中的人物
——评丁玲著《我在霞村的时候》

一

中国的农民久已失去了依靠，容忍着一切，无目的地生活着，为生活所激荡着，零零散散的，有的还随处漂流。艰难、困苦、疾病，是他们常靠岸的码头。东风来就向西去，西风吹就向东游，不知道哪一个方向是幸福，哪一个航线到达平等与自由。几世代的生活就是这样过去了，现在是遇到二十世纪四十年代的大风浪了，不自主，就要被毁灭，被撞碎，或者被冲到浅滩上搁浅了。

在这个大风浪冲击之下，中国农民又一次感到飘荡的恐慌了。从前，风浪一过还可以回去，回到自己土地上。然而现在这大风浪长期地冲击着，而且冲击着整个世界，中国的全部人民，在这旋涡里想生存下去，不只要护卫自己的家族小舟，而且还要冲着逆流达到所要到达的地方。这样，首先在中国人民观念上萌芽的，就是自主，就是自主的觉悟。

大风浪中有阳光降临的地方，那觉悟发芽就比较早，而且一天天壮实了，因为现实生活的土壤培育着它。丁玲的《我在霞村的时候》这本短篇小说集子里，一篇题名叫"夜"的，就表现出这把握住人类生活的航程路线的人——何华明，又怎样带着他周围的农民，顺着这条路线走，而且又是怀着一种怎样的心情，肩负着怎样的痛苦——为着旧时代所加到他头上的一种沉重的负担。

在这本短篇小说集的另外一篇《新的信念》里，作者又雕塑了一个农村老妇有着倔强灵魂的塑像,那灵魂是久已锈蚀的,在大风浪的冲击之下,开始剥落,开始透明,开始带着锈蚀斑痕而发光了。她——陈新汉的母亲,金姑的奶奶,也是容忍着一切,飘落在人类社会生活之内的一个。然而在作者笔下展开的她的生活里,我们可以知道她又是怎样地走回个人之外的社会生活的核心里来的,同样她背后也追随着一群人。在这里,我只提出这两篇来谈谈。让我先说第一篇吧。

二

老太婆——陈新汉的母亲,金姑的奶奶,是从村子外边忽然响起一阵枪声那天晚上,被丢在家里没有逃去的人,可是等到陈新汉五天之后回来,她已经失踪了。

你看,她是怎样回来的吧!

"这时,在原野上只有一个人的蠕动,但不久又倒下去了。雪盖在上面,如果她再不爬起来本能地移动,是不会被人发现的。渐渐这物移近了村子,认得出是一个人形的东西。然而村子里没有一个人影,它便又倒在路旁了,直到要起来驱逐一只围绕着它的狗……狗已经不认识这个人形的东西了,无力地却又恋恋不舍地紧随着它……"到了陈新汉的院子里,"然而它却瓦解了似的瘫在地上。它看见了两只黄的,有着欲望的眼睛在它上面,它没有力量推开它,也没有力量让过一边去……这时候那墙口的缺处却出现了另一条狗,'唔……唔……'地哼了两声,于是这条狗便跳了过去,示威地吠了起来……"

这就是那个老太婆——陈新汉的母亲,金姑的奶奶,她失踪许多天之后又回到村子里来了。她遭遇了一些什么,你可以从作者的叙述里知道:

"她把自己的耻辱也告诉别人,她在敬老会什么事都干过。她替他们洗衣服,缝小日本旗。她挨过鞭子。每逢一说到这里,她总勒上她的袖口和解开她领际的衣襟,那里有一条条斑痕。而且她还给他睡了,有一个中国老头子也睡了她,他是被逼迫的,那些日本鬼子站在周围看他们,那个老头子的眼泪滴在她脸上,他咕噜地说:'你别恨我!'"

于是她对家里的女人讲:"那姑娘叫、喊,两个腿像打鼓似的,雪白的肚子直动……"她吓她的孙女们:"三个鬼子就同时上去了,那姑娘叫不出声音来,脸变成了紫色……她拿眼睛来望我,我就命令她:'咬你的舌根,用力咬。'我以为她死了好些。"

她看得实在太多了,拿作者的话来说:"她一生看见过的罪恶也没有这十天来得多。"于是:"她去了,满村了巡礼,指点着那些遭劫的地方,一群群的人跟在她后面。儿子媳妇们开始讨论这事,说:'咱们家出了疯子呀!'"她"并不是饶舌的老太婆",然而"在她说话所起的效果中,她感到一丝安慰,在这里她得着同情、同感,觉得她的仇恨也在别人身上生长,因此她忘了畏葸"。有一天,当那老婆子在人群中宣讲时,她的大儿子陈新汉也走过去听。

"老婆子正讲着她自己的事,他感到自己几乎要疯狂起来,作为儿子的血,在浑身激流着,他不知道还应该喊几句好呢,还是跑过去抱着她好,或者还是跑开。他又像被吓住了在那里发抖,而这时,那做娘的却看见了儿子,她停止了故事的述说,呆呆地望着他,听的人也回过头来,却并没有人笑他。他感到从来没有过的伤心,他走过去,伸出了他的手,他说:'我一定要为你报仇!'老太婆满脸喜悦,她伸出了自己的手,但忽然又缩了回去,像一个打败了的鸡,缩小着自己,呜咽地钻入人丛中,逃跑了。……"

这是使人颤栗的一个负辱而痛苦的灵魂。她站在人丛中的那种庄严姿态,是她不自觉的,然而从她回过头来呆呆地望着陈新汉的脸色上,读者就可以知道,她怀的是一种怎样沉重的心情,而那些听众,并没有笑,又可以知道他们是以一种怎样庄严的姿态站在那儿观望,怀着一种怎样沉重的心灵,去接受他们母子两人的相望。而老太婆忽然缩小了自己，像一个打败的鸡，缩小着自己，呜咽地钻入人丛中，逃跑了。这印象将深刻地留在读者脑子里，永远不忘。

正是因为她是"像人形一样的东西"，在雪地上被两只贪馋的狗恋恋不舍地追随着爬回来，这一种疲倦而半死的姿态，才加重了读者们开始的同情，对于那悲惨境遇的追问，她的那种悲惨态的出现，就是以后知道她的遭遇的憎恨的加深。在这里，作者的真挚情感和她作品中人物的情感是融合的，正如读者和老太婆——陈新汉的母亲，金姑的奶奶所怀的耻辱和仇恨同样地起着共鸣。作者的才能是可惊的，然而在这篇上却还不是圆润闪光的。

作者在这篇上所显示的宇宙，仿佛是崇高的峙立深涧两旁的峻峰，那峡谷之间有一条险路，而这险路又临着危崖。走入这境界的读者，只全神贯注在这条险道上了，那么所有的溪水、峻岭、沙石、草地和树木，以及阳光、水色，还有那水流的音韵，都似乎是多余的存在了，被注意力所不及地忽略了。固然没有它们就失去了险要性，而有它们的存在并没有更有力地现出这宇宙的奇突和惊险。

在这种类似的创作方法上，罗丹是大胆的，巴尔扎克的塑像只是一个头颅的面型和并不完整的胸部，然而正因为这种不完整才现出了它的完整，因为他只从那一个面型上，就表现了巴尔扎克的全体，正如他的"走路人"一样，虽然只是两只腿，然而从那赤裸的膝部的嶙峋的肌肉和筋骨之间，就现出了它的生命、它的力，那确实也就是全体。

自然这是对丁玲的独特的要求，而不能以之要求一般的所谓中国的当代"名流作家"，对于这样的"名流"，我们除了叹息，是没有别话可说的。

作者最后使这负辱的，怀着仇恨火种作为社会生活之外的个人的老太婆——陈新汉的母亲，金姑的奶奶，走向个人之外社会生活核心去，向周围燃烧开来这一过程，也是以不同的表现方法表现的。

当两个妇女工作者访问她，而且要求她加入妇女会的时候，她就说：

"我是不懂那些的，你们要我，我就入，我也不怕你们骗我，我三个儿子有两个上了游击队，一个入了农会，我再入一个会也没有什么，横竖我也吃不了什么亏，不过，我入了，我的孙女也得入。"这"不怕"和"横竖我也吃不了什么亏"，就是她的自信心的坚实，她已经有了战斗的能力，已经不是一个中国旧式的一般的老太婆了，虽然她的灵魂还带着锈蚀的斑痕，然而却被同时从那灵魂上发出的光辉所反射而不显明了，不久自然会给风浪冲击得更亮，一点斑痕都不会存在了。作者让她怀着一颗仇恨的火种，向她的周围去燃烧。这已经是一个新的老太婆了，新的陈新汉的母亲，新的中国农村妇女。

三

《夜》是一篇完整的、有光润的作品，正如一颗透明的带着一点微瑕的美玉。由于这黑夜是透明的，读者就会像戴着墨镜一样，走入作者所布置的星夜的境界。那在这境界中展开的何华明的幽黯的家庭生活，是清清楚楚现在读者的眼前，并且还感觉到那农村夜晚的调和的气息。

正因为这篇作品的谐和、圆润，就显出第一个出现的赵家大姑娘那人物和全篇的韵律不调和，然而这仍然是一篇成熟的作品，完整而且有光润。

何华明现在是一个乡村指导员。"当他挟着一个小包袱去入赘在老婆家中，那时他才二十岁，虽说她已经是三十二岁了。"过去他是以怎样的姿态在生活的海洋里飘荡，读者是难想象的。他在这块地方"来来去去生活了几十年了"。"二十天来，为着这乡下的选举，他回家的次数就更少了，简直没有上过一次山，因之相反地就是当他每次回家之后听到的抱怨和唠叨就更多。"

在他回家的路上，"他想着那几块等着他去耕种的土地，而且又意识到在最近无论怎样都还不能离开的工作，总是说不出的苦痛"。"他奇怪为什么这半天他几乎完全把他的牛忘记了"。他的那条母牛，就在这几天要生小牛了。

这是何华明双层的苦恼，个人之外的社会工作和社会之内的个人的工作的矛盾。由于这个痛苦，就加深了他和长于他十二岁的老婆之间存在已久的痛苦。假若何华明没有在这中国历史进程中为大风浪冲击之下所掀起的自己的求生的信念，没有自己对生活的重新认识，没有择定自己的航线，那么何华明就不会有两种工作的矛盾，回家的次数不会少，也不会忘记他的将要生产的母牛，更不会荒着他的地二十多天没有耕；而比他大十二岁的老婆，唠叨就必然会少，他的痛苦也就会轻些，说不定他还意识不到什么是痛苦呢！只是如我们中国的庄稼人所说，不顺遂而已。他是会忍受的，在忍受中叹息，在叹息中生活，就这么麻木地毫无意识地一天天过下去，直到生命被击沉。

然而现在他是有了他的生活目标了，而这又是他那老女人所不明白的。

当他第二次从牛棚里出来，"她凝视着他，忍着什么，不说话"。而他也从她脸上的每条皱纹里，看出都埋伏着风暴，习惯使他明白，除了披上衣，赶快出门是不能避免的，然而已经时间很晚了……他嫌恶地看着她已开始露顶的前脑……只好不去理她，而且在他躺下去时候便说："唉，实在热！"这是一句怀着怎样痛苦的心情说的话呢！何华明对他老婆是一种怎样的姿态，作者从这一句短简的话里就表现出来了。那脸上的皱纹，皱纹间所含的风暴，那秃顶，以及那秃顶之内的脑子里所有的意识，一切都是过时了，表示的不单只是形态的衰老。他，一个乡村指导员，一个感觉到两种工作矛盾的人，一个又要"谈问题"又要"作报告"，又念着将要生产的母牛，又总是想着"那几块等着他去耕种的土地"的人，怎么能被她理解呢？他对她能说些什么呢？

于是"一个什么东西摔在地上了,女人在哭,先是一颗两颗的……她轻轻埋怨着自己,而且诅咒:'你是应该死的了,你的命就是这样坏呀!活该有这末一个老汉,吃不上穿不上,是你的命哪!……'"

可是"他不愿说什么",这就是使她更难受的原因,有什么还比"越来越厉害的沉默"在夫妻间更为可怕的呢!"以前他们也常吵架",然而那还表示她自己还有一种不能使对方沉默的力量,沉默就是屈服,然而现在这沉默是蔑视了。"她感受到他更高更远,她毫不能把握住他","更其令她伤心的,是她明白她老了,而他年青……"她希望能激怒他,越发咒得厉害,而且捶打着什么,大声咒骂……而他却平静地躺着……

他想:"把几块地给了她,咱也不要人烧饭,做个光身汉,这么,这锅炉,这碗碗盏盏全给她,我拿一副铺盖、三两件衣服,横竖没娃,她有土地、家具,她可以抚着个儿子,咱就……"然而当他怕她跑过来,溜下炕,心里还在赌气地说:"牛,连小牛都给你。"跑到牛栏边,遇见那个诱惑他的侯桂英的时候,他的这一念头又在一次燃烧下熄灭了。

"不行的,侯桂英,你快要做议员了,咱们都是干部,要受批评的。"他推开了她——那个"一手撑在牛栏的门上挡住他出来的路",二十三岁的嫁了一个十八岁的丈夫的女人,青联主任的妻子。在月亮底下,她是敞开领口,"牙齿轻轻地咬着嘴唇"望着他。

在这里作者提出的是一个严肃的问题,一个被旧时代迫害的农村家庭社会的男女,在这历史的大风浪时期又接受了新的生活意识,生长了对于生活的追求欲和信心的交叉性的社会学的问题。

那以后怎样呢?何华明像"经过了一件事后的那么有着应有的镇静……"回到炕上去了。她还在哭。

"于是他喊他的老婆:'睡吧,牛还没有养好呢!怕要到明天。'老婆看见他在说话了,便停止了哭泣,吹熄了灯。'这老家伙终是不成的,好,就让她烧烧饭吧!闹离婚印象不好。'"

何华明的念头,就这样熄灭了,这是四十年代到五十年代的中国历史过渡期的人物,背负着旧时代所给予的枷锁来开垦新时代的农民,跨着两个时代,两种农村社会生活,不迁就那些旧的过时的农民的观念,他是没法把他们聚集在自己周围,率领他们过渡到新的有生活标帜的航程线上来的。

作者的写法,所以说是圆润、透明,正因为作者表现她的主观世界的成功,那些客观的现实生活里的人物的自然性和社会性的矛盾,两种生活意识形态所产生的生活和感情的矛盾,都在作者的主观世界里以完整姿态再现了。这里闪现着作者的智慧之光。

何华明的老婆,哭得那么厉害,而且大声诅咒,可是,何华明一开始说话(实际是完全与她的哭闹无关的),她就停止哭泣了……躺在他身边唠叨地问:"明天还要出去么?什么开不完的会……"读者可以听出这声音是怎样柔顺,唠叨中的柔顺,同时就感觉到她是怎样的可怜,一个过时的永远不会理解她丈夫生活意识的那种旧农村妇女命运的可怜,同时更进一步可以窥见潜埋在何华明闪光的灵魂里的一点阴影。

他的对于老婆的蔑视,就正是对于他自己的工作的尊重的表现。他之所以不理她,主要的不只是她的形态的衰老,倒是她那种可嫌恶的意识的陈旧,那意识表现的具体形态,读者从她那捶打着哭、大声诅咒自己,渴望能激怒丈夫,使他多少注意到自己,就可以认识清楚了。她的生活,就是要丈夫关心自己,她是永远拖住他的衣角,不放手的,即使是用怜悯眼色望望她,在她就得到无限的安慰。

作者望着何华明的背负着中国旧时代的赐物走向新时代——正像背负着过时的棉衣在春日的旅途上的旅人——还默忍着对于中国农村的落后妇女的叹息,也正像对于那旅人所负的过时的沉重棉衣的叹息。

忘　却
——读《发疯》之后

有些青年在和社会刚开始接触，遭受一点不如意、一点失望和打击，他们精神就立即溃散，于是肯定了社会的强，也就肯定了自身的弱。

因为他本身也确实是弱的，他已经没有了寻求社会的弱、社会的空隙的勇气，他也将永远占据不到给社会以猛烈回击的据点。

于是感觉到人生是空虚的，因为他已经游离，已经变成了社会的多余的存在，而又不甘心自身所处的游离状态，于是彷徨苦闷，于是产生了忧愁和哀怨。因为社会的压力，对于这些弱者更显得无比的坚强。而他们又实在没有方法逃避开这种压力，因为到底他还是待在这社会里生活。

那么怎样呢，于是只好寻求忘却。

京戏、大鼓、麻将牌、鸦片烟、大曲酒以及色情小说和妓女，都成了忘却人生的珍宝。喝醉了是多么飘飘然，人生不过是一场梦。唱两句"我好比……笼中鸟……"自身不也暂时离开人生，化为北国受困的杨延辉了么？家庭妇女在麻将牌桌上获得忘却，知识青年在色情作品和《秦淮世家》之类的小说里获得忘却，因为在这上是永远不会和社会的实质接触的，这是人生的空白，而在这空白上，弱者获得了解放。

然而京戏终要散场，大醉之后终于还要醒来，那时候，面临的又是现实，于是大的弱者，就连这醉后一时的清醒、清醒后那刹那间和社会的接触，都感到力不胜抗，感到酒的无力，感到京戏、色情作品、妓女、鸦片所给予的、解放的不满足。

　　于是世界上就有了寻求人生解脱的某些艺术家和和尚。

一九四五年六月五日

论感伤

  感伤只是寄存在小资产者出身的人物身上，因为它是从现在和过去的比较上发生了不平衡的感触而产生的。而无产者出身的人物，有着一天一天接近的未来，也就很少回恋过去，因为未来需要他去争取，而过去也实在无可回恋。

  感伤的基础是不安于现在，却又见不到未来，而肯定的是过去。因为过去就是少年的日子，少年的日子生活单纯，由父母抵挡着社会性的压力——或者说从社会榨取或换取生活的资料，而小资产者的少年，就在这保护圈子下生活，自然回忆起来也就甜蜜。而现在所需要的是自己的战斗力，因为到底是接近未来的时候了。所以感伤的人就是弱者，弱得又很可怜，因为他又不甘于倒下去，如"忘却"的人物来得爽快。实际上他还等待着未来，虽然这未来对他来说一点也不清楚。

  感伤者的感伤，实际上还是弱者的自觉，因为到底他还是对现在不满了，可是也只止于此。

  作为起点，这时候，感伤者该抛弃过去，然而"现在"又确实使他肩头疼。因为历史确实也压力太重，而且他又望不见那一天天接近的未来。

  于是感伤的终于给历史压倒了，虽然又不甘心于自己的沉默，然而到底还是在挣扎中要沉默，这挣扎着的沉默，是悲痛的。

一九四六年一月十三日重庆

发表欲小论

为什么初学写作的人,发表欲是那么强呢?急于印出来,急于使他的观念或感触成为客观的具体形态的存在?现在我知道,说是完全为了好名的论点是错误的。虽然作者是那么天真,不知道自己的作品是怎样肤浅。然而他要在社会的思想领域里或是观念境界里,表现他的主观精神的存在,表示他的对于社会生活的自己所有的击力。虽然他不知道自己使出来的击力是怎样的单薄,然而他是要试一试的,他要进击,因为他既然是生活在这个卑污与圣洁对立的社会上,他就有所憎恨和热爱,他要卫护他所爱的,打击他所憎的,虽然他还不知道,他的击力是怎样的贫弱,然而就是知道,他也要表现的,虽然社会的精神领域里,并不感觉,因为卑污盘踞的范围是太大了,而且有着历史作靠山,然而他不管,因为他是表现他的击力,表现他是在打了。

等到为了写不好而苦恼,那么,他就不是急于表现他的击力了,而是要怎样才能一拳击中他所要击的要害,这时候,他所要求的是自己的击力怎样才能坚强。

一月廿日

答友问
——关于写作种种

问：请你说说怎样来写作。

答：那么你要写些什么呢？

我看这个问题，是这样来说，不是写作的问题，而是怎样生活的问题，懂怎样生活，就会从生活里得到许多东西，这东西有的使你愤怒，有的使你痛苦，有的使你触犯社会，有的使你受到打击，你要挣扎，你要抵抗，你要控诉，这时候可以说你有了写作的主要素材，那么怎样来写作也就不算是问题，这时候是要从你所获得的那些生活给你的感觉、给你的伤害里边去寻找人生的真实，也就说有思想，那末怎样来写作，更不算其为问题，可是这里要注意，就是要认真地生活。

问：那末您不承认技巧吗？

答：技巧是有的，然而你相信，一个母亲准备好了剪刀、扎肚脐的小绳儿、棉花和水，就能生出孩子来吗？人们见到笑总是愉快的，而这个笑是有他感情上的缘由，假如说这笑，是凭空的，是无缘无故的，是从镜子前面研究出来的，这笑给人们什么呢？给人一种人生的虚伪，或人生的空虚而已，而真正在生活接触中发笑的人，恐怕也未必研究过笑的姿态吧！

祝　福

在一九四七年的开始，我们向过去一年来肩负着地狱闸门的诗人、学者、教授们祝福。

祝福生者健康，并继续肩负这地狱闸门。

祝福那些倒下来的勇者们之遗族，得到中国人民的卫护，子女，受到好的教养，生长得壮实，体魄雄伟，来日并为人民谋福。

中国，由于有你们的抗拒，闸门没有落到地，这里因之保留下来一点微弱的阳光。

由于这一点微弱的阳光，有一些学术工作者还得以"偷安"工作。而你们自己为了卫护，却牺牲了珍贵的工作时间，这损失又是埋头工作者们的工作无法弥补的。

然而已降临的一九四七年，仍然需要你们的牺牲来肩负……

这牺牲的时间是不会太久的了。

地狱的闸门将要碎裂，

阳光将要出现，

人民将要获得解放，

那时候，

埋头于人类生活思想的研究。

埋头于巨著。（于上海）

给 C 君

我不愿意被"崇拜",
说什么存在的"永恒",
我愿
生命闪光于一刹那,
就此死掉;
像闪电一道,
虽是那么暂短的一瞬,
却给这宇宙
一个大的震撼。
我带给了枯燥的大地,
轰然而降的
倾盆大雨,
而后人们在狂欢中,
把我忘掉。

文学与人生

什么是人生？我们可以这样解释：人生就是自然与生命。在幼年时代，人生所理解的可说是自然底美。小孩子，他们喜爱的是小白兔、小狗、小猫；他们看到春天怎样来到人间；他们知道流水怎样带了落花而去。这一切的一切，使他们对整个世界发生新奇之感，却感受不到社会半丝的压力。然而当那样一个黄金时期过去，到了十四五岁，将要插足社会之际，由于生活和心境的变化，更会开始对社会生活惶惑起来，站在社会底大门前感到无比的空虚。等到中年涉足社会，因为感受到现实社会的压迫和苦痛的经验，于是心情就会悒郁忧虑、精神颓丧，对于环境的威胁亦无法抵抗。中年的人生到了这个处境，已深深发觉了社会压力的强大与个人力量底单薄，不由得不恐慌万分！在这时候思想激变得很厉害，每一个人必须选择他应走底路了，一条是悲观与失望，一条是继续坚强地活下去。

社会给予人生的压力，大部分是历史的传统物。历史的发展不能走上完全底美满，使许多缺点依然存在，却又没有方法可以把它鉴别出来、清除出来。在《升官图》一剧中，其中有许多丑恶的人物，他们表显在舞台上的一切使我们直接感到厌恨，可是这些丑恶的人物在我们周围不知有多少，在现实的生活圈子里我们却不会普遍地有如此敏感了！原因是这社会底缺点太多，历史遗留的积毒太深。势力单薄的少数人的正直敌不过多数的平庸，整个社会被平庸浸润了，正直无从显现它底力量，甚至直接受到现实的打击、摧毁。中国是一个半封建半殖民地性质的社会，这里所指底平庸就是这社会的产物，它的性质相当于奴才的愚昧和无知。

受社会历史压迫的人生，它应采取的态度究竟以何者为真确呢？在古时，历史上多的是一批清谈的名士。他们受不了现实的压迫，不能把握现实、正视现实，于是只能采取消极的方法——逃避！有的纵情狂饮，有的自猥弱体，有的隐匿山野，对世事不闻不问，把人生的意志全牺牲了。可是这种逃避的方法在古时可以，在现社会却不可以。时至今日，社会组织日渐进步，社会生活的关系日趋周密，没有一个人可以离开社会单独生存，没有一个人可以逃避社会而不受其压力。敌不过社会压力的人生，一个方式是与社会压力妥协投降，甘愿平平凡凡地消磨一生的光阴；否则，不甘心妥协，就只有悖逆社会压力，与社会历史压力战斗。

我们可以这样解释：文学是人生与社会历史压力战斗的武器，文学的性质是精神的，它帮助人生与现实斗争，罗曼·罗兰用他底笔写下了"人生即战斗"几个字。战斗胜利了，才会感到人生的快乐，人生才有意义，所以我们目前需要的是战斗底文学！

屠格涅夫式的十九世纪文学，它底内容是抑郁伤感，对中国现实社会所生底影响可能是一些无生气的叹息和呻吟而已！左拉式的自然主义作风，虽则对社会的看法是真实的，比屠格涅夫似乎进了一步，但是自然主义派的方式呆板，它不能揭露现实的丑恶与实质，同样的不能配合战斗的条件。这些都是客观派底文学，它们有的是客观理想，把一些情节绮丽、想入非非的故事搬上文学的镜头；它们追求人生理想的美，飘飘然地描述了一幅人生底图画。这些美丽的故事与图画，它底唯一作用是点缀人生、刺激人生，然而却反映不出现实最精彩最实在底部分来，所以没有战斗的意义，担负不了战斗的任务。在这时代，假如要发挥文学对于人生的创造性，只有现实主义的文学才能担当这个责任，它坚决向社会现实挑战，揭露历史社会所表现的一切丑恶；它一方面有崇高的理想和追求，一方面冲出空虚的概念境域,与环境展开搏斗。鲁迅先生底一生就是为人生而战争,他的笔是一支枪,他无情地不断地向四周的敌人挑战,从来不曾屈服过。

"新春噩梦"之外的话

新春有噩梦,在一九三七年是必然的。因为人类不是单纯的自然生活的动物,自然生活之外,有着他的社会生活,缩小来说也就是政治生活。

新春有噩梦,在一九三七年所以说必然,就因为自然学上的新春正遇着政治学上的寒冬,噩梦就在这新春和寒冬的矛盾上产生的。

人类不能离开政治生活,单纯地过自然生活,这道理尤其是在中国更明白。假若是真有这么一个游春的人,到江湾附近或是吴淞的野外去徜徉、徘徊,躺在草地上望望高空的流云,那么毫无疑问的,久了,就会受到警察的注意,因为谁都知道这一带不久以前的火药库爆炸过,直到现在还是作为不定谳的疑案来侦察着的。好,你没事到这来徘徊什么?

所以自然的新春,不会给中国的人民带来温暖的。除非政治的冰冻消解,就是说政治的春天降临了,人民自由了,不被苛捐杂税所剥削,不受捉壮丁的威胁,生活能饱暖,只有在这时候,新春才会被感觉到,阳光是那么温暖,青草发芽,鸟声婉转,而你走到野外也不至于被哨兵盘问和恐吓。那时候,你躺在草地上,自然也就不会有噩梦了。

然而一九三七年的新春,中国的全部人民真都不会感觉到温暖么?也会有些例外的。那将是一些都市的小有产者,一些现实的逃避者,一些甘心于自己的温饱的人们,一些的想忘却现实给了他损伤的人们,他们将在春天陶醉、歌颂。因为他们的子女远离炮火,在都市里得到了安全,因为他们坐享资本带来的利润,或者是刚足温饱,有时也负点债,却要在春天怀抱里,有青草和河流的土地上躺一躺,求一时"解脱"的。总之,是懦怯与自私,一九三七年的新春是他们的。

  而广大的人民,将要不感到这一九三七年新春的温暖,将要争取政治上的春天。因之新春而会有噩梦。

二月十四日晚

虐杀者与战士

虐杀者自然也就是旧世界的统治者，正因为统治旧世界，所以要虐杀。

战士是旧世界的进攻者，因为进攻才会被虐杀者所虐杀。

不用说虐杀者与被虐杀者之间的仇恨，由于被虐杀者不断地增加而增加，因之，也就更不断地增加着旧世界的敌人——战士，也就更增加了虐杀者的恐怖，因而也就越发扩大了虐杀的范围。

不用说，虐杀者与被虐杀者之间的仇恨是深深的。

因之一个战士被虐杀者攫捕在手的时候，有的就企图自杀，因为战士已经被解除了武器，已经失去了生命的意义，而且自己知道结果终将会被统治者所虐杀。尤其重要的是要逃避被虐杀时的恐怖、恶毒的笑，体刑、嬉弄、侮辱等等一个战士死前必经的历程，同时，也就是要卸除一个战士精神上在死前的沉重的负担。

被解除了武装的战士，实在已经肩负不起这负担的沉重，而自杀就可以完完全全地解除了。所有的恐怖、威胁、侮辱、嬉弄，将随着战士的生命的结束而烟消云散。

不用说，自杀当然同样地也解除了虐杀者的血的负担，因为虐杀者本还没有着手虐杀。至少，也可以说减轻了虐杀者该背的仇恨的负担和血的债务，甚至虐杀者还可以说，他本没有打算虐杀。

因之本来打算自杀的战士，往往是终于不自杀。正相反，战士要用他的生命来证实他的被虐杀，因为证实被虐杀者所虐杀，也就加重了虐杀者所欠的血债，同时也就正是证实了旧世界的末日。因为统治旧世界的末日只有虐杀。因为要证实被虐杀者所虐杀，于是死又获得了额外的一种新的意义，因之也就有力担负起被虐杀而死那以前所要受的暴虐和摧残。

面临着死而昂然不屈的精神，只有在这里才能获得解释，才没有什么神秘。

战士拥抱着真理与正义，同时在虐杀里要证实他的拥抱，战士怀着深深的仇恨，同时要在被虐杀者所虐杀中，移植仇恨，或者说用血散播他的仇恨。

因之临刑就死前慷慨激昂的表现，也就不足惊奇的了。

但虐杀者对于虐杀并不避忌或畏怯，因为他必须要用虐杀来巩固他的旧世界。所以前二年竟至于还有砍头之后，继之挂在车上当众游街的事。

然而究竟虐杀者自己也知道那是在虐杀，因之虽然一个体无完肤的战士，一个五花大绑着的战士，但还要派遣大批人马来维护着虐杀。

然而究竟虐杀者的统治还似坚固，因为虐杀者居然敢不避忌他的虐杀。

但当虐杀者避忌他的虐杀的时候，那往往也就是他的旧世界就要粉碎的时候了。正因为就要粉碎，虐杀者在复仇的恐怖中越发要虐杀了。

但这时候虐杀者开始避忌虐杀之形。

《大公报》四月三日载：新华社长春二日电：此间卫戍部队又在前国民党特务机关监察院内掘出尸体十三具，连同日前所发现的四十一具已达五十四具。该处现正继续探掘中。此次发现之十三具尸体，大多为青年学生，两手被反绑，头部缚以帙巾，口里塞满棉花，均系受惨刑致死者。

那前两日的四十一具尸体，据载是从垃圾堆里发掘出来的。

因为虐杀者的统治力就要被粉碎，它脆弱得连被虐杀者的呼声都经受不住的了，而被虐杀者也知道只要死前用呼声就可以传达和证实自己的被虐杀，移植或散播自己的仇恨，因之，于虐杀时就要呼喊口号。于是虐杀者在进行虐杀时,在被虐杀的战士口里塞了棉花。

因为一点声音、一点政治信息这时候就会燃起广大的由于仇恨而来的燎原大火。因为虐杀者知道除了他们自己那一伙凶手,人民都已经变成面对着他的战士,或者是在挣扎中撞击着旧世界的蜘蛛网的准战士了。

四月十一日香港

我欢呼,我怀念,我又担心呀!

一

廿一号那天,
我没有睡好觉呀!
黎明五点钟,
我站一会儿,
躺一会儿,
又在晒台上坐一会儿,
我等着
早报呀!

二

六点钟,
天还没有亮,
我望见
年轻的报贩,
从雾色迷茫中,
飞快地,
闪出来,
向台阶跑来了呀!
我大声喊,
他仰头高呼,

"过江了！"

三

"过江了呀！"

我欢呼，

向世界，

向南洋，

向殖民地的祖国的人民，

向我的那些遥远的朋友们！

我欢呼，

向北方，

向中原，

向陈毅，

向第三野战军

和战士们！

并且说

赶快向南京，

向常州，

向上海追击呀！

那儿的监狱

有着一大批政治犯呀！

四

我怀念

我又担心，

因为我知道，

那些蒋介石的鹰犬们

惯于在撤退中，
对我们的同志，
下毒手呀！

　　　　　　　　　　　　　　　四月二十二日

纪念鲁迅，加强学习

一

鲁迅先生是作为亚洲的伟大的革命思想家，而列入了世界人民的现实主义文学有名的高峰之间。

鲁迅先生在思想战线上所获得的战绩，也就是中国的人民的现实主义文学所获得的战绩，自然也就作为世界的一部分，为广大的先进人民所注意研究的。

凡是研究鲁迅先生的人，都是要从他那里吸取自己所最需要或者说在自己身上虽有却较少的那种东西。而且因为鲁迅先生所留下来的遗产太丰富，我们又不能完全地可以概括而取之，有的我们还没有足够的工夫和力量来吸取，那么我们研究鲁迅，首先要从我们所需要的那一部分着手。

二

一般地我们常说：学习鲁迅精神。

这种鲁迅精神用他的两句话就可以说明："横眉冷对千夫指，俯首甘为孺子牛。"鲁迅精神就是敌我分明的战斗精神，概括着本身对于世界人民的敌人的倔强的战斗，以及对于本身以外的人民战斗力的培养与扶植。这是鲁迅精神的主干，而根源却在于革命的爱国主义与国际主义的无产阶级的战士思想。

一般地我们又说：学习鲁迅作风。

这种鲁迅作风往往强调了敢哭、敢笑、敢骂、敢说。实际上这"敢"

只是说明"横眉冷对千夫指"的一面；而另外一面却是严肃的工作，包括着刻苦、耐心、负责等等。

鲁迅作风，实际上同样是鲁迅的革命的爱国主义与国际主义的内在思想的表现；同样是属于鲁迅精神的范畴，正像树干之与枝条的关系。

今天我们所要强调的就是战斗精神中的严肃作风。因为我们确实已在严肃地工作着。但刻苦中有时不免怠惰，耐心中有时不免急躁，负责中有时不免疏忽。

假若真的是一个战场上的革命战士，或值勤的警卫员，由于偶尔的怠惰就会给战友以及自己带来伤害，由于偶尔的急躁或疏忽，浪费了自己的生命和血。而我们由于一时的急躁与疏忽，同样会伤害了战友与自己，由于一时的怠惰，浪费了自己的生命和精力。

我们是应该像战士珍贵自己的血一样来珍贵自己的精力，因为一点一滴都为祖国所急切需要的，因为一点一滴都该贯注到人民事业中去。

三

我们更可以这样说，假若我们研究鲁迅先生，因而发现鲁迅先生为人民工作精神之伟大，为我们所不及，那么也就会发现了我们对自己的生命与精力没有看重，我们对自己的要求还不够高，望得不够远，因之鞭责自己也乏力。那也就说明了，我们还没有攀登到马列主义毛泽东思想的高峰，因之不能远瞩未来，要求自己。或者说，思想在现实土壤里扎根不深，枝干因之也不够强。

站得不高，望得就不能远，所谓"井底之蛙，自得其乐"，那自然是又降一级的说法了。

总之，我们要加强马列主义毛泽东思想的学习。学习得好，研究鲁迅先生就透彻，获取他的对敌战斗精神及为人民工作的严肃作风就容易；学习得不好，孤立地来吸取鲁迅先生的作风，那是很困难的。

读诗小论
——兼评田间著《抗战诗抄》

一

诗，并不是什么神秘的，缥缈在半空中的东西。

诗，是诗人从生活里得来的，加以思考、提炼、组织而形成的产物。但这里所说的从生活里得来，也并不是像背着口袋到海边捞海贝、海蚶那么容易，可以当作材料搜集的。

因为诗，到底不是自然产物，虽然人类的自然生活里存在着诗。而歌颂自然景物的古诗，也有不少是光辉的作品，但那总是属于原始期的，正像绘画者开始总是常常从静物的素描入手。而诗的最高价值，还是由于它从人类的社会生活里得来，并影响人类的社会生活的思想、精神、意志的缘故。

譬如说：

床前明月光，
疑是地上霜，
举头望明月，
低头思故乡。

这里是借自然生活的景，来表达社会生活的情，比起纯然写景的诗来，价值是高一等的。不用说，若是读者根本没有离开过家乡，那应在感受上也就不会和流浪者一样；生长在殖民地的工业性都市生活里的人和出身封建的农村生活里的人，在感受上同样有着一定意义的差别。更不用说，一个因被剥削、被卑视、被压迫而逃亡的贫雇农和在外求学的地主儿女对于乡土的感情的差别，是有着怎样的距离和本质的不同了。

  因之，喜欢读李白诗的读者，不喜欢或是不懂田间的诗，这是可以理解的。因为这是两个决然不同的时代以及它的不同的现实基础所产生的两种不同的思想感情，即由两种决然不同的对人生现实的态度以及它们那两种完全不同的时代精神所形成的。在这里所谓形式格律或是音韵等，都是次要的问题。就拿《抗战诗抄》中的《誓辞》来说吧。

  我们应记住：
  这高山大川，
  已为英雄夺取，
  交还人民之手！

  从今往后，
  雁北不可失，
  自由不可失，
  英雄的战风，
  更不可失！

  凡爱它者，
  就有出路，
  凡污辱它者，
  就走投无路。

  英雄们，

安息吧！

日月常照你，

万古不朽！

这是多么庄严雄伟的声音，诗人确是站在现实的最高处。这庄严雄伟的声音，仿佛发自万山丛中之高峰，音节嘹亮，传之百里，而震动山谷的余韵还在空旷之间回荡不绝。虽然形式上并没有安排什么韵脚，但那崇高的感情旋律，那诗人坚强的战斗意志，不是似钢铁，诗的音韵不是像发白钢铁那么嘹亮么？自然不是站在马列主义毛泽东思想之峰的诗人，是不会有这样雄伟的气魄和这样坚强的战斗意志的。而读诗的人，若是思想感情还是属于中世纪的，属于阿美利加市民式的，同样是不能体会到这诗的音乐境界中的崇高和庄严的。

那么，我们再拿李白的诗作一个对照：

两人对坐山花开，

一杯一杯复一杯，

今朝我醉卿且去，

明日有意抱琴来。

生活在封建体系的宫廷里，或是感受到封建奴役式的束缚的士大夫阶层，自然怀有对于这种狂放不羁的思想感情的尊崇、对于山林生活的向往。诗人和读者所以有精神上的共鸣，实质上就说明原是思想感情结合一致的缘故，由于他们是站在共同的时代背景、同一的社会生活基础上。由于他们都感到封建体系的束缚，不用说，越是属于宫廷奴役式的士大夫阶层的人，越是由衷地向往这诗所含的放荡不羁的山林野叟式的精神。

在今天，只有倒下去的阶级，才会毫无保留地沉醉于这种诗的意境，因为他们已失去了控制现实的权威，只好靠超然于世的逃避思想来支持了。但另一方面，今天怀有理想而与现实抵触的那些人，和中世纪的感情，又有着它的一致性的一面。

至于今天生活在新民主主义社会中的广大劳动人民，正忙于新的各种生产建设，对于抱着这种生活态度的人会感到无聊，对于旧诗，就是喜爱，在接受上也是与过去有差异的。

因之，我们可以这样说，喜欢读新诗，或者喜欢读旧诗，并不是形式的问题，主要的还是内容的思想感情的本质的一致性的问题。

二

从诗人田间写《赶车传》开始，我们更明确感到诗人已经不满足他已有的光辉成就，而要从革命知识分子的读者层中冲出来，向广大的人民高高地伸出了两臂，并且注意到民歌形式，想开辟一条通往广大的劳动人民那里去的路，这是好的。实际上从《抗战诗抄》中的几首小诗里，也感觉到诗人的这种辛勤的创造性的努力。

但假如是离开具体的生活现实，只从抽象的感觉上去追求，那么虽是民歌体，虽是五字，或七言的讲究格律和外在的韵节，群众恐怕仍是会被隔离在诗的境域之外的。

例如：

> 她只是个笑，
> 笑个不住。
> 但眼里，
> 却是一片苍白。

这"一片苍白"就是对于广大人民欣赏力的一种限制。

又比方：

四月的夜，

从寒冷里解放，

在夜里，

桃花

越开越大。

这"从寒冷里解放"是抽象的，而"桃花越开越大"的醉感，也是为革命知识分子之外的众人所不易理解的。

诗人田间是在庄严地努力着，相信他终于会从荆棘丛莽中开辟出一条通往广大的工农兵群众去的大路来。在这里显出来的，只不过是开辟中的一些斧痕。

作为一个读者，我这样相信。

一九五〇年春于青岛

纪念高尔基，学习高尔基
——在山东大学召开的纪念高尔基逝世十四周年大会上的讲话

今天和纪念瞿秋白先生逝世十五周年的同时，我们纪念马克辛姆·高尔基的逝世十四周年。

我们纪念马克辛姆·高尔基，不仅因为他是一个伟大的社会主义的现实主义作家，而且还因为他是一个社会主义的社会活动家，一个为社会主义的实现而斗争到底的文化战士。也正是因为他不单纯是一个作家，而是和现实行动结合着的，和历史行动结合着的，所以，他才成为一个社会主义的现实主义作家，所以他才伟大。

而且，他不仅属于苏联的，他是属于全世界的，属于全世界劳动人民的。

因之，不仅在苏联，今天会有许多集会来纪念他的逝世十四周年。不仅在中国，在新民主主义的东欧各国，就是在以美帝国主义为首的各个资产阶级统治的国家，甚至在美帝国主义阴谋布置作为侵略军事基地的日本，也同样会有一些人民的集会来纪念他的。半公开的，秘密的，正像最近展开的争取和平的签名运动一样，全世界劳动人民的奋斗方向是一致的。而且以美帝国主义为首的各资产阶级统治国家那些人民举行纪念高尔基逝世的纪念日本身，就是一个政治斗争，这也会和最近的争取和平的签名运动一样，虽然受到监视、迫害，但勇敢的人民，仍然是签字，仍然是不会放弃对于真理表示态度的这个日子的。因为高尔基在文学上的贡献和胜利，就是社会主义的现实主义的贡献和胜利，就是社会主义革命理想的贡献和胜利，这是真理。

我们纪念马克辛姆·高尔基还不仅仅因为他是一个伟大的社会主

义的现实主义作家，一个社会主义的行动家，而且还因为他是给社会主义的现实主义奠定基础的开路人。还因为用列宁一九〇九年在他的《母亲》那本小说出版不久的话来说："用他的伟大艺术品，把自己同俄国的及全世界的工人运动紧紧地联系起来。"这就是说，他不仅把劳动人民战斗生活里——俄国工人运动里——宝贵的工人品质、伟大的母亲的社会性品质，提炼出来，组织成艺术品，而且这艺术品反过来还去推动和发展工人运动，散布推翻反动的沙皇政府及资产阶级统治的战斗力量。这就是社会主义的现实主义作品的典范，在这里也就说明了艺术和政治的关系，说明了伟大的新现实主义的艺术价值，就是在于它推动和帮助人类历史向前发展的政治作用。假若艺术对于人类社会发展史一点作用也没有，那么这种艺术又有什么价值呢？这就是为什么我们说伟大的社会主义的现实主义作家马克辛姆·高尔基伟大的原因。艺术品在他手里变成了政治武器，和阻碍历史发展的阶级做斗争的武器。

因之，我们说高尔基是伟大的，新现实主义的革命艺术是伟大的。

那么除了新现实主义的伟大的艺术目的之外，高尔基带到世界文学领域来的新现实主义还有什么呢？

这就是革命现实主义概括着革命浪漫主义的表现方法。高尔基把这一新的艺术表现方法从写作实践里抽出来，在他后期那些光辉的论文里，确定了现实主义必定和革命浪漫主义结合的原则，说明"肯定新现实，对于过去应当从现在所已达到的高处与未来的伟大目标的高处来观察"。这也就是说，要怀着伟大的远景来看今天的光辉成就，并且批评与斥责过去所遗留的思想意识的残余。

我们今天纪念他，就是纪念他这些对于人类的伟大贡献，纪念他的万古不朽的为社会主义的实现而战斗一生的业绩。

我们今天纪念他，就要学习他。

实际上，马克辛姆·高尔基也并不是一生到人间就伟大的。他的伟大是由于他的对劳动人民的贡献逐年逐月地增加而形成的。实际上，马克辛姆·高尔基出身很苦，这是大家都知道的，他不但没有受过很好的学校教育，只是在一个给城市穷人预备的教区学校里读过半年书，而且从小就死去了年轻的父亲，他是依靠着姥娘家养活的。十岁上就去鞋店里当学徒，第二年又跟营造师学手艺，第三年就跑到伏尔加河的轮船上去，给厨子当打杂的。从那个退伍上士的厨师傅那里，他才真正地接触到知识。那个厨师傅有一个万宝囊似的书箱，有涅克拉索夫的诗集，也有别林斯基和车尔尼雪夫斯基编的《现代人》杂志。高尔基开始走入文化的领域里来，正像走进一个花香扑鼻、鸟声悦耳的公园一样。他对生活开始有了憧憬和幻想。十五岁又流浪到喀山，想去喀山进大学。但是到了喀山，他只能到码头上和装卸工人在一起生活。那些码头工人给他的是什么印象呢？喝酒又打架。但是他却发现他们"从来没有一个人是卑贱"的本质。他发现他们既不贪心也不悲泣自己的命运。而在后来他认识的那些民粹派大学生之间呢？他发现"他们说话和做事两样"。这就是以后在他的作品里常常当作市民阶级的卑劣性攻击着的。这两种生活世界的对照是很明显的。那时列宁正在喀山大学读书，并且喀山知识分子里也有马克思主义的团体活动，但可惜高尔基这时候既没有和列宁接触的机会，又没有和马克思主义团体更密切联系的条件。后来他到面包店里当雇工，他们"每天要做七袋子面——和成生面团就是四十九普特"，一百五十多斤。他常常感觉到"对于和我一道工作的固执而忍受着的人们，心里发出一阵的憎恨"。所以见了书，就像饿肚子的人见了面包一样。

　　假若说，以前是从文学作品和诗里，以及从他接触的民粹派知识分子那里，得到了一种对于生活的美好要求和憧憬，那么他周围的生活就是对于他的那种憧憬的一个有力的打击。他感到心里不平，要呼喊，这是他在《我的文学修养》那篇文章里曾经提到过的那个时期的精神状态。因之，这对于人类美满生活的要求、憧憬，和他的周围的现实一接触，就化合为对于那富农家长制的面包铺老板的憎恶，对于那些甘于忍受他的虐待和剥削的伙伴的不满，因之也就决定了以后他对于专制的沙皇政府的攻击，也就决定了他坚持下去成为一个为社会主义实现而斗争的战士的可能。在这个时期，他曾一度自杀，曾经显示出过软弱，但这只是由于他还没有找到坚强的围绕着马克思主义而组织起来的人民，由于他陷于孤立的缘故。一旦他结合了广大的工人运动，他那坚强和勇敢就千百倍地放射光芒了。一九〇一年因为起草《驳斥政府公报书》的宣言，揭破了沙皇政府事先有计划地殴打赤手空拳的示威工人，高尔基曾经第三次被捕，并指定他住到离莫斯科和喀山铁路十二里外的一个小镇上去，而尼日尼的革命青年就为了欢送他，举行过示威。这年四月，《生活》杂志上发表了高尔基那篇有名的《海燕之歌》，宣布了革命的暴风雨的来临。高尔基在和工人运动革命群众联结起来之后，他的勇敢大无畏的光辉已经遮盖了他曾经有过的软弱，正像太阳的光辉遮盖了它本身的黑斑一样。他从社会行动中提炼出来的一个有名的句子——"敌人不投降，就要坚决消灭他！"——实际上，已经成为全世界争取解放的劳动人民，握有武器的工人阶级布置战斗的口号。总之，马克辛姆·高尔基的坚强力量由于他在社会活动中结合着工人阶级的政治斗争一天一天地增大起来。他在社会实践当中付出的力量越大，他从那行动本身所结合的现实取得的政治营养越多。他并不是先天的伟人，他自己曾经解释过"才能"这个抽象的名词，他说过"天才就是对于工作的热爱"。这就是说，对于工作热爱、深入、能研究，自然会有收获和发现，这收获和发现的成果，就被人称作是"才能"，或者说"天才"。

因之，今天我们纪念马克辛姆·高尔基的万古不朽的为社会主义的胜利而斗争的伟大精神，就要学习他在社会行动中的实践，就要学习他的对于为工人阶级解放、为社会主义的建设而工作的那种热爱。而热爱工作，就会产生才能。

实际上，我个人对于伟大的高尔基的研究很不够，今天只能提供一点肤浅的意见，作为学习方面的参考。

六月于青岛

八月一日记事

羽衣

今天的济南，
十字街头，
一片寂静，
挑担小贩的吆唤声，
隔着两条马路，
听得清清楚楚。

因为今天是人民解放军的建军节，
要示威，
要游行。
济南城里，
万巷皆空；
四里山前，
人群似海。
那儿，
召开反美侵略朝台的大会。

风里，
只见林立的红旗，
临空飘展，
广大人群如激流涌进会场，

脚步扬起了灰土，
形成烟云。
那些人群举着拳头，
遥远的，
隔着渤海，
向朝鲜人民军
致敬。

那些人群举着拳头，
面对主席台，
万头波动，
高呼：
"反对美帝国主义破坏世界和平。"
高呼：
"向英勇的中国人民陆海空军致敬。"
"向伟大的领袖致敬。"
那声音轰轰然，
如雷鸣，
越过田野，
在千佛山腰，
响起回声。
树木，
震得呀，
沙沙地响。

国庆大典观礼记

一九五〇年十月一日是我们中华人民共和国开国第一周年的国庆节。

那一天,天空晴朗,万里无云,天色蓝得柔和,蓝得透明,这是北方自然环境中最诱惑人的特点之一。

国庆大典十一时开始,我们一行六人,九点钟出发,汽车路过王府井大街,街道两边的各公司各商店门口都集聚着一些人,带着假日等候看热闹的愉快神气。而街道上显得宽阔,显得干净,显得新鲜,因为除了远远相距的十字口间的警察,一个行人也没有,而且两边的五星国旗和彩旗形成了瑰丽的旗林。

到了东华门,我们自以为来得很早,谁知一进太庙的后门,古老的柏松底下,稠密地排列着汽车。原来东西观礼台和左右的平底观礼台,都已经满是茂草似的人丛了。天安门像高大的山峰。顶一层阁檐上,是我们的国徽图案,下一层的殿廊上,一排八个红的大宫灯。那就是我们毛主席的检阅台。东西的墙顶上,各有八根红旗愉快地飘展着。对面的广场一色是绿的方块,那是等待检阅的步兵队伍。两边的墙上,正对着左右观礼台,各有高高的四面长条形的旌式红旗,上面绣着金黄色"国庆"和麦穗的图案。那四面旌式旗的两边,又各有八面红旗排列着。密排的旗杆尖,像戟锋一样闪着金光。

当我们走到右边平台上的时候,首先,我们注意到全国战斗英雄劳动模范的横幅队旗。另外就是西南少数民族和内蒙古、朝鲜族、新疆的乌孜别克族等的文艺工作团体队伍了。苗族人的服装都是粗布的,但领子都镶着云边,妇女的袖子都是绛紫色的刺绣花边,发上插着银质的大蝶或手艺精致的银制飞禽,脖子上挂着银色大环项链,一直垂到胸前,自然手腕上也有两三道雕花手镯。朝鲜族青年头上扎着绿带子,白色灯笼裤,绿的坎肩。妇女们一色是薄纱质的长裙,各色鲜艳的唐装短褂。蒙古族男女却是一律黄蓝缎子的绣襟长袍,扎腰,卷着马蹄袖,红袍绿马蹄袖,或是黄袍红马蹄袖。女的背后垂着两条长辫,男的戴着平顶卷边的盆形帽,顶上照例是红的大帽顶。乌孜别克族的穿戴最别致,特别别致的是男女头上都戴着软胎的碟子式绣花帽。所有的人,脸上都那么新鲜、年轻、愉快,眼睛亮亮的,望着人微笑,仿佛说"虽然我们的语言不同,但我们是一家人,我们在这里见面多高兴呀"或是"今天的日子多幸福呀"。

突然远远地传来掌声,越来越响。所有的人都向着高高的紫禁城顶天安门楼的殿廊上仰望。有人低声说:"穿灰衣服的那个就是!"有人说:"那一个抬手向我们招呼的,那一个抬手抬得很慢的!"那是说毛主席在向我们招手,于是掌声像暴雨一样响。

通过扩音机洪亮地宣布"庆祝大会开始了",礼炮就如雷鸣一样轰然地响了,军乐队奏着庄严的国歌,掌声第二次响成一片,那是人民的空军,上装是草绿色制服,下装是呢绒西式裤,排成方块形队伍,远远从东长安街那边走过来了。空军三队过后,就是无檐帽后飘着两条风带的人民海军。再其次是四辆一排的炮车和轰轰作响的坦克。最后骑兵像潮水似的驰过。

全国总工会的游行大队一过来,掌声是第七次热烈地响起来。大幅的孙中山与毛主席的油画像在最前,接着是以刘少奇同志居中的三幅油画像,而第三排是以斯大林为首的各新民主国家的领袖画像。有人小声问:"那个年老的妇女像,是谁?"有人答:"那是西班牙共产党的伟大领导伊巴露丽。"接着是结着红领巾的少年儿童队长长的队伍了。那些天真的孩子,手里都捧着松枝和花朵,高呼着:"毛主席万岁!"走过天安门,还回头向天安门的大殿前望着,等到发现右观礼台上全国战斗英雄、劳动模范后,就都高呼:"向全国英模学习!"并且又立刻跳跃地高呼:"全国人民大团结万岁!"因为他们又发现少数民族的五色缤纷的队伍了。他们开始向观礼台上抛掷松枝和花把,远远地向内蒙古代表投过来,向西南来的苗族代表投过来,向从新疆来的乌孜别克族代表……并且情不自禁地和那些少数民族代表们热烈握手和拥抱,并表示庆祝他们的健康。有人遥远地转过脸去,向天安门的大殿前瞭望,说是毛主席也向这边望呢!于是,掌声又热烈地响起来。

四十万首都的人民,包括背着小包的市郊农民,以师大附中为最特色的手持纸制和平鸽的学生,商界市民,家庭妇女,从这里欢呼着过去了。最后是以坐在三个手推胶轮车上的红衣敲鼓手为首的文艺大军及少数民族的队伍。他们各自编为一队,在天安门前的广场上欢乐地舞着过来了。乌孜别克的舞,是别致的、热烈的,年轻的妇女旋转着、跳跃着,男的像波浪一样在她周围起伏。而朝鲜人民的舞是团体式的,走着跳跃着,一个红短褂的妇女敲着两个喇叭花联结式的大腰鼓,是纯亚洲民族的柔和舞步。她们的眼睛闪着幸福的光,她们的脸色闪着快乐的润泽。

这是领袖和全国人民同欢乐的日子。由于和这个亚洲巨人同在,这新生活的幸福就饱满地在那些舞蹈者之间荡漾开来、散布开去。

愿这种幸福与太阳同在,愿它开辟得更广阔、建立得更巩固。

有理由自豪，但并不满足
——评王安友著《李二嫂改嫁》

一

如果说一个画家必定要掌握住笔的准确性，在技术上才能算是获得了基础，那么一个小说家首先所要掌握的是语言。

但语言的组织力强弱只能是作为表现思想、感情、人物、环境的工具，它并不等于文学的本身。语言组织力的强弱，也并不是依靠纯文字的技巧，或修辞学上的功夫所能解决的，它根植于作者的思想领域里的分析力，并从生活现实所接触的人物里归纳类型，提出典型。因之，语言组织力又是次要的，它附于思想领域里的分析力的。

现在我们就开始介绍《李二嫂改嫁》中的关于"天不怕"的描写吧！

"杨家庄东头……有个李大娘，以前有李大爷的时候，因为男人老实的说不出一句话来，里里外外的家务全由李大娘照管，所以男人也被她欺下来了。"因为这还不形象，只是一个分析，于是接着："有时吃了饭坐在板凳上，拉开那个长嗓子说：'老汉，给我拿过烟盒子来！'"然而对于"被她欺下来了"的说明还需要加强。于是："李大爷稍微有点慢这就不高兴地骂开了：'你就是个死鳖，三脚踢不出个响来。'"只这样几句话，人物的性格就具体了、形象化了，但不完整，接着作者在描写了她的外形之后又这样来叙述："有时来个人，也不管大伯子叔公公就顺口说：'吃了饭啦，表侄。'"就这样简练的一笔，作者准确地把白粉涂在代表一部分封建残余力量的这个人物的鼻梁上了。

因之，我们可以这样说，所谓"技术"并不是单纯的语言形式的组织，并不是单纯的表现方法的问题，主要的倒是认识方法的问题，属于思想范围的分析力的强弱的问题。

二

同样的，关于寡妇李二嫂和小六的"感情建立在换工方面"的描写，不仅显示出作者的语言简练，并在展开的两个人物关系的叙述上显示出分析力的敏锐，而且显示出作者对于农民生活知识有着丰富的蕴藏，在这里，只是凭藉思想范围的分析力是不够的。我们且看他怎样来叙述：

"天不怕因为李忠小，自己地多，有时小六就给她多做几天，但小六因没有人做针线，便叫李二嫂给他洗洗补补也很及时，这样双方不争论，关系也就更密切了。"再深入一步："有活忙了，小六回家看看饭不熟，就回来在天不怕家吃点，有时过节做顿稀罕饭，李二嫂也去替张大娘擀擀包包的，这时小六和李二嫂也就更熟悉了。"更深入一步："小六做衣服剩下的布李二嫂有时也做了鞋面子，在给小六做鞋的时候，铺衬不够，李二嫂就把自己的布给小六使上。"这正像以笔涂着的彩色，一笔一笔的浓浓很分明，而光润也就逐渐开始闪耀。

在这里需要的是对于现实的深入，点点滴滴的吸取、储存，不到群众中去，是得不到手的，完全以搜集材料来写作的自然主义式的作品之所以枯燥，正是由于对于现实生活的滴水粒土的贫乏，只是木架子是建筑不起一所大厦的，泥水不充足同样盖不成温暖的房屋。

三

然而仅是深入生活的现实里去吸取营养物还是不够的，还需要想象力。这想象力并不是随着空气缥缈悠荡的，它是扎根在现实生活里的，仍是依附于分析力来生长的。

我们可以引用李二嫂和小六表白爱情的一段描写来说明：

"现在不是兴自由恋爱吗？这个事不用钱，我看你还是找个对象好。"

"对象？我实在愿意找个，可是谁知对象在哪里呢？"

"……小六和李二嫂，一声不响地都好像背书忘掉了一个字似的低着头想。这时三间屋子里很寂静，除了不知从哪里出来的几个耗子吵架的声音外，再也听不到别的动静了。桌子上的小灯被风吹得乱点头，看样好像对着人挤眼，有时也好像对着人眯眯笑了。"

这"挤眼""对着人眯眯笑"正是作者依靠想象力体会到的当场人物的感觉，这感觉反映着李二嫂的心理。仿佛我们感到李二嫂又害羞又兴奋的红红的脸色和她的温热的喘息。

"最后实在闷不住了，李二嫂看小六还在那里低着头，便起来走到门口，伸出头来向四面看看无人行动，就转身缩回来，靠近小六的身边坐下，嘴伸到小六的耳朵上去细声细气地说：'我准备改嫁了！'小六点头表示同情，李二嫂又说：'你还不趁早打打谱吗？'"

从这里就显示出作者想象力的强度了，但这强度的想象力还是基于生活体验的深度，基于认识方法掌握的正确来形成的。

李二嫂这种农民式的感情表白，是这样的坦白，又是这样隐蔽，以至于小六心想叫打打谱是"另找别人做针线"的意思。这种又坦白又隐蔽的感情里，正表现中国过去社会的封建势力遗留给她的胁迫力，同时又显示出来一个寡妇，一个农村劳动妇女对于这种遗留的封建胁迫力抵抗得多么顽强。

李二嫂的感情表白全不像小有产者和知识分子那么曲折、复杂、含蓄，正是因为农村妇女一直是在土地上纯朴的劳动者，和自然生活关系密切的缘故，这是和从半殖民地半封建的过去的中国都市里生长起来的知识分子截然不同的。

四

那么,这是不是说《李二嫂改嫁》是没有缺点了呢?不是的。若是提高到现实主义文学的标准来要求,那么缺点是有的。

《李二嫂改嫁》虽然有它的一定限度的政治要求,但这政治要求还不够强,虽然有它的一定限度的教育意义,但这教育意义还不够深。而现实主义的文学价值,正是要从政治影响的深度和教育效果的强度来估计的。

譬如说李二嫂除了她婆婆天不怕的压迫摧残外——自然就是这种压迫和摧残还是不够典型的,不能具体地代表农村的封建势力的——除了和小六的那种"互助换工"的感情基础外,是不是还有更深一步的政治基础呢?"小六的漂亮,又是好脾气"是不足教育条件的。假如是李二嫂从小六是互助组的积极分子,从他的进步影响,或者是从他的由于生产劳动而建立起来的荣誉上感到对他的倾慕,来着手表现他们的感情的发展,那不是政治的教育意义更强而有力么?在许多青年农村妇女的倾慕中,小六仅仅接受了李二嫂的爱情,那么也正可进一步表现李二嫂的属于劳动妇女的优秀品质,或是田野生产能手,或者拥军的模范,总之,他们该是作为新社会的典范人物来雕塑的。这样不仅不会减低婚姻法的教育意义,而且会使它的教育意义更加深刻。

关于区政府于助理员写的是相当成功的,关于村长希路的官僚主义表现也很生动,所有这些都不是本文作者主要的议论中心,我不过仅仅就《李二嫂改嫁》某几点说明文学家的头衔不是靠着什么天才之类就能获得的。

五

并且它的政治价值是超过它本身所具有的艺术价值的。

因为什么呢?因为这一部作品的作者,六七年前还是一个目不识丁的雇工,现在却是区里的分区委书记。对于那些怀疑工农兵本身能创作的人,这就是一个有力的说明。

　　这部作品的产生,我们可以有理由自豪,我们中国劳动人民是从文化堆的埋压下挺着胸站起来了,我们中国劳动人民已经开始掌握这一艺术武器了,但我们并不满足,我们中国人民还要把它的战斗性能加强,加强到足以彻底肃清美帝国主义及其帮凶们在我们人民生活中所遗留下来的本已消散的毒素,包括着封建的余毒。

一九五〇年六月

我们带回来的是什么？
——慰问十九兵团归来

写在慰问团团员手册上的话：我们在高度的爱国主义热情中和战斗英雄、人民功臣们在一起，迎接了庄严的带着保卫我们祖国的新任务而来的一九五一年。愿这暂短而光辉的十天，永念勿忘。

我们这个慰问团一共有十五位团员、七十二位剧团演员。在冬季的落雪日子里，寒风虽然尖刀子一样地刺耳，但我们像是行走在春天的节日里一样，整个行程都浸在部队与人民的高度友爱的温暖中。这温暖反映在我们的脸上、我们明亮的闪光的眼睛里。

有时，我们乘着专用的汽车，一排五辆，一路上飘着我们"山东省慰问团"的四杆长旗，一路上散播着我们慰问团的年轻学生代表们的愉快歌声。

若问我们给部队带去了什么，我们带去的是高度的爱国主义的热情，我们以这高度的爱国主义热情来爱戴我们祖国的保卫者；我们带去的是人民的崇敬、爱戴和祝福，但我们所感受到的却又远远超过了我们所付出的热情。

因为我们走得匆促，没有很完备地把我们山东省工人阶级的高度的爱国主义生产竞赛的材料带去，更具体地报告给我们英勇的人民战士们。例如劳模骆淑芳出席劳模代表会议之后，带回来马恒昌生产小组的经验，在抗美援朝的爱国主义生产竞赛运动中，是如何开展着，又如何影响及她的周围的。我们山东农村妇女在一九五〇年的生产自救上,又是怎样参加了田野劳动,怎样和男人站在一起抗旱、排水、挖井、捕虫,以赢得秋季丰收的。

但部队却献出了那么丰富的属于英雄战士的珍宝。我们永远不会忘记某部王政委夜深十一点,在汽灯的明亮光度下,给我们作的修建某工程的报告。对于那些响应毛主席的大生产号召的战士们,那些劳动英雄们,那些解决了地质学家工程师们在工程上解决不了的问题的伟大的英雄们,我们是无比地崇敬和爱戴。在这里又一次显出了人民战士的宝贵品质。他们的伟大精神是至高无上的。

我们永远不会忘记在一个慰问晚会上,另外一位政委的充满高度的爱国主义热情的讲话。他庄严地宣誓:"我们部队决心以保卫我们祖国的战斗行动,来回答山东人民对我们的热爱。"当他说这话的时候,他是右臂向上,手指着夜空,左臂后伸,那种英雄的姿态,显露出老红军将领的豪迈风度。

我们同样永远不会忘记,在某车站上欢送我们的曾经出席全国战斗英雄代表会议的一位英雄。他胸前戴满了功臣勋章,为我们作着临别致辞,表达他的反对美国侵略,誓为保卫世界和平而战斗的决心。直到归来的路途上,我们的年轻慰问团员还念念不忘地重复着他那雄健而又豪爽的英雄语言。他们的高度的阶级友爱的光辉史迹,会永远地传留到我们的后代。

我们曾经光荣地会见了在某战役中冲到洋灰桥下只剩三个人,而切断敌人交通咽喉,坚守阵地,并击毁了敌人三辆反扑的坦克的战斗英雄。我们曾经光荣地会见了一位战斗英雄,他曾独自登城,连接攻取敌人三个碉堡,占领敌人山炮阵地,一人总计俘虏一百三十个敌人,缴获一门山炮,并指挥山炮手当时掉转炮口向敌指挥所纵深射击,因而使后续部队顺利地解放了该城。我们还光荣地会见了一些爆破英雄、巩固突破口英雄、打退敌人十八次反冲锋的战斗英雄以及劳动模范。

他们是中国人民优秀的儿女,是在伟大的中国共产党培养教育之下生长壮大起来的。他们是中国人民学习的榜样，中国人民以有他们而自豪。

若问我们山东省慰问团带回来什么。

那么我们可以说，带回来的很丰富，除了崇高的人民战士对我们人民的强烈的友爱外，我们还带回来如燎原烈火一样燃烧着的对于祖国的热爱。

由于我们爱戴我们豪迈的战士、雄健的英雄，我们越发爱戴我们的以毛泽东主席为首的人民祖国；由于我们崇敬我们的代表着中国人民珍贵品质的人民功臣们，我们就越发崇敬我们的以毛泽东主席为首的人民民主专政的中国。

一九五一年一月于济南

英雄气概与生产艺术家

一

春秋战国时代有这样一个神话式的故事,并用文字记载下来:

——干将采五山之铁精、六合之金英,候天伺地,妙选日时,天气下降……聚炭成邱,使童男童女三百人,聚炭鼓橐,如是三月,而金铁之精不销。干将不知其故,其妻莫邪谓曰:夫神物之化,须人气而后成,今子作剑三月不就,得无待人而成乎……于是莫邪自投于炉,顷刻销铄,金铁俱液,遂泻成宝剑。

研究社会发展史的人,可以从这类记载上着手考据铁的产生年代之类,我们从这个记载上,剥去它的神秘性,就可以获得这样一个结论:那就是作为一个优秀的劳动者,必须有以全部生命、精力投到他的生产事业上去的精神,才能创造出工作上的奇迹,来贡献给我们的伟大祖国。

而莫邪自投于炉,也不过象征着这么一种伟大的英雄气概,借以说明创造过程艰难,并说明这种艰难,只要以全部生命、精力投之,就会消失的。

更可以这样来解释,是凡属于创造性的产物,它本身就含着创造者的全部生命和精力的因素。若是创造者没有那种莫邪投炉性的英雄气概,不把全部生命和精力贯注到他的生产事业上去,那么虽然客观上有了必须的一切条件,那种奇迹式的创造物,还是不可能出现的。

我们山东省的劳模代表会议的许多典型报告，都说明了为更进一步壮大我们祖国的抗美力量而进行的生产竞赛运动，所以能创造出许多辉煌的纪录，就是因为我们中国劳动人民具有这样一种困苦不屈的英雄气概。这种为我们中国劳动人民古已有之的英雄气概，没有比"莫邪投炉"这个记载说明得更具体的了。

这种精神是中国人民优秀传统之一，而给历代统治者所摧残、压制、掩埋了很久的年代，直到二十世纪初叶，已经呈现出一种枯萎状态。

但二十世纪是人类的"春天"，首先这个"春天"在苏联出现了，五十年代的中国已经同样地降临了这个"春天"。而人民的伟人领导者——毛主席和中国共产党，正是这"春天"的太阳。因之，所有潜伏在中国劳动人民气质上的优秀气质，都像度过酷冬的本已凋敝的枯树一样，在这给人民带来了春天的阳光底下，抽芽、放叶，一天天普遍地茁壮起来。中国劳动人民的英雄气概与伟大的中国共产党之间这种类似花朵、树木之于阳光的关系，在许多的劳模代表的典型报告中，是屡屡说明过的。

而且，中国劳动人民，在这伟大的属于"春天"的阳光底下，不但是再生了莫邪投炉式的英雄气概，而且发扬了它。这就是说，今天劳动人民的英雄气概，不但是包括着坚强不屈的钢铁意志，还具有团结群众，教育说服过程中的母性耐心，以及失败一次，取得经验重新再来的韧性毅力。由日产十五箱提高到日产一百六十箱而创造了闸瓦生产新纪录的张怀玉是这样，创造套管扳子并因而树立起烟台运输公司汽车修理厂全体工人的民族自尊心的赵春起也是这样；黄人美是这样，时春美也是这样。

这意志好坚强，这毅力好坚韧，而这耐心又是多么的柔软。

今天，代表中国上进的劳动人民的模范们，就是以这样的优秀气质来充实了莫邪投炉性的英雄气概，就是以这种英雄气概来投身于爱国主义的生产事业上的，就是以这种英雄气概来表现对于我们年轻的人民祖国的热爱和尊崇。

二

只有在这样的英雄气概的基础上，才能把普通劳动者的爱国主义的生产劳动，提高并升华为生产艺术家的爱国主义生产劳动。

这就是说，不是单纯把生产劳动当作爱国主义生产竞赛旗帜下的一个任务来进行，而是在爱国主义生产竞赛中，对生产劳动本身发生了强烈的热情，正如一个军事艺术家一样，一个生产艺术家在为了实现他的理想，战胜种种阻抗力的过程中，为他的理想所鼓舞着，为战胜阻抗力的欢欣鼓舞着，他在劳动中获得一种创造过程所给予的困苦与欢乐，在劳动中产生了一种感性的节奏和旋律，形成劳动热情。这时候，生产劳动对于他，已经成为一种获得胜利欢乐的感性的热爱，而不仅仅是为完成爱国生产任务而仅有的一种单纯的理性的支配。

这是在许多劳模代表的典型报告中已经证实了的。我们就引用淮南煤矿采煤工人酆绪然代表的话来说明吧：

当一个台阶的煤层，由两人伙作改由他一个人来作的时候，他"一鼓气当天就干完了"。怎么克服困难的呢？他说："我那几天，天天想，怎么能多出炭，吃饭想、走路想、睡觉还是想，业余学校也没心上了，我说等我想出多出煤的法子再来上。"到底叫他想出了一个办法，并把它告诉给大家："像刨树一样，四周的根都刨了，树就容易倒。"刨煤也一样，一上手，就刨了二十八吨，比以往产量提高四倍。这种高度的生产热情发展上来，等到工程师告诉他斯达汉诺夫的采煤方法以后，他怎么说呢？他说："我在心里一琢磨，想想咱们的煤槽，想想使用风镐的方法，想得心里直痒痒，越想，这方法越好，恨不得马上跑下井去试试。"结果，又提高到日产一百零八吨的新纪录。这不是一种有魔力性的生产热情吗？同时这里有科学上的生产技巧，而酆绪然代表掌握了它，在生产事业上，他就作为一个艺术家而出现了。

当他说到"心里那么一琢磨""心里直痒痒"的时候,劳动本身,对他已经是一种属于战士所有的那种为未来的胜利所鼓舞的战斗,不单纯属于理性范围里的任务感了。

当他一说到"五〇年除夕又干到一百四十八吨"的时候,他的魁梧体质热流奔放似的,他的脸色现出光润来,现出胜利所给予他的欢乐。正像《攻克柏林》那部史诗性的影片中,我们所见到的,由安特烈耶夫扮演的炼钢工人阿辽沙和斯大林共餐时,提到钢的出炉和成色,说:"这么一看!"大手那么一握,眼光那么一亮,脸色都光辉闪耀一样。这是一个胜利者的光辉脸色,这是一个充满生产热情的艺术家的光辉脸色。

在这光辉的脸色上,表现出来他对生产事业那种投以生命因而取得胜利的英雄气概,我想,我们可以这么称呼那些作为代表中国人民优秀气质的模范人物为"生产艺术家"。

三月十二日

纪念民盟先烈的几句话

一

庆祝中国共产党诞生三十周年,使我们更深切地认识了中国人民革命斗争的艰苦,认识了马克思列宁主义与中国革命相结合的毛泽东思想的正确与伟大,以及它的成长壮大的过程,因而也就越发知道要怎样来珍贵它、学习它,并且要以全部生命为它的发展而奋斗不懈。

今天我们来纪念人民革命阵营里的一支友军中几个杰出的民主战士,要充分认识反动统治集团是怎样的卑劣与无耻,要充分认识毛泽东思想的庄严与伟大,假若不是有着以毛泽东思想为指导的人民革命的胜利,那么说不定还要有多少这样杰出的人物为反动统治集团明杀暗害。

我想,纪念他们的主要意义,首先是应该建立这种认识。另外,我们知道他们的生命当中还有些什么东西是可以珍视和学习的,那么就该珍视和学习,以作为学习毛泽东思想之前的参考。

二

李公朴、闻一多、陶行知、杜斌丞诸先生的一生奋斗,是各有其艰苦的经历的。然而大部分都是从教育人民出发,最后又终于走到一条路上来,那就是他们认识到要提高人民的生活,要改变社会,不是单纯的教育效能所能达到的,而是必须要从政治斗争上着手。

自然,就是从教育人民到为人民而参加政治斗争这一个认识的获得,也不是那么容易的,他们是从各自的实践里取得体验而逐步获得的。

就拿新月诗人闻一多先生说吧，他曾经迷恋到庄子的"道"的思想领域里去，来往探索、叹赏而且留恋不舍。在《死水》集里，我们就读到过这样的诗：

> 你莫惹我！
> 不要想灰上点火。
> 我的心早累倒了，
> 最好是让他睡着，
> 你莫惹我！
>
> 你莫惹我！
> 从今加上一把锁，
> 再不要敲错了门，
> 今回算我撞的祸，
> 你莫惹我！

他原想把自己关在象牙之塔里，在古书堆里找生活。但从抗战的后期，尤其是一九四四年秋天，闻先生的一位在教导团从军的侄儿，经过昆明，历历为先生陈述国民党军队中的腐化、黑暗、龌龊的情形后，先生大受刺激，于是闭门不出，深思七日，考虑其今后的人生态度。最后到底大步地走出了书斋，应联大自治会的邀请，出席讲演时事及政治问题了，一九四五年九月并出任民主同盟云南省支部宣传主委兼民主周刊社社长。

当一九四六年七月十一日夜李公朴先生在昆明青云街被以霍揆彰为首的国民党特务匪徒刺杀之后，恐怖的空气是可以想象的，而且许多友人都为闻先生担心。但闻先生却坚定如山，并于七月十五日出席李公朴先生治丧委员会时，安慰他的夫人说："事情已经这样了，我不出面什么事都要停顿,怎么对得起死的人呢?"在治丧委员会上,他又坚决地宣布:"今天跨出大门,就不准备再跨进大门!"终于当天五点多钟在联大职员宿舍前面,又遭国民党特务匪徒暗害。

闻一多先生的品格,据此就像一座山峰一样矗立在人民的面前。

三

陶行知先生是一个人民教育家。

一九四五年冬,陶行知先生在重庆办社会大学时,李公朴先生正是他的有力的助手。笔者当时虽与他有一面之识,然而认识是不够深切的。但总起来,若从陶氏的教育活动史上研究,从办平民教育到晓庄学校、乡村教育、普及教育、工学团教育、育才学校一直到社会大学,就知道这道路是怎样的艰苦。等到日本投降以后,南京反动统治集团有人高呼"教育第一",以欺骗与麻痹学生爱国主义运动的时候,人民教育家陶行知先生就高呼"民主最急"来对抗了。

因为从教育实践中体验得最深,所以一旦发现这个真理,也就爱之越切。陶氏抗战时期一天一天走向政治活动,这也是必然的。

四

杜斌丞先生是陕西省人,民国三年由北京高等师范毕业回到榆林从事教育,办了一个联立中学,自任校长有十年之久,直到杨虎城到陕西,才转到政治上。

笔者在桂林曾碰见过他两次。先生身体魁梧,声音洪亮,浓眉,留着两撇威廉式的透露着倔强性格的胡须,给人一种豪迈、浑厚、开阔的印象。他是一九四七年三月二十一日被敌人逮捕的,等到十月十日笔者在狱中初次得到报纸,才知道杜斌丞先生于七日为以祝绍周为首的国民党特务匪徒所杀害。而在就刑前严厉拒绝被押赴枪毙杀人抢劫犯的刑场,传说就是在他拒绝移步的路上,挺立不动就义的。

五

诸先烈都是黎明前黑暗时期的火炬,他们为黑暗势力所不容,他们的被害,使知识分子得到了教育,觉悟到人民要取得胜利,一定要掌握武器,要投向人民革命的主力部队。

略谈契诃夫

一

安东·契诃夫是一九〇四年七月十五日逝世的,离开现在整五十年。就在这五十年内,契诃夫的祖国已经完全改变了它的面貌,创造了人类典范的生活,作为开路者,担负起了领导世界人民走向崇高与美好境界的担子。这是契诃夫在他一生中所朦胧渴望着的人类生活,他主要是以对腐朽的在帝俄沙皇统治下的社会生活的嘲弄和鞭挞,来说明他的这种渴望的。他对于腐朽的在帝制沙皇统治下的社会生活所作的揭发和批判,摇撼着那种社会生活的心理基础,起了推动社会改革的作用。他的精致的巧妙的艺术作品,因而取得了永久的价值。直到今天,契诃夫还像活在我们身边,我们时常还可以接触到他那颗纯朴的心。由于他是那么巧妙地嘲弄着为我们所嘲弄的人物,蔑视为我们所蔑视的东西,因之,我们感到呼吸相通般的亲切。

契诃夫的那些精致的短篇小说和充满着诗的气氛的戏剧,从许多方面反映了十九世纪八十年代到二十世纪刚刚开始的,在沙皇统治下的腐朽的社会生活。这种社会生活,又恰似二十世纪上半叶在中国封建地主及买办资产阶级统治下的大块国土内的社会生活。民族风习虽是不同,但为资本主义和封建主义渗透地腐蚀着的生活,在本质上许多地方却是相类似的。所差别的是它在俄国成形得早,在中国成形得晚一些。

二

由于契诃夫忠于生活的真实,忠于艺术的真实,本来是看不出的和摸不到的,但却处处渗透地腐蚀着俄国社会生活的资本主义的精神,同样也在他的短篇小说和戏剧中通过再现的人物被鲜明地揭露出来,成为可以看得出和摸得到的东西了。

比如说,出现在《草原》里的年老的神甫,他的神圣的职务是代替自己的女婿,出远门,贩卖羊毛。(后期作品中的《樱桃园》是更明显了)这还只是一个幼芽。

一个五十二岁的列车长,知道媒婆一个月能赚五十个卢布,本来托她做媒的,结果是直截了当地向她求婚。(《大团圆》)不必侧面打听陪嫁,不必经过常去喝茶、散步之类的纱幕遮盖,通过这种市侩心理反映出了一种赤裸裸的金钱关系。而语言又是那么自然、那么巧妙,双方心理都还愉快,这种资本主义社会中人与人的关系已经是成形的东西了。

一对属于寄生阶级的夫妇,还没有看准票号,就以为中了彩,互相猜忌起来,丈夫暗地想,妻子拿到手,款子就会锁起来,私下赒济她的亲戚;妻子想出国外,怀恨自己的丈夫净想捞别人的钱,结果票号不对,彼此的怀恨也就消失。(《奖券》)

母亲走了很远的路,来看儿子,恳求他帮助他的兄弟。那个儿子——丑陋的磨坊主,推搪、拒绝,临了掏出一小卷钞票和一些银币来,却又从手指缝里溜到皮夹里去,剩下最后一枚二十戈比的小钱,递给他母亲。(《磨坊外》)

所有这些都是为契诃夫所嘲笑的、怜悯的,并给以蔑视的。实际上就是嘲笑了资产阶级占据统治地位后所破坏了的人与人之间的纯朴的关系,蔑视这种自私自利、怠惰、互相欺骗的关系。

因之,我们感到亲切、愉快、可笑,因为这也正是我们所憎恶的。

三

十九年前,我在北京图书馆初次阅读他的作品,那是一篇鲁迅先生后来译名为"坏孩子"的短篇,描写一个孩子发现他姐姐和她的爱人秘密接吻,就恫吓、威胁,"要告诉妈妈",于是向他们勒索,要贿赂,先是到手一个卢布,以后是皮球、袖扣之类的小东西,为了勒索得更多,监视他们就更严,终于要起表来了,并在餐桌上当着他们的母亲威胁他们两个人:"我说吧,要说啦……"当时忍不住笑,只好走到肃静的阅览室外笑去。但几年以后,不知道是由于自己经过了一些生活的磨炼,对人的精神认识了一点,还是由于对契诃夫的作品读得多了一些,在重读《坏孩子》的时候,感到笑的成分减少了,而在笑的背后实在是隐藏着一些可怜和可痛的东西。

同时在读契诃夫的另外一些短篇小说的时候,分明在怜悯、叹息之外,我还感到一种深沉的庄严的脚步声。这又是几年以后的事了。

比如在《骚动》中,依靠父亲遗产过活的尼古拉,盗窃了自己妻子价值两千卢布的别针,家庭女教师玛辛珈却遭到女主人的猜疑,连她收藏十戈比银币和旧邮票的钱箱也被扭开搜查了,玛辛珈感到自己受了侮辱,虽然怕失业,怕回到穷得精光的父母那儿去,但仍毅然地不接受尼古拉的道歉,走掉了。给人一种志气昂然的感觉。

如《敌人》中医生基里洛夫的独生子刚害白喉症断了气,他的妻子悲痛地跪在床前,这时阿包根来了,再三地苦苦地恳求医生出诊。医生到底忍着自己的悲痛,并丢下妻子一个人,随他去了。结果在阿包根家中没有发现病人,阿包根的妻子在他求医的时候,和情人私奔了。医生把钞票抛开说:"对于人的侮辱,不是用钱可以补偿的!"契诃夫在小说结尾处说"他(医生)批判阿包根和他的妻子","以及一切生活在粉红色中的半昏暗状态中发着各种香味的人们","一路上憎恨他们,而且形成一种固定的观念了"。在这里,喜剧的成分是降到非常次要的地位,作者以庄严的感情,给予了医生。而医生基里洛夫庄严地走着另外一条路,是显然的:他卫护自己作为一个人的尊严,并不甘于作为被私人、金钱可以随意雇佣侮辱的劳动者。

四

契诃夫后期的作品里越来越明显地表现出他对于人类生活有充分的信心。《三姊妹》剧中人物就有了这样摆脱了朦胧的对白:"时代变了,有什么像山一样的东西掉下来压在我们身上。健全有力的暴风雨迫近了,从我们社会中,把怠惰、对劳动的偏见、腐败了的倦怠,一下都吹得无影无踪了。我要劳动了。从现在起,过上二十五年或三十年,不论什么人就都是劳动的人了……"

一九〇〇年契诃夫已开始由高尔基介绍在马克思主义杂志上发表作品。这年他发表了著名的中篇小说《在峡谷里》,揭发了农村的在高度剥削下的悲惨的生活。

他那庄严的脚步确是向前迈着。他没有想到还不到二十五年,而在他逝世十三年以后,在他的祖国里,劳动成为了每个人的神圣职责,破坏人与人之间纯朴关系的资产阶级体系消灭了,工人阶级掌握了政权,在它的国土内,它以巨大的手,连根拔掉了那些分泌腐蚀人类的含有毒素的东西。在它的国土内,人是向纯洁的、崇高的领域迈进。契诃夫的渴望实现了。

五

那么,契诃夫的高度的艺术技巧在哪里呢?

高尔基在回忆录第四节里回答道:"他有一种随地发现和暴露'庸俗'的技巧——这技巧是只有对人生有高度要求的人才能够有的,而且只能由那种看见人成为单纯、美丽、和谐的热烈的愿望产生。"

一九五四年六月

以往和未来

以往，我在山东省访问了几个农业社，那是我父母的故乡；后来，我较常去的是吉林省的"幸福之路"农业社，这是我出生的省份。两地的风土人情虽不一样，但我都比较熟悉。最近，我曾去做过一度活动的是北京近郊的一个高级农业社。

不管在哪个农业社，我都是随着先进人物或核心分子活动。在"幸福之路"农业社，我主要的是随着正副社主任活动。有时也随着驻社的农业家做助手，如果是拖拉机手在山坡上耕地，缺人手送饭，那么我有时补这个缺。总之我尽量做到不使他们感到我是外人，是专门来找材料的。不使他们在工作或精神上感到负担。如果外地有什么团体来访问了，我就参加，正像我参加管委会或生产队的会议一样。尤其是省里下来高级干部检查工作的时候，这种双方接触和谈话，我是尽可能不放过去的。这样，我就点滴地积累了一些为过渡时期党的总路线在农村经济改造中的具体措施所带来的日常生活的变化，在各个生产活动中的属于先进人物的特征，种种知识。有些知识是来自路上的闲谈，往往这时候，由于心情轻闲，总是畅所欲言的，边谈边走，兴致淋漓。尽管这样，但还不能说我已完全获得了他的全部思想感情，了解了他整个的心魂，距离这要求，还很远的。

在北京近郊的高级农业社，我主要的是随乡总支书记活动，有时也随耕作区主任走，此外，还偶尔帮助生产队整理向上报的总结材料，从这上吸收了许多我所需要了解的东西。同样，和乡总支书记相处无间，这种友谊，在我是珍贵的，通过它，我才能深一步了解，在生产环节上，他是怎样慎重，有着怎样一颗忠于革命事业的心。

当然，如果没有党组织的帮助，这样的友谊，我是得不到的。

更重要的是在管委会或生产队的会议上，我感到必须像一个农村工作组的人员一样，在重要问题的关键上，投进去。争论得越尖锐、插入得越深，体会的也就和它成正比例。但由于自己的经验、政治观点，都有一定限制，有时碰对了，有时就不对头。在这里，深深体会到毛主席《在延安文艺座谈会上的讲话》中关于文艺工作者必须参加到群众火热斗争中去的指示所含的庄严意义。

未来，我希望能把过去的长篇小说《少年》整理出版，在国家第二个五年建设计划期中，能写一部以党的过渡时期总路线所改变的农村为背景的长篇小说。

二月二十五日夜

从王府井大街所见而想起的
——关于"写真实"问题

一

五七年有一天,我匆匆走过王府井大街,见到人行道上围着一些人,有个西装青年,头戴一顶运动员式的遮阳鸭嘴帽儿,情调很别致,一看就知道是国际友人,而且是亚洲来的。

侧面看去,果然是某邻邦的新闻记者,带有红字臂章。他正忙碌着,前后左右地移动,围绕的人也随着他前后左右地移动。原来这个外国记者,正准备给街头卖茶的老人摄影。

那卖茶老人依顺着外国记者的要求,离开他的布置整洁的小茶座,蹲在一家商店侧墙背后的角落里。不管是他头上的无耳毡帽,还是腰扎的粗布围巾,或是那缝在保暖棉布里的圆肚大泥壶,总之,完全是民国年间的古老样式。他满脸是些象征着从苦难中活过来的皱纹,不知道他的神色是庄严呀还是阴郁,只感到那些皱纹使人想到他的劳碌而艰辛的一生。

看来,这位国外来宾,对我们过去的,而且是早已一去不复返的那种"北平街头"之类的人物,情调很熟悉,说不定在他还怀着一种"亲切"的感情,在我们的首都的街头上,选择了这么一个足能使他"重温旧梦"的人物和面型。

在围观者中,颇有一些人怀疑这位不远千里而来的客人的摄影目的,更有些人私下不满。这种怀疑和不满,我们常在王府井大街上走的人,是很理解的。

我们对这条街道上的人物是多熟悉呀！这条街道上有玻璃窗布置得很漂亮的书店，进出书店的有着各式各样的面型。有的腋下夹着大部头的书籍走出来，眼光现出无限宽慰自得的神情，你以为这是从西郊来的大学生，但他胯骨后头却带着东西，似手枪非手枪，而是一些钳子之类的电技工具，这是我们新型的工人，从他年轻的昂然自得的神情上看，他是为了赶购那几部书，走了好多路的。再说，街头上来往的，都是一些步伐多么响亮的人物呀！一个摄影艺术家，在这里找什么样的形象和面型没有呀！有的胸前挂着代表证或参观证之类的红布条儿的外省农民，他们穿得确实很普通，旧棉袄什么的，但那脸上是多么光彩，现着一种初到首都的又兴奋又幸福的神情。有的可以看出来，是在偏僻的山区劳动大半生的老农，县城还是这次来京才到过。你要是向他注目，他就禁不住要向你笑，仿佛过节时候在自己村子碰到街坊似的，这是多么光辉、亲切的劳动者的面型呀！还有，你一眼就可以看出，她是从国外载誉归来的文工团员，并不仅仅是由于她那军大衣的款式讲究，而是由于她那潇洒的军人姿态中，有种端庄而自豪的风度，说明在她身上还遗留着那种经常为国外千万观众当作人民中国最优秀的和平使节来欢呼、来注目而产生的影响。

有时更会看到这样的镜头，开始你以为许是西欧来的国际友人吧！夫妇俩带着孩子，在人行道上和我们中国的机关干部或是技术工人相遇了，他们也带着孩子，两个孩子相互注目、回顾、站住、笑啦！于是两下做父母的，也都因之相互注目、致意，虽然不说什么，你很快就意识到，你所遇到的不是××专家，也一定是从欧洲的社会主义国家来的。作为一个摄影艺术家，这不都是很好的题材吗？再不，托儿所的阿姨带领着孩子们过马路了，阿姨们神色是多匆忙，警察又是怎样亲切地注意着，各式各样的汽车停下来，而那些孩子天真、纯洁、可爱的面型，咬着小手指头出神地望着大街的面型，不惹人喜欢吗？

但为什么，你——不远千里来访的客人，对所有这些具有人民中国首都特征的，具有毛泽东时代色彩的真实形象，不感兴趣，倒对那旧时代遗留下来的"残迹"，对那满是衰老的、象征苦难的皱纹的面型，对那旧时打扮和棉布包裹的圆肚大壶，感到那么亲切呢？为什么还要他从布置整洁的茶座上挪开，让商店的侧墙角落做背景呢？

这种把周围隔离开来的"写真"，这种把诸般闪光的时代特征和我们首都繁荣气象都排拒在外的"写真"，这种经过人工布置的"真实"形象，岂不正是对我们今天的真实的歪曲？这种根据自己的目的来安排的人物背景，岂不正是说明了作伪？如果用它来代表今天的王府井大街的街头人物，岂不是骗人的谎话？

因为那些闪光的时代特征都给人工地抽掉了，那些具有今天人民首都的色彩，都给排拒在外了。如果把这个"写真"的街头人物发表，岂不是给人一种错觉，仿佛今天的王府井大街仍和过去的北平街头的情调相等，毫无变化，岂不是对真实给了很大的歪曲！

可见在艺术领域里，按我的肤浅的理解来说，是有两种真实的：一种是社会主义现实主义（今天应称当代现实主义）所要求的真实，那就是要求典型环境、典型人物，这是真正的真实；一种是把典型环境的要素排拒在外，把人物的典型性排拒在外的"真实"，这种"真实"如果不是根据自己的立场和要求，伪造骗人，那么也是如车尔尼雪夫斯基所说，是"局部的误解"，与已经存在的普遍的真实及将要普遍存在的萌芽状态的真实，全然无关。

结果，即使是从摄影问题上，我们也可以看出来，所谓"写真实"的问题的提出，仍然没有离开毛主席《在延安文艺座谈会上的讲话》所指出来的——立场问题。

二

我们还是说那个蹲在圆肚大泥壶侧面的，街头卖茶翁的面型吧！我向他注目，心想，要是有条衰老得脱掉毛的狗，卧伏在这老汉的脚下，那岂不是像陀思妥耶夫斯基或狄更斯作品里的人物，把我们带到十九世纪的回忆里去了！也许这是一个具有特殊命运、特殊遭遇的老人吧！再不，家有病人常年在床折磨着，他那满脸的皱纹，显示着一种怎样的愁苦呀！但如果我自以为获得了客观的真实印象，就这样走掉，那么对艺术来说，这是罪恶的。结局，竟完全出我意料之外，摄影一完，他那满脸的皱纹，忽然开朗，恰像阳光从重雾中又出现一样，他咧着嘴唇笑了，仿佛自己能为国外的新闻记者所注意，是很自得而又不好意思似的。临离开，还在和他相向而笑的熟人肩上，捶了一下，似乎那人在他照相时，逗他笑过什么的。老人的面型变得又愉快又天真，于是我的观念，又全改变啦。我想，当然这个年过六十的卖茶老人，可能和在我们家庭做过保姆的白大娘一样，是个孤寡户，每月从政府手里领取着养老的救济金，但又不甘于游手好闲地度日，才来街头卖茶，说不定他还以为是自己这种劳动态度和生活热情，引起外国记者的注意，要给他拍照登报加以表扬呢！原来，他蹲在那凄凉的墙角落里的时候，是怀着在镜头前所有的那种严肃、拘束的感情。

但现在，关于这街头卖茶老人的天真笑容啦，关于他在别人肩上捶一拳头的健朗而又活泼的姿态啦，那位不远千里而来的国外的友人，虽也笑着，但却扣上他胸前那摄影机上的镜头盖儿了。而恰恰这是那卖茶老汉的真实的日常面貌，并也是透露着时代特征的，在优越的社会主义制度下生活的年老的劳动者的愉快而幸福的情调的。

也许有的读者说，这位外国记者，也可能并非怀有什么恶意和可鄙的目的。说不定他在理性上还是倾向进步的，说不定他是个画家，或是摄影艺术家，从感性上欣赏这个卖茶老人的面型，他只是根据他的美学观点、艺术标准来选择对象。至于为什么把他从那整洁的茶座上隔离开，把他安排在墙角落里，也无非是由于"作品"的完整性，使他所需要的人物面型，不让其他的色彩破坏，他所需要的只是圆肚大泥壶的陪衬，如果再有什么就琐碎啦！总之，这纯粹是表现方法和结构的问题，属于美学范畴，和立场无关。

自然，世界上是有这么些艺术家的，似乎法捷耶夫在中国作家协会的座谈会上也谈到过，大意是在欧洲的进步的艺术家中，有些在政治上是坚定的，信仰马克思列宁主义，但在艺术上，对社会主义现实主义不无怀疑。诗人叶赛宁在十月革命初期，不是也这样宣称过吗？

我把整个心灵献给十月和五月，唯有可爱的竖琴我不献出来。

但愿这位外国记者是在理性上倾向进步，而在感性上又留恋旧的情调的可敬而又糊涂的摄影艺术家，这种艺术家和那种怀有可鄙目的的摄影记者，在本质上是不同的。

有一点却是可怕的，那就是这种在理性上倾向进步的艺术家和那种怀有可鄙目的的摄影记者有相同处，那就是他们对于新的都一样冷漠，对于旧的却又都一样的兴趣盎然。

他们都对那从书店里走出来的新型电技工人的面型不感兴趣，对那些外省农民的面型等等不感兴趣，如果谁表现它，就会攻击，说这是粉饰现实；而他们所选择的题材，例如这卖茶翁，才是合乎艺术标准的、真实的。

可怕的就是在这种感性的美学观点上，他们是和社会主义现实主义（应读当代现实主义）的艺术家们背道而驰，他们和那怀有可鄙目的的人物，却又互相一致，写出为那些怀有可鄙目的的阶级敌人所拍手叫好的东西来。

就在这一点上，说明我们长期受过十九世纪世界文学艺术趣味熏染的知识分子，在艺术观上，需要改变。

因之，这是教育人者必先受教育的问题，在我们来说，就是要投入群众的火热斗争里去，要么上山要么下乡，以求认识上的改变、感情上的改变。

只有我们自己是蜜蜂,才会取得对于花朵的芳香嗅觉。

虽然,这是很普通的,为一般今天我们国内读者所熟悉的道理,但在我自己还是跌跤之后逐渐懂得的,或者说明确起来的。

十年,奔驰了百年的路

一

我们年轻的祖国,
十年,
奔驰了百年的路。
又是欢乐,又是艰苦,
越过无数的沟渠、悬崖,
还有阳光闪闪的山峰。
一路上,
风沙滚滚,
轮声隆隆。

过去,
我们古老的的国度,
是那么穷困,
勤劳的人民,
衣衫褴褛不堪。
我们是以灾荒出名,
以输出工业原料出名。
统治者所豢养的歹徒,
还有美利坚的水手,
在我们的国土上,

随意胡行。
正义和真理，
却带着锁链，
囚在阴暗的狱中。

今天，
在我们的国土上，
虽然自然灾害仍然不时地侵袭着，
但粮食比大丰收的年景还多、还好。
我们年产纯钢，
将达到一千二百万吨。
我们主要出口货物不再是棉花和羊毛。
在国际市场上，
我们精致的工业品，
已负盛名。
所有半殖民地半封建的产物，
统治者豢养的歹徒，
从美利坚来的水兵，
霍乱病和苍蝇，
都随东风而逝，
远远的，
给抛在百年路程之外，
作为遗迹和伤痕，
留在历史上。

二

我们年轻的祖国，

十年，
奔驰了百年的路。
又是欢乐，又是艰苦，
越过了无数的沟渠、悬崖，
还有阳光闪闪的山峰。
一路上，
风沙滚滚，
轮声隆隆。

过去，在我们古老的家乡——山东，
山是光秃秃的，
河岸的草，
都挖得溜光.
我们村里，
有对年老的孪生的弟兄。
只因为在打麦场上晒麦子，
平静的天空起了风，
西北角上乌云又黑又浓，
家家户户，老少出动，
为了把到手的麦子打干净，
那对年老的孪生弟兄吵架了。
原来两户，
只有一个打场的碌碡，
一对年老的孪生弟兄相争。
一个说：
"碌碡是我的，
你在老的分家时，

搬走了喂牲口的木槽。"
另一个说：
"那么，你拿走的不是打水桶！
打水桶顶了牲口槽，
碌碡，
年年两家用！"
力气大的那个，
赶走了孩子，
卸下了牲口，
搬走了碌碡，
回到自己的晒麦场上打场了。
力气小的那个，
一言不发，脸色变青。
谁也没注意，都各自忙着打场，
他却手提扎枪出来了，
走到他亲兄弟的打麦场上，
绕到拉着碌碡转圈的黄牛后头，
一枪，扎在牛肋上，
牲口倒在血泊中，
一对年老的孪生弟兄，
从此结怨成仇。

两个世代结亲的村庄，
为了伏旱争河水，
上流头打起坝来截，
下流头拆毁坝来泄，
结果，鸣锣聚众，

流血相斗。
姐夫打伤了妻弟，
舅舅打伤了外甥。

我们那对年老的孪生弟兄，
并不是不知道骨肉相亲呀！
我们那世代结亲的两个村庄，
并不是不知道甥舅之谊呀，
只因为在土地和生产农具私有制度下，
他们要哺育自己吃奶的孩子，
于是孪生弟兄结怨，
郎舅之亲成仇。

而今，在我们古老的故乡——山东，
山上的绿树成荫，
河堤两岸有垂柳，
三个村庄是一块土地，
不管本村外庄，
不管同族异姓，
全是一个农业社社员，
全是一个家庭的弟兄。
牲口共有，
树木共有，
大车上捆车的麻绳，
也是共有。
在防旱排涝和自然作斗争中，
三个村庄的农业社社员，

是一个命运，

他们懂得舍己为公。

三

我们年轻的祖国，

十年，

奔驰了百年的路。

又是欢乐，又是艰苦，

越过无数的沟渠、悬崖，

还有阳光闪闪的山峰。

一路上，

风沙滚滚，

轮声隆隆。

过去，

在我们黑龙江一些山村，

正好上山采蘑菇的季节，

不能外出。

豆子要割，稻子要打场，

山上的蘑菇给孢子和野猪吃了，

松子和葡萄给狗熊吃了，

猎人不能打围；

豆子要割，稻子要打场，

我们的妻女要忙着家务，

我们的大点孩子要当保姆。

两三个村庄的农业社，

也建筑不了三千米以上容量的水库。

今天，

今天呀，

我们人民公社的食堂，

从每个社员家庭的厨房里，

解放了大批的妇女；

我们的孩子不再当推磨的助手，

幼儿园里学歌舞。

拖拉机出现在打稻场上，

打围的尽管去打围，

有木匠手艺的尽管去弄凿子弄锯，

连挖药材的也有访山专业的小组。

我们的拖拉机替出多少棒劳动力呀！

公社慷慨拿出去，

他们走向国家工业建设的基地；

歌声嘹亮地，

背着行囊和铺盖，

转业了，离开乡土。

我们的日子呀，

是几世纪未有的富裕！

家家的孩子有新书。

四

我们年轻的祖国，

十年，

在党中央挥斥驾驭下，

奔驰了多么遥远的一段长途。

我们迎着五彩缤纷的早霞，

见到瑰丽无比的紫金相映的云朵，
在那里，
理想之乡，
共产主义世纪的太阳，
正在初出。

伟大的，
载着我们在飞奔的祖国，
我们吻着您的车轮，
在您命名日的十周年诞辰，
我们虔敬地，
吻着您的车轮，
向您祝福。

九月十二日

响应号召,持续跃进

中共黑龙江省委第一书记欧阳钦同志,在元旦接见文艺界代表们的谈话中,给我们作了很多宝贵的指示,以及亲切的勉励。

在指示中,要我们本着革命现实主义和革命浪漫主义相结合的原则,大力繁荣无产阶级的文学艺术。不但要我们热情地、积极地、充分地反映社会主义建设事业飞跃发展、新鲜事物层出不穷、英雄人物风起云涌的伟大的时代面貌,以及人民群众丰富多彩的斗争生活,来教育广大的人民群众,并且指出,要大力发展和创造具有民族风格和地方特点的各类文学艺术形式。

在勉励中,要我们继续努力学习马列主义、学习毛主席的著作,学习党的文艺方针,努力提高自己的政治思想水平和艺术技巧,面向群众、深入群众,面向实际、深入实际,使自己成为和劳动人民密切相联系的、又红又专的工人阶级的坚强的文艺战士。要我们更高地举起毛泽东思想的旗帜,攀登文学艺术高峰,完成党所交给的光荣伟大的任务。

欧阳书记的指示精神,我们要在实际工作中去贯彻。在我自己,尤其是需要在学习马列主义、学习毛主席著作方面加倍努力,"毛泽东文艺思想是马克思列宁主义美学在新的历史条件下的系统化的体现,是马克思列宁主义美学的新发展"(《文艺报》一九六〇年第一期社论中语)。革命现实主义和革命浪漫主义相结合的创作原则,又是不断革命论和革命发展阶段论相结合的学说在文学艺术理论上的体现。如果自己学习毛主席的著作,还是那样不深不透,在革命发展上满足于社会主义的现状,在文学艺术上,还留有过时的批判现实主义的美学影响，不深入群众和劳动人民相结合，那怎么能有力量，把毛泽东思想的旗帜举得更高，攀登无产阶级的艺术高峰，完成党所给的光荣任务呢？

因之，响应欧阳书记的号召，在学习上，就是进一步努力学习马克思列宁主义、学习毛主席的著作，深入群众斗争生活里去进行自我思想改造，争取作为一个又红又专的属于无产阶级革命队伍里的一个文艺战士。

在创作上，本着革命现实主义与革命浪漫主义相结合的原则，不只是要表现今天的群众建设热情，歌颂人民的劳动创造的气概，还要促进今天群众建设热情，影响今天人民劳动的气概。

正如欧阳书记所指示的，我们要坚持无产阶级政治方向的一致性和艺术风格的多样性的统一，不仅要注意内容，而且要创造具有民族风格和地方特点的各类文学艺术形式。

争取做红色文艺工作者

在这次文代会上，听了陆定一同志代表党中央和国务院所致的祝词、郭沫若同志的开幕词、周扬同志的报告，还有茅盾、邵荃麟等同志的报告，大家都说，对毛主席所指出的文艺为工农兵服务的方向，有了进一步的明确认识，都感到信心增强了，看得更远了。我也同样，有几个夜晚，竟至激动得通宵不能成眠，尤其是听到周总理、陈毅副总理的政治报告和李富春副总理的经济建设报告，大有"登泰山而小天下"的感觉，心胸旷然。同时，深深体会到，毛主席的文艺思想是马克思列宁主义美学在新的历史条件下的系统化的体现，是马克思列宁主义美学的新发展。它向我们指出，革命的文艺只有沿着工农兵的方向，走百花齐放、百家争鸣、推陈出新的道路，才能繁荣发展。

今天，在我们国家内，以无产阶级文学艺术工作者为骨干的文学艺术队伍的宣告形成，就是毛泽东文艺思想的胜利，也是知识分子工农化和工农分子知识化的胜利，所有这些，都在同志们的热情洋溢的发言中，多次提到了。

我只能在没有充分准备的情况下，谈谈个人的体会。

一九四九年，在第一次文代会上，开始接受了革命的洗礼，开始学习毛主席《在延安文艺座谈会上的讲话》，有一点是深深体会到的，那就是必须要参加到群众的火热的生活斗争里去，不这样做，就英雄无用武之地。因此，决心到群众中去。但当时还没有认识到思想改造的重要性，没有深刻体会到主席关于知识分子出身的文艺工作者必须"把自己的思想感情来一个变化，来一番改造"，"由一个阶级变到另一个阶级"的指示的重大意义。

因之，一九五一年我在山东导沭整沂的水利建设工地上活动的时候，在二十万气势磅礴的劳动大军之外，看到一个孤独的老头子，手握烟袋，蹲在人工河的大堤上，寂寞而忧郁的神态，就感到兴趣，感到是一种艺术学上的人物。

为什么沭河两岸所有的农民都欢天喜地参加这一水利工程建设的时候，唯独他这样孤独而寂寞呢？原来，他不是依靠土地生活的，他是一个依靠市集过活的小贩，如今他住的村子和油庄集当中，平地挖了一条宽阔如大江的河道，再要赶集得绕出一二十里路，而且不久集市也要往河对岸中心屯子挪了，自然形势变了，生活关系变了，他感到茫然。

这种茫然的感情却正是十九世纪资产阶级文学艺术所习见的一种，属于虚无主义的。究竟我已经在文学艺术工作者代表大会上，受过毛泽东文艺思想的洗礼，一而再地读过《在延安文艺座谈会上的讲话》，究竟写这样一个孤独而寂寞的老人，又有什么意义呢？在二十万人的气势雄伟的劳动建设大军中，为什么我单单对这样的人物感到兴趣呢？原来，不是别的，今天回头一看，很清楚，主要是因为自己没有经过彻底的思想改造，没有建立起无产阶级的世界观。因此也就无法彻底摆脱十九世纪西欧资产阶级文学的消极影响。

一九五八年我响应党的号召到黑龙江来，现在将近两年，有一半的时间我是在农村人民公社里工作的。如果说，将近两年我有什么收获的话，那么，就是在于摆脱了十九世纪西欧资产阶级文学对我的消极影响，在于新的世界观的树立。我将珍视这一收获，并将在继续深入群众火热的生活斗争中巩固它，结合着毛泽东理论的学习，争取做一个红色的文学艺术工作者。

只有高高举起毛泽东思想的红旗，才能攀登必将在中国出现的社会主义文学艺术的高峰。这次的文学艺术工作者代表大会，给了我力量和鼓舞，我将在同志们之后，竭力大步追随上来，用自己的笔反映我们伟大的时代，表现新英雄人物而不懈努力，而且要积极参加政治思想战线的斗争，在保卫马克思列宁主义，扩大社会主义革命影响的战斗中尽到自己微薄的力量。

富饶迷人的黑河

一

距离黑河还有三十华里,从奔驰着的公路汽车上,就遥遥地看到一条长带形的泡子,仿佛沼泽地中所常见的一样,有那么三五里长短,白白地袒露着。原来这就是黑龙江的一节江面,东西两头,全给岸岭遮挡住了,所以看去,恰似一道池沼的模样。

大江两岸,林木葱郁,烟雾迷蒙,暗绿的树木之间,透露着红瓦、白楼,像是一座城市,和给漓江隔为两部分的桂林一般。南岸,低空有三五根冲霄的红砖烟筒,不用说,这些是黑河的工厂所在地的标记。江面,有人闪着又是兴奋又是惊奇的眼光,欢呼:"我们就要到黑河啦!"

黑河,是个富饶迷人的地区。在嫩江,我们就听到一些富于诱惑性的关于黑河的传说了。听说,这里的鄂伦春族,过去的渔猎生活是多么原始,他们在河滩上用桦木杆子搭的尖帽形"撮罗子",又是多么简陋,临走,桦木杆子一撤,只带走布围子,过着和吉普赛人一样的散荡日子。听说,这里的马鹿多,犴达犴多,狍子也多。一九五八年冬一个严寒的大雪天,天刚亮,狍子群就冲进呼玛县的大街了,连到江边打水的妇女,用水桶扣住一个狍子的头,竟也活活地把它捕住了。栖息在树上的乌鸡,和沙斑鸡一样大小的"飞龙",更是多得要命,就是嫩黑公路上的汽车司机,秋后都随身带着围枪,在有野鸡和"飞龙"栖息的榛柴岗底下,随时就停车,打开侧门就开枪,黑河的自然产物是多么富饶呀!简直听来像神话似的。

在我童年的时候,远在吉林图们江流域就听说过许多关于黑河的传说了。但那些传说,虽是迷人,却是充满了神秘和恐怖。传说,黑河的胡匪多,"江北的胡子不开面",是有名的谚语了,杀人越货之后他们就骑马窜入外兴安岭的密林。传说,黑河种烟土的人,在割烟浆的时候,得潜伏在烟地里偷着收获,骑马背枪的胡子到处在寻觅割烟的人讨"黑税",割烟人咳嗽的时候,都得在地里挖个坑,以隐蔽自己的动静。腰里带着金子,从漠河下来的人,要走路边的草地,脚不敢沾土,据说,要在土路上走,那么鞋后带起的尘土就会烟似的高扬,招来匪人的注目。传说有多少失去土地的农民,为了摆脱剥削阶级拴在自己命运上的脖锁,飘过渤海,又越山海关,就在这黑龙江大小支流的金场里,毫不吝惜地献出自己的青春和劳力。为了解脱那根眼不见的穷困的锁链,他们像赌徒一样,眼中永远闪着不熄的火焰,幻想着,一旦暴发致富,还会给家庭带回去幸福。哪知道,一年又一年,却似矿主的囚徒。从沙石当中讨生活,原来和从土地里讨日子一样,尽管在这里不需交地租,永远还不完的,却是矿主的粮债和利息。过去的黑河,带给劳动人民的只是幻想和眼泪。

"那么在黑河,过去就没有一个走红运的,挖到狗头金的人么?"有人在闲谈中问。

"哪有什么走红运的人呀!一天能淘到几钱高粱米粒大的金沙豆,就算有福的了。"

又有人说,就在一九五八年,清除一个废金矿的时候,在砂石堆里,还发现过埋在那里的装满金沙豆子的大酒瓶子,而且一出土就是三五瓶子,也不知埋了多少年代了,招领很久,没有人认。

"那也不知道,挖了多少年的金,日积月累,勤勤苦苦攒下来的呢!说不定,原主的骨头都早烂掉了!"可见当时,矿主或日本帝国主义的监工,对待出场的金矿工人搜查得多么严了,据说,都得脱得精光光的,因之,矿工要私自积蓄,只有用酒瓶埋在砂石堆里了。幻想着，总有一天会带去自己从劳动中日积月累而储蓄下来的财富，却不想直到衰老而死……竟也没有泄露自己的机密。有人说赶上"八一五"解放的金矿工人是有福啦！当时，确有一些年老的矿工，带出一两瓶金沙豆，回归阔别年久的家乡去了。

在旅客们这样闲谈当中，在黑河的史话带给的叹息声中，我们发现，远处那道黑龙江的水面，早已为长满杂树的矮岭所遮挡。我们的汽车，不知什么时候转了弯，左手现出重重叠叠的兴安岭山脉。密密的树林，远处一片一片乌黑，近处一片一片又烟叶般黄，原来是给野火刚刚烧过，但树顶的枝丛，还都保持着一片绿，说明那是今年春天新生长出来的枝叶，似乎发生野火的时候，雪还初融，可见松桦之类的树木，尽管有易燃的油脂，但生命力是多么顽强了。

岭下和公路之间的荒草地上，还有一些废墟式的日本兵营。只见一幢幢露天的红砖墙壁，还空自屹立在那里，标志着日本帝国主义在满洲统治的崩毁。现在，我们已经接近黑河镇郊区，看见的一些小村子，家家户户都有一块用小树编插起来的篱笆园子，有鸡有鸭，日子看来都过得很兴旺。

我们到达黑河的时候，落日正在西下。

二

黑河的街道，白天是幽静的，街道两侧，还有老式的阴沟板铺的人行道，风格古朴。除了一些带窗门和带窗栅栏的老式中国商店建筑外，还有一些街道木筑住宅，通称"木克楞"，更显得别致。木窗周围啦，重叠的屋檐板啦，全都镂空地雕刻着整齐的图案式花纹，真是又漂亮又雅致。屋壁是用一根一根粗圆的松木干横排着垒成的，屋四角自然就又形成一种十字插花。那些做壁木的树干，都是百年的松木，尽管油漆已经有些脱落，但坚固一似当年。据说，这些都是属于珍贵木材，不是樟子松就是落叶松，耐腐耐湿，但在黑河地区的大兴安岭，这种珍贵木材是以万立方米做计算单位的，黑河的富饶，不但迷人，而且又是惊人的。

在黑河镇的街道上，却见不到什么鄂伦春族人，实际上，就是有，也不会从服装上发现的。拿在黑河中学或卫生学校的鄂伦春女生来说，她们的发上，不再是盘结着铜扣和银币、铜钱所连串起来的装饰物了。除了节日，早已不穿袖头和领口带着绣花边的旗袍了。都是短发，或是两条辫子，穿着制服、制裤的一般打扮。如果注意，只是她们的身材肥短一些，两颊宽阔一些而已。在街道上，常常看见的，却是俄罗斯族的老太太。她们是早年就嫁给汉人的，装束虽然依旧是俄罗斯式的风采，彩色包头巾，西式长裙，短筒皮靴，但讲的却是一口流利的中国话。这又是祖国北方边疆的一种特色了。

三

在我们住的黑河宾馆里，又是一种风味。这宾馆背后临江，西南开门，正面有长条石铺的台阶，两旁是汽车通道，直达宾馆那三座宽大的玻璃门，门型似哈尔滨的北方大厦，都是两层楼的建筑。有个绿木栏杆围绕的带花坛的院落。七月的天气，前院的花香扑鼻。早晨的阳光呢，却是从临江的北窗射进来！

这个北窗仿佛是凉台一样，半圆形的，一色是长条玻璃窗。早晨，宾馆前面的向南的晒台上，还在阴影里，这个半圆形的北窗，却射进来阳光了。原来，在这里，夏日的太阳是清晨从东北方向上升，黄昏在西北方向降落，正是个马蹄形的弧线，怪不得北方的夏日昼长、夜短呢！有人说，从黑河镇西去一千八百里，在漠河，夏天仅仅有三个小时的黑夜，这就更引起我们西去的兴趣。

早晨，我们走到黑龙江岸上去散步，又发现，沿着属于我们这边的江面上，靠岸一带，全是一些用桦树条绳子相联结的木排，黑树干的落叶松和红树干的樟子松相间，一排一排联结有三五里，眼望不到尽处。有的木排，似乎刚到，木排上还搭着帐篷，放木排的工人，就在木排上架着吊锅，用桦树皮引火煮饭，青烟缕缕上升，实在是一幅美妙的水彩画。

在江边木排上，除了几个洗衣裳的中国妇女之外，还有一两个过假日的人在钓鱼。原来黑河镇的青年男女，这天午后都到江滨公园来了，黑河专区正在这里举办一个小商品展览会，晚间有露天电影，有舞会。所有的人，都打扮得像节日一样，拥挤在各展览棚的走道上游览呢！

在这些席棚里，有鄂伦春妇女巧手所制的狴皮高勒软底靴子，当地通称作"翁得"，有鹿胎膏、鹿茸，有松香、珍贵的药材黄芪之类。有水獭、麝鼠皮，还有著名的黄鼠狼皮。在国际市场上，黑河的黄鼠皮是享有特殊声价的，如果黑河的产品还没有到，这项对外贸易就不能"开盘"，据说必须有三分之一的黑河货色，才能议价成交。因为黑河的黄鼠皮毛，针长、绒细、色美而有光润。另外有黑河的各种化工品，特别是本地产的都柿酒、雅各达酒，醇美更是胜过葡萄酿品。

在靴鞋展览的席棚里，有种桦木制的高跟鞋，款式那么漂亮，购买者里，有来自哈尔滨的评剧女演员，她们是随着市评剧团特地来黑河作访问演出的。

总之，黑河是富饶迷人的地方。

一九六一年十月五日

航行在黑龙江上
——大兴安岭散记之一

"从黑河西上，到漠河的西口子，是一千八百华里，顺江东下，到嘉荫的保安村，是一千二百华里。黑河专区沿江上下是纵长三千里的幅度，仅瑷珲、呼玛、孙吴、逊克、嘉荫这北五县，就占十三万平方公里的面积，而人口呢，解放后，增加了十万，现在平均一平方公里，还是不到两个人。"——黑河地委丁逢水书记谈。

黑河地区是多么辽阔！一平方公里平均还不到两个人，除了广大的森林，就是高没人胸的草原以及草原上有柳树丛的沼泽地。在百万公顷可耕的土地中，我们打破了有史以来的记录，开垦了十万公顷的荒原，还有九十万公顷的草泽地，等待我们开垦。这是多么诱惑人的一个数字，又是多么肥沃的荒草原呀！

当我们航行在黑龙江上的时候，我们看到这里的草原都是在山岭环抱当中，一大块一大块地为山岭间隔着。山岭环抱着草原，草原分隔着山岭，一环套一环，连环不绝。

在那些丘陵式起伏不断的山岭上，除了苍绿色的密林，还是苍绿色的密林。树干白白的是桦木林子，树干红红的是珍贵的樟子松林，树干乌黑乌黑的是大兴安岭最普遍的落叶松林。草原上是浅绿的一片，当中闪着白光的，是通称水泡子的湖沼；一片金黄的地方，是生长金针菜的大甸子。泡子里的野鸭三五成群，它们的鸣叫是那么响亮，声音传得那么辽远，从它们的叫声中，可以听得出，在这些草原上的水泡子，是它们栖息的乐园，这里是人迹罕到的所在。那些生长在沼泽地上的黄花菜，就那么一年一年地自开自败，显得虚度日月似的寂寞。有时在空旷的草原上，出现一只雄鹰，那么，它那种傲然盘旋着飞翔的姿态，仿佛在说，只有它才是这块土地的主人。那绿萋萋的草原和树干是红、白、黑相间的密林，更显得单调和寂寞。它们仿佛说："你看呀！几千年啦！我们就这样等待着、等待着……我们给你们准备了多么肥沃的土地和木材呀！多么珍贵而且丰厚的药材呀！在我们的胸脯上，草丛根儿底下，又有多少鹌鹑、乌鸡、飞龙、沙斑鸡、兔子和麝鼠隐藏着、繁殖着……"总之，不管是森林，还是带着沼泽的草原，都仿佛向人们招手，在阳光下发出诱惑人的笑容，在寂寞地向人招呼："我们等待着，来采伐呀！来开垦呀！不要让我们虚度日月呀！"

我们航行在黑龙江上，就怀着这样一种感觉。自然，这是从我们的"东北"号江轮上南望，南望我们国土的一种感觉。我们的江轮，就在这些丘陵式的万岭丛中，绕过来，转过去，逆江而上，常常走着马蹄形的航线，有时仅仅由于一道岭遮住去路，就要绕几十里路的弯儿，由岭前迂回到岭后去。在村镇与村镇之间，往往是三五十里的间隔，全是一些寂无人烟的密林和寂无人烟的草原。

一只雄鹰离开南岸山岭间的草原，越过黑龙江飞往北岸去了。

从地势上看，我们南岸如果是半块为山岭所围绕的原始草原，见不到人烟，那么对岸，同样是半块为山岭所围绕的原始草原，同样见不到人烟，见不到牛马。可以看出来，这原本是一块草原，而为静静的黑龙江劈作了两部分。如果我们南岸是山岭的断崖，那么北岸同样是山岭的断崖，岭型尽管相同，但在南岸的就称为内兴安岭，在北岸的就属于外兴安岭的范围了。据说，在辽代，这里全是契丹人焚林驱兽以射猎的地方。直到现在，两岸的林木深处，仍然有鹿啦、狍子啦、犴鹿啦，成群结伙。

黑龙江是这样的幽静而秀美，它不像一条大江，倒像一座座幽美的湖沼联结成的。江面总是在四周的山岭环抱中间，有时在南岸隔着大半块草原，距离山岭二三里；有时在北岸隔着大半块草原，距离山岭也不过二三里；有时又是在狭长的两岭之间的峡道中，静静地流着。

但黑龙江的江面，却又平静如镜，只有看到一根整直的原木，从远处飘过来了，或者是一棵枝叶和须根半露的大树，飘过来了，才能看出来，黑龙江是在静静地流着，而且流势还很急。要是垂直地下望，还可清楚地看到眼底下乌黑乌黑的江水，有一朵一朵波纹在不断地开裂、扩展着，可以说沸而不腾，一点浪峰也不见。人们见到飘下来的大树，就说，这树流不远，就会在拐弯处搁浅了。人们见到飘下来的原木，就猜测一定是"看水人"走了眼，在哪个险滩上"打了排"，不久，果然在那根独木流过去之后，又看到尾随而下的许多零散的原木流过来了，流得很快。

而我们的"东北"号江轮在航行中呢，别提有多么缓慢，又是多么平稳了，简直感不到它是在航行，只听到烟囱的喘息声：呋——呋——仿佛老牛喘气一般，表示它确实在前进着，而且是在顽强地前进着。

完成放排任务胜利归来的流送工人说："黑龙江是面柔心暴，水性可险啦！"都说，在黑龙江上游送木排，有四个险要所在："任家大坑，罗锅滩，迎门碛子，四道弯。"但黑龙江的水性尽管这么险，我们在航行中，还常常看到有人独自坐在床般大的木筏上，悠然自得地顺流而漂。有人说，这是下头有急事要办，等不得坐回航的班船了。要是那小木筏上还堆积着一些枯树、断木之类，就说，那是下头镇市里的人，假日到山里去弄烧柴的。黑龙江的水性虽险，但这些沿江的人民，却全不放在心上，坐在上面，越过我们江轮时，还悠然自得地向我们作笑呢！

我们在黑龙江上，就这样缓慢地逆水而上。江轮平稳得像在湖泊中航行一样。明明看到前面是一道矮岭阻路，船到岭脚边，沿崖弯过去，又出现了另一个四围为山岭所环绕的湖泊。有时候在前面挡住去路的不是一座岭，却是湖泊中心一块林木丛生的岛屿，这种林木丛生的中心岛，在黑龙江中是断断续续的。那上面，除了白色的航标，是同样看不到什么人迹的。在双方鸣笛告别不久之后，我们的江船再次响起汽笛来了，不过这次汽笛鸣声特别长。谁都知道，北岸上只要一见村镇，那么南岸上，就会出现我们的村镇了。而我们的老船长在靠码头之前，早又换上黑色的棉袄，因为往码头上卸货的时候，"东北"号所有的男女船员，都肩上搭着布，变作搬运工了。我们的老船长要在货舱口，给搬运工发竹签子的。我相信，世界上除了我们社会主义的国家，哪里还会有这样又朴实又勤劳的船长和船员。

十一月二十五日

"东北"号江轮上
——大兴安岭散记之二

现在,我们再向读者谈谈我们坐乘的江轮"东北"号。

"东北"号江轮是来往佳木斯—漠河之间的一条客轮,一路上也装卸些货物。旅客的载额是三百名,但往往超载,有时竟达五百人。底层是货仓,旅客们全都在二层甲板的客舱里,前头有一间广阔的大餐厅,尾部是统仓,有双层的木板床位,中间是双人房间分列南北,还有办理客货票手续的售票室、广播室、十字形的走道。顶部是舵楼,附带一间船长室。各层的甲板四周,都有漆着白色的栏杆围护着,形成一层层鸭蛋形的环式走廊,和小型巡洋舰一般的美观。所不同的是它所有的结构材料大部分是木板的,而且尾部两侧,带着两只巨大的老水车式的排水轮。这条江轮就是依靠这两只巨大的排水轮的旋转前进的。逆水上行,一小时倒也有十二里的航速,读者可以想象到,旅客们在这江轮上是可以怎样从容地饱览两岸明媚的山色水景了。

白天,床铺在南半部的旅客,有时都要到北面走廊上去浏览,而铺位在北半部的旅客,因为看不到南岸的景色,又不得不绕到南面走廊上去浏览,因之,在江轮航行当中,旅客们一会儿拥在南面的走廊上,一会儿又出现在北面的走廊上,来来往往,很是活跃。而船前头,在大餐厅那排环形玻璃窗外面的一席之地,在旅客们当中,成为一个珍贵的地方。在这里,只要谁得到一个凭栏眺望的位置,总是舍不得轻易离开。而迎面吹来的是七月的江风,又那么凉爽怡人。谈起话来,不是关于漠河胭脂沟金矿的传说,就是关于鄂伦春人崇拜"协领"的掌故,谈话人的声势又粗犷又动听,白日里仓内闷热(因为统仓底下就是机器间），谁还想轻易离开这个纵目可以左右兼顾南北两岸的优越的位置呢！自然，这大餐厅那排环形玻璃窗外的一席之地，就变成我们的日常活动的地方了。

在这些旅客当中，以大兴安岭林区出差的职工为多，还有一些是林业工人的家属，有的刚从山东来，还有些流送木材空手归来的林业工人，再就是一些"站上人"，他们的祖籍多半是云南、贵州，相传他们的祖辈都是随吴三桂过来的，从嫩江到漠河胭脂沟金矿，沿路有大小三十几站，站站都有这些遣戍的汉军驻扎的营盘，因之，代代相传，自称"站上人"，以别于纯血统的当地的土著。另外，还有肩不离枪的鄂伦春族的护林员、从呼玛县中学回来的鄂伦春族学生。在那些沿江一带村庄居住的短途旅客中，有的是公社管理区主任，有的是乡委会的干部。其中有的人是汉俄两族的混合血统，他们的头发乌黑，但眼睛却不同，有的是琥珀色，有的是玛瑙色，总之发色似父族，而目型似母族。

"东北"号江轮上的二副，也是一个有着汉俄两族混合血统的人。中等身材，宽肩阔背，穿着一套蓝布制服，每当江轮停靠在码头上，在卸货的水手中，总有他的身影，背后搭着一块肩巾，往下扛面袋子，扛豆饼、货箱子、油篓之类，又说又笑，是个既活跃又热情的人。

我们听说祁宝珍是个先进工作者，很想知道老船长的先进事迹，但是他自己仅仅说，过去，是在松花江的轮船上当水手出身的，也跑过这条黑龙江，说来，有三十年江航的历史了。水上行船，哪里有浅滩，哪里有回流，反正都是依靠经验，旁的也没什么可说的。

"日本鬼子投降后，航行在黑龙江上的第一条江轮'海兰'号，就是我们老船长带着一伙人自己造的。"那黑头发，有着琥珀色眼睛的二副在舵楼里热情地插话了，"也没有造船工程师，也没有设计图，我们老船长自己画的样子，自己带着人到木材加工厂去找的木材，自己搭上钩参加抬运，弄到造船工地上去的。"

老船长说:"你们没有听出我们这个船上的汽笛有什么不同么?"

"是呀!"我们说,"怎么像是森林铁道上小火车的叫声呀!呜呜地叫,不是唔唔的。"

"是啦!"那老船长说,"这轮船上的汽笛,原来就是从小黑河日本建设的军用小铁道的火车上拆下来的。"又说,锅炉是从离黑河三十五里的神武屯运回来的,日本人原打算运到大连去,撤退时来不及搬走,就丢掉了,锅炉太大,就截去了一半,又铆了铆。连排水轮的轮圈啦,机器间的动力大轴啦,总之都是东凑西凑拼弄起来的。四七年冬天搜集的材料,四八年二月就验船,五月间一开工,就下水试航。那时候,黑龙江上,还没有我们的航船,我们自己造的这条当时命名为"海兰"的江轮下水时候,不仅黑河镇千人空巷,鸣鞭放炮,齐来江边祝贺,就是隔岸的海兰泡的居民,也都来到江边,欢呼相庆。

当我们在舵楼窗外的遮阴布篷底下谈话的时候,江轮上的烟筒如老牛喘息一般喷着烟,只见两岸的山岭,缓缓地后移,它是这么平稳,如果阖上眼睛,真感不到船在航行。我们如果不是访问,哪里又会知道,我们的江轮,竟全是出于文化水平并不高的老船长的心裁、设计、建造的呢?我们的民族是勤劳而智慧的,从老船长祁宝珍同志的身上,就完全体现出来了。

一九六二年八月十日

"燕子峡"外
——大兴安岭散记之三

一

从黑河西去漠河,我们在黑龙江中整整航行了十天,可见这段旅途是多么辽远而又迂回了。我们的"东北"号江轮,时而南行,时而北往,弯过来,绕过去,始终是在大兴安岭的万岭丛中航行,又可以想象到大兴安岭岭峰之密和区域之广了。

那大兴安岭,不管是在黑龙江北岸的外岭,还是在黑龙江南岸的内岭,一般都是矮如丘陵。一座一座的岭峰,完全像大墓一般,所不同的,只是这些大土墓都不是赤裸裸的,而是全身生长着羽毛般华美的树林子。这些树林,因为长得密,不管是白桦还是黄花松,都竞争阳光往高里长,看起来,挺拔、标直、婀娜多姿,全不似古木参天的原始林。原来,过去鄂伦春族的猎人,在这大兴安岭的万岭丛中打围,都是采取以火驱兽的原始方法,因之,这里的林木,都不过百年的样子,更有一些年幼的白桦林子夹杂其间,越发显得大兴安岭七月的秀色,胜过江南的春天了。

我们不禁想起辽主道宗,春季往往喜欢到黑龙江来驻跸的情由了。除了纵火行猎,想想五月间的大兴安岭白雪初融,青草初发,红色的杜鹃花如朱砂般漫点其间,那大兴安岭的沿江春色,自然是更娇媚诱人了。

二

我们所说的"燕子峡",是在离开黑河西去五百九十公里之外,航标在五九七到五九八之间。内外兴安岭,在这里似被巨斧劈作两截,显出一种长江三峡似的险峻、雄武的姿态来。两岸峰岭高大不说,而且石壁如削,危岩耸天。我们的江船,经过这里,仿佛是在一口万仞深的井下一般,天空狭长似带,显得宝石一样蓝而光润。

在那巉岩之巅,乌黑的山燕仿佛蜂群那样细小、密集。它们有的围绕着裂缝之间有泥巢的山巅岩石来往飞翔,有的在巉岩缝隙间插足栖息,鸣声啾啾,清晰可闻。不用说,这是它们世世代代栖居、繁殖的区域,自然,它们所选择的是大兴安岭万岭丛中的高峰之一!

我们的航船,从这"燕子峡"经过的时候,气息阴寒,仿佛在空气中有种森林里的新鲜的雪气。这时候,虽说已近晚九点,但在这里天还没有黑,有的舵工,都已经穿上值夜班的光板羊皮大衣啦!自然,尽管是七月的酷暑天,我们也都感到山风过寒,不得不躲到船舱里去喝茶取暖了。

三

过"燕子峡"不久,天色已临黄昏,我们的江船埋在阴影里了。只见暮霭一朵一朵,如云似雾,在山岭遮断的半截江面上,升腾起来。江中的大块岛屿,已经完全不见了,只能从一片白茫茫的暮霭上空,看到那岛屿上生长的一排树干标直的松林顶端,仿佛一个大艺术家笔下的一幅构图简单的水墨画一样,给人一种奇笔惊人的感觉。

我们的江轮,这时正在江中航行,北岸是外兴安岭的山脉,南岸是一块草原的高坡,那高坡,像是一道护江堤岸似的。就在这堤岸底下,我们看见往下游流送木材的三个林业工人,各自披着短大衣,在岸上架着吊锅煮什么,火光微显,白烟缕缕,显然他们准备在这里过夜啦！劳动一天之后，他们正在准备享受一顿丰美的晚餐呢！

在江轮走廊上扶着栏杆观望的旅客当中，有一个身披棉袄的高大汉子，突然向岸上高声打招呼："张学智下去了没呀？你们怎么才到这儿呀？""我们在黑河等船，等了七八天，要不早上来了！"自然，他是刚刚完成一次流送的任务，胜利归来的一个流送工人。他所打听的张学智，据说，是出席过黑龙江省群英会的一个塔河林业局的流送木排的舵工。一般从塔河到黑河，流送一次木材，需要两周，因为江中浅滩多、回流多，而张学智却仅仅用四天的时间，顺流而下，一天一夜将近五百里，可见水势看得准，江情摸得又多么透了。

在那高坡底下，围着吊锅而坐的三个林业工人，同样高声地向船上的那位旅客打招呼，说是什么人的排，在上头搁浅了，要不帮着他们捞木头，早到黑河了！更有一个临时做炊事工的，从木板上摸起一条足有三五斤重的细鳞鱼来，高高举着，欢快地叫道："下来吃鳟鱼呀！呵，你看，多肥呀！"那条鱼可能是刚摘下钩来不久，刷的一下就从他手里跳脱了。我们见到那两个人就忙着弯腰去捉，并在细鳞的跳闪中传来他们的笑声。

但在我们船上的这个披着短袄的旅伴，对于那正准备剖腹、洗涤、下锅炖的细鳞，以及它的跳脱，那些伙伴的捕捉和笑声，完全不感兴趣。

他手扶着栏杆，倾胸向前，仍然高声在问："农场的小麦呢？还没动手割吗？"

等到高坡底下的人，捉到跳脱的那条鱼，听清楚船上问话的时候，我们的江轮，已经在躲闪江心岛，往北靠了。我们那个披着短棉袄的旅客，不得不往后倒退着问："呵？"要求岸上的人："大声点！"

那时候，我们的江船已经离南岸越来越远了。只见高坡底下有一个人站起来，用两手作传声筒，纵声叫道："还得半个月！"并用手在眉眼间横划着，显然是说，那里的小麦已经高到眉头了。

"下头早都打场啦！"只见船上的那位旅客，还在倒退着，向岸上高叫。

原来大兴安岭万岭深处的气候，比起山外的松花江来，又是一个天地。不但小麦要到八月底才成熟，就是这七月的夜晚，来得也特别迟，十点之后，才是暮色苍茫的景色。

有人告诉我们，大兴安岭有史以来，都是靠从松花江下游上来船，载白面和花旗布、豆油来供应。在解放前，大兴安岭除了金矿上的工人，就是"趟子房"打皮子的，再不就是收鹿茸的药商、卖私酒的行贩，此外，就是沿着河流搭"撮罗子"、尖顶帐篷栖居的鄂伦春人。要是在交通要道口开店的汉人，在房前房后种上块菜地，兼着往金矿上去卖菜，那就是大兴安岭北部唯一的农业户了。人人都说，靠山吃山，如果不是"大跃进"的年代——自然，在农业上它或许是个负数，大兴安岭塔河流域开进去两三万林业工人，开办了五个有拖拉机设备的中型农场，响应党的"大办粮食"的号召，哪里还会有人万里迢迢，跑到大兴安岭的河套里去垦荒种地呢！

因之，当我们在船上，老远看到高坡底下站起来的那个木排工人，用手横截着眉毛比量塔河流域小麦高度的时节，不仅是采访大兴安岭的我们，就是久别归来的林业外勤人员，也都是现出又兴奋又惊奇的神气来。有人说："春天，小麦播种的时候，有些人都暗地担心，怕大兴安岭的气候不适于种小麦，有的甚至于说，可惜了这些麦种，扔在地里，倒不如吃到肚子里去，还落得一些肥料。"

那个放木排归来的工人，披着棉袄，在旅客们的环问当中，充满自豪地说："我们农场的小麦呀，今年一公顷，往低里说，也要打到三千斤！"又说："大兴安岭山套里的土呀，抓一把都是乌黑乌黑的，潮湿湿的，那是什么土呀！这样的土还不长好庄稼呀！"

这时，船头的锚链唧唧作响，钟声急敲，舵工在通知机房工人，要抛锚了。雾气越来越大，连岭峰之间升起的月亮，都是又圆又大又红，水面、岭线和浮在雾上的林子顶部，都给染得有些紫嘟噜的了，我们不由得想到有着美妙景色的童话世界了，不禁暗赞这大兴安岭"燕子峡"外的江面真美！

一九六一年稿
一九七九年十一月再订正

高举毛泽东旗帜前进

——关于《在延安文艺座谈会上的讲话》

自从二十年前毛主席《在延安文艺座谈会上的讲话》（以下简称《讲话》）发表之后，中国的革命作家，在它所掀起的革命风暴中，受到了洗礼。中国文学艺术史，从此开辟了一个新纪元，中国的革命作家，从此走上了一个新方向——为无产阶级、为千千万万的劳动人民、为社会主义服务的工农兵方向。这个方向，实际上，也就是无产阶级创造自己的社会主义文学艺术的方向。

毛主席的《讲话》，正像我们著名的文学理论家所早已指出的，是继承了列宁在《党的组织和党的文学》中提出来的文学的党性原则，并结合中国革命文艺的实践，加以创造性发展的马克思主义新美学的经典著作。它是无产阶级社会主义革命的科学理论的一部分，因之，它是有巨大的历史意义的。这种意义，越来越为中国社会主义文学艺术的客观发展所证明了，为在中国已经形成的一支以工人阶级的作家艺术家为骨干的革命的文艺队伍的实践所证明了。

文学艺术应当成为无产阶级革命事业的一部分，要为千千万万劳动人民服务，是一九〇五年俄国革命之后，列宁在《党的组织和党的文学》里提出来的。这比恩格斯时代，恩格斯代表革命的无产阶级，向作家所提出来的"可以在现实主义的领域中要求一个地位"，更往前推进了。这时候，仅仅在现实主义领域里占据一个地位，已经不能适应工人阶级革命事业的要求了。已经壮大起来的工人阶级必须要掌握它了。于是列宁提出党的文学的原则，并要求社会主义的无产阶级应当发展这个原则，"并且在尽可能更完备和完整的形式中实现这个原则"。

列宁在提出党的文学原则之后,也做了这样的预言:"这将是自由的文学,因为不是贪欲也不是野心,而是社会主义思想和对劳动人民的同情将招集一批又一批新的力量到它的队伍里来。"但究竟要通过什么样的道路去培养和建立一支这样的文艺队伍(包括旧的文学力量的改造),使之实现这个光辉的理想,使之"替千千万万劳动人民服务",为工人阶级的革命事业服务,为社会主义的政治服务,正如林默涵同志所说:"列宁在生前还没有来得及解决。"

毛主席在《讲话》中,不但继承了列宁的学说,指出了文学艺术为千千万万劳动人民服务的方向,而且有系统地以辩证唯物主义反映论的科学观点,解决了革命作家为无产阶级革命事业服务的关键问题,那就是指出作家的思想感情需要在群众的斗争生活中,从一个阶级到另一个阶级的变化、改造的道路。

这条道路,是我国社会主义文学艺术繁荣发展的唯一正确的道路。

作为一个社会主义文学艺术的革命作家,如果在政治上是往前看的,在艺术上却是往后看;在思想上怀着无产阶级的崇高事业的目标,在感情上却又迷恋着过去的旧时代所创造的"艺术标准";一条腿长,一条腿短,在无产阶级和资产阶级所进行的文学艺术领域的争夺战中,站都站不稳,哪里又会产生战斗的力量呢?

知识分子的思想、感情需要在和劳动人民的结合中进行改造,革命作家的感情需要在和劳动人民的结合中进行从一个阶级到另一个阶级的变化、改造,这是《讲话》中的精髓。

这条我国社会主义文学艺术的唯一的历史道路,也是一个作为十九世纪批判现实主义继承人的革命作家,跨入社会主义文学艺术阵地上来的唯一的一条通道。

在文学艺术领域里,无产阶级与资产阶级进行的激烈的争夺战中,毛主席光辉地指出了这条通道,它所具有的高度的战斗性能,和在马克思主义新美学的理论建设上它所作出的贡献,是成为正比例的。

谁要是按着这条道路走,谁就会发现在社会主义时代,我们的劳动人民的英雄形象,已经截然地完全地和十九世纪批判现实主义文学中所创造的光辉典型不一样了,和托尔斯泰、契诃夫笔下的农民,不管在气质上还是在感情色彩上,完全截然不同了。谁就有可能像柳青那样,创造出梁生宝这样新型的农民典型人物来,谁就有可能像王汶石的《新结识的伙伴》那样,创造出毛泽东时代的中国农村的新型妇女的形象来,谁就有可能为社会主义文学艺术作出有价值的贡献。在无产阶级和资产阶级、帝国主义的代理人现代修正主义者,进行的激烈的文学艺术领域的争夺战中,发挥号兵的作用,谁就有可能创造出来符合于社会主义艺术标准的典范作品。相反,谁要是稍稍离开这条道路,谁就容易受到资产阶级文学艺术在感情上的侵蚀,甚至把资产阶级文学艺术中超阶级的"人类爱"等等,也承继过来了。有些人也许是把这种艺术情调、这种感情,当作绳子捡来用的,却不知道在绳子后面牵来了"恐龙",牵来了资产阶级"人道主义"的化石,使自己掉到现代修正主义的泥坑里去。就是受资产阶级文学艺术在感情上的侵蚀并不严重,在无产阶级和资产阶级进行的文学艺术领域的争夺战中,也发挥不出应有的有效的火力,虽然有的也能做出贡献,肯定会比应该而且可能做到的要少。肯定还会有人迷恋过去的"艺术标准",走回头路,而终于会迷失在草莽之中,在两个阶级进行的争夺战中,为敌人所俘获。

自然,这条我国社会主义文学艺术的历史道路,从旧时代跨入社会主义文学艺术的唯一的通道,走起来,并不是那么顺畅的。正如列宁在《给美国工人的信》(《列宁全集》第二十八卷,第五〇页,引自吕荧辑译《列宁论作家》)里所说:"要革命的道路宽阔、自由、坦直,走向胜利的路上,要不会有时候需要作重大的牺牲……或是走过狭窄的、难行的、曲折的、危险的山径——这样的人不是革命者,他还没有解脱资产阶级知识分子的迂腐,这样的人实际上常常总是滚到反革命的资产阶级阵营里去……"而背负着过去的"艺术标准"最多的人,在这条道上走起来,困难也会多一些,但只要按照这历史通道走去,就会逐渐地发现自己所背负的那些"艺术标准"的色彩,越来越失去它们作为标准的价值,因为它们的色彩和今天社会主义时代的色彩是不相称的。而对于劳动人民的感情,也就会随着这种发现越来越浓,引起由量变到质变。而越往前,越会感到脚步健捷、利落起来,情绪昂扬起来。

在无产阶级和资产阶级进行的文学艺术领域的激烈的争夺战中,我们要紧紧携起手来,高举着毛泽东的旗帜,在已经壮大起来的革命文艺队伍中,勇敢地通过这条社会主义文学艺术的历史道路。只有通过这条道路,与群众结合的通道,改造思想感情的通道,才能达到社会主义的艺术的高峰,并给那些向社会主义文学艺术的广大阵地不断反攻的敌人,以致命的打击。

一九六二年四月二十七日

东北的冬天

东北的冬天,是冰雪的世界,到处是白茫茫的雪原、冰冻的河道。夜里没有月光,却几乎什么都看得见。那乌黑乌黑一片是什么呢?那是东北有名的樟子松林。还有脱光了叶子的树木,在大自然中袒露着赤条条的枝柯,又苗条,又有风姿。那些披着雪的枝柯,半黑半白,仿佛出自名家的木刻版画一样。而黎明的阳光,是那么朦胧,树林似围裹在轻纱里似的,只见白白的一团儿圆晕,给人一种月夜般的幻觉。

落鹅毛大雪的时候,是一点风儿也没有的天气。那雪就这样静悄悄地落着,静悄悄地落着,静得可以清楚地听到树林间的坠雪声,或是给雪压断的枯枝落地声。

这时候,冻结的河流,埋在雪底下了,道路也埋在雪底下了。这鹅毛大雪从黄昏落到天明,又从天明落到黄昏。屋顶都压在雪底下了,大草垛也覆盖在雪底下了。墙垣、篱笆上都挂满了一层厚厚的雪,整个村庄,仿佛在雪原上消逝了。在雪原上赶路的人,就得依靠雪里露头的成排的草丛,辨认道路,依靠远处的炊烟,辨认村庄或是家屋的方向。突然听见脚底下一声公鸡打午鸣的叫声,这才发现原来自己是在高崖子上,崖底下就是村庄,那原先看作是高岗的,却是埋在雪下面的大草垛。进村子里看看吧,不管走到哪一家去,屋子里都是温暖如春,热烘烘的。妇女在暖炕上扒着线麻,猫在窗台上弯着身子正舒适地打着鼾声。男人呢?原来不是上山打狍子去啦,就是赶着雪橇到林区拉木材去了。

"好大的雪呀!"如果你这么说。

"瑞雪兆丰年呀!这雪落得好呀!"东北的农家,对雪是怀着这样一种亲切的感情。

大雪之后，往往是风和日暖的天气，太阳露面，就是三月般的艳阳天。街道上积雪消融，闪耀着愉快的光辉，家家的屋檐底下滴着水，窗玻璃上的霜花也融解了，挂着闪光的水珠儿，这是往地里运肥的好季节。猪圈啦，马棚啦，到处是起肥装车的男女。要是积的粪肥冬天运不出去，开春融雪一化，不仅道路全是泥泞，不好走，而且春耕还需要牲口，哪能拴那么些车去拉肥。

孩子们呢，在雪后的艳阳天，像遇到节日一般，成群结伙到河沟里去滑冰了。一个一个的小脸，冻得又红润又鲜艳，越冷越精神，他们讲究在冰道上滑得麻利，滑得稳。有时一条腿滑，另外一条腿儿一抬一落，这叫"老头儿铡草"。在滑行中转着身子，就叫"老鹞子翻身"。如果，这时候有谁摘下帽子来，那么他头上的热气就蒸腾如烟，哪里还感到冷呀！

要是有人在河崖底下发现野鸡的足迹留在雪上了，那么说明天亮时候，它还在这里栖息过，因为天亮时候雪才停止。顺着踪迹追寻吧！一声吆喊，那野鸡就扑棱棱地从柳茅子丛中飞起来了，开头它能一气飞出半里路，二次就只能飞出二三十步远了，再追，它就离不开地面了，连飞带跑，最后，只好把头插到雪里去啦！因为大雪一连落了几天几夜，什么草种子啦、榛子啦，都埋在雪底下了，要不是饥饿，它哪有胆量敢飞到村庄附近来，从草垛上找谷粒吃呢！

大雪之后，是猎人最活跃的日子。在白茫茫的雪原上，哪里的榛树林子、柳茅子丛中有野生物活动，雪地上总要留下踪迹。要是发现了狐狸从这里走过的足迹，那么往往它还要从原路上走回来。在它以为这是最安全的通道，却不知它这种小心翼翼的活动规律，已为猎人所掌握，在它归来的路上早已下了套子或是带着诱饵物的铁夹子了。如果这是只紫貂的足迹，那么顺着这条踪迹，就可以找到它所栖息的岩穴了。紫貂的机灵，又不同于狐狸，为了混淆它所留下的足迹，从这个岩穴窜出来，它又从那个穴口跑出去，绕过几圈子再回来，但不管雪地上的踪迹多么乱，还是瞒不过猎人眼睛的。于是，墙般高的立网，把这岩石圈起来了。黄昏圈起来，有时要守候到天亮，往往是三五人轮班值更，只要听到网杆上的铃铛一阵响，就奔向响处，扑倒立网，那狡悍的紫貂就只能在网底下挣扎了。冬天夜晚，尽管是那么寒冷，捕貂人的眉毛挂着白霜，胡子挂着冰溜子，但他们的脸上却现出春日般的笑容来，到底没有白挨一宵冻呀！越是寒冷的季节，紫貂的皮毛价值越高呀！东北的猎人是不畏严寒的，顽强而又豪迈。

雪后，林业工人，项后搭着一根带子，两端吊着无指手套，纷纷出动啦！伐木场的木材要归楞，拖到楞场去集中。运木材的拖拉机轰轰地响着，河道上的冰面，压得咔巴咔巴直响。因为河流冻结了，冰面上可以走雪橇，山坡的积雪上已经开出冰道，这是林业运输的黄金季节。在楞场上，人们说话的声息，形成一道道白烟般的雾气。一点风儿也没有，雪后多么好的天气呀！这时候，所有的脱光叶子的树木，都挂着霜，仿佛一些巨大的白珊瑚，晶莹闪光，东北人叫做"树挂"。哪怕是一棵有生命的枯草呢，也挂着霜。如果一点霜也不挂，那就说明这是一株失掉生命的枯树了。

在东北的城市里，冬天的早晨，那马路两旁的树木，一色都是这样的挂着霜须儿的树挂，构成了一个银色的世界，美得出奇。

东北是祖国有名的重工业基地，不管是哪个工厂，也不管是办公大楼，还是厂房车间、食堂、托儿所，冬天，窗户都关着，双层窗户中间，都塞了五寸高的锯末子，用来吸收雪水。门道外头，都安装上一个岗楼式的风门，不仅是为了挡住风口，还为了工人们进屋之前，把两只棉靴底上的雪留下来。一走进门道，就听见暖气管的嘶嘶叫声了，室内室外，简直是两个世界。

东北又是祖国的谷仓，冬天，正是向国库运输公粮的日子。走冰道的马匹都挂着掌，带着项铃和串铃，不管是在结冰的河道上，还是山道上，车队那些牲口奔跑的铃铛声，汇集在一起，有时在二三里外就听到了。白天在店里打尖，夜间还得拉黑走。这时候，汗水在马匹胁下也凝结成冰须子，仿佛一些水晶坠子一般，当啷作响。赶车的人呢，眼睫毛上也挂着白霜了，大衣领子下，同样搭着一根带子，吊着两只无指手套，要干点什么，就得脱出手来，工夫久啦，绳子解不开，就得搓搓两手，在嘴巴底下呵口热气，要是手指还僵，就得捧把雪，搓着，两手摩擦着，还得说："吓！好烫手呀！简直是块火炭！"果然，一会儿两手就发热啦！

东北的冬天，尽管寒冷，东北人民在劳动中却生活得豪迈、顽强，而且有风趣。他们不说："今天好冷！"他们却说："今天冷得够劲儿！"要是碰到雪后的艳阳天，简直是当作春三月过呢！

一九七九年十一月再订正

我们如处春天

——听《祝辞》之后在中国文学艺术工作者第四次代表大会的一个小组会上的发言

一

当一九七九年
十月底
那一天!
我们
来自祖国
内陆和边关,
大江南北,
东海之滨,
南海沿岸,
代表三千。

在建筑雄伟
而驰名世界的
人民大会堂,
齐心静听
邓小平副主席
代表
党中央的

"祝辞",
有如
见到了
手持神斧的人
在莽莽的丛山间,
为我们
年华正茂的
社会主义祖国,
开路,
劈山!
我们
中华民族的优秀儿女
三千,
如处
百花争妍的
春天!

它向世界宣告,
马列主义毛泽东思想,
在东方
文学艺术领域里,
已经跨入
一个新纪元!

二

马列主义,
　谁都不能

用任何形式,
巩固化
和
垄断!
毛泽东思想呀!
因之,
在东方出现!
它是马列主义的结晶,
在东方古国的
一个新发展!

而"祝辞"
在中国的
文学艺术方面
反映了
马列主义毛泽东思想的
历史新阶段。

因为,
马列主义毛泽东思想
同样
谁也不能
用任何形式
巩固化
和
垄断!
这是

叶帅的
名言!

三

"祝辞"
庄严相嘱
"人民
是教育
我们文艺工作者的
母亲!"
要我们
八十年代的
文学艺术,
不但
"在描写和培养
社会主义新人方面"
付出更大的辛勤,
取得更丰硕的成果,
以推动
祖国四个现代化的
历史进程;
而且呀!
还要提高人民的
精神境界
继续呀!
同
林彪和"四人帮"

遗留的

恶劣影响，

封建式的

旧风习

进行不懈的

争战！

用我们的行话说，

既要我们

歌颂；

又要我们

批判！

  如，

    我们当代的女英雄

   ——张志新，

用她自己的生命，

为我们

塑造了一个

革命浪漫主义

和

革命现实主义

相结合的典范，

崇高

如山；

但同时呀！

在她的光辉照耀下，

暴露了

祖国一角的

可怕的
阴暗！
　　　封建式的
　　　狰狞嘴脸！
歌颂与批判，
本是一个金币的两面！
这是
马列主义在
东方
年华正茂的
祖国
文学艺术领域的
新发展！

　　　　　四

从此以后，
歌颂与批判
两隔离的
文学评论时代，
已经属于过去，
它们已经完成了
它们的光荣的历史使命！

因为呀！
延安时代，
我们
中国无产阶级，

还没有
掌握
全国政权！
歌颂应该
只限于自己
新生的
社会主义的
英雄政权！
暴露也应该，
只限于
敌对阶级的
阴暗。
但处于
八十年代前夕的
今天，
我们的
社会主义祖国，
已度过了
它的
严寒的
大地无处不龟裂的
冬天。
春秋
三十年！
无产阶级政权，
稳如泰山，
经得住

风雨，
揭开了
光辉灿烂的
历史新篇！
要歌颂，
歌颂
我们
年华正茂的
母亲，
我们的
社会主义祖国！
也要批判，
批判
历史遗留的
阴暗。
歌颂
与
批判，
是一个金币的两面！

五

这是
马列主义
在中国文学艺术方面的
新发展，
毛泽东思想的新贡献！

一九七九年十二月再整理

写在孔厥著《灯塔》出版之前

《灯塔》的作者孔厥，原是著名的《新儿女英雄传》的作者之一，他是四十年代在革命圣地延安文艺领空出现的一颗新星。孔厥同志是解放前后读者所熟悉的作家，在短篇小说中，以《受苦人》著名于当代。在五十年代后期，这颗才华晶莹四射的新星，却突然离开了原来的轨道，划破长空，闪逝而去，读者只在《新儿女英雄传》的封面上还能看到他的名字。但是，在林彪、"四人帮"当权时期，连《新儿女英雄传》封面上他的名字也被取消了，因此长期以来他几乎已为人们所遗忘了。

今天，在马列主义毛泽东思想指导下出现了继往开来的新的历史阶段。孔厥在六十年代初——即从文艺领空闪逝而过，失去了它的光芒之后——埋头于新建立的家庭一角，处于并非一般的艰苦的环境之下，仍然勤奋如农民不间断地劳动于垄亩之间一样，不间断地劳动于笔稿之间，有所收获。《灯塔》今天得以出版，这件事是伟大的中国共产党实事求是的革命传统光照于文艺领域的又一个表现。

一个背负着沉重负担的人，仍然那么虔诚地用自己的生命献身于文艺创作，这种可贵的精神，是不须笔者在这里多加说明的。

这本书的出版不但将会洗干净作者自己身上旧日的尘土，而且也必然仍将闪出他原有的晶莹的光芒。

孔厥同志又名郑挚。一九一六年生于苏州一个城市贫民的家庭，兄妹有五人，生活又穷苦，这就奠定了他在中学时期就毅然参加了革命的社会基础。

孔厥的死，是在"文化大革命"初期遭受林彪、"四人帮"迫害的结果，在政治上他是清白无辜的。在生活上，虽然一度迷失方向于家庭之外，在一九六三年分配工作之前，他已经付出了应该付出的代价，应该说是属于历史的陈迹了。他实际上是被"四人帮"所掀起的极左思潮迫害致死的。他在一个出版社干编辑工作之余所写的短篇小说《荷花女》，曾被作为为"文艺黑线"服务的罪证，装在档案口袋里保留下来，就可充分说明这个论断，更不要说一九六六年七月三十日这个不祥的日子所发生的使他致命的那些震撼人心的事了。

他临死时，已有一个男孩、一个女孩，已是两个孩子的慈父了。

一九七九年十二月二十九日
（《文艺理论研究》一九八〇年创刊号发表）

初到哈尔滨的时候

一

哈尔滨在中国无产阶级革命史上是个光辉闪闪的城市。

它是中国共产党满洲省委的秘密驻在地,是和著名的中国共产党人、一九三三年的东北抗日联军第一军军长、一九三六年之后的东北抗日联军总司令杨靖宇,以及著名的女共产党员赵一曼、左翼画家金剑啸烈士等人联系在一起的。

但在四五十年前,当我还是一个年华正茂的十八岁的青年,提着北平制的人造革时新皮箱,穿着一件浅蓝色布大褂,如北平大学生打扮那样独自来到哈尔滨的时候,实在说,我并不喜欢,因为他是又富丽又贫困、又华贵又破破烂烂的城市。道里、道外,好像是两个世界。俄罗斯的流亡贵族,黄发蓝眼睛的富商,与穿戴褴褛的中国苦力,还有盘着一膝坐在街头上缝穷的妇女,俨然是两个"国度"。

二

那正是一九三五年的夏天,这个"东方小巴黎"早已为日本军国主义所占领,道里的中央大街上也早已有了新开业的日本洋行,但来往的仍然尽是逃亡来华的白俄,头戴黑面网,穿着华贵,已经失去"伯爵夫人"之类头衔的人物。有的是腹部隆起挺得成为弧形的来自澳大利亚或巴黎的富商、庄园主,有的自然是沦为高级舞女的"公爵"的女儿。马迭尔饭店(现哈尔滨旅社)、巴拉斯(现兆麟电影院)轮回上演的电影院,照常营业,两匹马拉的俄国式带篷四轮马车与出租汽车来来往往，只要你在人行道上一站，如果你穿戴整齐，又提着时新的皮箱，那么出租汽车就会开到你面前，向你拉座。更有——自然是来自道外的——中国"劳博代"（苦力）走过来，要为你效劳，替你或提或捎，而且都会说几句俄国话，得到酒钱说句"斯巴西巴"（谢谢）。这和道外同样是完全两样。道外来往的多是人拉的黄包车、马拉的两轮斗子车。而且路面也不一样，道外是碎石子铺的车道，道里却是柏油马路。就是讨饭的乞丐也不同，道外尽是中国乞丐，一般都麇集在饭馆或鸦片零卖所门口，这是伪满"王道乐土"的产物，背后现出日本帝国主义掠夺和侵略的阴影，标志着中国东北农村的破产，带着国破家亡的烙印。而在道里的中央大街的街头上，仅是一两个俄国乞丐，且都各自分开，距离很远，他们有的是背倚着俄国商店的墙，规规矩矩低着头，却把帽子捧在两手当中，口朝上，等待着过往行人的怜悯和慷慨的施舍，显然求乞者出自旧俄罗斯资产阶级社会，盖有破落的资产阶级的"文明"和自尊的烙印。更有的是依附资产阶级为生的音乐家，拉着动人心弦的小夜曲在夜的街头上求乞的提琴手，同样是俄罗斯帝国的沦亡者，但却也有天渊的差别。

三

我是怀着学习俄语，怀着寻找未来去苏联留学的幻想到哈尔滨来的。

但是在道里中国四道街和七道街各有一所教外语的学院，都可以寄宿。最后我在中国七道街大门口挂着一块"京华学院"招牌的二楼上报名俄语班，并缴了三个月的学杂费，当天就搬到这里来了。夜里日语班下课后，我们寄宿的外地生就在教室拼起桌椅来当床睡。

开课之后，我才发现俄语班只有我们在这寄宿的两个外地学生，教师姓张，是全国有名的哈尔滨工业大学的学生，西装干净、笔挺，教俄语的口齿也伶俐、清楚，只是每周两三天，一天上课一小时。不久，另外那个外地生就退学他去，俄语班就我一个学生了。当时日语班的学生多，分两班，而且都是业余班，可见大部分人都是有职业的青年。日语教师名叫安本元八，日常穿着西服，偶尔也在夜间换上宽袖、扎腰巾的日本和服，四十多岁，显得瘦弱、文静，白天闲暇就到临街的那座教室里来，见到我在班上一个人看高尔基的小说，就翻看我的几本随身带来的书，他对茅盾的《子夜》、创造社和太阳社的出版物很感兴趣，自称在东京读过书。他指着钱杏邨的《无产阶级与革命文学》，又指指自己的心，点点头，表示也是为他的心灵所向往的。但是我虽然和他保持着由于国籍不同而有的距离，但却也没有过分的警惕。既然他对曾经在北平呆过的一个青年有好感，有心向我学国语，约我搬到里面的教员宿舍里去住，而且院长 E 先生是山东荣成县人，读过《诗经》，和我谈《古文观止》也谈得来，也欢迎我搬到一起住，给我指定了一个空床位，我于是就搬过去了。

　　以后才知道，这位 E 院长，原来是私塾底子出身，写得一笔出色的柳体大楷，而且《陈情表》也背诵得抑扬顿挫，很有感情。为人也如山东一般农民那样朴实。他眼睛很大，视力也不弱，却往往出门就戴上黑边眼镜，原来他是哈尔滨商会会长曹某人的家庭塾师，不久就介绍他的那两个少东家和我认识，并要我为他们补习初中一年级的英语了。在北平，我是靠《英语一月通》自修的，教初中一二年级的学生，还勉强，但我的俄语课还没有四周，教师就无限期地缺席不来了。这或许是在一次我和他两人谈话时，向他打听是不是有去苏联留学的门路，希望他给以帮助有关。院长 E 先生就借机要我留在院方担任国语和英语的补习教员了，虽无工资，却供食宿。

　　我必须说，我的家庭这时候已经是几乎无所余蓄了。母亲唯一的生路，除了喂着育肥猪之外，就是作裁缝手工了。我已经耗尽了母亲的私蓄，再也不能依靠母亲的接济了。能有一个自食其力的机会，哪怕是仅供食宿呢，总是可以宽慰母亲的。就这样我由俄语班的学员，一变而为英语（初中）班及国语的补习教员了。等学俄语的两个月学杂费退给我之后，E先生和安本都怂恿我该做套像样的西装，因为哈尔滨不兴穿长衫，穿长衫的多是买卖人。结果我完全不加考虑，就仿佛家有余资的阔少一样，在最讲究的裁缝铺里找到一个老乡，做了一套在我大半生算是最讲究的一套毛料西装。但对哈尔滨，我仍然很陌生，觉着似隔了一堵眼不见的墙，讲究的西装穿在身上，并没有在我精神上增添什么光彩，日常进出挂单幌的山东饭馆吃饭，倒仿佛感到不得体、不相称，穿戴又太突出了。

因为外国六道街这一家山东饭馆，卖的是洗脸盆装的大锅菜，五分一碗的素炒白菜、炒豆芽、鸡刨豆腐，随意挑选，另外还有干炸鱼、丸子、猪头肉、蹄髈之类，但都是一两角以上的高等菜了。偶尔，出于有了新学员缴了学杂费，院长E先生照例很阔气地为我们的伙食增加两角一盘的猪头肉或是干炸鱼，算是对我们这两个教员额外的犒劳了。在这种挂单幌的小馆里吃饭的，也有十岁左右的白俄男孩子，当然，这是些在巴拉斯电影院里两个手指向嘴里一插就吱吱吹着特响的口哨的流浪儿，穿着不合体的大人的西装外套、破马裤，凑在一起抽一支纸烟。因这种讲究款式的新西装穿在我身上，却常常使我觉得自己不相称，当时做件棉袄多好呀！尤其是冬天来了没有大衣，更觉得有些寒酸。

就在我精神极度苦闷的时候，由于院长E先生的介绍，我认识了当时在哈尔滨话剧界已经有了点名气的年轻导演——贾小蓉，据说在一九三二年松花江大水灾之后演出《罗密欧与朱丽叶》时，他担任的是男主角，出演罗密欧，而且还导演过一部名为《心》的电影片。我们一见就成了亲密的朋友，我们谈莎士比亚，谈托尔斯泰，谈《活尸》，谈《罪与罚》，我们谈的是那么相得，又谈丁玲又谈蒋光赤。他告诉我在演《罗密欧与朱丽叶》时，怎样在舞台上出现了为观众所不知的真正的爱情的表现。自然，我也把自己原本来哈尔滨学俄语以便寻找去苏联留学的机会，作为知己的话秘密告诉了他。我们仅仅就是一两次的亲密无间的接触，就由他陪伴去拜访《大北画刊》的编辑金剑啸了。印象最深的，是他有两只乌黑发光的大眼睛。西装、大领结。从他那里，我第一次听说从哈尔滨出走的一对青年夫妇作家——萧军和萧红的名字，说他们两人的作品《八月的乡村》和《生死场》已经在上海由于鲁迅先生的推荐，震动了国内整个的文艺界。

直到认识了金剑啸与贾小蓉之后，我才对哈尔滨产生了热恋般的感情，他们应是哈尔滨的灵魂，自然，我当时虽然还知道金剑啸是中共党员，但却已经感到是"普罗"文学在北方的撑旗人之一了。我的精神不需说由此而产生的振奋了。萧军和萧红为我们以后从哈尔滨逃亡上海开辟了一条路，一条通往鲁迅和茅盾所构成的左翼文坛重心——新现实主义大本营的道路，以后成了决定我们命运、逃亡上海的关键因素之一。从《大北画刊》金剑啸处归来以后，自然，我就开始寻找《跋涉》来读了。这是两萧合著的一本短篇小说集，是中国共产党人舒群、罗烽为首的哈尔滨左翼文艺界的朋友们筹资自费出版的。因而我又开始产生了在哈尔滨办文艺杂志的想法。在金剑啸与贾小蓉之外，我同时还认识了一个年轻的音乐教师李仲华，这是一个黑黑脸膛却又很英俊的青年，日常戴着个白顶海军式制帽，西式服装也很整齐。有时，马迭尔电影院有流亡的白俄音乐舞蹈的演出，我们三个人就宁肯只吃黑面包和酸黄瓜，也要买票去看。现在我已经忘记这种演奏会的消息是从哪儿来的了。尽管当时我对贝多芬、肖邦、莫扎特、格林卡、柴可夫斯基等世界著名音乐家一无所知，但从贾小蓉和李仲华的陶醉式欣赏中，也受到感染，仿佛也被独唱者的洪亮的歌音把自己带到幻想的旷野里去，顿然感到天宇之下的广阔无际的草原、崇岭、沟谷、森林一般心旷神怡。自然，俄罗斯语的歌词内容我是完全不知道的，这是我第一次知道了在这个世界上，在西北方的俄罗斯帝国还有那么一个爱国的老人名叫伊凡·苏萨宁。更使我难忘的是我们三个人有一次在马迭尔，也或是巴拉斯轮回演出的电影院，看了有名的国产上海片《桃李劫》，这仿佛通过一个玻璃橱窗，看到了遥远的"祖国"的一角，使我很久激动不已。尤其使我吃惊的是在我们的朋友李仲华看过之后，就能谱下《我们肩负着天下兴亡》的曲子和歌词，还背着那个日语教员安本教我们低声歌唱，这就可以想象我们三人在一起相处是多么亲密了。哈尔滨这个"东方小巴黎"，现在对我来说，不须说是多么喜爱了，虽然，我们是那么穷困，在三人交往中连杯在哈尔滨最流行的饮料——啤酒都喝不起，且不要说格瓦斯了。而且李仲华比我似乎处境还困窘，有一天晚上在我那里留宿，连外套也脱不下来，因为他日常穿的衬衫破得和外套缝在一起了，根本不能脱，但我们在精神上，却又自认为是富裕的"贵族"。我们三人拍的照片，还为我的妹妹保存下来，但却一直得不到他们两人的消息了。

总之，我认为在哈尔滨确实有了一个可创办综合性的文学刊物的基础，主要问题是筹备资金。于是在一九三六年春节前夕，我就回到吉林自己生长的家乡珲春。

春节之后，我和在珲春后街隔着一条道儿相邻的街房张棣赓同志约好，同到哈尔滨办杂志。他是北平中国大学的学生，比我大五岁，还有办报的经验，参加过南下请愿、摘南京教育部招牌的学生运动，自然也是一个读过马克思主义著作的辩证唯物论者，但到了哈尔滨之后，他筹的款并没从珲春寄来，因而也只好暂时和我一样，在精华学院担任仅供食宿的补习教员，后来，仅仅以我所筹借的百元金票做资金，他就以有办报经验的资格从事筹备杂志的活动了。

办刊物，需要登记，这时通过院方的 E 先生认识了一个自称与哈尔滨市政府日本社会课课长相识的刘某人，有张棣赓同志做主，从我手里取去金票四十元，说是必须要"搭填搭填"社会课的关节，并由他自告奋勇担任艺蕾社社长。白报纸和印刷厂正在接洽当中，登记证的问题还没有着落。到了四月间，终于由于日语教员安本元八和我发生口角而去日本宪兵队告密，我和张棣赓两人就不得不在当天逃出，躲到"八杂市"去了。

口角是由于安本欺压 E 先生引起的，我到场时，安本已经打过 E 先生一耳光了，这时又举起手杖来，我大喝一声："干什么！"终于手掌停在半空未落下来，于是棣赓闻声赶来相劝。在我声言"这也太欺负人了"之后，安本悻悻然走开。不久，E 先生就偷偷相告，安本已到日本宪兵队去了。

我们再也不能在哈尔滨露面了，金剑啸、贾小蓉等友人处也未能告别。此后去向呢？如在茫茫的夜行中，上海的左翼文坛的主帅鲁迅、副帅茅盾是灯塔。

在我已近四五十年的文学生涯中，哈尔滨是我的起航点，而左翼画家金剑啸烈士给了我方向性的信息。就这样悄悄地离开了哈尔滨，但又恋恋不舍。歌唱伊凡·苏萨宁洪亮的歌声常常唤起我们的青春的回忆和对哈尔滨这座音乐城市的向往，我常常在怀念它，并为它的光荣的历史而祝福！

一九八〇年十一月一日北京

《初春集》编后语（一九八〇年秋）

一

《大上海的一日》与《夏忙》两集的报告文学，都是一九三七年"八一三"上海抗日战争爆发之后的作品。前一集是在茅盾先生主编的《呐喊》以及其后改称"烽火"的周刊上发表的，而后一集除首篇《失去暖巢的人们》外，大多是作者离开"孤岛"式的上海——经茅盾、胡愈之两先生的资助和安排，并受冯雪峰、王任叔两同志具体的指导和协助而转赴浙东——于一九三八年春在嵊县三界茶叶改良场前后两个自然村创办起两所农民夜校——之后的产物。有的是在茅盾先生继《烽火》之后主编的《文艺阵地》上发表过。当时由于环境关系，文中人物大都用虚名代替，事实虽然未变，但失去报告文学的特有的真实色泽，而近于速写式的文字了！

《白衣指挥者和十六条生命》（关于哈尔滨医科大学附属医院门诊部的报告）、《轻工业中一枝花》（关于松花江胶合板厂的报告）、《当轧钢厂在香坊诞生的时候》，还有访北京郊区农业先进生产队而写的《春天的报告》以及《一九六二年秋天在苇河》，又都是六十年代初（作者下放黑龙江一两年之后），在《黑龙江日报》文艺副刊或《北方文学》等刊物上发表过的。除了后两篇曾经分别刊载于《人民日报》副刊及《人民文学》之外，可以说由于年代久远与地区的限制，这些报告文学是为广大的青年读者所未接触过的。因为这是属于两个时代而又是产自南北两个地区的作品，虽然统称"报告文学"，但中间却相隔二十五年以上。作者呢？也已经由一个十九岁的年华正茂的青年，成长为四十五六岁的中年人了。因之，从前后两部分的报告文学对比中，不但分明地反映了两个截然不同的生活时代，也可以看出作者在文学方面所经过的历程，更可以明显地得出一个结论：生活，只有生活，才是文学艺术的源泉。这应该是当代革命现实主义文学艺术旗帜所指的方向。

二

如果说，前一部分文字都是属于新批判现实主义的产物，那么后一部分的文字才能说是属于六十年代的当代革命现实主义初期的作品。

当代革命现实主义的文学，应该说是我们社会主义文学艺术领域中的主流。依据作者个人的理解，在七十年代末的《祝辞》发表之后，用我们的一般流行的话来说，它应是歌颂与批判相结合的社会主义文学。自然，属于主要以形式或表现方法为创新目标的社会主义文学艺术，就不在这个范畴要求之内了。

我们所说的当代革命现实主义的歌颂，并非粉饰现实；我们所说的批判，在这个领域内又不等于暴露阴暗面，它们应是当代革命现实主义文学艺术这个金币的两面，正如阳光与阴影，是不可分割的。

但在这一点上，作者这些发表于六十年代初的报告文学，歌颂有余，而在批判方面又有所不足。

例如《当轧钢厂在香坊诞生的时候》，虽然开始提出了问题，就是说，原为五金生产的这个小厂，还在"大跃进"之前，原料就已经不足了，已经处于待料停产的阶段了。作者在这里歌颂的是以黄功铎、刘长义等为主的先进的老、青两代技术工人，在促使这个专以生产装油大铁桶为主的五金厂转业于轧钢的建设性创造精神——改变客观世界的精神，而对于装油大铁桶未来的生产和需要方面的问题（阴影）就置于文外而不提了。在这里说明作者虽然感到问题、提出问题，但却还认识不到当时党的总路线还有过"左"的问题。而在文学创造上，只教条式地尊奉"歌颂无产阶级光明者其作品未必不伟大,刻画无产阶级所谓'黑暗'者其作品必定渺小"这一论点,而且作了机械的理解和绝对化的看待。还没有认识到,在无产阶级还未掌握全国政权,或开始掌握政权,而统治力还不十分巩固时,是一个历史阶段;而在全国解放十五年前后,正当祖国欣欣向荣,党的威信崇高如峰,无产阶级政权稳固如山时,又是一个历史阶段。

因之,这些报告文学,虽然是真实地记录了一个时代的侧面,歌颂了应该歌颂的那些科学技术领域里的医生、化学工程师,还有老、青两代技术工人的创业精神,但也带着批判不足的弱点。自然,这也是属于时代本身的烙印。现在就让它们保存在这里,作为历史侧面的一个橱窗式的展览品吧!

如果在四个现代化的建设中,它们还能给人以激励的作用,那就说明,它们还有一定的现实意义了!

当代革命现实主义的文学艺术,应该是不受时代阶段的限制的,尽管它还带着初期的弱点。

此外,是书评两篇:一是评丁玲同志著《我在霞村的时候》,这是一九四五年,该集在重庆出版之后,作者应冯雪峰同志之约写的;一是《读诗小论》,这是田间著《抗战诗抄》的读后感。同样都为广大青年读者所未见过的文字,虽写作年代不同,却仍列在一辑里了。

还有《大兴安岭散记》三篇,曾在《黑龙江日报》文艺副刊发表过,而《纪念高尔基,学习高尔基》是五十年代之始在高尔基逝世十四周年纪念大会上的讲话稿。这次大会是由山东大学校长华岗同志召集,作者当时适应约在青岛讲学。《我们带回来的是什么?》为陪伴山东省文联主席王统照先生率领的山东省政府代表团(王当时任省文教厅长,作者曾任省文委会委员),春节慰问杨得志司令员为首的十九兵团归来之后的收获。如今,华岗同志与剑三先生都已作古,留此两篇兼志作者对两公的悼念之情。

三

《我的创作历程》是根据——一九七七年十二月二十八日《人民文学》召开的文学工作者会议中——作者在小组会上的一次发言，追记、整理的。

这次发言，后经《人民文学》编者根据记录发表的那部分，只是作者在正式发言之前的一段插话式的引言，许是时间过于仓促吧，这段插话式的引言，作为综合报道发表时，未及给作者过目，因之有一点失误，还有一点用词不明确的地方，如"我还记得后来批'第三种人'，也是在党的领导下进行的"就兼备这两点。

关于鲁迅批判"第三种人"的杂文，载于《准风月谈》，这是一九三五年作者在北京山东会馆寓居时，作为"禁书"阅读过的。而关于两个口号的论争却是一九三六年春末，我由哈尔滨逃亡上海以后，从零售报刊上知道的，因之，"后来"两字就把两件事的时间次序颠倒了，这是一点失误，却很关键。而在"党的领导下"，是作者原本说得含糊，实际上，是指瞿秋白同志对于鲁迅先生的思想影响，因为当时关于瞿秋白同志，中央还未及作结论的缘故，所以形成用词"不明确"了。总之，我的主要发言，在于《我的创作历程》，它具体地说明了在十七年的作者创作实践中，究竟是沿顺的"红线"呢，还是"黑线"，同时它也反映了一个当代革命现实主义作家的成长，是和中国共产党的文艺工作组织者的关心以及其执行的方针政策分不开的，过去是这样，现在是这样，将来也会是这样。

全国第四次文代会期间，远方朋友曾关心地问我："为什么你这样沉默？"说从简报上见不到我的反应。《我们如处春天》就是我在北京市代表团小组讨论会上作为发言而朗诵过的一首诗，以后又在香港《文汇报》文艺周刊上发表过。

今天，我们是处于促进社会主义祖国实现四个现代化的历史新阶段。因之，在我们祖国社会主义上层意识形态领域里的文学艺术，就反映了这个新的历史阶段的形形色色，确在形成着一种百花争芳的繁荣局面。

作者诗里提到"歌颂"与"批判"是一块金币的两面，这是作者个人读《祝辞》后，对于当代革命现实主义文学艺术所肩负的历史使命的理解。自然，属于新批判现实主义（不等于"暴露文学"）的社会主义文学艺术，还有新"西方"式或又称之为"意识流"派的文学艺术，是不在此限的。

当代革命现实主义的文学艺术是继承了过去的革命浪漫主义和革命现实主义相结合的创作方法，重点在于生活的实践，而不是单纯着重于表现方法上的探新。过去，要歌颂刘胡兰、雷锋，十年"文化大革命"当中要歌颂张志新以及张志新式的典范人物，批判落后的、阻碍历史前进的那些属于半封建半殖民地社会的遗留势力、作风、习惯；今天，它仍然要歌颂足以影响我们社会主义祖国处于新阶段的风尚的典范人物。在祖国奔向四个现代化的长征途中，难道我们"邓小平式的"船长，以及《大雁情》《固氮蓝藻》中的科学家，"榜上无名，脚下有路"而攀越科学高峰的新一代典范青年还少么？而阻碍他们攀登科学高峰的属于封建官僚的势力，不应该批判么？这些应是当代革命现实主义文学艺术所要探索的对象！诗中抒感未尽，现在就趁这本集子出版的机会，补充说明如上。

一九八〇年秋

悼茅公

三月古城，
天气暖，
雪消冰尽融。
二十七日黎明，
起飓风。
噩耗传来，
文坛殒巨星！
阵阵凄雨，
全是泪，
我痛，
人痛，
天也痛！
一部《子夜》如长虹，
生命的结晶，
时代的巨镜。
旷代豪士，
风范如崖松，
千古长青。

一九八一年四月五日

风姿飘逸似崖松
——悼茅盾先生

一

牯岭走下一书生，
伴随鲁迅结联盟。
围剿声中写《子夜》，
风姿飘逸似崖松。

二

沪滨相识途正穷，
评语如珠定终生。
几经沧桑情如旧，
春风凄雨哭茅公。

一九八一年三月三十一日

悼念茅盾先生

茅盾先生以八十五岁高龄，于三月二十七日逝世了！虽然是年高寿终，但我的心情是沉重的，恨不得匍匐于先生遗体之侧，号啕大哭一场，始能解除我的悲痛。在告知我这一信息的客人走后，我默然而坐，久久不能自已。

盖先生识我于四十五年前，助我者多，期于我者厚，而我却觉得自己在文学创作方面未能符于先生所望，以酬先生之期。

先生重才而轻物，虽到老年世情多变，而品德如山，巍然不移。

在十年"文化大革命"末期，一九七四年冬，我受好友聂绀弩同志夫人周颖大姐的嘱托，请求先生见到周恩来总理时，能提出聂的问题来，以解其囚禁约七年之苦。

茅盾先生说："聂绀弩这个人我是知道的，鲁迅先生也很器重他。让我向周恩来总理讲几句话，也是愿意的。可是，总理正在住医院，能不能在最近见到还是问题，就是有机会见到了，是不是能说上几句话，能提出这个问题，也得看机宜。"他特别谈到总理的病情、处境，说得非常恳切。

茅盾先生又问起冯雪峰同志的情况。等听到我说及冯雪峰同志已确诊为肺癌，吃中药必须得麝香配，但麝香很珍贵，这样的药很难买到，家里人正为此犯愁时，茅盾先生说："麝香，我倒是有的，是五几年尼泊尔王族代表团的贵宾赠送给我的礼物，我留着没有用。不过，我刚从文化部那边搬过来，东西还待清理。我今天就找，找出来就给他送去！要他安心养病，不要烦躁！"虽然他们已经多年不能相互来往，但他们之间从"左联"时期建立的友谊，在"文化大革命"中丝毫未受到损害，且加倍地散发着芳香。

营救聂绀弩同志是我来访的主要目的，却不想为冯雪峰同志讨到了珍贵的麝香。实际上不是讨得的，而是先生主动提出相赠的。那时，我借住郊区，个把月难得进城一次。为此事，第二天我又进城来，到雪峰同志家里想告诉他这一宽慰人心的消息，不想先生早已托胡愈之老人把麝香送到病者手里了。雪峰同志一再辞谢，要把原物送归茅盾先生，他说："这样珍贵的礼品，应当留给他自己备用，我怎么好收下呢？"我说："这药是珍贵的，但是茅盾先生表示的友谊和关心比药更珍贵，何况，你现在很需要它。"雪峰同志终于把麝香留下了。

雪峰同志逝世以后，经多方关照，在人人自危的气氛中，在不许见报、不许致悼词的威胁下，茅盾先生仍然冒着政治风险，主持了追悼会。这是肝胆照人的行动！在追悼会上，许多近十年互不见面的文艺界朋友们见面了！他们精神上戴着"十七年文艺黑线专政论"的枷锁，有的还给扣上了"走资派"等种种莫须有的罪名，他们在这里相遇，默默地，无比亲切地握手，在哀乐前，低声相互问候、致意。他们有的来自遥远的南方，是刚刚下飞机就赶来的，还有红军、"左联"时期的老战友，以及文艺界的著名人士，尽管这是一次没有悼词的追悼会，但却形成了自"文化大革命"以来所未曾有过的"砸烂"了的文艺界的大聚会！茅盾与胡愈之两同志，无视"四人帮"给戴上的罪名，和同志们一一握手，倍加亲切，这亲切从彼此相顾的眼光里如闪闪发光的暖流一般汇集成一个海洋，彼此越加信任。那时，茅盾先生的身体也很虚弱，但在这里却显示了一种多么无畏的战士的精神呀！

我从这次追悼会上，感到自己受了一次大检阅，深切感到以马列主义、毛泽东思想武装起来的许许多多革命作家是坚强的，是无愧于中国共产党近半个世纪教养的。在十二级政治飓风中，他们是经得住考验的。我更增强了对未来的信心。而茅盾先生是这次大检阅的主帅,无语、沉默,却充满了战斗精神!在我的印象中,从未有地感到,他是那样崇高而庄严!

我们将永远怀念他,学习他!

复宫尾正树先生的信

宫尾正树先生：

二月廿六日来信，接读，因为提的问题多，只能简略作答如次：

（1）是的，珲春在延边地区，县立小学不但汉、满、朝、回学生混合编制，以香山慈幼院出身的白泉泰为主任的这一班，还有日本领事馆的子弟姓酒井者，都是同班同学，但九一八事变前夕，他就不到校了。以后，这些同学也都互不通信，不知消息了。

一九四九年秋，即第一次全国文艺工作者代表大会召开之前，我曾回珲春去过一次，是为了寻找为家庭流散后所遗留在家乡的二妹回去，住了五六天。家乡的红旗河沙滩上，仍然是金沙闪烁，只是在幼年印象中很深的宽阔的石子马路，却变得仿佛狭窄了，街道两旁的原为高大的铺面房屋，也显得矮小了，而且是都已"年老、衰败"了似的，此后再未回去过，因为那里已经没有家族门上的亲属了！

（2）是的，当时在北平图书馆读的列夫·托尔斯泰的短篇小说《雪花围》《父子骠骑兵》，中篇自传体小说《现身说法》等书，还是商务出版林琴南的文言译作，还有狄更斯的《大卫·科波菲尔》（则译为"块肉余生"），以后在我的长篇小说《姜步畏家史》第一部《幼年》（又名"混沌"）就可以看出来它们对我的文学创作的影响。莫泊桑的《项链》《两渔夫》《羊脂球》等与鲁迅先生译的柴霍夫的《坏孩子及其他》以及后来汝龙译的《万卡》《草原上》等名作，都是我最喜欢的作品。抗战初期喜欢一再阅读的是周扬译的《安娜·卡列尼娜》，以后出版的郭沫若、高地译的《战争与和平》，还有雨果的半部《悲惨世界》（未译完之故）。抗战后期是罗曼·罗兰的《约翰·克利斯朵夫》,这是一方面,同时也不止三五次地一再阅读的本国文学名著有《红楼梦》《聊斋志异》《浮生六记》等。如果说,影响最大的,在文学作品方面,除了十九世纪俄国批判现实主义的作品为主之外,在思想方面来说,那就是中国现代文学评论家冯雪峰、邵荃麟与文学家聂绀弩三位先生了。

关于这方面的历史渊源,我将于今年作为《文学生涯回忆录》写出一部分来。

(3)我和狄耕两人于一九三六年寄居吴淞口期间,萧军君曾来看过我们,我们在解放之前,仅仅见过这一面。与萧红先生是在一九四一年秋后,在九龙乐道见面的(那时她刚从玛丽医院接回家来,仍然不能站立)。随信附上《我初到哈尔滨的时候》,供您参考。

(4)《边陲线上》的题材,来自两方面,一是参加过抗日救国军的同班同学的口述,这是一九三二年之秋,驻东兴镇(距珲春县城九十里的中苏边境一小镇)的救国军王玉振旅部队瓦解之后了,那时我正在县立高小毕业班就学;二是来自这个部队的医官,我正是一九三三年之始随他回到父母亲的原籍山东省平度县乡间去的。船抵烟台之后,他就解除顾忌而谈吐自如了。

得到茅盾先生的赏识虽从这部作品开始,却未"商讨"什么,也未批评,指出其缺点,主要的是给以有力的称许,也倒不是在于小说本身,而是说从它(作者笔下的"气氛")看出作者的未来发展。这样就奠定了我以后从事文学创作的信念基础。遗憾的是,正当作者准备安定下来从事长篇著述的时候(在这之前我以两年的时间写了话剧《结婚之前》),史无前例的十年"文化大革命"开始了。因之,终于未能达到茅盾先生当年对我所怀的期许,这只有以我晚年从事的《金文新考》来稍作弥补了。

《边陲线上》虽写于抗战之前,却出版于上海沦为孤岛之后。桂林再版又正是皖南事变前夕,政局由于武汉失陷而动乱,只记得接到巴先生的信,也是称许勉励之辞为主。他是本书的主编人,我曾回信告以受到称许而有脸红之感。它确是幼稚的,但得到它的前辈的爱护而成长。这是作者成长过程中不可避免的一个学迈步的阶段。

(5)别动队,确曾参加,也确曾连夜跑步开赴保卫大场的前线(自然这是违反原来号召我们参战,绕到敌人占领区去开展游击战战略方针的)。我有一个中篇,书名就叫"东战场的别动队",去年美国友人葛浩文教授来华访问时,从香港带来一册赠送作者,我已编入《骆宾基小说选》,将由湖南人民出版社年内出书,届时当送您一册以作参考。(内包括三个中篇、十四个短篇,多是抗战时期作品)自传,只能是简略地写,例如《抗战初期在浙东》,在自传里,只占几行文字,这是今年准备写的《文学生涯回忆录》正篇第一部,从一九三七年到一九四〇约三年的历程,总要一二十万字的篇幅。

(6)《生活的意义》已收入湖南版的《骆宾基小说选》(与人民文学出版社的《骆宾基短篇小说选》完全不同),编后记里有说明。

随信寄上《美学家——吕荧之死》,可见国统区作家间交往之一斑。在桂林过从较密的除茅盾、邵荃麟两先生之外,还有胡风、聂绀弩、舒强、彭燕郊、田汉、凤子、周钢鸣、黄新波、司马文森诸先生。

(7)解放前与解放后的作品,自己都一样看待,只是解放前的作品初稿只一两夜,多则三五天就脱手了,而解放后,酝酿得久,且有的稿子多半是三五遍地誊改,写作得艰苦些而已。随信寄上赖丹的评论《山区收购站》一文,可作参考。

(8)虽未在报刊上写过"反右"的专题批判文章,但不等于对于某些右的言论的默许,例如当时报上发表的人民大学教师葛某的言论,就是今天,我也仍然认为是右得有些"反动"的,但言论归于言论,并不认为发表了这样的言论就应划入法律管制范围之内的犯罪分子行列中去,这应是两码子事。但后来,范围扩大,甚至于为自己所尊重而在文艺界威望很高的冯雪峰、丁玲、聂绀弩诸左联时期就著名国内,属于中国无产阶级的革命文学评论家与革命作家，也划到"右派"的队伍里去了！此外，还有才华出众的许多党内外的诗人与画家，也都戴上了"右派分子"的帽子，如著名的诗人艾青、彭燕郊，画家江丰、丁聪，戏剧家吴祖光、唐瑜等等。总之，开始"很不理解"，为什么伟大的中国共产党在"自伤其枝叶"（这是当时我在一封给党内某负责同志信中的话），自然，不久，我也下放黑龙江省的农村公社去了，还给以副主任的名义，但命运似乎并不比所谓"漏网右派"好。因之，在《山区收购站》里，我反映并批判了如富有业务经验的老收购员王子修与有三十年之久的过往友情的农业社副业主任陈老三这样的人与人之间的关系，这就是前者总以唯有自己是热爱社会主义祖国，为社会主义祖国的建设积累资金的爱国主义思想，但这种思想，却是以排除自己的朋友，贬低自己朋友的思想，甚至于是在无形中伤害自己的朋友为标志来表明的。因之，他们之间的友情疙里疙瘩，远远不及陈老三与年轻的女主任曹英一见而由于后者精明的给以考验的"自报"底价的机会，而建立起来真正的一个中国共产党员国家干部与一个中国共产党员农村干部之间的呼吸相通的布尔什维克的关系。这篇小说中的寓意，在随信寄去的那篇评论里，已提出来了！

（9）知道我在从事古金文的考证工作而"很吃惊"并"同时觉得可惜"的朋友，在国内同代人里也是有的，如聂绀弩、姚雪垠、秦似诸友人都对我作过恳切的"谈话"，尤其后一杂文作家，甚至以散文诗的表现形式对我说过："我真不理解你为什么丢掉了文学创作去研究古金文的考证，仿佛你有那么一个漂亮的忠于你的妻子，你却丢掉了她，却追求一个还远无把握且不知是丑美的一个女人一样，我真不理解，你这么丢掉了文学创作，多可惜！"

对此盛情的期望，我是不会忘记的。但我是从一九五六年因为"胡风"问题审查了一年之久以后，产生了与文艺告别的念头，才开始翻阅古代典籍、殷墟甲骨及殷周金文图铭，作为聊以自慰的研究的。而正式作札记，准备转业，是在一九七二年，那时，虽未摘除精神上的"十七年黑线专政论"的枷锁，却已经有半天高血压的休假可以从事学术思考与研究，以解除精神上的痛苦了。十七年都成了"黑线专政"下的历史，不能表现了，那么三十年代、四十年代就更不须说了，既然要生存下去，未来这支笔总还要为人民做点什么吧！而古代典籍与金文，正是我的躲避政治风暴的一个僻静的港口……却不想我从这港口驾着思想生命的小舟驶进去，却发现了天高地阔的另一个人迹未到的天地，我如哥伦布发现新大陆一样发现了在殷周金文的幕布下，遮盖了一二千年之久的古文字创作之始的五帝金文与唐虞金文，中国的古代史——有文字记载的古代史——据此前推千年以上，它们都是属于公元前两千三百年到五百年之间的象形文字。一九七八年我写给中国社会科学院的第一份报告，现已在黑龙江版的《学习与探索》（一九八〇年十一月号）第六期上发表了！一九七九年给中国社会科学院写的第二份报告《关于夏禹婚宴的青铜礼器在殷墟出土的报告》，年内也当陆续见之于报刊，这一研究，目前已告一段落。今年我说过我将开始《文学生涯回忆录》写作，我并没有摈弃文学——我为她献出了自己四十年以上的生命，付出了多少悲伤、欢快和忧虑哟！而我在那个僻静的港口深处的广阔的上古天地里所发现的，是一个有生命的为人遗弃于旷野一二千年之久的婴孩，用我的朋友杂文家秦似的话来说，她虽不是秀美绝伦，但却是聪明得很，有着旷世无二的智慧，我们如父女般地已度过相依为命的十年"文化大革命"中的后三年，因之，虽解除了"十七年黑线专政论"枷锁之后，就不忍再弃之于旷野而不顾了。尤其一九八〇年末，她已经开始取得社会生命，相信她必在我们祖国的学术界，继续获得多方面的资养与必将而成长为一个足以与维纳斯媲美的属于掌握古史神女。果如此，我将近十年所消耗的笔墨，换来约五十万字的《金文新考》是并不"可惜"，倒是足以告慰关心作者的同代朋辈的。

谢谢您的祝愿，虽然病还未除，但仍还每天坚持着写作。

专此布复并致敬礼

骆宾基
三月十六日

附：宫尾正树致骆宾基先生的信

骆宾基先生：

恕我不等请人介绍，就直接和您通信。

我是一个在东京大学研究中国现代文学的学生。我很喜欢您的作品，看过《边陲线上》《混沌》《北望园的春天》等等。现在我打算写关于您及您作品的论文。关于您的经历和作品我有几个问题，得麻烦您，请回答以下的问题。

您生长在珲春，据我所知道，那是"间岛"地方，有很多朝鲜人住的城市。这又从您的作品里，特别是《边陲线上》《混沌》看得出来。您到关内以前，跟朝鲜人的交往很多吗？像您在《混沌》中写的那样吗？您现在也还常常回乡吗？

在《自传》里（《中国当代作家自传》，香港中国现代文学研究中心出版），你写一九三四年在北平图书馆"初步接触了十九世纪的世界文学名著"，其中对您以后的文学创作影响较大的是谁？您写过一篇文章，《略谈契诃夫》（《人民文学》一九五四年第七期）。从此看来，他给您的影响很大，是吗？

您又写一九三六年到上海来，萧军和萧红的文学上的成功给您以鼓舞。到上海以前，您跟他们有来往吗？到上海以后，跟他们及其他东北作家有怎样的交往?

《边陲线上》是您的处女作。我想这个作品比《八月乡村》还有意思。现在也有文学价值。我想您没参加过义勇军,因为一九三二—三四年您不在东北。既是这样,这篇小说是从哪里取材的?三六年五月回乡的时候,有人给您说那样的故事吗?发表以前,您和茅盾先生商讨过内容,他指出的问题是什么?发表时的反应怎么样?

抗战爆发以后您写许多报告性的文章。茅盾先生写过"作者(就是您)是一个青年的战士,这里(《大上海的一日》)的七篇就是他生活的一部分"。您在上海防护团时候的生活是怎么样的?防护团到底是做什么工作的组织?他又写"《一个星期零一天》又是作者实践了和这些屠手们在黄浦江见面的血的记录。别动队是光荣地流了多量的血,作者却是少数幸存者之一"。可是《自传》里没有写关于别动队的记述。您参加过别动队吗?您还写《东战场别动队》,那跟《一个星期零一天》的故事的关系怎么样?

您离开浙东以后的作品,我很少看过,只有《北望园的春天》《混沌》和《文艺阵地》上发表的几篇。其他的作品现在在日本得不到。我很想要看它们。《北望园的春天》有二版。旧版里有的《生活的意义》在新版没有了,是为了什么缘故?在桂林、重庆有来往的作家是谁?一般地说来,在国统区的作家们当时有交往吗?

解放后,您参加的第一次文代会使您有很大的变化,像您在《我的创作历程》里写的。现在把解放前的作品和以后的作品比较起来,您自己喜欢或者觉得可爱的是哪些?老实说,我喜欢《混沌》《北望园的春天》等解放前的作品。那该是因为那些作品的背景和现在日本的情况相似。

"反右派斗争"当中,我看到的范围内,您没写过什么批判"右派"的文章。这对我一个您作品的爱读者,(是)很可喜的事情。当时您对那运动觉得怎么样?

知道您现在不搞写作了,而从事金文考证工作,我很吃惊,同时觉得很可惜。这是因为您的身体不好,还是因为您失去对创作的兴趣呢?

以上零碎的问题,如果您的健康允许的话,请给我回信。

附上我作成的您的著作目录,恐怕有些地方要改正或补上,请指教。

如此冒昧的恳求,实在抱歉得很。而我很挂念您的病,我相信病一定会好。祝您痊安!

宫尾正树
一九八一年二月二十六日

与茅盾先生第一次见面的前后

未与茅盾先生通信之前

我是一九三六年只身从哈尔滨逃亡到上海的。

开始,我给鲁迅先生写信,请他为我看稿子,以决定我未来的从业道路。

《鲁迅日记》一九三六年七月十日载:"得张依吾信并稿,即复还。"

这张依吾是我到上海后所用的名字之一。寄去的稿子我正在写作当中的第一部长篇小说《边陲线上》的前几章。如果得到鲁迅先生肯定的回信,我当然要继续完成它,否则我将只好从报纸上所刊载的招聘或招学徒之类的广告中去另谋生路。但我得到的复信是,长篇小说需看全部,只开头几章是很难说的,并说他自己在病中,还不能看稿,等病好一些,届时等我的长篇小说已完成后,再寄去看。

《鲁迅日记》八月五日又记:

"得依吾信。"

我在回信中说,寄还的原稿及来信都收到了,请先生释念,并说决心继续完成这部长篇,将来再烦先生审批。所以鲁迅先生没有回信。

《鲁迅日记》九月十七日,又有一笔:

"晴。上午得张依吾信。"

而十八日记:

"下午晴,复张依吾信。"

这当是我的长篇将近脱稿的时候,准备再次请鲁迅先生看,询问先生的病情，是不是身体恢复到可以看稿子的程度了。而先生的复信显然是由他夫人许广平先生代笔，字迹端正，是蓝墨水钢笔字，说，正在病中，暂时不能阅读稿件。但我仍抱着一些希望，一面赶写小说，一面等待先生康复的消息。却没有想到我的长篇小说还没有完成，鲁迅先生就与世长辞了。读者可以想象当时我是怎样的悲哀、失望并深感不幸了。

当时，我在十里洋场的上海，举目无亲，只有一个曾在北京大学一起旁听而且曾随我到过吉林珲春，准备与我一起越境去苏联留学而未果的青年朋友，但他又在我到达上海三天之后去陶行知先生所办的山海工学团或晓庄师范了，既没留下确切地址，也无来信，仅仅留下的床铺板、三屉书桌、竹书架与一把木椅子，也都已经抵了所欠房租，而归二房东所有了！

我是独自一人，白天闭门大睡，晚上在灯下彻夜写作。大饼、油条是我唯一的食物。午间醒来，我下楼灌开水，有时也到五洲肥皂厂斜对面的饭摊上，吃碗阳春面，这就是一天当中的佳肴美味了！当时我手里仅仅有三五块银洋，我是一个铜板一个铜板数着花的。

稿子终于写完了，可鲁迅先生已不在人世了，怎么办呢？这样，我只有写信恳求茅盾先生为我看稿子了！

与茅盾先生见面之前

不久，果然我接到茅盾先生笔力秀逸的来信，答应可以为我看稿子，我欢欣欲舞的心情，是可以想见的了！

为了郑重，字迹潦草的章节，我就重新誊清。我给茅盾先生回信，说明誊清之后，当会寄去，同时告诉他我将要从法租界徐家汇的汶林路二十七号迁往上海远郊区吴淞口去了。

原来，我们从哈尔滨一起逃出的D君，他已从家乡吉林珲春化装逃亡到上海，并在他少年时拜认的义父家附近租了一间前楼。他的

"干兄弟"是吴淞口海关的低级缉私员,不但负担我们的房租,而且背着当家的老爷子从家里装来米、面接济我们。

于是,除了睡觉、用煤油炉子自己烧饭外,我们是日夜分头写作。我在誊清自己的长篇,D在奋力创作他的长篇小说。记得我们俩人的长篇小说是先后寄给茅盾先生的,仍由文学杂志社转交。此后,就是一段难耐的迫切等待的日子!

我们俩人的未来命运,都是由茅盾先生看稿之后的结论来决定了。我是多么希望得到这位和鲁迅先生并肩作战的著名左翼作家的具体而细微的指导呀!如果根本不行(就是修改也达不到出版的水平),我只有另谋职业了。

那位在经济上接济我们的海关缉私员,他自己也很拮据,每月的薪金不到五十元。尤其是他那"老爷子"虽不算吝啬,但却很勤俭,他对我们这两个前途莫卜的东北流亡青年,很感担心。"有消息么?"我们又何尝不着急呢?那些等待、难挨的日子,真像大旱之年盼甘霖一样。

天呀!我们听到了邮差的喊声,两人争先恐后地跑下楼去了!真没想到竟然这样快,茅盾先生果真有信来了!虽然这是给我的信,却被D抢走先接过去,他高擎着信说:"到上面去,我来念!"

我们飞也似的跑上楼去,但D仍不给我,而是一边转着身子,一边竟自撕开信封,一个人看了起来,而且一声不出!看着看着,人脸色顿然一变,现出了呆钝相,而且最后突然就倒在床上,信就飘然落地了。我拾起信来,读着。茅盾先生给了我很大鼓励,但并不在于作品本身,而是说——我明确地记得——是从我描写的"氛围气"上,看出我的笔力与未来。多么大的鼓舞呀!这对于我的未来的预言和极高的期望,就这样奠定了我的终身,我将要为文学创作耕耘终身。信的最后提到了我的好友,指出他有一定的文学造诣,但缺乏生活气息,有些概念化,并希望他能从自己生活所熟悉的东西中提炼素材。我的长篇准备介绍出版，而我的朋友一稿，约我见面时亲自取回。

茅盾先生并约我到文学杂志社去见面，当我读了第二遍信时，这才看清楚日期，是在我接信后的第三天下午。我不由得为了这一会见而感到局促不安起来。

和茅盾先生的谈话

好不容易等到第三天。午后两点半了，我捷步走进了文学杂志社，临街仿佛有铁栏杆，依稀记得进门就是设有间隔的一个办公室。办公桌旁只有一个中年人，他问过我的姓名之后，让我坐下来等待茅盾先生，并说："等会儿来的！"

这人身穿灰布罩衫，红红的脸，戴着一副眼镜。最引人注意的是他那一双炯炯发光的大眼睛，像一个精明强干的教授，他操着山东口音。

不久，一个中等身材，穿戴考究的人物出现了，一进屋就摘下无檐的水獭皮帽子，那头发整洁乌黑发光，白皙洁净的脸上，有一双特别秀慧的明亮的眼睛，腋下夹着黑色皮包，身穿黑色呢料中式长袍，外面套着黑缎子中式坎肩，所不同的是长袍素雅，而坎肩是闪亮的黑花黑缎面，显得人物华贵而典雅，俨然是我在北京大学见过的一种江浙籍教授的风采。果然，这就是约见我的主人沈雁冰先生。现在算来他当时是整整四十岁的人了，给我的印象却年轻得多，他既潇洒又俊逸。

"来了好久么？"解下围巾，茅盾先生又向我介绍那位穿灰袍的长者，说："这是王统照先生！"接着要我坐下来并打开皮包，取出准备要我带回的那部退稿。又问我留在他手里的那部长篇的署名，我说"金敫"？

我当时迫切需要了解的，是茅盾先生对那部长篇小说的意见，除了"氛围气"还有哪些写得还不可以，哪些又是需要做进一步修改的，而且越细致越好！但茅盾先生最关心的倒是当时东北的形势，仿佛关于作品的意见，已经都在信上说过了，而所以约见我，是要认识认识，听听东北抗日救国军的实际情况。他说:"他们现在还在珲春活动么?"

"一九三二年秋天,我们珲春东兴镇方面的抗日救国军王玉振旅就垮了!原来在我们县当教育局长的×××带领着一批人在伪县政府经过'谈判'都缴械解散了!"

"这是什么样的人呢?共产党人么?"

"我也不清楚。我只知道我们县小学的班主任白泉泰是'左'倾的,他是香山慈幼院出来的。九一八事变之后,他就带领我们县立小学一大批学生去东北镇投军了!那里离苏联边境很近!"

"你到过苏联边境么?你的小说里写的土字碑到底是什么样的呢?"

"我只是在黑顶子山上远远看到过,就是土字形的界碑!"

"有字么?"

"我看不清,因为没到跟前去。国界两边都是树木丛生的山谷。"

而王统照先生提出来的却是:"东北义勇军脚下穿草鞋,冬天雪地里走不冷么?"显然这是由于上海报刊所载的短篇小说里有过这样的描写而引起的疑问。

"中国人不穿草鞋,却穿牛皮靰鞡,里面塞满靰鞡草,可暖和啦!穿草鞋的是朝鲜人,也套着长筒棉袜子。"

茅盾先生又问起东北有没有苏维埃区。我说:"没有,还没有听说过。"至于问及朝鲜独立党的性质,我也说不清楚。

最后,先生问及我在上海的经济情况了!

我说,到上海头个把月是靠几块大洋度过的,后来,家里先后汇过两笔钱,总共五十元。现在住在同乡那里。又说:"还过得去!"

王统照先生听说上海竟能与吉林珲春通汇,很奇怪,我说:"信是寄朝鲜咸北境庆源府转珲春,而款是从天德兴汇来的。"

"是啦!天德兴,我知道!"王统照先生笑了,转过脸向茅盾先生解释,"这是民办的汇兑庄,类似钱庄,可是不办存贷业务,在华北信誉很高。可我真没想到,远在吉林珲春也有天德兴汇兑庄。"

我说:"和上海一样,那是在一家有名的杂货庄的楼上,挂着一个小招牌,好像只有一两个人办事。"

临别的时候,茅盾先生再一次嘱咐,有什么问题可以随时给他写信,并且说:"那部长篇准备转给一个书店去,大约一两周内就会有回信。"

我必须说,由于自尊心的驱使,在茅盾先生面前,我掩饰着自己处于寄人篱下的困境,更不要说靠典当衣物来筹划每天的菜金了。总之,我不愿向茅盾先生透露一点点,因为那样就等于是变相的"求助",而这,当时在我以为是可耻的。现在,我要说我的那种小资产阶级知识分子的自尊心,受到了惩罚。因为中午赶路,吃得又不多,谈话结束,走出来就觉得饿了,而且由于决定了我命运的这次会面而产生的兴奋感,使我自己也不知道怎么回事,双手插在裤兜里,居然走进了英租界的"老正兴"分号吃了一碗排骨米饭,动用了买火车票的钱,索性又买了盒十支装的"红锡包"香烟!这是打算留给我的好友的。于是乎,我就不得不从上海公共租界火车站沿着淞沪铁路走回吴淞去!步行了二三十公里的路程才赶回住处!

直到"八一三"上海抗战爆发以后,我从大场撤下来不久,正逢茅公受嵊县茶叶改良场场长吴觉农先生之托,物色人选去浙东开展抗日救亡活动,他就安排我去。除了胡愈之、王任叔两位先生的介绍信外,先生又给我亲笔写了介绍信,而且完全不问我需用与否,就资助我四十元大洋作为路费。这时我又想到第一次在文学杂志社的见面和临别之前问及我的经济情况的含意。我几乎泪水欲滴,而默默地接受了这四十元的资助,连句感谢的话也没有说,不是不会说,而是深感到任何感谢的话在这里都是不恰当的、无力的,都是表达不了自己衷心感戴之情的。"想不到这样一个与鲁迅并肩作战的大作家,是这么平易近人。"此后,我对于"英雄本色"四个字的概念也有了一个新形象的理解。

多读、多看、多写
——答《编创之友》编者问

××同志：

来信与赠书两册全收到，谢谢了！

我忙于整理过去的读书札记之类的文字，又有关于文学生涯的回忆录之类的文字要写，所以如创作经验之类的总结性理论文章，就由于病中精力有限，不及考虑，或者说未敢考虑了！

如果简单地概括地来说，积四十五年的创作经验，也仍然不出鲁迅先生指出过的三点：多读、多看、多写。

从现在文学刊物之多，后起之秀如夏夜之繁星看来，读也是很难读全的。写是一种文学创作实践，对初学写作的人来说，非常重要，如果光读不写，读的文学名著越多，文学的修养与见识越高，而长久地脱离了文学创作实践，等到想写，提起笔来就会感到力不从心，驾驭不了，就会产生过去里手中行话所说的"眼高手低"，结果是对于文学艺术热爱了大半生、研究了大半生，半篇文章也拿不出去，这就是吃了文学创作实践太少的亏！

因而，看到许多初出现的青年作者，不但笔下文字流利、潇洒，而且布局、结构也能引人入胜，可见在"写"与"读"上是有一定的基础了。从景到事，从事到人，这是随着年龄、阅历，多方面对于社会生活的观察积累而会逐步提高的。

只有一点仿佛不足，或者说与"写"与"读"的水准不相称、不平衡，这就是"看"。自然，我不是说观察力不足，我是说，怎么说呢？也不是说我们的社会生活里，在今天，尤其是在十年"文化大革命"带给我们很多后果严重的影响，需要我们今天的党中央大力逐步来消除它的今天，不是没阴暗或是陈腐之类的东西可批判了。批判旧的遗留，这是第四次文代会上邓小平同志《祝辞》里指出的，我们应该担负的任务之一嘛！但与它相连并提的，是要我们今天——八十年代的作家，担负起改变社会风气的任务来呀！这是首要的，首要的要歌颂——不是虚伪粉饰——歌颂雷锋式的理想而又确确实实是现实的人物，树立布尔什维克的典范形象嘛！因之，我说，歌颂与批判是一个艺术金币的两面，这应是我们当代革命现实主义的文学的时代特征。

话剧中的《报春花》《左邻右舍》，电影中的《泪痕》，短篇小说中的《舅公》《从森林里来的孩子》，报告文学中的《艰难的起飞》《船长》《固氮蓝藻》《大雁情》，不都是反映了这个特征么？给人以艺术的感染——也就是政治方面或者说人生方面的鼓舞力么？鼓舞我们推动历史——具体地说，四个现代化的实现——前进么？

因之，身边琐事不是不可以写，单看它的社会意义的分量如何了。完全是批判的揭露也不是不可以写，但它更适合于新闻报道，而作为报告文学来写，那它应是属于新批判现实主义范围之内的，与我所说的"当代革命现实主义"是有区别的。意识流之类的表现方法，不是不可以探索，但它应是属于新现代派，虽然同是我们社会主义文学艺术园中的花果，但各有各的色彩，而当代革命现实所探索的主要对象是人物，典型环境中的典型人物、人物的思想，或者说人物的灵魂、歌颂美的、批判丑的。

因为来信是那么恳切，我不避语多必失之忌，谨抒一己之见如上，以酬惠赠书刊之雅望，还望斧正。

此致
敬礼！

骆宾基
一九八一年三月二十六日

庐山行之一
——仙人洞外

忽雨忽晴境,已在庐山中。
阶道着意走,处处过险峰。

一九八二年八月九日

庐山行之二
——盘山道上

白云似海岭如滩,峰林是画雾非烟。
山色只缘朝晖染,危崖古松缥缈间。

一九八二年八月九日于含鄱口归来

关于作者的话
——柳溪长篇《功与罪》代序

柳溪同志在四十年代末期就已经是以短篇小说著称的女作家了，当时也不过二十五岁左右。她本名纪清佚，祖籍河北献县，是乾隆时期《四库全书》的总纂官纪昀（晓岚）的六世女孙。

我们相识很晚，是一九五三年我由山东省文联调到北京市中央电影局剧本创作所之后了。当时，我们虽同属该所编剧，但各自除了忙于文学创作或编剧任务之外，还都常常到外省去体验生活，因而虽是学习会上碰头，但不同组，也就难得相识了。柳溪当时发表的小说我是常读的，不过只知其名而不识其人。

一九五三年秋，仿佛我从吉林东部采风归来不久，正赶上所里在演专供编导人员看的参考片。我到的时候，已经开演了。我落座不久，在一片寂静中（除了影片的画外音之外），从前排几个观众之间，有人发出情不自禁的笑声，笑得好响亮，银铃般悦耳！我很吃惊。是一种职业性的习惯吧，我猜测着，她定是个少女，才能这般忘情！但又觉得不对，一个少女原非编导人员，怎么竟然这样旁若无人地纵声而笑？这种笑声说明本人一定是个处境优越、见过豪华世面，而在感情上从来未受过挫伤的人物，但这又似乎非一般少女所能具有的精神色泽。最后，决定要在散场时，从侧面看看这个人物究竟是何般模样，以验证我所作的判断。

放映室的壁灯全都开亮以后，我未匆匆离座。只见在前排两行靠椅之间站立起来的少数编导之外，确有一名身穿蓝布长衫，外罩一件灰色西式外套的年轻妇女。从这不似修饰却淡雅而朴素的衣着上，也说明她确非一般，很脱俗。不由问及邻座之好友："那是谁？"答以两字："柳溪。"这才知道，她当时已是两个孩子的母亲了，原是来自冀中解放区的干部。抗日战争后期，她曾在北平做过党的地下工作。一九四五年在冀中根据地做过演员、报纸编辑，也在军区司令部当过秘书，是经历革命艰辛的人。解放平津的战役中，她还担任过后勤支援任务。而且也并非完全如我的分析所判断，在感情上倒是早就遭受过封建家庭挫伤的人。

对于旧中国、旧社会的憎恨之深，与以后进入解放区对战争胜利的向往之切——对未来的社会主义的革命理想的实现向往之切，适成一个反比例。她投身到革命战争烘炉中时，还正是一个二十二岁的少女，足证那种发自内心的银铃般的悦耳的笑声，是从这以后开始出现的。这笑声的产生，标志着她已从旧社会的封建家庭给予的感情创伤中完全解脱出来了！属于个人幼小心灵的创伤，已经转化成为革命贡献力量而产生的自豪。她的一颗赤子之心，在冀中根据地受到了伟大的解放战争的洗礼，心魂在战争中得以升华。这样一个战士般的女作家手中所握的笔，当然会有力挑起历史赋予的崇高使命。

五十年代由我国与意大利、苏联、法国、巴西联合摄制的反映国际妇女社会生活的影片——《五支歌》，就是由杨沫、颜一烟等三人小组编的剧，执笔人是柳溪。

但却想不到，就是这样一个富有才华与社会阅历的女作家，在国际影坛的编剧者群里刚露头角，她那与《在桥梁工地》《组织部新来的青年人》齐名的《爬在旗杆上的人》（短篇小说集）刚出版不久，就听说与以上两篇作品的作者，在政治上同样受到了沉重的打击。

我当时已经是由于"胡风问题"而受审查一年之久的人，与外界几近隔离状态。在我下放黑龙江农村之后，就更不知柳溪的命运如何了。但我相信她在政治上是无辜的，且也不会轻易丢掉手中的笔。

等到一九六二年我调回北京，才知道她早已下放天津郊区农村去了，但仍然不能互通消息。更不知道她下放落户的确切的村社地点。而我仍然相信，她是不会就此搁笔的，有着那样豪情、乐观而笑声响亮的女作家，是绝不会由于个人命运的不幸，而对革命与祖国的社会主义建设丧失了信心，抛掉手中的战戟，放弃在当代革命现实主义阵地上自己所担当的崇高职责的。

十年"文化大革命"的后期，已是一九七三年的春天了，我终于在北京市革委会第二学习班得到她的来信，而且果然如我所料，她已准备续写她在十年"文化大革命"之前早已完成的三部曲了！（原来前两部半早就竣工了）可见她在条件允许下是多么勤奋了。从一九六二年到今天，又是二十年的时间过去了。这套三部曲的长篇小说，终于脱稿而且就要问世了，它的命名就是"功与罪"。

因此，我为今天的当代革命现实主义的文艺阵营庆幸！为今天的青年读者祝福！最后，我为作者道贺！

一九八二年二月十二日于北京

悼冯雪峰同志

一九三七年冬，在上海霞飞路鲁迅先生逝世后夫人的寓所里，我——一个二十岁的青年——和雪峰同志作初次相识的谈话，并被介绍给许广平先生。雪峰穿着灰色西装，仪态潇洒而严谨，带着浙南的乡音，用诗般语言说：

东方巨人，
在西北！
因之，
我们的
民族希望，
在西北。

从此，我们开始了似师如友一般的来往，而这诗一般的语言，仿佛深山幽谷之间的一曲高歌，它是那么音韵嘹亮地影响着我的人生的旅程，作为方向性的前导。直到一九七六年春节之夕（他逝世之夜）的两天前，在他那半是书橱、半是用布幔作"板壁"而围起来的狭小的"书斋"里，他穿着深灰色的旧中山服，白发苍苍地坐在藤圈椅上，带着满腔的热忱而声音却低弱地说：

等等吧！
等呀、
再过些时！

等呀、

天气暖了!

那时呵!

我会好一些.

有点力气。

那时呵!

我再写材料,

我要求:

回到党的队伍当中

做一名列兵。

我们之间如师似友般地经历了四十多春秋的情谊,从此变成了历史的回忆!

这四十年春秋的友谊有时风风雨雨,因为雪峰是长者,偶尔会出现诗人般偏激;而我年轻,又未脱书生的傲气。有时断断续续,各处一方,或为"天涯"之囚徒,或为"海角"之行客。还曾四次相逢,都如"隔世之遇",但却没有一次谈话,像一九七六年那次,如此使我情绪震荡而又有怆然之感,如临悬崖而远眺苍茫暮气中的落日……

因为这是一个二十年代出现的诗人,三十年代初的中国左翼作家联盟的首任党团书记,鲁迅和瞿秋白的战友,并追随当年的毛泽东同志参加史无前例而驰名世界的二万五千里长征;又在著名的瓦窑堡会议之后,肩负着党中央的使命,面奉周恩来同志的委派,于一九三六年春夏之间到达上海,开辟国统区的抗日统一战线的先锋。在四十年代之始,雪峰同志是上饶集中营中为人尊称"老夫子"的囚徒,在狱中坚贞不屈的典范战士,而且还是木刻家赖少其等同监战友越狱潜逃的策划人。

我如临悬崖而眺望落日于苍茫大气之中,情绪激荡而怆然之际,不禁想到一九四二年在山水如盆景式的桂林第一次的"隔世之遇"。

我讲些什么，如今只能记其大意，但雪峰同志的语言，字字如珠，是我记忆中私蓄的"家珍"，粒粒可数。我知道了是由于党中央的关心，未来的好总理周恩来同志的营救，国统区的抗日统一战线起了卓越的作用，冯雪峰同志才得以成为"保外就医"之后的逃亡者。问及他在义乌乡居期间写的那部关于长征题材的长篇著述《卢代之死》的命运时，雪峰同志仍用诗一般的语言说：

你记得，
我家乡
那座
有阁楼的，
江浙风格的农舍么？
一本本
书籍，
一叠叠
手稿
和札记，
已全为
敌寇所焚毁。
如今，
那里已是
瓦砾一堆！

又说：

你见过的

那个老人,
我的祖父。
还健在。
腰板
还那么直。
身骨
还那么硬。
你猜老人
面对瓦砾形成的
废墟,
怎么说:
"砖,
要一块块
拣出来!
石头,
要一块块
码起来!
粮食,
从今往后,
要
一穗穗
捡起来,
一把把
攒起来!
今年
换根柱子。
明年

买根大梁,

再操劳

三年

五年,

盖起

新屋来!"

他却不想呀!

是年过八十的老汉了!

看!

这就是我们

中国农民的性格,

多么倔强!

烧了,

再盖新的!

那时,我不便再问了,那一沓沓两年的辛勤结晶《卢代之死》的手稿和关于长征的回忆札记,虽为敌寇所焚,完全化为灰烬,但雪峰同志依然谈笑风生,显然安定下来会重新再写。而且后来,果然也再次完成了初稿。据说在一九五七年之后,又为作者自己的双手所焚毁。

这时,我怆然如临悬崖而远眺苍茫大气之中的落日,又不禁想起那位面对瓦砾一片的年过八旬的老人。冯雪峰同志是强者,仍怀着有一天重新再来,为无产阶级革命事业做一名列兵,尽晚年最后一把力的愿望,却不想自己已年过七旬而且又身带重病(肺癌),还夜以继日地为鲁迅著作的注释耗费自己点滴积蓄的精力,逐件回信,答复鲁迅研究者所提出的各式各样问题,包括书信和鲁迅的日记。甚至耽搁了关于太平天国长篇著述的构思,中断了关于人物和故事结构的札记。确实不愧为鲁迅先生的挚友,但到底还有几许点滴如珠的精力,经得住这样日以继夜的消耗!

  我只是感到怆然,却没有想到这是我们最后的一次晤谈。我的拙手之作《见于四千年前古金文记载的几个历史人物——尧、舜、禹》,经雪峰同志过目,并代拟书名"金文新考",准备题签,还未及题签……

  我更没有想到,我们这次最后的谈话,雪峰所说的"天气暖"是指政治上的"春天",是诗人的预言。仿佛诗人已在漫漫的长夜中,见到了朦胧的曙光。直到七个月以后,中国革命史上第二次遵义会议式的日子出现,我才恍然,原来雪峰早已预见有重见天日的这么光辉的一天!他的"等等看",他的"等呀!再过些时",他的"等呀!天气暖",就是等的这一天!

  冯雪峰同志从二十年代开始,用自己生命创造的属于自己个人,也是属于祖国无产阶级的光辉闪闪的历史,如今已得到党中央、马列主义者的名实相副的科学评价。逝者当无憾,生者皆获慰!

  安息吧!
  日月常照你!
  杰出的诗魂,
  万古不朽!

我的创作历程
——为了悼念雪峰、荃麟和彭康等同志

一九四九年初冬,我陪着重聚不到半年的母亲,从北京来到山东省济南,我父母家乡的首府。解放后的欢乐,北京饭店一个晚会上见到伟大领袖毛主席和周总理的辉煌感以及第一次全国文代会的大会师所给予的欢欣和鼓舞,都已经是属于"距离遥远"的历史性记忆了。

我深切地感到,自己在解放前的国统区所积累的社会生活(写作素材),已经黯然无光了,失掉它在我心中原有的光泽了;而伟大的共产党以及我们伟大的领袖毛主席所领导的各抗日根据地和解放区的闪着史诗般光彩的革命斗争生活,我又没有切身的体会。尤其是两年之久的监狱生活,几乎是使我与世隔绝了。如果写出来,在当时只能是属于旧的批判现实主义范围内的"暴露文学",仿佛已经失去了它原有的政治意义。(自然,这种认识,现在看来也是有片面性的——题材固然重要,但更重要的还是思想力的艺术表现)而社会主义文学艺术的价值,本应在于他的思想影响——政治效果。我突然发现自己已是两手空空一无所有的文学工作者了。

尤其是一再学习着毛主席的《在延安文艺座谈会上的讲话》之后,旧的艺术标准,例如资产阶级的"人类之爱"一类的东西,在我的头脑里,似乎已经崩溃了;而新的艺术观,还没有形成。我怎么来写呢?用什么来为祖国和她的优秀儿女们服务呢?我感到灵魂深处从来没有的空虚。

我在团聚不到半年的母亲面前沉默不语,仿佛旷野中一彷徨的旅客,不知道哪里是通向解除饥渴的村镇。

"你老是想什么呢？"

我顿然回到现实生活中来，说："没想什么。"于是又在灯下翻阅属于过去年代的《大众日报》、抗战时期的《胶东大众》，并摘录着值得研究的材料。我突然对章邱县旧军孟家的土改记载感到兴趣。在胶东广大的农村里，世世代代相传着关于"九斤孟家"的已是五百多年前的古老神话。"旧军"变成了"九斤"，这是北京瑞蚨祥绸缎庄的祖籍，他和分布在津、沪、汉各地的八大祥字绸缎庄都是属于一个大地主祖系。因之，章邱县旧军镇的土改，是有典型意义的。我必须到旧军去生活、体验、观察和研究，着手积累素材。而以后，我也果然如愿以偿。在这里怎么能使我忘记广东分局宣传部部长彭康同志呢？这不是党的革命路线的指引人吗？我去旧军镇生活了一个短时期，也访问了一些人物，但都是些与北京瑞蚨祥之类的祥字号有关的受半封建式的商业主所剥削所损伤过的人物。我看过孟家地主的大宅院，在一个二楼的大厅式的房间里，只各式各样鸟笼就占据了整个一间大厅，别无他物。自然，当时各个笼子都是空的，可以想象到土改以前，有多少勤劳的农村青年，为饲养地主的声色娱乐物而失去了他们宝贵的青春。自然，这里有两个阶级的矛盾和斗争，但总牵连到民族工商业的背景，这就需要更广泛的调查研究，工作量是很大的。而且我的笔应表现新兴的贫雇农阶级在党的培育下，在土改当中所涌现出来的优秀人物。尽管这里天地很广阔，可能出现另一种形式和社会生活的《红楼梦》，但我不能写，这不是我的这支笔力所企图创建的楼阁，我需要社会主义性质的新生事物占压倒优势的生活领域。我再次阅读《讲话》，对"到生活中去"也有了新的理解。战争、土改既然已经是过去年代的斗争生活了，那么，我既然不写历史小说，就必须从一些"历史"材料中解脱出来，从当前展开新的历史阶段的新的现实生活中，去寻找属于社会主义文学艺术的源泉。

因之，从章丘回来之后，我仍然如茫茫旷野之间的旅人。哪里是解除我的饥渴，恢复我的文学生涯之路呢？

　　我在这里不能不再次提到彭康同志所给予的关怀和支持。显然，他对于一个国统区的文学艺术工作者刚刚进入解放区所有的旧的艺术观已经破碎、新的艺术观又没有形成的苦闷，是有着深切的理解的。因为他自己就是三十年代从上海创造社走向苏区革命战场上的一个无产阶级革命理论家。他又一次在我遵循毛主席在《讲话》中所指定的方向摸索前进的时候，加以引导，要我到鲁中南的导沭整沂的水利建设工地去看看。于是我轻装走向淮海地区。在路过徐州的时候，我又绕路看了看当年震动世界的淮海战役的战场。感谢徐州市委井秘书长给予的热情的支持，我们很快地到达了曾经作为杜聿明的司令部所在地的陈官庄。这是一个平原地区上的村庄，泥壁草屋。有的是砖壁，但同样是新的草顶。距离淮海大战已经将近一年了，沿鲁河两岸还有未及平整的战壕。而家家户户新的草屋顶，也说明当年的毁坏程度。尤其使我惊奇的是，所有的农户都没有房门，家家都是挂着草帘来挡风。门板呢，先是拆下来做了国民党匪军战壕上的防护板，以后又从防护土层地下扒出来当柴烧了。为了冬季取暖，最后连房顶上的草和瓦底下的屋梁也拆下来了。三十万机械化匪军麇集在一二十里范围之内，野营露宿，被围困的狼狈而混乱的情况就不难想象了。陈官庄村东北的小麦地，当时是一个空投粮食的广场。这里既是七十军、七十二军之类军部机枪连为了争夺空投物资的"警卫阵地"；同时又是各军官兵与随军逃亡的县区两级官吏以及地主豪绅之类人物，互相作买卖的交易市场。不用说银洋和美钞，是主要的通用货币，而官兵也各有抢劫来的物资在这里廉价出售，将近一年，这一带的农民，还依靠从田野捡集子弹壳到收购站去论斤过秤，作为碎铜卖，这也是家庭副业收入的来源之一。有时在碎铜片里还发现金条或金块。更不用说，沿公路两旁的村庄，从徐州到淮海战场地区，几乎村村都有当时拾来的军用物资了。军用大卡车轮子，都给会手艺的农民卸下来，改作大车轮子卖掉了,而整个整个的汽油桶,就凿个眼儿让汽油流掉,以便滚着空桶回村去。

总之,这又是文学艺术领域里的一片珍贵的矿藏,这也是我的笔力很难开凿的矿区。因为作者必须熟悉部队战斗生活,这是塑造解放军指战员形象的基础,还必须研究大量的有关淮海战役的资料,包括各参战部队的纵队司令部的军事会议记录。侦察报告之类的档案。在我,仍然是很难担负这样一部雄伟的连列夫·托尔斯泰都难以想象的史诗般的著述任务的。即便是党给以支持,提供一些必要的资料,我还必须走访参加这一伟大的战役的各级指挥员、若干英雄连队的模范人物、有名的人民功臣。这样浩大的工程,自然比起写土改前后的章丘孟家那种半封建的工商业者的地主家族的崩毁更有意义。因为这是以我们的英雄的解放军中涌现出来的新型指挥员为主体的。自然,如果以革命浪漫主义的结构方法,把山东章丘孟家的地主庄园搬到徐州地区陈官庄附近,那么两者的主题可以汇集到一起,使新旧两个时代的色彩更明显,相互衬托,这样,自然它将不是属于旧的批判现实主义范围的作品了,而是闪烁着革命现实主义和革命浪漫主义相结合光彩的社会主义文学艺术了。

我是多么向往着这个雄伟而又瑰丽多彩的矿藏呀!正如面对着几十吨重的一大块彩色斑斓的宝石矿一样,我只能一再赞叹着,围绕着它转来转去。搬,搬不动;捐,又捐不起。我相信或在当代,或在百年之后,必有奇才,把这个为十九世纪批判现实主义有名的大师们所难以想象的雄伟而瑰丽无比的淮海战役的矿藏,雕制成巨器,搬到文学艺术领域里来。这必将是革命现实主义和革命浪漫主义相结合的社会主义文学艺术领域里的高峰之一。它已遥远地耸立在我们面前,要我们敢于不怕付出一二十年的代价去攀登。沈老雁冰先生说:"盛世出奇才。"我坚信,后来人必胜于过去的前一代。

二

我终于背着行囊独自来到沂蒙山南的导沭整沂的水利建设工地。

沭河要在这里拦腰截断,不让它继续沿几千年来的古道南流——它每到山洪期,年年在苏北为灾。在这里,要用人工开一条十七华里长的引河,把它引向东方入海,解除苏北五百万亩土地的灾害。

沭河东西的人工引河两岸,民工如蚁,各自在自己的工段上忙碌着。一眼看去,一道宽有半里路的蓝色和黄黑两色混杂的人流,都在动荡着、汹涌着。这半里宽的人工引河,已经揭开了地面的冻土层,到处是欢快的笑容、兴奋的眼光,到处洋溢着在竞赛中所有的挑逗性的呼喊:

"日照县的还想夺红旗么?"

"怎么?那杆红旗还是铁水铸在你们费县工段上了么?"

在这里汇集了来自鲁中南地区各县十万有零的民工,都奋力要夺取这杆红旗,哪怕是在本县的工段上插上一天,也算是一种为人称羡的荣誉。

再说引河两岸,各自根据本县本区划分的工段,都建立了各自的半地窖式的住宿工棚,矮小的纸窗都紧贴着地面,芦苇席搭的棚顶上都涂着泥。原来就分辨不出本区这一小队和那一小队的住宿地,如果矮棚顶上不插着各色彩旗或门顶上有根绳子盘的五角星或苇笠作标志,简直就找不到哪里是自己的住宿窝棚。

进门就是土台阶,到了底下,两边满是谷草或豆秸铺的草铺。各自的铺盖都卷着,矮墙上挂着蓑衣、羊皮袄、成捆的黄烟或是步枪,有的还带来了装着鹌鹑的布口袋笼子。外头,各区有各区的大炉灶,炊事人员兼着宿卫,各自奔忙不息。所有大锅、菜板、面案、水缸、刀、勺等炊具,都是各区的炊事人员装在独轮小车上随着本村的民工队,行经几十里或一二百里的路程运来的。而工地指挥部所属粮库,供给成麻袋的小米，菜站有成坛的酱豆腐和咸菜。领粮的民工小队长在排号等待过磅，人们麇集在山般的粮食垛底下，抽烟闲谈，不禁议论起来了：

"我说，国家年年要公粮，原来都是运到这里来，供应我们挖河工吃了！十多万人，一天一人两三斤，就得二三十万斤的消耗呀！要不是咱们这个国家，谁动得起这样大的工程呀！"

有的说："还有工厂呢？部队呢？国家要供应的粮食可多啦！"

"你参加过淮海战役么？"

"抬担架去了！"

"你没看见咱们华东三野九纵的大粮站么？都堆在屋子里，外头就用草席和木柴遮掩着，防空呀！可不像现在这样，这才叫和平环境呢！"说话人，是个宽肩厚背的庄稼汉，抽着一个大头烟斗，蓬蓬勃勃的络腮胡子围绕中露着两只如丛草间两座泉水般的眼睛。我未及细听，就随指挥总部宣传科的人，走向一个民房，在那里搁下我的行囊，房东日夜忙碌着烙麦面锅饼。原来这里是五天一个集日，集市就在引河的北岸，如今由于引河一开，那个集市就像北迁移十里。这些锅饼是为了供应民工们的，房东的家属就挎着篮子在休工时到各工段沿岸去叫卖，外带着纸烟、火柴，全家忙得像节日一般欢快。

我选择的工段自然是竖着大红旗的费县工段，我穿过莒南县、沂水县和平邑县的各个工段。而费县的工段，要比邻区深下去约一两尺，成了一个长方形的宽阔的地窖，两岸都已经搭起了桥板，运土工往来如梭，在桥上健步走着，担子在肩上颤动着，前后成行的挑土工和抬土工简直形成了一个脚步，构成一个有节奏的快步的旋律，仿佛有乐器伴奏着一样，不怪人们快步如舞似的闪着欢快的笑容了。以致有许多其他工段的指挥人员前来赞赏般地参观，看得入了迷。尽管这些属于沂蒙山区的民工们，穿戴都还很破烂，但眼睛里都闪着一种兴奋的光泽，露着在集体劳动中竞赛式的欢快笑容。他们的欢快，实质上还来自解脱了日本法西斯匪军和国民党匪徒所加在他们颈项上的无形的枷锁。几千年压在他们头上的地主封建统治势力彻底土崩瓦解了，而他们在土改中已经有了自己的土地，他们的欢快实际是来自这种民族民主革命的胜利，来自战后的幸福生活。而今天，十万民工人人都想夺取的大红旗又插在他们的工段上，真如铁水铸在土墩上一样，他们还想提前完工，把这杆红旗带回自己的县里去，哪能不欢欣鼓舞呢？我立刻为这欢快的海洋般人流所感染，中国如散沙的旧时代，确确实实已经属于遥远的过去了。今天，我们祖国沂蒙山区的农民，不但组织起来，有条不紊地进行着社会主义的水利建设，而且是组织得这么好，这么有节奏的有音乐伴奏般的快步如舞的劳动，又是我以前所难想象的。在人群中有一个彪形大汉，身穿一件黑布短大衣，有着两颗铜铃般的大眼睛，乌黑发亮，围绕着他的各村的民兵连长或村长，或掮着肩担，或提着锨，都欢快地洋溢着笑容，听着他说什么。

"是谁呀？"我小声问，"这个大个子！"

"他，你还不认识？沂蒙山区有名的武工队长呀！"原来，这个彪形大汉就是我早在莒南县十字小店里住宿时已听人说起的一个传奇式英雄人物，当时他是费县水利科的科长，是本工段的一个指挥。

"客观情况变了，咱们的劳动组织也得随着变呀！"他说，"土地下出现砂礓石了！咱们两把大镐配五把铁锨的药方不灵了！地质变了，咱们也得跟着变，五把大镐得配搭两把锨，每小队得抽出三根扁担来，去抢大镐。咱们沂蒙山区武工队出身的老伙计们，可不能给砂礓石绊住脚，大红旗不能给莒南县夺了去！你们说，还能让他请一天假到莒南县去住一天亲戚么？"

"不能！"

"好！咱们可要把吃奶的劲拿出来呀！怎么样？"

"咱们变！"

于是劳动组织很快地作了调整，费县的运土工又是来往如梭在两岸搭的桥板上川流不息地流动着，正如那个工段指挥所说的"日行千里，不出磨道"！自然，这是一个为我注目的干部，以后我不止一次跟随着他到住宿的工棚里去，听到许多关于他所率领的武工队的活动。在他那铜铃般的大眼中闪着鹰似的锐敏的眼光，笑声爽朗，谈吐坦率。别人说他"杀人如宰鸡"，他却说："什么人呀？恶霸地主和伪军头目嘛！不是人！"于是讲起到敌占区赶集，为了执行人民政权已判决某人死刑的任务：那人是个作恶多端的伪地方保安团团长，而且就是哪个敌占区集市小镇上的大地主——连续赶过三次集，才碰上这个又矮又胖的伪军团长走出他的有卫队守护的深宅大院——他当时带着两个随从马弁巡视市集，当他的两个随从兵在赶集的人丛中为我们的化装武功队员所隔离、拦阻而发生争执的时候，那个伪保安团长还颠顶地回顾，茫然不解背后争吵是由何而起的一瞬间，就被迎面走来的彪形大汉一手掐住脖子按倒在地下了，不待挣扎，枪就响了。为了防止流弹伤人，枪口是直对这个恶霸地主的脑后向下打的。并且很快由武工队的宣传干事当场读了人民政府的判决书。谁也未及注意这个彪形大汉耳朵上溅的血斑如花，等到集市的人群四散奔逃，伪军出动追击的时候，这个有着铜铃般大眼闪着锐敏眼光的雇农，已经在一里外骑着自行车和化了装的武工队员谈笑风生地赶回根据地，准备向抗日民主政府汇报去了。

所有这些见闻，我回到自己的住所后在油灯下都作了札记。每个民工几乎都有各自传奇式的经历，或是参加过孟良崮战役，或是碾庄战役的担架人。每当晚上。一天劳动评工总结之后，在低矮的半地窖式工棚的草铺上，短笛悠扬，尽是一些回顾战争年代的闲话，而那个沂蒙山区的老武工队长，总是不愿多谈自己，闪着谦虚的笑容，给你让出坐的地方，而他关心的却是工程进度、每人平均的土方。总之，是以一个工段指挥的身份，在思考问题，正如我所习见的一般县区级的自知在周围有着威信的干部一样，很不愿意过于显示自己。因而，这个人物，在我手里尽管有了些传奇式的故事记录，但却仍然是一个概念式的人物。

不久，我在引河南岸有了一个新的发现。这次不是关于调动劳动力，随时改变劳动组织以与地质变化相适应的工作方法，或过去的传奇式的英雄事迹吸引了我，而是一个老年农民的形象吸引了我，关于他我还任什么都不知道，但我却发现原来这是我"熟悉"的一个人物，尽管我们并不认识。

这人每天都蹲在岸上一棵矮小的树底下，背依着冬日枝柯光秃的树干，口含着一根短烟管，任什么也不做，沉默地独身蹲在那里，竖着两膝，旁若无人一般，想着什么愁人的心事。他的脸上满是过去战争年代的灾难生活所留下的遗迹，皱纹又深又密，面颊瘦削，胡须蓬硬如刺猬的针，显然是个生性倔强而粗暴的老人。眼光带着一种深沉的阴郁，和他所观望着的那些闪耀着竞赛式的劳动中所有的兴奋和欢快的气氛，完全不协调。实际上，仿佛他任什么外界景象都没有看见似的，尽是渺茫地向前望着而已。这是一个什么人物呢？这不正是我所熟悉的过去的中国农民么？这不正是普希金、契诃夫和列夫·托尔斯泰笔下常常出现的那种属于十九世纪批判现实主义文学艺术中的农民形象么？我立刻在他身旁坐下来。

"老大爷，你是本地人么？"

"噢！"

"是后面这个村子的吧？"

"噢！"

"你的地全都挖掉了么？"

"挖掉了！"

"民运科没来登记么？挖掉的地都会折价赔偿，而且村里也会给你安排工作。你为什么没有报名参加民工队？以后还会调到国营农场去！"

"你说什么？"他说，"我耳聋，听不见呀！"又说："我在这儿住了几十辈子啦,我到农场去干什么呀?"

他站起来,背着一个空粪筐走掉了!临走时,还在鞋底上敲敲烟锅,插到腰带上,仍然仿佛独自一人似的。同时,我也随他站起来,但他毫无感觉一般,径自走去!自然我是轻易不肯放弃这一发现的。以后,我从他的邻居口中,终于知道了他内心忧郁的来由。原来他是一个孤老,他的年轻的独生女儿,早已出嫁,就在引河北面的邻村,两村相隔也不过二三里路。每逢集日,老汉必定和自己的独生女儿,还有两个小外孙见面。女婿在战争年代已死去,因而父女是相依为命地度过了日寇和国民党匪军先后焚掠的灾难年代。土改后,这个老汉刚刚分到四亩有辘轳井可以浇灌的菜园地,而女儿那里也分到了土地和一头毛驴,幸福的日子刚刚来到身边,却不想两个村子之间开了这么一条从古以来做梦也难想象的引河。如今把他和守寡的年轻女儿家住的村庄分成了两个地区,集市也往北挪了。就是将来建桥,也必然在十里之外的两个公路口之间,要想过河去看看两个小外孙,绕着桥一来一往就是二十里路。往年有个什么急事,闺女捎个口信来,当夜吃过晚饭自己就去了,月亮没落又赶回来了。如今呢?引河没挖成,还得绕着工段走,一上一下多爬两个河崖不说,引河一竣工,放过水来,自己有个病灾什么的,找谁绕二十里路去捎口信呀?

这个孤独的属于农业个体经济的旧式老农民,正是我的艺术观所需要塑造的一个典型人物的模特儿。他的命运和内心世界,为我提供了幻想奔驰的旷野,我直到第一期工程结束,还久久地在构思着、遐想着,但始终提不起笔来。因为毛主席的《讲话》在我的文学艺术的创造领域里闪灼着光辉,这个在我构思中的主题,岂不正是属于"人性论"之类的东西么?这种孤独与渺茫的感情,由于父女之间的关系为客观世界的变化所隔断而来的东西,不正是代表着走向穷途末路的旧式农业个体经济的灭亡么?岂不正是说明我要为这个旧的人物唱挽歌,我的艺术观岂不是原封不动地仍然站在十九世纪世界文学所建立的批判现实主义的立场上么？如果这样自然主义地来写真实，那么这个作品的艺术价值在哪里呢？它的价值不是需要依据无产阶级的革命的政治效果来衡量么？十万民工欢欣鼓舞所开辟出来的十七华里引河岂不成了破坏"人伦之爱"的工程！关系到苏北五百万亩农作物的收成，关系到千万农民幸福和温饱的社会主义的水利建设，岂不成了使人伤感的不幸的设施！

是的，翻阅着自己的字迹潦草的札记，看来看去，都是一些关于劳动组织的变化、工作方式的改进等等。除了劳动方法上的记录，自然还有很多生动迷人的关于战争年代的各式各样的英雄事迹，但却只是一些故事，而人物却是平面的。原来那些人物在我内心深处并没有产生艺术性的感情，也就是说，我并没有深入到他们的内心世界里去。

我开始发现，尽管在学习《讲话》时，在理论上认识了旧有的艺术观是属于资产阶级的，认识了所谓人道主义之类脱离阶级性的若干观念，是与无产阶级的艺术要求不符的，而且自认为已经全部领会了《讲话》的精神，但在实质上，久经十九世纪世界文学名著陶冶的艺术观，并没有由于理性上的认识而崩溃，灵魂深处仍然有一个批判现实主义的艺术王国。

从导沭整沂的工地上归来之后，久经思索，才开始认识到这一点。这样就对《讲话》又有了与以前完全不同的领会，但这也仍然限于对那些"人性论"以及资产阶级的虚无主义之类的艺术观方面的问题，还认识不到"我们的文艺工作者……一定要把立足点移过来"，"移到工农兵这方面来，移到无产阶级这方面来"的含义；相反的，却认为自己的立足点，早在十三年前，开始由哈尔滨逃亡到上海，从事文艺工作的时候，就已经"移过来"了。尤其是一九三七年冬，上海文艺界抗敌协会的王任叔同志已经介绍我到浙东去，并得到《呐喊》的主编人茅盾先生的资助；而且就在要离开上海的前夕，在鲁迅先生的寓所又听到那位从瓦窑堡受党中央和周恩来副主席亲自派遣到上海来的党的工作者冯雪峰同志对我指出"东方巨人在西北,民族希望在西北,我们在东南只能做些宣传工作,动员全民抗战就是了",更以为方向明确了。于是在浙东期间,写了《千人塔下的声音》,在桂林写了《老女仆》《乡亲——康天刚》以及一九四六年在上海发表了《由于爱》等短篇,反映着两个阶级之间的矛盾、爱与憎,以及剥削者的幸福建立在劳动者的不幸的基础上的客观事实,并据此自认为是属于社会主义现实主义领域里的文艺战士,哪里还会存在着世界观的改造问题?更不知道,自己原来还是属于"理智属于未来,感情属于过去"的知识分子之一,更不知道社会主义现实主义的作品,如肖洛霍夫的《静静的顿河》之类,尽管在文艺战线上,产生了一定的政治效果,但基本上仍属于批判现实主义范围内的作品,它们与旧批判现实主义不同的,只是时代的背景和人物的政治面貌的变化。在艺术观方面,却仍然原封未动,仍然是带有"暴露文学"的阴暗色彩,而在主题思想上仍然呈现着资产阶级虚无主义的阴影,以及资产阶级人道主义的色调。

三

到轰轰烈烈的群众当中去忙碌了两个月,唯一的收获,就是根据《讲话》来检查自己,认识到自己的艺术观仍然是属于旧的,属于社会主义文学艺术的新的艺术观,仍然没有形成。

我仍然苦闷地独自抽着烟冥想…………

在团聚已经一年之久的母亲的关注的目光注视下,我仍如旷野中的行人,在寻觅通往解除自己饥渴的艺术的源泉,神驰于导沭整沂的十万民工所进行的社会主义水利建设工程之间。我耳边常常响着伟大领袖毛主席在怀仁堂上的讲话:"因为人民需要你们,革命需要你们,我就有理由欢迎你们。"脑际也就出现了毛主席的双手扼腰的雄伟姿态,以及周恩来总理在小型座谈会上的亲切如家庭式的谈话。但我却仍然两手空空。党对自己的期望越大，我感到胸中的块垒越重，肩上有如一个千斤担子压着，我必须在茫茫的旷野里寻找通往无产阶级艺术源泉的路径。

不久，为斯大林所任命的苏联第一任驻华大使尤金来到济南，并在山东省政治协商会议的秘书长主持下，作有关国际形势的政治报告。A.托尔斯泰和爱伦堡不是在十月革命时期远离祖国，居留巴黎，一九三六年斯大林宪法公布前后回国的么？他们是怎样从十九世纪的旧批判现实主义和象征主义的文学艺术中走过来的？尤金既然是一个无产阶级革命哲学家，据说又担任过作家协会书记处的领导职务，必然对诸如此类的问题有所接触，于是我写了一个便条，递到讲台上去，希望这位驻华大使给予解答。既然前面有人走过这条路，为什么不可以问一问，以便沿着人家开辟的这条路走呢？但我递上去的便条，为报告会的主持人扣下来了。会后告诉我，这样一个专门性的问题，恐怕在这个报告会上，不作充分准备，是解答不了的。实际上，尤金在他的政治报告中，已经闪露着现代修正主义的观点了。尤金的报告中强调的是未来的无产阶级国际共产主义运动，已经可以通过和平的议会选举的方式来推动了。似乎不需要武装斗争，就会和平过渡到社会主义时代了。自然，在当时，我只觉得这种论点的新奇，却还认不出这是一种现代修正主义，背离了马克思主义和列宁主义的论点。我虽然已经熟读毛主席的《讲话》并且一而再地遵循《讲话》所指的方向，深入工农兵的火热的斗争里去，并且也发现了曾促使自己倾向革命与民主的旧的艺术观，现已产生阻碍自己前进的消极作用，但对有些问题，还是认识不清的。在苏联的社会主义现实主义文学艺术领域里，固然有无产阶级伟大作家高尔基的《母亲》一类划时代的文学作品，还有《列宁在一九一八》《女政府委员》《乡村女教师》等闻名世界的优秀电影，但不管是高尔基，还是A.托尔斯泰、爱伦堡，都还没有真正彻底地摆脱十九世纪批判现实主义的影响，没有摆脱"人性论"

和"人类之爱"等旧的艺术影响,仍然是旧的艺术观,这在高尔基晚年巨著《克里姆·萨姆金的一生》中,尤为显著。我说过,它们和旧批判现实主义文学艺术唯一的不同,只在于历史背景换了,人物的政治面貌换了,而作家的艺术观却没有变,属于旧批判现实主义的阴暗色彩没有变,旧的人道主义没有变。肖洛霍夫晚年的一个有名的短篇小说《一个人的遭遇》,仍然在主题上竖着一个资产阶级的虚无主义以及"人性论"的尾巴。一个孤立于社会主义集体生活之外的人和一个孤儿相依为命,和美国现代作家海明威的批判现实主义代表作《老人与海》相比,这种社会主义现实主义作品反倒有些逊色。在海明威笔下,毕竟还形象化地结构了一个值得读者深思的主题。在大鲨鱼群的进攻下,那个与海浪和大鲨鱼群搏斗彻夜的老人,最后筋疲力尽,终于不得不眼看着自己劳动的果实,在船侧为大鲨鱼群所撕掠、吞食,回到岸上,只剩下绑在船侧的一条大鱼的骨架子。由此而使人想到美国大鲨鱼群和劳动者之间的关系,这是对美国那些残酷剥削劳动者的垄断资产阶级的血淋淋的批判。而在这样一个为鲨鱼群所盘踞的"海洋"里,一个老人和一个孤儿相依为命,展现着一种"人类之爱",却为整个美国资产阶级社会所摈弃,这也是必然的。可是,在肖洛霍夫笔下出现的这两个相依为命的人物,却正相反,是对于苏联社会主义社会的阴暗面的暴露,它反映的是斯大林时代的战后生活。如果是对于后来的赫鲁晓夫修正主义集团的批判,那自然又不同了。因而它只能算是社会主义批判现实主义或新批判现实主义的文学。而它那种孤独的、寂寞的、为社会所摈弃的两个相依为命的人物的色彩,除了时代背景,在艺术观上不正是契诃夫作品的再现么?

自然,所有这些,都是很久以后才理解的。在苏联除了几部震撼人心的社会主义现实主义的影片之外,在文学方面,作家还没有从草莽丛生的旷野中意识明确地闯出一条通向革命现实主义和革命浪漫主义相结合的社会主义文学艺术之路。一九五〇年我还给上海作家协会的友人叶以群同志写信，提出要求，希望上海的搞文艺理论翻译的朋友，能介绍一些 A.托尔斯泰、费定等苏联著名作家怎样从旧的批判现实主义跨越到社会主义现实主义的文学艺术领域里来，岂不是问道于盲么？

四

感谢党中央周恩来总理的关怀和当时任中央宣传部秘书长的邵荃麟同志的支持。正在我仿佛一个失掉武器的战士那样彷徨于浩浩荡荡的文艺大军所开辟的战线之后，只听到遥远的号角声而又寻不到路的时候，由《人民日报》出面，约我随着华东代表团参加了在北京召开的全国第一届战斗英雄和劳动模范代表大会。作为一个采访记者，我又一次受到无产阶级革命的教育。正如我们当代一位著名诗人所说的，这是一些"属于毛泽东太阳系的繁密的星辰"，它们各自闪烁着灿烂的光辉，围绕着带有彩色斑斓的光环的这个太阳系的中心运动着，形成一个广阔无际的宇宙。这里既有一九三四年留在敌后根据地的属于陈毅将军指挥的赣南游击纵队的英雄人物；也有仅仅带领两个战士的排长在黑影里用枪口顶住那个背着地堡门在训话的国民党匪军官的后腰，因而俘获了地堡群里一个机关枪连的敌人，为我们淮海战场上后续部队扫除了进攻何庄外围障碍的孤胆指挥人员；这里，还有一位"飞行爆炸大王"，他在沂莱公路上两天两夜不间歇，沿路摆了五十五华里长的各式各样的地雷阵，致使由莱芜发向我沂源进攻的蒋匪二十五军消耗了八天的连续进攻，只推进四十里，从而为我们截击部队的调动和布置夺取了时间；也有两位班排级干部在碾庄战役中突破窑湾，包围了一个院子里的敌六十三军所属的一个营的残部，前去谈判，在敌军两行纵队之间的枪口下，豪迈地直进到北房敌指挥所，拒绝了金条和美妙的贿赂，迫使二百七十名敌匪官兵全体举手投降，为碾庄战役揭开了胜利的序幕；还有一九四七年冬攻打莱阳城时的一个炊事班长,他匍匐在雪地上,在大雪纷飞中,用冻僵的两手,推着饭桶,冒着炮火,为前沿阵地的战士们送吃食,菜桶给子弹射穿了,菜汤流了一肩,冻成了冰块,但他终于到达了战士们麇集的战壕口,不须说,为了把饭送到前沿阵地,在这个炊事班长之前,已经有两人牺牲在路上了。

更有位白衣英雄,在一九四一年日寇"铁壁合围"向我沂蒙山区进攻时,带着三四十名重伤员,隐藏在东蒙山上的一块大岩石底和它周围的隐蔽地洞里。不想敌寇进入这个山区,"围剿"了三个月,有时机枪就架在这块大岩石上头,往山下扫射,而我们的白衣英雄,夜间照常偷偷出来到各隐蔽洞里去巡回为重伤员换药,有时更往返三四十里,摸到村子里去找党的联络人,为伤员搞食物,坚持了三个月。这个地下医院原是敌人扫荡、搜索的目标,但"只在此山中,云深不知处",敌人终于一无所获,撤离了。这些人是我们中华民族的精华,是马列主义、毛泽东思想所哺育成长的无产阶级的优秀儿女。更使我们目瞪口呆的是,在这个战斗英雄的代表会上,竟出现了我在导沭整沂的水利建设工地的粮站上所见到过的那位蹲在粮垛一角,等待轮号的民兵中队长。原来他是一个民兵连长,参加过孟良崮战役的担架指挥,在火线上带头抢救我方伤员。在后勤部他只要求能在头上戴一顶有五角星的军帽,说是"有这样一顶帽子,死了好认尸,做鬼也是一个带着五角星的鬼"!因而他是戴着五角星军帽的一个民兵指挥。每次他背下一个伤员,他就嘱咐担架队员赶快抬走,他自己又匍匐着回去背负伤员。

是的,我的艺术观,完全为这一个民兵型的新农民的出现而改变了。他仍然是满腮蓬蓬的胡子,两只眼睛仍然是像草丛间的两个山泉一样,只是手里不见那个大头烟斗了。我直到现在才明白,虽在工地上第一期我活动了两个月,由于旧艺术观所形成的灵魂深处的王国没有崩毁,因而在我们之间,过去有一堵看不见的墙相隔着,我只能看到他的外表，而现在我开始见到了一个为民族民主革命战争所锻炼、为党所培养出来的贫雇农的灵魂。

自然，过去的战争年代的辉煌史诗，是我的笔力所不能胜任描绘的。我说过，必须从今天的生活实践开始，而我对沂蒙山区又不及对胶东地区生活熟悉，因而我又转向农业劳动模范。

我是生长在吉林省边境的，九一八事变之后才回到父母的家乡——胶东半岛，自然对两个地区的农村和贫雇农的苦难生活，都有一些属于形象思维的积累。正如我在听战斗英雄们所作的报告时，把注意力的重点放在华东三野方面驻山东地区的部队一样，在胶东的农业生产劳模张富贵之外，我所注意的就是吉东地区了。特别吸引我，为我处于萌芽状态的新艺术观的触须所接触，并立即发生共鸣，形成音乐般的感情旋律的，是韩恩互助组。这不仅仅由于在这个农业生产互助组里出现的一些崭新的事物，是那么鲜明地闪耀着共产主义社会萌芽阶段的色彩和光泽，也不仅仅由于这个互助组的男女组员的绝大多数早已摆脱了对于小块自耕地的依恋，早已把幸福和希望转移到无产阶级所领导的革命事业上，而且他们关心着当时进军关内的四野解放军在华南的各役战绩，关心着各自的儿女在华南的工作调动、升级、转业之类的消息，胜过于关心自己小块土地的庄稼。这些使我豁然开朗地认识到，原来这个互助组的组员们早在日伪统治时期，就由于抵制征兵和"勤工奉仕"之类的强迫劳动以及各种名目的"出荷"负担而组成了同生死、共患难的属于民族抗日性质的革命的友谊，因而日本投降后，在中国共产党领导下的东北民主联军的土改队一出现，他们就敲锣打鼓地欢迎进村了。他们不但在土改中热烈地送儿送女参军，并且有的老贫雇农很快地参加了中国共产党。当国民党匪军带着美式装备向东北解放区进攻的时候，这个互助组的组长已经是村支部书记，这个村俨然形成了一个顽强的战斗堡垒。个体的农业经济早已不适应当时的战斗形式了，在这个村的党支部领导下，人们早已互相通用着耕畜和农具，支援着口粮和种子。谁家派出劳动力去随军作侦查活动因而没人耕种自己那小块土地，村支部就派人给谁代耕，因之那几亩小块土地，早已不在这些贫雇农心里占据主要地位了。也不仅仅是由于我从报告人的身上，发现了为我所日夜梦想着的一个新型农民的形象，一个可以借以在文学艺术上塑造典型的模特儿，主要的还由于这个新型的人物不但和在鲁南水利建设工地上出现的那个沂蒙山区的老武工队长，还有口含大头烟斗的那个支前模范有着共同的色彩，而且还由于今天他所率领的农业生产互助组，正是我可以随着赶上我们这个伟大时代的"历史步伐"的起点站，并且是解除我的饥渴的一个艺术源泉的所在地。

显然，在这里也反映出来，我的新艺术观已经确确实实在萌芽状态中生长着了。我的艺术观的新陈代谢，是为大量的客观存在的现实所推动、所决定的，说明从量变到质变的一个艰苦的过程。我再一次感到解放以后的特殊的幸福，再一次感到如我一年前站在天安门前参加开国典礼亲耳听到我们伟大领袖毛主席站在天安门楼台上豪迈地向全世界宣布"中国人民站起来了"时所感到的那种欢快与幸福，这是超过了母子久别重逢时才有的幸福感的那种特殊的幸福感。

我和文艺界几个难忘的朋友，一起坐在长安街的人行道旁的台阶上，看远处夜空的焰火，多美好的节日夜晚呀！那些欢乐的行人，脸上现出惊奇的神色，向四周环顾，立刻仿佛为我们的笑容和眼光所感染。我们笑着，他们也笑着。我们互不认识，但他们四顾的眼光仿佛说："多幸福呀！"我们也向他们用欢快的眼光说："你们多幸福呀！"我们从大会上得到的东西是多么丰富多彩。我们眼前仿佛是万花争艳，几个蜜蜂简直忙碌不息，都找到了长期梦想得到的久经跋涉之苦而终于得到了的"蜜源"，怎么能不欢心喜悦彼此飞舞相庆呢？而这一点，是我们共同的秘密，是那些洋溢着节日的快乐的过往行人所不知道的。

五

就在这个节日晚上的前一天,我和一个久别的文艺界的年轻的朋友在天安门前广场上散步。当时,我已经确定了选择吉林东部地区的那个有名的农业生产互助组当作我未来的生活基地,我是那么愉快、那么充满希望地读着自己的未来的创作计划。我们谈着诗的形式,强调诗在感情上的内在旋律,我仿佛喝过酒似的兴奋,以致那位朋友不断惊讶:"你竟然还这么自信呀?"在他看来,仿佛我已经是一个"过时"的人物了。我说:"要是没有信心,我早就教书去了!"自然,这条路,在我还是遥远的,但曙光确已在望。自然,从延安来的许多同代人已经远远地走到前面去了,但我将要追上去,我相信总有一天会赶上这个队伍的。我们正在热烈地低声交谈着,突然听到了大批马匹奔走的蹄声如暴雨般袭来。回身一看,蹄声响处,原来是准备国庆检阅的骑兵行列,排着长方形的队伍,嗒嗒地疾走而过,我们伫立在一旁,注目看着,突然感到一种战争就要来临的气氛。因为当时美国的机械化兵团打着联合国的旗号已经入侵朝鲜民主主义人民共和国的领土。于是诗呀、文学艺术呀,在几分钟以前仿佛还是我们生命所寄托的珍贵东西,现在突然变得那么渺小而不足道了。

"我们的部队会过江么?"

"会吧!"

"那么战争又要来临了!"

"这回,我一定要参加!"

"那你的母亲呢?"

当抗美援朝的战争爆发之后,我去参加志愿军做随军记者的要求,已经取得中国作家协会党组书记荃麟同志的支持,但由于母亲患病,这个愿望未能实现。冬天,我只好背着行囊,仍然回到鲁南沂蒙山区外的水利建设工地去。并且在年终收工之后,我随着一个平邑县的劳动模范到了他的家乡，也走访了费县窟窿山上一个民兵模范的家乡。不须说，我在这一时期得到的是多么丰富多彩的收获了。自然，我把它们都作为未来的长篇小说中的素材积累着。有的属于枝节的东西，我以后作为短篇小说写了出来，那就是《王妈妈》，还有《夜走黄泥岗》。但遗憾的是我对沂蒙山区，究竟不及对胶东地区的农村生活熟悉，摸得还不透。因而作为长篇小说的背景，我自然不得不选择胶东和吉林。党的文学艺术部门的领导同志，对于我在遵循着《讲话》指出的方向前进的这一段艰苦的路程，以及对新的艺术方向的探求，是很理解并且坚决给予支持的。如果在这个关键问题上，没有党的支持，我是很难实现这个愿望的。我终于从北京来到吉林东部地区了。那时这里已经不是互助组，而是一个新出现的初级农业社了。

六

最初，我带着县委宣传部的介绍信，先找那个农业初级社所属的区党委。正赶上区党委在那里召开全区的农业生产会议，各村互助组的正副组长都赶来参加。区党委根据县委的指示，作了动员报告，号召早播。因为这个地区是有名的"冷风口"，年年秋天霜来得早，年年春天雪化得晚，秋天庄稼还没有成熟就落霜了。因而这里年年受霜灾，吃救济粮。要改变这个灾区的面貌，一是选早熟的作物品种，二是早播早种。我听过区党委书记的报告，自然也就参加了分组讨论。核心组的召集人，正是农业社的代表，我就准备等散会以后，随他到社里去，让他给我安排住的地方。这个农业社的代表就是村里的共青团支部书记，人年轻，会写会算不说，而且也精明干练。头上戴着狐皮帽子。因为组里没有人发言，都抽着旱烟想什么心事似的沉默着，他作为召集人就不得不带头发言了。他强调早播的重要性，重复着区委书记报告中说的话，一再表示"我们要热烈响应党委的号召"，"保证农业社坚决执行"，"提前耕播，争取今年的丰收"。但除了这个身穿新式棉猴,而脚下是一双旧式牛皮靰鞡的村共青团支部书记的发言之外,所有核心组那些在各自村里负有威望的党的支部书记或年老的富有农业生产经验的贫雇农出身的互助组长,都不发言,各自抽着烟。炉子上的水壶嘶嘶响着。不用说,屋子四周各小组,也是同样地沉默着。

"党的号召,就是命令呀!要是在部队里,上级一动员就是万马齐动呀!"那年轻的核心组召集人又说,"上级党的号召不坚决响应,政治觉悟、组织性都哪去了?"

于是有一个身披羊皮板大衣的魁梧老汉自语式地开口了:"互助组是农民的事,这可不比部队!"隔了一会儿又说:"论打仗,咱们不懂,种地咱们可都不是在这里种了十年八年了,都是几十年的庄稼人了!"

有的说:"这话我拥护,谁不知道早种好呀?可是在咱们这儿行吗?伸出手来还僵呢!雪还没化,桃花水还没下来。互助组可不比合作社,地是各家各户的,都得自己往外拿种子,我在这光说响应号召,回去先给谁家种,谁也不干!不要说别人,先种我的,我就不干!"有的说:"在别的区,早种行,向阳的平川地,雪化得早,地气暖,咱们这儿可不行!"

于是像打开闸门的水一样的话声,在各组都热烈地流畅地倾泻出来,形成了轰轰的一片喧嚣声。

"种子要是冻了,粉啦,怎么办?一亩地,密植就得三四十斤呀!"

总之,所有核心组的互助组长和四周各组的代表都以自己的理由,结成了与区党委的号召相抵触的防线,与核心组的召集人对峙起来,甚至有的不属于核心组的代表,在墙角上站起来,向农业社的那个头戴狐皮帽脚踏牛皮靰鞡的青年大声地说:"种子冻在地里怎么办?你敢打包票么?你敢,咱们就回去动员!"

各组都哄然欢笑着呼喊起来!那村共青团支部书记在周围的哄笑

声中脸色顿时变白了，但却冷漠地不说什么话。于是区党委书记站起来了，说："大家再酝酿酝酿，现在休息一下，活动活动。"就到办公室里打电话去了。我以为他是向县委会汇报，却不想是打给农业社的，指名要韩恩来参加会，并说："马上就来！"实在说，我很替还未在这里露面的那个有名的劳模担心，他来能解决问题么？农业社和互助组截然不同，这个头是很难带的。难道农业社果真能有大量的粮食种子做后备么？一个村百亩地就是三四千斤的种子，全区有这么些村的互助组，这个担子实在不轻。自然，这是我个人的想法，除此之外，很难想象还有其他的解决办法。我在这里不须多说，我的担心以及韩恩的出现在出席会议的各村党支部书记和互助组长们当中引起的热情和欢欣的招呼声了。都在院子里迎接他，并围绕着他企图争取他的支持。有的说："你可得在会上替咱们庄稼人说答说答！"有的说："打仗咱们外行，种庄稼咱们还不知道什么时候干什么吗？不跟着节气走行么？"也有人说："话可不能那么保守，咱们这个地区不行，可是在沟口外就行，要不，县委也不会下达这个号召！"

"那么，你怎么说呢？"这个农业社的社长笑着，环顾了一下，发现了那个核心组穿羊皮板大衣的车把式的魁梧汉子，问，"你是村支部书记，我要听听你的意见！"

"我说呀！就得因地制宜，谁叫咱们生在这个冷风口地界呢？你知道，种子可难讨换呀！"

"你们稻种换齐了么？"

"换齐了！"

"都是北海道早熟品种么？"

"是呀！"

"谁缺稻种，我们那里还有几千斤！"

于是这个农业社社长就讲到北海道种是一百零几天的成熟期，最适合这个无霜期只有一百零八天的地区种植之类的话题。会议不久又在摇铃人的呼喊下重新开始了,各组都悄然地注视着核心组的那个身穿黑布棉袍,脚底穿着一双军用棉胶靴的农业社领导人。只见他一边在膝盖上卷起狗皮帽的帽耳,一边随口地问:

"小赵!"

"啊!"

"咱们今年的大豆种可没向县里要求调拨吧?"说话时,竟自结着帽带,并不向对方看,仿佛闲谈一样,仿佛完全不知道会议在讨论中已经出现了严重问题似的。

"没有呀!"

"那么,咱们哪来的种子呢?"结好帽带,很满意地看了看,就戴在头上了。这才望着核心组的召集人。

"你知道吗?"

"那还用问吗?不是咱们老杨树底下那块地里留的种子吗?"那个头戴狐皮帽的村共青团支部书记完全不了解这个为他尊敬的村支部书记为什么竟然会忘了社里的大豆种的来源,更不知道为什么在小组会上提出这样一个问题来。我自然更不理解他为什么在会议正式开始后来谈这与会议中心议题无关的豆种问题。但四围墙角落里的各小组长却都全神贯注地向核心组观望着,悄然无声地注意地听着农业社的两个代表人物的谈话。

"老杨树底下那块地,去年的豆子为什么收得那么好呢?你说说看!"

"哪!"小赵突然闪着恍然大悟的兴奋的眼光,爽朗地大声说,"哪!那不是因为去年在县委扩大会议上,咱们响应了号召,早播的么?"

于是在各小组里都响起了一阵紧张地问询和耳语:"哪块地?""老杨树底下的!""噢!"

"那块地就在大道边上。"出席过全国农业劳动模范会议的人,环顾着周围说:"你们总有人路过那里,看见过吧?"

"看见过!"那车把式打扮的农业社邻村的党支部书记说,"我天天出车从那里走,那块地里的大豆就是长得好,谁路过那里都议论过!"

"那是什么时候种的呢?你知道么?"

"那时候,老吴,你记得么?"

"嗯!当时抱着鞭子,还冻手呢,也就是这时候!"另一个村的互助组长说,"种大豆行!大豆耐寒!"

"大豆有油性,种苞米可不行!这时候种苞米,管保粉籽。"富有农业生产经验的老农开始支持早播大豆了。

"那咱们就先下手种大豆,大豆一种完,不接着就好种苞米了么?这样不就腾出手来拔秧栽稻子了么?行不行呀?"农业社长问。

"种大豆行!那还不行吗?"于是各小组齐声响应,同时热烈地进行着讨论。而且各互助组长都大声宣布:"这回回去,我带头种我那一亩三分地,没人带头可不行!"有的说:"互助组头一轮种上豆子就得十天八天的,地气一天暖于一天,到时候种苞米,活儿就排开干了!"人人都带着一种对于秋收大丰产的信心而产生的兴奋情绪。区党委书记在轰轰然展开的讨论声中招呼他,并向我示意,于是我们就离开了核心组。对于这个打开僵局的农业社社长,我是怀着一种激动的热爱,简直要跳起来和他拥抱。这不正是我们时代的农民典型么?这不正是适于我的新艺术观要求的一个新型的农民么?在他处理问题时所闪现的智慧是多么特别呀!谈话方式是多么巧妙呀!从这里所显示出来的,是一个为党多年所培养出来的布尔什维克人物。

尽管区党委书记热情地为我们作了介绍,但我和这个吉东地区的著名人物之间,还有一定的精神距离。我对他仿佛很早就已经有所了解,而他对我,却还是第一次见到,因而我只能热烈地握着他的又粗又硬的大手,告诉他,我在北京听过他的报告。他呢?只是说:"欢迎，欢迎！我们这里住得可挤一些，生活上也比不了北京。"就掉过头去向区党委书记汇报关于稻子的新育种法了。不须说，我和他之间还有距离，还要经过一段艰苦的历程……关于这些，以后当在另文里介绍了。总之，我已经通过这次区党委召开的农业生产会，通过他处理问题的方式，看见了这个农业初级社在这个地区，如旭日东升前的曙光，如牵引着无数村庄的互助组在毛泽东革命路线上飞速奔驰的火车头一般隆隆地前进着。我终于按毛主席《在延安文艺座谈会上的讲话》所指的方向，找到了自己新的艺术创作起步点所需要的生活源泉。以后的事实证明我的这种感觉并没有错，我在这里积累了长篇小说的素材。有些感受我已经在短篇小说《交易》和《年假》中有所反映了。

最后，附带地告慰关心我的文学创作的读者和朋友们，我在鲁南第一次以旧艺术观所欣赏过的那个引河地区的孤身老汉，也在我的一个短篇小说里"再现"了。这就是后来写的《父女俩》。那个孤独的带着批判现实主义色彩的老农，已经降到陪衬那个萌芽状态中的新型的年轻妇女的次要地位。关于这两个人的酝酿过程，也正是作者新的艺术观战胜了旧的艺术观的过程。自然，新的艺术观的形成，只是立脚点开始转移的标志，还不等于作者整个新艺术观的最终的完成。实际上，距离革命现实主义和革命浪漫主义相结合的社会主义文学艺术的高峰，在我来说，还很遥远，只能说，刚刚从旧批判现实主义领域里跨到这个新领域的边界里来了。

> 一九七七年十二月二十八日的文学工作者座谈会上的发言，于一九七八年一月二十四日追忆、整理，一九七九年四月二十九日再次删改、校订

我在嵊县抗日救亡活动片段

一九三七年十二月中旬，我由茅盾与胡愈之两同志的安排，接受冯雪峰同志交代的任务和上海文艺界抗敌协会秘书长王任叔（巴人）的介绍，应嵊县三界茶场改良场副场长吴觉农先生之约，经海门抵嵊县。在嵊县农工银行吴觉农先生的下榻处，由吴觉农介绍认识了该行职员张珂表同志，当夜就住在张的宿舍里。

张是抗日爱国进步青年（但不知他是共产党党员），在农工银行办了一个秘密读书组。读书组实际上是一个图书室，有许多进步书籍，有马列和毛泽东著作。因之，我们两人一见如故，倾心交谈，谈及了三界茶场的抗日救亡生活的情况，确定我到茶场后，先从组织附近村子农民夜校入手，作为宣传抗日、选编并训练农民抗日武装的基本阵地。

稍事休息，我随吴觉农先生到金华浙江省建设厅农业技术推广所报到。莫定森所长即委任我为三界茶场技术员，从而取得了合法地位。遂于是年十二月二十四日到茶场报到。

我首先在茶场南面的茶园头和沈村办起了两处农民夜校。由于我是北方人，语言不通，就请茶厂职员周士祥与上海纱厂回乡工人沈阿毛分别当翻译。

在夜校的基础上，又组织了嵊县农民抗日救亡协会三界分会，公推石山头村老黄（黄传洪是上海纱厂工人，曾参加过"二七"大罢工）为主任。此后，又以三界农民抗救分会为基础，选编了抗日自卫队，进行初步军事训练和以毛泽东论游击战为教材，进行军事理论和政治教育。

一九三八年农历正月十五，是曹娥江畔清风庙一方文人（清时为秀才，民国时为小学教员和大专学生）酒会之期。我带了一名抗救会员赴会，并乘机作了时势讲话，建议小学教员组织抗日救亡联谊会。此议当即得到大家广泛响应。从此结识了灵芝乡小学校长、乡文书黄松狱。他倾向革命，并接受任务以后在乡丁中发展半秘密的农民抗日救亡小组。同样，蒋镇小学教员蒋某，也介绍农民抗救会员打入镇公所武装班当伙夫，都是为以后掌握武装作准备。

　　清风庙回来之后，我与茶场积极分子周士祥办起了《七七周刊》。我负责撰稿，周负责刻（钢板）印。经常编选报刊上的形势讲话和本地区抗救活动的消息。周刊主要分发给抗救分会各村组和小教抗救联谊座谈会的人、茶场职工等，进而构成了一个联络宣传网。

　　一九三八年二月，国民党十六师四十八旅由前方撤到三界休整。旅部就在茶场研究室与我成为近邻。我到城关向张珂表交谈了工作情况后，张告我应做好该旅的统战工作，坚定他们抗战杀敌的决心和信心。因之，我寻机对该旅长刘勋浩作了首次拜访，带了几份《七七周刊》给他看。刘看后说，浙东的民气很高，你们办的周刊很有水平。并要求张给部队提供一些精神粮食。于是我以《丁玲在西北》一书作试探，进而从张珂表的读书组借来《西行漫记》《朱德论游击战》等书给他。刘勋浩很有兴趣，均迅速阅读，仿佛不到一周就读完了。张珂表同志提议我们以抗救会名义组织一次军民联欢，以扩大影响。对此会，四十八旅各团欣然应邀，推出班排代表徒手参加，秩序良好，会议开得相当成功。

　　二月底三月初，张珂表又组织第一流动宣传队，带着上海纱厂回乡工人和图书阅读流动组到三界茶场，到各村慰问抗日友军官兵。演出《放下你的鞭子》一剧，引起全场军民共鸣，演出后举行了座谈会，会上旅部刘副官长情绪激动，一边流泪，一边慷慨陈词，决心不忘国耻，要抗战到底！刘勋浩也当场要求"一流"到各团去演出。接着又提出要留下"一流",编入旅部,给以正式军饷。我把这个要求转告张珂表同志。很快邢子陶同志在宣传队返嵊之后,身着新四军军装,佩戴"联络参谋"符号、袖标,不带一人,只有张珂表同志的介绍信亲临茶场。我即召开座谈会汇报三界地区抗救活动的情况,安排邢子陶同志与刘勋浩作了友好会见,虽然未能谈及宣传队编入四十八旅问题,但为以后部分同志参加该旅、保持政治独立的抗日宣传队奠定了基础。邢子陶同志对此次视察深为满意,我也向他表示了在上海时,就有加入共产党的愿望。

三月,邢子陶同志约我到白鹤乡花桥村袁雨田同志家去同他会面。这次会见我知道邢就是我日夜梦想寻找的浙东地方党的领导同志,知道在上海保卫大上海时期的抗日救亡阵线老战友杨思一也在宁绍特委,亲切之感顿时倍增。邢子陶同志要我到上虞百官小学党支部去联系姓郭的一位同志,如果组织未被敌人破坏,就开支部会传达党的指示。那里已是抗日前线,我虽感有风险,但深感光荣。

三月底,我独自一人由水路去百官。因公路已破坏,车子早已不通。到百官后,很快找到了那位姓郭的。他是百官小学的校长。他一见上级派人联系,欣喜异常,当天晚上就召开了支部会,传达了上级指示,宣读了党内文件。参加这次支部会的有杜玲君(现名杜晓蓉,邢子陶同志爱人),记得还有胡恕之(胡愈之的小弟弟,化名胡忠恕),两人都是该校小学教员。

一九三八年四月六日,我从上虞回来不久,邢子陶同志来函约我到城南某村参加一次县委会议。杜玲君(已调嵊)、张珂表、袁雨田等都来了。会上邢子陶同志作了讲话,并宣布县委组织名单。张珂表为组织部长,(按应是王正山副书记兼、张为副书记)袁雨田为农民部长,杜玲君为妇女部长,我为宣传部长,邢兼任县委书记。

会后,邢要我回茶厂为开办群力书店筹集百股资金(每股二元)。这在茶场职工不多(约十几人)、工资不高(三十多元)的情况下是相当困难的。我自己每月四十元,但到场仅三个月,积蓄不多。我依靠积极分子进行发动,吕允福、周士祥、蒋鑫、詹瑞等都带了头,每人二股、五股不等。已近完成一半之数。最后我以私蓄,加上个人名义借贷于总务,完成了二百元的任务。从而使群力书店于一九三八年四月二十四日开业。

由于三界地区与四十八旅军民联欢大会的召开和流动宣传队的演出,农民抗救会显示了威力,引起地主豪绅反动分子的畏忌。村村发生胁迫佃户退出抗救会的逆流,否则就抽田退地。为保护农民切身利益,经与张珂表同志商议,采取公开解散抗救会班排建制,暗则划分小组,秘密隐蔽。为解决村组骨干力量不足,张珂表同志主张将倾向进步的知识青年加以训练后,回去参与各自本村的抗日自卫队的领导核心。经与茶场场长吕允福商议,决定举办以培训茶叶技术员为名义的训练班(报经省建设厅批准),由我担任训练班主任兼政治课主讲,从中挑选未来游击队的组织骨干。对坚持不肯"退会"的抗救分会主任老黄,则由茶场划出相应土地(水田)给他耕种,使他继续坚持抗救会工作。

在训练班开课期间,邢子陶同志又交给我秘密安置一位延安来的"病休"人员任务。他叫曹进钦,高级知识分子,懂法语。我与场长吕允福协商。吕一昕懂法语,正与自己在劳动大学所学外语相同,是交流学习外文的机会,同意聘请曹为训练班的国文教员,月工资不低于茶场推广员。从而完成了这一比较难解决的任务。

一九三九年四五月间,是春茶采摘的时候。场长吕允福在散步中告诉我:国民党"防止异党活动"的风紧起来了,县党部秘书应怀发已注意三界茶场了,你太红,希望离开三界茶场,去天台茶叶示范区隐蔽一个时期。这样我把茶叶技术员训练班的政治课交给了曹世钦同志。我进城见到了接任县委书记的王正山同志。他决定把我调离三界茶场,通过陈午韵(陈静之)的长兄陈醉云的关系去嵊县中学(当时已迁崇仁马仁村）教书隐蔽。于是我在六月底七月初向茶场提出了辞呈。

一九三九年八月，我进城见到了王正山（张珂表已于一九三八年十月三十一日病逝）和群力书店经理薛仲山、袁楚英等同志。了解到书店被国民党查封，还有些秘密文件未带出，情况严重，王正山同志召开紧急会议磋商，决定做书店隔壁裁缝店值夜徒工的工作，打通土壁抢救，结果计划顺利实现，使党组织的机密免受严重损失。

不久，三界茶场投资群力书店股金的职工，推举蒋××来嵊中索还股金，并告诉我会计处还有我五、六两个月的工资八十元未取。我托蒋代为领取并偿还股金。

一九三九年十一月，我由宁绍特委调去绍兴主编《战旗》。我提出全部稿件必须有处理主权，行政区专员公署不得过问和带一名副主编待遇与主编相等的两个条件，在绍兴方面答复同意后，准备赴绍。原来金华邵荃麟同志来信，商量皖南新四军派出的诗人辛劳（党员）临时安置一个合法工作。最后由县委书记王正山决定调陈午韵去绍兴，辛劳补我所遗嵊中教员之缺，校方也同意。于是我留一个月的工资在校，作辛劳生活之需，结果辛劳又有调遣上海的变动，未来嵊县教书。

并此，我在嵊县已参加近两年的抗日救亡工作与革命活动，暂告结束。一九三九年冬初去绍兴，一九四〇年春末又转金华到皖南新四军去了。

一九八五年十二月

六十自述

一、家庭出身

一九一七年春,我生于吉林省珲春县一个茶商的家庭里。

父母都是来自山东的贫雇农。父亲张成俭在海参崴初为应招劳工,继为行商,移居珲春后,始经营茶店为业(并领有占荒户土地执照)。母亲张金氏以手工缝纫积私蓄,供孩子读书(父母都感没有文化的痛苦),日子过得较为艰苦,属下中农式的生活。九一八事变之前,茶店已倒闭,家庭负债;九一八事变之后,由于占荒地与苏联接界,就为日本关东军所霸占(美其名为"征用")。父亲又因债务积忧而死,家庭逐渐沦为城市贫民。

二、学　历

一九三一年九一八事变之前,当我由私塾重入县立高级小学时,校方已经从北平香山慈幼院聘来几名教师,给我们带来一种新学风。讲五四运动,讲革命,学生组织了"自治会"。第一次在课堂上听到"共产党是好的"这样一类"机密话",给了学生很深远的影响。

九一八事变爆发的次日,班主任白泉泰为我们选读了《最后的一课》译文,我们都有一种沦为日本亡国奴的悲惨命运就要临头的感觉,教室气氛紧张而肃穆,有的泣不成声。校方遂宣布无限期的停课了。这年秋后,白泉泰等革命师生,参加了王德林的抗日救国军,我就随着父母下乡去务农了。冬天随着父母上山砍柴,春天每日随着点播、开苗,夏天锄地、打草,这里的生活使我和当地汉、朝两族的贫农子女产生了休戚相关的感情,对东北地区的垦农和佃农的生活,也有了相应的了解。这些就都成了我后来写作的部分素材。

一九三二年暑期后,听说学校又开课了,则只身回城,在同学家寄宿,夜里还时常听到城外枪声。动乱中,总算于冬季毕业了。

父母决定不让孩子读日本书,于是一九三三年春,就随同乡回到山东老家,因为学费寄不来,又在老家随着伯父家的弟兄,过了半年的田间生活。对于半殖民地半封建的中国内地农村,又有了进一步的体验和了解,为我以后接受辩证唯物主义的历史观,奠定了物质基础。暑期接到关外汇来的贷款,始去济南,考取了正谊中学黄台分校,为初中一年级生。但未及参加冬季考试,又因父亲病危离校了。回到珲春,父亲早已病故。我的学校生活也就从此结束了。

三、在北平的校外自学

一九三四年春,母亲清理了债务,率领全家三口人扶柩回到胶东,暑期后又打发我去北平投考东北中学的公费生,因误了考期,遂在山东会馆寓居,并去中国大学、北京大学旁听,后又转北京图书馆阅读。由于在校外阅读了社会发展史、唯物辩证法等社会科学、马列主义理论著作,对胡适的哲学课有了初步的批判能力,就再也不去北大旁听了。

在北京图书馆,开始读《申报》"自由谈",读鲁迅先生的《阿Q正传》,接触了如列夫·托尔斯泰、狄更斯、普希金、莫泊桑、契诃夫、高尔基等的十九世纪文学名著,另外在馆外读了《准风月谈》《母亲》一类的"禁书"。由于有自己少年时期的农村生活为印证,开始认识到共产主义是为人类发展规律所决定的必然归宿,是人类最理想的社会。初步建立了辩证唯物主义的宇宙观,奠定了以后追随中国共产党从事无产阶级革命活动的政治思想基础,同时也产生了未来以文学艺术为武器,从事反帝反封建的革命宣传的意愿。总之一年左右的校外图书馆的自学生活，是决定自己未来的关键。

四、一九三五年在哈尔滨

因为家庭经济状况无力再继续供我求学了，一九三五年暑期，我怀着从家乡越境去苏联求学的幻想回到珲春。不料形势早已变化，国境线二十里之内已经划为警戒区，所有汉、朝农民都已被驱逐光了。因而不得不转哈尔滨另找去苏的门路。当时母亲养了一两口猪，仍接手工活儿，原可勉强维持生活，这次又不得不负债，满足我的"最后一次"请求了。

我到哈尔滨之后，就去道里精华学院俄语班报名，学生只有两人。教师是工业大学的，不久就由于我向他打听去苏联的门路而避不照面了。校方难以交待，因我拒绝转日语班，就邀我任国语和英语（在北平自学的结果）补习教员，条件是校方供食宿，因考虑到家庭生活艰难，为解脱母亲的负担，就同意了，经济上算是初步独立了。

一九三六年春节前，我第三次回到珲春，这时在北平中国大学肄业的张棣赓同志已回到家乡。我们有着共同的世界观，共同的理想和兴趣，遂相约同去哈尔滨办文艺刊物，同时寻找党的关系并幻想去苏求学。当时，我们已认识了《大北画报》的金剑啸，但却不知道他就是地下党员。四月间，在筹备《艺蕾》当中，由于和日语班主任教师安本元八发生冲突，听说这个日本浪人已去日宪队告密，我们当天就躲到道外八大市去，再也不能在哈尔滨露面了。因听说萧军的《八月的乡村》已在上海出版，由于鲁迅先生的推荐，影响很大，我们很受鼓舞，决定到上海去。我先走，在烟台又卖掉一部分衣物，总算搭上去上海的轮船了。

五、在上海开始写作

五月间，我到了上海，初住法租界汶林路，一面开始长篇小说的写作，一面不得不写信又向家里请求"最后二次"接济。十月间，我的长篇小说完成一半，曾给鲁迅先生写信。但鲁迅先生在病中，不能为我看稿作介绍了。不久，鲁迅先生逝世。我当时的悲哀和失望就可想而知了。张棣庚初冬也来到上海，我们就搬到吴淞一个同乡那里，租了一间房住下来。这时我的长篇小说，已经茅盾先生看过，并答应介绍出版，给了我很大鼓舞，巩固了我们从事文艺创作的信心。萧军也来看过我们，给以鼓励。不久，张棣庚由萧军介绍去江西就业了。

一九三七年初，我以生活无着落，又曾一度回到山东老家等待长篇小说出版的消息。五六月间借款回到上海，与张棣庚同住美华里。这时张的《赤血地带》已在尹庚编的《东方快报》副刊上连载。我在高尔基逝世一周年的忌日，也在《快报》上发表题为"高尔基永远活在我们心中"的纪念文章。这是长篇小说未出版前，我在上海发表的第一篇杂文。

七月，抗日战争爆发。八月十三日，上海的抗战继之而起。我们也就结束了亭子间的写作生活，投身到这一盼望很久的民族革命斗争的洪流里去了。

六、在实际的抗日救亡活动中开始写报告文学

"八·一三"后，我和张棣庚一同参加了上海青年防护团的各种抗日救亡活动，并去前线救护伤兵。这是在中国共产党的抗日统一战线政策的号召和组织下进行的。同时以生活实践中的感受，为茅盾先生主编的《呐喊》（《文学》《光明》《中流》《文学季刊》联合出版的刊物）写报告文学，我的文学创造生活从此正式确定下来。

九月间，在诗人辛劳（共产党员）的动员和带头下，参加了准备到敌后去打游击的别动队。但辛劳等人在报到之后，由于这个队伍与我们的原意和目的不符，又离开了，我也继之离开。就在这时，结识了以后在浙东又见面的杨思一同志，那时他已经担任宁（波）绍（兴）特委的领导工作了。回上海市内后，我在《呐喊》上发表了《大上海

的一日》，受到党在上海文艺界的负责人冯雪峰同志的重视。

在我离开上海去浙东的前一天，冯雪峰同志和我作过一次简要的谈话。谈话是在鲁迅先生的客室里进行的。记得他说："民族的希望在西北，我们在东南只能做一些宣传工作。"并告诉我："毛主席是东方的巨人，是亚洲各弱小民族的希望。"这是令人终生难忘的一次谈话。临别，又赠送了壮我行色的衣物。

当时，张棣庚与肖殷等同志已去武汉（后赴延安）。十一月间，在上海市郊三处大火、乌烟如柱的战争气氛中，我离开上海，登上内江的轮船到浙东了。

七、在浙东

我是由胡愈之同志和上海文艺界抗敌救亡协会负责人王任叔同志的介绍，并得到茅盾先生的资助来到浙东的。在嵊县农民银行会见了已离任的茶场场长吴觉农先生，经他介绍认识了张珂表同志（中共地下党员，但我当时并不知道）。

张珂表同志是银行职员，办了一个半公开的读书小组，我当天住在他的宿舍里，又像一见如故的老友在上海亭子间相处一样。谈话中，张问我到茶场以后准备怎么开始工作。我告以"民族希望在西北，我们在东南只能做些宣传工作"。问："宣传的目的是什么？"我说："当然最后的目的，还是得组织起来，进行全民抗战！"他表示同意，并指点我，须先从办民夜校着手组织。所以到茶场的第二天，我就到前后两个村庄去访问，当时茶场所有职工都已撤退光了，只留有一个看守门房的人员。前后两村的青壮年和妇女儿童也都躲到山里去了，经过两个会讲普通话的人翻译（一是上海纱厂回乡的工人沈阿毛，一是场前村参加过上海纱厂声援"二七"大罢工的老佃农黄某），向几个留在村里的老汉作了动员。不久，两个村逃难的男女乡亲就陆续回来了，我们终于办起了前后村两所农民夜校。以毛主席的《论反对日本帝国主义的策略》及《中国革命战争的战略问题》等著作为主要教材。以此为基础，又组织了三界农民抗日救亡协会以及它所属的农民抗日自卫队。二三月间，茶场职工陆续返场，接着就成立了茶场职工抗日救亡宣传队，并出版了《七七》油印周刊。

一九三八年三四月间，宁绍特委邢子陶同志第一次以新四军联络参谋的公开身份由张珂表同志介绍到茶场来视察。不久就发展我参加了中国共产党，以后又担任嵊县党委宣传部部长，积极完成党交给的任务，如筹集资金开办嵊县群力书店等。

一九三九年夏，由于政治形势不利，新场长要我到天台示范区去隐蔽，我婉言谢绝。遂转嵊县中学教书。秋后，东北诗人辛劳到金华谋职以为掩护，而绍兴地下党的关系适约我去三战区编《战旗》，陈静之同志（"文化大革命"前任山东省文化局局长）又在失业，我在学校留下自己一个月的工资给辛劳，就和陈静之同志去绍兴了。

一九四〇年春，得黄源同志从新四军来信相约，告以陈毅同志在敌后开展的"梅花桩"游击战术是反映了我们所处的这个伟大时代的特点的，急需在文学上反映出来。当时，《战旗》"革新号"已出版，主要稿源也已联系好，遂决定应约去皖南。

五月间到金华。六月，会同林淡秋同志，带着邵荃麟同志的介绍信，离开浙东。

八、一九四〇年从皖南到桂林

六月到达皖南云岭新四军军部，见到组织部长曾山同志，暂时留在军宣传部工作（主要任务是编《农民课本》），两个月以后，由于去前方的交通路线当时已为敌伪及国民党反动派的部队切断，短期内很难实现去敌后的希望，因而又返回浙东。临走前，军参谋长李一氓同志曾和我谈过话，曾山同志又告以到金华后与党取联得系时的问答对话。不料，到金华后，形势已大变，原约地点已不能住，许多友人也已撤走，遂和党失去联系。

临离浙东前，曾去看过冯雪峰同志，深夜在他乡居的小楼上，听他讲长征、讲遵义会议的伟大历史意义等，对我进行了一次又一次意义深远的无产阶级的革命史与革命文学方面的教育。此外还为我筹划了去桂林的路费。

九、皖南事变之后去香港

一九四〇年冬初，我到了桂林，由于聂绀弩同志的关系在桂林住下来。这一时期发表的作品有中篇小说《吴非有》、短篇《寂寞》、童话《鹦鹉和燕子》、长篇小说《人与土地》。虽然失掉了党的组织关系，却仍然在党的领导下从事文艺创作，并当选为桂林文艺界抗敌协会理事。

春初（一九四一年）皖南事变发生，进步出版界受到国民党反动派的摧残，书店被查封，刊物遭禁，遂应博白中学聘，去桂南教书。暑期后就由广州去澳门转赴香港。

当时茅盾先生在港编《笔谈》，萧红因病已住医院，我先见到叶以群同志，以后就在时代书店的宿舍暂时住下来。开始为《笔谈》写连载中篇小说《罪证》。《人与土地》就交《时代文学》连载。不久，就搬到九龙住了。直到十二月十八日太平洋战争爆发，萧红病逝，在浅水湾建立了萧红衣冠墓以后，就离港，由澳门重返桂林了。

十、一九四二——一九四四在桂林

开始，在桂林与聂绀弩同志合编《文学报》，但"革新号"的第二期就遭禁，遂又埋头第三部长篇小说《姜步畏家史》的写作。一九四四年它的第一部《混沌》在桂林出版。短篇小说有《乡亲——康天刚》《老女仆》《北望园的春天》《一九四四年的事件》等。由于当时受了《约翰·克利斯朵夫》的影响，在《现代文学》上发表了

《当那幅油画诞生的时候》（短篇小说），受到党在文艺界的领导人之一邵荃麟同志的口头批评，指出有虚无主义的味道。不久，西南防线大崩毁，我在桂林大撤退的前夕，就离开桂林，经柳州去四川了。

十一、第一次在丰都被捕

一九四四年四五月间到了重庆，见到冯雪峰同志，又一次受到关于《当那幅油画诞生的时候》的批评，指出这篇作品有脱离政治的倾向，今后要注意。由于两位领导同志的批评，我又开始重视政治方面的活动以便更好地在文学上反映，这是形成我以后在丰都教书被捕的一个主要因素。由于疏忽了方式方法，在课堂上选《新华日报》的社论《论联合政府》为课外教材来讲解，就招致了校方的反动势力的猜忌。

一九四四年秋，当我回到重庆的时候，又听到周恩来同志在文化运动委员会里作的报告。总理对我们进行了深刻的国内形势教育，使我们对未来的变化有了思想准备。等我回到丰都向丰村同志作了个别传达之后，丰村同志告诉我关于校内复杂而尖锐的斗争情况。后来，我们不得不在寒假考试之前（趁学生还在学校集中的时候），离开了。我们留下了考题，委托了代考人，并约杜巴同志（现名郭亮，中共党员，在文学艺术研究所《人民戏剧》任编委）同行。不料，就在码头上被当地军统机关稽查所的特务所逮捕。数理教员李钊彭等两人来送行，一并遭到扣留。我是作为主犯单独羁押在稽查所院内。我的罪证除了在课堂上贴出的《论联合政府》的《新华日报》社论之外，主要的是在一份作文本上的两项批语。由于抗辩，曾连续两次受刑，胸部受了重伤。刑后的第三天，又有自称为"自首"的人来和我作"个别谈话"，我当即正色告以"我不是共产党。谁是共产党，我怎么会知道"。来人愧然自语："我说我来谈没有用嘛！"就退出去了。从此一连五六个星期，除了两名法警监守外，再无人过问。最后一次提审，审讯人只有一个军统特务，给以一纸铅印文件，上面印有"悔过书"，指令要我在上面签字。我当即掷还给他,拒绝看其内容,告以"我是无过可悔的"。主审人遂悻悻退庭。又约两周之久,转解伪国民党县政府,初由"县长"张一之审讯,同押四人旁听。我仍然回答如前。由于在学生作文的批语中指责《大公报》《论国民心理》的社论是唯心主义的观点,所以承认自己是唯物主义者,辩称"但唯物主义者不等于是共产党"。又指出"西南的溃退应由军事当局负责,不在于国民心理",并说"《大公报》原是民办报纸,自然应该站在国民的立场上讲话"等等。结果,当天没有任何条件和手续,由地方开明士绅林梅荪先生出面保释。张一之给我们当庭介绍了保人。他并告诉我们,他"是邵力子的学生,邵力子先生曾嘱令营救,几经交涉,才要过你们来"。他不知道,实际上这是党在多方面营救的结果。是党给了我第二次生命。时在旧历除夕,我们在押已经有两个月之久了。

十二、抗日战争胜利之后

一九四五年春,我们回到重庆,仍住张家花园全国文艺界抗敌协会。在适存中学参加过秘密读书小组,倾向革命的学生,先后来渝转学,我们都作了安排(内中有被校方开除的邹民才等三人),分别经郭沫若、邵荃麟等领导介绍到陶行知先生办的育才学校之后,我就去乡间继续长篇《姜步畏家史》第二部《氤氲》的写作了。

八月间,日本投降,抗战终于在伟大的中国共产党领导下,在毛主席《论持久战》的光辉思想指导下取得伟大的胜利。九月来临的前夕,毛主席到达重庆,我于次日结束乡居生活赶回重庆。由于胜利形势发展的需要,以后在八路军驻渝办事处宋黎同志的直接领导下组织了以阎宝航、周鲸文、徐仲航等人为理事的东北文化协会,并出版了由新华书店代销的《东北文化》,团结了一部分留渝的东北青年。在推动国共协商、巩固民主统一战线方面起了一定程度的促进作用。

一九四六年春末任陶行知、李公朴合办的社会大学教员。四五月间得知母亲、妹妹困留徐州的消息，始离川北上。

十三、第三次国内革命战争时期在上海

一九四六年六月，由徐州到了上海，《北望园的春天》出版后，又发表了《蓝色的图们江》（神话），《五月丁香》（话剧、文学本），并在《侨声日报》副刊上连载《氤氲》的最初几章。秋季，送走母妹（回东北）之后，转杭州写《萧红小传》。冬末定稿，回上海，交《文萃》连载，准备回东北探亲，会同母妹一起去解放区。

这时，民盟常委周鲸文到了上海，介绍我与据说是来自沈阳的东北青年协会的代表之一——陈健中见面，要求我趁回东北探亲之便，去陈所称的"中立区"（为"东青"掌握的一部分武装所建立的）看一看，要是果有其实，周鲸文意欲去这个"中立区"呼吁和平。这是一九四七年的元旦前后，正是上海广大群众展开大规模"反饥饿、反内战"的游行示威的时候。在我和冯雪峰同志汇报以后，就答应周鲸文的委托了，但还有保留："如果到东北以后有事，就可能去不成了。"实际上，我打算途经天津时，到北平去听听徐冰同志的意见，再作最后决定。

一九四七年二月初到了北平，但未能见到徐冰同志。这样，去不去那个"中立区"仍在两可之间。

回到东北，住辽阳妹夫处。陈健中从长春派人来送信，告以他们已经放弃和民盟方面的周鲸文合作了，并决定与民革方面的人合作，准备去哈尔滨与解放区方面进行三方会谈，接受八路军的改编了。因之，我以个人和陈的友情关系，随他们去解放区，他们是欢迎的。实质上，我的东北之行从此就与民盟周鲸文不相干了。

一九四七年三月，当我们一行六人，随陈健中离开长春市准备经农安去解放区（哈尔滨）时，在市郊被杜聿明的特刑队所逮捕，当夜即押解沈阳。

十四、狱中两年的斗争生活

一九四七年三月，移押沈阳秘密监所的当夜，首次提讯，我假称自己是民盟周鲸文的私人代表，是随陈健中去看看他所自称的"中立区"的情况，以便周鲸文在经济上给以接济，自己在政治上是无党无派的。问我的政治态度，答：我反对国共双方在东北进行内战。总之，掩护了我们去农安的真正目的以及陈健中与民革的合作关系。但在一周之后，我们的秘密囚所突然传来"延安撤退"的消息，"囚犯"们受到冲击，引起一阵混乱。有人竟大喊："这回八路的老窝给端了！""哥儿们可要完蛋了！"我当即大声驳斥："这是毛主席的战略战术，不在一城一地的得失，主要是消灭有生力量！"只知急于打击这种意在瓦解人心的反动气焰，并没有考虑自己的安危。这样一来，就暴露了自己的真实政治面目，推翻了首次审讯中的"答辩"，自知很难脱身了。

因而当一九四八年七月间，同案难友先后已病死两人，并在军法处狱中传来陈健中已为国民党提出枪决的消息后，我经过考虑，就指明枪毙陈健中是假的，暗地搞掉我是真的。揭穿国民党反动派"要在沈阳解放前，在混乱中暗地搞掉我"的阴谋。伪军法处中校书记官邹灏闻讯，立即匆匆到狱中来和我"谈话"，加以委婉的威胁，我大声宣称："我要死就死在刀刃上，不死在刀背上！趁解放之前，想在黑影里搞掉我，我不干！""拉出去枪毙好了！"我想，同样是死，如果公开枪杀，至少，我可以在临刑前高呼"中国共产党万岁""毛主席万岁"两个口号，在群众中产生政治影响，个人生命也有所寄托。一两天后，邹灏第二次到监狱来，告以"军法官正在研究你的出路"，劝我要目光远大，不要计较一时的舆论，最后说："只要你在报上发表一个声明，马上就地释放。"我问声明什么。他说："只要求你声明在戡乱政策下作一个守法公民。"我大声告以："我又不是国民党，我怎么能站在戡乱政策底下呢？找到东北来就是为了反对戡乱，反对打内战的！"我再次宣称："你们公开拉出我去枪毙好啦！我们搞文学艺术的人，是讲气节的！这样的声明，我不干！"于是第三次邹灏来狱，就告诉我"已经决定解你到南京去了"。又经过约十天的白色恐怖生活（每天枪杀一批人，至少是一个人）之后，我就戴着脚镣子被押上飞机，解北平转南京军法局监狱。

一九四九年，在我们的英勇的解放军节节胜利大好形势的威逼下，伪总统李宗仁上台，为达到假求和的目的，不得不释放一批在押的政治犯，我是在两个化了装的特务的伴随下"开释"的，当夜摆脱了那两个化装的特务，经《大公报》驻南京记者办事处的帮助，于次日经宁沪公路回到上海（一星期之后，伪南京警备司令部还连续传讯《大公报》驻南京记者办事处负责人，追查我的行踪，不知我早已离开了）。

到上海的当天，我就见到了冯雪峰同志。以后又去香港，见到邵荃麟同志，都如实地作了汇报。

十五、解放后的简历

一九四九年六月由香港到了北京，并参加了全国第一次文代会，进一步学习了毛主席的《在延安文艺座谈会上的讲话》，更深刻地理解了这一光辉理论的历史性的伟大意义，明确了社会主义文学艺术的方向，遵循毛主席的"必须到群众中去，必须长期地无条件地全心全意地到工农兵群众中去，到火热的斗争中去，到唯一的最广大最丰富的源泉中去"这一教导，于冬季到山东济南后，就走向工厂。在这之前曾列席了山东省首届政治协商会议并转为政协委员。在一九五〇年春，去鲁中南参加土改补课以及刚刚动工的导沭整沂水利建设工程的实际活动。

这年，发表了《张保洛的回忆》，这是解放后的第一个短篇，虽然距离革命浪漫主义和革命现实主义相结合的文学艺术还很遥远，但却明显地摆脱了十九世纪旧现实主义某些消极的影响。与我一九四六年发表的《由于爱》（这是在解放前我发表的最后一个短篇）的色彩是有所区别的，是我在文学艺术创作路程上的一个转折点。同年，当选为山东省文联副主席（王统照为主席）。

一九五一年经中央政务院政务会议任命、周总理签署，为山东省人民政府文化教育委员会委员，继续参加水利工程的建设活动，走访了农村一些互助组、初级社。短篇小说《王妈妈》《夜走黄泥岗》《父女俩》都是取材于这一时期的生活感受，《交易》《年假》等篇，则是取自深入东北农村之后的实际生活，反映了我国农民在党的领导和毛泽东思想的培育下，经过互助组、初级社、高级社各个历史阶段所发生的精神面貌的变化。这时，我已经调到北京电影剧本创作所从事专业的写作了。

一九五七年发表了连续性的短篇小说《北京近郊的月夜》，继短篇小说集《年假》之后出版了《老魏俊与芳芳》，后者是深入"大跃进"前夕的北京近郊农村生活的收获。同时，在业余时间，从事古典文化和钟鼎文的研究。

一九五八年下放黑龙江，深入牡丹江地区的公社。一九六〇年接到省委宣传部交给的任务，开始采访并整理李延禄同志的《关于东北抗日联军第四军的回忆》。这一时期发表了《山区收购站》等短篇小说，被评为省的先进工作者。

一九六二年调回北京，分到市文联并当选为市作协筹委会副主席。以两年的时间，完成了四幕话剧《结婚之前》，并发表了《春天的报告》《草原上》《白桦树荫下》等篇。

一九六六年，"文化大革命"运动中接受群众审查，直到一九六八年秋到干校，以后转市革委会第二学习班学习，再一次受到马克思列宁主义、毛泽东思想的深刻教育。以"两论"为武器，用辩证唯物主义的认识方法重新认识了中国上古时代史领域中所存在的问题，并在钟鼎文中有了新的发现。

一九七二年在半日病休中,完成了《春秋批注》(约十万字)的初稿,继之开始《金文新考》的著述。在一九七四年九月份分配到市文史研究馆工作以前,已完成了《货币集》《兵铭集》约二十万字的考证工作。一九七五年完成了《人物集》关于鲧、尧、舜等人的金文考证初稿。一九七六年,又增补了以前作为序言的《典籍篇》(约十万字),改名"典籍集"。继承了旧历史学家王国维某些正确的观点和新历史学家范文澜、郭沫若等同志属于辩证唯物主义的科学考证及观点。对以胡适为首的旧历史学的"古史否定论"的观点以及旧地质学者丁文江所首创的"夏禹是石器时代人物"的形而上学的观点,给了应有的批判。也触及英国汉学家李约瑟博士的关于《尧典》的天象记载"是来自巴比伦的观测记录"的形而上学的推断。

以上四集约四十万字,对早于殷墟甲骨文千年以上的古命氏金文和尧舜时期的唐虞金文,作了比较系统的考证和整理,比较清楚地看出了奴隶社会完成期的整个社会面貌,填补了中国上古史的空白。这一点成绩完全是在马列主义、毛泽东思想的光辉照耀下,在党中央的英明领导下所取得的。

现在,学习了中国共产党第十一次全国代表大会上的政治报告,叶副主席《关于修改党的章程的报告》《中国共产党章程》和邓副主席的闭幕词等光辉文献,深感鼓舞,信心倍增,决心以只争朝夕的精神继续"金文新考"的研究,同时准备重新开始已经间隔十年以上的文学创作,以酬党对自己四十年的培养和教育。

一九七七年十月

由戈悟觉的作品而想到的

——《记者和他们的故事》序

一

戈悟觉是八十年代前夕出现于中国现代文学界的年过三十的作者。他的作品在我们当代革命现实主义文学之林里，挺拔多姿，整个读来，如一株雪松般，富有风韵。

作者继承了从五四以来为鲁迅、茅盾、丁玲等诸家所形成的新现实主义文学传统，又因为是出自八十年代前夕，在人物历史背景与人物风格音貌上与新现实主义时期的人物历史背景与人物风格音貌截然不同，因而我在这里称之为当代革命现实主义的作品。

二

为了解释清楚中国的当代革命现实主义文学与苏联所称之"社会主义现实主义文学"也有截然不同处，在这里就有必要提起一段往事作为注解了：

是一九八〇年秋初，我从北戴河归来不久，一位美国朋友不远千里来访——自然，这是在东方的台湾与港澳之间颇有名气的一位，又是中国三十年代文学著名左翼女作家 S. H 的评论者，中国话讲得完全不像出自一位碧目黄发的友人之口。

当我们寒暄之后，陪同来访的外委会同志对友人说："好啦，现在有什么问题，您尽管提出来谈吧！"

原以为会问我关于四十年代初期在香港太平洋战争爆发之后所遇

到的一些属于文学史料方面的问题,却想不到这位不远千里来访的国外友人把照相机放到茶几上之后,对我说:"请您谈谈,您对于近两三年中国现代文学的看法!"

这实在出于我的意料之外,自然,我也并没有感到瞠目般困惑。因为对于十年"文化大革命"之后的中国两三年来的现代文学我确也有些不全面的看法,但这些属于个人管窥之见,除了曾经与本短篇集的作者戈悟觉同志以及另外三五位比较接近的年轻于我的作者、编辑谈过之外,在公开场合,这还是很少谈起的一个问题。

因为最近两三年以来,更准确地说是自从三中全会以来,大批知识分子,包括我国有名的诗人、作家、剧作家、画家、表演艺术家等等,大都已经从"黑线人物"或"右派""历史反革命"之类的精神枷锁下解放出来了!我们中国的现代文学真如雨后春笋般,在蓬茂、欣欣向荣地发展着。几乎各省市有各省市的文艺月刊、丛刊与季刊,而甚至于在县文化馆也有县一级的文艺刊物,并且在这方面还出现了有全国水平的封面美术设计、文学评论、杂文、散文等。而个人的精力有限,且在病中,读得就更有限,因而观点就难免偏颇,但问题既然这样正式提出来了,我首先作了类似以上的声明后,就开始谈开了:

我们正处于百花争茂的繁荣局面,虽然这些花朵,都是盛开于我们这个社会主义的花苑之内,但却各有各的风姿与色泽,而气味也有浓、淡、爽、幽的不同。初看起来未免有些眼花缭乱,如果稍加分析——我们有《在延安文艺座谈会上的讲话》为指导——不外是几大类,而作为中国现代文学主流的第一大类,就是五十年代前夕全国解放以后的十七年当中,我们一般称之为社会主义现实主义的文学或革命现实主义文学,实质上,它是中国当代革命现实主义的开始,是继承了新现实主义,并且也是它的发展的结果。因为反帝反封建的社会历史土壤中,生长出它来,它也反过来在埋葬这个半封建半殖民地的革命过程中尽了自己的历史使命。它们的一大批作者流血牺牲——如柔石、殷夫、胡也频等五烈士及骆何民、陈子涛等"文萃"三烈士——献出了自己青春的生命。

因之，我们的建国以后为马列主义世界观与毛泽东文艺思想所指导下的新现实主义文学，在那十七年阶段，可以称之为前期的当代革命现实主义文学，它是与苏联所倡导的社会主义现实主义文学有着本质的差别因素。是的，我们当时也统称之为社会主义现实主义文学，因为它们有着相类似的历史背景，但是，我们的革命现实主义文学，基本上是在一九四二年的《在延安文艺座谈会上的讲话》的光辉照耀下成长、壮大的，这就是说，我们中国的文学家、美学家、诗人、剧作家不但宇宙观有了改变，就是艺术观也发生了前所未有的改变。而在苏联呢？借用伟大的无产阶级作家马克辛姆·高尔基的一句有名的话：我们的知识分子"在理智上是属于未来的，在感情上却是属于过去的"。就是说，政治上是属于新的，艺术上却是属于过去的。就是说，感情属于旧的，艺术观并未改变。直到肖洛霍夫晚年驰名于世的《一个人的遭遇》，仍然是充满虚无主义式的伤感情调，孤独与寂寞的艺术色彩完全占了上风，说明作者的艺术观并没有改变。而我们的当代革命现实主义的作品就完全不同，尤其是八十年代前夕的文艺，在当时我和那位国外友人的谈话中，举的多是属于报告文学的例证，在短篇小说中，我就想到戈悟觉同志的《客人》。

如果现在来说，那么戈悟觉同志这本短篇小说集，就是具有说服力的，属于我们当代革命现实主义的佳作之林的作品之一了。不管是《邻居》还是《蔚蓝的池水》，都散发着一种属于社会主义人物的芳香，简直浸人肺腑！难道有谁还会不为孤身一人的游泳教练王龙那种公而忘私的情操与风范所感动么？难道还会有谁不为《故乡月明》中挂着拐杖的那个农村老妇来福妈所感动么？这个农村的烈属，站在四十年前她丈夫参军时在墙上刷的大标语——用十年"文化大革命"中的大字报式的标语贴盖了的大标语——"红军为人民"之前，不但没有流泪，没有感伤，而且竟然笑着向回乡探望的已是部长级的省干部说："拴娃！从前唱的歌，我们都还记得，小红，你起个头……"

在月光下他们唱起：……

这就是我们中国普通人民，而为鲁迅先生称之为"民族脊梁"的人民的感情，革命乐观主义的感情，它也正反映了我们中国的当代革命现实主义的作家的艺术观！

它——当代革命现实主义作品——另外还有一个标志，犹如一枚金币的两面那样的特征，这就是歌颂与批判相结合的特征。歌颂新的，批判旧的！

过去，我们歌颂刘胡兰，歌颂雷锋，歌颂焦裕禄，歌颂典范人物！这是完成我们所担负的改变社会风尚，加快"四化"速度的神圣使命的手段："艺术的价值就在于政治效果！"这是一位早已逝世的中国文学评论家冯雪峰同志的一句名言。

难道唱一首抒情歌曲，也要歌颂么？

是呀！歌颂我们这个时代的春天、月光、祖国山川，《春江花月夜》不是也含有赞美人生的因素么？在今天不同样含有革命乐观主义的社会效果么！因而同样是属于社会主义文苑内的花朵，但却不是我们所提倡的以歌颂与批判相结合为特征的当代革命现实主义的作品！

那么专以表现方法为探索对象的所谓意识流之类的作品呢？如果它不脱离中国今天的现实，不脱离社会主义的美好理想，就如从海外传来的称之为中国现代文学的"新鸳鸯蝴蝶派"吧，我们虽然不能不加分析地把它们都当作早在五十年前已为鲁迅先生所批判过的为艺术而艺术的东西来看待，但它们却不是属于主流的，不是属于当代革命现实主义文学范围内的作品，这是很明确的，我们可以姑且称之为"新现代派"吧！

三

总之，戈悟觉同志的短篇小说，是时代的反映，是属于当代革命现实主义的主流里的浪花，它们的主人公，在十年"文化大革命"中是"伤而不悲""哀而不怨"，能够做到这一点我认为不是什么表现手法之类的问题，主要的在于作者的思想境界，实质上就是马列主义美学观的修养！

四

我在这里说得过多了！还是请读者亲自来品味和欣赏这些醇如老窖佳酿的佳作吧！它们散发着醉人心魂的社会主义的道德气质所有的芳香！

一九八一年十月九日至十一日于上海旅途中完稿

初访"神坛"(第一夜)
——回忆乡居的冯雪峰同志

引 言

一九八三年六月,浙江省义乌县冯雪峰同志的家乡,将要举行纪念冯雪峰同志八十诞辰的盛会,适夷同志今冬远由福建鼓浪屿疗养之地专函致嘱,要我为写"三访义乌县乡居的雪峰"早作准备,需于八三年二月集稿——实在感到意外之迫,原因是十一月间由于受寒而病加一层,回忆文学生涯的文字,上海部分还未及二分之一,而又要搁笔补写纪念郭老九十诞辰的文章,时已进入十二月,故感时间紧迫,因而应命之覆,告以"三访"约五万字,实际一字还未落笔,只以"初访'神坛'(第一夜)"作遵约之作。盖初访义乌乡居的雪峰同志,曾作过三次长夜之谈,只第一夜,写来怕也在两三万字之间,况患双重之病,体力又弱一步,更加间或有客作不约之访,停笔有间,时间实在不宽裕,然而势在必写,是为本文匆促着笔的由来。

一、相别一年换了衣装

"神坛"是雪峰同志乡居浙江义乌著述长篇回忆录体小说《卢代之死》的村子,从义乌县城到佛堂,似是坐的运货乌篷小船。乘客三人,划船与掌舵的是船主一人兼劳,已忘记在哪里下船了。只记得在佛堂半面街式的一家饭庄里吃过打卤面。掌面案的就是饭庄的老板,做的是在北平盛行的拉面。堂倌年轻却面肥体胖,扎着陈旧围裙,肩搭一块擦桌布,兴致淋漓地来往食桌之间,仿佛越忙碌越是兴奋的样子。显然这是父子两人经营的饭庄,由于拉面,案板不断乒乒作响,可见饭庄老板的干劲也挺欢实。我呢!一个外省人,身上穿的又是西服,扎着紫红领带,外套一件上海新式的扎腰带的睡衣型黑呢子冬季大衣,俨然是浪漫派诗人一般,自然就分外受到那十五六岁的年轻堂倌所特别欢欣的注意了。他那圆胖圆胖的脸蛋儿、红润的两颊、笑嘻嘻的弥勒佛般模样,以及学我打着手势,伸出又短又胖的一个手指,意思是"就要一碗么"。我们不由得相视而笑,因而印象很深。

在饭庄门外,还有两名当地轿伕在等候我,这是在码头上经同船客人作翻译雇的藤椅式两人小轿。饭后要经二十里左右的路程,由赤岸去神坛。

这是一九三九年一二月份,是刚刚在上海度过春节,并受"孤岛"左翼文艺界的地下领导人王任叔同志的委托,为乡居的冯雪峰同志带来一部箱装的《鲁迅全集》。这是刚由上海复社出版不久的初版书,因而它是我从嵊县茶场——我的抗日救亡活动的社会基地,匆匆赶来义乌走访乡居诗人的主要导因。因为时当春节之尾,正是元宵节的前夕,所以饭庄的食客,多是当地走亲访友的城镇乡农,带着满面的节日春风和打扮一新的孩子,说着我一句也听不懂的浙南土语。近处的孩子还放着单响的鞭炮,远处的街头还响着锣鼓。此外就记忆不清四十三年之前这个佛堂小镇的模样,以及经过赤岸直到神坛的沿路景色了!

路上,不断碰到行人,有的不仅注目相望,且向轿伕问询什么,显然是从轿伕口里知道我是去神坛村的。这些节日走亲访友的乡民,就会向我们招手致意,仿佛是一提神坛,他就知道谁家来的外省打扮的客人了,脸上就现出亲切而欢欣的神色,仿佛是说:"前面不远了!"又仿佛是说:"我知道除了冯家,再不会有这样轿后带着一箱书的来客了。"由于这种亲切与欢欣之情,我不得不在小轿上回头致意。从这种路遇的乡民一听到神坛就相视而喜的眼光中,可以确切地看出来，这种欢欣的神情不止是由于节日而来的，主要的是反映了对于乡居诗人的亲切与尊敬，可见雪峰同志在乡里间是个很有声望的知名"大亨"了！

神坛的村西侧，仿佛是丘陵地，岭上有些年轻的小树林子。我们原是从北向南走的，但绕过丘陵地，似是由南往北折转了。头一眼看到的就是丘陵一侧的有着灰色院围墙遮挡着的带阁楼的江浙式瓦顶的农舍了。也看到从丘陵的岭坡上手持小镰刀，腰扎紧身皮带跑下来的一个体壮而敦实的五岁左右的男孩子，显然他正在丘陵上砍柴，一见到两人小轿就猜到是自己家的来客了。原来，这个身穿胸有排扣的学生制服而圆圆脸上有着两只铃铛般大眼睛和乌黑眼珠的男孩子，就是今天已在文艺界渐露头角的中年作者冯夏熊。他是冯公雪峰的长子，而小轿停在门口，首先出迎的是夏熊的姐姐，不到十岁或刚过十岁的雪明。紧接着走出的是两个孩子的母亲，她体健而神色刚毅，趋前帮助我搬卸那套箱装的《鲁迅全集》。当我付过轿伕的酬金之后，主妇又让两个轿伕进去，显然是招呼他们喝茶，休息休息，一边指令我上楼。这时我已看见阁楼的窗户上闪现的眉眼，正是雪峰那瘦削的面颊，并且向我打招呼。因为他早已接到我的信，在等待着我的来访了！在并不宽广的狭长形小院里，有一个彪形大汉，完全是庄稼人的短打扮，向我作着节日相庆的笑容，在说什么。我也只能笑脸点头，着实感到这个无须老汉身壮腰直，有种或为冯家耕种土地的亲家的感觉，后来才知道，原是夏熊的曾祖父，一个地地道道的农民。还未等冯公雪峰下楼，我已经迈上楼梯，发现楼主人从井口般的梯口上下望以及用乡语对话时，我回顾无人，循声下看，才知道他是和楼梯下面体健而身高的主妇谈话。她呢，正向我传递绿字箱装的《鲁迅全集》，我就侧身从楼梯半腰双手接过来，又高举双手递到楼梯口伸出的两只套在中式肥袖内的手臂之间，借着楼梯口传下的光线，我已看清楚乡居的诗人身穿的是中式灰色短褂。等我从楼梯口探出身来，果然主人完全是中式衣装，灰色裤两只裤脚也是肥口，脚下是双布底棉鞋，给人一种寺僧一般的从容而宽厚的长者感，全然不似一年前在上海初见时，身着西服给我留下的脚步健捷的潇洒姿态以及英气勃勃的神色了。等雪峰同志在临窗的书案上搁下箱装的那套《鲁迅全集》回身招呼我的时候，我同样感到主人的异样，仿佛是胸怀世界般神情旷然，且又如离世寺居的僧人般的宁静。仿佛主人在那初见的一瞬间从我眼光中发现自己异样的装束，也低头看了看自己的中式裤褂，说："肥了一点，是么？"后来我才知道这套中式服装原来是瞿秋白生前在上海所日常穿着的，到苏区时留在鲁迅先生处保管，等到雪峰同志一九三六年经过长征在瓦窑堡会议之后到达上海时，瞿秋白同志早已慨然就义了。因而鲁迅先生作为烈士的遗物转赠给诗人，作为他在上海化装活动的必备衣物了！

主人让我在床边的炭火盆侧坐竹躺椅，显然这是他自己日常坐以休息的处所，躺椅上有搭膝的毛毯，一旁又有摆着烟灰碟和茶缸的方凳，我自然留待主人坐，就挪挪带布椅垫的藤椅，坐下来抽烟了。楼上除了我这个来自绍兴地区的远客外，家里的人，不管是年已近八十而体健如壮年的老主人——雪峰同志的祖父，还是五六岁的夏熊，谁也没有到楼上来，仿佛这是冯雪峰同志由于长年独室著述而自然形成的规格，这矮而狭长形的阁楼，是属于诗人专用的一个"禁区"。

二、关于《鲁迅全集》及上海工作须担风险的谈话

阁楼主人让我一个人先坐下，说："你先歇歇！"自己却不坐，仿佛还有另外的事要做，先到楼梯口向下面用乡土的方言说什么，我猜想是关于准备晚饭的事。之后，又一遍向我招呼："你先歇歇！"就转身面窗而立，打开书箱，一本本翻阅起《鲁迅全集》来！我只能从旁见到他的侧面。从他那神色贯注而仿佛置我于注意之外的样子看，对于这部全集他是期待了很久，而且梦想了很久，急于要从中查阅什

么似的。是那么珍贵、欣悦而满意！似乎自语般背对我说："他们在上海，还坚持着，出版了这部书，是很了不起呢！"说话当中回头看了看，怕我没有听清楚，又说了一遍："了不起的贡献！不是么？"仍然翻检着！

"是了不起！"我在他侧背说。

于是他一面翻检着《鲁迅全集》一面背对我，问起王任叔与出版家谢澹如，知道书是我随王任叔同志去谢宅取的，而且王任叔同志还约我到他的家里吃过饭，并会见了他的夫人与一个胖胖的男孩子，就说："他还依然那么公开露面么？"我当然告以王任叔同志领我去他家里的时候，也仍然是保持着一定的前后间距，仿佛我那次随他（雪峰）去北四川路大陆新村取冬衣一样，装作是各自走各自的路而互不相关一样。但在拐弯的街头，王任叔同志就势必回目向我们身后观察一下，我感到他是处于一种很机警的防范有人盯梢的紧张状态，那种"回顾"几乎是一种习惯了，可见在"孤岛"上海的地下工作是很紧张了。因而我就加倍地感到这顿"家常便饭"所反映的友谊的异常珍贵了。这是永远使我难忘的一种"回顾"。冯雪峰同志脸上立刻现出严肃而庄重的神情，用手按抚着箱装全集说："是呀！你说得好！是珍贵呀！他们是冒着很大的风险！"仿佛还说过我的感觉或观察力是一个作家的感觉一类的话。于是离开临窗的书案，走过炭火盆边坐到竹躺椅上了。带着一种从翻阅《鲁迅全集》所得到的一种满足与宽慰的情绪，提到我出版的第一本报告散文集《大上海的一日》以及茅盾先生对我的作品的评语来了！自然，我立刻想到在上海冯雪峰同志与茅盾先生两人的一次访我未遇的往事了。这是在我们初次由王任叔同志相介绍而认识之前，约有一星期左右的事了。

当时，我在上海康悌路难民收容所任宣传干事，茅盾先生偕冯雪峰同志仿佛由于临时决定，突然来这个难民收容所看我来了！却不想出面接待的人是化名焦火的所长，原来他是三十年代有名的木刻工作者,笔名曹白,是鲁迅先生周围的青年木刻工作者之一,他们都认识,而我却还不知道这个所长的政治面目呢!我已记不确切是通过文艺界什么人辗转介绍到这个所里来的。自然,他也不知道我的"面目",因为我当时用的或是"张璞君"的本名,或为"张艮石"的化名。等到我外出归来,这两位当时在上海文艺界享有盛名的人物,已经早已离去了。当曹白同志欣喜地招呼我到所长办公室的那瞬间,我还很奇怪,为什么这个身穿长衫的小学校长式的人物突然对我这么亲切?而且两眼充满微笑?直到他的办公室——这还是我第一次到这间布置雅致而又简朴的办公室里来,当我以一个一般职员来所长室领受任务的姿态坐到办公桌侧的太师木椅上以后,他随手拉开抽屉,先递给我上海联合救济机构所发的聘书与徽章,原来,在这之前,我还是个"临时"试用的人员,实际上,聘书与徽章锁在他抽屉里至少已是一周了。他说:"我知道你是谁,你知道我是谁么?"于是告诉我:"冯雪峰与茅盾来看过你。"又告诉,以后希望为胡风主编的《七月》写稿,希望"我们站到一起"。这是我由于阁楼主人提及茅盾先生关于《大上海的一日》的评语,而联想起来的。今天看来,我的浙东之行,或许是早在他们两人到康悌路难民收容所里来探望我时,已经有所决定了。而冯雪峰同志对于我的关心,就是来自《大上海的一日》一文在《呐喊》上发表,并得到茅盾先生的推荐之后而有的反应,且亲自随茅盾先生来访,说明阁楼主人的工作作风确确实实闪耀着朴实而认真的为老一代无产阶级革命家所通有的一种精神色泽。(我必须还要补充一句,在茅盾先生当时给我的信中,却是说和胡愈之先生作的安排,要我准备离开上海去浙东)

是不是就在这初次谈话,由于王任叔同志在上海的艰险处境而谈到他自己,还是以后由于闲谈而引起的,在层次上是记不确切了,但谈话的内容我是不会忘记的。

他说,在上海处于地下工作的状态,是时时会遇到意外不测的风险的。说有一次是在担任江苏省宣传部的任务时，去看一个同志，是熟人。走进去，还没上楼梯，就看到楼梯口旁有个人，站在阴影里，是个彪形大汉。当然这里是出事了，脑子这么一闪念的工夫，就早已转身跑出门道来了，什么也没来得及细想，当然这一跑的本身就说明问题了。还没有跑出几步，还离这弄堂口很远，就给那个背后追过来的坐探抓住肩下的臂膀了。感到简直是铁爪子一般，是那么有力。但自己也不知道从哪里来的一股力量，膀子一摆，就把那个坐探甩脱了，仿佛是这一晃的猛劲儿，又是出乎这个坐探的意外的，竟然摔倒在地。我也不及回顾，拔腿飞跑，跑得是那么迅捷，这是平常连自己都不相信的，腿脚竟还如十八九岁般伶俐。等听到背后喊"抓住他，抓住他"的时候，已经跑到临街弄堂，这里路熟，拐个弯就从另一条侧路口跑到横街上，算是脱险了。当时如果稍一迟疑就会在楼梯口被人绑架了。因为这究竟是在外国租界里，国民党的密探活动，也是隐蔽的，匪徒式地喊"抓住他"的时候已经是出于不得已，不得不暴露了。当时我也喊着"土匪绑架了"。那正是午睡时节，弄堂里是静无一人。笔者记不确切，这是不是就发生在"东方饭店案件"发生的第二天。在那次惨案中被捕的有著名的诗人柔石和作家胡也频等五人，而以后也忘记再询问了。想到冯雪峰同志的这次遇险，竟然一挥，就甩倒了握住自己臂膀的坐探，而知道人逢绝处是会有超乎自己一般想象的臂力的。

从这种谈话里，更可以知道阁楼主人对于"孤岛"式的上海斗争的尖锐的关注，以及对担任着种种不测风险而仍在坚持工作的战友，是多么思念，对托人千里转赠《鲁迅全集》之情，又是看得多么珍贵了！

不久阁楼主人再一次离开炭火盆走向临窗的案前翻阅全集中的一册，仿佛就是在我们谈话中，他又想到了什么，须要再翻阅一番似的。

三、关于浙东方言、习俗，列夫·托尔斯泰与《战争与和平》的谈话

在我们远距离的谈话中间，主人又一次走到楼梯口和下面的人搭话，原来这一次倒是真正为了准备晚饭的事，因为阁楼主人回顾般问我，喜欢不喜欢吃荞麦蒸饺。自然，前一次的搭话，不是关于晚饭的问询，定是关于打发两个轿伕上路的事了。我对于主人宅内用家乡话的交谈，是一句也听不懂，这又是和绍兴地区全然不同的一种属于浙南的方言了。

于是饭前，我们再次围着炭火盆，用毯子搭着两腿坐下来，喝茶，谈话，自然就谈到义乌的方言了。他问："那么我和你说的官话，你完全会听懂吧！"我说："不！只能听懂八成！乡音难辨。"于是主人说，义乌的土话，实际上是很斯文的，例如问路，须称对方为"同年哥"；见面招呼，就讲："同年哥！朝饭食过未？"又解释说："刚才是关于裁缝师傅问我是不是还在一桌吃，我说还是一起开饭。"

原来在浙江地区，不管是浙东，还是浙南，都有串乡作活的裁缝，腋下夹着布包，有剪子有尺、有针有线，是专为村居的农民家宅缝制衣裤的。很像北方的走方郎中串村卖草药一般，遇到病家，可以住下来，由宅主管饭、管宿。说明江南的农村确比华北的乡村富裕。如果在胶东的村庄里，为了裁缝衣物而付工资请外人，哪怕是沾亲带故呢，不但不易雇，因为谁也不愿意以靠为人裁缝来赚吃喝（义务帮忙为人作嫁装，也只是剪个样子、描个枕头图什么的），这是为人所不齿的行径，是不体面的；另一方面女主人也会受讥笑的，说："那两手笨的不要说拿绣花针，就是连件短裤也不会裁，连个纽襻的结子也不会打！"这对作为胶东农民家舍的主妇来说，是一个最大的耻辱了！（当然，这都是属于解放前的旧风习和旧概念了）因而，除了麦收打场，一般来说，胶东过去的农村妇女是不沾田间的农业活路的，既不摸锄，也不碰镐头。

在语言问题上，记得冯雪峰同志说："方言，是文字拉丁化的一个阻碍。语言总得先要统一，要摆脱这种落后状态。"说，方言反映了交通的闭塞。自然，在文学作品上，冯雪峰同志也不主张过于着重方言。我自然也告及在从海门到天台的路上关于绍兴地区的方言"火速"两字，在我催促两个轿伕时所起的作用。

忘记是怎样说到第二天我还要到金华去看看。

"你怎么能明天走呢？"阁楼主人肯定地说，"至少要住三五天！我还有东西给你看呢，想听听你的意见！"要我先休息休息，次日再给我看。

是的！这要留待次日给我看的，就是关于红军从江西苏区去陕北经过那艰险、困苦的二万五千里长征的长篇巨著，而在三年后萧红病逝于香港之前所念念不忘的留待别人去写的"那前半部《红楼》"。而楼公适夷直到现在还记得这部长篇名为"卢代之死"，而我是唯一读过已完成的那"前半部"初稿的人，并听过雪峰同志讲述过关于这部巨著的梗概情节，而在香港思豪大酒店，又为《呼兰河传》的作者转述过。当时，雪峰同志已经为国民党军统特务所逮捕，但他们不知这个在义乌乡居的冯福春就是有名的从陕北瓦窑堡带着秘密电台第一个在遵义会议之后到达上海的中央特派人员，也是在上海开辟各界抗日统一战线，宣传马列主义毛泽东思想的先锋，只是作为一般的"政治犯"羁押在上饶集中营。因而我曾向萧红说过，将来回内地，我一定去义乌找到那半部《红楼》的底稿，我们约集朋友共同来完成那未写出的下半部。这个意愿不知怎样以后传到了上海，以致楼适夷同志还以为我确曾于一九四二年以后又去过义乌的神坛，寻找那半部已完成的《卢代之死》的初稿。实际上未能实现这个在港的意愿，因为地处浙南的义乌，不久就为敌寇所侵略，半部《卢代之死》及其他书稿也已完全在敌寇纵火焚屋时烧毁了！自然，这是雪峰同志在上饶集中营由于党的营救而于病中保外就医期间，化装逃亡脱险之后路经桂林时，对我讲的。这又都是属于节外生枝的后话了。

冯雪峰同志说，他虽然写出一部分初稿，但总觉得不像小说。他说到这里带着一种为他所特有的自嘲式天真笑容，说："明天你再看！"又说："在我们这里，正月十五有龙灯走村串乡的耍，要到神坛来的，你看看我们这里，哪有战时的气氛呀！一方面说明，我们中国实在是太辽阔了；一方面说明蒋介石对日本，还存在幻想，抗战不彻底。"于是又突然想到什么，第三次离开炭火盆侧的竹躺椅，走到窗前去翻检《鲁迅全集》，显然是在查对什么，又再一次称誉上海的印刷工艺，说校对也很认真，全不像武汉的出版物，纸张也那么粗糙。

我从铺着椅垫的细藤椅上，也走近窗前的书案，先在挂着的小型壁镜前看了看自己兴致淋漓的脸色和勃勃然的朝气，哪里像是处于到处是冷风嗖嗖的冬季的阁楼来客，倒像是处于春季的田野旅游者的神态一般。窗外，看得见赤裸裸的土地之间一潭闪着白光的水塘，仿佛这里的水塘，严冬也不结冰，而我总感到冻手，两脚也有凉意。这又是和我们冰冻三尺的东北的冬天不一样。在关外，寒风虽说刺脸，冷得透骨一般，但室内是温暖如春，穿不住大衣的。

在阁楼的临窗书案上，一头是叠得整整齐齐的报刊，一头是高高一摞待写的稿纸。摆在案上的有一本书、一架眼镜，还有一只雕工细致镶着红绿宝石的金壳怀表！书，是郭沫若译的《战争与和平》，很清楚，在我还未到达神坛之前，他是正戴着眼镜读列夫·托尔斯泰的著作呢！说到书，他说，可惜只印出第一部来！对于表，他说，那是法国产品，"还是你们东北有名的抗日将领李杜，从巴黎给我带回来的，我不要，一定要我留下作纪念。你喜欢么？""不！"我赶紧说，并且立刻找出理由来，"工艺是细致，可是琐碎，仿佛女人用的！"

"不是女人用的，女人是不戴怀表的！"他说，"因为女人是要戴到外边给人看的！"

在这时候，阁楼主人完全不像一个年长我十三四岁的长者，而是平等相待如同年，我完全为这种亲切的姿态征服了！加强了我对于他的崇敬与爱戴，甚至于必要时为他作出心甘情愿的牺牲。

这时候，他已翻阅完毕他所要查阅的《鲁迅全集》中的一卷。我告许他，这全集是王任叔同志组织的人在许广平先生那里校对的。我的东北同乡林珏，就参加了全集的校对工作。问及我是否阅读过郭译的这本托尔斯泰的小说，我已忘记怎么回答的了，仿佛说，翻是翻过，并未仔细读，对于商务印书馆出版而为魏纾与林琴南合译的托尔斯泰的《父子骠骑兵》《雪花围》《现身说法》等文言译作，我的印象是很深的。"托尔斯泰是个伟大作家，列宁也批判他，又称赞他的作品是俄罗斯的镜子，甚至于说过，为了让俄国所有的人都能读懂他的作品，就要和那些使人愚昧落后的沙皇封建社会作斗争，就要革命——这样评价很高的话，你该很好地研究研究，不是翻翻！要精读！听懂了吗？"我说："真的？列宁把读托尔斯泰的作品还和革命联系起来了么？"直到五十年代吕荧译的《列宁论作家》出版，我才见到了为冯雪峰同志当年所转述的原话：

> 列宁说："艺术家托尔斯泰，甚至在俄国也很少人知道他。如果要使他的伟大的作品真正能为所有的人所有，就必须要斗争，跟那使千千万万人陷于愚昧、驯弱、劳苦、贫穷的社会制度作斗争——就必须要有一个社会主义的革命。"（译自《列宁全集》第十六卷《列甫·托尔斯泰》）

因为雪峰同志的话，给我印象很深，所以我还记得当时转述的要点，而且很想能知道列宁的原话是怎么说的。当这本译著由译者赠送给我以后，我首先读的就是列宁关于列夫·托尔斯泰的评论，而且读到上面的那一段时，立刻想到，关于《列宁论作家》的译植契机，也很可能是受到雪峰同志的引导。而在吕荧的译文未出版以前的一九三九年初春，阁楼主人就能转述列宁这个评语的要点，很可能是来自他的战友瞿秋白先烈的传述。据我所知瞿秋白当时曾任苏区人民教育委员会的领导人，而雪峰同志任艺术局局长。他们是很有机会来谈关于列宁论赫尔岑、车尔尼雪夫斯基、诗人舍甫琴珂之类的有关文学艺术的问题的。

在我们谈话之间，阁楼主人从案上拿起郭译的《战争与和平》来，仿佛这正是在我的两人小轿出现窗外之前，主人正在读并很欣赏的一段，那是关于安德莱郡爵在前线受伤之后的一节描绘。

主人要我看着，并用手指指着，开始诵读，因为耳不习于主人的乡音，我就凑过脸去一字一字注视着。现在我书柜里保藏的是四十年代由骆驼出版社发行的郭沫若与高地两人署名合译的版本，我只有依据这个译本来引述雪峰同志所诵读的字句了：

> 这是什么？我倒地了么？我的腿子不稳了。他想着，仰跌下去。他睁开眼睛，希望看见法兵和炮兵的斗争是怎样结束的，愿意知道红发炮兵是否被杀，大炮被夺抑得救。但他什么也看不见。但他什么也看不见。在他头上什么也没有，除了天——高远的天，不明朗，但仍然是不可测的高远，有静静地在天空飘移的灰云。"多么寂静、安宁、严肃，完全不像我奔跑"，安德莱郡王想：不像我们奔跑、喊叫、斗争；完全不像法兵和炮兵带着愤怒惊慌的脸，互相拖炮帚——云在这个高远无极的天空飘移着，完全不像那样。为何我从前未曾看过这崇高的天穹？我终于认识了它，是多么快乐呀！是的！除了这个无极的天，一切是空虚，一切是欺骗。除了天，什么，什么也没有。但甚至它也是没有的，除了寂静与安宁，什么也没有。谢谢上帝……

"写得多好呵！"冯雪峰同志赞叹着，"不是么？"

"是的！"

"自然，在这里托尔斯泰又在宣扬他那种属于虚无主义的思想，这也是以后他必然陷入神秘的宗教观的一种趋势。但在表现方法上，不是达到一种感染力这么强烈，以致引起读者共鸣的艺术高峰了么？"又说，"不精读，是体会不到的。"

在晚饭之前，主人这样随随便便的闲谈，已经把我带到了一个从来未曾到达过的艺术领域的高峰，一个新的立于峰巅而俯瞰田间、溪流、旷野与丛林的开阔无际的艺术欣赏境界。在这之前，我只感到这座没有天棚，而用旧报纸糊壁的阁楼的简陋，以为我所带来而为上海有名出版家谢澹如所馈赠的这部箱装《鲁迅全集》是这阁楼里最珍贵的精神财富，却未想到郭译的半部《战争与和平》竟然为阁楼主人这样珍视。而且在我头脑里，它与曹雪芹的《红楼梦》顿然形成相媲美的两座世界文学的高峰。而《鲁迅全集》却是属于新现实主义的又一高峰，为我们展开了另一个世界，闪现了一种崇高的鼓舞人心与斗志的理想的光辉。这又是前两座坐落于十八世纪的人类封建社会的阴影里的山峰所见不到也感受不到的。

我们完全沉迷在这个关于托尔斯泰著作的谈话里了，完全忘记了窗缝里不断袭来的冷风。我既感不到阁楼的寒气，也感不到鞋尖挤脚和脚板发凉了！仿佛解除了路途的困倦，在阁楼主人诵读之后谛听主人的谈话中，心里不断地高声赞美着："讲得多好呀！多明白呀！"因而从此对于"点石成金"这一成语，又有了新的不可言传的体会！

"多么渊博的知识与胸襟呀！"我深感此行在我未来的一生文学事业中的重要性，等于是他在这阁楼上介绍我与列夫·托尔斯泰见面相识一般！我有一种前所未有的幸运感。自然，当时也觉得，我自己，不过是劲松之下的一棵幼小的白桦而已！

四、晚餐之后由谈诗开始了不眠之夜

晚餐,是在楼下西侧厢屋的厨房里吃的。

除了我们主客两人之外,还有那位串村走乡的裁缝师傅。这是一个身穿蓝布长衫的人,像欧洲小说中的家庭教师一样,很谨慎自重,不知是不懂外省人讲的普通话,还是不善言谈,尽自作陪式地吃着宅主自酿的米酒,而在三两样的菜中,为我记忆最深的是家制干菜笋蒸的大片大片咸肉了。主食是荞麦面蒸饺。我是足有三年之久,没有吃到过在父亲的家乡胶东一带只有节日才能吃到的这种美味面食了。自然菜馅不同,虽说都是素食,但在地居浙南的这里,即是以蘑菇、粉丝、冬笋为主,比起胶东的胡罗白与虾米皮的菜馅,就全然不一样,而前者口味鲜美,是我直到今天还不忘的,且我年轻,胃口好,又是在长途奔波之后,吃得很饱。

稍微在厨房餐桌旁休息了一会,我没有再看见主人的腰直体壮的年近八十的祖父,也没有见到据说比主人祖父还高的主人的父亲。仿佛主人的母亲是早已去世了,主人是在祖父的抚育下长大的,因之祖孙两人的感情超过了父子。餐桌上也不见雪明与夏熊姊弟两人,想来是在第二轮用餐了。这家宅已是四代人同堂的农家,我当然深有感触,既想到已逝世六七年的父亲,也想到留在敌占区吉林珲春的弱妹与寡母。因为究竟是在酒虽未足而却饱食之后,这一略带酸辛的身世感触,只一闪就过去了!以后回到嵊县三界茶场写信要长妹张普之南来就学,可能与这次神坛之访有着一些现已为我说不确切的因果关系了。我当时的注意力与思考力,全为年长我十三四岁的阁楼主人谈话所占据了!

再次登上楼梯,从井口般的梯口上一点微弱的窗光透露下来,整个阁楼的光色已经阴暗,难辨桌椅了。这时梯口之下传来阁楼主人的紧急的呼声,原来他是站在楼梯间向上传递火光闪闪的炭火盆。那炭火是刚刚从灶口里扒出来的,因而有着融融火焰,我垫着抹布俯腰接过火盆,立刻感到热火烤脸,而阁楼上却已是闪着火红的光色了!紧接着递上热气直冒的燎水铁壶。阁楼主人说,这是为我临睡前准备的,先沏了茶,又问我,是不是现在就脱了鞋,洗洗脚呢!并说床底下有脚盆。我真是想不到主人如此周到,但又感到不要说当着主人面洗脚,就是脱了皮鞋和袜子,也是一种放肆,一种对于长者的渎慢,连忙说:"我现在还不想睡,也睡不着。"我说:"有时是睡得很晚的。"这是确实的,但我当时却很想立即脱了皮鞋,松快松快。要知道,我穿的是双当时在上海算作新式的尖头硬底的短勒冬靴,鞋头与鞋面都有小圆孔形排列成排的花纹,因为贪图款式漂亮,全未考虑尖头靴,脚趾是要受挤的。现在是感到两脚的不舒适了,但接过擦脚巾搁进脚盆里,推到床底下去了。一边说自己临睡前再洗,一边让主人尽自去休息,不要为我操心了!我仍然留着竹躺椅空在那里,而坐到藤椅上。

　　蜡烛点起来了!茶是热的,正似普式庚的短篇小说的开头,晚餐之后,盆火融融,该是坐下来谈谈动人故事的时候了。雪峰同志自然看到我兴致勃勃,也同样不想马上离去,先是说:"你不在躺椅上靠靠么?"于是自己挪开护膝毯子坐下来,说,天还早,自己也不想睡,围着炉火谈会子天再睡也好!被褥已经铺好,主人今夜是把床位让给客人了!

　　谈过关于照顾来客就寝的话以后,阁楼主人用火筷拨着融融的炭火沉思般说:"明天,你看看我写的长篇吧!谁知道像不像长篇小说呢!实在,我是没写过。你或许不知道,过去我是从写诗开始的!"这话真是使我感到意外,也说明我对二十年代的文学又是多么无知。在我印象中,雪峰同志是一个杰出的文学理论家,也翻译过关于苏联的文学论著,但却不知道最初是以湖畔诗人的身份出现于北京,并且受过在广州的毛泽东同志的称誉的。

他说：“我前些日子，还写了一首白话诗，我找给你看看！"于是掀开护膝毯从抽屉里检出一篇题为"葫芦"的手稿来，说明主人正也同样处于兴致勃勃情绪昂奋的时刻，并把蜡烛也移到靠近盆火的木凳上了。

"看得清楚么？"在我就着烛光读诗的时候，阁楼主人不断地说，"还是我来念念吧！怎么样呢？像诗么？"

我说："我还不懂！"又说："很有哲理似的！""你不觉得有趣么？是呀！满好满好一个葫芦，也能装酒，也能打油，拨浪浪一下子跌倒在地上了！于是它索性就滚起来了！滚破也是葫芦，跌破也仍然是葫芦！拨浪浪，它就滚起来了！不是很有点味道么？那么我说说我的第一首诗，你看怎么样？这还是在杭州师范学校读书时期写的呢！那大意，我还记得！"

于是他在正旺的炭火盆上烤着两手，深思般背诵式地吟道：

> 那小鸟儿，
> 口嚼着一朵花，
> 从山南坡，
> 飞过来！
> 告许山背后的人们，
> 山那边已是春天降临的世界！

我仅记忆这诗的大意，不用说，我立即为这首诗的题旨以及这诗所表现的新鲜的意境所感动而产生了共鸣，赞美不绝！

我说："这是多么好的一首诗呀！充满青春气息！我真没想到，您这样一个文学艺术理论家竟然也会写出这样的诗来，确实是个诗人呢！"年长的主人为我触着痒处般仰脸大笑，仿佛想到遥远的过去一般。这时的面容也就似孩子般天真了。

"哪里，哪里！"雪峰同志带着谦逊神色说，"那是爱情的启发！像诗么？"

"当然！"

主人又思索着什么，神色逐渐严肃，仿佛自语般说："生活里来的诗！"开始正视我，仿佛是注意我的反应，是不是理解了他的这句至理名言，直直注视着我，重复说"生活里来的"！又说："车尔尼雪夫斯基说得对，生活就是文学艺术的源泉！"

对于这个理论我完全理解，并且仿佛为了给阁楼主人这一论点提出有力的佐证，我也开始自述一段久久闪现在回忆中的往事！

五、一篇还未着笔写的短篇小说

我说："这还是在我未离开我的家乡——吉林珲春县之前，在黑顶子山的九道泡子村乡居时所发生的事，完全是真实的，属于我个人心灵发展的历史记录，不须加工，就是一个短篇小说！"

"你说说看！"主人仰脸躺在靠椅上，仿佛冥想着遥远的什么……

我就开始了自己的自然主义式的叙述。在我还未开始回述这段自叙之前，我必须说，这是我的文学生涯回忆纪实的一部分，因而它和单纯的回忆雪峰同志为主的纪念文字不同，它是以主客相互之间的对谈为主的，有时客人是处于静听的一方，有时这个位置又与主人对换，因而彻夜不眠之谈，就由此开始了。

我说，这已经是九一八事变之后的第二年了！

我们全家坐在四轮农车上，于九一八事变的当年秋季就离开珲春县城，到九道泡子父亲早年的属于占荒户的庄园里避难来了！那是一个处于苏联边境又距图们江以西的朝鲜军粮城与训戎不远的大块丘陵起伏的荒原，一九三一年仅有三户人家的小屯落，地名九道泡子。两户汉族农家，都是出身胶东半岛的穷苦的乡亲，名义上，是这块还待开垦的丘陵式旷野的看管人，所要看护的只不过是一些新生的矮小的

"波萝蒛子"，这是柞树的土名，未来当然是橡树林了！还有草原、沼泽地。实际上，他们是在这里开垦小块丘陵地，是自食其力的自耕农，就是说，既不需要缴地租，也没有纳税的负担，但作为经管人也一文报酬没有。另外一户，是和江西有来往的朝鲜族，属于免租的垦荒户，按当地风习，一般是三年之后才转为必须缴租或和地主分成的佃户，自然，这是为使读者概念明确，今天在记录这个晚上的回叙中，加以补充的说明。总之，因为九道泡子地处荒僻的角落，难得有这么一户纳租人。我们起初就借住这户朝鲜农家向阳的客屋住。草舍三间，泥壁，纸糊门窗，出门就是搁鞋的木板台阶。我们都是像朝鲜人一样席炕而坐。父亲说进乡随俗，到那里就要随人家的风俗。以后，从二十里外的沙坨镇上，买来一头俄罗斯种矮辕马，还有一头朝鲜种母牛，并带来一头刚出生两三个月的小牛犊。商业破产的父亲准备次年开春率领全家在这个小村的北面撂荒地上种植玉蜀黍和谷子。所谓"撂荒地"，在吉林东部一带边陲地区，到处都存在的。那就是说，曾经有人开垦过，种植过庄稼，但三年到头，土地的自然肥力消耗尽了，且也到了纳租的年限，于是开垦者而别投占荒户的庄园地主去另外从事垦荒三年不纳租的合同营生去了。因而在珲春边陲地区的占荒户地主，只是年年有缴地亩税的义务，却无足以抵偿税务十分之一的地租收入，这种占荒户的土地经过几年赔累以后往往就是想脱手，想不作价的馈赠，而省去每年缴数百元地亩税的开支，在珲春县城的商家要找个有远见的领主办过户手续，也是很难很难的。这是和胶东或江浙的农村完全不同的。

在漫山遍岭的荒野里，采蘑菇、挖小姑菜，是临近边境的农家妇女春天厨务劳动之外的附带的营生，因而三年两头总有走失的人。有时全家和邻居出动协助论天论夜地寻找走失者的踪迹，因为地广人稀，就是邻居也不过三家两户，偌大的一片旷野、丘陵，茂草拦腰，白桦林子遮目，有的失踪者永远是个谜，谁也不敢偷越国境线去寻找失踪者。幸运的是，没遭野牲口祸害，但因为采蘑菇采得热了眼，或是确确实实挖野菜挖得迷了路，越过了国界，而为苏联的边防巡逻队逮捕了。这样就要押解到海参崴之类地方去蹲"巴篱子"，吃黑列巴，喝冷水。一年以后，还会放回来，但开释地点，就不是吉林的边境了，往往是从黑龙江绥芬河方面转回来。这时村里人都来相庆，有家底的还要杀口喜猪犒劳犒劳。因为求签算卦以为是给野牲口拖走了。可见，沿珲春县边境，从九道泡子到东兴镇百里之长的曲曲折折的边界，为野兽在桦木林外的沟渠间祸害的人，或从沟崖底下拖走的，三年两头总有发生。在九道泡子挖野菜，走麻耷山的妇女，也时有传闻，如果在茅草丛中找到一只绣花鞋，便顺踪会发现血渍，如果找不到尸首，那么就要以这只花鞋为替身作衣冠墓来埋葬了。远在九十里的县城也知道消息，八道泡子、九道泡子一带地区，更是使人视为险境了。而我们一到这里，就受到那两户作为看管人的乡亲的告诫，指明向东不能越沟过涧。而那隔着沼泽地相望的沟东面，白桦成林，仿佛一二十年未曾发生过天然荒火一样，那么茂茂密密形成另外一种自然蓬茂的景象，而我们村子前后左右，都是一些早已砍伐过的树桩，它们同样密密麻麻。说明这里的树木年年经过采伐，都作冬季取暖的木柴砍光了，方圆一两里路之内已经见不到白桦林子了。这些远近不见林的丘陵坡地就是指定我们放牛、牧马的活动范围。但我们望着沟对面的岭峰重叠，那些丰茂的林木完全未受动物窜扰和人类接触过一般，越是感到富有魅力而又诱惑人，但我们屡屡受到大人的警诫，越是感到神秘，又有些可怕。

但经过一个忙碌的秋收季节，尤其是听到遥远地从沟涧以东，隔着重峰叠嶂传过来的冬耕的"嘎斯车"喷烟声，我们渐渐对于半里外的边境，就不那么惴惴然，怀着初来时那般戒心和恐怖感了。而且逐渐开始背着家长去探险，到那一带丘陵间的榛子丛中去捡榛子。这真是人迹常年不到的地方，榛子是那么多，简直得用两手捧着装口袋，可见这里依靠吃这些硬壳果实的野猪与黑熊是不多的。山涧当中的沼泽地，满是黄花菜，同样摘也摘不完。但我们只沿着山涧夹峙的沼泽地走，而且同伴间互相警告，绝对不要从水甸子边崖上越过山涧，到对面去，很怕误入苏联边界，为巡逻队捉去。我所说的同伴，是看守庄园的孙盛家的七八岁的根土，还有那户朝鲜佃户家的女孩子。但谁也没想到土豹子一类野牲口。

就在这年秋末，还是刚落第一场雪不久，那户朝鲜族佃户家的一头矮小的朝鲜公马，夜里原本系在外头忘记牵回村子，就被土豹子从臀股之间掏开一道口子，吃了它的全部心脏以及半只大腿。我们一早去看的时候，这头朝鲜公马的尸体已经冻硬了，只见躺在那里，露出一口白牙齿，作出撕咬之态，而头部面天的一只眼睛却已为土豹子挖掉了。以那根长系绳的长度为限，整整一周圈的草地上，都留下这头像驴一样矮小的老马的蹄印，连草根都刨出来的蹄印。说明它开始还和土豹子激烈地撕斗过。周圈这个撕斗场的核心，就是拴系绳的木橛子。这又使我们从城里来的大人和孩子心里蒙上一层恐怖的阴影。以后我们常常谈到这头朝鲜种的老公马。据汉族看守庄园人，久居这片荒山野岭，且年轻时也在珲春与海参崴之间拉过山道、贩过私酒的饱有经验的看管人说，如果那牲口不打颈上鬃毛，而是留得长长的，豹子一搭爪就会甩出很远去，鬃毛滑，爪子是不易搭上的。这样，就不会给它挖掉那一只眼睛，也就不至于给土豹子那么容易挖掉心脏了。总之，整个初冬的夜晚，我们常常想到这头矮小的朝鲜种老公马，也想到在苏联国境那边的为人迹常年不到的荒岭野林，想到为蓬勃的茂草所遮蔽的石砬子与巉岩之中的洞穴里隐身的土豹子。两户看守窝堡的乡亲，都谈到要是退回几十年去，七道泡子的猎户早过去寻找这个土豹子的藏身的洞穴了。

但春天来临了！枯枝上挂满雪的柞木林子、白桦林子，都滴着水，到处都听到沟渠之间的勃勃响的流水声了。于是对于靠近苏联边境那块林木密集的禁区的戒心和恐怖感，又渐渐消失了。关于土豹子的话也没有人再提了。因为苏联那边满山满岭的残雪也同样是在融化当中，看得极为真切。树木都是光秃秃地挂着雪，闪着滴水的光泽，除了可以清楚看见野鸡遥远的飞越山涧之外，却再也不见别的什么生物，连狍子的鸣叫也听不见。

等林木变绿了，枝叶遮蔽了山体与巉岩的时候，却听到从禁区那边传来的布谷鸟的嘹亮叫声，当地人称它叫的是"光棍多苦"！但又有一说，叫的是"光棍多锄"。此外，也分明听到又是冬耕时出现过的彻夜不息的"嘟！嘟！嘟"的燃油机械的喷烟声。九道泡子的住户说，那不是春耕，是老红党用拖拉机开垦草原和沼泽地了。年年春季，都是昼夜不停地响，声音比冬耕来得猛、来得大，直到春播以后五六月份才静下来！九道泡子另一户我称为"赵大爷"，外号叫"大房子家"的就说："可是咱们这边呢，不要说机器，就是鞭子响也难得听见。我在这一二十年了，种的还是镐头刨出来的那两块地，要开荒得先往里掷钱呀！一台开荒的'火犁'，没有五六头好公马就拉不动！……"就是这个年已七十，满头白发却不留须的"赵老爷子"，几年以后，就在那块属于禁区的林子里，走迷了山头，再也没有消息。而在土豹子祸害了矮小的老公马这年冬天，一个长夜落雪的日子，那已垦种三年的垦荒户，在这第四年应该按四六与地主分成转为佃户的时候（刚刚打完场分了一半的稻子，另外一半还垛在场院上，都已装好麻袋了），一夜之间，场院上的待分的粮食麻袋却已搬走，就是厨间的铜碗和高口的朝鲜式铁锅，也全都拾掇一空。自然，日常拴在厨间糟头上过夜的黄牛与朝鲜式两轮牛车，也都不见了。且大雪遮地，究竟这户朝鲜农民是满载着自己的收获物回归图们江西岸本国去了，还是另外早已在其他的满汉占荒户庄院找到可以开垦落户的处所，我们九道泡子的那两户汉族人家，就谁也猜不准了。

这户朝鲜农家，虽然带走了作为四六分全部收获物，但也留下了自建的三间朝阳的朝鲜式农舍，我们就做了这座朝鲜泥壁纸窗，有着前后房间和东西两侧的厨房与储藏间的正式宅主了。很久很久，母亲还为了这户一夜之间全户悄悄迁走的人家而唠叨不休，仿佛为人所愚弄，因为眼看该分到手的粮食落了空，还猜疑那两户看守窝堡的乡亲知情而不露，但到底是城里初来的新迁户，也不便往深处追究。开春，我们就在这户搬走的朝鲜户种马铃薯的坡地上翻土、点籽，种玉蜀黍了。却全不计较这些园地，也是那朝鲜户依靠自己的畜力和旧式耕犁开垦出来的。耕种时，是孙盛大伯扶犁，我牵牲口，前者是连一头毛驴也买不起的。我们两家，也类似一种不拘形式的换工，种完了我们东家的，再耕种他自己的。也仍然是我牵着公马，他扶犁。至于他家的长子，已是年过二十的农民，却早已受雇于一二十里之外的屯落里去掮活了。

我说过，马和牛都是从二十里外的沙坨镇买来的。马呢，是俄国顿河种，体型并不高大，是中等个儿，蹄子却大，四腿也粗，是拉重载车的挽马，而那头母牛呢，是朝鲜种，就是说两只牛角向上，角尖又向里弯曲着，还带着一头刚出生不久的小牛犊，干一些打场、拉碌碡、推磨、拉碾子之类的零碎活儿。这两头牲口，为母亲和我两个人饲养。我们铡谷草、拌料、切豆饼、泡豆饼片，而孙盛大伯也常常打发老二——一个还未成年的孩子帮衬我们挑挑水、除除槽后头的牲口粪之类。自然也常常来牵那头母牛去推磨。仿佛以前他们和那搬走的朝鲜户也有着这种来往，不过只用那户人家的牲口，却不以挑水方式来补偿牲口工而已。因之，以前那汉朝三户之间，相处得很好。总之，一卸牲口，白天就得牵出去放，这样就省去了铡干草的气力。那后沟野草丛生的丘陵，不及崖下靠近禁区的沟谷间的茂草繁密，因而有时就在崖底下插上縻绳橛子，随它转着圆圈吃草去了。马呢，不牵下崖头，就在后沟绊上两只前腿，让它双腿跳着找草吃。我自己就可以尽自回村去，劈桦子，或烧灶火，做零碎活了。一到黄昏，再去后沟牵牲口。

有一天黄昏之前，我去后沟的崖子底下牵母牛，收系绳，却发现小牛犊什么时候走失了。自然，心就慌了，开始牵着母牛，在沟涧的茂草丛中寻找，呼唤了一阵又一阵，因为母牛动作慢，耽误时间，就又牵回崖头去，拴在一棵柞树墩子上。那些柞树墩子都是早年砍伐林木留下来的根部。然后我匆匆又走下崖头，跨过沟涧，在那些塔头草墩子构成的桥墩上，一边嘴里唏唏唤着，一边不知不觉越过一块沼泽地，到了沟对面的岭坡上，我这才发现自己是走进了白桦林子来了。落叶腐殖层很厚，而且到处是又肥又密集的蘑菇，一种潮湿的土腥气刺鼻。除了遮蔽两眼的白桦树干，什么也看不见，我只有手提割草镰刀往回走，但我未注意方向，因为我窜进白桦林子时，只注意附近有没有黄色的小牛犊的踪影了，因而回路中却又出现了一块为自然火或早年荒火烧过的木质早已腐朽的空旷地，还有几株巨大的多疖的橡树般的巨大树木躯体，它们矗立着，完全是乌黑的，像大火烧过的木炭一般。只有在这里我才能看到头上露出来的一小块带着暗灰色鱼鳞般薄云的蓝天，而且那些鱼鳞般薄云逐渐变红，这是日落之前的晚霞的变化。周围静悄悄的，能够清楚地听到啄木鸟在林间扇翅飞动的声音。我突然感到一种恐怖，我想，我的脸一定变得失去血色了，却流着汗。我当时仿佛并不怕碰到土豹子之类的野牲口，也仿佛不是怕苏联边防军的巡逻队，而是害怕走不出林子，找不到出去的沟口了，用当地的话说，走麻耷山了。这样就要在林子和岭峰间转来转去，直到几天几夜之后筋疲力尽……我当时侧耳静听，却奇怪，每天每夜在村子里清清楚楚听见的汽动机的喷烟声，这时候却听不到了。从来我未注意，山那边的俄国农机手还有停机倒班的休息时候。我当时却产生了一个平常很难想象到的念头，我是多么希望能听到这种嘟——嘟——嘟的响声呀！如果听到这种声音，我一定会直接投奔到那里去，我要对那些俄国人说明，我是和他们隔山为邻的邻居，同样是庄稼人。我要说，我是走迷了路才投奔到他们这里来的。还要向他们说明，我们是因为日本侵占了我们的县城，才逃避到边境上来务农的。我相信苏联人是通情达理的，一定会把我送到边境这边来！实际上，我并没有越界，而且离开拴母牛的后沟崖头也不远，只是已经迷失了方向，找不到来路了。到处是枝叶繁茂的白桦林子或柞木林子，到处是岭谷之间的沼泽地、荒草甸子。我不敢离开这块为早年大火烧毁的巨大的木炭式橡树间所坦现出的露天处，我的头上已经是汗水淋漓了！我用手背和衣襟不断擦着脸，正在极度惶惑、绝望和恐怖的那阵子，我突然听到母牛的鸣唤声，我立即奔向这听来并不很远的牛鸣处。那老母牛自然是在召唤它的小牛犊，而那声音原来来自我的背后，我已经掉向了。我于是用手割草的短镰刀，砍着挡路的杜鹃灌木丛中的遮脸枝叶，终于两脚踏上绵绵的腐殖物构成的涧谷，这是沼泽的边崖，我终于从一片水柳丛中露出头来，看见隔着沼泽区的一端拴在崖头上的老母牛。我奇怪，像真有山魈迷住了一般，竟会掉了向。我一边用手背擦着汗，一边急匆匆地绕着水草甸子，走回来。我欣慰地叹息着，站在崖头上瞭望了一周遭，小牛犊是丢失了。但我却为自己庆幸，几乎带着欣慰的情绪，重新收起縻绳，一手牵着一离开崖头往村里走就哞哞直叫的母牛。仿佛直到这时，它才发现自己的牛犊已经不见了！越过岭坡，丘陵间刚闪出九道泡子村的茅草屋顶，就看见我的母亲牵着那匹刚刚卸脱了绊绳的公辕马走过来了。于是我想到刚才的惊险，心想几乎再也见不到我的母亲了！我突然泪水盈眶，竟一句话也说不出来了。母亲问："怎么啦？"又问："小牛犊呢？"我说："找不到了！"几乎泣不成声。母亲仿佛明白了什么，说："哪？把母牛拴到这里，咱们到崖底下看去。这又值得哭呀！"我于是在路旁的小榆树林子里拴了牛，又从母亲手里接过马缰绳，牵着它，跟随母亲从后沟崖又走下来。

这时，已经黄昏了。头上，原在大火烧过的炭般老橡树巨干间看到过的鱼鳞状的顿然变红的那些灰色薄云，现在已经又变作淡灰色的波浪形状了，到处有云雾般暮霭在沟涧与山林之间飘浮着，而且气息也有些阴寒袭人了。

我随着母亲走下崖坡，仿佛这寻觅小牛犊的责任完全交给母亲来担负了，我只是随从着，听命而已。母亲直到这时，才想到还是应该牵着母牛到崖下来，虽说走得慢，可是有它唪唪地鸣叫着，小牛犊还有个奔头儿。

"那我回去牵吧！"

"不用了，它在崖头上叫，也能听见。天也要黑了。"我就在崖底下告诉母亲说："我刚才险些在对面那片白桦林子里走麻荟了！一走到里头去，真像有什么山精灵迷人似的，什么也看不见。"我还想告许她那林子里头，枝叶密得不露天，到处是蘑菇。但因为母亲在想着什么心事，仿佛根本就没听见我说什么。也许以为我因为丢失了小牛犊，一见母亲面就哭，是吓坏了的原故，因而为了宽慰我，不想责备我，也不愿使我心里负担过重；也或许在想村子里关于那户看窝堡的乡亲借牲口推磨拉碾的事。总之，母亲是沉默地在那刚刚由我用手镰开过的野杜鹃灌木丛间走着，又顺着东崖的岭脚向沟口深处观望着……突然，我母亲发出低低的含有恐怖的呼叫声："那岭头上的老毛子巡逻队下来了！赶快，快上马！……"我根本也没有来得及看，闻声就捷然窜上马背。那公马机灵得很，还没有等我跨过另一只腿去，而是在两手按着马背伏身跃起的时候，就已离开沟口，跑上西面的岭坡了。我的心在急烈地跳动着，完全忘记，就在二十分钟之前，当我站在那片烧焦的炭般橡树林丛间以为迷路了，再也回不到"人世间"的时候，还想到侦听岭背后的农业机械的喷烟声，如果走不出林子，还想去投奔俄国的垦荒的机耕手求援，当时也并没有感到苏联人的可惧。实际上，我更没有想，我们究竟是不是真的已经越过了国界。总之，只是想赶快逃脱，仿佛苏联的巡逻队已经在背后追捕我似的。一上崖子，我就两手抱着马颈，几乎是伏在马背上了。不过这次是直伏而不是打横。我在崖头上，再也没有听见老母牛的鸣叫声，甚至于什么时候早已越过拴牛的小榆树林子，我也未注意。还没有进村口，我就又立刻掉转马头往回走了。因为我突然想到，在危急关头，我抛弃了母亲。我从来没想到我是这样一个又胆怯又自私的少年，还是读过书，有点知识的呢！自然，从来我也没有想到我的母亲，一个贫农出身的"民装"妇女，竟然这样的无畏、高大，要我在这危急的关头骑马逃脱，而她自己却镇静地留在后面步行！我想如果母亲为俄国巡逻骑兵所捕，我就一定牵着马要求代替她。总之，我在路上，心里充满了痛苦的自责，而极力要以生命卫护自己的母亲以赎自己的鄙怯的行径。

这时候，天色有些阴暗了，空中已经有初现的星光闪耀。远天还是蓝蓝的，可以清楚地看见已经迎着马头走来的一个身穿旗式长袍的中年妇女蹒跚而来的身影，这正是我母亲的体态。

"妈！没发生什么事呀？""没有，你怎么又回来了？"在幽暗的暮色中，我听出母亲仍在思索着什么，仿佛又与刚才发生的一度虚惊完全无关的什么。我说："刚才不是苏联边防军的巡逻骑兵下来捉人了么？"

"是些树，让风吹的，摇摇晃晃的。回去吧！瑞莲她们一定在家哇哇哭呢！"

"那么小牛犊，不找了么？"

"它还没有回到崖头上来呀？"

我早已跳下马来，掉头随在母亲身后说："我哪顾得上看了。"

"天黑了，也许它早回来了。这阵子也没听见老母牛那种凄凉的叫声了。"

母亲猜测得不错，等我们回到拴母牛的老榆树旁，果然影绰绰地看见小牛犊在母牛两腿之间，翘着头吸奶呢。母亲说，她早就断定不会走失的，因为那老母牛凄厉的呼唤声，在崖下也传得很远，小牛犊是不会听不见的。母亲的声音中充满了自慰的情绪,我的心情反倒很沉重。我奇怪,母亲对于我闻惊跨马而逃,弃她于灌木丛生的沟口于不顾,仿佛没有什么感受,心灵丝毫也没有受到损伤。我就越发感到母亲的伟大,自己呢,是有负于母亲的慈爱因而深怀内疚,而且从此仿佛也感到自己突然长大、懂事了,感到和天真无邪的少年时期已经告别,在心神方面已跨入青年的行列了。

"讲完了么?"阁楼主人结束了静静谛听者的沉默状态。

"讲完了。"

冯雪峰同志掀掉护膝的毛毯,站起来,为两只杯子重新泡茶,仿佛忘记了已经是夜深时候,忘记了家人都已入睡一般。这是主人在我讲述这段往事时的第二次离开竹躺椅了。以前那一次是为了换上新蜡烛。当时边换蜡烛边说:"你说你的,我听着呢。"现在,显然他是在考虑着要谈谈自己对于我这篇还未落笔的短篇故事的听后感了。而且他也知道,我正在静心等待着听他的评论。

"你讲得蛮好!"在烛光照耀下,他带着一种亲切而又抚慰般的口气说,"是蛮好!"又说:"母亲嘛,总是爱自己的孩子的!"沉思着补充道:"母爱,当然是伟大的!"

主人重新坐好,用铁筷拨着发暗的木炭,又突然似乎结束般地问:"要不要再添两块木炭?来!我来添。"这时我才注意到,什么时候窗外已经起了风,而且发着呜呜的声音,阁楼上已有些寒气袭人了。

"你不感到这种体裁距离我们这个时代太远了吗?"果然阁楼主人又接续着谈他的听后感了。

在我们把炭火盆搬开添上木炭散烟的时候,主人神采奕奕地闪着锐敏的目光,仿佛话说重了,会伤害我的兴致勃勃的情绪似的。

实在说,我很感意外,但却感到主人说得很正确。他说得正确,是指体裁脱离抗日战争的要求很远,但阁楼主人却谈出另一番话来。

六、初论这篇还未着笔之短篇

"我不是说不可以写呀！"冯雪峰同志预先宽慰我一般，"但这种主题是陈旧的。"

我们都兴奋地吸烟，在融融盆火上烤着双手。那炭火正旺，我一斜身望见窗侧的壁镜，仅映着半靠在躺椅上的阁楼主人那为炭火照耀得红红的脸，两眼慧光闪闪，仿佛酒后一般兴奋。但我也看到壁镜内我自己那种显然听到主人的意见，是瞠惑不解的神情。是的，我当时仿佛有种纳闷的想法，难道母爱的主题还能过时么？"人类爱中最崇高的不就是母爱么？它是那么纯洁无私！"我这么问。

"母爱当然是崇高的，但这究竟是自然学的。"

"自然学么？"

"是呀！一般动物共有的一种自然感情。"

冯雪峰同志说："从社会学来看——我们文章中通常所说的社会性，实质上就是阶级性的另一种说法，这样，容易在'审查官'那里通过。从社会学来看，也就是以阶级关系来看，这种母爱在资产阶级社会里，就又与农民家庭那种朴实的母子感情不一样。无产者这种母爱又表现不同，比自然学上的母性更伟大、更崇高。例如，在江西瑞金的苏维埃区里，有一个雇农的母亲只有两个孩子。大儿子战死在封锁线上了。在埋葬这个红军战士的时候，这个雇农的母亲从兴国赶来了，站在墓前肃然如痴，也不知道流泪。这是多么巨大的悲哀呀！人人心里都感到很沉重，自然都挥臂高呼要为牺牲的烈士报仇。但那个雇农的母亲仿佛任什么也不见，仿佛是处在另外一个独立的梦境般的世界里。就是这样一个普通的农民的母亲，你却想不到，一夜过去，又领着陪她来的小儿子到她大儿子生前所在的连队里，坚决要留下她的小儿子来补上他哥哥的名额。要知道，当时是在王明'左'倾路线指挥之下和国民党打阵地战，口号是'寸土不让'呀！牺牲是很大的，斗争很艰苦。但这个普通农民的母亲,坚决留下最后一个儿子参军,为了革命,为了整个中国农民阶级改变历代受剥削受劫掠的命运嘛!这是什么样的母亲呢?这是典型的富有时代色彩和光泽的雇农的母亲。当然啦,这也只能在苏维埃区,在富有农民革命色彩的运动里才能产生的人物。这也就是马克思所说的典型环境里的典型人物,这是高尔基笔下的革命的母亲。当然啦,当然啦,我不是说,你讲的那个来自少年生活的真实故事不动人、不好。我没有这个意思,你很会讲么!不过有的人就是亲身经历过的感人的东西,讲起来就不生动了。咱们合作好么?"

"合作?"

"是呀,"阁楼主人说,"我们合作来写《卢代之死》,我写的仿佛总不像小说,明天你看看就知道了。"

在这次漫长谈话中,冯雪峰同志一再称高尔基为"果理基",因之,我最初听不懂,提出来:"谁呀!果理基!"直到懂了,主人又解释说,这是习惯啦,二十年代的翻译,就用"果理基",后来才译作"高尔基"了。这是议论中的几句插话。我说,我怎么能合作呢?我没有这样的生活基础和阅历。

"我可以给你讲嘛!你要听么?不困么?那么我再换根蜡烛。呵,外面的风停了。"还问,"不冷么?"

最后又给我在膝盖上搭了毛毯,主人自己换了皮褥子护腿,并在炭火上烧着纸烟。这时候远处已经传来第一声鸡鸣,紧接着楼下的厢房底下也发出一只公鸡响亮的啼声。但我们谁都不理会它的声音,还仿佛生怕对方为这鸡鸣转移了注意力。相互感到彼此都是热情贯注在就要开始的震撼国内外的二万五千里的长征的故事方面的讲述和准备静心谛听了。

七、长征之前的气氛与主人公"卢代"

这是关系到中华民族未来兴亡命运的史诗,是我早已从斯诺的《西行漫记》里认识了一个梗概的史诗,它是充满革命浪漫主义的色彩,因而是富有魅力的。对我来说,亲自聆听二万五千里长征的直接参加者的忆述是很幸运的,因之,我聚精会神地听。而在阁楼主人那一方,不只是要以自己所拥有的作品题材来征服这个年轻客人,征服这个对十九世纪以来的旧批判现实主义的世界名著还明显地保持一种崇拜的心魂。今天看来,或者主人还要进行一次自我测验,在回忆的追述中测验测验自己检选与组织素材的才能,测验测验自己为它而献出大好的年华,乡居山村一隅,是不是值得,就是说自己在文学艺术上的表现能力,是不是达到与所追述的史诗本身相称。只有能恰如其分地使这一历史生活如实地再现,它才具有艺术的价值,因之主人吸着纸烟,在炭火盆旁的烛光照耀下讲述的时候,一直注视着我,仿佛要知道每字每句在我脸上所产生的反映一样。

他说:(大意)

长征一开始,实际是个未知数,谁也不知道要把苏区的红军主力带到哪里去。至少在师一级军政高级人员中都不知道领导核心的决策,但却都已经感觉到红军要和党中央离开为白匪军早已围攻一年之久的江西中央苏区了。不只是师一级的军政指挥人员都感觉到了,就是一般的连排一级的基层干部,甚至于一个普通的红军战士,也都感觉到这种即将远征的紧张气息了。这是从哪里感觉到的呢?就从驻扎在瑞金地区我们的中央直属党政机关和部队的整个弥漫空间的肃穆的气氛上,在本单位当打军用草鞋和搓捆东西的稻草绳的任务一下达,就突然感觉到的一种人人都在思索什么的、安静的肃穆气息,是与往日不同了。这是一种使人感到紧迫的肃穆气息。因为从干部到红军战士,人人都知道严肃的红军纪律的,谁也不愿违犯军纪探听还未传达的军事行动的机密。但既然人人有上缴草鞋五双的最低任务，而且来得很急，自然就说明这次行军，除了冲出为白匪军的碉堡林所封锁的中央苏区，是再也不会有其他用途的。而且必然是远征，而且必然是携带的案卷、木箱、竹篓特别多，要不也不需打这么多的稻草绳。因之，这个远征，必然是党的中央机关撤离江西苏区了。自然还有各自缝制军用粮袋的任务。这些都是即将远征的预兆。因为这种军用粮袋，是长筒形的，是行军中搭在自己脖子上的，一种项链式的细长的装粮食的袋子。为了草鞋耐穿、耐磨，强调要打得结实，稻草要缠着布条拧成绳。这样就需要撕毁个人仅有的一两件破烂的汗衫、裤衩、毛巾之类。要知道这些都是为白匪军封锁后早已在中央苏区买不到的物资了，撕毁的也是都已破烂得不能再补再缝的东西了。实际上，就是和稻草拧成绳，有的布条也不那么结实了。总之，这些任务是紧迫的，人人都在各自的单位里忙碌着，而且人人都避开关于和这种任务有牵涉的话题，但却又都明显地在思考着这个问题：当然要离开中央苏区了。可是到哪去呢？因而谁都闭口不谈什么，气息就格外的紧张。一般的红军战士、班排长都以为远征的任务团、营级领导掌握着，目的和开拔的时间都明确，而团、营级军政指挥人员则以为师长、师政委明确。实际上未动员之前，谁也不知道出发的时间。但彼此从对方严肃的神色中，从心照不宣式的眼光中，都交换着这样的意思：要出征了！是的，要冲出这个封锁区了！这就是长征前夕的那种人人都感觉到的肃穆的气氛。但如果你再仔细地观察观察，又会发现，除了对于未来的命运茫然不知而又确信将要远征这一个共同的感觉之外，在一般连、排级干部与红军战士之间相互交换的眼光中，却又反映着彼此全然不同的情绪。大体上可以划分为两大类：一类是，虽说前途未卜，似是云雾迷茫，但总是要摆脱这个久困之境，处于长期被动挨打，要冲出为蒋介石白匪军在周围建立了三四千碉堡成网的这个困苦局面了！感到这个远征的决策是正确的，来个"金蝉脱壳"，到白区去打游击呵！

要摆脱这种吃烟没有火柴、卷烟没有白纸的困苦局面，天地宽阔得很呵！另外开辟苏区嘛！这一类的中下级军政干部在紧张的待发般神色中，都透露着一种兴奋以及心胸开阔感。另外一类人却在沉默中、在眼光茫然中透露着隐忧，在他们来说，远征就意味着和自幼生长的家乡与家族的"永别"，离开了自己祖辈耕种的水田，丢掉了土地革命所分得的果实。随着部队走向命运未卜的外省、外府州县，那么岂不白白丧失了土地革命的成果？甚至于直系亲属为了保卫它而献出的生命也白白地献出了，这是不能想象的。将来要是自己离开部队，就无依无靠，在外府州县，哪里会有容身之地？自然，这一类大半多是属于从地方赤卫队上选拔到红军主力部队里来的江西当地的老表。也可以说，还是刚刚穿上军装的农民。土地，在他们心魂中是生命的寄托，有的几乎在自己村庄里生活了二三十年，还没有越出过二十里的范围。为了保卫自己在土地革命当中获得的土地私有权，他们与地主阶级的反动的民团作战，生命在所不惜，但一旦要离开自己为之斗争的家乡和刚刚到手的为自己家庭所有的土地，就顿然感到生命也仿佛黯淡无光了。

除此之外，还有第三类，但这是少数，基本上是属于第一大类的。他们是其中的一个分支，是经受过以前那四次反"围剿"的胜利锻炼而逐级提拔到师、团级一线来的军政指挥人员。他们同样对于未来是茫然的，不知军旗所向，但感到撤出中央苏区是一种战略变化。和第一类的战友同样，认为摆脱这种困守局面是正确的。与第一类干部和战士不同的是，他们常常想到以前那四次反"围剿"的胜利情景，比第一类人员更明确地向往在毛泽东同志任前委书记时候的战略和战术。他们怀恋与向往过去的游击战，正像农民向往春天播种的季节，怀恋麦收的日子一样。因而在他们对于这个即将发生的战略变化，寄托着希望，看作是革命胜利的转机，神色中有欣欣然的受着鼓舞的情绪。他们深切感到这种对垒式的"阵地战"的战略，是要结束了。

书中的主人公"卢代",就是这最后一类人物中的一个。他是这些少数里的为人称作"毛派"的高级干部。自然,阁楼主人又补充地说:"关于'毛派'字样我在《卢代之死》里没有写进去的。就是在斯诺的《西行漫记》中毛主席在谈话时候,也是轻轻一笔就带过去了,因为这是属于党内的矛盾和斗争。"又说:我们可以谈谈,我想卢代与毛泽东之间的关系,还是可以写的。可以说这是一个伟大领袖人物与干部之间的有典型性的一种布尔什维克的关系,是互相理解的一种知音般关系,但却又是一种从属的战友关系。要让读者理解这种关系,仿佛是很困难的,因为书里必须避开党内的领导核心之间的矛盾,这是属于军事路线和战略上的分歧和矛盾。实质上反映了第三国际方面对于中国革命实际的认识与在血的实践中形成的我们中国人自己对于革命的认识两者之间的分歧与矛盾。简简单单地说吧,就是第三国际方面所信任的是坚持在中国采取苏联十月革命的经验,模仿十月革命的武装斗争方式,首先要夺取大城市,但毛泽东这个领袖人物却有自己的属于中国共产党人的看法,这就是要采取农村包围城市的战略,这是根据我们自己的国情和实践而形成的观点,这是为曾经在白区工作过多年的地下工作的卢代所深切体会到的,那些"飞行堡垒"式的集会之类,只是一种政治影响,却不断暴露我们的组织力量,断送了我们很多有才华的同志。在武装力量上我们和当时的白匪军的悬殊很大,三十年代左右的中国和第一次世界大战当中耗尽了统治力的沙皇俄国所处的情势是完全不能相提并论的。因而卢代是很明显地本能地——这种本能也是从白区的地下实践工作经验中的积累形成的——感到双方是"最后一次大决战"之类的口号是与实际不符的。自然,相应的对于"阵地战",尤其是在白匪军层层碉堡网包围封锁之中进行的相持一年之久的保卫苏区的"阵地战"是持着与毛的一致的观点,赞同采取游击战术,赞同打出去,而且这是在以前四次反"围剿"中都证实了的,是适合敌强我弱的军事形势下的一种战术。但毛早已经从军事领导岗位上撤下来了，而且还被指责为是执行的一种农民的军事路线。在长征之前，五次"围剿"的战争开始之前的一次高级军政干部会议上，王明、博古面对着毛说："你的三国时代过去了！"他们是受命于第三国际的委托，是以中国的马列主义者自居的。在会上引经据典，对于俄文版《联共党史》和俄文版《列宁全集》都能整段背诵，又会说一口流利的俄语，对于我们那些土生土长的军政干部来说，是很震动人心的，有威力的。虽说毛从军事领导岗位上撤下来了，但在后一类军政指挥人员中以及历经过四次反"围剿"的胜利经验的老红军战士来说，影响仍然是很牢固的，尤其是像卢代这样的高级干部。"你知道，我自己也不避讳，我就是'毛派'。"冯雪峰同志又常常在叙说自己的长篇著作的过程中这样论述自己，说："将来理解毛泽东同志的人一定会越来越多，在日本左翼文化界有名人士的谈话中，都称他为'毛大库桑'，就是'毛大先生'，先生之上加'大'字，在日本是一种特别尊敬的表现方法，除了鲁迅在'库桑'之前加'大'字，这种尊称几乎是没有几个人。"

"是的！在上海大陆新村，我第一次见到你，听你的谈话，就是说：'民族希望在西北。'"我插话说。

"我是说，毛是'东方的巨人'。"阁楼主人已经离开了关于《卢代之死》的叙述，显然由于我的插话，说明他的见解在年轻客人头脑中所显示的权威性而加倍地兴奋，说："我还没有说，在'毛派'看来，东方各弱小民族的希望，也是在西北、在延安，都寄托在毛泽东同志的肩头上！鲁迅是很理解这一点的。"我必须在这里补充一句：冯雪峰同志当时并没透露，鲁迅先生之所以对毛泽东同志有深切的理解，原是和他本人的工作分不开的，是由于他在一九三六年四月受党中央书记张闻天、主席毛泽东与副主席周恩来同志的委托从瓦窑堡会议之后到达上海，最先向鲁迅先生传达的就是关于毛泽东有关中国革命的战略方针的论述，以及民族革命的抗日统一战线的伟大的战略意义的解说。后来，尤其是五十年代后期，直到他一九七六年春节之夜逝世，很少在谈话中再提我初访神坛三天三夜间屡屡要谈到的这个对毛泽东主席怀着无限崇拜与敬仰的话题了。

八、离题的话（从鲁迅谈到普式金与译者瞿秋白）

谈到鲁迅，已是离开关于长征和《卢代之死》的主题很远了。阁楼主人只在炭火盆中加了木炭，这已是鸡叫两遍的时候了，然而在烛光下对方闪射的发亮的眼光，反映着情绪仍然在亢奋中，那眉目之间的慧气，使得他整个瘦削面型变得那么英俊，完全变成一个年轻的诗人一般，春天的花朵一般的新鲜，仿佛我面对着的是一个真正的青年时代的湖畔诗人。这种感受和印象，对我来说，是很深刻的，以后我在《李延禄将军的回忆》（即《过去的年代》）里，写到这位东北抗日联军第四军军长与中共满洲省委特派员——一个经海参崴到达东北抗日联军的特使杨松，作长夜之谈时，就曾经把我这次夜谈的感受，作为李延禄同志对于杨松的印象描写过。总之，我当时仿佛一个虔诚的信徒在听一个圣者给以人生启示的宣教一样，而且为圣者带到了时代的高峰之巅，而进入了对于中国革命的未来可以高瞻远瞩的境界，心胸为之豁然开朗。虽然我们之间已出现了心神交融如醉的兴奋状态，但我们仍然是一个年轻的信徒与圣者的关系。我仿佛一下子就认识到当时隐居于自己地处偏僻山村的家乡，从事文学长篇著述的一颗崇高的心魂，突然理解了这种著述的深远的历史意义和在文学史上的无比的珍贵价值。我一再感觉到他对于"东方巨人"的崇拜，以致有时我侧过脸去看看那壁镜所反映出来的在炭火融融间神采奕奕的讲述人的面型，这面型的光泽确如一幅美而动人的油画一般。这是瞿秋白生前在上海留下的服装，不管是胸前结着布制纽扣的中式短裰还是裤腿肥宽的中式灰呢裤，在他身上都那么适身，宽阔而绰然有韵了。

我是怀着急于听到他回到本题的谈话，回到关于长征开始的谈话上来，但阁楼主人或是为了完整，要把炭火盆调理旺了以后再正式继续谈吧，所以一边倒热水沏茶，一边说些闲话，问及关于武汉出版的一篇纪念鲁迅的文章，说："你看过么？作者是为鲁迅器重的人，文中引用肖洛霍夫的话，说肖洛霍夫说鲁迅是伟大的！实际上肖洛霍夫固然是著名的作家了，但在鲁迅眼里，还不是一个优秀的苏联青年作家么？而他对于鲁迅的了解也究竟有限的，理解鲁迅的伟大的，还不是我们中国自己么？但对于苏俄文学，不管是列夫·托尔斯泰，还是果理基，我们都比他们对于鲁迅和中国现代文学了解得更多、更清楚。我们了解他们在现代文学史上的功绩，也了解他们的弱点。例如《静静的顿河》是部史诗，但你不觉得有些自然主义的味道么？和果理基的《海燕》一样么？不一样！俄罗斯是个了不起的民族呀！普式金、涅克拉索夫、谢夫琴柯，多少了不起的大诗人呀！简直可以和中国盛唐时期的李白、杜甫相比。可是，我忘记问你，你喜欢普式金？"

"我喜欢他的小说。诗么，我倒是喜欢涅克拉索夫的《在俄罗斯谁是快乐和自由的》。"

"你不喜欢普式金的诗么？真的吗？你看过瞿秋白译的《茨岗》么？"

"没有，我看过穆木天译的。"

"呵，他是你们吉林人，可是他不懂俄文，他是从日文转译的。以后，咱们再谈普式金的诗。你得先看瞿秋白的译作。普式金是了不起的大诗人。"

阁楼主人原本已经坐到躺椅上准备回到主题的谈话了，但又掀起护膝的皮褥子，从书案上取来《乱弹及其他》，在烛光下翻着，又诵读道："讨那么点儿钱，还戴着一根锁链！"说："你可以有空时候读读，这句子译得多口语化、多精练，字字不都有光泽么！是瞿秋白使我们中国人真正认识了普式金这个伟大的诗人。我们中国是了解俄国的，比他们了解我们透彻得多、深切得多。"又说："他们呀，大国沙文主义！不大瞧得起我们中国同志呢……"

九、冲出封锁线的火光和咸盐

冯雪峰同志大致是这样谈他的回忆的：

我们出发的前一天，才接到命令。这是一九三四年十月间的事了。实际上作为先锋部队的红四团已经在我们前头出发了。我们是编在中央纵队里的，都是党中央直属机关的干部。当时我们只知道是部队采取新的战略方针，方向是西南，因而猜测或是向湖南一带转移，与贺龙红二方面军会师，但远征的确切目标，即便是有牲口骑的高级军政干部，也并不摸底。我当时只知道瞿秋白同志是离开他的中央人民教育委员的职位，决定留下来不随中央红军行动了。他是因为长期劳累，本就体弱多病。我刚才说过，他是不管俄文还是现代的中国文学，都有修养，所以他理解普式金这个在俄国文学算是开山祖的诗人以及诗。如果，你只熟习俄文，不懂诗，那是翻译不出普式金的语言风韵的；如果只懂俄国诗，而对于中国，对于我们自己的诗的语言掌握不了，不精练，也同样是不会使普式金的诗在中国真正再现，真正取得社会生命的。……总之，我们不得不分开了。我们的友谊是珍贵的，在上海做地下工作期间，我的女人和他的女人杨之华，都是相居为邻，互作掩护与警戒，是共过患难的。现在他是慨然地从容就义了。鲁迅是最理解他的，生前为他出版了这部纪念集……总之，我们随着中央纵队在秋天的星空底下，开始是悄悄地走，真是口中含枚一样，一个盯着一个的背影，有时是让人牵着牲口，自己跟在后面。周围幽暗，任什么都是影影绰绰的。有萤火虫在丘陵间闪闪发光。两三天都是夜行军，因为没有什么情况，仿佛前面红四团已经在前头走得很远了，我们虽说也是紧急行军，但越来越落后了。前面不断传来"快！跟上"之类的催促，而我们在这时候，最大的愿望是能抽口烟，自然那时连卷烟纸都没有，洋火也没有，得用短烟袋或自制烟斗抽烟叶。可是行军不能用火镰打火。直到听到远处有枪声，说前面就是第一道封锁线了，接着前面又传来命令，要我们就地宿营。这第一道封锁线是在信丰，没有走出江西省境，我们是在一个山岭间隐蔽起来露天宿营了。前面不断传来消息，据说是战斗已近尾声了，谁也没有来得及打盹，就又整队出发了。枪声仍在响着，转过谷口越来越近，越来越听得清楚。前面不断传来催促声："快！""要过封锁线了！"越过一道岭岗，那些建立在公路两侧和河边、路口的星罗棋布的碉堡群，已经是火光熊熊，真是形成一片火网一般。原来前卫部队早已开过去了，座座碉堡都为堆集的木柴所包围，一团一团冲天大火，相间一二百码的距离，都在各自孤立地燃烧着。我们的部队已在这里撕开一道口子，我们就从这一片火光照耀下的幽暗的景色中开始了跑步般的急行军，说是幽暗，前后却又可以看清楚人人映红的脸色。两翼的远处还有冷落的机枪声，间隔地也能听见步枪声，我们都各自跟在自己的牲口后面跑着。突然，在两侧碉堡的大火光辉照耀之下，我看见年轻的也为我所熟习的一个指挥员手持短枪出现了，他低声而又紧张地从旁神色匆匆地催促："快！一人抓一把带上！""快！一人一把！"在他的身侧是麻袋，那麻袋敞着口，原来是咸盐。究竟是从哪里弄来的，我们也不知道，我们是已经大半年没有尝到真正的盐味了。有时候房东从哪里弄到一点自制的硝盐，也都是苦的。不用说，这真是使大家兴高采烈，这是人人都几乎要欢声呼叫的好消息："盐！""盐！"前后传递着欢呼。有人急匆匆地边低声欢叫，边两把三把地往军衣口袋里装，更有人摘下帽子来，两手就那么捧着装盐的帽子急匆匆跑步追赶前面的队伍，自然一路就从帽子里撒落下盐粒来，多么宝贵的盐呀！撒落着，人人都可惜……实际上，我们中央纵队已经冲出为碉堡网组成的对中央苏区的第一道封锁线了。而海盐已经失去它原有的只有在被封锁一年之久的中央苏区里所具有的珍贵价值了。但由于将近一年的经济封锁，给人的印象太深了，每人都仍然视同珍珠一样，大把抓着大粒海盐，往军衣袋里装，往摘下来的军帽里装……

这时，楼底下响起第三遍鸡叫声，窗外已经出现黎明前发白的光辉，天就要亮了。但这发白的光色又不是来自东方的天空，也不是由于内暖而外寒所结的玻璃霜，因为阁楼内是并不那么暖的。这是来自窗外的空旷处的光色。原来下半夜风停之后就落雪了。这是江南的春雪，地面只现一层白霜一般的春雪。

"嗷，这是头场雪呢！"冯雪峰同志望着窗外，说过之后面向我道，"这一夜，过得这样快呀！还刚刚开了个头，刚刚过第一道封锁线。你该睡一会儿了。"临走之前又说："这一夜不比普式金和托尔斯泰所描写的俄国庄园主人的贵族舞会，一直跳到天亮才散，更有意义么？"

"当然！"我仍然情绪奋发，如同饮过醇酒的年轻性狂的豪客一样，说，"这一夜太美了！我是终生难忘的一夜！"

冯雪峰同志仿佛也很满意他的回述的魅力，感到完全征服了这个年轻客人的心魂了。实际上谁也没感觉到在冲过第一道封锁线的整个情节中，作者已经把《卢代之死》的主人公搁在一边，谈的尽是自己为主的经历了。

一九八三年二月九日

关于刘岘木刻画展的几句话

最近,刘岘木刻画展在中国美术馆举行。这应该说是以个人的工作成绩,向中国共产党三十周年献礼,向六中全会以及由它选出来的继往开来的新的党中央的珍贵献礼。

自然,它还有另一个意义,那就是对于左翼文学艺术的大师鲁迅先生百年诞辰的最好的纪念活动。

刘岘同志在三十年代初学习于上海美专的时候,就开始从事木刻创作,由此而结识了中国新兴木刻的倡导者鲁迅先生。那个时期,刘岘同志所刻的《孔乙己画集》《阿Q正传画集》《怒吼吧!中国之图》与《子夜之图》都是当时未名木刻社闻名于世、影响很广的作品。

一九三四年刘岘东渡日本,进东京帝国美术学院学习油画和木刻,直到一九三七年七七事变发生后回国,不久,就转赴新四军,又于次年赴延安鲁迅艺术学院任教。

我看到刘岘的木刻比较晚。一九四五年,他从延安调往重庆新华日报社工作,在中苏友协组织的一次来自延安革命圣地的木刻与民间剪纸的展览会上,我们始初次相识。

中国的木刻从一开始出现,就正如刘岘同志等人组织的未名木刻社一样,成为进步美术界的一支强劲的尖兵,反映着无产阶级革命的理想与要求,担负反封建、反帝国主义的历史任务。那个时期,刘岘同志木刻的内容多是旧社会受压迫受剥削的流亡农民,以及瘦骨嶙峋的母亲,或是码头工人在监工的鞭打之下的奴隶般的劳动形象。总之,这些都是对半封建半殖民地的旧中国的悲惨生活的控诉,是对受压迫受剥削受侮辱的劳动群众的召唤,召唤他们认识自己的悲惨处境,起来斗争。

进入革命圣地延安之后,刘岘同志的木刻与国统区的命题与画风不同了。他以饱满的革命热情,描绘了边区的生产建设生活。《新市场夜景》《保卫河防》《缴粮入仓》《延安火把舞》《生产与教育》等作品,都曾在延安青年俱乐部展出过。可惜的是,由于革命年代生活的动荡,这些作品已大都散失,这次没能展出。

在延安时期,刘岘同志已逐渐形成自己独具的风格。解放之后,刘岘同志木刻创作的题材更加广泛。由于两个社会、两个生活领域的不同,形成了刘岘的前期与后期木刻版画取材以及风格上的不同和变化。一种是处于等待"怒吼"时期的旧中国的产物,而另一种是在中国共产党领导下的民族革命斗争中的产物,充满了民族生机与乐观主义以及对未来的美好的向往。他的木刻版画,哪怕是一条小溪、一朵云彩都是美的,刀法颇秀丽,可以看出作者对于自然界的细致的观察力。如果没有刻苦的创作实践以及积累雄厚的操刀经验所化成的技艺,是达不到这样的艺术水平的。从一只低首的长颈白天鹅的优美姿态中,你可以想到它或曾有过"丑小鸭"的受侮受欺的生长历程。

我在这儿祝愿刘岘同志以此为三个"十八盘"的起点,在为八十年代人民提供美的生活享受之外,再给以崇高的理想的命题。这是外行话,当此以共勉。

一九八一年七月十七日

关于抗战时期的作品评论问题
——致秦兆基同志书稿

秦兆基同志：

接一月七日来信及尊作的初稿，还有从旧书摊购得的一册赠我的书，谢谢！

因为是谈论评述自己作品的文字，实非易事，亦颇难向您答复。但又却之不恭，我只好摆脱一些属于世俗的顾虑，谈一点不成熟的想法，供您参考。

首先，我认为一篇文学评论文章和一篇文学创作一样，得看它的社会效果，看它究竟对我们当前的文艺界起什么样的影响，哪怕是点滴的呢！有哪些益于当代革命发展的因素，哪怕也是微小的呢！文艺评论的着眼点和它的意义应该在这里。我不知您以为对么？

在这一点上，近几年在我读到的国内为数不多的评论我过去作品的文字中，我较推崇李家兴同志的《时代风貌的真实再现》（《北方文学》八一年八月号所载）与赖丹同志的《从〈山区收购站〉看作家与生活》（载一九八〇年福建版《玉华》第七期），两者都指出作品是来自生活的，强调生活为文学创作的源泉，而这是两篇评论的根植所在。他们对于人物形象的分析、表现方法、典型环境与人物的典型性格之类，是作为枝叶蓬茂的树冠来看的。而在结合今天青年一代的文艺工作者或有志于文艺创作的业余作者，前一篇的主题是很鲜明的，在分析《山区收购站》的主题方面，后一篇道出了作者所着眼的人与人之间的社会关系的变化，而在这种变化中，是盖着时代烙印的。

您的初稿却从另一个角度,提出王子修的属于时代反射的过"左"的思想意识,这是一般论者未曾发现的问题,就是作者我本人,也只能说在当时进行创作中,它是属于一种潜在的意识,经您一点,就更明朗了。在肯定王子修老人兢兢业业为社会主义建设和积累资金而勤于自己的业务外,作者是在含蓄地批判他的只肯定自己而以僵化的固定观念去看待别人。这种过"左"的思想或观念,实际上是起着消极的排斥他人,甚至与自己有着三十年交往的老乡友于热爱自己祖国的社会主义建设事业之外的,对自己为之辛勤服务的社会是相反起着损伤的作用的。

这是您在初稿中确有创见的一例。其他如两个老农妇(王大妈与王妈妈)的对比,指出其连续性,以及《由于爱》中的邰浩然与害人利己的牛连长的对比的评论,除了你与尊友m同志之外,也是很少见到过的评论方法。

是的,或许由于篇幅之限,尊作只强调了王大妈(《红玻璃的故事》中的主人公)与王妈妈的共性以及两人的连续性,而未及指出或未充分指出,两人的性格又是完全相异的。主持家务独当一面的王大妈与谨小慎微常常寄人篱下讨生活的王妈妈,是各自有她们各自的地区性及社会环境影响的特点:一是处于地阔人稀的关外的黑龙江,一是处于有着古老文化传统的胶东农村,这里也有典型环境与典型性格的问题,但由于究竟她们同处于农村经济已临破产的半殖民地半封建的时代,因而南北虽隔千里之遥,命运却是有着她们的共性,盖着一个时代的烙印。

两人命运所不同的是,后者度过了酷寒的"冬天"而赶上了解放后的"春天",受到了中国共产党当时的农村政策的光辉照耀,因而王妈妈的晚年生命放出异彩,如果王大妈也健在,那么她绝不会是一个农村互助组的托儿所主持人,而应是区妇联,至少是村妇联的核心人物或领头人了。这是两个人物的性格必然产生的各自不同的发展。

说的似乎是枝节问题，实际也说明，她们由于都是作者来自生活的积累，因而必然保持了各自环境出身的地方色彩。

总之，初稿确有它的独到的见解，只是前后似有些脱节、有些矛盾。例如，"批判现实主义"一词在一九四九年以前是一个概念，而在一九四九年以后，尤其是八十年代的今天，它又是一个概念。如果说，当时在国统区，它是属于"暴露"性的，那么它所暴露的是代表半殖民地半封建的社会统治阶层的国民党反动派，而歌颂的却是人民。《一个坦白人的自述》就是具体一例。但在一九四九年以后，尤其是今天，批判现实主义就不具备原来的那种属于革命现实主义的色彩了，它往往会带有贬义的，是一种带有灰暗色彩的文学，因为今天的当代革命现实主义的文学，依据我个人的理解，它应是马列主义毛泽东文艺思想的发展，它源于全国第四次文代会上邓小平同志的《祝辞》，而以后胡乔木同志明确地概括为一句话，那就是"歌颂与揭露相结合"。歌颂，自然是歌颂我们这个时代为"四化"奋斗不息而作出贡献的典型人物，属于雷锋式的典范人物，属于蒋筑英式的典范人物，而揭露的是属于为旧社会所遗留的或属于封建式属于殖民地等等腐朽的败坏我们社会主义建设事业和精神文明的东西。它是在政治上积极的，虽不从属于政治，但却又不脱离政治，是为社会主义服务的。而批判现实主义，相对来说，在今天，却是带点自然主义的成分，忘记了以马列主义为指导思想的文学艺术。它不仅仅是反映世界，它在如实反映之外还有一个改造世界的目的。

我在这里谨向您推荐今年一月二日《人民日报》所刊载的一句有高度概括力的名言："思想政治工作最根本的目的和任务，用一句话说，就是提高人们对世界的认识和改造的能力！"自然，文学艺术和政治思想工作不能画一个等号，文学艺术虽不能百分之百地说属于政治思想工作范围之内的，但至少可以说它们都是属于上层意识形态领域的工作，是共同担负着建设精神文明的崇高使命的。而它们完成这一崇高使命的方法，就是提高人们对世界的认识和改造的能力。

另外，还有一点也许对您来说同样是"多余"的，那就是当时在国统区里是没有社会主义土壤的。在国统区除了批判现实主义的文学作品，根本不可能产生如苏联的社会主义现实主义的作品，因而似乎不要从作家的世界观如何如何来提问题为宜。谁都知道，当时在国统区还有一个国民党图书杂志审查委员会的公案摆在出版社的编辑者的背后呢！

因之，再以《一个坦白人的自述》为例来说，它只能以这个税务官在集市上受到糖农的围攻——在围攻中被狼狈地推于土崖之下——来暴露国民党由于贪官污吏的长期敲诈糖农而脱离了人民，处于敌对的孤立无援的状态，说明它的政权是岌岌可危了！而不能正面写中国共产党人在地下的活动以及影响，这是书刊编者所通不过的，因为作者、编者都在"图书审查"的阴影笼罩之下讨生活、做工作，更不要说，图书杂志审查桌案之外还有国民党特务之类的魔影了。

至于《北望园的春天》《胶东的暴民》之类，我认为都是自己在抗战时期的代表作，是属于国统区的抗战文艺范围的，而《由于爱》是第二次国内战争的民主革命阶段的代表作。自然，它们也都是自发的，是反映了无产阶级革命队伍的后备军，在中国前后两个历史阶段的形成过程。以后中国共产党人自然会和他们联系的！而这是只能搁置幕后去由读者想象补充了。所有这些，在写作上就是受着当时的历史条件限制的。

总之，文学艺术的高峰，正如知识的海洋，是无止境的，谁也不敢说，已经有人达到峰巅了！尤其是当代革命现实主义虽与批判现实主义是双峰并列，但前者正在形成，还有高于后者的高峰。我们年轻一代的"登山队"还刚刚开始攀登，我们还刚刚来到它的半山腰。希望在于后来者,我们这一代消耗了终生的生命与精力,也只能到此了!
祝大家好!

一九八三年一月二十日
三月二十七日订正

生活是文学艺术之源

一

毛泽东同志《在延安文艺座谈会上的讲话》从一九四二年发表到今天，已有四十二年了。不管在这四十来年的历程中，我们中国以至世界发生了多大的变化，这个《讲话》所阐述的关于文学艺术的基本原理，让我们引用恩格斯在一八七二年德文版《共产党宣言》序中的一段话来说，这宣言"所发挥的基本原理，整个说来直到现在还是完全正确的"，因而我们应该坚持这个基本原理。但由于一九四九年在全国范围内建立了无产阶级领导的人民民主政权，尤其是经过了史无前例的十年经验教训，可以说这个文学艺术纲领有个别论点是需要结合今天的实际，加以变动了。例如关于"歌颂"与"暴露"，在一九四二年，我们的国土大半还为敌人所占据，它是不能不受这一历史条件的制约的。而今天的情况已完全不同了，这正是《讲话》的基本原理要整个地坚持、继承而个别论点又要发展的原因所在。实际上，毛泽东同志本人在五十年代后期，已经提出需要人民的批评的问题了。邓小平同志在第四次文代会的《祝辞》中谈到"要恢复和发扬我们党和人民的革命传统"的同时，就提出了"要批判剥削阶级思想和小生产守旧狭隘心理的影响，批判无政府主义、极端个人主义，克服官僚主义"。这也就是后来我们提出"歌颂与批判相结合"的根据。自然，两者结合也不可能是平均的，以歌颂为主应是当代革命现实主义文学的主流。

理论上认识这种新发展是一回事，实现这一历史新时期的要求又是一回事。从认识到实现，关键在哪里呢？在表现方法上的探索吗？不是的。

关键仍然在于生活。"人类的社会生活"是"文学艺术的唯一源泉"。"人民生活中本来存在着文学艺术原料的矿藏"。这是《讲话》的主要的基本原理，而且是千古不易的真理。用《祝辞》里的话来说，就是"人民是文艺工作者的母亲"。谁若是深入到社会生活中去，谁就会从人民的哺育中吸收到营养，就会从人民的现实生活中提炼出典型的结晶，就有可能体现这个真理。

二

自然，我们都是在生活中，受着客观历史存在的哺育。由幼年、少年，到可以脱离父母师长的管教而走向社会，转而受到社会的生活法则的制约，而反过来又为社会服务，这是我们生活的规律。因而它也必然从我们生活过程中，反映我们所处的这个社会的时代色彩和历史特征。

鲁迅先生就依据他所接触的这一成长时期的具体的社会生活，写出了《阿Q正传》《狂人日记》《祝福》《故乡》《社戏》等杰作。曹雪芹同样依据他所特有的社会生活，写出了著名的《红楼梦》。这是没有那种生活体验的作者所难能凭空想象的。但也有不同的例子，如同属经典之作的《聊斋志异》，就并非由作者的具体社会生活在作品中的"再现"所构成，它多是来自间接的生活见闻的提炼。但有一点是关键，那就是这些生活见闻原属于矿藏性的资料，而在加工提炼过程中，主要的仍然依靠作者蒲松龄自己的来自具体社会生活的体验。就拿男女之间的爱情来说，如果没有作者的体验与感受在内，那是很难把狐妇鬼女的形象表现得那么玲珑透剔、真挚感人的。这说明，就是在过去的属于旧现实主义以及具有浪漫主义色彩的文学作品中，也是以作者具体的社会生活体验为主，它仍然是文学创作的唯一源泉。

旧现实主义和新现实主义的作品有一条明显的分界线,那就是旧现实主义者虽也有不自觉的对于所处的那个社会的批判,其目的还仅仅限于说明世界。而新现实主义文学就不只是要求说明世界,使读者正确地认识这个世界,它肩负着的历史使命,主要还在于改造世界。以鲁迅为例,从结束《彷徨》开始,他就以反帝反封建为自己所从事的新现实主义文学的目的,而反对置民族命运于不顾的为艺术而艺术,甚至于他最早弃医从文的契机,就来自热爱祖国的民族主义激情。

要有效地完成改造世界这个崇高的历史使命,仅仅是依据作者自己的具体社会生活的经历与体验就不足了。新现实主义作家反帝、反封建的历史使命,使他们需要最有说服力的典型的社会生活。茅盾的长篇名作《子夜》、夏衍的名作《包身工》,都是从涉身于典型的社会生活的体验与感受中提炼出来的结晶品。就是陈赓将军所叙述的红军反"围剿"战况这种间接的典型社会生活,也同样曾使鲁迅感动,而跃跃然产生了要写关于红军反"围剿"的长篇作品的冲动。但由于当时客观条件的限制,鲁迅不可能投身于这一典型社会生活里作感性的补充,终于未能实现这个雄心伟愿。这就充分说明,选择典型的社会生活以补充自己具体生活之不足,在新现实主义作家来说,是多么重要了。

三

有一位青年作者说得好,"当生活向我们展开千姿百态的时候","不同的作者就向不同的题材走去",这是思想与认识境界不同的作者根据各自所发现的现实主义与美学价值而为它所吸引的结果,是作者与客观事物对象一见倾心的结果。

可以肯定地说,一个作者在社会生活中所以注目于此,认为其典型性可以再现于作品中,而另一个作者却钟情于彼,这不仅决定于作者的世界观,而且更主要决定于作者的艺术观。记得高尔基曾说过,三十年代的俄罗斯知识分子,"理性是未来的,感情却是过去的"。这话在今天对我们恐怕也还有一定的现实意义。我们需要选择典型的社会生活去从感性上接触新形象,以补充自己的具体社会生活的不足,以便改变自己艺术观方面的旧感情。这是《讲话》的普遍真理的精髓,仅仅靠理性的认识是不够的。当然,艺术观的改变,实质上仍然是属于主观世界改造的一部分。

例如,我们这一代知识分子,对于中国半殖民地半封建的旧农村,多半是熟悉的。这往往都是来自具体生活的感光,穷困、褴褛、愚昧……《祝福》中的祥林嫂就是它的显影,因而为我们所熟习,能唤起我们感情上的共鸣。但是,五十年代的中国农民,却完全不同于旧中国的农民了。尤其是在经过革命战争洗礼的东北解放区的根据地农村,变化更为显著。更不要说今天已是八十年代了。

在第一次全国工农业劳模代表会上,一个雇农出身、大字不识的中共乡社党总支书记的报告使我动情。他讲了互助组员中土地观念的变化,人人关心的是解放军的战役进攻地点和报载的部队番号,因为那中间有他们的儿子或丈夫,是作为军属的农户的命运所系。部队在保卫着农民从土改中分得的土地,所以他们关心军事的程度超过了影响庄稼成长的风雨。这互助组,这个支部书记,已经不是为我们所熟习的褴褛与愚昧的旧式的农民了。虽然我这个未来的模特儿,还穿着带补丁的棉裤,但我却感到他是一个很像样的农村布尔什维克了。

一九五四年,我去他们所在的吉林省东部农村补充自己具体生活的不足。这里刚刚出现了初级农业生产合作社,由于受灾而缺粮的太平屯申请入社,但需要丰收的靠山屯支援三千斤借贷口粮才能在社理事会上通过。靠山屯的支书却说村里也有灾情户,拿不出余粮。能不能吸收缺粮屯入社?我们的那位总支书面临着很大的压力。我知道,县里给这个农业社的两万斤救济粮已经由他点头让给社外各屯互助组的灾情户了,他决心遇困难不向国家伸手。他说:"不摸底心里就没有数！"于是，我跟着他一起到靠山屯走了一趟。他首先走进最破败的茅屋，向最贫困的农户了解情况，得知很多家都有几百斤余粮。但怎么样把"把柄攥到手里，让村里的头目人说不出二话来"呢？这一家的女主人提醒："到村后头转转，看看猪圈。"于是我们不惊动村里其他人，悄悄地逐一察看了各户的猪栏，见猪食槽里苞米粒冻着一层，稗子满地。底，就这样摸到了。晚上的社理事会上，总支书记胸有成竹地劝说靠山屯的支书："你要站稳立场，可不要光看着眼皮底下，说实话吧，有多少余粮支援社里的兄弟屯？"那支书怕得罪自己屯里的人，总支书记说："你报个数字，我们去动员，社里出字据，你得罪什么人！说通了，没事儿！"难题就这样解决了。

完全是民主协商，而又重在调查。这种工作方式，显示着经过革命战争锻炼的村干部的才华，闪耀着我们党的优良传统的光辉。而且在这个头戴尖顶狗皮帽的农民的工作作风上，显得那么自然、那么熟练自如。这个党培养出来的新的农民干部的形象，可以说是一个已经大大超过了苏联三十年代著名作品《不走正路的安得伦》中那个令人至今难忘的苏联农村布尔什维克干部形象的高度的。我对中国五十年代的农村以及祖国新型的农民，由此开始有了新的认识。这种新型的布尔什维克化的农民形象，已经取代了来自三十年代农村的旧农民形象。

我认为，这是我的艺术观转变的契机。这是只从理性上、从书本上所感受不到的。所以，典型的社会生活的实践与体验，不但是文学艺术的源泉，而且是在感性上改变我们的旧艺术观的途径。

原载一九八四年三月五日《人民日报》

纪念郭沫若 师承其创新精神

一九八二年十一月十六日是郭老沫若九十诞辰纪念日,我因卧病未能列席纪念座谈会实为一大憾事。现补记我对于郭老的几点认识,以抒作者对于这位史学大师的缅怀之忱。

郭沫若长我约廿五岁,因而我是一直视他为长者的,在治学方面又师承其创新的精神。因此,在《金文新考》著述中我称郭公鼎堂而不名,以示敬意。

我说的"师承",是指史学方面的创新精神而言。我认识郭公很晚,约在一九四五年二月间,农历是正月下旬。

我是一九四五年的春节之夕由四川酆都县的军统特务机关——稽查所的秘密羁押处转解县政府的。当天经县长张一之审讯,而后由地方士绅林梅荪当庭保释。且不说,我们当时是如何吃惊了——因为我们和来保释的这位地方士绅并不认识,而作为主审人的那位县长竟下座迎接,为我们作了介绍,说他就是惠民小学老校长,是来"保你们的",而且当场由这位身穿中式缎面长袍、缎面马褂的老校长领走三人。我和丰村同志遂被张一之留下便宴"压惊"。他在宴席中自称是邵力子先生的学生,他接到邵老的嘱托电报就开始以侵犯地方权限为由向军统方面要人,冯玉祥将军由于老舍先生的奔走也出面向军统在渝的挥指部门"拍案"交涉。而林梅荪先生出面保释,又是丰子恺先生的专函声援。三条渠道归于一,而源头却都是来自重庆文艺界党的领导之一冯雪峰的活动以及周恩来的关注。问题,这时郭沫若委派一名"中央文化运动委员会"的特派员先冼嘉同志,他身着校级军装,带着短剑装饰前来酆都迎接我们。虽然还没有和郭老见面,却已经感到长者无比亲切的关怀了。

回到重庆不久，就应约参加了郭沫若在张家花园召开的文艺界欢迎会。郭沫若以主人的身份和我在宴会上作了第一次见面的晤谈，不仅给人以亲切、热情、爽朗之感，而且使我很吃惊的是对于我们在酆都被捕及狱中表现也很熟悉，这样就倍感亲切了！此后，在鲁迅逝世九周年的纪念会上、在萧红逝世四周年于中苏友协召开的纪念会上，以及在这之间的校场口事件与李公朴一起受伤住院治疗的时刻，还有冯玉祥将军在康庄设的火锅宴会上，我们屡屡见面，但其时我都是把郭老作为一个从事民族与民主革命运动的文化界领袖人物来看待的。

在学术领域里，开始对郭沫若同志有所认识，是在一九五六年由于"胡风问题"而受历史审查之后。我对于文学艺术感到从未有的一种伤心而产生了"艺术负我""误我"的念头，很想从此摆脱这位迷人女神的纠缠，而转途别谋生路。未来的下半生搞什么呢？原来对祖国古代典籍感兴趣，这样就日益从《诗经》《左传》《日知录》《观堂集林》《尚书》《水经注》等转向文字学。读了郭公鼎堂几乎所有的关于上古社会史的研究著述，才开始认识到郭老在治学方面，是独具一种光芒闪耀的创新精神的。

第一，早在三十年代之初，他就以辩证唯物主义历史观来研究中国古代社会史，这是为今天的新史学界所公认的。这样就为中国的新史学开辟了广阔的视野，奠定了唯物主义认识方法与中国古代社会史相结合的研究基础。这是不需要我在这里多作解释的。

第二，我举两个不为一般历史学者注重的例子，它们标志着郭老的创新精神，标志着对于中国自五四运动以后的旧历史学方面的突破，由此创建并巩固了中国古代曾经历"亚血缘群婚制"的历史阶段的学说。这是和以后我们还要提到的所谓"层累的造成的古史"之类的有主观成分的论断截然不同的一种学说。

让我们在这里且从第一例，释甲骨文"求年于娥与妣乙"（见《沫若文集》第十四卷《释祖妣》篇三二七页）说起吧！

郭公解作："娥，许书（指《说文解字》）云：'帝尧之女，舜妻，娥皇，字也。'字于人名之外古无他义，则此妣名之娥非娥皇没属矣。"这样不但突破了尧为"无是公"、舜为"乌有先生"之旧说，而且也含蓄地突破了"殷墟之甲骨文为中国文字之始"的观点。舜妻古有文字记载她的氏称，中国文字之始至迟早于虞夏，这一潜台词不是很清楚的么？

当然，我们所说的重点还不在这里，而是说，在这里郭公提出甲骨文关于"求年于娥（皇）与妣乙"的记载加以考释的本身，就已经突破了旧解"层累的造成的古史"之论。

郭公还进一步说："二女之名（应是氏称）既可征于卜辞，舜妻二女而弟象与之'并淫'，则是殷代先人犹行亚血族群婚之古习。在此群婚制下，自男女而古为多夫多妻，自儿女子而言则为多父多母。多父多母之事于卜辞犹有明文。"

看，这是何等精辟！这是立足于有甲骨文的记载这一科学论据之上的，而且这一科学论断已经为笔者《金文新考·舜篇》提出来的考据所证实，证实郭公对于舜与象"并淫"的解释，完全是与公元前二三四七年舜执政之前的中国上古史的记载——即与古唐虞金文的记载是相符的。《尔雅·释亲》"两婿相谓曰亚"之"亚"字，就是舜与象之间的通用的称谓。（笔者有《释"亚"与"亚旅"》一文可参考）

自然，任何的学术观点，都是相对的真理，不会是属于绝对真理的顶峰，那样的话，文化就谈不到发展了。我们所说的，师承郭沫若同志的创新精神，并不等于说不加选择地师承他的一切观点，任何学术论点都有它的不足处，或不完备处，甚至于偏颇、主观主义的成分。如以帝喾与帝舜为一人就是偏颇处，但在帝舜与象两人之间相称以"亚"的关系上，说明在公元前二三四七年之前（即帝尧嗣位十年，虞舜还未执政之前），中国上古社会在婚姻关系与家庭结构上，还盖有母权群婚制遗风的烙印。这完全是属于辩证唯物主义历史观的正确的运用和解释,这是显示着郭公的卓越的才华的。

第二例,如释亲,郭老在《释祖妣》一文中(同上,三二九页)又说:

> 以上由史迹之证明,可知中国古时确曾有亚血族结婚制之存在。此外于《尔雅·释亲》之称谓中亦饶可以考见其遗迹,如"女子谓姊妹之夫为私""母与妻之党为兄弟",此大有异于后人者也。又如"婿之父为姻,妇之父为婚,妇之父母,婿之父母,相谓为婚姻",父母之相谓为婚姻,即儿女子之互为夫妇也。又如"姑之子为甥,舅之子为甥,妻之昆弟为甥,姊妹之夫为甥",郭(璞)注谓"四人体敌,故更相谓甥"。案此四人在亚血族结婚制下实仅一人,盖姑舅乃互夫妇者,姑舅之子即妻之昆弟,妻之昆弟亦即姊妹之夫,故统于一名。后世婚姻之制亦异于古,而四人之称谓尚仍旧贯,人亦习以为常而不怪矣!

在以上所引证的释亲方面,郭公是有独到的见解的。例如人称"大会"的《说文解字》名注释家段玉裁,关于"甥"字就有不同于《尔雅·释亲》的说法,称:

> 《释亲党》章曰:姑之子为甥,舅之子为甥,妻之昆弟为甥,姊妹之夫为甥。注谓:平等相甥。非也!姑之子,吾父母得甥之,舅之子吾母姪之,吾父得甥之,妻之昆弟吾父母得甥之,姊妹之夫,吾父母婿之而甥之,是四者皆舅吾父者也……吾姊妹之夫吾父既甥之矣,吾又呼之为甥,此岂正名之义乎?

这是与郭公的观点完全相反的,差别就在于前者以辩证唯物主义历史观看问题,着眼一个"变"字。世界本是动的,不是静止的,因而根据"亲称"知道"后世婚姻之制亦异于古,而四人之称谓尚仍旧贯"。这是后人胜于前辈学者处,而且从此推断出"亚血缘结婚制"之存在。这正如笔者在《金文新考》里一再引用过的恩格斯对于"亲称"的说法:

> 不过,正像居维叶可以根据巴黎附近所发现的有袋动物骨骼的骨片,而确实地断定这种骨骼属于有袋动物,并断定那里曾经有过这种已经绝迹的有袋动物一样,我们也可以根据历史上所留传下来的亲属制度,同样确实地断定,曾经存在过一种与这个制度相适应的业已绝迹的家庭形式。(《马恩选集》第四卷二五、二六页)

因而,我们还可以套用恩格斯对于"确定原始的母权制氏族是一切文明氏族的父权制以前的阶段的这个重要发现"的评价,而说对于从《释亲》的亲称记载中发现了"亚血缘结婚制"的论证,这对于中国上古史所具有的意义,"正如达尔文的进化理论对于生物学和马克思的剩余价值理论对于政治经济学意义一样"。过去在这方面对于郭公创建之说的评价,是与他的光辉贡献很不相称的,或者说,不落实的空话推崇居多,这是为我们所不取的。

自然,我们需要的是批判的继承,如以"父"为男子的美称,就是过分崇信王国维大师了。因为在这个亲称上,仍然是盖有亚血缘互婚制的烙印的。

例如,在殷周后世的金文中,有"叔向父"彝器图铭,"向"为族称,"叔"与"父"都是亲称,"叔"为妻之昆弟,又是姊妹之夫,本称"叔向",为什么又加以"父"称呢?因为依上古奴隶主贵族的两级婚制,姑出嫁,必有"侄娣"作为媵妾而相从,因而"叔"之姊妹婚时带来了他的女儿("诸女"之一)作"媵妾",循此而尊

"叔"为"父"。详论见《金文新考》，在这里我们只指出姊妹之夫，吾又可以"甥"之的秘密就可以了。虽然释"父"有失，却丝毫无损于古有"亚血缘结婚制"这一学说创建的光辉功绩，如果以胡适的论点："顾（颉刚）先生的'层累的造成的古史'的见解真是今日史学界的一大贡献，我们应该虚心地仔细研究它，虚心地试验它，不应该叫我们的成见阻碍这个重要的观念的承受。"（《古史辨》第一册中编一九一页）来比较，真是珍珠与鱼目，因为胡适与颐颉刚先生或评当时还不知道在殷墟出土的甲骨文里就有"求年"于舜妻娥皇与妣乙（嫘）的记载，因而说："周代人心目中最古的人是禹，到孔子时有尧舜，到战国时有黄帝、神农……"这样的"大贡献"，自然难免——在日本与欧洲天文学家根据《尧典》所载的天象观测循"岁差"之规律而推算出来的：《尧典》的天象记载确为公元前两千三四百年之间，准确地说，是公元前二三五七年的天象观测记录——要在科学论据面前碰壁，以致牵连到为此说所误的英国汉学家李约瑟博士不得不绕个弯。作《尧典》的天象记录是真实的，但却非中国所固有，而是来自巴比伦的推测！自然，我们也不能因为所谓"层累的造成的古史"说之误，而全盘否定顾氏在其他古代典籍方面的研究，否定他的一生勤劳钻研《尚书》、注释《尚书》的治学精神。这同样，也要一分为二作出实事求是的分析和评价。

总之，郭公发现的中国上古"亚血缘婚制遗风至舜与象还存在"的学说，是创新的学说，我们要师承其属于辩证唯物主义的历史观的创新精神！

我们要全面地开创社会主义建设现代化的新局面，就应包括属于上层建筑的历史学在内，在这个领域里要开创新局面，就要大胆地师承郭公的这种科学的创新精神。这是我们学术界对于郭老的最好纪念。

一曲优美的赞歌
——《"修氏理论"和它的女主人》读后

读了报告文学《"修氏理论"和它的女主人》（原载《报告文学》八四年第二期，《光明日报》二月十一日、十二日转载），真似胜过一次峻峰幽境的庐山仙人洞的旅游。

我想，读过这篇作品的人，不仅为我们祖国培育出这样才华出众、在国际上获得巨大声誉的科学家而感到民族自豪，而且通过"修氏理论"的创建，看到这一为世界科技界所倾倒的重大贡献，对于国内广大读者、对我们物质文明和精神文明的建设，必然要产生的深远影响。自然，首先还是为作品所歌颂的主人公——四十七岁的修瑞娟女士那种温文尔雅、坚毅不移、不计个人得失地献身于科学的崇高精神所鼓舞，这对于广大知识分子以及有志于科学文化的建设者来说，也是个有力的鞭策。水滴确能穿石，只要锲而不舍！

"修氏理论"学说的创建者是党在五十年代培养出来的知识分子，那时她受到苏联科学家的启导，立下了终生献身于人体"微循环"病理学的志向，也奠定了科学研究的基础。而在史无前例的十年中，她与其他年轻的优秀知识分子一样，遭到不幸的歧视与挫折。尽管是带着两个孩子离开北京，把户口和房子都丢开了，栖居四川简阳县一个偏僻的山村。为了到医院去作"微循环"血管的临床测验与观察，她每周往返于简阳与成都之间。她这样做完全出于自愿，没有任何额外报酬，目的是要提出心肺病患者不是死于自然，而是由于"微循环"堵塞的数据。这样的一个女科学家在八十年代自然要受到党的重视，但也为有平均主义思想的人所嫉妒，两次提级都把她排除在外。但她最后终于引起有关党委的关心，还在党中央政治局会议上作为落实知识分子政策的对象提了出来，作了"任用人才，不必理睬闲言碎语"的决断。"修氏理论"的创建，是中国医学界的骄傲，也是中国知识分子的骄傲！因而我们说，这篇作品写的不仅仅属于病理学范畴之内的问题，它还提出了政治经济与科学相互关系的问题，耐人寻味，值得重视。

反映在这篇报告文学里的这位女科学家，既是一位了不起的母亲，也不是旧式的"母爱论"者。她的理性始终未为家庭的幸福、温暖的享受欲所淹没，却又把她的两个女儿教育成才，其中一个还是属于蓝色梦想的"微循环"学的研究者。可以说，它也顺便解了所谓"人的价值"之谜！在文学上，它较好地解决了"歌颂与批判"相结合的问题。我们要歌颂的不正是修瑞娟这样时代的中坚吗？你要批判的当然是属于那些绊脚石般的"闲言碎语"者，在前者光芒映照下，后者虽然渺小，却又是不容忽视的。

总之，我为这篇报告文学的出现而高兴，也为又一个出色的报告文学新作者胡思升的出现而高兴！

珲春小志

"兼六居"在商埠地东端，如果连后面有挑杆的井架子大院算在内，菜刀把型，酒坊的三面洋门脸的门市部，就属于刀把了。一出我们住的胡同口向东走，隔着两户朝鲜店铺就是酒坊的门面，再往东是斜街，一过崇兴东油坊的高台阶门市，隔有三两家小商店，就是我父亲开设的通聚号茶庄了。街名"铧尖"，正是珲春西门外大街的西端，而油坊紧把西口临着那条短短的斜街。原来所说"铧尖"是恰恰在这里分为两条街道，一条靠南，通往商埠地，一条靠北，沿着右河沿斜向西去。如果跨河拐往北去，在通南北两岸街道的是后河沟那座有木栏扶手的行人板桥，那桥口南北两端，都是汉、回两族开设的小饭馆。回族馆卖的羊肉蒸饺、牛肉馅烧麦，挂的是蓝色单幌；汉族的饭馆卖的是打卤面、水煎包子，或是烤芝麻烧饼，橱窗里摆着成堆的猪头肉、蹄髈之类，也都是单幌，不过颜色都是大红的，红罗圈，红纸穗子。一到冬季，这里是最为繁华的闹市了！汉、回两族饭馆的门口一侧，都站着专门招揽生意的叫卖人。一边是短短的招呼："里边坐！刚出锅的猪头肉！"一边喊："这边坐！刚出屉的烫面饺！呵！牛肉馅烧麦！"直到夜深人静，我们从私塾下学回家，不管是走进胡同口，还是走进韩四爷大院，总会听见回族馆门口的高朗的叫卖声，还可以想到呼叫人是一只手捂着自己的耳朵，把声音悠扬有韵地送往西面的粮草市。进城来的载豆子的庄稼大院四轮粮车，也都集中在后河沟北沿的那块广场上。傍晚，车都卸在柴草市广场上，车上都自带着牲口草料和喂马的木槽子。车夫拌上草料喂上牲口，就要匆匆忙忙赶到桥口两侧的小饭馆去喝两盅二锅头白酒，准备赶夜路顶寒气了。而河北沿的挂双幌的酒馆,有炒菜,能办四盘四碗的宴席,也有小吃,都是现点、现熘、现炒。有江浙馆,也有扬州水晶包、淆肉和干丝汤专业馆。不过这两三家有名的菜馆,都不是在桥北的西口两侧,而是在东口,有的坐北向南面河,有的却是设在桥口斜对面的胡同两侧。这胡同,在珲春也是有名的,称作"半截胡同"。胡同顶端有三个大院,两个大院分列东西,院门口都有油漆木板迎壁,那上面都挂着镶玻璃的彩牌子,那牌子顶端都有红或粉红彩绸扎花朵。牌上都是些"红玉""小红""紫鹃""小桃"之类的花名。东院名"怡红院",西院名"潇湘馆",都是南方的妓女班子,一到夜晚灯火辉煌。因而在这胡同两侧开设的江浙菜馆的顾客,大半都是采木公司的"木帮把头"、金沟的挖金工人、关门嘴子下来的煤窑客人。多是工头、管账,兼而也有为人经营庄园的总管家或粮户,还有张家口来的皮货商人。至于粮草市的车老板和小粮户,自然都是不进这条胡同的江浙馆,他们专在桥南口两侧单幌馆喝酒,吃点现成的蒸饺或是烧饼夹猪头肉的主顾。

就在那条半截胡同里,除了那顶端东西两个妓女院之外,还有第三个大门西向的院落,一进不加油色的原木院门就看见带挑杆的井架子与住房之间安置着熟皮子的露天大锅灶,还有刮削皮子的长板案子的作坊了。谁也说不清楚,珲春是先有制牛皮的皮匠呢,还是没有制革作坊之前,四外乡镇的农户都已穿上牛皮靰鞡了!缝制靰鞡的原料或者原本都是从延吉、敦化,还有朝鲜庆源府等外地转运来的。总之,不知这座制造牛皮的作坊的开设史,但却知道,这是我乡民国时期的唯一的一户制牛皮的作坊。作坊主人,人称周师傅,日常腰里扎块硬梆梆的牛皮围裙,在院子里和一两名伙计围着锅灶转,有时一脚踏在锅台上,用刮刀脱毛。一股腥臭气,飘散在周围,进院常常得捂鼻子。院里坐北朝南,有五七间兵营式的长排纸糊格子窗的北瓦房,仿佛分成若干家,住户都是"跑腿儿"的,关里称为"单身户"。

周师傅住在西头,临街还开着口玻璃窗,南北是长条可以并排睡五六口人的大炕，就在那西窗口下，摆着四脚方桌，算是这个院子里最讲究的摆设了。可是只有一条长板凳。屋子的住房，也分两伙，住南炕的是这个制革作坊的老师傅和几个年轻学徒，住北炕的是编酒篓的作坊，从柳条编织直到最后一道工序刷桐油，都在炕上和炕下完成，也是一两个老师傅，带着两三个徒弟。在两炕之间的地中央作业的，都坐着"马扎子"，扎着粗布围裙，满是桐油气。靠西窗的桌上摆着算盘，墙上挂着本农用年历，那上面开头是"九龙治水"图，九龙治水是涝年，三龙四龙又大旱。还有八八六十四挂图，上格画着铜钱一排八枚，是直行图录，又有正面反面之别。例如，五枚正面，必有三枚是反面；两枚正面，必然有六枚是反面。而且有五枚正面是连在一起的，或在上，或在下，或在两枚反面图之下，或在两枚反面图之上，这样的变化就械成八八六十四图。下格就是卦吉卦凶的兆语了，或"向病不愈"，或"问医有望"，或"出门东北行吉"，或"不利于西南行"，或"议事不利，口舌犯小人"。如果"宜婚娶"，必然是"黄道吉日""口舌遇贵人"。"出门，利"就"不忌方向"等等。珲春城里的买卖人，各行各业的手艺作坊，往往都在账桌旁的墙上备有这么一份农历册子，主要不在于查清明、芒种等等二十四个农业节气，而是遇事用八枚铜制钱占卜时，对照着"周易八八六十四卦图"，查看兆语，是吉是凶，失物是不是复得，丧日是不是犯煞，那要请和尚、道士作法事逐鬼驱煞。如果老太太坐在暖炕上安安静静地口含着玛瑙嘴子长杆儿烟袋一面抽烟，一面晒着玻璃窗透进来的冬日阳光，看着猫在窗台蜷着腰，把头缩在腹部打呼噜，正歇着，本来任什么事儿也没有，不知怎么眼皮跳了，于是心里再也安稳不住。难道在南岗上学堂的大小子出什么事了？南岗是延吉的土名，离着珲春一二百里地，隔着大盘岭，来封信得走半个月，若是正巧赶上长途拉货的四套四轮大马车，光路上就得走三天。又揽载，又卸货，两头一耽误，就是八九天，再赶上风雨，河水暴涨，大雪封山，就说不定半个月也周转不来，倒不如胶东经烟台，越朝鲜仁川过咸北境庆源府的信件快,五六天就到了。因之,老太太眼皮这一跳,心事就多了!大小子好看戏,礼拜天在南岗戏园子里看戏,受"掩"和北大营的大兵打架了,还是大考逼得通宵备课,累病了?于是得起身到隔壁油坊院子里找账房先生算一卦。如果上上卦还好,赶上是下下卦,问远人"不归",问行人"不利",问口舌"犯小人",这就糟心了!本来上半天还泡上苞米糁子,准备了蘸葱的大酱,准备晚上老头子从粮草市回来一起吃,可是赶上的兆语不吉利,晚上不但吃不下饭去了,就是睡也睡不安稳了,心里老犯嘀咕,听到鸡窝里啾啾的母鸡畏缩相挤声,这才想起,鸡窝也忘了关,这都要抱怨老头子,话还没有说透呢,就厌烦,说是"絮烦人"了。仿佛大小子不是他亲生亲养的,两三个月没有信,一点儿也不念着,光知道豆子呀豆子的!一年赚不到几百吊官帖,买了卖,卖了买,给油坊当这份"外买"连魂儿也卖了!心也卖掉了!孩子在外边不是有个什么,眼皮会跳得这样厉害?卦会这样不吉利?鸡窝还会忘了关?她却不想,夜里起来关鸡窝,正赶上大风突起,可是着了凉。头天还满好,还能洗能涮,于是流鼻涕,坐在炕头上一歇就是三袋烟,浑身发酸懒得动,给猫可还有心思挠痒。头天还是满好的一个富富态态的当家婆,一夜之间却突然病倒了!于是这回轮到老头子找账房先生算卦,求医问卜,最后只有求巫婆萨满跳大神送黄仙(因为夜里关鸡窝冲撞了大仙黄鼠狼),天天得到油坊柜上去,摇着八枚铜钱占卜占卜病人的吉凶祸福了!

总之这种农用年历,是当年珲春城里人日常要备的。卖这种旧式年历的是任家开设的中书堂。这是珲春县的老书店,徽笔、徽墨、柳公权玄秘塔字帖之类,样样都有。既卖上海版的扉页印有"大狗跳,大狗叫"字样和彩图的小学国语教科书,也卖"人手足刀尺"之类旧国文课本,还有私塾馆用的《千字文》《百家姓》《古文观止》,这且不去说它了!

还是说那制皮匠周叔住的那个半截胡同大院吧!在这个院子里,

除了周叔家的学生（我初年级的同学，周叔称同学为"耍伴"）周树东，简直再也看不到孩子，更看不到妇女。原来这条胡同是珲春满汉各族的良家妇女不但绝对不经过，避开绕远的地方，就是提也不能提的！这半截胡同的名称，是为珲春各官商住户家庭的妇女深深忌讳的，仿佛这是一个最肮脏的玷污舌齿的地方。因而不须说，我到这个胡同的作坊里来玩，是为母亲所禁止的。不但不许我去周家制皮作坊，也不许周家作坊的孩子和我来往，很怕我沾染了什么不洁的东西，会污染了孩子的纯洁心魂一般。

实际上，周家的孩子是我在珲春县立初小的要好耍伴之一，虽说比我低一班，但却是在海南籍的小同学当中最有威望的一个。他不但在三年级的时候能拉帮结伙和出身满族的旗户子弟对抗，卫护民户子弟不受欺侮，还能排除汉满两族同学之间的纠纷，善于做和解人。至于我们之间关系的亲切，那又是与冬日在红旗河滑冰与朝鲜族学生抢冰场或夏日在红旗河洗澡与朝鲜族学生争有树荫的河滩有关。

我们，据周书东说，都是来自海南一个乡土的乡亲，他的父亲和我的父亲都是珲春街面上有存提货款来往的商家。实际上这种乡土关系我却什么都不知道。因为我和母亲是住在韩家大院，而父亲经营的茶庄，却在"铧尖"大街上。周家大叔空闲日子常到父亲的商铺里闲聊天，打听海南家的年成是旱是涝、红枪会与联庄会又怎样了。我偶尔碰到过，父亲要我叫周大叔，但却不知道这个脸瘦长、身材也瘦长的周大叔还有一个圆圆的脸、身材也胖墩墩的男孩子。因而在小学里，一开始周书东在操场上找我、满脸亲热地招呼我说"大兄弟"的时候，我还有些瞧不上眼，心想个头比我们高，岁数一定也比我们大，可是还在我们下一班，和我们同班同学的弟弟在一起，觉得"寒碜"，但等到他说，他父亲和我父亲是乡亲，在海南家，年轻时候赶集、赶山、赶庙会都常碰见，还一块用铁夹子在树上夹过"红下鹉"，捉过鹌鹑，因而我们一下子就亲热起来了，但我怎样也想不出他父亲是什么样。

"他常到你们柜上去喝茶！""我也不在柜上住！"因为父亲的茶庄门面三间，后面虽有带天窗的套间，一铺炕上睡三口人，一个账房先生、两个伙计，再也没有空地方了！后院呢？西厢两间是储藏茶箱的库房。那些木板茶箱却有发亮的薄锡页子做衬里，以免茶叶受潮或串味儿，一箱箱垛得都遮挡了窗户，日常仓房总挂着把大吊锁。厨房与门面账房相等，也是三间，不过是坐南朝北，也有向阳的后门和后窗，那是厨房大师傅的住所。一铺炕，就睡他一个人。如果屯子里或海南家有亲戚来，屯堡里有垦荒乡亲来，账房炕上不留宿，都是住在厨房，与大师傅睡一个暖炕。出门也不能走柜房那道门，而是走后院西库房对面的那道东院门，一出那东开的院门就是后通北面大院、前通临街大门的宽胡同。隔着胡同，我们的院门又正对着东昌庆绸缎庄的后院的西开院门。那院门有两扇门，有炉门的遮雨檐，而我们的东开院门也有两扇门，门上却没有遮雨檐，只是一道横木梁。还有，对面院门包着铁页子，钉着一排排乳头钉，刷着黑油漆，而我们的院门却仅仅是两页旧木板门，门梁上没白洋铁盖。就是门环也不一样，对门有金属兽头，两个兽头嘴里各含着一个大铜环，发光闪亮。我们院门也有两个门环，却没有兽头，是大铁环，更不要说两面的院墙，也不一样，我们的院墙是宽木板横排围成的，因为木板两侧带着树皮，木板与木板之间空隙成行，可以两手攀着木板向外望，十个手指都伸在院墙外头。在厨房后院，还可以隔着木板向住在大院里的孩子搭话，交换南大河的溜冰场的新闻或是"说书场"传来的消息。而东昌庆的后院却是灰砖砌的，还用白灰溜缝，墙高过人头三尺不说，墙顶上还竖着柱子，拉着三五道带倒钩的铁丝网。只从这双方商家后院建筑的对比上，就可以看出，父亲的经营作风是多么疏漏而不严谨了。而且两家商店隔着一个临街大院门，平日却互无来往。东昌庆是胶东掖县人开设的绸缎布匹庄，在珲春来说仅次于福升魁百货店的大商家，账房大掌柜，二掌柜，三掌柜，总有十几口人，却没有一人从海南带家眷来。因之，我们虽是近邻，可是我连这家的院门也没进去过。但住在半截胡同牛皮作坊大院的周家，虽说隔着后河沟，还得从"铧尖"斜街过一座走起来摇摇晃晃的木板桥，而且那作坊大院子又很臭，我却由于周书东的约会，背着母亲偷偷来玩了。

"你带来几个铜子儿？"

一出牛皮作坊的大院门，周书东就问我。

"四个铜子儿！"

"日本铜子儿么？"

"中国铜子儿！"

"太少啦！就能掰两回！"

我们是约好，由他带领我到粮草市去"掰大眼儿"的！这是卖糖的朝鲜男孩——有的是过了读小学的年纪——兜销麦芽糖棍的一种手段，不管带芝麻的还是白的糖棍，买卖双方各掰一只由各自精心挑选的，比的是那掰开的横断面上的窟窿的大小，大的属卖方，就得依价付钱，反之，算买方赢，可以白吃已掰成两段的那根糖棍。周书东不只常常用两枚钢板的本，白白拿走赢到手的那根不带芝麻的糖棍，各分一截请我的客，而且还知道日本钢币和中国钢币的价值兑换率，告诉我，别看日本铜币像纽扣一样小，而我们中国的铜板，十文为小的，却有日本铜币两枚那么重，一个中国小铜子儿顶两枚日本铜板，但比值却相反，一枚小小的日本铜币可以兑换两枚中国小铜板。开始，我真不明白，以为是怪事，怎么会大小钱翻个个儿呢？小的倒比大的买糖多，不都是铜钱么？难道那日本铜币里有金子？我说，不是有金子掺在里面，就是有银子，要不，我们中国人还会吃这个亏呀！中国铜子不都给他们换了去，再铸成日本币来换咱们中国的铜板了么？一个中国小铜板能造两枚日本铜币，买几万就是几万的赚头儿，有三千枚就会变六千枚，回炉一化，又是一百二十枚，这样的买卖不比耍手艺、编酒篓强？钱不都给日本人赚去了么？但周书东不以为然，他笑笑说，到江西的口子上都有咱们中国的海关把着呢！装箱子的中国铜子，不准运到庆源府去卖，那是"走私"，是犯法的，我们的海关都得检查。还说江西的咸盐，都像白糖一样，是些细面面，可是五分日本币一斤，中国盐务局的盐呢，都是苞米粒一般大，而且发黑，可得三角二日本币一斤。又说贩私盐的，都是朝鲜人，若给咱们中国海关查出来，也当贩私货办！

周书东的知识真丰富，还坐过火车，从烟台上船，到朝鲜雄基港（通称"温贵"）就换上火车坐了！说大海望不见边儿、望不见岸，得走三天三夜才到温贵！在我，如听神话一般。但最使我久久纳闷的，还是在日本一枚铸有樱花的小铜板，既小于有五色国旗的中国十文铜币一倍但价值却又高两倍，一枚小的日本铜板换两枚中国大铜板，究竟为什么？只是说，日本国强呗！但为什么中国弱，连铜价也低呢？不都是一样的铜么？这是周书东也说不清楚的！总是说，咱们中国有海关把口子，也不会吃亏的！虽使我相信，可还是想，日本铜币里，一定掺了金子什么的。

我们走出繁华的由两侧江浙菜馆与旅店夹立两侧的半截胡同，直沿后河沿大街往西走，过了贾家杂货铺与曲家皮货店，就走出南北两面夹峙街道的卖各种吃食的茶馆、客店、煎饼铺构成的街面，来到一面是店铺一面是临河沟的广场的半壁街了！那贾家杂货铺，卖的不过是烟酒、日本制的通称"水袜子"的胶底鞋、点灯用的美孚牌煤油之类日用杂货，那曲家皮铺主要卖的却不是人身上的穿戴的皮毛，而是车马用具，鞍子、肚带、辕马前后的全套皮具。马笼头是皮条编的，后鞦也是皮条结构。那皮条都带着手镯般大的铜环或是戒指般小的铜圈，代替结扣的关节了。还有竹条拧成绳纹的长鞭、竹条绳纹短鞭，漆皮裹的藤马鞭之类。至于人身用的，也只限于马车夫冬季穿的不挂布面的俄罗斯式皮大氅，是杂色羊皮拼的次等货，也经售牛皮靰鞡与非车夫穿的矮勒靴式的牛皮"唐唐码子"。这曲家原来就和周家的牛皮作坊有买卖上的串换,我呢,当时只认识广场一端坐西朝东的姜家炉。这是两间有朝阳南窗与三间带打铁炉的门市房屋相连的一套泥壁草顶的旧式建筑。门面里,日常总是炉火闪闪,锤声叮当,姜家炉的掌柜带着伙计不是打马蹄铁就是打马蹄钉。门外头呢,南北立着两座拴马绑牛的Π形木架,出师的伙计,就坐在马扎上,把牲口蹄子倒搁在绑着蔽膝的大腿上钉马掌。秋季开始走冰道的时候,也正是姜家炉最忙碌的生意旺季,门市外面的广场上日常是车马不断。辕马若是已经绑在架子上了,外套马,前套和里套的牲口纽绳就都拴在车轮子上,它们低颈吃草,摇尾晃头,那木槽里是些铡过的谷草,都拌了泡过的豆饼,那些等待着轮次钉掌的马匹,都一边甩着尾巴,一边吃着草料,有时还抬头向铁匠炉的火光望望,故作吃惊般地竖立起两只耳朵,见到人来就哙儿哙儿喷着响鼻,逗引人摸它的肩头,拍它的长颊。我初次路过这里,觉得那些农车上卸下来的马匹,真是好玩而有趣,但自己却不敢碰它们,而是就蹲在那里呆呆看着,把跟着人家到粮草市去"掰大眼"的事也完全给忘了。还得周书东几次催促:"快走吧!都要散市了!"赶到姜家炉背后的作为粮草市的大广场,吓!四轮马车,两轮花轱辘车,还有朝鲜的两轮高车栏的独套牛车,挤满了广场,牛声哞哞,马声哙儿哙儿,人声喧哗,真似赶庙会一般。这正是卖完粮草,卸完载,在这里就地喂过牲口,或是还等待同伴进街里置办婚嫁彩礼归来,或是跟车的在等下饭馆的掌鞭子车主、粮户归来。天还没有黄昏,卖夜宵、卤猪肝、烧鸡、驴肉的小卖各自都手提着还未点燃的带玻璃罩子挑灯,斜背着肉箱,一手提着活腿的木脚架在车辆间吆呼起来了!卖水煎包子的,肩掮木盘子,上面盖着棉布垫子,也有挎着篮子卖山东硬面馒头的。而我们找的却是脖子上套着布套、胸前挂着方木盘卖麦芽糖棍的朝鲜人!

  人们在这里显得是那么忙碌,兴奋而且欢乐,仿佛买卖双方都在这里得到了满足,都生活得自由自在、舒舒坦坦,就是背着木箱卖烧鸡的也是愉愉快快，喊起来一手捂着耳朵，自以为半个珲春城都能听到他响亮的叫卖声一样的得意！尤其是冬天夜晚，粮草场散市以后，这叫卖烧鸡的声音，从河沟北沿，隔着"铧尖"大街，能传到商埠地各条胡同里的大院，等我从韩秀才的私塾馆下了夜学，都能听得见。显然那时候北河沿的卖吃食的小馆，都已经卸了幌子，戏园子也散了场。夜深人静，这种夜宵买卖，就全由这些赶粮草市的提着手灯的叫卖者接手了！

总之，以上都是在我的长篇小说《姜步畏家史》第一部的《幼年》里所未曾写到的一些角落。我常常想起这半面大街，因为它是和我少年的生活联系在一起的，和少年时期的耍伴周书东联系在一起的。在这里的回忆算是对在抗联二军师政委任内牺牲的烈士的悼念！

一九三九年冬去绍兴

一、前记

抗战初期，在鲁迅的故乡绍兴有一个文化综合性报刊，名叫"战旗"。

这《战旗》是由国民党浙江省第三专员公署提供资金创办的。开始是八开的小报，为五日刊，一九三八年五月创刊。主编人曹天风先生是倾向进步的人物。因而这个报刊的主编为当时回到故乡绍兴去视察的周恩来同志所注意，且曾手录绍兴沈复生先生的七言诗八行以赠。内有"成败区区君莫问，中华终竟属炎黄"之句。直到现在，这首为周恩来同志所手录的珍迹的影印件，还在首都革命历史博物馆里作为展出品收藏着，这是一九三九年三月末的一段历史证物了。

周恩来同志离去之后，相传这个表现突出且获得录赠七言诗的《战旗》主编，就遭受国民党右翼地方保守势力的猜忌，很快就被排挤出去，《战旗》就改为专员公署的宣传部门负责主管了，这是一方面。另外呢？据说，周恩来同志在离开浙东之前，曾对中国共产党浙江省的负责同志作过要加强绍兴地区党的建设的指示，说过"不要忘记了我的故乡"的话。这就决定了绍兴地区未来的政治形势必然的发展，也决定了《战旗》未来的命运。如果抗日统一战线的领导力量不能占领这一在浙东的精神领域里发挥民族革命力的阵地，那么也必将有我们的综合性的刊物在绍兴地区出现，来代替它。

实际上，中共宁绍特委最初的四人委员会，早在一九三八年五月间就已经存在了。绍兴地区的党小组是隶属于当时的诸暨中心县委书记杨思一同志领导的,而宁绍特委的第一任书记就长期住在嵊县长乐乡有名的沃基村邢子陶同志的家里,自然,这也是宁绍特委机关的所在地。而杨思一同志与邢子陶同志都是宁绍特委委员,后者还兼任嵊县第一任县委书记。

我和杨思一同志是"保卫大上海"时期,在前线大场结识的老战友,但我们在嵊县重新见面的时候已经是一九三九年的五六月间。那时,杨思一同志已接任宁绍特委书记,而兼任嵊县县委书记的邢子陶同志也已调走,王正山(明远)同志继逝世的张珂表同志之后为嵊县县委正职书记。而我也因形势所迫调离三界茶场,转到地处马前村的嵊县中学去教书了。这是我去绍兴接编《战旗》以前的情况。

二、长途电话上所作的工作调动

一九三九年十一月间,我在嵊县中学任教期间,突然接到从绍兴打来的长途电话,说杨思一同志要我到绍兴去接编《战旗》,说这是"革命形势发展的需要",问我有什么意见,是不是能马上来接编。

现在想起来,也很惊讶,我竟然是那么迅捷地,似乎早有准备一般,说:"我可以去接编,只是我们要向浙江省三区专员公署提两个条件,如果没有问题,我可以很快地离开这里。条件之一,是审发稿件,由主编全权处理,专员公署无权过问。另外,我要调一位副主编去做我的助手,提出待遇要和我一样,就是说拿一样的工资。"不想,对方在与身旁什么人稍作商量,竟然决定得那样快,说:"这两个条件都不会有问题,你是不是马上能到绍兴来呢?"我说如果这两个条件没有问题,我会很快到绍兴去的。对方说:"没有问题,你就来吧!"又说:"就这样决定了,我们等着你!"自然,也告诉我,到了绍兴就找俞坚同志,并且告诉我俞宅的街巷名称和门牌号数。我已记不确切对方是俞坚同志,还是郦咸明(逸民)同志了。总之,两人都是以前我从未见过面的,但在长途电话中,由于是传达了中共宁绍特委书记、我的老战友杨思一同志的决定,因而感到很亲切,而且"我们"两字,也含有局外人所不能领会的特殊的亲切关系和意义。

除此之外,还有另外两个因素,促使我那么机敏地作出去绍兴接编《战旗》的决断。一是在这之前我曾接到邵荃麟同志由金华来信,告我东北流亡诗人辛劳同志已由皖南来到金华,很想在浙东找到一个工作,安定地"休息"一个短时期,能和我一起在嵊县中学教书更好,希望我为之注意,给以帮助。自然还附有这位诗人的致意信。第二,嵊县县委书记王正山同志曾经提及陈午韵(静之)同志在清波中学也很受人注意,最好能调换个工作环境。因而,我在长途电话中除了答应宁绍特委的调动之外,所提出的第二个条件,原是准备约诗人辛劳做副主编的。自然陈午韵同志可以到马前村嵊县中学来接替我的教书位置。我认为这是"一箭双雕"的办法。但当我向县委书记王正山同志谈过之后,正山同志却以为还是要陈去绍兴为妥。这样辛劳只有到嵊县中学接替我的职位一条出路了。而这也是与邵荃麟同志的初意相符的,于是我首先约陈午韵同志谈话,并转告了组织上的意见,约他去绍兴协助我编《战旗》,问他是否愿意离开嵊县清波中学。陈对去绍兴是没有意见的,因为他在嵊县已经为国民党地方势力所注目了。只是说,编刊物,没有经验仿佛难负重任似的。我认为,这是自谦,我说我们一起来办嘛,只要有稿子,编排、画大样之类等技术问题倒在其次。我所以提出带一副主编去,仿佛就已经有一旦《战旗》归于"我们"手里,任务就算基本完成了的打算。至于由我主编,还是由另外党内同志主编,都是一样的。主要的是稿源,这都将由我作为媒介,依靠当时任中共浙江省文委的邵荃麟同志来解决,是完全不会有什么问题的。

总之,我和未来的助手陈午韵谈到稿源,对这个刊物,怀着一种信心,它必然会成为浙东的第一流的期刊,它的根须将深深扎在由全国左派学者、专家所组成的土壤里。《战旗》的前景自然是光辉诱人的。陈午韵同志很高兴这一调动，因为在嵊县业余宣传工作队的许多地下党员，还有这些党员周围的积极分子，都早已秘密离开嵊县转赴绍兴编成第三专署政治工作队了。最后决定，陈要等我到绍兴之后的来信，自然要随时准备应召去《战旗》接事。

于是我赶紧向金华柴场巷十五号挂长途电话，要东北流亡诗人辛劳来嵊县中学接我的教席职位。只要这一接替人解决之后，我就可以向校方提出离职的要求了！来接长途电话的是辛劳同志本人，不须说，听到我的声音对方是很高兴的，因为自从一九三七年十一月间，这位同乡诗人在上海黄浦码头送行与我告别以来，整整是两年的时间过去了！因而开始相谈，是热切地互相问询而又彼此听不清楚对方到底说的是什么，只感到又亲切又欢欣。问他是不是很快就能来，他说，会的，很快就来！我说，可要说定了！并告诉他，我在学校将为他留下一个月的工资。这样，对方到达之后就有零用钱，以便购置必需的生活用具。因为我知道依靠文字生活的人，是很穷的，尤其是我们这些东北流亡的作家和诗人！他还告诉我："绀弩也来了！就在我旁边！他要和你说话。"绀弩也是为辛劳在嵊县有了职业而高兴的。最后我说："那么再见了！"绀弩同志急切地说："慢着！慢着！什么时候？在哪里再见呀？"仍然是带着杂文家的诙谐，在长途电话中相戏谑。我离开了亭式隔音间，还久久地想象着，仿佛这位身高体弱的中年作家，穿着那套日常的灰色西装，就在眼前，而伴随着他的那位诗人，仍是满头卷成圈儿的短发，闪着两只铃铛般乌黑发亮的眼睛，小巧的嘴咧开来笑着！还想象着两人会在柴场巷那座两层木板楼的江浙式寓所里，要宅主人邵荃麟与葛琴两同志在晚餐桌上加菜，喝两杯葡萄酒，为诗人辛劳饯行。

回校后，我向校方提出了代课人一定会来接替我留下的课务的保证。校长是南京中央大学学化工的丁镇堂先生，宽肩，健壮。他通情达理，毫不留难地与我话别了。

我独自一人，由曹娥江乘客运班船，终于开向鲁迅的故乡——有名的中国威尼斯——绍兴了！这是我在少年时期，远居吉林延边地带的珲春时，就已闻名的地方，但就是来到浙东，来到地邻上虞、绍兴的嵊县三界茶场，我也从未想到我居然会有幸运到这一度曾为南宋高宗驻跸的古都来工作，我的欢悦之情，是可以想象的！

三、水乡旅程

从嵊县到绍兴，是自剡溪经曹娥江，可以直达，且自古以来，这条水路景色就是著名的。最早见于《晋书·王羲之传》所附的三子王徽之夜访当时隐居在古称剡溪（今名嵊县）的画家戴逵，就是由绍兴地区古称山阴的地方，乘小船经曹娥到剡溪的。这位山阴名士整整航行了一个夜晚，等到天亮到达戴逵宅门口的时候，这个深染魏晋之间"竹林"遗风的书法家，却又不下船去叩门访友了，而是原船返航，说，乘兴而来，兴尽而返，何必一定要见他呢？由此可见，这一夜航程，沿途路经的山色月景又是多么美了，尤其是冬季的雪夜。显然，船到剡溪戴家门前，这个豪放而任性的文人已经彻夜未眠，消耗尽了人在画中的雅兴，想打瞌睡了，哪里还有会友谈画论诗的余兴呢？时隔一千六百年左右，如果说有变化，那只是剡溪上游已经水浅，不见有航行的乌篷小船了。战前，从绍兴到东阳有条私营运输公司所投资经营的汽车公路，这时只剩南半段——从嵊县县城到东阳县，还有一天开两个班次的烧木炭的公共汽车行驶，而北半段的公路早已破坏得坑坑洼洼，因而从嵊县到三界北面的曹娥江班船码头，只能步行或乘两人小轿。

这种来往绍兴与三界之间的班船，是以竹篙撑船为主，似乎上船两侧的行人板上，各有两三名手持竹篙的水手，雁翅式排列开来，来往在板上走动。乘客是铺挨铺分为两处，脚掌抵脚掌地躺在船舱里，总共也不过三二十人。乌篷如罩一样扣在上面。坐这样的班船夜航，不要说两岸山色,就是夜空的星星也难得看见。乌篷下吊着一盏前后摇晃的吊灯,半明不暗。同样是一夜的航程,但人人只能躺在自己的铺位上,有的打着鼾声,有的睁着两眼想自己的心事。夜深人静,只听得水声琳琅,石头擦船底声矆矆,船头一阵喧哗,原来是船过闸门坝口。有人坐起来问:"是过篙坝了么?"我已是困顿不堪,哪里还有钻出乌篷罩子之外去欣赏江南水乡的兴致!而且船头弹丸之地,还是撑船水手歇气抽烟的地方,船尾呢?又是掌舵的船老大活动的地盘,且有锅又有灶,更没有船客容身的空档。

但从曹娥江上有名的码头章家渡到上于百官,这一曹娥江支流的水路,我却是在一九三八年五六月之间,正是春末的鸡雏约已长成半斤之重的季节,曾经独自乘着由舵手一人划驶的三明瓦乌篷小船走过的。这曹娥江支流小溪的柔媚景色是独特的,它和桂林到阳朔那种山高月小的画境给人的感受全然不同。我还记得在那仅容我一身平卧的小船上,仰望,是蓝色的天空。那宝石般的蓝色,蓝得透明而有光润,丝绸般柔软。由于中间那一块乌篷瓦已经推开,让它叠摞在遮护我下半身的篷瓦上。头前呢?是遮罩船头的乌篷瓦,我这时是只要侧侧身就可以看到生满堤岸的绿草与野花。左侧是这样,右侧也是这样,而且草香浓郁,气息新鲜,春色虽暮仍浓,就如醇酒一般醉人,使你感觉到江南的春天是这般柔媚,永远不变似的;更使你感到美好年华正如这蓝天、这芳草、这正开在两岸的野花一样新鲜而可贵,感到你所从事的与我们这个古老民族兴亡有关的工作融合在一起的青春生命的珍贵。那绿草,仿佛你伸手也可以采摘,而且它们就在你眼前悠悠闪过,连花朵上的小野蜂抱着挂在两只前腿上的绒毛酿蜜花粉,都看得清清楚楚。从那蓬茂草丛间伸展出来的枝叶,有时会出你不意地擦脸而过,仿佛是大自然派出的使者伸出手持的枝条来欢迎你。

我这次的夜航,虽然没有眺望两岸山色崖景的幸运,但却怀着和一年前去上于百官同样的欢悦与舒畅的心情到达了绍兴。

初入绍兴市区,航道两侧如崖上的街景,给我的印象是深的。这时,船当中那块竹编乌篷瓦早已推开,眼见客班航船是在两侧街道之间靠了码头,这才真正体会到从电影上感受到的威尼斯的水乡风情。而且,航道上,三明瓦的乌篷小船与无篷遮护的运货船三三两两悠然地漂动在远近的水面上,航行者给人一种怡然自得般的神情,真是可羡可赞,尤其是街道之间的弓背式石垒独孔小桥,孔洞如城门通道一般高大。为了竖有桅杆的帆船可以通过,那半圆形的桥洞,就如圆顶帽子一般弓起,两头的行人过桥,显然如登临突峰那样上下了。这种江南水乡的弧式独孔小桥,仅仅是横跨小街的长度,到处可见,而建造的形状又不一样,这是绍兴街景的特色。自然,只要有这拱形小石桥横跨街道的地方,当中必然就是通往四方的小小的深水航道。只要是临近河道的是后门,那么门外石头台阶底下也就必然会拴着一只无篷的苇叶小划子或是采莲蓬式的木盆划子。前门来客,厨师或女用人就从后门划着这种自备航具,到街里割肉、买鱼去了,而乡间来卖柴的船只,也是划到后门的石头台阶下卸载,如果沿街划着船叫卖,那么两岸总会有人出来讲价钱,划船卖柴在这里正和北方赶着马车进城卖柴一样,买主可以站在岸上还价,还能摸到柴火垛,试试它的干湿程度。又足见街里河道是多么狭窄了!

我终于到了这座江南名城了!兰亭,我是在访友时去游览过的,但却未进绍兴市,更没有去鲁迅故居瞻仰的机缘。而这次,我想,我一定会有这个机会的,我要去鲁迅先生读过书的"三味书屋"的遗址或故居的"百草园"看看!当时,我这么欢欣地想着。实际上,我初入绍兴的这个意愿直到先生百年诞辰的前夕才实现,相隔已近四十年之久了。足见到绍兴接编《战旗》之后的忙乱情景了!

自然,我到绍兴的当天,就按所约,在一条小巷里找到了俞坚同志的住宅。

四、内外两次会谈

俞坚同志的夫人出面接待。

这是一个休假居家的中学教员般沉默持重的妇人,身穿蓝布旗袍,高高的个子,眉目端正,日常总是站在门口,两眼望穿一般在迎候自己的丈夫,目光直迎到街口。仿佛世界上除了她所迎候的人,再无第二个人存在一般。可见她对自己的男人眷恋之情是多么深了。

俞坚同志同样很稳重,穿戴也如一个中学教员模样,制服外穿着件旧的短大衣,面型也文弱。就在他的临街住宅内暂时安置我住在对面的客屋里了,当天晚上,就约了还处于地下状态的党组组长郦咸明(逸民)同志和我见了面。他的公开身份是第三专员公署的秘书长兼政治工作指导室的总干事。这是一个体质并不健壮,但高过俞坚一头的文官式人物,穿件黑色冬大衣,戴着黑边眼镜,那两只铃铛般的大眼珠炯炯有神,而风度也很潇洒自如,可以看出这是一个很干练的同志。我现在已记不完全我们到底谈了些什么,但却记得,那天晚上虽然宁绍特委书记杨思一不在场,我们都像在一起工作过很久的故友重逢一般亲切。记得那天晚上谈到关于第二天会同政治工作指导室的主任许闻渊先生一起去见专员杜伟的问题。据说,许和杜是姻亲关系,而杜原为浙江省建设厅厅长伍廷飏的左右手,是很受国民党浙江省主席黄绍竑器重的。谈到关于发稿的审阅权限,也可以当面再向杜伟先生提出来,"钉死"。仿佛在接到我的长途电话之后,他们已经通过许闻渊主任,也向这位专员谈过了。

另外,还记得为了加强《战旗》与政治工作指导室的关系,便于我们研究《战旗》的编辑方针,我须兼任专员公署政治工作队的职衔。政治工作指导室可以给我"政治教官"的名义。

第二天,我随俞坚同志如约到达专员公署政治工作指导室的时候,郦咸明同志也早已在办公室里候我们了。于是由郦介绍我认识了身穿黄呢军官便服大衣的许闻渊先生。后者容光焕发,谈话时站得笔挺,半只手插在胸前扣得严紧的军大衣的前襟里。他是站着谈话的,寒暄一阵之后,座也不让,就很快带领我们到专员的会客厅里去了。许闻渊先生仍然是半只手埋在胸前军大衣之内,完全是一个英武军人的姿态,脸颊也修饰得光润无髭,敏捷而利落地走开了。政治指导室离专员的办公室很近,大会客厅就在专员办公室的外间,当许闻渊先生还未陪随杜伟专员走出办公室的时候,会客厅很肃静。我当时虽只是二十二三岁的年龄,却已嗜烟如命。在大会客厅中一坐下来,就口含烟斗点烟了,除了习惯,仿佛也有为了驱除周围这种气息迫人的肃穆气氛的因素,并且大声和姿态潇洒自如的郦咸明同志谈话。

不想仪态从容的杜伟专员,穿着一般的蓝呢中山服以谦然之态出现了,并和我们一一握手。在这里不能不说,从这位国民党左派人物处事如此迅捷当中可以看出来,在这个有如满清的知府官衙里,确实充满了活跃的战时的气息,反映了国民党抗日初期的广西派军人的简捷、果断而务实效的战时作风。此外,今天看来,这位专员在面对着一个恃才傲物的浪漫诗人式的青年,也仍以虚怀若谷之态相待,也不能不说确有一种长者容人的风度。这是我和绍兴地区的国民党正式官员的第一次接触,因之,印象很深。但当时我却误以"平庸之辈"看待,也说明自己阅世之浅、观察力之弱了。

不须说,我提出的未来主编《战旗》的方针及社会式的组稿方法,杜伟先生都以"只要利于抗战,这是没问题的"的谈话方式完全接受了。并且当场由主任许闻渊按铃唤来秘书,杜伟专员说明要去电嵊县,催我的助手马上来绍兴接事,并由我向持笔作记录的秘书说清楚陈午韵同志的通讯地址。这样,接编《战旗》的任务,就算完全定下来了。原有的编辑部人员,我们自然也不想留用了。以后,我们在《战旗》"革新号"集稿之际,只接受了由俞坚同志推荐的杨健同志。

这次会谈忘记是由谁提出需要在《战旗》"革新号"上发一篇

纪念孙中山先生逝世十四周年的文章，完全是建议性的。我们仿佛也认为这是应该的，因为孙中山先生晚年著名的三大政策是为我们所拥护的。

从专员的大会客厅走出来，好像双方都很满意。接着，我随办公室主任许闻渊先生去公署机关的宣传部门会见了宣传科长王传本先生。他当时是《战旗》的主持人，自然由他负责向我办理交待。我记得，这是我们唯一的一次见面。作了简短的交谈之后，王传本先生就交出了《战旗》编辑部的公章。至于待审的稿件，我全部未接手。

当时《战旗》的七九、八〇两期的合刊，正在印刷厂排印，我们的"革新号"是决定从一九四〇年一二月份出版。因为我们的新编辑部还正在筹划，正在调集人力，还须要我亲自去金华组约专稿。至于有关纸张之类物资及财务方面的问题，郦咸明同志以政工指导室干事长的身份说，以后再派人来接手办交待吧！以后，这些属于总务方面的事项，就都由美术工作者杨健同志担任了。他的主要任务是封面设计、题头配图之类的木刻工作，但也兼跑印刷厂，办理对外的事务，是很干练的使人难忘的青年。

关于一九三九年冬接编《战旗》的经过，就是这样开始的。在我们的新编辑部还未建立之前，以郦咸明同志为首的三人小组，就是它的临时的决策机构。

今天看来，关于这次办理交接手续，由于处理简单，没有从旧编辑部负责人王传本先生手里接受一份稿件，因而就形成了以后的《战旗》新编辑部与专员公署内的行政机构的长期隔阂，虽处一个"知府衙门"的大院，但却相视如路人。显然这是有点过"左"的，实质上，反映了自己对抗日统一战线的精神实质未吃透，因而在接编之初，在人事方面的团结面是不广的。

虽说刊物以后起了较广泛的影响，形成浙东绍兴地区有志青年奔赴民族革命战场的向导，但仿佛也还没有超出浙东范围之外。实际上，它应是属于全国性的一个抗日文化的传播网点之一，它是当时有名的左翼文化的大本营——"国际新闻社"在浙东的一个重要的"陈列窗口"，以后刊载过邵荃麟、骆何民，邹韬奋、辛劳、沈钧儒、胡愈之等著名专家、学者诗人的论著，因而它的影响，应该超过当时在国民党左派政法、教育界有影响的《浙江潮》以及属于左翼文化阵营的《刀与笔》，这两种期刊都是当时金华编辑出版的。而实质上，《战旗》只能说是与前两种期刊鼎足而立的印刷物。这又不能不说，在发行上，我们从开始就没给以特别的重视，自然不及今天一些地方期刊却驰名全国那样有影响，这也说明了主编人办刊物的经验不足的一面。

一九四〇年初春的回忆

一

一九三九年冬,由于中共宁绍特委的安排,我在绍兴接编了第三专区的期刊《战旗》之后,就又接到了由专员公署签署的聘任书,正式任命为政治工作队的政治教官了。自然,这只是为了纳入政治工作指导室的编制,名义上是为了加强未来《战旗》编辑部与专员杜伟先生的心脏组织的密切联系,实际上,又是为了便于我和党组组长郦咸民同志交换意见,听从中共宁绍特委的指示传达。我的工作仍然是办好这份属于鲁迅先生和周恩来同志故乡的刊物。因之,我从未去政治工作队讲过课,一日三餐不在大饭厅,而是在专员的特备餐室。这是一间与办公室相邻的房间,油漆的地板,四周有半壁油漆的护板,餐室当中平列两张圆桌,除了衣架、盆景之外无他物。一桌坐的尽是专员公署行政部门的主管人员,一桌是为政治工作指导室的首脑人物所专用,而为广西抗日派黄绍雄所器重的公署专员杜伟先生,就和我们的为中共宁绍特委直辖的指导室党组织负责人郦咸民同志同桌,此外还有许闻渊先生。显然政工指导室是这公署衙门的灵魂,为公署主人所信任和尊重的程度,似是超过另一桌的属于他的高级幕僚之上的,至少从表面上看是如此。这又是完全出于我的意料之外的。在餐桌上,很少有人谈话,就是谈话声音也是低低的、简短的,而在饭后,作为专员公署的秘书长的郦咸民同志总是和我一起离开。从餐厅走往窗外面的走廊,再从外面的铺砖砌石的走廊走到政治工作指导室的办公室,是段不长的通道。这是我们日常的重要接触时间,有些机密话就是在这条长廊走道上并肩走着时,仿佛随意谈天那样传达的。例如,《战旗》"革新号"需要让许闻渊出面写篇发刊辞,说这是党组织的意见,希望我能考虑。但这是和我接编《战旗》的初旨不符的。而郦咸民同志说,这是利于我们在绍兴开展抗日统一战线新局面的工作,是关系到国共双方的抗日团结的。又如,纪念孙中山逝世十四周年的文章,也指定要我写,虽然我从来没有写过这类文字,既要纪念,还要避免显露自己的政治观点以免招人猜忌,在我却是很难着笔的文字。但郦咸民同志认为,这是主编分内的事,且关系到主编威信,又是无法推托的。还有嵊县的县委书记——我的老战友王正山同志调到绍兴来了!郦咸民同志要我晚上去看他,参加秘密的欢迎式的碰头会,并告诉我会见的地点等等,都是饭后并肩过走廊时说闲话一般通知我的。直到这时,我才知道给以"政治教官"头衔的重要性了。如果不属于政治工作指导室的编制,就很难获得这样简便的不为人所注意与猜疑的接触机会了。

接任政治教官聘任或委任之始,郦咸民同志以政治工作指导室总干事(或干事长)的名义,带领我到政治工作队所在地的大厅里去和这个队的党组织负责人杨时俊(陈山)同志作了初次的会见。到了五十年代,这个三十年代末在绍兴相识的青年就以诗人与剧作者的身份当选浙江省作家协会的主席了。在这个政治工作队里和我初次相识的,有六十年代曾任《北京文艺》主编的商白苇以及商的未来妻子陈的红同志,还有五十年代在上海文艺界刚露头角,就为过"左"的路线错划为右派的李名卿同志。此外,都是我在嵊县任县委宣传部长时期就已相识的党内同志了。在这里有善于指挥的歌咏队长赵大保同志,以后在桂林与重庆、上海长期保持着同志式感情的王芸蓉同志(新经济学者姜庆湘教授的夫人)。而友谊最深的在当时来说,就是曾经在我直接领导下的属于嵊县学生暑期回乡服务团的党组织负责人竹可羽同志与他的中学时代的好友楼爱姑(燕如)同志了。除了个别人,这些同志今天都健在，且在各自的工作岗位上作出了应有的贡献，如竹可羽在五十年代是《文艺报》的编辑，他所撰写的文学评论，当时是很为读书界注意的。这不能不说，中共宁绍特委在这个专员公署是建立了培育干才的苗圃。在这个苗圃里也见到了我的大妹张普之，自然，异地相逢我们是分外欢快的。那时，她已离开三界茶场茶技人员训练班国语教师的职位，列名于政工队的队员编制之内了。我看到她，想到这个在东北我的故乡珲春生长的妹妹千里迢迢应约来浙东之前，曾在上海许广平先生任校长的中华女子职业中学读了半年书。如今兄妹又都来到绍兴，都说："生活的变化真大！"虽然她还不是中共党员，但我们与那些来自嵊县的党员却都像一根藤上的瓜果一样，而她在这些同志之间，也像在兄弟姊妹行列里一样，相处得亲切无间。因之，我们仿佛仅仅见过一面，但谈话还不及与竹可羽多，更多的只是相视对笑而已。

不久，我就受命去金华组稿了。

二

我似是在一九四〇年元旦之后到达金华的。这是我第三次来访，街面上却已不是初次流亡来浙江到建设厅报到时的情景了，那时所有商店都半关着，从上海、杭州逃出来的过客又特多，空袭警报也频繁，人人行色匆匆，一派战时紧张模样。

柴场巷十五号（？）是座木料门面建筑，那江浙式两层楼的楼窗以及漆着土红色的栏杆，在白粉院墙之外就看得清清楚楚了。这木料门面的两层小楼西厢还各有一间角楼，因而从院门到带楼道长廊的前厅是日常不见阳光的阴凉小院，砖铺过道，石缝间长着绿苔。对我说来，虽是第二次来做客，但却说不出的亲切，真是欢欣如归，仿佛边防哨所的战士回归大本营驻地一般。因为当时在这东南半壁，我说过，金华已成为如武汉一般的左翼文化重镇，而它的大本营，就是在这并没高挑帅旗的柴场巷十五号。那白院墙门侧，却挂了一个国际新闻社金华分社办事处的方形标牌。这个木面结构的两层楼小院的主人，就是来自上海的两位左翼作家：男主人就是十年以后曾任中国作家协会党委书记的邵荃麟同志，女主人就是三十年代为鲁迅所赏识的介于丁玲之后萧红之前出现的女作家葛琴，可以说他们夫妇两人都是鲁迅先生周围的中共党员。还有一个著名的杂文家聂绀弩同志，他就住在这座小庭院的角楼上，另有楼梯出入。我们就是在这个角楼上第一次相识，而他同样可以说，是来自鲁迅身边的左翼作家。当鲁迅先生在上海北四川路一家豫菜馆举行便宴，准备介绍《生死场》《八月的乡村》的两位作者与茅盾夫妇见面时，作陪人中就有聂绀弩与周颖夫妇，足见这位杂文家当时多么为鲁迅所倚重了。我当时想到要见面的这位"名士"，就不禁要自笑，他是那么才气横溢、诙谐有趣，而且是为我时常所怀念的。我却没想到，在前厅里首先见到的是冯雪峰同志。这是在我初访他乡居写作的神坛村之后，又一次异地之逢了。我立刻想到，这个小庭院岂不正是一个以鲁迅为旗帜的左翼作家的又一大本营么？这个在金华聚会的左翼作家阵容在我想象中，也正应该是《战旗》"革新号"的阵容。自然冯雪峰同志是"有事"来金华走走的，知道我要来，又留下来等待和我见面谈谈的，他就要回义乌县继续他的山间乡居的著述生活去了。他身穿一件灰色中式长袍，俨然是隐居的学者或大学教授一般，又是一番干练自重而半点尘俗不染的模样。实际上，他所说的"有事"来金华走走，我不须问就猜到或是来金华听取党内指示或是党内有文件传阅。我哪里会想到中共中央东南局已经在金华建立了一个文化工作委员会，邵荃麟与冯雪峰都是属于东南局的文委委员，而且后者又是经由这个庭院的主人的关切，在周恩来同志一九三九年过浙江时，重新又接上了离上海时中断了的党内组织关系的。因而这个东南半壁的左翼抗日文化中心，不仅仅是来自故去的鲁迅先生周围，而实际上还是团结在周恩来同志周围的组织实体。自然，正由于这样，反而是不能全班人马都在一个地方期刊上出现,这样的阵容是会招忌的。因而当我刚刚说明是来金华组稿的,并欢欣地说,很希望冯雪峰同志为《战旗》写篇专论时,雪峰同志两只眼睛在笑时眯成月牙下弦形,指着邵荃麟同志说:"向他'批发'嘛!国际新闻社是今天抗战文化领域里的各方面专家学者组成的托拉斯,从他这里'批发'好啦!"邵荃麟同志仍然是深蓝色西装、黑呢大衣、黑色领带,同样欢欣地笑着,文弱而秀气的脸上,有双慧敏的眼睛,说:"我们正等着你来呢!"又问:"你怎么和密斯W认识呢?"我说:"这你又怎么知道呢?"对方不禁嚯嚯地大声笑起来,向冯雪峰同志说:"他给密斯W的信,我都看了,你知道,她现在已经和金华的一个有少将衔的人物订婚了!"我不知道是不是脸红了,只觉得一阵耳热,就像什么秘密都已被戳穿的孩子般坦率地笑了。我奇怪,我给这个充满浪漫主义热情和幻想的女孩子的回信,怎么会落到荃麟同志手里呢?荃麟亲切地笑而不答,有意和我作耍一般。就在这时,女主人葛琴同志回来了,她是那么健壮,绿色旗袍外面罩着件灰色西式外套,高跟鞋嘚嘚作响。她笑着,天真地闭着嘴观察着,仿佛知道我刚来,而且她已经看出来,我们正谈着什么神秘而又有趣的事物。她用眼睛左右环顾地探询着,等知道是因荃麟看到我给密斯W的信而在揶揄我时,就在我肩上拍了一下,完全是抚慰我一般地说:"他不告诉你,等我告诉你!"她需要进去换换鞋,那神气是故作抱不平的姿态,又说:"干什么,人家刚从外地来,就这样挖苦人家呀!"虽是一种姿态却使我感到亲切和宽慰,就像是在老大姐维护之下的小弟弟一样产生了一种依赖之情。可见这位三十年代为鲁迅所赏识的左翼女作家长期处于地下共产党人之间所形成的一种同志当中亲如家人的感情所具有的吸附力了。这也正是我初次来访就奠定了的一见如故的友谊由来。我之所以一见那由白院墙围遮而半露的江浙式木料建筑的楼廊栏杆而有一种远游归来的亲切感,就是产生于男女主人对我这种坦率而又亲切的真挚的友情。

自然，冯雪峰同志也是那么天真地笑着，却不想正在嬉笑间，又从厢房里走出来一个人，大衣披在肩上，一头乌黑闪光的卷成圈儿的头发，使我大吃一惊，这不是我的同乡诗人辛劳么？他见到我愕目以视的样子，也有些腼腆的神色，他那两只咕噜噜乱转的乌黑乌黑大眼睛笑着，说："对不起！我没走，真的，是走不开！"并转脸向荃麟同志求援一般地说："不信，你问呀！"男主人就说："是呀！他在写东西呢！"这位革命浪漫主义气息很浓的诗人，一边说话，一边低头不时看看自己那两只手，原来他一手握着青田石图章，一手握着刀具在忙碌着，边说边刻边用小巧的嘴唇吹着刀刻处的石粉，发出噗噗的声音。现在我不能再说什么了，因为他在四十年代初期已经成为我们左翼文学艺术界继柔石、殷夫与胡也频等五位烈士之后而牺牲于苏北土桥监狱的革命烈士了！在这里，我只能遥望南天，默哀致敬！不须说，我的同乡诗人辛劳在我离开嵊县中学未能北去补我的教席位置，是为校方所不理解的，会以为我失诺言，言而无信。后来听说，我所遗留的课务全由校方的同事分担了，且也分领了为我留给诗人的一个月的工资，算是额外的赠补款数，因而都也没有什么意见。

仿佛诗人辛劳的失约完全不须再解释什么了。还没有等女主人回到前庭那间红木家具简单却充满书香气的客室，男主人就已经向同样等待解答而又全神贯注的冯雪峰同志交底了。原来那位已经与戴有少将衔的左翼抗日友人订婚的女士，也曾经做过这宅院里的临时寓客。由于旅途中遇到风雨，手提箱又渗水，里面装的衣物与保存的若干私人信件都湿透了，她就在院墙门道口里晒，衣物一件件都摆在砖砌的走道上。这是小庭院里唯一能从门道外射进一块桥孔形的阳光的地界。信呢？自然也是一封封抽出来，一片片信笺也摆在走道上晒。不知怎么为荃麟同志从中发现了信封署作"三界茶场"的一封信，说："这不是骆宾基的字迹嘛！"又问："你们怎么认识的？"那善于交际的女客人就坦然取给他看。原来，我又向她要照片，又希望她能去三界茶场玩。自然，这是我的回信。她或是初次来柴场巷做客偶然和我相遇，而来信谈谈自己对理想的追求之类，我已记不清楚了。总之，回信也是过分热情洋溢。据说接到我的复信，她确也有所游疑，但那位当时在金华有名的风头人物，对她是一见钟情，天天相邀、相伴，出入相随，已经不容她有片刻驰思遐想的时间了！我刚刚伸出探索什么的感情触须陡然受到挫伤，因而温州之行的内涵因素，我就没有在这个场合吐露。是的，我将要到温州去过春节，主要的是为了会见一位等待我去会见的女友。

三

女主人从寝室回到带走廊的客厅，首先问我是不是在金华多住几天，并指定了我的楼下休息处所，仿佛是与诗人辛劳隔着那小庭院在两厢而遥遥相对。自然，一切都要等待安顿下来再说，我随着女用人走进自己的住所，我的同乡诗人受女主人的嘱托，陪着我，仍然边走边埋头尽自刻着图章，噗噗地吹着章面上的刻刀沟间的石粉。怎么没见老聂下楼来呢？

于是我的同乡诗人抬起头来，两只乌黑乌黑的发亮眼珠儿笑着，神秘地伸出一臂环抱起我来，几乎脸贴脸般俯在我耳边低低地说："建金屋兮以藏娇！"

"真的！"

这位逍遥姿态的诗人赶紧向我俏皮地眨眨眼睛，意思是在女用人面前不能讲，并摇着我的肩膀问："怎么样？还生我的气么？"仿佛他是与这对情人的热恋有什么牵连而未能离开金华，履行在长途电话中的诺言似的！既然这个江浙式庭院的男主人并没有责白之意，当然，确是有什么隐衷和"必要"吧！我初听这个有关老聂的机密，很有些惊疑不解，又听到如此致歉告饶的话，前嫌就完全消释，两个顽皮孩子一般相视而笑了！

"到我屋里去！"

临走前他又嘱咐那个铺叠被褥的女用人："暖瓶里请灌满水。"他披着冬大衣走在前面，我随后跟着，边走边问："那么，他在上海的那一位呢？算是离婚了么？""根本踪影不见呀！上海不见，武汉的文化界圈子里也没露过面！战争年月，很可能已经不在了！你知道上海北火车站那次大轰炸，伤亡多少人呀！"

是呀！这是战争！而且我只知道他们夫妇都是日本留学生，是在国内黄埔军校一见钟情且追到日本相恋的。在上海我说过也很为鲁迅所器重。至于我自己，是自从与男方在金华这个小庭院的角楼上第一次相识，就为他的豪放不羁的革命浪漫主义的风度和诙谐的才华所征服了！因而我并没有为他与相爱的妻子相失而忧虑，倒是完全为他有与这个情人在金华邂逅相遇的机缘而庆，仿佛也是他的当幸福的热恋而感到同样幸福一样。

我提议："去看看他们呀！"

"他们会来的！"

"两个人一块来么？"

"当然！天天来呀！"我们的诗人说，"形影不离！""那还有什么机密，还要背着用人告诉我呀！"我们的故作神秘之态的诗人像被揭穿什么似的天真地呵呵笑起来！一点也不脸红！是个很会讨人喜欢的机灵鬼！

我们完全恢复了在上海法租界美华里初期那般纯真相亲的友情。我大口吸着我的英国制的核桃壳式的烟斗，我们热烈地谈着往事，问及在马斯南路国际难民收容所，我曾经几次见到过的那个项下如项链般吊着一只派克自来水笔的体形矫健而英俊如男性的女孩子的去向。原来，她是随他同去皖南新四军的，虽然他们确是相爱，但纯属心灵方面的，柏拉图式的。自然，在我们的以后成为革命烈士的诗人来看，到了部队以后，到安定下来再结婚，是很理想的。但却不知道在我们的抗日部队里，当时是不兴青年男女革命战士之间谈情说爱，影响部队的战斗情绪的。因为革命形势的发展，随时有调动的可能，如果一个部队，青年男女战士之间，尽是思考着未来怎样组织自己的小家庭，那么这个部队就很难保持它应有的锐敏如锋的战斗力了！因而那是为军纪所不容的，这样他就失去了和她日常见面的机会。这样就使我产生了去新四军之前我们必须要结婚的想法。虽然女方在温州，我还没有见过面。我认为主要的是两人的共同的与祖国民族的命运结合在一起的崇高的理想，爱情是附属于这个崇高理想的！只有小布尔乔亚，才把个人爱情看作是胜于革命理想的！显然我的观点，在当时来说，是过于简单、过于书本化了！但却在未去温州之前形成了一个在男女感情问题上的指针。

我们当时的人生经典是匈牙利著名诗人裴多菲的四句诗，为殷夫之译笔所传：生命诚可贵，爱情价更高，为了自由故，两者皆可抛！

我们在那金华柴场巷的江南庭院式厢房里，谈得是那么兴奋，仿佛我们都是站在崇高之峰的峰巅，看到了中国革命的前途确如旭日磅礴欲出于沧海之涯一般。

小布尔乔亚的缠绵不休的爱情岂不渺小得很，岂能单单为它白白消耗如此珍贵的青春生命。于是我的同乡诗人开始向我朗诵他的长诗《捧血者》。

"不知老头子什么意见？"

"哪个老头子！"

"哎！就是鲁迅先生说的，贩卖精神商品的呀！你问问他好么？"

"你自己为什么不问呢？"

"他对你不一样！你又到义乌去看过他，我有些打怵！"

我答应了这位革命诗人的嘱托。话，我是转达到了，但究竟冯雪峰同志对辛劳的力作《捧血者》有什么意见，事隔四十三年我已记不起来了！但最初我转话时，冯雪峰同志听到为诗人背后称作"老头子"

的代名词，那种惊疑而又思之失笑的神气，仍然如昨日一般。

四

《捧血者》是辛劳的长诗。命意，自然是在民族危难关头，我们为祖国五四新文化运动培养的一代，应该双手捧出自己的鲜血以献。是刚刚在《刀与笔》上发表的。而《刀与笔》是金华出版的左翼文学界的刊物，主编人是木刻工作者万湜思，而幕后的主持人却是邵荃麟同志。曾在这里寄寓的聂绀弩同志以"耳耶"的署名在这个刊物上发表杂文。我答应荃麟同志之约，为它写了一篇《播种者》杂感，已忘记是针对着某种"靡靡之音"了！这篇散文签署的时日与地点，为"民国二九年一月十六日，绍兴"，足证是一九四〇年一月十六日之后，我离开绍兴到金华组稿时随身带去的，而一九四〇年的春节是二月八日，我在温州度过的，说明在七日之前的三五日，正是我在金华的时间。我在这短短的几天里不但认识了《刀与笔》的主编，早已逝去的穿戴朴素的这位左翼木刻家，且也第一次见到了曾经和我通信，并曾经给了我浪漫蒂克幻想的那位少将夫人，对于她的亲切的微笑，还有从长睫毛间闪现的那两只聪明伶俐的灼灼逼人如利剑的眼光，我都如无所感一般冷漠，仅仅是礼貌性地握握手，似乎我们从来没有过什么瓜葛，但我心里却仿佛失去了一个原来为我所不识的珍贵的珠宝一般，懊悔不迭，不止一次暗自思忖：我应该一接她的信就来金华！此外，我也初次认识了面形英俊、高个，穿着一套黄咔叽布棉制服的计惜英同志，他是国际新闻社金华分社的负责人，还有两年以后又在桂林见面的张毕来同志，当时他以《尼赫鲁自传》一书的译者出现于桂林左翼文化界，还有引人注目的台湾义勇队队长李友邦先生，这位体态魁梧、中等身材的军人，是团结在邵荃麟周围的，并为后者所器重的一个新兴人物，俨然是以未来台湾抗日英雄自命的。与这个未来将在台湾出现的抗日英雄相伴随而为密友的，是四十年代末以批判萧军而驰名东北的《生活报》编者之一王平同志。当时以《新水浒》作者著称的谷斯范同志已离浙东去桂林了,《七月》派诗人彭燕郊已从皖南追随绀弩与辛劳之后来到金华。此外,就是与葛琴同任《浙江妇女》编辑的林秋若女士了!她有一双黑宝石般明亮的眸子,红唇白齿。在金华县志上,她应是个闪光的秋瑾式的人物,以后兼黄绍雄的秘书,又于皖南事变后被捕入狱,在上饶集中营时深得冯雪峰同志的倚重,并在诗里特别写到在梦中她的那双乌黑闪光的眼睛。

总之,这就是一九四○年春金华左翼抗日文化界构成的阵容,这些人物都是围绕在中共东南局文化工作委员会周围的。其他如著名学者骆耕漠、茶叶专家冯和法等诸学术界代表人物,虽也在浙江,但多在浙江省政府所在地的永康,我们未见过面,也就不须在这里提了。我们当时都是二十三四岁或二十五六岁的青年,都认为我们自己是肩负着党的嘱托、肩负着民族兴亡的历史职责、代表着祖国未来的人物,自然对于冯雪峰同志都怀着真挚的崇敬之情,对于他过去的辉煌经历,又感到距离我们是不可企及的遥远。实际上他当时也不过三十六岁,与聂绀弩同志年龄相等,或者仅仅是几个月的差别吧!不怪当他听到我们背后称为"老头子"的时候而深感惊奇了。我说,虽然这样称呼,在我来说,还是和我们年轻人的心灵相通的,并没有隔阂!"那么怎么称呼老聂?也是老头子?"我说:"那当然不这么称呼了!就直称老聂!"我说,我们心灵不但相通而且相悦!又说,"对你,是……也相通,不,而是相亲、相敬吧!"

冯雪峰同志就笑着说:"我怎么能是'老头子'?这是要把我推到历史领域里去!是呀!时代嘛!后浪推前浪!"又说:"自然,你们年轻些,前程远大!"

还记得,我们暂时在这所江浙式两层楼的小庭院里的寓客们,在一天夜里都由宅院主人夫妇陪同,去看了荃麟同志的抗战多幕剧《麒麟寨》的再次彩排或演出,和它先后在金华上演的还有《十万大山》。

这是当时在东南颇有影响的两个抗战剧目,同样已经忘记雪峰同志有关的评论了。只记得,在他住的前庭一侧的客室,就寝之前要我谈谈自己的看法,说:"你怎么样看呢?喜欢话剧么?"我认为自己在这样一位负有全国文学评论界威望的长者面前,是很难谈自己的看法的!因为没有把握,且也确实还没有这方面的评判能力。

我说:"我看得很少,在金华这次,是第四次!"他问我第一次是看的什么。我说:"是《伊凡·苏萨宁》,是一九三六年初在哈尔滨由白俄艺术团体演出的一个歌剧。"

"演得好吗?"

"太好了!"我说,"简直把人带到一个崇高的爱国主义境界里去了!"

"你能听懂么?"

"一句也听不懂。可是那演老人伊凡·苏萨宁的演员,带着入侵俄国的法国士兵,在大雪纷飞的冬季,把敌人引到死亡的绝境(无路的山野里),自己怀着将与敌人同归于尽的那种感情,完全体现在高亢的俄罗斯的歌声里,和我们观众是心心相连!在九一八之后,真正使我们在感情上发生了热烈的共鸣!"

冯雪峰同志一边谈着话,仿佛一边在换拖鞋。他说:"呃!会有这样的共鸣!"用注意谛听我说下去的神气看着我。"都是些什么样的演员呢?职业演员吗?"

我说:"是第一流的,据说,是在巴黎演出过的一个有名的白俄剧团!"

"是呀!那些白俄,是有文化修养的!可是他们在哈尔滨演出《格林卡》这样的有名歌剧,恐怕在那些流亡的白俄贵族中间会唤起一种对于沙皇时代的俄罗斯的怀念吧!"我感到这是文学评论家的不同处,我们往往是从剧中人物主题结构和导演的手法来评论剧本和演员,但冯雪峰同志却从演出的社会意义来思考!又问:"还看到什么名剧演出呢？"

我说，在上海看过赵丹演出的《罗密欧与朱丽》。

"你觉得好吗？"

我说，演员是第一流的，没话说，尤其是王为一演的老仆人，在第一幕闭幕前，熄灭门柱上的蜡烛后，打着倦然思睡的呵欠，一手攒拳遮着嘴，确像一个有教养的英国贵族家的老仆人。但对剧情不怎么感兴趣！全不像在哈尔滨看的那一次听不懂歌词的歌剧，怀着那种与剧中人物命运与心灵相通的崇高感！

冯雪峰同志立即插话说："是呀！这里说明一个问题，是时代感！时代！民族危亡的时代嘛！看《伊凡·苏萨宁》就产生共鸣，《罗密欧与朱丽叶》就距离远些了！"又问："对《麒麟寨》呢？"我说，和名剧《武则天》一样，我在这里说了一句很主观而偏颇的话："在结构上，仿佛一个国王没戴王冠一样！"冯雪峰同志在这里带着只有经历过红军的部队生活才能有的爽朗的笑声说："是呀！老是搂搂抱抱，还没达到'登泰山而小天下'的高峰！不过只是搂搂抱抱也好么！总是说明作者和现实拥抱了嘛！在这个意义上，应该说是胜于一般的剧目的！这是我们话剧的创作方向，它不是传奇。"

仿佛得到这样一个结论，我们就可以互道"好睡了""休息吧"，安心各自就寝了！冯雪峰同志在我告别后打开窗。我在走廊上回顾窗口。才顿感这前庭的侧室烟雾弥漫，可以想见我们在谈话中是频频吸烟不止的，这飘散到窗口外的烟气，反映着谈话时的兴奋程度了。

对当时在金华上演的这两个属于左翼抗日阵营里的剧目，得出"是一个创作方向而非一般传奇"的结论，是很久以后我才理解的。自然，说明我当时在美学方面还是旧的艺术观占优势。

我从楼廊底下走回自己的住室，还见到对面的厢屋里，亮着灯，诗人辛劳或在为《战旗》"革新号"赶写诗稿吧！隔着长方形幽静的小庭院，却又似乎听到诗人噗噗地吹眼底下石粉的声音，难道他还在刻图章么?

五

自然,在这有名的柴场巷十五号,我也见到了我们不但初识就感到心心相通且相悦的长我十三岁的聂绀弩同志。这是我们第二次见面,他仍然穿着那件为新四军战士所缴获的日本校级军官黄呢大衣,仿佛战地记者一般,但已不似初识那么随随便便,那么放纵无忌,那么名士派头了。他文质彬彬,举止也出奇的优雅,显然这是由于他身旁有一位柔情的女伴挽臂相陪的缘故。后者是修长的体型,和他肩并肩一般高,又健美又温存,在无微不至地体贴自己的恋人似的。和我们握手时,却也注意着绀弩的神态,仿佛世界上除绀弩外,再无第二个男人存在了。她穿着件剪裁、款式都讲究的开襟旗袍,套着灰色的毛坎肩,脸色洁白,洋溢着掩盖不住的欢欣,显然是一个有过婚姻经历的女人。我必须说,我要为我这位第二次会面的忘年之交的友人庆幸的,为他们的幸福而庆欣!绀弩同志说:"我给你刻了一个图章。"准备以后带给我。但我呢?竟没有想到应该为他们两人的结合,送一点有纪念意义的礼物。在社会交往方面,我是完全无知的。虽然很高兴得到这颗出于左翼才子之手的篆刻名章,但也同样不知珍藏,为了带到上海去支取稿费交给我的妹妹,而终于失落,这之后才感到它的珍贵。我只记得在和他独自谈话时(仿佛他的亲昵的女友在和葛琴同志谈着什么),问他:"那周颖大姐呢?""谁知道呢?武汉、上海都没有踪影,报纸上的寻人广告也没有消息!"他万万没有想到,战乱中在他离开上海匆匆去武汉时,她却只身来到自己丈夫的家乡湖北省的京山乡间,为自己丈夫的老母作居于媳辈的侍奉人了。她相信,绀弩必有家信寄回自己的家乡,哪里又想到他是从西安而延安,从延安而皖南,到处探听不到自己妻子的下落,于这之后在金华柴场巷终于与体健而性柔的女人邂逅相逢,且一见就倾心相投,形成影响自己大半生的家庭悲剧呢？因为他的妻子对他爱得是那么深切，竟然抛弃了自己献身的妇女运动事业，而到他的家乡去陪伴婆母，守候消息，反过来，怨恨的情绪自然也是正比例的深切了！自然这又都是属于后话了。不久，我已完成组稿任务离开金华了。

一九八三年秋

"工农兵"的概念要更新

一九八二年夏，我访问了北京郊区窦店农业生产队，感到自己对于"农民"一词的概念，还停留在六十年代的认识上，已经落后了一二十年。

在我印象中，六十年代的新型农民，年轻的是高小毕业生，突击队的标兵，蓝布制服，棉猴，穿双短勒军用靴，这在北京南苑农业区，不管是男是女，都可以说是典型的穿戴了。有的女共青团员，可并不都穿蓝布制服，更多的是穿斜襟大花棉袄，红花黑底，很打眼，毛料蓝布制服裤，绣花布鞋，梳着两只羊角辫。老年农民，是过膝的二大棉袄。腰里系着军用皮带的，多是村干部、民兵之类的头面人物，说起话来，满口是"上级的指示""集体研究研究"，"集体"往往说作"具体"，很少认识字，但是新名词不离口。

但我们在窦店队办企业见到的年轻女工，都是一九八〇年初还在农业队上的手持镰刀的生产手。队办缝纫组和北京市第三服装厂联营以后，扩大为队办联营服装加工厂。在这里生产的年轻女工三百五十人，大多是从农业生产线上转业的。她们多是半高跟鞋，素雅的西式双排扣短衫，领口绣着与衣料一色的花边，或是连衣裙。总之，仿佛来自王府井大街的游客，哪里像是队办企业社员？而且使我目瞪口呆的是"我们呀？不是高小生，百分之八十是高中毕业生"的答话。因之，我说如果脱离了典型的农村社会生活实践，就不会对八十年代的"农民"一词有准确的理解。

不仅"农民"在建国以后发生了内在含义的变化，就是部队的"兵"也一样。我们那年去庐山途中，在列车上就遇到过一位师团级干部模样的军人同车邻座,他说:"今天的兵可和我们当年扔下锄头把子的农救会会员不同了!我们当时就在识字班认识几个字,文化是到部队以后才学的,离开鲁南,看不见家乡的那座锅盔山,就要掉泪,离开家乡这么远,哪年才能再见到整天忙进忙出的老娘呢?今天参军的小伙子,嚆,一个个的确良衬衫,有的还带着四个喇叭的录音机,听什么柴可夫斯基的协奏曲。你挨个儿问吧,初中毕业生是文化最低的,部队要现代化,就要靠他们。"这都是来自江南村镇的义务兵,是农民小伙子呀!如果是上海来的,我就不那么吃惊了。

工人呢?我的朋友,河南开封大学一位名教授的男孩子就是北京一个工厂的钳工,名作家杨朔的侄亲是个女铣工,而我自己的女儿在未考取外语学院以前,也是北京市政工程局建工队的二级女工。前者或是高中生,后两个女孩子都是初中生,外语完全是业余自修的。

因之,八十年代的工人、农民和士兵都已经有了新的含义,形象、素质、态势,都已经有了飞跃的变化。我们建国已三十五年,就是一个婴儿经过三十五年的养育、培训的历程,也会长成一个魁梧而彬彬然的大汉了。

我国"工农兵"一词的含义的变化,正是反映了我们祖国的人民的主体在社会主义建设发展中的变化,记录着它的历史进程,它标志着脑力劳动和体力劳动的差距在逐渐地消逝,至少是大幅度地缩短或部分地在融化为一体。

自然,我们也不必讳言,有的地方也还带着十年"文化大革命"的伤斑和烙印。

但正由于正反两方面的经验教训,为我们的当代马列主义革命家提供了丰富无比的科学论证,道路本是曲折的,我们终于摆脱了那种生搬硬套的建设社会主义的模式的框框,开始以马列主义普遍革命原理结合我们自己民族实际而建设、创造富有我们自己民族特色的社会主义社会。因之,自十一届三中全会以来这短短六年,对于我们全党和全民族来说是分外的珍贵。

　　第二十三届奥运会上，我们女排的拼搏精神，就是我们中华儿女在中国共产党培育下的精神结晶体。它象征着我们今天，也标志着我们的未来，同样记载着三十五年来中国优秀儿女在伟大的中国共产党人领导下所走的有十年曲折的光辉的斗争的历史进程！它的变化和"工农兵"一词含义的变化所记载的历史进程是相同的。

一九八四年九月二日

两个时期的农民朋友

——为了纪念建国三十五周年

一

我在这里向读者介绍我的两位农民朋友。当然,他们都是代表我们祖国的新型的农民,都是为我们社会主义的农业经济建设做出过杰出的贡献,或者是还正在影响着我们今天国内广大农村刚刚处于萌芽态势的农村养殖业的繁荣。

他们是属于两个历史阶段的:一个是土改当中出现的雇农,五十年代的农业生产社的社长;一个是六十年代的退伍军人,一般的农业生产队队员,八十年代劳动致富的个体养殖专业户。前一位是我的老朋友,但愿他健康长寿,算起来,他今天应是八旬左右的离休老人了;后一人却是新交,一九四九年建国那年,他还是个五岁的娃娃。前者是吉林省东部蛟河县的全国著名劳动模范,"大跃进"之前,还当选为吉林省省政府的委员,五十岁以上的家乡人都会知道,他的名字叫韩恩;后一位建国之初才五岁的娃娃,原是生于江苏省有名的无锡县堰桥乡的农民,一九六一年的初中毕业生,一九六四年又回乡从事农业生产成为一名普通农业社员的退伍军人,名叫黄鹤清,也是江苏省蜗牛养殖研究会的副会长,去年已当选为江苏省人大常委会的委员。

二

先说我那已有二十八年断了来往的老友韩恩吧。在四十年代后期,第三次国内革命战争的年月里,他已身任保安屯的村支部书记了,不仅仅担负着动员村民参军、征粮、磨面支援前方的种种政治任务，而且还常受部队差遣，化装成小贩，背着卖猪头肉的箱子去敌我两军之间隔绝地带的村落作侦察，为民主联军甘冒风险，奔走效力。这是一个典型的土地翻身户，典型的东北农村的布尔什维克。政治上坚定，勇敢而又耿直。但是呀，他有个致命的弱点——不识字，年已近四十还不知省城在哪里，是个地地道道的庄稼汉。穿的是农民老式棉袄，斜襟上钉着布制的纽扣。冬季戴着塔形的尖顶狗皮帽子，脚穿来自伪满日本军用仓库的胶底棉军靴。在五十年代，这双棉军靴像今天的美式牛仔裤一样时兴，在农村是最惹人眼热的装束了。他腰中不扎保暖的绳子，也不结煞腰的布围巾，而是系一根军用的铜扣皮带。这是民兵队长或支前担架模范之类头面人物才能得到的东西，它是表明为革命战争出过力的荣誉标志。在北京召开的首届农业劳动模范与战斗英雄的代表大会上，我作为列席记者听过他的报告。他满口都是庄户话，称农村妇女生产组组员们为"老娘们儿家"，称青年为"小半拉子"，但却也夹着一些作为村干部从县委宣传部门听来的一些属于革命知识分子的语汇。不说今天官僚主义惯用的一句搪塞话："研究研究，以后再说。"而是说："任务下来了，交给大家伙儿酝酿酝酿。"还有"咱们是社会主义堡垒村，拥军优属的代耕农活儿，要走在外村儿的前头"等等，这和三十年代我们所熟习的中国旧式农民那种褴褛、穷困与愚昧无知的态势可全然不同了；和那种给村外的大榆树挂"有求必应"的红布匾额——因为那大树底下有座童话式的小木板庙，庙里供养狐仙的牌位——的旧式农民也迥然不同了。这是两种素质与风度完全不同的农民了。

这是新型的中国农民，是在国内第三次革命中受过战斗洗礼的一代，是近于苏联三十年代著名的文学作品中"不走正路的安得伦"式的人物。但又比安得伦更得人心，更受群众拥戴。五十年代中期，韩恩还曾以"幸福之路"的农业社社长的身份，随着中国农民代表参观团到苏联去访问过。他说，在赫鲁晓夫集体农庄，因为自己早晨下厨房冲了一碗蛋花汤喝，引起很多苏联农庄公民的惊叹和赞美，因为他们从来没见过鸡蛋可以这么搅和了冲成蛋花的，而且喝起来这么可口。正像他也没吃过油煎鸡蛋做的苏式布丁一样！当时，韩恩已经是吉林省省政府委员了，回国后，只披着件中国式解放牌军大衣，戴顶人造革面带帽舌的"猫皮帽"。回村之后，就把毛料制服锁到箱子里去了。"因为，"据他说，"庄稼人就得庄户打扮，毛料衣裳穿在身上，干活儿不方便，站在社员堆里，就像隔着一层什么，心就想不到一起去了！"当时，最时髦的高小毕业的女学生，才穿件蓝哔叽毛料裤，平底白球鞋，上身还往往是蓝布褂子。农村姑娘见不到半高跟皮鞋，也没有人穿整套的毛料制服。哪，多难看！就是有，也穿不出去。县里的、区里的女干部结婚才是那样打扮呢！

五十年代的农村风习和八十年代的也全然不同。

三

现在，我们再介绍江苏省无锡县堰桥乡的个体养殖专业户黄鹤清。

他是一九六四年因劳致疾而病休还乡的退伍军人，论年纪，当时是二十出头，应该是稻田里插秧好手，但他患的是呼吸道感染，气喘，已经不适于农业活儿的劳累了。何况十年"文化大革命"的岁月开始，农业劳动日值逐年降低，虽是四口之家，也难维持全家温饱了。自然，麻歧村生产队对这个因公致疾的隧道工兵，还是照顾的。曾经屡次为他安排适于其能的非农业工作。例如，曾经调他担任民办教师，又曾经把他调到社办豆制品厂当营业员。但他先后都遭到解聘与解雇的不幸。解聘不是由于他力不胜任。这位曾经是无锡市一中的高才生恰恰是为学生所爱戴的一个民办教师，解聘他，是因为一个有权势的社干部需要一个民办教师的缺额以安排他的亲戚的职位。解雇呢？也不是因为有什么工作上的疏失，而是他，一个营业员，竟敢坚持公社的节日每人一斤豆腐的定额规定，而拒绝一个通过这项公社"定额规定"的干部一人要称十斤豆腐的"白条子"。他几次回到村子里不得不靠镰刀和绳子过活，使他深深感到不别谋生路，很难在平均主义的枷锁下施展自己的智力，摆脱农村的贫困。从《国际歌》中，他又对"从来就没有什么救世主，也不靠神仙皇帝，要创造人类的幸福，全靠我们自己。……"的含义产生了新的理解。于是这个普通的农业社员，依靠自己改变自己命运的信念越来越占上风。可自己的特长和才能又在哪里呢？他自己也很渺茫，看书、写作没有显出自己的才华。一次偶尔路经无锡市的一家中药店，看到窗玻璃上贴着高价征购土鳖虫的招贴，从这里，我们未来的药用生物养殖者感到，这是人民需要、市场需要而缺乏资源的反映，他觉得这是单纯依靠自然满足不了的。如果人工饲养、繁殖呢？这需要摸索它的生态性能，首先得到无锡市图书馆里去查有关资料。

我们必须在这里附带说，无锡是一个有名的文化城市。晋代著名画家顾恺之，是很为当时的谢安所赞赏的人物。而近代，我国的新经济学家中许多知名人士，如已年有八十高龄的陈翰生，还有薛暮桥、于光远，以及逝世不久的孙冶方诸同志，都是无锡人，可见无锡市文化传统之深厚了，也可以想见无锡市的图书馆藏书必丰了。但黄鹤清从这里只能查阅到有关一般昆虫的生态性能的资料，却没有专讲土鳖虫的书籍。是的！如果养殖土鳖虫实验成功，就不但解决了市场的需要，增加了个人家庭的生活消费资金，而且还可以总结经验作一关于土鳖虫饲养繁殖的专门著述，为祖国的生物学科补一空白。这是一举三得的开创性的家庭副业。于是，黄鹤清挽挽袖子，就在一块零点五平方米的土地上，围起饲养土鳖虫的场地了。经过反复试验，克服种种困难，最后终于开辟了一个五十五平方米的饲养场，年收入超过千元。同时，他又引进日本品种的蚯蚓，这是一种除了药用外，还是家禽、猪秧、鱼类需要的高蛋白饲料。从一九八〇年开始着笔著述，到一九八二年终于在四川科技出版社出版了《人工养殖地鳖虫》的专著。书还没出版，无锡市文化馆就要主办他的开创家庭养殖业致富的展览。但这却为视黄鹤清为不务正业者的公社副职人员所阻拦。可是在乡党委会上黄鹤清却得到了有名的农业经济体制改革家——乡党委书记倪品良的肯定和支持：这是个体搞家庭副业致富的榜样，是体现了党中央三中全会的富民政策精神的，他说："我支持！"这一支持是及时的、有力的。而黄鹤清的养殖地鳖虫的专著出版后，不但填补了这方面的一项空白，而且获得了国家的科技著作奖。黄鹤清成了农业科技的一个土专家了。

　　他总结的，实际上不是一般的养殖经验。因为如果从生物自然繁殖规律来说，土鳖虫成熟期是三年，而黄鹤清的人工饲养却改变了这一客观规律，他饲养的土鳖虫成熟期缩短为十个月。这还不应该看作是生物饲养学里的一次革命吗？当然，《人工养殖地鳖虫》不过是一本有关农技的小册子，不能和达尔文的《物种起源》相比，但是达尔文的进化论只是使我们认识了这个客观世界的生物进化过程、规律，而黄鹤清却不但使我们认识了客观世界的一种药用生物的生长规律，而且改变了它的生态性能。从这点上来说，黄鹤清是做出了为我们的生物饲养学家重视的贡献。自然，达尔文的伟大，在于他首先发现并认识了生物进化的规律，而黄鹤清改变生物性能却是排列在生物遗传基因工程与细胞组织试管培养之后了。但他是以饲养技术来改变土鳖虫的自然性能，缩短了它的成熟期的。这又是他的独创，因而荣获国家科学发明二等奖，在这意义上说，也许是不算过高吧！

　　一九八二年，黄鹤清的研究兴趣又转向蜗牛。为什么转了呢？因为蜗牛是我们的副食品工业的一项潜在资源，虽然秋季在上海老正兴一类的饭庄，一角一碗的田螺到处有得吃，但蜗牛在我国大江南北还没有市场。它是法国四大名菜之一，如我国的炒鳝鱼丝、红烧海参，所以上海有名的西餐馆一天的消耗量总计是二十斤左右，而且多是进口的蜗牛罐头。因为我国除台湾的蜗牛罐头销售欧美十数个国家外，大陆各省市还没有此项产品。可见，蜗牛的养殖必将带动副食品工业的开创性发展，难道我们未来的蜗牛罐头不能行销海外，换取美金、法郎、英镑么？

知道黄鹤清想法的人都劝他不要冒这个风险，因为国内还没有养殖蜗牛的经验可循呀，但经过多次劝说，被说服的，不是他，而是他们。于是他们开始支持他、帮助他，经过北京饲料研究所、上海水产研究所、厦门水产学院三个单位的学者、专家协助，黄鹤终于获得用四百枚厦门野生蜗牛，经过六个月时间，繁殖到四五万枚的成绩。在这种人类高蛋白副食品——蜗牛的养殖过程中，黄鹤清是不是也改变了它的客观生态规律呢？还须要进一步证实。但由于人工饲养的饲料是科学配方的，可以说，这种改变应是肯定的。关于这项研究，应该说，是已经成功了。江苏省已经成立了专业的蜗牛养殖协会，只待我们富有胆识的企业家以开创性的罐头食品工厂来促进这一潜在资源的生产了。作者在这里只是透露一个信息。

黄鹤清并不满足于自己的养殖功绩，停在那里等待罐头工厂的投资建设。在这一点上，黄鹤清又和"微循环"病理学家修瑞娟一样，当外商和她商议生产她试验有效的药物时，她说，那是要和我们政府商业部门洽谈的事，因为她是一个科学家，而不是一个企业家。黄鹤清同样不是一个经营企业的经理和投资者。那是他的研究领域之外的专门学科了。在《怎样养蜗牛》于湖北出版，《蜗牛饲养技术问答》也完稿交给农业出版社之后，黄鹤清又转向我国名贵花卉的细胞组织的试管培养研究了。为了攻取这一在世界来说还是门新兴的学科，黄鹤清还自费到上海植物研究所去应考、学习。一个个体生产致富的农民想进社会主义研究所学习，他是经过一番作为大号标题的新闻和"内参"的斗争支持，得到了党中央有关领导的批示，才实现了日夜梦想的愿望。这也恰像"微循环"病理学家修瑞娟在研究工作上，由于党中央、党组织的支持，才将片言碎语的误传和嫉视人才的阻力涤荡一清，得到培养、做出成绩的情况相似。

现在，黄鹤清已经开始自己的名贵花卉细胞组织试管培养的实验，投资实验室的设备建设不说，为了腾出时间研究，他自己聘请了一位私人秘书，每月工资七十五元，协助他办理公务，接待关于饲养药用生物及家禽饲料生物等等的"取经者"，提供养殖方面的文字材料，答记者和广播电台的访问，更繁重的是每天要拆阅一些省内外来信，答题、复信。来信的大多是不相识但信息灵通的农村知识青年。为了帮助他们从事家庭养殖业，黄鹤清常常是无代价的寄赠种子。如广西平南县同和公社的病残社员黄武贵，就是由于收到黄鹤清邮赠的一斤土鳖虫，还有关于饲养它的科技著作才恢复了生活的自信心，摆脱了困难处境的。

四

总之，五十年代的农业劳动模范韩恩和八十年代的养殖起家的农民科技家黄鹤清是在我国社会主义制度前阶段和现阶段——两个不同的历史阶段成长起来的新型农民。在他们的身上都盖有我们中国革命历史进程的烙印。通过我这两位农民朋友的对比，读者可以清楚地看到我们这两位新型农民朋友之间的距离是多么大了，这仿佛还不是三十五年的差距。再想，我国未来的农民，进入二〇〇〇年的农民，将是什么样啊。

看八十年代的这位新型农民和生物学家的距离又是这样小，几乎是同在一个领域里耕耘，体力劳动与脑力劳动是融而为一了。在这里反映着我们建国三十五年（而且中经十年曲回）的历程。同时，这也是从社会主义走向共产主义这个人类最高理想境界的一个典范的标志。

一九八四年建国三十五周年大庆之日

怀念胡风先生

一

从一九四一年秋,在香港九龙地区,我怀着一种被国民党蒋政权放逐了的心情,在一个咖啡馆里第一次和这位在中国抗战时期贡献很大的新文学理论家相识,到现在——一九八五年逝者作古为止,可以说,相识四十又四年了。如果扣除逝者约二十五年之久的与世隔绝的含冤岁月,我们交往的历史断断续续也已有二十年,不能说无所了解,但还是不能说了解得确、全、透。因为我究竟不是文学理论家和文学史研究者。

以我们在现代文学馆开幕式上最后一次见面为例,我们虽相处一桌,胡风夫人梅志女士也仍如桂林时期老战友之态热情招呼,相互致意,但与胡风先生却仅注目相视以致晤意,而无一语相交。这是由于二十年之久的缧绁之冤,给其创伤过重了吧!他给我一种在精神上仍然处于桎梏般的"自囚"状态的感觉,使人心魂深处含着一种沉痛!这是一方面,另一方面呢,却不是从直接感受中而来的,而是以后在《新文学史料》上间接感受到的,这又是另一种印象了:胡风不但没有"自禁""自囚"于个人的精神领域之中,而且是仍然固守着自己三十年代后半期的理论观点,某些难免偏颇,但头脑清楚,记忆也很细致,思辨力也仍锐敏如昔。且有时偏激之感的锋芒,也不钝于以往。可见对于一个人的认识,尤其是对于在战斗的一生中反映着历史的曲折性与社会新旧交替间的复杂性的一位革命现实主义文学理论家的认识,并不易。在文学纪年上,我晚于他二三年,而在自然年龄上相差就更大了,要作确切的评论就更难,主观之论者难免的。

二

如果说从我们过去二十年以上晴晴雨雨的交往认识上作一个概括的结论,那么我个人认为胡风作为新文学理论家,在我们中国新文学史上有着不容忽视的地位,就是说,在抗战阶段的文学界发挥了前导作用,虽然有时不免偏激又过于主观。例如对一个有影响的作家,他可以从生活的弱处在政治生活上立论,而给以"脱离斗争,脱离现实"的评语,实际上,这是论者脱离了作者的作品的论点,而对另一位有威望的作家,又从纯艺术观点上给其作品以"图解"之类的论断,又完全不考虑作品在实际上所已产生的政治效果。这都是求全的指责,不是论点过了头,就是尺码不足寸。

但尽管在其革命现实主义文学理论上,有时出现这样的针对性的偏差或那样的针对性的误解,它们只是如南方八月的蓬茂成荫的老榕上几根断枝枯柯,这是无伤于它整个根与冠叶并茂而形成的巍然壮观之貌的。就是说,这些影响不了胡风在主编《七月》《希望》以及《七月诗丛》贯穿整个抗战文学阶段所形成的巨大的主干形象!谁也不会对这样一位受了二十多年之久不白之冤的中国现代革命现实主义理论家作求全的苛责。

三

《七月》《希望》《七月诗丛》在中国抗战时期所做的贡献很大,大后方许多有志、有为的青年是把它们作为思想上的火炬式的前导来看的。而在这些有志、有为的青年中也包括不少曾抱着消闲读物而虚度过若干宝贵年华的昨日的庸庸者!随着火炬的前导,他们终于把自己的命运与祖国的命运相结合而担负起各自应该承担的那一份历史使命,从此始放光辉!

胡风主编的文学期刊和茅盾主编的《文艺阵地》，巴金与丁玲、舒群抗战早期分别在上海与武汉主编的《烽火》《战地》，抗战中期在桂林出版由夏衍负责的《野草》，还有抗战晚期冯雪峰负责的《抗战文艺》……共同构成了中国民族革命文学的脊梁。

七月派新诗影响着整个大后方，形成中国抗战时期新诗的主流，冲击着一切供达官、富商、阔少式公子哥儿、交际场小姐消遣解闷的无病呻吟之作，开拓着一代诗风！这是和以鲁迅、茅盾所奠定的新现实主义文学的革命传统分不开的，和新诗坛上的胡风在评论上的斗争分不开的。

四

还有四十年代出自解放区的文学作品，如艾青、田间为代表的新诗，以丁玲《我在霞村的时候》《月夜》为代表的反映属于解放区的人民在日寇骚扰下所遭受的苦难及反抗精神，反映解放区农村新的社会生活方式与农村民主生活的短篇小说，也是经过胡风的媒介在桂林首先以不同于旧批判现实主义文学所特有的阴灰气氛，而带着曙光般明朗色彩，通过只出版一期就遭禁的《文学报》"革新号"和大后方的有志于中华民族复兴事业的青年见面的。这是些属于社会主义现实主义前期的文学作品（它们当中可以称为代表作的，还有孔厥的《苦命人》），它们给国统区的青年带来了，或者说加强了对于未来的胜利以及崇高的革命理想必将实现的信心！

胡风在这里起了一种在解放区与国统区之间的精神桥梁的作用，这也是我们所不能忘记的功绩之一！

五

今天，我们终于听到在党中央领导同志关怀下，将要为这位终生为共产主义理想而奋斗不休的新文学理论家召开文学界的追悼会以肯定他对人民所做的卓越贡献的消息了！我们和逝者的亲属一样感到逝者可以瞑目的宽慰，这又是逝者躬逢盛世的一种幸运！

相信党中央的这种多方面的实事求是的精神，不但会改变现代文学史上旧的——对逝者的不公正的论点，且也必将有利于今后优秀党风的发扬与文风的改革。

发表于一九八六年一月十五日胡风追悼会召开之日

谈"挂历"

年终承 S 惠寄司马小萌摄影集年历一册,每幅画面都出于小萌自己的心裁、技艺,俨然一大家,很是高兴!

如果今年还准备拍选一九八七年挂历的话,在取材方面,似可增加史学的色彩,对于一年当中出现的对祖国有杰出贡献的人物给以评价,扩大其影响。如奥林匹克排球场上的女排名手郎平、修氏微循环学医学理论开拓者修瑞娟、"虽九死其犹未悔"的医学机械发明创造家刘士源夫妇、中日围棋赛的我国九段国手聂卫平、老山战斗出现的英雄……自然,这都是近一两年出现在我国科学、体育和边境保卫战中的杰出人物,我只是在这里举以为例的。但一九八五年十二月二十八日举行的世界女排明星队和我们中国女排的比赛,就满可以选拍一幅作一九八六年一月份的画面。这样一年十二个月入选的人物,当然也就是未来我国历史上留下来的杰出人物,岂不更有意义!握在摄影者手中的照相机岂不成了评点历史人物的一管史笔,推动祖国文化学术跨进速度、推动祖国历史前进速度与两个文明建设的武器!自然,也可以祖国山水,如九寨沟、张家界、西双版纳、大兴安岭之类风景,或少数民族之风习、生活场景,或城市建设之富有艺术价值的石雕、铜像中的杰作,港口建设中一角,充满幽静之意的林荫、村径,作为我国画家一年中的杰作选。总之,从祖国的改革浪潮中筛选闪耀着时代光彩的画面,作为艺术和历史的评选,印于这一年的年历上而使之影响不但波及国内各个角落,且远播国外,列入世界科学、文化、艺术发展史之林!

这岂不比以我们有限的印刷力和纸张,如某些出版商一样年年印一些袒肩露腿的外国电影明星加一些海滨浴场的场景有意义？

这是我接到几份日本朋友寄来的挂历，或台历式的、日记本式的年历时所想到的。这些年历上的画面，或为日本的风景，或为日本的有名瓷塑、日本古画，张张页页都是在宣传日本的古今文化，就是风景，也如美术画片一样，是在宣扬日本的山水、建设。

我是这方面的外行，但对近年摊头上的美人图式挂历之泛滥，颇有感触，而琉璃厂家的齐白石墨笔画的挂历确是选送日本朋友作酬的佳品。但其价格高于俗品一倍，且本头长、纸张厚，固然落落大方，可是国外邮资可观，也不能不考虑。因而版本尺寸，似也不宜过大。

原载一九八六年二月五日《人民日报》

瞭望时代的窗口
——读《经济和人》

如果说,一九八五年在我们文学出版方面出现过危机,一度受到泛滥的纯消遣线以下的低档出版物的冲击而有"灾情"的话——据《中国报刊》(十二月四日版)的统计,一九八六年将有五十七家报刊撤销登记,经过党中央的关心和过问,这一泛滥成灾的态势经过整顿将有所改变。十二月二日在山西太原闭幕的全国性的出版会议,应该是一个标志,同样为我们带来经营观念在改革的信息——那么《经济和人》,自然还有一九八五年出现的许多优秀的诗、报告文学、小说、散文、评论等等是一些压住当代革命现实主义阵脚的作品,而陈祖芬称得上是一个压住当代革命现实主义阵脚的作家。她不断地投入到奔腾的时代主流的旋涡里去,选择典型的社会生活和典型人物来写报告文学,使他们活生生地再现于文学领域而散发出属于我们这个时代特有的历史性芳香和影响,这种芳香启迪读者的智慧,影响读者的心魂,诱发人们对于时代生活的美的追求和探索的胆识、开拓未来或者说推动"历史"前进的胸襟气魄。

《经济和人》以及她近年来一系列的报告文学,都是这样产生的而又同样发挥着这样的社会效果的。仿佛为我们在文学领域里开辟了一个可以瞭望这个时代广场的窗口,而且是座大块坐地玻璃的时代窗口。通过它,可以看到我们这个属于历史创新阶段的富有时代特色的各行各业的人物,富有党性、富有共产主义理想的人物。

是的,典型呵、党性呵,在十年"文化大革命"中都是受过玷污而现在不为某些文学理论者所珍视的概念了,但我们认为,在马列主义的美学观上典型、党性的概念是永远和共产主义理想联结在一起的，在当代革命现实主义文学艺术领域里，它们正如受过盗窃者玷污的黄金一样，其本身是不会因此而蒙不洁之名失去它应有的价值的，应该仍然是我们社会主义金融界里的基本财富。

是的，在《经济和人》这座落地窗式的报告文学里，我们看到的闪耀着八十年代时代光泽的典型人物是很多的，而且各自具有各自的特色。

在这些典型人物中，有安庆市委书记孙继怀，市长谢永康，副市长何其哲、洪从恒，还有市府副秘书长胡江等等，用作者的话说："安庆市能生长出王竣、孙超这样的企业家，能有一个相对良好的改革环境，自然有一个搞改革的环境保护的群体——安庆市的领导干部。"

这位为我们开辟了一座落地大玻璃窗，可以让我们瞭望这个伟大时代广场人们的作家，在这个典型的社会环境的生活实践和观察为我们提炼出来结晶体的两句话就是："民主是产生智慧的空气，平等是产生活力的土壤！"

这就是我们的富有时代色彩的"典型环境"这一概念的构成的"基因"。

二

《经济和人》不但为安庆市的领导班子，依照作者所选择的美学角度录了像，而且也录出了这个领导班子所形成的一种时代风云而构成了为两只普通鲤鱼跳龙门式的腾跃依托和进化的凭借力。如今，这两个化为龙的核心人物王竣和孙超已经是腾空而起，驾云布雨于大江两岸、长城内外了！

王竣原是一九七九年秋天调任安庆市一个食品厂的厂长。当时，不但这个厂的设备都是老掉牙的破烂了，就是厂生产量与销售额也都早已达到饱和点，处于停滞的状态了。但生产要发展、业务要扩大，上缴国家的利润要增加,怎么办?那就只能横向飞跃,非要跳出安庆市这个有限的市场范围不可!于是王竣三下江西、七上黄山,最后终于选择了安徽省的省会合肥市,一九八〇年在这里开辟了第一个"安庆(食品)窗口",派出了从安庆母厂里选出的一个年仅二十五岁的普通工人出任这个子公司的经理。合肥市原有的两个食品厂的经理接到上级"本位主义"的指示,要把这个外来的竞争对手挤出去,而新任"安庆(食品)窗口"经理的年轻开拓者接到王竣的指示,一定要挺直腰、站住脚,结果仅是具有安庆风味的小蛋糕,一天的最高销售量就超过千斤,这个安庆的合肥子公司不但在合肥站住了脚,而且在阜阳、淮南、淮北、界首等地又分设了五个销售点。信息反馈回来,于是安庆母厂第二个普通工人毛遂自荐,又被派到兰州,于一九八四年九月二日开业,十日是中秋节,选择的开市日子是有预见性的,日销售额竟连续高达一万六千元之多,现在这个兰州的子公司正在筹建自己隶属安庆食品总厂兰州分公司的商业大厦,如今这个安庆的总经理王竣所分布的子厂、分公司,已经不是南北两家,而是包括北京、上海的"安庆(食品)窗口"在内,遍布全国各大城市的三十二家了!

王竣已经是全国三十二个城市的"安庆窗口"经济王国之王,是在高空行云布雨而甘霖降及大江南北、长城内外的金鳞熠熠闪光的黄龙了!

另外一个核心人物孙超,没有跳龙门。闹改革之前,他是安庆市邮电局的一个二十四级工,可以说,是条普通的小鲤子,只是管理着知识青年劳动服务队,这是一九八二年,安徽的农村经济由于改变了苏联集体农庄式的生产模式而代之以适合我们国情的承包责任制,并开始日益富裕。这时,日用电器已经进入了还贴着门神、供着财神爷的广大农民家庭。鲤子虽小,仍是鲤子,孙超看准了这个行业,于是在安庆国营百货公司对面的围墙上打洞办商店,卖电视机,包修、包换、包退,附带着这三包条件,孙超的民营供销商店发展速度惊人,营业人员从四十人扩大到一百四十人，在农村乡镇建立了二十多个销售网点，一天的营业额高达两万，年底获得的纯利润突破二十万元的记录。国营百货大楼受到了很大刺激，一个小小的二十四级工竟然乘着改革潮流如此兴风作浪与"官商"竞争！于是有人对于八个月的营业纯利高达二十万以上的来路有所怀疑，孙超的民营供销商店被几次查账，几次停业。最后，孙超所办的这个民间供销公司账是清了，业务是恢复了，却面临着倒闭的危机。这不是因为几次查账，也不怪几次停业，而主要是由于缺乏真正的商业经验，误收了已经过了季节的大批毛线，积压了大笔的资金，使之周转不灵了。鲤子眼看是处于浅水而且有大块礁石阻路的险境了，如果是鲇鱼，只有卧于将涸的坑洼里钻泥了。然而孙超是鲤子，要冒险一跃了，哪里是龙门所在的方向和处所呢？自然是业已繁荣的农村乡镇经济领域。孙超是在农村长大的，当时正是粮站收购任务超额完成，场地堆满，卖粮得赶夜路，而粮站又时时挂牌停止收购的时候，大豆积压在各承包的农户手里，卖不出去，长久了要发热、生霉、变质！真正是丰收也要成灾了！身处困境的孙超想到春节广东回乡探亲的侨民一定多，他要跳到粮食和大豆的经销领域里，打出一条从安庆直接外销的出路来，这就是龙门所在，自然胆识之外，需要机缘。而结果是孙超的预想实现了！从广州和与我国还未建立外交关系的新加坡的一个商人签订了第一个五千吨大豆的买卖合同，不但开辟了民间外贸的渠道，改变了安庆农村积粮将成灾的险局，且扩大了这个安庆（民营）供销公司的业务，与香港转运粮商建立了联系。一九八四年一次换来的外汇就是三千一百万美元，是走在国营外贸之前的一个创举。最后，当看到这堆积在上海码头上待运的五千吨大豆，是分装为五万八千多袋的整整一座粮山，连他自己也吓了一跳！五千吨的大豆竟然垛成了山呀！

如今，孙超在时代风云之中腾空而起，是冲过大大小小多少礁石般的阻力呀！

正如作者深入观察的体会：

> 再说一个企业总要涉及商业、税务、银行、计量、卫生、公安、交通等等很多方面，哪个方面都可以给你横上一道关卡，哪个具体办事人员，都可以拖延你、消耗你、刺激你、折腾你，谁也得罪不起、怠慢不得！

《经济和人》里出现的公民孙超险些为安庆公安部扣押，正如作者所说："可惜爱国主义有时还会败在封建主义手里。"孙超当时是怀着"我和三中全会路线共存亡"的想法去公安局受讯的！

用孙超这个现任民营安庆供销公司总经理自己的话说：

> 冲破那么多关卡靠个人奋斗不行！现在有的地方还是升官意志起作用，还是清朝'喳'！我没有那么多领导支持不行。

孙超是凭借这个在安庆市领导层中形成的时代风云而腾空为一条雨及香港南洋的"游龙"的。如作者的录像体的一段文字里所说，他十二点三十分从北京飞到广州，在晚六点以前，要和八位外商治谈业务，港商排到半夜零点三十分、两点三十分，直到天亮之前的三点三十分，还有香港安庆贸易公司的经理在宾馆的约会。

在这个时代（广场的）窗口里，实际上是反映着我们这个社会主义经济改革的历史过程。陈祖芬对于这些闪闪发光的典型人物饱含激情、如痴如醉，仿佛在演奏贝多芬的第五交响乐，我们通读《经济和人》之后，思潮同样久久澎湃不已！既想到游龙式的孙超的空中来去匆匆，也想到作者陈祖芬在时代主流中动辄三两个月的奔走、采访、观察、思考，对于典型事物的拍摄角度的选择，而在这三两个月才能提炼一篇像样的录像（包括典型人物心魂的透视）文字，忘记了身外世界的激情……

三

总之，读过《经济和人》，想到很多、很多，例如，想到司马迁史笔下的《货殖列传》，想到春秋战国越王勾践的名相范蠡氏于胜利复国后"乘扁舟，浮于江湖"，最后选定陶为四通诸侯之所，而"治产积居与时逐于（旧作'十'为误）九年中三致千金"获得"故言富者皆称陶朱公"的声名，也想到"邯郸郭纵以铁冶成业与王者埒富"，"乌氏倮用谷量马牛，秦始皇令倮比封君，以时与列臣朝请"，"富抗万乘之尊"，还想到"秦始皇为筑女怀清台"以"显天下"的四川清寡妇。不管他们是冶炼铁、畜牧、或守数世之矿产而富比王侯，还是从商以时逐利的陶朱公，富甲天下而且散金济贫交，都是和今天出现于安庆市的王竣与孙超不能相比的。因为前者都是个人致富，最多一个户头、一个家族致富，而王竣与孙超却是为一方致富，为祖国的四个现代化建设致富，而且富及了香港的转口商、新加坡的粮豆侨商。用孙超本人的话说："互利是合作的基础。搞横向经济，毫不利人不行，毫不利己也不行！"要讲社会效益！他们的经济方面的横向发展不但富了安庆而且也繁荣了省外的城市经济、香港的甚至新加坡的粮豆市场，并为安庆市的知识青年创造了许多就业机会与发挥才智的区域。

从作品想到作品中的这些出于安庆构成时代风云的现实人物，又从这些闪耀着八十年代中期时代光彩的人物想到作者，更想到在作者为我们开辟的这一时代（广场）窗口前，我们这个号称有四千五百年古老文化历史的祖国大地上到底会有多少读者伫立于这个窗口之前一视我们这个富有时代光彩的录像呢。《十月》的销数，据说是四十万左右，这也是我们祖国青年读者欣赏度的数据。但从《陈祖芬报告文学选》一二两集的出版比数来说，一九八二年一集印数是七万八千以上，而一九八四年第二集却是一万二千有零，难道仅仅两年的时间，陈祖芬就会失去六万的读者吗？不是的，因为一九八四年同在湖南出版的丁玲近著《访美散记》——为国内文学界公认为是丁玲最优秀的散文集——印数还不及第二集之半，这就不能不使我们对书店的征订产生疑问。记得五十年代的《保卫延安》以及《青春之歌》《红岩》都是印数以百万计，直到一版五百万册，难道这些当年以百万计的读者层年过五十或近五十就都不读文学作品了吗？难道我国的人口从五亿到十亿，中学与大学三十多年来增加了若干数字，甚至于有的乡镇都有个图书馆、阅览室（如浙江嵊县的"青年之家"发展到村子），而文学欣赏度都在零以下？读高档文学作品的，十亿之国竟仅一万二千？

关键恐怕是运输、发行，全国各新华书店包括县镇的销售点都要在营业领域里升起社会主义思想为主导的旗帜！四十年代的国民党统治区，不管是桂林还是重庆，据我个人所知，任何一家生活书店、新知书店、知识出版社的门市部（今统称为"三联书店"）还有"三户""群益""远方"，不管哪一家书店的书架上，不要说纯消遣线以下如《塔里的女人》之类的色情小说找不到，就是纯消遣线以上的还有些启迪智力作用的《福尔摩斯侦探案》之类，也不印售，这是为什么？是社会主义文艺思想为主导的营业观占统治地位，因而属于反帝反封建的鲁迅、茅盾、郭沫若、老舍、巴金、叶圣陶等人的作品，艾青、臧克家、田间诸人的诗集占据着整个国统区的文学出版物的市场！

是为年终的深思！

一九八五年十二月二十八日

八六年书怀
——纪念金剑啸殉国五十周年

风雨依稀五十年,
旭日之途识肝胆。
千里冰封怀南雁,
万程荒漠遇林泉。
松花江畔雾渺渺,
北新画苑辨云烟。
血染沙丘智者逝,
形貌巍巍高如山。

一九八六年五月北京

难忘的往事

一

我在吉林珲春县城的山东会馆读私塾的时候，读过《陈情表》《赤壁赋》这类唐宋古文，也临摹过晋王羲之的《兰亭序》碑帖。当时，自己是个十一二岁的少年，不知道这个曾作过诗文盛会的兰亭，是在浙江省的绍兴近郊，而以为只是远古之说而已。

但对于绍兴，我还是很熟悉的。因为，在吉林东部这座地近海参崴的县城里，有一座高台阶洋式门脸——有着两口大玻璃陈列窗的南货庄，以专卖绍兴坛装老酒之类江南风味的饮食品而出名。自然，我们少年学生和酒类不沾边。父亲宴客喜欢用老酒，但不是南货庄的绍兴坛装老酒，而是出自"兼六居"的山东即墨黄酒。南货庄绍兴老酒的主顾，不外是城南关高级住宅区的官员户，他们有的是县公署的师爷、法院的推事，还有隶属电报局、电话局的高级技师。总之，大半是官面儿上混事的人物，与街面儿上来自黄县与掖县的大小百货商主无缘。

有一次，我偶尔随父亲在县公署当差的同学进去观光。以前，我只知道最好吃的头等菜，就是清炖大马哈鱼，或是香椿炒鸡蛋、韭菜炒干豆腐丝。哪里知道，在南货庄横台上摆的有酒糟鸡，挂的是金华火腿。我很怀疑，这能好吃么？红糟糟的或干巴巴的！父亲的那位同学给了我一块五香豆腐干，想不到世界上竟然会有这样的美味！这才觉得江南的富饶、吃食的讲究了。怪不得人们常说"上有天堂，下有苏杭"。当然，这只是对于"江南"笼统的概念。而杭缎的被面，在珲春商家是作为婚嫁的高级礼物相互馈赠的。因而又有了杭州讲穿戴、绍兴讲美味的印象,却不知道两地统属浙江,也不知道如果没有萧山,两地几乎是一江之隔。自然更想不到三年之后发生了日本侵略我东北三省的九一八事变,而我几经人生历程上的挫折,最后来到浙东——从魏晋以后就以名士划舟夜访而驰名的古剡溪——今嵊县和以鲁迅、蔡元培故乡出名的绍兴。我在这两个地方,度过了整整两年之久的属于风华正茂的青年岁月。

有许许多多往事,虽已伴随自己的青春如落花流水般逝去,但在记忆中,珍贵的印象却很多,它们既不属于醇美的花雕,也不属于杭产的绸缎。且让我以一九三七年十一月二十四日这个难忘的日子为例来说吧。

二

我很难忘记一九三七年十一月二十四日,我从嵊县乘着两人椅式小轿,去三界茶叶改良场就职途中,路过曹娥江边清风岭下的那一天。

我是十一月间离开上海的。那是上海即将沦陷于日本侵略部队之手的时候。乘钱塘江上的江航汽轮,我辗转到达嵊县。又随茶叶专家吴觉农,乘公共汽车到达金华,并从农业技术研究所拿到了属于三界茶场的"农业技术员"的委任书,算是取得在嵊县三界地区指导"茶叶改良制作技术"的合法身份。当时,三界茶场的职员已经全部从场部撤退了。有的已在金华农业研究所报到。他们和我在宿舍里谈话时,我知道三界茶场还留有一个看门人。在生活上,他会照料我。这时日本侵略军在南京正进行着残暴的震撼世界的大屠杀,消息不断传来,特号标题几乎占据了每日报纸的头版版面。"国军"仍陆续地败退、南撤。形势是很危急的,我必须争取时间,在敌人占领杭州,还未及渡江之前到达嵊县三界。

从嵊县北去的公路,早已破坏大半,到处是深沟大洼。江南的两人小轿,我还是第一次坐,是经工农银行职员的安排,并在轿行讲妥以两枚银圆的代价,送我这个有"公事"在身的外省人直达三界茶场。因为我路既不熟,且语言也不通,除了乘轿别无办法。开始,我还在闲眺着竹林丛、乌桕树、茶园和水牛之类属于江南农村的景色,但越往北走,越感到经过的村落那种寂寥与冷落的气象有些出奇,仿佛农民已统统逃亡,村街上连鸡鸭之类的生物也绝迹了。最后,竟然出现户户农舍紧闭院门而挂着大锁的景象。颈有白环的乌鸦居然成群地落在村口,吃什么猪肠之类的东西。到这时候,轿前的轿夫也回顾我的神色了。我注意到他那瘦削脸颊上有一对炯炯有神的乌黑的眼睛,仿佛是说:"这村子的人都逃空了,还往前去么?"我泰然地不动声色。实际上我们一路上尽往北走,最后简直连一个行人也碰不到了,我越来越感到已身临前沿的战区地带。沿路村民都已逃亡山区,而奇怪的是在前沿阵地般的区域里,竟然连一个陆军的岗哨或巡逻人员也不见。就这样我们已经到了曹娥江畔的清风岭下,而且还刚刚落轿,就突然从远处传来大轰炸般的轰隆隆的巨大响声。两个轿夫悚然变色,我也愕然相顾,但我们三人为双方,谁也听不懂对方的话。我只看见那个前面的轿夫本来抽出烟袋(这是轿夫在歇息时必然有的习惯动作),却在听到大轰炸般的响声时,立即把烟袋插到腰间,向我询问什么。那双黑眼睛仿佛在问:是不是立即要转过轿头,往城里回返?等后面的年轻轿夫蹲到我面前,我才从他的又红又黑的脸上,看出来他是两人当中的头目。他打着要小轿掉转方向的手势,我们几乎是面对面相望。我能回去么?回到哪里去呢?我很担心他们两人会弃我于清风岭下而不顾。清风庙的大门也同样挂着大铁吊锁,周围又见不到一个动物的影子,我将向谁打听呢?自然,我仍坚决执意继续北去。依我的推测,这种隆隆的大轰炸,虽然仿佛近在百里之内的北面,但不正也说明前线阵地还在么?要不是轰炸江防阵地,敌人大轰炸的目的又是什么?由于我的镇定和坚持,轰炸声过去之后又听不见敌机大批南来的响声，两个轿夫就毅然地连烟也顾不及抽，仿佛和我同样感到时间紧迫，立即促我上轿。于是，如飞般地加快步伐继续赶路了。从这两名轿夫身上，充分显示出一种临危不惧，实践原定口约的毅勇之气。他们不正是代表着浙东的民风么？在这里不正是蕴藏着我们民族的劲拔雄迈的豪气，蕴藏着民族未来复兴的希望么？对于自己，过去认为这是青春的锐气，现在看来，我是经过文艺界的地下党的安排又通过茅盾、吴觉农、莫定森诸先生的关系，身带一纸公文的委令北来的。我是志在必达，仿佛茫茫海上一孤舟，不到三界茶场，当时是别无栖身之所的。但两个轿夫却又完全不同。因之，这就使我对他们格外崇敬了。

我深切地感到嵊县人这种坚毅不拔的性格，虽然与北方自古以豪侠自称的燕赵之士不同，却又是一脉相通的，这种临危不负诺言而富于正义的精神，在百岁老人马寅初身上，岂不是显示得更明显么？因而从此，我也对于鲁迅的战斗作风有了更进一步的体会。

这是我开始和浙东人民的首次接触。清风岭下受到的一场"惊险"之风的袭击[1]，是令我难忘的往事之一。

---

1 后来知道，我们路经清风岭下所听到的轰轰然之声，原来是"中央军"的工兵在爆炸钱塘江上新建不久的大桥。那一天也正是"国军"撤出杭州的日子。

关于《老女仆》在日本
——致赖丹同志书稿

赖丹同志：

信与评论《老女仆》之文全收到，粗看一遍，觉得独有卓见，且较深切。

按《老女仆》一篇，在日本有两种译本，一为前东京都大学后转和光大学的中国现代文学教授小野忍译（见小野忍与饭塚朗两人合译之《北望园的春天》——一九五五年岩波书店版），一为冈崎俊夫所译（筑摩书店版）。另外，还有草木芥夫改编的广播剧，小野忍教授作的讲解，而草木据说也是在日本颇有盛誉的剧作家，且仍用《老女仆》的原名，一九五五年曾在日本电台作过广播，可见它是很受日本的中国现代文学研究界的重视，且影响也较广的。但在国内，还未为评论界所注意，比起《山区收购站》《父母俩》及丁玲同志所赏识的《夜走黄泥岗》来，它的命运是颇为逊色的！因为我们的评论界，着重的是现代的题材，这完全是应该的，但对于解放前的，尤其是四十年代抗战时期的属于国统区的文学作品，给以的重视就不足了！

例如，日本有名的三位中国现代文学研究界的元老之一的小野忍，一九五五年不但与日本北海道的讲师饭塚朗合译了《北望园的春天》，且各有对于作者的专论编在各自的论文集里（前者有《东北作家骆宾基》，见于一九七九年小泽书店出版的《道标》，副标题为"我与中国现代文学"，后者有《骆宾基及其作品》一文，原为一九四八年的评论文字，见于一九八一年东京都哑学会丛书之一的《黄琉璃的破片》，意译或为"历史的遗迹"吧）。后一人的评论，我已托友人译出,寄给东北一个大型刊物了,很久还没有得到准备发排的确信,因之尊作且留待以后看机会了。如果从文学作品的研究与为青年文艺工作者提供借鉴以作表现方法,处理典型环境与典型人物之间的关系来探讨,我个人认为还是会有编者独具赏识的眼力的。

此外,寄上日本《庆应大学日吉论集》第二十四号之影印本、西野广祥之《抗战后期骆宾基小说》一册,以供参考。阅后还请原件寄还为感!

专此,并致

敬礼!

一九八一年夏于北京

答香港作家彦火问

——摘自彦火著《中国现代作家风貌》续篇

以下是笔者以书信形式向骆先生征询的问答。骆先生除介绍了他的近况和创作生活，还缕述了他与萧红女士的交往和关系，是十分珍贵的文学史料。关于后者，从来都是最受争议和最敏感的问题，笔者只是抱着有闻照录的原则，除却将答问中所涉及的具体人事略作删节外，基本不作更改，至于是非曲直，也不遽下结论，留待读者仲裁。

整理古代典籍

问：十年"文化大革命"，先生从文坛消失多时，不知近况如何？特别是关于短篇小说创作方面，有什么新的计划？

答：近一两年在病中，仍然研究和整理关于我国古代典籍方面的问题，除七三年开始的《金文新考》整理工作之外，今年已完成《尧典金文新考与半坡遗址》一文（约两万字的考据论文，证明早于殷墟甲骨文千年以上唐虞时期的古金文——即青铜彝器图铭的存在），还完成了《〈诗经〉批注》（又名"古诗新解"，近十万字）的整理工作。本年山东版《柳泉》创刊号发表的《从〈诗经〉看殷周三世婚姻关系》为后者之例，黑龙江版《学习与探索》（今年第六期）刊载的《关于〈金文新考〉的报告》则是前者之例。

因之，短篇小说，未能考虑。脑血栓偏瘫之病，实在不宜于创作，因为要避免情感过于激动，精神过于兴奋的思考。

问：近年在生活工作方面有什么变化？（包括家庭生活和职

业生活）

答：生活方面，一九七六年粉碎"四人帮"之后，逐年好转。一九七七年春迁入新居，是前"三门"的高层楼，虽然并非适宜于写作与养病的环境，但比起居于后门大杂院里，被周围"造反派"所欺，含辱长达十几年，却是不同了。尤其是在精神上解除了所谓"十七年文艺黑线专政论"的枷锁。

工作方面，一早"散步"（持手杖锻炼走路）归来，总要坐下来写两三个钟头。有时控制不住，写的时间就长些，要四五个钟头，而这就影响病体恢复，有时血压会从九〇至一五〇突然升到一一〇至一八〇，因而写作不能持久，工作在积压着，不容喘息，一般多是眼前的文债、待答的信件，

与萧红的交往

问：我想不揣冒昧向你求教一个问题，即你与萧红的过往，海外有许多说法，你可以就这一方面谈谈吗？你是甚么时候认识萧红的？其间有甚么交往？

答：我是一九三六年冬与萧军在吴淞口先见面的，次年与萧红的同母弟张秀珂建立了友情，当时萧红先生在日本。

一九四一年秋到香港，大约十月间，去九龙乐道探望她，这是我们初次见面，谈话不多，她的声音虽然较低，精神却是欣欣然，还嘱她的同居人陪我去吃饭。第二次去，她就问及我在写的短篇小说的内容，我则为之口述，萧不但听得欢然而笑，且为之添枝加叶，这就是以后在桂林《文学报》"革新号"上发表的《生活的意义》，当时萧并告及，她已为我正在《时代文学》上连载的长篇小说《人与土地》画了"题头"画，这时我始知她还会绘画。

十二月八日，太平洋战争爆发，当天一早（在日本轰炸机开始轰炸的三十分钟之内），我就先去看她，原想商议一起躲到农村，即九

龙郊区去避难，这样就必须先协助她，安排她去农村住下来之后，我才能再回自己的寓所去取手稿及衣物等，以相就为邻，有个照应。岂知去后未能脱身，直护送她到香港半山的住宅区，又转铜锣湾，三移思豪大酒店，那已是次日的傍晚了。在乐道，我本答应萧，一定把她安置妥当以后再离开，而且也被她的同居者所恳托一助，但我却怎么也想不到一到思豪大酒店，萧的同居人竟不辞而别了！《大公报》记者杨刚来访萧红之后，萧对我说，T随人走了，不再来了！于是作为与病人共患难同生死的护理者的责任就不容推辞地落在我的肩上了！此后朝夕相处四十四天，而那个T君则在走后的第三十四天又不告而来了（距萧逝世仅仅还有十天），并把行李带到养和医院。说是要陪我护理病人了！关于这些情况，我已在《长春》所刊的《写在〈萧红选集〉出版之前》（八〇年第七期）作了简略的回忆。

问：你对萧红的印象怎样？她逝世前所念念不忘未完成的"那半部红楼"，遭遇如何？

答：在我的印象中，是个值得生死与共的老大姐式的战友，一个心地善良，讲究灵魂崇高的艺术家，待人亲切、周到，而且从不媚权势。逝世前，始终念念有一天会沿着红军长征路程走一遍，完成别人（冯雪峰）所未完成的"那半部红楼"[1]（当时冯还在上饶集中营，后来才知道，就是他已完成的"那半部红楼"，也早已被敌寇焚毁）。

问：你的《萧红小传》会再版吗？如果再版，会否作较大的修改呢？

答：《小传》修订版稿改动不很大（在个别地方、时间、地点方面的差异有所订正），[2] 以保持作者在战火中和病中的萧红相处期间，

---

[1] 指冯雪峰未完成的以红军长征为题材的长篇小说《卢代之死》。

[2] 《萧红小传》，一九八一年由黑龙江人民出版社出版后，主要作了三处重要修订：一、萧红祖籍为鲁西的莘县，而非胶东的掖县；二、萧红是一九三二年秋进入哈尔滨市立第一医院的产科，而非一九三三年冬；三、留在哈尔滨那所医院妇科的婴儿，并非萧军的孩子。

萧闲谈所叙的原样，已由黑龙江人民出版社负责付印。这是解放后《萧红小传》在国内第一次重版。

关于"萧红版权之争"

问：此地有一二种著作，曾谈及你与有关人等曾为争萧红版权问题而大打官司，未知真相如何？

答：矛盾确实有，有时且很尖锐，但却与萧红遗著的版权没有半点儿关系，实质上是真与伪的斗争。本来，解放三十年，根本不想翻过去的老账，在萧红的问题上，就是萧军的女儿萧耘一再托聂绀弩夫人周颖女士向我提出，我都曾婉言谢绝，不想谈，尤其是十年"文化大革命"当中，假话当令，真、善、美戴着枷锁与艺术之神同遭囚禁的时候，更不想谈。一九七八年"十月革命"之后，是"实事求是"四个字与科学当令了！而我还是不想谈过去与这人或那人的矛盾。第一是不值一谈，第二是还有很多有意义的事要做，但不行，一九七八年三月号的《哈尔滨师范学院院报》上首先出现了仍然是黑白颠倒的文章，继之是香港也出现一些传说，作者的话是有来历的，因为一月十二日，当T搬进养和医院不告而来时，我确因有人替我护理而告别萧，离开了一夜，但仅仅是一夜之离，却被误会少到医院去，显然作者是不知这以伪代真的首创者是别具目的的，因而我不得不在病中作关于和萧相处的最后四十四天的回忆谈话，以满足萧耘的要求了。萧军先生在《新文学史料》上发表的《萧红书简辑存注释录》中提到T在C晨睡中抱走萧的骨灰瓶的"小注"，不知你注意到了么？

问题是早已经在太平洋战争开始之次日（一九四一年十二月九日），萧进入思豪大酒店之夜开始，直到四十四天之后逝于"圣士提反临时医务站"，萧红是独身一人，再也没有什么"终身伴侣"之类的人物在这世界上存在着了。萧红与T的同居关系随着战争的爆发而在这一天就宣告解除了（骆与萧只是文艺战线上的同时代人的战友关系、道义关系而亲切如姊弟）。这是历史的真实，是不容人以伪善代替的。矛盾本质，就在这里。

一九八一年二月廿一日

抗战初期到浙东
（回忆提纲）

一、与张珂表同志的初次会谈
——在中共嵊县党组织成员领导下开辟三界农民救亡运动

一九三七年冬，我由茅盾与胡愈之两位同志的安排、介绍，应嵊县三界茶叶改良场副场长（倾向革命的进步人士）吴觉农先生之约，随同来迎接我的三界茶场高级职员钱先生，于十二月中旬由海门抵达嵊县农工银行吴公下榻处，经吴介绍认识了该银行职员张珂表同志，当夜就住在他的单位宿舍里。知道他在银行办了一个秘密的图书室，也翻阅了这个图书室的图书目录及陈列在书橱里的所有马列主义理论及毛主席的各种以小册子形式出版的著作。还有《丁玲在西北》之类的进步书刊，因之一见如故人，倾心相谈，但还不知张为中共嵊县地下党的成员。

"到三界茶场，你打算怎样着手开展抗日救亡工作？"张珂表问我。

我说："中华民族的希望在西北，我们在东南只能做做宣传工作而已！到茶场先办个油印刊物。"除了后一句话，都是重复临离上海前夕，上海文艺界党的领导人冯雪峰同志的原话。当时我是把这句话当做方向性的指示看待的。但张珂表同志却又问道："宣传的目的是为了什么呢？"

"当然最后还得组织起来！"

"这就对了！眼看日本部队就会进攻杭州，不紧急组织起抗日武装力量来，怎么能行？"

于是在张珂表的启导下，我初步确定到三界茶场之后，先到附近村庄组织农民办夜校，以此作为宣传抗日、选编并训练农民抗日武装的基础。

二、农民夜校与三界抗日救亡小学教员联谊会的建立

随吴觉农先生到驻金华的浙江省建设厅农业技术推广所报到，并经该所所长莫定森先生（解放后任农业部顾问），给以茶场农业技术员名义。于是，我算取得了合法的地位，于一九三七年十二月二十四日到达茶场。当时该场仅留一个看门人，所有职工已全部撤退，大多数还滞留于金华。

首先，我们在茶场南面的山头村，以后又在茶园头办起了两处农民夜校，由上海返乡的纱厂工人为翻译。随后，又动员留在村子里的老弱农民，到山里去召唤逃避在外的青壮年男女回村参加夜校。以后，又在夜校的基础上，组织了嵊县农民抗日救亡协会三界分会。共推石山头村黄传洪（曾参加过二七大罢工的上海纱厂工人）为主任，以后又吸收沈家湾村的沈阿毛（上海返乡工人）参加了党，而在三界农民抗救分会的基础上，又选编了抗日自卫队，进行初步的军事训练，以毛主席用游击战的小册子，为夜校的主要教材。

三界茶场与嵊县之间的曹娥江畔，有座清风岭，清风岭下有座清风庙。在这里，自满清起就遗留一种古风：农历正月十五日，凡是秀才一类的文墨人物都要到这里享受一次由庙产地租支付的宴饮酒食，共两三桌之多。酒会参加者，于酒会之后，每个人可分得腊肉一二斤。民国以后，参加人一般都是小学教员与返乡的外地大中专学校的学生。

在农救会主任老黄及沈阿毛的指点下，我跟着一个带路的抗救会员到了清风庙。宴会尚未开始，我登上桌子做了时势讲话，号召小学教员组织抗日救亡联谊会。不须说，当即获得广泛响应。以后，我们

组织了座谈会，以茶场为会议的地址。在座谈会中，结识了积极分子黄松岳。他既是灵芝乡小学校长，又是乡文书，是倾向革命的"左"派人物。以后，又在乡公所的乡丁当中发展了半秘密的农民抗日救亡小组，这是准备未来掌握乡公所武装的基本力量。以后，发展黄为中国共产党员。一九三九年在林芝乡乡政权的选举中，黄松岳布置三界抗救会主任老黄当选了财政管理委员，因而受到乡政府反动当局的注意而逃亡香港。

到港后，便失去联系。

此外，还有蒋镇小学教员蒋某，通过介绍农民抗日救亡会秘密打入镇公所的武装班当伙夫，而被发展为党员，由我个人联系，两人不发生横的关系。此事向张珂表同志作过汇报，也曾得到组织上的批准。

三、《七七周刊》与茶场抗日救亡宣传队

清风岭讲演后，茶场职工陆续归来，于是《七七周刊》诞生了。主要的一个积极分子周士祥，是嵊县开元镇人，由他担任刻蜡版、印刷，而我自己负责撰写社论，并编写上海报刊所载形势讲话及三界地区抗日救亡活动消息。而参加小学教员抗日救亡联谊座谈会的人，以及农民抗敌救亡协会三界分会的各村组，都是《七七周刊》的宣传教育对象。另外也包括本茶场职工。这样，就以《七七周刊》为核心，构成了一个联络宣传网。并进一步组织了茶场抗日救亡宣传队，带着《七七周刊》到周围村庄做宣传工作。这个宣传队的主要人物，有叶萍兄妹两人，他们都是从杭州逃亡到剡溪来的知识青年。原来躲避在清风岭上的雪山上的村子里，是笔者上山看地势时发现的。厂长吕永福（现在四川北碚西南农业师范学院任教），为上海劳动大学的高才生，也同样带头参加了宣传队，并自备了一支二十响的驳壳枪，这是我们队唯一的现代化武器，准备以后日寇侵占时到三界的联防队之类去缴械用的。此外，还有詹瑞及蒋季雄（蒋鑫），他们都是这个宣传队的积

极分子，后者于一九三九年前后和周士祥一起参加了中国共产党。就在"文化大革命"中死于余姚县。蒋鑫现在云南省茶叶研究所任领导工作。他们在三界地区，又发展了王松山为党员。王原为茶场会计（解放后曾任绍兴地委组织部副部长），但是也是这个宣传队的成员之一。

四、国民党十六师四十八旅与三界军民联欢大会

《七七周刊》创办不久（二三月间），国民党十六师四十八旅由前方撤退到三界地区休整，旅部就选定茶场场部办公室的西跨院一所研究试验室，恰恰与场部笔者的办公室有走廊相通，形成近邻。开始，我们却互不来往。

经嵊县农民抗日救亡协会负责人张珂表同志（这是公开的群众团体的合法身份）的当面提示，要我们遵从统一战线的方针，做好团结工作，并对他们进行政治教育，坚定他们的抗日杀敌的决心。于是，我对四十八旅旅长刘勋浩作了首次拜访，并带去了《七七周刊》若干份。刘勋浩说："浙东的民气很高，你们办的周刊很有水平。"但他们知道该期的"形势分析"是出于笔者之手，又知道笔者是从上海文艺界抗日救亡协会派来浙东工作的以后，就开始要求提供精神食粮。于是我开头以《丁玲在西北》为试探，进而从嵊县张珂表同志的图书室那里，借来《西行漫记》以及《朱德论游击战》之类在当时广为流行的读物。仿佛来往不到一周（刘阅读能力强且快），张珂表同志就要求我们以农民救亡协会三界分会的名义，发动群众组织一次军民联欢会以示欢迎，四十八旅各团所选出的班排代表徒手参加，且有三界救亡分会主任黄传洪为大会主席致开幕词，他代表地方对在上海英勇抗战的四十八旅官兵表示热烈欢迎，而旅长刘勋浩与士兵代表也分别代表四十八旅官兵致了答谢辞。

联欢会开得很成功，唯一的不足就是演出只靠叶萍兄妹，显得有些单调，虽有化装的京剧剧目，但又与当时的政治要求无关。

那张珂表同志听到笔者的总结式谈话后，告以将派嵊县流动宣传队去茶场做慰问演出。据我所知，这是我们中国共产党县委领导下的嵊县第一流动宣传队，与国民党抗日部队四十八旅接触之始。

五、第一流动宣传队与友军四十八旅

三界农民抗敌救亡协会组织召开军民联欢会不久，以王寄松、张欣淼（张朗）、俞林（尹仲芳）诸同志为首的第一流动宣传队和图书阅读流动组，带着很多上海版的进步报刊，如《生活》三日刊、《全民》《文艺阵地》等开到三界茶场来了，先后到几个村庄慰问抗日友军官兵及救亡协会抗敌自卫队。

在茶场四十八旅旅部，主要演出节目为《放下你的鞭子》，由纱厂女工沈彩红、王庄霄等同志主演（后者现任上海长宁区区长）。场部职工与旅部官兵都是观众，演出引起军民热烈共鸣，演出很成功。如旅部刘副官长在三方的座谈会上，由于对剧情感受很深，一边流泪，一边慷慨陈词，表示"我们决不能忘记丢掉的国土和失却家乡的流亡内地的同胞的痛苦，誓必抗战到底，把日本侵略者驱逐出去"！旅长刘勋浩当场要求流动宣传队到四十八旅所属各团作巡回演出，由各团负责接待，安排食宿。过去，我通过嵊县的图书室，只是向刘勋浩个人提供进步的报刊书籍，而这次是由宣传组接触，进步报刊在旅部官兵之间的阅读范围就空前扩大，起了很广泛的激励官兵抗日士气的作用。因之，刘勋浩又向笔者提出要求：留下流动宣传队改编为四十八旅的一支宣传队，给以正式军饷和部队的级别待遇。

我当时只能答应，把这个要求转向嵊县农民抗日救亡协会提出。之后，向张珂表同志作了转达。在业余宣传队演出成功，返回嵊县县城之后，邢子陶同志很快就独自一人，身着新四军正式军装，佩戴"联络参谋"的符号、袖标，带着张珂表同志的介绍信，到三界茶场与笔者做了初次会面。

六、邢子陶同志在三界茶场

邢子陶同志以新四军联络参谋的合法身份,到茶场一带了解群众的抗日救亡情绪,以及前方的地理环境,以便新四军的队伍到浙东来驻防。在茶场召开的座谈会上,笔者向邢子陶同志作了三界各方面的情况介绍,也说明了《七七周刊》的编辑部情况,说明小学教员抗日救亡联谊会的会员为这个周刊的主要对象,也介绍了农民救亡协会三界分会的组织情况等等。最后请邢子陶同志在座谈会上做了关于抗日形势的报告,受到场部全体出席这个座谈的积极分子(包括场长吕允福及现任云南茶研所所长蒋季雄等人)的热烈的欢迎。自然邢也视察了农民夜校,并分头了解了情况。

最后邢子陶问及四十八旅,笔者如实作了反映。因之,邢又提出是不是能和这个曾经借阅进步书刊的旅长见见面。笔者陪同邢子陶同志会见了刘勋浩,在双方会面之前,我取得了刘的同意,刘表示了由衷的欢迎。会面之后,刘称邢为"友军",说,"既然要开来前方,我们是欢迎你们的",并说"浙东的民气很高"。谈话比较亲切、融洽,纯属礼貌性的。

虽然在邢、刘谈话中未提及关于流动宣传队的部分同志应约加入四十八旅部队(对友军方面开展政治工作,坚定其抗日斗志)的问题。但以后有一部分同志在党组织批准下参加了四十八旅,作为一支政治上保持独立的抗日宣传队。邢临走,在与笔者谈话时,我表示了在上海就有参加中国共产党的要求和愿望,也谈及冯雪峰同志在我来浙东前的一次谈话,奠定了以后邢发展我入党的思想基础。

七、花桥村邢与我第二次会见与上虞百官之行

笔者第二次应约会见邢子陶同志,是在现为白岳公社的花桥村袁雨田同志的家里。

几乎一见面就要相互拥抱般亲切、热烈,邢爽朗地说:"我那次到三界去的情况,向宁绍特委汇报的时候,有同志立刻就猜到那个东北青年一定是你张璞君。"直到此时,我才知道邢子陶同志原来就是自己日夜梦想要找的浙东地方党的领导同志。因为,要在浙东开展抗日游击战争,没有中国共产党的领导,是不可想象的。这次邢是身穿便服,显然茶场的视察给他的印象极佳。等到我问及宁绍特委谁知道张璞君,邢告以杨思一。原来,我与杨是"保卫大上海"时期的抗日救亡阵线上的老战友!

会见中,笔者当告以"曾对张珂表同志几次谈过,找不到地方党的领导,将来组织起游击队来,也是没靠山呀!这次可把你们找到了"!

邢在谈话中说,因为形势紧迫,需要很多的人来参加党的工作。又告以现在参加党,已经取消了候补期,过去知识分子为两年,工人为一年。现在由于需要,就都变了。最后,邢给我的任务,是到上虞百官小学去恢复一个党支部的联系。邢说,不知道他们遭国民党特务破坏了没有,到那里去找姓郭(或罗)的同志,如果没有问题,便召开支部会议,传达党的指示。

当时,虽然感到身担风险(如果那里的组织已遭国民党反动派破坏的话),但这是党的任务。于是,就不胜荣幸地慨然接受下来了。

八、上虞百官小学的一次支部会

显然,委派完成这样一项重要任务,是发展笔者入党后的一次考验。一九三八年四五月间,笔者独自一人从三界乘三明瓦乌篷船去上虞百官。当时,公路已被完全破坏掉。宁绍地区与侵占杭州的敌寇,只有一江之隔,这里已属于前方地区了。

笔者在百官很快找到百官小学校校长郭某,正值他们支部等待上级派人联系的时候,因而欣喜异常。当天就在小学里召开了支部会议,由我传达了上级的指示，宣读了党内的文件。参加这个支部会议的有杜玲君（化名杜晓蓉，现任杭州建委设计院党委书记，即邢子陶的爱人），还记得有胡愈之的少弟胡恕之（当时名胡忠恕），他们都是该小学的教员。

胜利地完成了任务，次日我就返回嵊县三界茶场了。

九、首次参加嵊县县委会工作

一九三八年四月（或五月），正是我从上虞归来作过汇报不久，就应邢子陶同志函约，到县城南部某村镇，参加中共嵊县县委的一次会议。会前，子陶同志和我作了个别谈话。他告诉我，杜玲君同志已由组织调到嵊县。在会上，除了真的再次见到她之外，还有张珂表、袁雨田同志。另外，记得流动宣传队的代表也参加了这次会议。

邢子陶同志在会议上作了报告，并宣布了县委会的组织名单：王正山副书记兼组织部长，张珂表任副书记，袁雨田为农民部长，杜玲君为妇女部长，张璞君为宣传部长。邢以宁绍特委身份兼任嵊县县委书记。

会后，邢又给我第二个任务：在三界茶场，为未来的群力书店筹集百股（等于现洋二百元）的资金。至于书店的筹备工作，另有专人负责。

这样，县委会闭幕后，笔者就带着筹募书店资金的沉重任务，回到三界了！

十、在茶场为群力书店筹集资金任务的完成

当时，三界茶场职工十几人，而每人的月工资仅十多元，除场长吕允福以农业技师的身份工资较高外，我以技术员名义月薪工资也不过四十元整，且仅到任三个多月，贮蓄不及百元。因之，除场长吕允福自认五股（十元）外，大都是积极分子周士祥、蒋鑫、詹瑞等人或

二股或五股凑集的,仅筹集五十股左右,笔者最后以个人名义借贷于总务室的会计,凑足另外百元,始在茶场完成了二百元基金的筹集任务。根据嵊县党史资料征集室编写的史料,群力书店于一九三八年四月二十四日开业,如果时间确切,那么以此为准,我在三界茶场募集基金当在四月上旬,这也正是中共嵊县县委在宁绍特委委员邢子陶同志主持下召开会议的大致确切时间了。

十一、三界农民抗救会转化为半秘密状态的原因与三界茶叶业技术人员训练班的筹划

四十八旅开赴江西后,在三界地区由于军民联欢大会召开,以及业余流动宣传队又继之巡回演出,尤其是由于农民抗敌救亡协会进一步显示了威力,主要是分会主任黄传洪与四十八旅旅长互致欢迎词与答词而产生的影响与威信,引起了地主阶层的反动豪绅的畏忌,村村发生了胁迫佃户退出"抗救会"的逆潮,如果不退会,就要退田、抽地,使佃农失去了生计。因之,在与张珂表同志协议后,三界的农民抗敌救亡协会就采取划分小组的隐蔽形式,多数的抗日自卫队员解除了公开的班排编制,而这样就明显感到村组的核心骨干力量的薄弱了。于是张珂表同志主张最好动员倾向进步的知识青年参与本村的抗日自卫队的领导核心,以缓和地主阶层的畏忌情绪。这样,组织就决定由笔者向茶场场长吕允福提出关于举办训练班的建议。吕当时答应以举办茶叶技术人员班的名义,上报建设厅,正式在三界地区招考附近各村镇的倾向进步的知识青年,以便我们从中挑选未来的游击队骨干。结果,茶叶技术人员训练班的报考计划及开办经费由金华农业技术研究所批准,我担任训练班主任,并兼政治课的主讲,仍然是以毛泽东同志论抗日游击战及《论持久战》为政治课教材,自然这个秘密计划是该训练班的一般教员与学员都不知道的。

十二、关于延安方面来的"病休"人员的安置

在筹办茶叶技术人员训练班期间，中共宁绍特委邢子陶同志又第三次给了笔者具体的保密任务：关于延安病休人员曹世钦的安排问题，说，最理想是能在三界茶场隐蔽下来，说他是高级知识分子，懂法语（或法国留学生，记不确切）。我接受这任务后，与场长吕允福进行协商，吕只知道曹为一大学生，懂法语，和他自己在劳动大学所选的外语相同，正是练习外文的机会，于是同意聘请曹为训练班的国文教员，给予一定的生活待遇，月工资不低于茶场的推广员，这样就顺利地完成了这一比较难解决的安排任务。

十三、关于以竹嘉仁（竹可羽）为首的学生暑期回乡服务团

一九三八年暑期，当笔者到嵊县汇报工作的时候，应邢子陶同志之嘱，住在陈午韵（后名陈静之，在山东省文化局长任内退休）同志家，直接从组织名义向竹嘉仁等同志了解暑期学生返乡服务团情况，进行指导。竹等三人就住在陈宅西厢，与陈为邻。当时住在他家里的有许家基与姜琨。我同三人都作过谈话。以后又由竹嘉仁、裘愉申（现名周士标在国防科委工作）与周陶（现名周柏生在福建任对台广播电台台长）三人组成党小组，作为暑期服务工作团的领导核心，仍由县城区区委领导并布置工作。裘愉申在刹山小学，楼爱姑（后与周陶同志结婚）在楼家学校，周陶在黄塘沿村都各自办起了农民夜校，作为抗日救亡的建队基地，也作为抗日救亡的宣传阵地。

十四、邢子陶同志调离嵊县后的情况

不久，嵊县县委书记由王正山同志接任，宁绍特委委员邢子陶已奉命调离嵊县。这时群力书店由党委派薛仲三等三名党员经营，薛任经理。笔者由嵊县归来之后，主要任务在于抓好茶叶技术人员训练班

的整训工作。周士祥与蒋鑫、詹瑞等都程度不同地表示了对中国共产党的热情和探询。尤其周士祥，《七七周刊》始终由他担任编刻工作，并向我几次提出入党要求，我表示接受。如果，这时在茶训班组成周、蒋、詹为核心的党的外围小组，也会有利于工作，但笔者也有过"左"的思想，总认为知识分子须要较长时期的考验，这是在茶场工作时期的一个缺点，至今已为不可弥补的遗憾，好在我离开茶场前后，周士祥与蒋鑫都先后参加了党，尤其后者已对党在茶叶研究方面与现在上虞茶叶研究所任工程师的刘祖香同志一样作出了应有的贡献。（后者也是茶叶技术人员训练班的学员之一）

这一时期，三界农民抗日救亡协会的主任黄传洪同志，受到地主退田收地的胁迫，关系到他全家老小的生计，因为老黄坚持不退会，如果退了会，三界分会就失去了一个公开而又有影响的农民领导人。经张珂表同志的指示，我直接与茶场场长吕允福协商，由茶场如数划出可以栽种水稻的土地，以补抽回的所佃田地。就这样，黄传洪坚持继续担任已处于半公开地位的三界农民抗救协会的主任。并且在一九三九年初，由于党员黄松岳的布置，当选为灵芝乡的财务主任委员。这样，就进一步受到地主阶层的嫉视和打击。终于在一九三九年春（笔者从嵊县县城归来之后），被三界反动派以区政府的名义逮捕。后经笔者数次交涉，始开释。三界农救会的声望，由此受到严重的摧残与破坏。此时，场方也收到了国民党反动派所颁发的"防共"密件。于是，抗日救亡运动逐渐处于低潮。尤其是经过长期宣传，而日寇并未渡江南下，三界处于苟安状态，加之忙于日常生活的操劳，农民夜校也处于衰落状态了。

十五、一九三九年的三八妇女节

一九三九年一月间，我曾回上海，并为冯雪峰同志带回由上海文艺界抗敌救亡协会秘书长王任叔转交的初版《鲁迅全集》。这是瞿秋白同志生前在出版界的友人谢澹如先生赠送冯雪峰的。

从义乌神坛村冯雪峰同志的故乡又转金华访友归来，正值三八妇女节前夕。县委交给了为嵊县三八妇女节编写剧本的临时任务，剧名《十八世纪末到十九世纪初》。在"青工队"的女党员王爱琴与杨月影两同志的直接负责下，演出效果颇佳。

这次三八妇女节在中共地下县委领导下，还出版了专刊，散发了宣言，对于青年妇女政治思想的解放，起了推动作用，并锻炼了一批女政工干部。

十六、反共逆流波及三界茶场

一九三九年五月，国民党浙江省党政双方召开第四次联席会议，讨论"防止异党活动"之前，一股反共逆流早已波及到嵊县三界茶场。正是四五月间普采春茶的时候，场长吕允福先生在散步中以闲谈方式转告我，县国民党党部书记长应怀发已经对三界茶场注意了，要我暂且离开三界茶场，以技术员的身份去天台县茶叶示范区隐蔽一个时期。我答应"可以考虑"。遂把茶叶技术人员训练班的政治课移交给从延安出来的病休人员曹世钦同志。

于是进城，在陈午韵同志宅内，见到了一九三八年张珂表同志病逝后继任中共嵊县县委书记的王正山同志，始决定将我调离三界茶场，并通过陈午韵的长兄陈醉云的关系，派往嵊县中学（嵊县崇仁区马仁村）教书隐蔽。

以后，我又在陈宅见到继邢子陶同志来嵊县工作的宁绍特委书记杨思一同志。关于三界茶场的情况，杨都已了解。他给我的任务之一是找一个地方同住下来，以便于掩护。我认为，自己已经引起嵊县国民党的注意，和我同住，值得慎重考虑。要不等到嵊县中学开课之后，看看情况再作决定。到了中学所在地，从马姓的店主处租到一所带独门小院的房子。但此时杨思一同志已离嵊县到平阳参加浙江省党的第一次代表大会去了，故未来同住。

十七、离开三界茶场之后的一次联系

我是一九三九年暑假开学之后，正式向三界茶场提出辞职的。去嵊县中学之前，将三界茶场与党有直接关系的同志，如茶场职员周士祥、蒋鑫要求参加共产党，我已同意他们入党并作了介绍。还有曹世饮同志，由我举荐为茶训班主任。这些情况，都一一向县委书记王正山同志作了汇报，并要求组织上派人直接联系领导。

在这里，还要补一笔：一九三九年春或一九三八年秋，邢子陶同志曾第二次到三界茶场来，与笔者和新发展的两名油漆木工党员直接作过谈话，建立了组织联系。谈话地点在沈村茶训班所在地祠堂戏台侧的棚子里，是夜间，点着马灯。

十八、八月间，嵊县群力书店被国民党反动派查封

笔者进城见到了王正山同志，知道群力书店被查封，又见到了经理薛仲山、袁楚英（周英）等同志，了解到书店内还有党的若干秘密文件未及带出，已被全部查封在店内了。情况严重！于是，组织召开紧急会议。会议决定派人争取书店隔壁紧邻一家裁缝店值夜的徒工的同情，把土间壁墙打通。终于，从被封的书店取出全部秘密文件，保存了党的机密。除了书店财产被没收，资金上受了严重损失之外，避免了党组织可能要遭受的破坏。

不久，三界茶场在群力书店投资股金的职工，推举蒋季雄来嵊县中学要求退还股本。蒋季雄告以茶场会计王松寿处，还存有我的五、六两个月份的工资约捌拾元。我嘱蒋代为领取，并偿还职工投资的金额。至于周士祥同志及少数倾向革命的职员则自愿放弃索还股金。以后，周士祥参加了中共三界区委会任副书记，蒋鑫也为王松寿入党做了介绍人，并参加三界区委会工作了。

十九、调离嵊县转绍兴主编《战旗》

一九三九年十一月间，我应宁绍特委之调动，去浙江第三专区所在地的绍兴主编《战旗》。在与绍兴方面打长途电话协商时，曾提出两个条件：一、对《战旗》全部稿件有自主处理权，第三行政区专员公署不得过问；二、准备带去一个副主编（以后组织决定了陈午韵同志），待遇与主编相等。对方在长途电话中全部答应了。于是笔者决定了去绍兴的日期。

在此之前，驻金华的中共浙江省文委邵荃麟同志来信函商，希望我能为刚从皖南新四军出来不久的诗人辛劳（共产党员），在嵊县中学安排临时的教员位置。王正山同志代表组织既已决定调陈午韵去绍兴做我的助手，那么嵊县中学为我所遗国文教员一缺，正好推荐辛劳同志来接替。取得校方同意之后，笔者当时就以长途电话告知辛劳。作家聂绀弩（现年已八十岁）同志并在电话中也向我保证，辛劳必来。因之，我在学校留一个月的工资未领，以便辛劳到嵊县中学之后作生活开支。在我离嵊县后，辛劳同志因故未到学校，不久又转调上海！以上是浙江省党的文委以"社会关系"的方式为党员所做的工作布置的一个侧面。

二十、《战旗》"革新号"为中共宁绍特委领导下的合法刊物

我于一九三九年十一月间到达绍兴，经政治指导室郦咸明、俞坚两同志与许闻渊先生介绍，与第三专员公署专员杜伟晤谈，确定《战旗》的审稿及用稿权全由主编裁夺，公署决不过问，并同意聘任陈午韵为《战旗》编辑，协助主编。另外，木刻工作者杨健负责封面设计并为刊物配作插图，任编辑助理。这是《战旗》编辑部的三人小组。在党的组织关系上，由公署秘书长郦咸民同志以合法身份直接和我联系。原则是把《战旗》办成一个体现党的统一战线政策的刊物，作为

在东南战线上团结更多的人参加抗日救亡运动的一面旗帜,并指定要笔者写一篇纪念孙中山逝世十五周年的文章。此外,大量采用邵荃麟同志以国际新闻社名义供给的各类稿件。

当时我还兼任绍兴专署所属政治工作宣传队的政治教官。宣传队的队员中,有后来成为诗人的陈山,今《北京文艺》编辑商白苇、福建省军区任职的楼燕如(原为嵊县暑期学生回乡服务团团员),前《文艺报》文艺评论工作者竹可羽等同志。在邵荃麟同志来浙江第三专区政工队作形势报告时,曾向他单独介绍过竹可羽,竹应约作国际新闻社金华分社的特约撰稿人。

当时,绍兴专署有两个党支部,统归郦咸民同志领导,一为政工队支部,一为政工室支部。《战旗》小组,归政工室党支部领导。

廿一、王正山同志到绍兴任县委书记前后

一九三九年冬,王正山(明选)同志调任绍兴县委书记。在此之前,黄源同志自新四军来信,邀笔者赴前线采访。黄源在信中说"陈毅同志在敌后开展梅花桩战术,创建了抗日游击根据地,是为中国伟大作品的产生所在",希望我在报告文学上有所反映。我深感其意义之深与影响之广,为《战旗》所不及。为了不影响《战旗》的编辑与出版,我做了许多准备工作,如在编辑"革新号"时,从画样、分栏、排版到三校各有关程序与技术,都要副主编陈午韵亲自参加,以培养其独立担当具体工作的能力。其次,邵荃麟同志到绍兴后,慨然承诺今后《战旗》稿件(除特约稿外)全由金华国际新闻社提供,稿件来源没有问题。因之,当我向郦咸民同志提出离开《战旗》时,他虽表示挽留,但也觉得反映抗日游击区的生活意义重大,影响也广,因而同意我去皖南。

绍兴县委书记王正山同志到绍兴后,在一次欢迎式的秘密碰头会上(有很多同志参加),当众和我做了亲切交谈。王正山同志没有提出反对我离开《战旗》去新四军的意见。因之,笔者离开浙东遂成定局。

廿二、《战旗》"革新号"出版后的南撤

《战旗》"革新号"终于在党的直接关心下出版了！第二期编好不久，在一个早餐时（我与专员杜伟等人同桌），专员中途离座去接萧山来的长途电话，归后，匆匆告以"敌寇已在萧山六百亩头登陆，饭后集中专属听候命令"。显然，杜已在向省方（永康）请求。秘书长郦咸民同志秘密通知我："把行李搬到专署后，迅速告知邵、葛两同志马上离开绍兴。"当时水路有乌篷船，交通很方便。邵荃麟、葛琴夫妇撤离（回金华）之后，我也离开《战旗》编辑部，搬到专员公署。陈午韵与杨健俩人则随政工队撤离绍兴，转移嵊县。

在我们分手之前，委托陈午韵同志，将我的组织关系早日转去新四军。在党的组织生活方面，当时我还很幼稚，不知道可以直接向郦要求随身带走组织关系。当时，陈表示不同意笔者离开，一再挽留。笔者认为，稿件方面已由邵荃麟同志承诺提供，陈提的"影响《战旗》编务工作"的理由是站不住的。

当日深夜，笔者撤离专员公署时，偌大的院落已经只剩下秘书长老郦一个人了。郦告诉我，码头上有专署留的专用乌篷船，并告以船号、船老大的姓名及联络的对语。我问郦何以不一起撤离，郦告以自己不能走，嘱我立即行动。问及政宣队，告以都出发到各乡去了！我哪里知道，这竟是与郦的最后一面了！以后，我由嵊县去金华，而郦在诸暨县委书记任内壮烈牺牲。

廿三、离开浙东前的一次晚会

一九四〇年六月，我离开浙东应邀去皖南新四军之前，在义乌冯雪峰同志乡居神坛村处，作过第二次走访，然后到金华，住在邵荃麟同志处，与由新四军出来不久的彭燕郊等同志为邻。当时由上海去皖南的林淡秋同志也在金华等候汽车。邵荃麟同志为我写了介绍信，是

直接交给部队的。我当时还误以为是党的组织关系介绍信,到军队碰见南方局组织部长曾山同志后,始知此信为一般的(作为作家走访敌后游击区的)介绍信。因此,曾山同志说:"你的组织关系还没转来,先留在宣传部工作一个时期,等转来关系,再参加党的组织活动。不过,一般的党内政治报告会,还是可以参加。"

当时,我还不知道,浙东《战旗》负责编辑工作的陈午韵同志认为笔者是"自由行动",因而组织上始终没有把我的党员关系转到新四军军部去,由此断了党员的组织关系。

离开浙东前夕,在中共浙江省文委邵荃麟同志支持下,笔者与聂绀弩、林淡秋等人秘密参加了一次纪念高尔基逝世四周年晚会,举行了正式的悼念致哀的仪式。由邵荃麟同志作了关于高尔基生平的报告,朗诵了《海燕》,集体合唱高尔基作词的《囚徒歌》!参加这次纪念活动的还有张麦青、计惜英、彭燕郊以及葛琴同志。

次日,我伴同林淡秋等同志离开浙东,邵荃麟与葛琴夫妇去福建工作。仍在金华留下来的,国际新闻社有计惜英同志,解放台湾义勇队王坪、张芈来同志,《浙江妇女》编辑林秋若同志(她早在我们之前去过皖南了)。张麦青同志则去屯西协助骆耕漠同志工作。而聂绀弩同志与诗人彭燕郊也先后去广西桂林,应《力报》之约任编辑去了。

一九四〇年十月,笔者经新四军政治部主任袁国平同志批准,又回到浙东。离浙前,专程去嵊县找党的组织关系。在陈午韵同志宅院内,只碰到竹可羽。当时,他也失去了组织关系。未找到党组织,到义乌神坛去三访冯雪峰同志,并作了离开皖南及嵊县之行的汇报。当时,浙东形势已逆转。最后,秉冯雪峰的旨意,并取得冯的资助,离开浙东,转赴桂林去了。

一九八一年十月初稿
一九八四年一月订正

总攻击令
史纽斯

下总攻击令!
向反动派总攻击,
向帝国主义的爪牙总攻击,
扬子江前线
用暴风雨
袭击一切的城,
太原前线
把反动派的蚌壳剖开,
南方的据点
要野火一样烧出来,
北方的音响
要播送给全中国……
"坚决,
彻底,
干净,
全部地歼灭中国境内一切敢于抵抗的反动派!"
反动派在哪里,
就向哪里攻击。

我们已经忍受得够了,
我们忍受了最大的痛苦,

期待他们最后的悔悟。
我们伸出了等待把握的手,
我们的手还留有他们给与的伤痕与血迹;
我们勒马在河边等待,
河上还漂流着他们屠杀的尸体;
哦,
我们和着血吞下了打落的牙齿
吞下了血恨,
期待敌人最后的悔省。
敌人用阴谋响应着和平。

他们要拖过今天
去喘一口气,
拖过明天
等待帝国主义来扶持,
拖过后天
又要流我们的血,
要站起来的人一齐倒地。

弟兄们,
下总攻击令!
向反动派进攻过去,
向城楼和碉堡进攻过去,
对于生硬的、顽固的头脑
对于险要的,毒狠的阴谋
只有用子弹给他们一次洗礼!

毛泽东

我们向你敬礼,

朱德

我们向你敬礼,

我们的要求由你们而呼喊,

你们的命令是我们的旗帜,

在你们的命令下

我们要总攻过去!

弟兄们

向反动派攻击过去,

向帝国主义的爪牙攻击过去,

不只是武装战士攻击过去,

要一切生产线的战士

　　　　文化线的战士

一齐攻击过去!

攻击是为了夺取!

夺取政权!

夺取乡村!

夺取城市!

树起红旗!

在我们的手上

不准失败!

不会失败!

一定胜利!

一九四九年四月二十二日

关于《海军大将》

《海军大将》就是《那希莫夫》。

那希莫夫之在俄罗斯海军的地位和功绩,正像英国海军大将威尔逊,或是俄国陆军元帅苏瓦洛夫,将军库图索夫。而他的沉着、镇静,在极艰苦的战斗中,不可动摇的坚持毅力,又像拿破仑在滑铁卢战役中所遇到的惠灵谷。在那希莫夫指挥的西伐斯托波尔保卫战中,所表现的那种高山峻岭一样不可摇撼的雄伟而坚定的意志,从《海军大将》这一影片里,完全传达出来了。而且深深地感染着观众。自然它是依据当时历史所规定的,那希莫夫对于俄皇政府统治的那个民族的忠诚,而今天我们从热爱我们人民祖国这点感受,同样会在我们的心魂上引起共鸣的。

实在说,我们对于那希莫夫的认识是不及对库图索夫那样熟悉的,因为库图索夫通过伟大的托尔斯泰已经在中国读者的面前再现了,而苏瓦洛夫元帅的史迹,也有一个很好的剧本,把他光辉的倔强的一生,作了一个完整的介绍,但关于那希莫夫,在文学作品里出现得就很少。因之,仅仅为了认识这样一个历史上有名的海军将领,我们也是应当去看看的。况且《那希莫夫》这部影片是经过一番艰苦的努力才编制成功的。

关于《那希莫夫》,我们早在联共党中央委员会关于影片《灿烂生活》的决议(一九四六年九月四日)里知道,初次的拍摄是失败了的。在那个决议里有这样的一段记载:"例如:电影导演普陀甫金着手摄制的那部描写那希莫夫的影片,但是他并没有研究过问题的细节,而且歪曲了历史的真理。因此就造成了一部不是描写那希莫夫而是描写跳舞会舞蹈和那希莫夫生活插曲的影片。结果影片消失了,像俄罗斯人曾经到过西诺普和在西诺普一战中俘虏了以司令官为首的一大批土耳其海军将领等等这样重大的历史事实。"但经过导演普陀甫金的努力,《那希莫夫》一片,终于获得了斯大林奖金。

据说普陀甫金是以导演高尔基的《母亲》获得世界荣誉的苏联名导演之一。在《海军大将》这一部影片里,我们到处可以发现导演普陀甫金的卓越的才能,尤其是在西伐斯托波尔的保卫战中,以那希莫夫的镇定而对衬出彼得堡宫廷来的视察官的可笑的懦怯。而又以彼得堡宫廷来的视察官的懦怯,衬托出那希莫夫的无畏和进一步的矜持,对于我们这都是一些好的启示。

纪念高尔基

一

今天是马克辛姆·高尔基逝世十五周年的日子,和去年一样,我们山东省的中苏友好协会会员以及文学艺术工作者要开会来纪念他。纪念这位以文学艺术为武器,为人民的事业战斗一生而获得了光辉成就的战士,纪念这一个奠定了无产阶级的现实主义文学基础的伟大的革命作家。

关于这位革命作家,在文学艺术领域里的伟大贡献,以及他的全部艰苦而光辉的战斗历史,对于我们中苏友好协会的会员和文学艺术工作者来说,我想都熟悉,不必再在这里介绍了。而实际上,他的浩瀚的文学贡献,他的全部战斗的历史,也并不是几句话就可以概括得了的。假若有个别同志,对他还不熟悉,那么就应该熟悉他、学习他。他的著作是很多的,要熟悉并学习他的为人民事业奋斗不懈的精神和他的可贵的品质,那么最好是读他的作品,尤其是要读《母亲》和他晚年的论文集。

我在这里不能谈他的历史和作品,不能谈他从困苦流浪的生活中走到文学艺术领域里的奋斗道路,也不能谈他在文学艺术领域里又怎样脚踏实地与当时俄国革命家携手一同开辟人民自由与幸福事业大道的斗争过程。我们在这里只能谈一点,那就是他对"人"的解释。

二

马克辛姆·高尔基对"人"是怎样解释呢?那就是:"人——骄

傲的称呼。"

若说高尔基是无产阶级的现实主义文学的一杆大旗，那么这"人——骄傲的称呼"，就是这杆大旗上的符号，就是对无产阶级的现实主义文学下的一个注解。

这是和今天堕落的美国资产阶级的文学艺术对于"人"的解释完全不同的。传说斯坦培克不久以前在美国出版了一部小说，这部小说所表现的人是怎样的呢？是一个贵族夫人怎样和一条蛇发生了爱情。这就是美国堕落的资产阶级文学艺术所发掘的课题。代表美国反动的文学艺术的作者斯坦培克本人，不仅在这部作品里，说明了美国资产阶级的妇女，作为一个单纯的生产品的消费者的无聊与堕落，也说明了美国资产阶级文化的腐烂与无耻。

三

实际上，早在自然主义时期，法国的左拉就已经肯定地对于"人"下过这样的定义：人就是动物。在文学上作为自然主义经典的《马拉贡家族史》之类的作品上，左拉表现的人民的酗酒与堕落，不从社会学上去解释，而是从生理学上去解释，解释为遗传，酒精毒的结果，但在左拉的作品中还多多少少透露了人民在阶级剥削下的穷困和痛苦。

为我们所尊敬的列夫·托尔斯泰，谁都知道他是资产阶级的写实主义的大师。在他的作品里，作为剥削者的贵族人物，多是仪态很美的，心底很善良的。在他晚年著作的《复活》——那部有名的小说里，他所表现的妓女喀秋莎的堕落、酗酒，却是作为受了聂赫留朵夫的欺骗与摧残的结果。我们并不感到沦为妓女的喀秋莎下流，我们却为她的生涯和变化了的性格难过、同情。这就是列夫·托尔斯泰伟大的地方，因为他是从现实的社会学来分析人物的。虽然，托尔斯泰歌颂的还是贵族出身的聂赫留朵夫，到底喀秋莎还不及聂赫留朵夫的伟大，因为他虽然是犯了罪，竟然还能忏悔，竟然还能抛弃了侯爵小姐而自贬身价来拯救喀秋莎，以求良心上的安慰。但这是限于列夫·托尔斯泰的阶级性。

四

而作为劳动人民的战士，作为无产阶级现实主义文学的大旗的高尔基，是全然不同的。他所解释的"人——骄傲的称呼"是指着劳动人民，他所歌颂的，人的崇高庄严，是劳动人民的崇高与庄严。

在高尔基的《母亲》这部作为现实主义经典的小说里，就充分说明了这一点。

当巴维尔在五一节示威游行当中，决定掌握红旗的时候，他对于他母亲的担心表示："对于不论哪个，缚手缚脚的爱和友情，我什么都不要……"而他的母亲，那个伟大的尼洛芙娜终于也勇敢地走上了战斗的道路。她说："我儿子的话，是劳动者洁白的话，是任什么都不能收买的勇敢的话……时机到的时候，他们能够抛弃自己去替真理奋斗的。"

在沙皇的宪兵和暗探包围毒打中，她说："真理是血海也不能消灭的。"母子之间的爱与阶级的爱是一致的。路上有人问她："连你也参加暴动么？"她说什么呢？她说："连死也不要紧，我们非跟真理走不可。"她还告诉别的妇女："不必胆小，这是神圣的事。"

这就是马克辛姆·高尔基所表现的人的崇高而庄严的雕像。这不朽的雕像，伟大的母亲尼洛芙娜，已经不是属于巴维尔个人的了，她的母爱已经概括了所有的属于无产阶级的劳动人民的儿子，正像太阳的光概括着所有的山川、河流、树木与花园一样。她为革命同志传递宣传品，并以无比的勇敢与智慧和那些跟踪她的沙皇的宪兵和暗探作斗争。

这就是"人——骄傲的称呼"的具体的说明。

五

但为美帝国主义的堕落的文学艺术所教养着的人,那些单纯的作为生产品的消费者,那些非劳动人民是在这个对于人的解释和范围之外的。而他们也确如那些如斯坦培克之流的人物所自供:人就等于牲口。最明显的说明,莫过于在朝鲜战场上为美帝国主义这种"文明"所培养教育出来的美国侵略队伍所表现的兽性行动更具体了,他们屠杀妇女与儿童,劫掠奸淫,既杀人又放火。

相反,我们中国人民志愿军所表现的是"人——骄傲的称呼",人的崇高与庄严。最好的例子是魏巍同志的那篇有名的通讯《谁是最可爱的人》所告诉我们的。我们中国人民志愿军的英雄们,不只是为了保卫朝鲜的妇女和儿童,保卫我们的伟大的祖国与人类的和平,在那里英勇战斗,在第二次战役中,而且有一个排为了狙击敌人的溃退,以便我主力部队包围歼灭,竟于坚持八个钟头之后,在敌机投下的汽油弹燃烧当中,于我坚守的高岗燃烧起滔天大火而子弹又绝尽的时候,与兽性的敌人同归于尽。以致埋葬的时候,我们中国人民志愿军倒下去的英雄们的尸首和美帝国主义侵略部队的野兽的烧焦的尸首分不开,有的紧紧抱着敌人的腰,有的紧紧抱着敌人的脖子,有的手指都插到敌人的肉体里去。而他们为的是什么呢?那么请听一个吃雪的战士所说的话吧,魏巍同志写道,那个战士说:"就拿吃雪来说吧,我在这里吃雪正是为了祖国的人民不吃雪。他们可以坐在挺畅亮的屋子里泡上一壶茶,守住个火炉子,想吃点什么就做点什么。……你再比如蹲防空洞吧,多憋闷得慌呀!眼看着外面好好的太阳,光光的马路不能走。可是我在这里蹲防空洞,祖国的人民就可以不蹲防空洞呀!他们就可以在马路上不慌不忙地走呀!他们想骑车子也行,想走路也行……所以,我们在这里流点血不算什么,吃点苦又算什么呢?"这就是我们中国人民志愿军的至高无上的精神,这就是我们"人——骄傲的称呼"的具体说明。

六

自然，为我们中国人民志愿军所有的这种对于祖国的无比忠诚的品质，这种至高无上的精神，是为中国的伟大共产党所培养所教育出来的，是为我们中国劳动人民所有的传统美德，是为我们中国以鲁迅、瞿秋白为首的革命文学所要求所影响着的。但中国的人民革命的历史要求中，接受并发挥了苏联人民革命所给予的启发与影响，中国的革命文学，也同样接受并发挥了以高尔基为首的苏联现实主义文学艺术所给予的启发与影响。因之，我们纪念高尔基，是有它的严肃的意义的。"人——骄傲的称呼"，直到今天，以至永恒，仍是我们中国人民文学所要求的创作主题。

尤其是在今天，开展爱国主义创作的时候，我们中国人民志愿军的英雄们，我们的正在进行着爱国主义生产竞赛的工人们，我们的在丰产运动中开展拥军优属的代耕工作的农民们，他们艰苦的奋斗的事迹，已经丰富了"人——骄傲的称呼"的内容。他们已经发挥了中国劳动人民的优美传统，已经按照我们伟大的中国共产党所要求所教育所培养的方向上升着，已经按照我们现实主义文学艺术所要求所教育所影响的方向迈进着，而今天我们文学艺术工作者，在"表现这些崇高与尊严的人"这点上来说，反显得落后了，而魏巍同志在这一点上来说是走在了我们的前面的。

今天，我们纪念马克辛姆·高尔基，就要把这"人——骄傲的称呼"的实质，通过各种文学艺术形式表现出来，以它来进一步教育与鼓舞我们的人民，这就必须开展爱国主义创作。时间到了，就此为止。

济南高尔基逝世十五周年纪念晚会上的演讲辞

关于我和鲁迅先生的两次通信

——答复旦大学《鲁迅日记》注释组

《鲁迅日记》注释组负责同志：

十二月十七日来函，收到。因为赶着写东西，以致耽误日久才回信，劳您们悬念，为歉！

关于所提的问题，敬答如下。

①我是一九一七年春生于吉林省珲春县一个茶商的家庭里。父母都是来自胶东半岛的贫雇农。我本名张璞君，笔名骆宾基。一九三六年夏初从哈尔滨敌占区逃亡到上海。

因为萧军和萧红当时都不在上海（我是在哈尔滨与两萧的朋友金剑啸相识，因而知道他们在上海由于作品得到鲁迅先生的推荐而出版的情况），记得先写信给鲁迅先生说明自己的情况，并要求看看我的长篇小说的初稿开始的几章是不是有出版的价值和希望，随后就寄去了。这应是七月十日"得张依吾信并稿，即复还"那一笔所记的内容。张依吾是我当时用的化名，而且也只在和鲁迅先生通信时开始用的化名，以后再未用过。至于"伊吾"当为另外一人，我不知道是谁。鲁迅先生回信，大意是，因为是长篇小说，只看几章很难说什么，最好是全部完成以后再说。仿佛最初那几章，并没有过目就退还给我了。八月五日得"依吾"信，如非笔误，当也是我写的，已记不得内容了，或许是告以我的长篇小说的进度吧！

②九、十七："上午得张依吾信。"

九、十八："下午晴，复张依吾信。"

两项，非"张伊吾"。应是初稿完成，或将要完成，又写信询问，报载患病，是不是已经康复，可以看我的长篇小说初稿了，希望能给以指教以便进一步修改，记得回信是自来水笔写的，大意是病情转重，咳嗽，气喘，目前不看什么东西了，不久鲁迅先生就逝世了。

　　先后两信均在参加保卫大上海的急行军中，于大场火线上跑步前进的途中遗失了。

　　因而在我记忆中，前后仅通过两次信，八月五日的一封信就记不确切了。此外，都是另外一位"伊吾"的通信。

　　专此布复恭致

敬礼

一九七八年一月二十九日

关于我的笔名
——答上海文学研究所及广西八步师专等同志问

王向民同志：

十一月十三日来信收到。在这之前，有九月二十七日广西梧州地区八步师专教师陈剑华同志以及黑龙江克山师专、江苏、青海等地来信，都提出相同的问题。再早还有美国与日本的现代文学研究者，因而就有必要作一正式答复了。

1. 第一次使用"骆宾基"之笔名，是在一九三七年上海八一三抗战爆发之后。当时，经上海文艺界抗敌协会介绍，我参加了上海青年防护团的抢救伤员及街头宣传工作。归来后，在这个团体的壁报上写稿，反映感受与见闻以抒激愤之情，才开始用这个笔名。壁报稿得到较好的反应，于是转寄茅盾先生主编、巴金先生发行的《呐喊》。笔名也相沿而未改。

2. 我喜欢读唐诗，并十分赞赏骆宾王在《在狱咏蝉》中所反映之高洁情操，于是随意取其首两字，加以深受作为世界无产阶级革命现实主义作家之首的马克辛姆·高尔基之影响，就信手以"骆宾基"三字签署了。因为"骆宾"两字极易使人想到骆宾王其人，所以最初在"宾"旁加了三点，作为哈尔滨的"滨"字，由于笔繁求简，后来又省略三点作"宾"字了。

自然，开始只是读骆诗，知道他由于抗武则天女皇，作过声讨武氏罪行的檄文而作为"叛逆"入狱。当时，诗人不但是负有盛名之"四杰"，且具不畏封建强权暴政的战斗精神。《旧唐书》之"文苑"列传，志其为人"落魄无行，好与博徒游。高宗时曾为长安主簿，坐赃，左迁临海丞,怏怏失志,弃官而去"。既沦"逆臣"之列,"伏诛"而死,"文苑"传记之辞,就值得研究了。因为,果如传者所称,骆宾王就不会在"落魄无行,好与博徒游"之后,于高宗末年位居"长安主簿"之位了!又,果是"坐赃"而迁临海丞,又绝不会"弃官而去",盖上心怀不满或潇洒不羁的性情之烙印了!因而仍慕其诗而信其人。骆代后裔世居临海,今已为大族了。这是属于节外生枝之论了。

3. 一九三六年五月,开始写作长篇小说《边陲线上》。寄文学社,转茅盾先生审阅时,署名"金敭",是为"金阳"之变笔,"敭"为古"扬"字,取其音也!一九三七年六月间,在左联时期作家尹庚主编之《东方快报》文艺副刊上,曾发表一篇悼念高尔基逝世一周年的文字,题为"他永远活在我们心中",署名"金敭"。这是第一篇见于报刊的文字。一九四〇年春,又以"金阳"为笔名,在绍兴《战旗》上发表文章。

4. 此外,还用过"金羽衣",开始于一九四一年所写的童话《鹦鹉和燕子》(同年由桂林文化供应社出版。以后香港又有翻印版。主编人是司马文森同志)。五十年代初,在《山东文艺》上又以"羽衣"为名发表过新诗。在北京,又用"张怀金"为笔名,发表过短篇小说《老魏俊与芳芳》。

5. 一九三六年夏秋之间,和鲁迅先生通信,署名"张依吾"。一九三八年在浙东,与《边陲线上》主编者巴金先生通信,署名"张艮石"。都未见之于报刊。

匆此祝

好

一九八三年二月十八日

政治与文学

——《中国现代作家作品在日本》代序

一、前　记

山东的武鹰、宋绍香编著了一本关于中国现代文学在日本的书，要我写篇序，意在向国内读书界作推荐。事关中日两国文化交流的伟业，应尽这份职责。但我非日本研究中国现代文学的评论家与日文译植的研究者，只能从个人有限的接触中写出自己的印象来，是为代序。

二、从西野广祥的"抗战文学"评论来看

一九八三年三月十二日，日本东京都庆应义塾大学的中国现代文学讲座教授西野广祥先生偕其青年时代东京大学的同学，现任东京法政大学副教授的市川宏先生作为我私人的朋友，到北京来对我作首次的访问。这是西野评论我的《抗战后期文学作品》一文译出后，我们初次"天涯若比邻"式的会面，因为市川也是我的《萧红小传》的译者，因而可以说是海外来知己了！为了三天的专访便于来往交谈，他们特意住在前门饭店。

但事有意外，这次访问，我们本是在二月间的通信中约定的日期，不想两天前又接到一个关于统战部门的会议通知，因之，我们十二日只能作半日谈。写信改期已来不及，这样就要在远客下榻的地方，留一欢迎信件，并说明自己的遗憾！民航机是夜十一点到达。于是西野、市川两教授临时改变了日程，另与在京侨居的日本友人聚会了！

因之，三个半天的会面可以说既未谈及我的作品，也未谈及我个

人的文学创作生涯。我只简略介绍了中国当代文学——一些自己读过的可以译植的作品及值得日本朋友注意和研究的北京青年作家，如邓友梅、从维熙、刘绍棠、刘心武，特别是陈祖芬和她的报告文学等。次日的私人便宴在和平门的烤鸭店，并临时约了八十年代在中国文学界初露头角的戈悟觉与当时在《深圳特区日报》任编辑的刘景华夫妇三同志作陪。第三天是辞行之晤，不过西野教授透露了一个消息，说九月市川教授或有机会再次来到北京准备做三个月或六个月的逗留，因而还会见面的。

对于这次的专访未能如愿畅谈，自然双方都深深感到遗憾的，而我格外感到歉然不已。

三、访者临行留语

原本"君子之交淡如水"，一般无可大笔记述的，在我女儿张小新代我去前门饭店送别时，约了北京市文学研究所的现代文学研究者韩文敏女士一起去的。后者在我家里便宴时，已经和她的日本同业见面相识了，却不想，就在这次饭店送别的谈话中，西野广祥教授为我们留下了值得我们以及我们的文学评论者深思的几句话。

自然仍是从关于文学作品的评论谈起来的。

因为韩是我的作品的研究者，所以话就从这里谈起。

韩问："骆宾基的作品在日本为什么会有那么些人感兴趣呢？主要原因在哪里？"

西野答："日本读者喜欢散文诗式的作品，他的小说是抒情的！我们喜欢抒情的东西！"

韩说："是的，他的作品是抒情的！但我们中国评论家往往是从政治上看作品。因为他的抗战时期的小说，政治性不强，因而在我们国内评价不高！"

西野答："不！不！他的作品，政治性是大大地在里边呀！《北望园的春天》那些知识分子，生活那么苦，都怀念着失去的家乡土地……抗战在里面大大的啦！《生活的意义》那么些前线回来的战士不安心学习，想着回前线杀敌，抗战大大的啦！"

这日本的中国现代文学评论家和我们四十年代大后方文艺评论权威者，在文学与政治关系方面的论点，是迥然不同的。我在这里只以此为例，不避"自溢其美"之讥而记载下来，主要是在于古之名言："他山之石，可以攻玉。"我们的文学评论者在要求文学的政治性或社会效果方面，如果自己不从旧的过"左"的美学或机械唯物论的艺术观领域里解放出来，就是萧红的《呼兰河传》，也很难得到"反封建的典型文学作品"的称誉的。

四、市川宏与奥平卓两友人谈话的启示

关于中国现代文学作品在日本取得的政治效果的实际例子，有的是完全出乎我们的意料之外的。自然仍然是以《北望园的春天》为例子。

在北京外语学院任教的奥平卓先生是市川的东京大学时期的同学，都是著名的与中国现代文学研究家小野忍、饭冢朗齐名的竹内好的学生。当一九八四年春节，市川作为与北京大学的副教授交换的专家偕唐诗译者奥平先生来我家同度除夕之夜的时候，由于酒意颇浓，奥平先生在闲谈中用汉语告诉我，他们是在大学时代的好友，共同读了《北望园的春天》，引起了无限的感慨，后来他们在东京大学里编了一套丛书，还出版了，取名就叫"北望丛书"。

"啊？你们也'北望'么？"

市川答："我们是北望失去的库页岛那部分领土呀！"

文学艺术的政治影响恐怕还需要从宏观的一面来探索的，这又是"他山之石，可以攻玉"的一个例证。

另外，在西野教授归国后，倒在通信中提出关于《乡亲——康天刚》那篇小说里的问题，要求作者作出解释。首先是关于"大卯星、二卯

星、三卯星"的学名,次则是关于"火房"与"伙房"的区别,还有关于人参之称"四品叶"的问题。

这都说明日本的中国现代文学研究者的严肃与认真的治学精神,正如老舍作品研究者在日本出版了老舍的文学作品语言方面的专著,如"腆着肚子"特别作出例解一样,这也应是对于我们自己的文学评论界有所启发的!

五、日本的中国现代文学研究者的品格

不仅中国现代文学在日本有着广泛的影响,就是在著名的日本现代中国文学研究者的精神方面也反映着从中国古汉学方面继承的优良传统,崇尚人的品格、气节!

例如日本二十年代著名左翼作家小林多喜二,由于反对日本发动侵略我们东北三省的战争而与日本当局对抗,最后为日本警察活活打死,他那不屈的凛然正义之态,是为我们中国左翼文艺界如楼适夷、蒋天佐诸同志时常念念称誉的。直到五十年代以后,这种坚持真理与正义的中国现代文学研究者,在日本也仍然是神态如巍峨的富士山,风势再猛,端然不移,受人尊崇的也大有人在。

例如市川副教授的师友竹内好,原是丁玲与丁玲作品的研究者,自然对我国这位二十年代就走上中国左翼文坛的女作家是怀着尊崇之情的。而当他所研究的对象于五十年代末受到非马列主义观点的围攻与误解而作为反革命集团的人物下放于黑龙江之后,竹内好教授不但停止了对于丁玲以及丁玲著作的研究,对于我们给以的访华约请,也婉言谢绝了。据说直到六十年代我文化界首脑人物郭沫若在剧作家杜宣访日时,特嘱:到了日本,要以郭沫若的名义,邀日本文学界与小野忍教授齐名的竹内来华作次游访,但仍为竹内教授所辞谢。显然,对于丁玲的批判和"反革命集团分子"的结论,是刺伤了这位有着中国古汉学修养的中国现代文学的研究大师对于中国文化热爱的感情。

他自然早已认识到，这是与实事求是的精神不符的。他热爱中国，热爱中国的现代文学，因为中国的现代文学在自己民族危亡之秋，发挥了巨大的中流砥柱的作用。他是很想到无产阶级革命胜利之后的中国游览一番的，但他更爱真理！为了表示沉默的抗议，他仍然谢绝了这个宠遇式的"特邀"。在日美订立同盟协约时，竹内是组织者，组织他的得意弟子，东京大学的中国现代文学研究生参加街头示威的。这是在另一方面反映了对于中国深厚的友谊，像一个金币的两面一样。但在我们中国那"文化大革命"的十年开始，所有他竹内的这些参加过当年街头示威的学生：西野广祥、市川宏、奥平卓诸位，多是那么热衷于中国现代文学研究和译植的人物，却都停止了这一方面的研究而转向中国古代的汉学研究了。如西野与市川都有关于韩非子的研究著作，这岂不同样有着深深爱着我们中国的崇法理而非暴秦的表现么？

因之，可以说，日本的中国现代文学研究者的治学精神是值得我们重视的，而更值得我们尊崇与理解的还有他们那种渗透了古汉学的卫护真理与正义的精神！

这些精神都体现在他们对于中国现代文学的评论里，值得一读。

一九八六年七月七日于北京

文艺理论的危机
——也谈"方法论"

一

去年,已是秋初时候了!一位从北戴河参加"读书会"(?)归来的现代文学研究者在过京途中来访,我问及"读书会"的情况,告以要出现新的文学理论体系了。问及具体的内容是什么,告以"信息论""反馈论""结构论"等等。我问,这不是要代替马列主义"存在决定意识""文学源于生活""典型环境与典型人物"等辩证唯物主义观点么?客人仍以其稳健之态告以不是代替,据说,是马列主义文学理论的新发展!

"还有不同意这种'新发展'的么?"

"也有!是陈涌,几乎近于'孤军作战'了!"又问:"你是怎么看呢?"

我说:"你呢?"

"似乎都有道理!"

我说:"我觉得这是玩弄名词的一种学院派的诡辩。"而没有说:"这种文艺理论是反映了在我们中国八十年代经济改革中属于意识形态的危机,是与我们伟大的现实背道而驰的。就是背离'存在决定意识',背离'文学艺术源于生活',背离'典型人物产自典型环境的辩证唯物主义的革命传统理论的'!"因为我毕竟不是这个"读书会"的参加者,不大了解情况,不能过于"主观"。

二

以后,听说得更为具体一些了,据说核心是"方法论"。

有的认为,新方法的探索,是历史的必然趋势,也是马克思主义自身发展的内在要求!

更有的提出什么系统论、信息论和控制论,它们本来是自然科学、应用技术科学的研究方法,但是,当它们的某些原理被引进文艺领域后,也就成了文艺学的研究方法。真是玄而又玄。不怪压住社会主义革命现实主义阵脚的老将之一孙犁同志在《天津日报》发表"文林谈屑"对"当前文艺评论工作中出现的一种主观唯心倾向提出批评"了。(注:引自一月二十三日版《文学报》简介)

三

实际上,就在一个"座谈会"上,有同志提出:

> 理论研究的基本方法是实事求是,而不是用了多少新名词、新概念。提出"要防止经(?)院哲学式的做法"。

但这些属于辩证唯物主义认识论的声音似乎完全淹没在——至少是在一篇内部"通讯"报道性的简讯里——玄而又玄的"海啸"中了!

例如作者介绍说:

"近几年关于文艺研究方法的讨论,并不限于'新三论',而是涉及了众多的文艺研究方法。如比较方法、接受美学的方法、符号学和结构主义的方法、现象学、解释学、价值论、文化学的方法等等。真是使人眼花缭乱,仿佛置身于脚下、头上、四侧都有彩色灯光闪耀的歌星面前一样!这说明什么呢?不是正反映了歌者的价值不是完全建立在'歌声'上,而是依靠着'光'与'色'来添补'艺术'的魅力么？"

但烦琐派论者，还不满足于此，更有的提出：

> 在这样的科学发展（即"囊括了一般系统论、控制论、信息论、耗散结构论、协同学超循环理论等系统科学"）面前，辩证唯物主义"必然要改变自己的形式"。又接着说："我们可以提出系统观这一新的哲学范畴使之与物质观，运动观、时空观一起，组成辩证唯物主义新结构。"

简直要以玄而又玄的学院派烦琐主义的唯心论来冒充马列主义的辩证唯物主义了。

因为马列主义唯物主义的灵魂，就是具体事物的具体分析，就是从实际出发的实事求是精神。避开今天存在于中国当代文学的实际，而空谈方法，就是一种唯心主义，不管它用了多少马列主义的字样作掩盖。

而且就是方法，在文学艺术领域中，首先还是认识（观察）方法，其次才是表现方法。也就是说，首先不是坐在学院的研究室里，而要到现实的典型性社会生活里去认识，这必然又回到文学艺术源于生活这个老而不衰的马列主义美学观的真理上来了。联系实际的例子之一，就是八五年压住社会主义革命现实主义文学阵脚的作品《经济和人》，这是评论界如果联系实际而不空谈就不能忽视的作品。而典型环境又是王峻与孙超这两个典型人物产生的土壤。

认识我们这个伟大时代的典型社会生活是占第一意义的位置，而方法，在这里是次要的。

等到研究了观察社会的方法，再去观察社会，等到研究了写作方法，再去写作？那么恐怕一个人从二十岁研究到五十岁，也未必能写出一篇反映现实的小说或是产生好的社会效果的报告文学来。因为这种离开现实的文艺理论,会把人引到图书馆的中外文艺理论资料里去,将为西方的日新月异的唯心论文艺理论著作所淹没,而不知世界上竟会有王竣与孙超式的的人物出现在一个小小的安庆市!

话还未完,留给同时代的富有才华的青年学者思考!

一九八六年春初稿,秋改定

冯雪峰和他的朋友们

一

今天是纪念我们的前辈诗人、我们中国新文学理论家、革命现实主义文学理论大师冯雪峰同志逝世十周年的学术研究会正式开幕的日子，它应是七日在全国政协礼堂召开的纪念冯雪峰逝世十周年座谈会的继续。这次会开得隆重，可惜过于晚了！以致生前作为这次会议的主要筹备主催人之一的当代著名左翼女作家丁玲同志，未能出席。为我们所敬重的这位又是我们的前辈又是我们的同代人的老作家，继鲁迅、茅盾、老舍后作为第四位有世界影响的小说作家，在座谈会三天之前，已经离我们而去了！不久我们将与她的遗体告别。这真是我们中国新文学界的一个再也无法弥补的巨大损失，更是为这次纪念会的参加者所深感的一个很大遗憾，我只能说，是老天夺去了她在这个纪念会上的发言权！

丁玲是冯雪峰生前患难与共、肝胆相照的老战友，他们相识于一九二七年国内第一次民主大革命之前，两人是三十年代左联时期的老一辈共产党人，一个是以小说《水》为标志在中国新文学界出现的第一位左翼女作家；另一个是中国第一位马列主义的新文学左翼理论家。他们如珠如玉，在新文学史上相映成辉。丁玲当时是冯雪峰最关心的一个新现实主义阵营的作家，冯雪峰又是丁玲在新文学征途中的带路人，因而丁玲是冯雪峰的知己，是最理解冯雪峰同志的一个作家，正如后者同样是一个最理解她的作品在历史过程中的革命价值的新文学理论家一样。

这就是为什么丁玲同志生前以七十有九的高龄，作为与浙江义乌县文联筹备机构共同发起人之一，而在冯雪峰家乡召开纪念他的八十诞辰的首次学术研究会的原因！

因为丁玲以一个作家长期从事文学创作的实践积累的经历，理解冯雪峰，而且，这种理解越来越深，不但理解研究冯雪峰新文学理论的历史意义——作为辩证唯物主义的艺术观的开拓者，他是怎样一开始就从苏联引进普列汉诺夫的新艺术学说，又是怎样地将这一学说和中国的社会实践密切相结合而发展的历史意义——更理解冯雪峰的新文学理论在今天新文学界，也就是我们统称为当代革命现实主义文学界的现实意义，以及它将在我们中国未来的一个较长的历史进程中的重要的政治价值。只要我们不离开航向，航向那个崇高理想的境界，那么它的导航的作用，在文学艺术领域里，就会越来越显著，越来越为新现实主义作家，或习于从西方学院派的烦琐哲学里采摘新概念的研究方法中解脱出来的理论工作者所认识，甚至于有一天会为国外新现实主义文学理论者所认识、所尊崇、所遵循！

自然，我以前的认识是有所不足的！

二

现在且让我从三年前第一次作为发起人或赞助人之一，随着丁玲、适夷两同志，去浙江义乌县参加纪念冯雪峰八十诞辰的第一次学术研究会为例来说吧！

丁玲当时是以七十有九的高龄不辞劳辛，千里迢迢，率领着以黄源为浙江地区的主人所组成的约有四十人左右的队伍，由杭州会合出发的！这个队伍有三十年代抗战初期以《新水浒》著称的谷斯范，中国文学史家唐弢，浙江美院老教授卢鸿基，还有五十年代以《保卫延安》著称的作家杜鹏程，人民文学出版社负责编辑、现任湖南人民出版社总编辑的朱正，上海研究所包子衍，延边大学陈琼芝等冯雪峰理论及生平的中年研究者们。

在我们于义乌县文联成立之际,去冯雪峰神坛故居参观访问的时候,路上有人以一句话,概括了我们在雨中撑着伞,离开土公路走向三五里之外的神坛村时候的心情:

"我们都是马列主义者信徒,

我们是到神坛去'朝圣'的!"

确确实实,我们都是怀着一种到麦加朝圣般的虔诚和崇敬相结合的心情,在向神坛的路上走着。

这充分说明,我们当时在认识上,重点偏于冯雪峰的严于律己的一个共产党人的圣者的风范,而他的属于新文学理论的教义,以我个人为例,当时是将其置于次要位置上来看待的。

我们谁都知道,冯雪峰和丁玲同样,虽为自己的同志的误解所伤,有过程度不等的一段长达约二十年之久的坎坷不平的经历,但对中国共产党的信念,对崇高的共产主义理想,也是同样始终坚贞不移的。这是早在国统区敌人的监狱中,两个人的非凡心魂先后都曾经在生死线上曝过光的。这是一种属于中国共产党人所继承了的优秀的古老民族精神传统,一种为中国优秀知识分子所特有的洁身如玉一般的情操!

自然严于律己和亲以待人的风范,至少又是我们与冯雪峰在较长的实际接触中所深深感受到的。这两种印象合成了一个马列主义圣者的形态!而其中还有属于诗人激情、书生的固执与哲学家的偏激,这也是冯雪峰易招人怨的因素所在。我们之间珍贵的半如师生半如知己的友谊,也是由于这种种因素产生过不愉快和隔阂。从一九四六年五月四日之后直到一九四九年我作为获释的囚徒,逃离南京到达上海再次见面,由于政治情势的起伏,友情也时在亲疏之间变化。到一九六二年我从外放黑龙江牡丹江地区的农村归来,忘年之交的友情才完全恢复。但对我来说,这些都不碍于一个我对圣者形象的理性信任与尊重。原因是以往的过失在我，对一个二十九岁的青年来说，那时政治素质还娇嫩，而又过于自尊的缘故。

自然，在去神坛的路上，也想到冯雪峰作为中国一个新文学理论家的功绩，但又总是偏于历史范畴去回忆。作为老一辈的共产党人来说，在上层意识形态领域里，他不但是我们这一辈人的楷模，还想到，甚至于三五百年、一两千年后来看鲁迅与冯雪峰，当如今天我们来看春秋战国时期的孔子与孟轲——仍然偏重于一个中国共产党人的品质、风范来看他的。

对于丁玲在义乌首次纪念会上所宣称的冯雪峰是我们中国新文学史上的第一位马列主义文学理论家的认识，尤其是对冯氏文学理论对当代与未来的重要的思想价值的认识，却很不足；或是可以说，不如今天这样认识得明确！

对于丁玲在义乌所宣称的"我们要争取第二次研究会在浙江省城杭州市开，第三次会在北京召开"的目的和意义，也偏于从冯雪峰以杂文形式所体现的辩证唯物主义文学观——如以《乡风与市风》《有进无退》为代表的名著，在四十年代的大后方，是统治着，至少是震撼着整个国统区的新文学界与读书界的，可以说，当时很多的中国知识界的优秀儿女，包括七月派诗人、中青年作家、广大的倾向革命的青年在内（是的！现在他们大多已是年过六十的人物了）都曾在心魂方面承受过它的"教义"的启迪和"洗礼"——马列主义新文学观的升华和结晶来看。但恕我再重复一句，我仍然是偏重于从历史意义范畴的认识上去考虑它的价值！

自然，从这里也反映出来。我，一个年少于丁玲十三个春秋的文学作者与她在思想境界、政治素养与认识客观世界方面的差距。

三

为什么我偏重于从共产党人的风范方面去考虑问题呢？

因为在冯雪峰逝世后的一九七六年二月七日，在遗体送往东郊火葬场之前，逝者生前好友约十几个人闻讯，齐集首都医院的地下宽如马路的阴暗甬道里，准备与遗体作最后一次告别的情景，给我的印象太深了。我当时感到冯雪峰的晚年是太不幸、太凄凉了！只认为这是一种"历史的曲解"，而还不明确，"历史"在为人们的形而上学的主观或偏见所"曲解"。尤其十年"文化大革命"中有些历史情节还为人所伪造，连中国伟大的共产党也蒙受了羞辱与伤害，不仅国内物质建设受到重伤，在民族和人民的古老而又年轻的讲究传统的美德和情操的精神建设方面，尤其是遗留下溃伤，它将滴着脓血，一两代人都要受它带来的痛苦的折磨。就在当时，各国的国际共产主义运动，也难免受到这十年"文化大革命"的影响而受挫！实际上，一直到林彪与"四人帮"的政权垮掉，在党中央十一届三中全会以后，才对于马列主义毛泽东思想这一伟大思想作出了科学的评价，就是说，排除了毛泽东同志晚年的错误于马列主义毛泽东思想之外。实际上这一伟大思想是为中国共产党人的集体从社会实践中提炼出来的理论结晶。可是直到今天，仍然为部分的青年一代所不理解，甚至于包括着少数富有才华的优秀的中青年作家在内。《在延安文艺座谈会上的讲话》的马列主义文学观的精髓，就为个别有才华的作家所不屑一顾，更有个别的共产党员作家也迷失方向一般，在文学观上脱离了社会主义与共产主义的崇高理想和自己所负的历史使命与社会责任，一头钻到比张资平还张资平低档的三角恋爱之类的"创作自由"里去，而且这样的作品初版印数，据说又大大超过初版不到二万册的丁玲《访美散记》，这就足以说明十年"文化大革命"在中国当代文学方面，遗留的伤口，确还在滴着脓与血。

在这里就更显出冯氏文学理论的重要的现实意义了！因而我想：在今天，当他逝世十年的纪念日子里，也似有必要简略地介绍一下冯雪峰同志逝世后的一两件事——它反映了当时逝者的"凄凉之丧"与闻讯赶来吊丧致哀者们的属于我们中国古老的民族传统的品德：忠于真理，忠于革命友谊——还有前后两次丧礼，在我的认识方面的感受和变化。

四

先说几个逝者生前好友闻讯赶来与遗体告别的经过。

来人都齐集在协和医院地下过道，通往太平间的狭道口两侧。这条狭道和太平间狭道相通，仅隔着两页自动启闭的弹簧门。隔着门玻璃，可以隐约地看到有人影在里面的甬道里闪动。光线是阴暗的，虽在白天也亮着电灯。紧贴门口，背依墙壁站着的头一个人，是最引人注目的。因为他手里捧着一束塑料制的白色花束。我认识：他是早在三十年代之初，就在冯雪峰领导下为左翼作家联盟的革命文艺事业效劳的老一辈共产党人之一的楼公适夷。我们早在一九三八年抗战初期就是神交，当时他是茅盾先生委托的《文艺阵地》的代编人，而我是它连载的《东战场别动队》的年轻作者。一九四六年我由重庆到上海以后，才在林淡秋的家里，由冯雪峰介绍而相识。当时他眉眼间透着发自内心的喜悦，向刚刚坐下来的冯雪峰投来一个苹果，那投抛的姿态，眉眼间出现"你要接好！接准"的顽皮神气，还有后者双手准备截接的笑容，都说明两人之间友情的深厚、亲切而纯深，又如孩子般的天真，作为初识者给我的印象是很深的。事隔三十年，这时，早已风闻他在人民文学出版社的社长任内，作为"敌我矛盾"的"走资派"为"群众专政"了。现在既然为出版社治丧小组批准来参加遗体的告别，说明问题的一般。他现在竟敢准备为一个最高领导人所否定的出版社前任社长冯雪峰献一束洁白的花朵，以致吊祭之哀，这种不惧与"统帅"的"结论"对抗之灾的魄力，就体现了来自左联时期的生死相共、纯真无瑕的老一辈共产党人之间的赤子般深情，这是多么高尚的友谊！多么珍贵的情操！这是不易为一般世俗所理解的。当时还有年长于楼公三两岁的著名学者常任侠,我们虽无深交,但却也知道,他虽非"谔谔之士",也非"诺诺之徒"。在这里同样现出了他自己的主观见解和胆识,敢于来为他所倾慕的逝者致敬、致哀。还有俄国文学翻译家蒋路、张铁弦,他们或是相识于上海《时代日报》时期,或是早在作为抗战陪都的重庆就已是同事,逝者作为《抗战文艺》主编人,就已经和他们建立了革命的战斗友情!当时在国统区,只要是苏联文学的译者,就属于风险人物了!说明这种有着历史渊源的友情,已经结成肝胆相照的关系了。当时铁弦虽有南京中央图书馆秘书长之类的合法职位,而蒋路却是桂林生活书店的职员、重庆育才学校的文学班主任教师,"左"的色彩是比较浓的!从这里是可以看出逝者在苏联文学作品的译者心目中,存在着怎样坚贞的友谊。在这里,贴墙站着的,还有戴着眼镜,大衣整洁而楚楚有致的苏联文学专家戈宝权。一九四九年在莫斯科,奉周恩来总理电委,作为中华人民共和国驻苏联大使馆代办,而从国民党手里接管了这个大使馆一切财物和权益的就是他,我们都排列地靠墙站着,等待瞻仰遗容。因为冯雪峰的遗体要运往东郊火葬场,而载运遗体的中型吉普车,除了逝者亲属冯夏熊与出版社治丧小组王仰晨诸先生之外,是不能运载多人随车东去的,这就需要在医院里告别。但院方却不准遗体在后院停留。手推车上的舁床一出走廊门道,遗体就要抬进车篷里去,后门一关车就开,根本就没有告别的间歇机会。最后只有向在太平间里运遗体的院方职工低声进行恳求了!我说:"逝者是经过二万五千里长征的,是老红军出身的干部!"说:"这里有许多是逝者在人民文学出版社任社长时的同事和部下,后院又不能停,吉普车又装不了这些来吊丧的客人!只要稍微停一停,在走道上让我们看一看遗容,脱帽致致敬,就算不枉生前结下的一场革命友情了!"最后推舁床手车的医院职工终于答应,可以在狭道口外的地下室通道上停一停,说最多不超过五分钟。又怀疑:"是老红军干部,怎么不向西,送到八宝山革命公墓去?倒往东,送东郊火葬场！"……就这样我们匆匆促促随着载异床的手推车走出临近太平间的有门相隔的狭道。手推四轮车一停，我们就匆匆促促地围绕在冯雪峰遗体的周围，又匆匆促促地排成队，循序绕了一周，每人脱帽向遗体鞠躬，算是作了最后的告别。每人看着冯雪峰的遗体都不由得落泪了！遗体的照片就是我在泪眼模糊中，匆匆促促拍下的！遗体胸前的一束白花，就是楼适夷所献！每一个人在这一瞬间，都会回忆到在国统区相亲以处的式态，回忆在白色恐怖下那种珍贵的、生命相依而情逾骨肉的无私友情。我当时感到自己已是一个为世所遗弃的人，而逝者原是我的命运的庇护者之一，却也早已为世所抛弃了！他的遗容仍如生前那么消瘦。他躺在那里，安静如睡，仿佛一生过得满足、如愿，而对人间的偏见与误解全都不在意，毫无所憾一般！只是两只胳臂虽是平置两侧，却留着在弥留的那一瞬间为咳嗽所迫的遗姿，就是说，两臂有些拘紧，向两胁挟着，似要竭力咳出声来一般。显然冯雪峰逝去的那一瞬间，是痛苦的，只是由于在场的林琼、汤逊安夫妇注意到为他更换衣袜，注意到为他阖目抚唇，所以逝者在已经断了气息之后，遗容仍显得安详，而逝者的两臂却被忽略了，以致肌筋僵硬以后，双臂再也不能改变那种尽力欲咳而又咳不出的抽缩姿态了！总之，在泪眼模糊中，我想到逝者晚年埋头于案前，在写什么以自遣的寂寞情景，想到当时世间对于逝者的不公正的论断与误解，也想到自己当时被安置在文史馆的那种为这人世新弃而又自弃的冤屈之情。总之在向逝者致哀时，夹杂着自己已将永远失去精神领域中的庇护者的孤凄之感！同时想到，应该向遗体告别的还有三个人：依与逝者友情的深度为序，他们是丁玲、胡风与聂绀弩。而这三个人，读者或都知道，他们当时分别羁押在两个不同省份的监狱里，而后一人只因为连服刑者也忘记了是向哪一位接近的友人说的一句话，就不经公开审理而宣判了死缓，最后终审才改为无期徒刑！以一个早期的苏联"中山大学"的留学生，早期的共产党人身份，却与国民党团级以上的战犯关在一起，而且已在山西监狱中服刑近于十年了。

而我自己，据当时"左"派的舆论说："比起他们三人，还是一个幸运者，一个漏网的大右派！"

五

距离冷落而凄凉的告别遗体九日之后，附有三条规约的冯雪峰追悼会终于在八宝山革命公墓礼堂召开了！这是经由有关领导部门批下来，以胡愈之老人为主奔走筹划的结果。那是由人民文学出版社的组织渠道及名义召开的。这附有的三项规约是：

1. 不准见报；
2. 不准致悼词；
3. 规模不超过三百人。

我本该提前半个小时到，因为作为丧主的冯夏熊是科学技术部门的专业人员，当时对于中国当代文学界的老一辈人物，除了胡愈之、曹靖华诸公，多不认识，理应由我负责介绍。但人间事物是复杂的，我却由于他事牵扯，到得最晚。手里也循楼适夷老人所创之例，捧着塑料白花一丛，作为向骨灰致祭的献礼。大会由茅盾出面主持，人民文学出版社负责人宣布追悼会开始，在哀乐声中群集礼堂，向冯雪峰遗像脱帽致哀。哀毕就算结束，然后以茅盾、胡愈之、叶圣陶、曹靖华为首，循序趋冯雪峰夫人何爱玉所率领的逝者亲属前，一一握别，以致无语之唁。在这种沉默的追悼会开始当中，还陆续有人从外面匆匆赶来，以后知道，来人刚下飞机，是为了参加这个追悼会专程赶到的。他是四十年代冯雪峰在上饶集中营同为蒋介石王朝所囚的战友之一。参加追悼会的实际人数，早已超过了原有批准的规模，都在礼堂里，排成纵行队列，等候着循序与冯雪峰亲属握别。墙上不但有全国政协副主席以沈雁冰名义以及外交界著名人士宦乡等个人送的花圈，也有国家出版局所送的花圈，后一花圈使茅盾先生久久注目，仿佛为之不解似的!

直到哀乐停止,我们多人随着冯雪明所捧的遗像、冯夏熊所捧的骨灰盒,去骨灰存置室。偌多的阔别已近十年之久的文学界老朋友,除了仍在外省狱中囚禁的丁玲、胡风、聂绀弩三人之外,包括我所不认识的,为冯雪峰生前各个战斗时期的老友,可以说,多已到齐。这简直是一次标志着全国文化艺术界复活更生的团结大会,我突然感觉到和许多友人是隔世相逢一般,自然相互一一紧紧握手,虽然都是默无一语,但彼此从肃然以示哀的神情中,分明看出还有一种互致珍重的慰抚之意。更有的相见而吃惊,仿佛在近十年之久中对方仍然旧颜未变,更没有带伤致残的痕迹,而紧紧握手相互庆幸一般!会后,人们久久不散,都麇集在礼堂门阶之下的旷场上。所有从礼堂走出来的吊客,都现出一种共同的兴奋和宽慰的神气,仿佛这不是一次刚刚结束的怀念逝者的追悼会而是别有一种长征途上越过高原、雪山而相互庆生的"祝捷会",仿佛大家都预感到——我们追随着中国共产党走的人,已经脱离了一种前途难测的艰险,仿佛都在宣布我们忠于党史、忠于真理、忠于马列主义的心都未变,都预感到苦难将尽,都仿佛见到未来的一种曙光一般。

当时,这仅仅是一种朦胧的感受,是从彼此默默而紧紧的握手以及相致珍重的神情中感到的。感到人们参加这个追悼会,不仅仅是由于冯雪峰个人的友情来表示哀痛和悼念的!明确感到因为这是"文化大革命"以来,有着优秀革命传统的中国新文学界的第一次大聚会,它标志着这个以鲁迅与茅盾为旗帜的新文学界并没有被什么人砸烂,尽管他们各自蒙受着程度不等的诬蔑、侮辱和打击,但今天,在参加冯雪峰追悼会的名义下,他们又走到一起来了!无疑,在场的每一个人都会感到中国的共产党的实事求是的精神,巍然地笼罩在所有出席这次八宝山追悼会的吊客的头上。在这里,人人的心魂都是相通的,人人都感到真理在复活,十年"文化大革命"并没有摧毁它。人人都在脱帽向冯雪峰遗像与骨灰致哀中，表达了对逝者的无比的尊敬！实质上，人人都知道他们是各自肩负着难测的风险来对逝者、对鲁迅的学生与战友致哀的！因为他当时是个有名的"反面人物"。自然，对于由胡愈之筹划、茅盾赞助，而人民文学出版社出面主持的这次冯雪峰追悼会，对我个人来说，开过很久以后，才形成这种越来越清楚的认识。因而在这里，就有必要把出席这次八宝山追悼会的著名人士就记忆所及，记载下来，以为百年之后的文学史册提供资料。孔子修春秋，意在训世，那么我们的修史，也应寓意于育人。主持者除茅盾、胡愈之之外，人民文学出版社有负责人韦君宜，有鲁迅著作校释组的负责人王仰晨，这个治丧组的人员还有以后调延边大学任教的陈琼芝等为我当时还不认识的许多同志。人民文学出版社的所有过去在冯雪峰同志领导之下工作过或下放"劳改"共过患难的同事，据说，凡是在京的，大都来了。现任副总编的蒋路自然也到会了！我还在沉默致哀以后，见到了孙绳武，但却没有见到楼适夷老人。

最早来的，据说是楚图南与钟敬文，前者过去在吉林省毓文中学教过书。那时我还在吉林珲春县立小学读书，后来也无一面之缘；而后者是在抗战时期，中山大学所在地的广东砰石相识的。当时钟公年已七十有零，据说腋下还挟着在家写好的挽联，早已在林墓之间徘徊，在等候里院礼堂开门。他是早在三十年就负盛名的一位散文家，开国时的文联副秘书长，一直在北京师范大学教书。还有一位闻名而未见过面的王学文，这是左联时期冯雪峰的亲切如楼适夷般的老战友了。以俄国文学翻译而著名的北京大学教授曹老靖华与苏联或东欧文学研究所的戈公宝权，曾在浙江一度有着师生之谊的叶老圣陶，鲁迅的长公子周海婴，聂绀弩的女儿芭蕾舞剧团的教练聂海燕、女婿方某，邵荃麟的女儿北京大学地质系教员邵小琴，都从各自的工作岗位上赶来了！而在群贤当中，还有最为冯雪峰的坎坷命运鸣不平而在生前一直在关心着他疾苦的林琼与汤逊安夫妇。他们在会前，并约了分散在各省市曾与冯雪峰在上饶集中营时期同遭囚禁之难的老战友都赶来参加了！我记得其中有仍在部队上，穿着军装的长征老干部，还有《杭州日报》的编辑李士俊。而最惹人注目的是现任中国社会科学院副院长宦乡。他虽然不是上饶集中营的同难之友，却是周恩来同志在遥远的重庆，通过统战的工作关系，经由他幕后活动，保释冯雪峰出狱就医的主要关系人。当时宦乡是国民党第三战区《前线日报》的主笔，原为《大公报》范长江的同事，而冯雪峰又恰在病中。冯雪峰一九四三年化装秘密过桂林去重庆时，曾说过，出面作铺保的是事前就早已布置妥的从事烟酒之类营业的小私人商店，而缴出的保证金是银洋五百元。自然上饶集中营以张超为首的军统特务们是根本不知道这个从义乌农村抓来的私塾先生般人物——冯福春，会是在上海任过中共江苏省委宣传部部长，在苏区首都瑞金工农政府人民教育委员会瞿秋白领导下担任过艺术局局长、中央党校副校长，一九三六年瓦窑堡会议之后，又奉党中央之命，带着秘密电台到达上海创办党中央派驻上海的办事处的副主任，是联络以宋庆龄、鲁迅、沈钧儒诸"救国会"先贤以宣传毛泽东抗日统一战线方针，发挥过组织与蒋介石王朝相抗衡的一个起桥梁作用的先锋者。如果知道任何一项中的任何一点点有关的线索，那么雪峰想活着出狱，就很难了。且保证金也就不会是区区五百银洋之数了。从这里，也充分证明，上饶集中营同囚难友的政治性是多么可靠了。"这种政治性，说到底就是党性，党的组织纪律性"。虽在狱中，仍然是有党的钢铁一般组织的。（详情还可参考四月六日《文化报》载《宦乡谈营救冯雪峰经过》、《回忆重庆》所载林琼之《四十年前向周副主席汇报上饶集中营的斗争情况》）自然，当冯雪峰出狱之后就隐避起来，而那个出面作保的小铺，也以亏累而关门，铺主自然也不知去处了。

如果我和冯雪峰不相识，是绝不会知道这些在"文化大革命"中为我认为是机密的事，自然也不会作为"绊脚石"站到"群众"的对立面来为造反派普遍称作"叛徒"的冯雪峰做辩解了！而事实真相，牵连到宦乡，因之，我只能笼统地说，他是五百元银洋保释出集中营之后潜逃的！而这时，为我不识的在外委会担负要职的宦乡，却已受命出任我中华人民共和国驻欧洲共同体九国使团团长了！而且为了三天后参加冯雪峰这次不许见报的追悼会，这位团长竟然延期出国。他是这样坚强，要在公众面前，为一个已被最高当局所否定的人物脱帽致哀。这种宁肯冒着丢掉驻欧洲九国使团团长的官衔与荣誉，也要在八宝山公墓的礼堂和维护真理与正义的人们站在一起的气魄与胆识，一方面固然是属于我们古老民族优秀的传统，另一方面也是属于马列主义的实事求是精神所有的高尚情操，它是很为我们（就是说除了文学界，也包括林琼等冯雪峰的党内各界知友们）所尊重的。但在八十年代的"智者"看来，这或许是一种书生的呆气，或迂腐的行径吧！但我们的民族却是因为有着这样几千年的迂腐的书生精神的传统，方使二十四史和一部《春秋左传》的一些人物光华四射的。羊角哀与左伯桃的刎颈之交，岂不是出自公元两千年前的"东周列国"的传说吗？

后来我才知道，冯雪峰是宦乡的入党介绍人，所有这些都是为周恩来总理所了解的。但这个党内的马列主义者的靠山，当时已崩塌一月有零，凡是赶来出席这个追悼会的，自然都是各自担负着各自将要承受的风险。有的人或者当时就会预感到的，而有些人当时又是不会这样感觉明确的，就是说不明确这个冯雪峰的追悼会的实质。

但在最高当局周围的那几个有名的打着马列主义毛泽东思想旗号而实质上却在反对马列主义毛泽东思想的野心家们，在政治上是敏感的。而且或许早在人民文学出版社冯雪峰治丧小组提出将在八宝山召开追悼会申请时，已经预感到这次会可能促使中国文学界一次马列主义实事求是精神的复活，冯雪峰要变成真理与正义的化身，将要作为带有向主观主义的形而上学的独断论点的挑战，向"文化大革命"的挑战色彩出现的！

就在我们开过这个没有悼词、不许见报而事实上却形成中国文化界的第一次大团聚的追悼会的当天傍晚，我记得很清楚，当我从八宝山回到我那一直受人监视的囚牢似的小院时，就发现我的"牛棚式"宅屋的窗台上，搁置着单位的通知，要我准时参加机关召开的"反击右倾翻案风"的传达、报告、动员会。这就如阴雨天又闻霹雳一般，虽给我以很大震撼，但实际上，因为在这之前，早已有"黑线回潮"一说，而又并不感到意外。何况，当时我已有朦胧预感，有点精神准备呢！在八宝山时，这预感自然还不太明确，只是朦胧中感到马列主义辩证唯物主义的精神，确在露头、在复活。真理与正义是在逝者这一边。却没有想到，"中央文革小组"的反应是这么迅速而猛烈，仿佛早已看准，并在准备"引蛇出洞"，早已决定要进行一击似的。因为主观主义，形而上学的领导小组或者原以为在历时十年的"文化大革命"中，我国文艺界早已被"左"派"砸烂"，"各个击破"，溃不成军了。却没想到这些人居然竟敢真的借机走到一起，在悼念冯雪峰的名义下，这些"反动权威"……岂不是结成一体，在向最高权威"进谏"，在向"文化大革命"反攻么？

自然，这是以后由于在"反击右倾翻案风"运动中，在不断地对真正的马列主义者、领袖人物邓小平的"大批评"中，由于邓的"黑话材料"的传播而使人们的认识越来越明确的缘故。希望在复活，真理在复活，火山将爆发。更多的在政治上敏感的知识分子久久郁结的心情，都已逐渐开朗起来！

六

根据以上的回忆与具体事物的具体分析，我所尊敬的读者一定会理解为什么我对丁玲生前竭力筹划、主催要再次在杭州召开，三次在北京举行的冯雪峰学术研究会，在政治上的我认识有所不足了！因为在我的印象中，是偏重于在冯雪峰身上所体现一个真正的马列主义者的崇高无我的精神，而丁玲却一直是声称："这是我们中国新文学界的第一个新现实主义学理论家！"

今天纪念冯雪峰，研究他的理论，不只是为了纪念他在历史上的卓越的功绩，实在说，我今天已认识到这还是次要的！更重要的，还是为了今天，还是为了一个相当长的历史阶段的未来！

冯雪峰的布尔什维克精神，如泰山之巍然屹立，不但为我们今天和未来树立了老一辈革命家的榜样，他的那种大公无我，牺牲自己以求党内团结的精神，是为老一辈共产党人所共有的，如彭德怀元帅就是在我们精神领域中巍然如泰山一般崇高的巨人之一，但在中国新文学领域中，正如彭德怀在辩证唯物主义军事学上的业绩一样，又是各有各自的特色的。而这一点，丁玲是比我理解得深！

她不但理解冯雪峰理论在历史上的意义，还理解它在今天，关系到我们当代现实主义文学的光辉发展的重大现实意义！这就是说，把我们今天那一部分富有才华却由于少年时期就受了十年"文化大革命"之内伤而有些厌烦政治（实质上是政治上有些朦胧）而迷了方向的文学工作者，以及少数的"妄自菲薄"而崇尚西方学院派烦琐哲学所创造的适合于西方的现代派理论的理论工作者，还有一小部分疏忽了今天为我们称作"第二次革命"的社会改革的典型生活的思考与探索，而才华却又出众、带着一些如"寻根"之类的迷惘情绪的小说家，首先，恐怕还是要寻寻中国社会主义新文学之根。而冯雪峰氏新文学理论，就是这个主根之一。它是以普列汉诺夫的艺术观紧紧地结合着中国革命的实践发展起来的！

如果辩证唯物主义的精髓，可以简明地用"具体事物具体分析"这样一句话概括起来，如果马列主义毛泽东军事思想可以用"农村包围城市"这样一句话简明地概括起来，那么"冯氏理论"也不难概括，这就是"（中国新现实主义）文学作品的艺术价值在于它的政治效果"！这是一九四六年春，冯雪峰在陶行知、李公朴于重庆创办的社会大学一篇讲演中一再阐明过的,也是我当年在这个大学的文学讲座中所一再引用过的"冯氏理论"。

今天,在八十年代后期,如果"政治"一词或恐为人误作"政策"也理解,那么更换为"中国新现实主义文学作品的艺术价值,在于它的社会效果及革命效益"也未尝不可以。

是的,真理就是这样简单、易懂!而丁玲所一再要为冯雪峰的学术研究会在京召开而疾呼、而奔走,根据我个人的理解,就是要在新文学界树立这个"冯氏理论",就是要发展这种具有中国特色的社会主义文学理论!丁玲要树立它,扩大它的——恕我也借用一句自然科学界用的名词——覆盖面!

一九八六年四月二日补充整理
四月十七日订正

《泰山诗联集墨》小序

泰山,《尚书·禹贡》称为"岱",而由孔子的一句"登泰山而小天下"就名扬四海了。但这只道出一个"高"字。到了唐代著名诗人杜甫笔下,有"一览众山小"的名句,可是仍然没有越出这个早在公元前五百年就形成的概念!而祭泰山,称"封禅",又是古之祀天大典,秦汉帝王相袭以求瑞,自然也是以泰山高,可以观日出于东海而近天之故。

到了我们所处的八十年代的今天,胡耀邦同志曾以我们在建设社会主义的转折期的任务艰巨,比之于攀登泰山,认为我们现在正处于中天门,还有三个十八盘,才能到达南天门。这就在"高"字之外,又突出了登泰山之艰的"艰"字。因而,只知登泰山之巅而赏日,却没有攀登三个十八盘的坚韧毅力,是很难到达这个泰山之巅的旷怡之境的。

我们在游览泰山之胜境的旅人身上,确也看到这种在十八盘的陡峭石阶上攀登的坚毅自持的感人精神。这种攀登不息、俯首直上中所表现的坚毅精神,不但如光辉般闪现在国内外的青年男女旅游者健捷的步伐间,且也闪现在年过六十的旧式缠足的农村老妇手持木杖而蹒跚攀登的步履上。

他们这种坚毅不拔的攀登泰山半削壁式石阶之路的精神,也正是我们炎黄子孙——中华民族的一种民族精神的体现。

自然,这种坚毅不拔的精神,是源于一个坚持以求的信念,一个坚持以求的理想,这就是要求到达泰山之巅而观日跃于东海的崇高境界。一个探胜者,必先具有这样一个自持以求的信念和理想,而后才会有这样艰辛攀登的惊人毅力。

《泰山诗联集墨》为泰山文物管理局安廷山同志所编，上自春秋孔子，中经唐李宋苏诸家，末及"诗癖"乾隆皇帝，各世吟颂泰山之佳句，都由当代著名书法家选录于此。可以说，珠璧相映而辉光耀目。它为我们展现了历代著名诗人到达了这个圣境的非凡感受。诗词如此，书法也不例外。从中，我们就可以体会到人类古今都有一个共同的追求——对于美的崇高境界的追求，这种追求精神是伟大的。它的伟大，就体现在攀登者的那种坚毅不息的步履间。

自然科学领域里的探胜者是这样，社会科学领域里的开拓者，也是这样！

一九八六年四月六日

抗日战争爆发那一天
——纪念抗战爆发五十周年

在法租界中国共产党人周围

一九三七年七月七日卢沟桥事变的消息,我们是先于文艺副刊编者赠阅的一份上海出版的《东方快报》,从我们寓所的里弄邻家广播里听到的。

当时,我们的寓所在法租界旧名善钟路附近的美华里。这里算是上海法租界一个高薪知识分子、教授、职员和文艺界左翼一些初露头角但还穷困的诗人、作家混合杂居的住宅区,自然和霞飞路的霞飞坊内整幢的别墅式红瓦小洋楼式的"高等华人"住宅区,是不能相比的了!那里整幢楼房是一门一户,而我们这里却大多是底层住着二房东,二层、三层都分租出去。原先我们伙住一间前楼的二房东,是国民党官方的一个有名的经济学者,据说他个人又是倾向进步的。这里所说的"我们",是指我和狄耕,还有一个东北流亡诗人。每当黄昏之际,我们几个从哈尔滨逃亡出来的东北青年就聚会一起,面向南窗而抱肩高歌。那声震里弄惊扰四邻的抗日救亡歌曲,不但未受邻居干涉,而且还听到"很受感动"的评语。这是从和我们并无来往的散文家陈子展教授那里传出来的。至于楼下的那个经济学家,一直是静悄悄的,保持着沉默,就是偶尔在楼下过道里和我们相遇,也是彼此互不相视,各走各的路,除了每月缴租时候彼此说两句话,平常是像互不相识一般。就是在服装上,我们也和这些属于高薪阶层的知识分子不同,同样是一身西装,质料也有差别,而且他们不但结着颜色与外套谐和的领带，领带上往往带着有花纹的卡针，而且还戴着呢帽，完全是正统的西方绅士的打扮。而我们却常常是不结领带，尤其是我们的朋友、诗人辛劳，就是结着他那特有的黑色领带，也往往外套披在双肩上，显出一种随随便便的浪漫姿态，而且他生就一头自然卷曲的头发，薄而巧小的嘴唇，再加上骨碌碌转动的两只乌黑闪光的眼睛，就给人一种或有黑龙江少数民族血统的机灵感觉。也有的诗人，是穿着哈尔滨流行的哥萨克式绣花边的无领衬衫，而在腰间扎根红丝带，垂着两端的红缨长穗。我呢！当时穿的却是在胶东农村算是新式中国短褂，胸前一排十三颗布纽扣，窄袖，开襟，白市布质地，外出就罩上在上海算是流行的灰色长衫，白底布鞋。浑身打扮显然是受了北平那种"穷北大"的"名士派""潇洒风"的影响。总之，我们虽说穿戴不同，却又融合为一体，而和那般衣冠楚楚的高薪知识分子的风格有着显著区别，尤其是我们都年轻，都很天真、稚气。由于我们听到邻里中有教授为我们的黄昏大合唱而深受感动的传闻，就感到鼓舞一般。每当饭罢归来，就必然遥望着里弄上空一道蓝天出现的色彩斑斓的晚霞而开始作着种种遐思冥想，酝酿准备歌唱的情绪，开始怀念起遥远的早已丧失的国土山川，怀念起遥远的有着父母庇护的温饱而幸福的家乡生活，于是如教堂的领诗班一样唱起"我的家在松花江上"来了！起头或是低沉的独唱，一会儿就转成三四人的大合唱了！而诗人辛劳总是手伸两臂，抱着我们的肩膀。我们唱过《五月的鲜花》，又唱《大刀进行曲》，唱过高尔基的《囚徒歌》，又唱苏联电影插曲《我们生在海上》。在这大合唱中排遣着积压在我们胸间郁结成块的苦闷，掺杂着一种浓厚的怀乡忧国情绪，还有对于现实的不满，对于国民党反动派"大抵抗"政策的愤慨以及流亡生活带来的渺茫等诸般情感。

  这个寓所，不知是由谁承租而辗转为我的同乡好友狄耕接手的，这是一个足有二十四五平方米宽的前楼，在香港通称为"写字间"的大房间，却安置了各不相扰的三个床位，成了三人伙居的宿舍。自然，月租二十元现洋是由我负担的。因为我在胶东祖籍平度县的家乡，借到了百元无息贷款，同时还借到五分月息的百元高利贷，到上海后知道我的处女作《边陲线上》已经确定将由天马书店出版了！那笔高利贷款就又汇回胶东父母的家乡去，而留下来的无息贷款，除去路费、包伙，还有俄国大菜馆的几次西餐，两个月以后就几乎花光，生活又变得穷困不堪了！那时到我们这个寓所的常客，有在《中流》上发表散文的林珏，有萧红的同母弟张秀珂，他们都是来自哈尔滨的流亡者，我们正如失去国籍的犹太人流落异邦一般，相互关心，但又穷得仅仅是各自维持各自的温饱，尤其是后者，还是依赖着远在日本东京的姐姐接济，至多偶尔能在三人中带出一人去饭馆饱吃一顿，而这个人常常是年龄比我还小的、一个十八岁的东北诗人。至于年长的辛劳，是在我们里弄邻居——和我们同样年轻的剧作家宋之夫妇的寓所里搭伙，一天来我们这里三四次，白天是聊天，黄昏是参加大合唱。这诗人的两个裤袋常常是空空的，抽的常常是"红锡仓"，有时也向我们讨"金鼠"牌纸烟！在那一阶段我们最盼望的是以后担任上海文艺界抗敌救亡协会的秘书长王任叔同志的来访了！他当时在左翼文艺界是有名的共产党人，我们当时把他看作命运的主宰。因为他是天马书店的主编人，都希望在他手里出书，希望从他手里能拿到版税或稿酬。此外，还有以《立报》文艺版主编为合法职业的社会活动家陈沂、被我们尊称为"大老蔡"的两同志，他们都是来自西南贵州高原地区。虽说我们相隔几千里之遥，而他们又和失去家乡、失去民族庇护的东北流亡青年处境不同，但却一样怀着对于政局的苦闷，当时他们优于我们的是政治条件，他们多是中国共产党的成员，而我们还是属于党周围的"左"倾知识分子，但由于我们有一个共同的以民族兴亡为己任的共产主义的崇高理想，因而一见如故，又是气息相投的。

最后，还有"左联"作家，现在年已八旬的尹庚先生。当时他在主编《东方快报》的文艺副刊，狄耕正在这个副刊上发表长篇处女作

《白山黑水之间》，狄耕原本就是依靠每月月底定能拿到的这一笔稿酬，才接租这个三人宿舍的。最后由于各自专心写作，而互不牵扯，我们在抗战爆发之前的六月份，就已经分开了，但还仍然住在这美华里同一里弄之内，狄耕与宋之的同志同楼，宋和王萍住前楼，狄耕租住的是亭子间，而我，也在另外一幢楼里租到月租七元的底楼，一间两面有窗的起居室了。

往事难忘

狄耕是个热心肠的豪客，比我大五岁，能抽烟，又能喝酒。是北平中国大学的肄业生，参加过到南京要求蒋介石政府抗日的大学生请愿团，是我们县的一个"左"倾的知识青年，我们是一九三六年春节相约，先后分头秘密从地处我国与苏联、朝鲜三国交界的边境——我们的出生地珲春出亡的，在延吉或敦化又会合一起转中东铁路到的哈尔滨。因为当时他出走，不但要避开家庭亲属的纠缠，还要避开日伪特务人员的耳目，而且他是从北平为父亲胁迫归来完婚不久就受着日本领事馆外务课胁迫与注意的！我呢，也需要有人化装陪伴送我抵达延吉才能算平安无事。这个友人名叫宫春林，是我县立小学的同学，据说人还健在，现是吉林省林业局的一个干部。这天他身穿日本和服，虽然坐在我对面，我们却又装作互不相识，仿佛是在火车上偶然相遇的旅伴。

恕我就此机会节外生枝地谈谈，为什么我这次离家，还必得找人化装护送？而且怀着一种在敌伪密探搜捕中的惶惑心情？难道我是真正如狄耕一样，在北平参加过到南京请愿示威，要求抗日，而砸坏了国民党教育部的标牌被人告发了么？不是的。

原来一九三五年寒假，当我作为哈尔滨精华学院的补习教员，准备回珲春与母亲、妹妹共度春节的时候，临走顺手从自己由北平带回来的藏书中拣了两三本，除了鲁迅的《准风月谈》，还有一本钱杏邨的《无产阶级与无产阶级文学》（或《无产阶级与无产阶级革命文学》）。这完全是为了解除旅途上的寂寞而随手带走的，我却忽略了这是一九三六年初春。在日本法西斯匪徒统治下的伪"满洲帝国"已经不同于一九三五年的夏天了，那时候，从北平西单商场买这种盗版的禁书，虽说还需要有人暗地介绍，在北平公寓里也要背着人阅读，但从北平到青岛，从青岛坐船到天津转大连，再经吉林、图们与朝鲜咸北境回到珲春，从来没有人开箱检查这些左翼文学作品与唯物主义理论书籍的。因而在我们的观念中形成一种只要离开北平，离开国民党宪兵三团蒋孝先的特务爪牙秘密监视着的北平，就再也不会有人把《准风月谈》看作危害国家与民族的禁书，再也没有人懂得高尔基和无产阶级革命文学的危害作用，去管这些书籍方面谈论的无产阶级之类的问题了！更未考虑到，伪满那时已在高喊"强化治安"，尤其是地处东陲边境一带，已经与半年前的松懈情况——就是说对中国的东北地区知识分子，只着力于"鸦片零卖所"来毒化的政策——不同了！在这之外又加强了对于知识青年的监视。

　　那是我乘坐的联运列车从图们进入朝鲜国境以后发生的事。我们去珲春的火车，当时必须经过朝鲜咸北郡。我不知道，路经朝鲜境内的列车里，竟然也有日本的便衣特务，而且他还是那么目光锐敏地暗自窥视着列车上所有"伪满"过境的旅人。或是由于我穿的不是北平式的中国长衫，而是一身剪裁过于讲究的高级质料西装，却又乘坐三等客车的缘故吧！也或许误认为是朝鲜知识青年从北满入境了？总之我刚换乘越境的列车不久，只见一个同样是西装的旅客走进来，任什么东西也没带，就在我对面的空位上坐下来。三十年代在朝鲜的列车上，从来是不拥挤，也没有满员超载的情况，如果旅客有二十人以上没有赶上刚刚开走的火车，只要麇集在站台上，哪怕是那列火车开走还不到十分钟，另外一辆机动的电动车头牵引着足能容纳三十二人或四十八人的一节车厢就会开过来，导送这些迟到者上车了。因而朝鲜境内的列车上总是安静、松散、舒适的。有些什么样的乘客,只要从甬道上走一趟就一目了然了!我哪里会想到在小茶案上摆着两本我准备在车上阅读的书,竟然会惹出麻烦来。开始,他似乎也不注意这些,因为他先是用日语说什么,现出一种尊敬对方的笑容。我当然听不懂了,却也有礼貌地向他点点头。他点头时,手里还托着从头上摘下的礼帽,是头顶光秃秃的中年人,满脸肥硕的肌肉,又说明是个富裕的或讲究吃喝的朝鲜洋商,因为日本人是很少有这样谦虚的礼貌性笑容的。果然,他又改用朝鲜话说什么了!同时那种有礼貌的微笑也消失了!而是警官式地向我直目注视着,仿佛他很奇怪一个身穿西装的"满洲国"青年,居然不懂得日语!对于这样的朝鲜洋商,或者说是吃洋行饭的绅士,我自然也是没有放在眼里的。但他却大模大样坐下来并要伸手取阅我的那两本书了!我原准备要收起它们来的,这倒不是有所畏忌,而是心想你配读我的书么?但由于他注视我的目光又现出谦意,同时有礼貌地说:"你的!啊!"那后一声尾音很长,仿佛是说你原来是个有学问的读书人呀!我本来为他那警官式的注目所激怒,怀着一种"你会说几句日本话,就要欺负人么"的反感,在他那歉然笑容下,这种抵触情绪就全然融解了。多么单纯、善良而易于宽恕人的年龄呀!我说:"是我的!你看吧!"等到发现拿在他手上的竟然是《无产阶级与无产阶级文学》,天呀!我心里大吃一惊,这才警惕起来。我看出,这兴许是个列车上日本的便衣特务,赶忙补充说:"我是借来的!"又感到这个补充是多余的!

"你的?"

我赶紧说:"朋友的!"

"这是什么意思?"他这个大腹便便的日本洋行经理般人物合起书来,手指封面的"无产阶级与无产阶级文学",用不熟练的汉语问。

"我不知道。"我说,"我看不懂。"又补充说:"我还一个字也没看呢?"

自然，我从他直视着我的两只眼睛中，觉得针锋般锐利，心里一阵发冷，同时也自知后一句补充话反招他猜忌了。当他站起来说"我的借去看看"，也不管我是不是答应，尽自神色匆匆走出这节车厢了。我不知道他是去找列车警务班密报，还是找什么列车的秘密特务头目请示去了，因为我究竟还不是掌握在他们权限之内的朝鲜籍归国侨民。总之，在他匆匆走出我所坐的这节列车车厢之后，我也匆匆地离开自己的座位，为了不引起邻座的注意，自然连挂在车窗一侧衣钩上的新式长绒礼帽也没有摘，车架上搁的随身携带的衣物箱，也没有提，就那么空着双手如到漱洗间去的随便姿态，掩饰着一种惶惶然的心情，走开了！自然走的是和那个日本便衣特务相反的方向，连穿两个车厢，还未及坐下来，火车就停下来了，而且正巧是我要下车的车站！事隔五十年，现在我已记不清这是离珲春县城四十里的庆源府车站，还是更近的训戎车站，就匆匆随着换车的旅客搭乘属于伪满珲春森林株式会社的小火车，终于离开了朝鲜咸北郡。我只记得当时我内心惶惑，精神恍惚，也不知什么时候下的车，直到在海关检查站碰到熟人，我才感到确是平安无事了！这段亡国式的紧张而屈辱的生活经历，给我的印象很深。春节自然过得也不如所想象的那样欢快！而是一直担心会有什么意外的不幸，尤其是回哈尔滨还得仍然要绕道朝鲜咸北境……实际上从珲春到延吉还有一条古老的牲口车道，走的多是拉载的四轮农车，要盘山越岭，耗费四五天的时间。我是应该走这条路的，但那时却没有考虑它，仿佛除了那条绕道朝鲜咸北郡的联运铁路线，再也没有选择的线路可走了。而为了蒙混那个朝鲜籍日本特务——我猜想，他会继续在这条联运线的列车上寻找《无产阶级与无产阶级文学》的持有人，于是宫春林同学自愿护送我到延吉。他借来一套僧人式的日本和服，扎着腰巾，一路上坐在我身旁，遮挡着我的身影。我没有想到这是我和家乡最后一次告别，直到十三年后，解放了，才经香港又由解放后的北平回过珲春一次。我当时哪里会想到，在哈尔滨与年长我五岁的狄耕，没有超过三个月的补习教师的穷困生活，却又由于日本浪人安本元八到日本宪兵队告密，不得不双双逃出道里七道街的精华学院，在八大市一个买卖旧衣物的胶东老乡摊贩的黑暗板房里隐匿了一周，又分手先后逃亡上海。

拥抱相庆

关于我一九三六年冬和狄耕在上海吴淞口再次分手这一段流亡生活，我已经在回忆与茅盾先生初次相识的一篇悼念文字中作过介绍了。

不想我二次来上海，还分居不到两周，为我们所日夜期望的抗战枪声就在卢沟桥畔爆发了！这预示着民族复兴的抗战枪声来得好快呀！当时我们振奋的神情，可敬的读者是不难想象的。我们从美华里各自的寓所很快地汇集到一起了！自然，这里所说的我们，仍然只限于我们四个东北籍的流亡青年。我们像逢到盛大节日一样兴奋，跳着脚，彼此拥抱。完全是从哈尔滨带来的一种俄罗斯式情调，彼此拍着对方的后背，在拥抱中照样贴贴脸，仿佛我们从来没有这样幸福地相亲相爱过，从来没有这样地心魂相融。我们仿佛已经朦胧地感到，我们的命运、未来是和我们临于危亡之际的民族命运联结在一起的！而我们又是必然会在未来的岁月中生死相依的。因为我们在神圣的民族革命战争中，都会自愿为了保卫母亲一样献出我们的青春、鲜血和生命的。因而我们之间所有属于穷困流亡生活而在情感方面产生的尘污与积垢，都在相互热情的忘我的拥抱中洗刷一清了！

我们的年轻的友谊，顿然也由于我们终于迎来的民族抗战而凝结为一体一般。我们又仿佛就要奔赴各自所属的战区而相互在作告别的拥抱！

事实上，果然不久我们四人就各自分散了！而我们的机灵鬼式的诗人辛劳，是在抗战后期牺牲于敌后苏北的土桥监狱里，另一位比我年少一岁的诗人，后来属于新四军陈毅将军的部下，成为一个显赫一时的文职要员。我的珲春同乡狄耕则于一九三八年经武汉奔赴革命圣地的延安，在一九五七年反右当中殉难了！——如今已是三十年的漫长时间过去了！

因而五十年前抗战初期在上海的回忆，又是对于两位逝去的亡友致祭式的怀念了！

一九八七年六月六日

《大洋彼岸的龙雾》读后随笔

前不久,有同志打来电话,说有篇关于恐龙化石的小说,刊物编者希望能有篇作家读后的评介配合发表。当时正值我的挚友绀弩逝世一年,我刚刚集中精力完成了一篇怀念的文章,而另外一位年长我九岁,三十年代以"第三种人"著称的韩公侍桁又于五月间作古,我正在写回忆文章,这是历史友情上属于个人之间的东西,反映着一种属于我国珍贵的古老文化的优秀传统,还未完成,山东大学教授,抗战时期著名朗诵诗的开拓者高兰同志于六月间病逝的讣告又于追悼会后转到。真是,我们这一代人日渐凋零,生命有限,该写的东西而又积压胸间,不得安静喘息。可青年作家是我们社会主义文学艺术的希望所寄,过去的回忆暂且推开,着重点还应是现在。当年鲁迅、茅盾两先生为我也有过看稿于未识之前的先例,这是五四以来优秀传统之一,理应发扬,于是,答应为这位曾有一面之识的作者看稿,好在是万把字数,豁出两三天的时间来读了!

于是稿件送到,且附有《青年文学》编者礼貌彬彬的公笺,但限定了时日,以便读后感与小说同时发稿,我这才心里暗暗叫苦不迭!鲁迅先生当年是五十六岁,茅盾先生也正当盛年,而我现在已有七十,且病于目,又脑血栓,看到稿子已经是和编者指定下稿的时间,只有一天之隔了!

幸而作者的笔力有股淡淡的魅力,读定两三页就再也不能释手了!当天分两气读完,夜间久久不语而独自闭灯沉思,确实有些话要说!

首先是作者的取材,不是来自国内而是源于国外。据作者的自注,是源于美国威斯康辛大学的卢绯小姐,而且题下标有"纪实小说"的字样。

作为地道的舶来品杰作,如马克·吐温、司坦培克、海明威等人的长短篇小说,我是在抗战期间都约略读过的,引进这些世界文学艺术的珍品,正如十九世纪从国外引进了马列主义一样,对于我们的革命的唯物主义理论所起的日益显著的影响一样,影响着我国固有的文化美学素质。

另外,就是我们那些优秀译者在介绍国外杰作之外的那些反映异域社会生活的文字了。向我国的读书界介绍了国外异邦的有着各自民族特色的诸般社会生活,远的如"十月革命"时期有关赤都莫斯科的通讯,还有我国当代优秀作家所写的纯属介绍国外社会生活横断面的作品,如丁玲的散文集《访美散记》之类,还有外籍的华裔作家或华籍留居欧美作家反映在国外社会生活中的充满诗情画意的作品,读者从中都能感受到一种现实主义艺术心魂悲欢相通的美感享受。谁读《三毛作品选》中《哑奴》之类的描述不是像读《祝福》对祥林嫂的那种苦难的命运一样,切感这些属于旧世界的一切落后的、使人困苦愚昧的、丑恶的东西都必须要早日彻底摧毁么?这自然是会有益于我们的文化发展的"文化引进"。而在这些之外,从国外的友人处听取了动人的故事,或有趣的事实见闻,作为小说来构思,或因生活情节确有来源根据,或因情节虽实,人物性格已有虚构成分,既是纪实,又属小说,这就不同于以上所论而可以说一种新的、属于开拓性的尝试了。

本篇作者以前的作品中曾经有过三篇获奖的佳作,因而是有一定文学造诣的。文字简洁、字里行间且都有显现着一种淡妆素裹式的雅微感!而在人物描绘上,着笔不多,却是深锐及骨,有立体的石雕感。如果马什教授的学生,那个憨厚可爱的约·礼莱基的惨死与那年轻时柔美无比的考古学者马什的遗孀——塔嘉丽有关,那么这个本来应该是非常美的,对爱情有着如东方女人普遍有的那种洁身如玉的高尚情操并因之光润夺目的色泽就将为约礼莱基之惨死的血污所涂盖,而这个柔情迷人的外婆塔嘉丽也就变成了一个披着天使外纱里面却是恶魔般的巫婆了!因为,唯有真、善才有美!科学、真理是高于一切的。违逆了真善也就失掉了美了。作品的每一细节都像是剪裁出一个与主题身材高低及体态尺寸合适、款式美俗有关的新颖时装,由于作者的再三推敲,才经得住读者思考、琢磨。

自然,我还是希望作者以此富有才华之笔,多写一些反映我们今天祖国的现实的作品,如《经济和人》《船长》《乡场上》《宴席曲》等等。

引进汉堡包、意大利的通心粉、法国辫子面包之类。大家尝个新鲜,未尝不好。但笔者总觉得日常还是传统的长方形普通淡面包、咸面包和旧式俄国列巴、我们自己的天津包子、烫面饺更可口,还有我们有段历史的炸油条等等也可以在国外作为输出的中国美味。更不用说我们的特产鹿茸、人参、浙江茶、潍县绸、杭州缎了,更应读的是输出以贡献于全世界。反映今天在改革中的中国社会主义建设的作品以及我们的文艺理论——文学艺术的价值在于它的社会效果——它的输出也应该如蜂王精一样,都是会有益于全世界的健康、文化发展的!

当然,我们并不排斥西方的有益于我们的精神文明建设的诸多意识形态,实际上,我国现代的革命文学理论不是也有源于普列汉诺夫、车尔尼雪夫斯基、别林斯基等外国先哲的美学观么!

一九八七年七月十五日急就

又是一年春草绿
——忆秦似怀绀弩

一、题下语

一九八六年是我从事文学创作五十年的年份,可也是新现实主义文学领域不幸的一年。文学评论家胡风的追悼会是年初召开的,接着是著名的左翼杂文家、诗人、古典文学评论家聂公绀弩于三月二十六日阖目而逝,距三月四日丁玲的追悼会不过两周。他们两人都是左联时期的中国共产党人,而丁玲在一九三六年逃离南京软禁区后,绀弩曾奉中共组织秘密指令,化装偕行,是担着途中丁玲再次为敌特追捕而将同作狱囚的风险,丁玲是在他们抵达西安,并与中共驻西安办事处秘密取得联系以后,才脱险转入中国共产党中央所在地延安的,却想不到五十年后又前后脚跟脚地相继离开了人间。同年逝去的文学界老友还有桂林时期以杂文著名的古文字音韵学者秦似,他原是接电报后由夫人作陪从南宁飞京,专程来与四月七日火化前的绀弩遗体告别的,却不想三天后病于北京,在医院住了一段时间,回广州后不过两个月,也随聂作古。这是在秦似初抵北京时,谁也想象不到的不幸之丧!因为,秦似究竟还不同于聂公绀弩。

绀弩年长我们十有四岁,且久病于床,可以说是肢体老化而寿终,而秦似在绀弩遗体火化前夕,是仍如以往体壮步健,神色怡怡。因而初听到其病倒的消息,非常意外,确如万里晴空忽见半片乌黑阴云出现一样,怕是带来不祥的风暴,却果然是一阵风狂雹急,秦似如一棵挺拔有致的野生茶树一样,戛然一声而腰折。

实际上，我与秦似相识虽在四十年代之始，但交往却还是相隔近三十年之后了。那时，绀弩还在稷山狱内蒙冤服刑。因而秦似于十年"文化大革命"后期每次来京，都不得不找我，为的是探听绀弩在囚禁中的消息。我们之间的友谊就由于对绀弩命运的关注而密切起来，偶尔还在我那个阴暗、潮湿、憋闷的小屋和我的男孩张书泰下盘倒让四子的围棋，输了还恋恋不舍地想来第二局。四十年代在桂林文艺界，聂绀弩、宋云彬、秦似和我固然都是可以相互执黑白子以抗衡的对手，但这是老一代了。而后生可畏，秦似当时只知道这个十四五岁的后生在一九七三年全国少年围棋赛中名列第四，却不知道，在此七年前就已经让我九个子，而我每次都是中盘投子的输家。六十年代，六七岁的小泰让绀弩四子，那还是我暗地规定和说服的，小泰是两位国手"过老"（过旭初和过惕生）和已逝世多年的金老雅贤的诸生之一。自然，这让四子棋对他来说，是牛刀宰鸡一般，虽省力却无趣，之所以让四子，是为了尊老陪贤还要说服。

总之，在我、绀弩是纵的友谊，三十年代末的浙江金华柴场巷十五号是我们友谊的起点；而秦似四十年代之初是横向友谊，他在桂林《野草》是最年轻的执行编委，他们之间的文缘又是别有一条渠道。归根到底，绀弩是我们当时属于一般友谊的桥梁。岂止是桥梁，应该说是核心。岂止是我们三人的核心，应该说他是当时桂林抗敌文化界左翼友人的核心。诸如五十年代在电影界著名的女演员S，新经济学教授姜庆湘和夫人王芸容，女散文家W，诗人伍禾、彭燕郊，漫画家余所亚，还有《中学生》的著名编者宋云彬……诸先生。

二、往事堪回首

自然，绀弩与雪峰同样，不是我们的同龄人，而是我们同代人当中的长者。但在我来说，绀弩又和雪峰不同，前者随心所欲，任性纵情，而后者律己严，且慎于行。在友谊上虽说都是属于忘年之交，神魂一致，但绀弩和我们之间是全无毫末之微的自然年龄与社会纪年经历的差距。他是为我们伴搭伴的年轻气盛的友人所倾心依恋的人物，在他那潇洒不羁的风度里，有着魏晋贤达那种脱俗的竹林气息，可以说处处闪现着自唐诗宋词以来我们华夏民族的优秀文化传统的光泽：重于精神，如德、如才、如道，而轻于物质，如珠、如金、如玉。在生活条件极度困苦的抗战文化名城——桂林，这种属于精神贵族的名士气，实质上是对当时媚世文人——也包括以利禄为目的所谓文化人的市侩世态——一种轻蔑的表现。实际上，今天看来，就是当时给人以一种市侩印象的诗人兼出版者的胡危舟和以"左"的面貌主编《自由中国》的孙陵先生来说，虽都以商业性利润经营出版为主，但也还未坠落到贩卖制造"色情的作品"来诱惑天真纯洁的青少年以牟利的程度。从这里也可以看出，中国共产党南方局领导之下的桂林左翼文化界的马列主义修养、文化道德素质和抗战意志的坚定性的一致，具体地反映了《野草》为桂林文艺阵地上的巡逻队的监督和震慑作用。当时绀弩已是年近四十岁的中年名家了，却和我们一样，时常是裤袋里空空如也，连可以买盒"强盗"牌的中档纸烟钱也没有。一九四〇年冬开始，第一次流亡桂林时期，我们常常去的广东酒家是"文园"。一壶附加牛奶、方糖的红茶，是五分钱，广东有名的蛋挞、虾饺之类点心，也不过一角一碟，而我们在入座前常常还得约好不能超过支付能力所限的碟数。但就是进门前约好了零买茶点的碟数，还是在热衷于文学艺术、音乐、戏剧之类的闲谈中，完全忘记了两人进门前的协约，一壶茶淡了，再换一壶，过一个小卖，要一碟点心，再过来另一个，换了样，又要两碟，等到肚子大饱，发现空碟子摞成塔，于是低呼着"糟糕"！不管当初是谁答应做东了，只好两人一起凑。凑不足，就只得留一人在"文园"独自坐候，一人忙到附近的出版社编辑部找人临时借钱了！下次，不管是谁，拿到稿费就又相约去"文园"喝茶、吃酒了。当时广东有名的"龙虎斗"是蛇猫合烧菜，单价不过一元二角，我是几次都主张豁上一星期吃素也一定要尝尝这个南方名菜的，但几次都为绀弩所阻挡："何必这样挥霍呢？省下这一元二角，分两次嘛！明天再来要它几杯'三花'，吃它的蚝油豆腐、咕噜肉嘛！"有时出现的一种只求今朝有酒今朝醉、哪管明日无米明日饥的心情和一种浪漫诗人的作风，实际上也反映了在国民党统治下，群众抗日斗志不得舒展的政治苦闷。

尤其是一九四一年一月"皖南事变"惨案发生之后，我们谈着在云岭新四军总部为两人所共同熟习的朋友，谈我们尊敬的叶挺，猜测着他未来的命运；谈项英，谈出身于创造社的宣传部长朱镜我，谈李一氓、谈黄源与名记者戈茅、诗人亚丁，尤其是关心着那个曾为诗人辛劳热恋过而在金华仍念念不忘的女友 E 的命运……我们虽是作着遥远的祈祷式的祝愿，却无法写怀念的文章，因为国民党反动派的势力已伸入广西，赫赫有名的生活书店不久也为国民党的正中书局所"劫夺"。绀弩著名的杂文《韩康的药店》就是象征性的散文纪实，这时候它确实如一把投向敌人心脏的锋锐无比的匕首，在整个国统区抗战文艺界来说，它是同业者的共同的心声，因而它也是时代的心声。当时桂林读书界对这篇文章的反应可以说是胜过贾宝玉和林黛玉共读《西厢记》。聂绀弩的带有魏晋竹林气息的豪放不羁的名士作风，对代表着桂林抗战时期的左翼作家来说，本有着一种掩护色彩，而《韩康的药店》当时就有人称作是《共产党宣言》的"课外补助读物"了。

今天的读者据此就可以想象到绀弩的由于筋络、器官老化而安然寿终，对我们这些曾在金华、桂林、重庆与香港等地长期流亡相偕的友辈来说，是形成一种怎样沉重的哀思了。它的冲击力是缓慢的，却波及我们半个世纪的有关民族苦难历史的回忆。这种哀思不及对秦似不幸之剧，却又胜于一般的哀念，是深含悲戚之疼的！

再说，我自己也是日暮古稀之年了！且又屡遭失师丧友之悲，对于人的生死，渐渐也能作为自然规律的一种程序来冷静相看了。尤其是对于大诗人聂绀弩,虽然我还不具庄子亡亲"鼓盆而歌"的宏达境界,可也确实感到对于绀弩后期日益为筋骨僵化所困,一天二十四个小时,一年三百六十五天,几乎时时辗转在五尺之宽的木板床上,翻翻身还需呼人相助,碰一碰,筋骨剧痛的苦痛来说,又未尝不感到是种解脱。究竟逝者经历了八十四个春秋的人生寒暖,走过至少是六十五年的独行的崎岖坎坷而又漫长的人生路程,且也阅尽人间山川美色,也尝够了缧绁之苦,经受了死刑之险的胁迫。更在不同的处境显示了惊人的傲骨以及不同特色的非凡才华,可以说是生得光彩有辉,死得豁达磊落!对我个人来说,深感惋惜之悲的来为他带走了——在我看来是属于只有为他所深知所理解的——带着春天气息的珍贵友谊。它是属于抗战时期由于共同理想而相依为命贵如珍珠的友谊,也许在逝者的晚年,这些属于过去的友谊已经是烟消云逝了,已经为五十年代后期的政治划分,至少是为许许多多十年"文化大革命"当中亲友相继丧亡之痛而淤积的情感与思念所冲淡了,就是说,在感情上失去了它三十年前的光彩了,但在我,则仍是珍贵如当年。除了失去个人的一个知己的哀思之外,还有一个不可弥补的最大遗憾,就是他带走了那么多的还未及写的关于我国古典文学,如《红楼梦》与《聊斋志异》的贵如珠玉的评论!

这就是秦似教授应约与绀弩遗体告别的前一天,在我前门一处狭小寓所与四十五六年前在桂林时期的老友聚会时候,我的哀思!回忆起来,满盘珠玉,却无金线银丝,串不住,提不起,当时难得落笔写出一篇像样的追悼文字。

三、足迹有遗香

我的家庭便宴实在很简单,且来者多不嗜酒。散居外省的桂林时期老友意不在餐桌,而这是一两年始有一次的在京聚会,由于老友年有凋零,这种京都家宴上的聚会,也就感觉越来越珍贵,而这一次座席间就缺少了已谢世的石联星。诗人彭燕郊虽已由长沙应电告到京，但还未在我这里露面，而秦似夫妇却是两天前在广西驻京办事处安顿下来以后就相偕到我这里匆匆忙忙打过招呼了，并告诉我《〈诗经·绸缪〉篇新解》已由《语文园地》发排。这是他在读稿后的来信中已经告知过我的旧消息了！"未雨绸缪"一词虽已为我们书报界习用千年以上的传统用语，但以"绸缪"作为采风者听到的"筹谋"两字的志音字（所谓"同声假借"）来解释，仿佛还是秦汉以来为我个人的首次"破译"，因之对于这位不远千里赶来吊唁绀弩之丧的古语言音韵学世家出身的友人"深为佩服"的称誉，我是并不作为一般的标榜之词来看的（因为我们这些朋友历来视相互作超出实际的标榜为世俗），这也就是我们之间胜于对饮茅台三杯的相投处。更何况，我家无女佣，女儿下厨，菜不过几道，酒不过是友人馈赠的四川泸州绿豆大曲、通化红葡萄酒。实际上这些也仅仅是倾于玻璃杯中摆在客人面前，作个象征性摆设而已。

秦似仍如过去，穿着一身暗色的款式讲究的制服，前胸宽宽的，平展合体，确是一种教授姿态。怡怡然的笑容如往日，粗憨的广西官话声如往日，眼睛闪耀着一种自信而又自重的目光，全没有半点倦怠模样，也一如往日，连他自己也不知道自己有病在身，相反，倒是气壮声高，兴致勃勃。老友初逢，寒暄两句，坐下也就谈到上次来京还和老聂围棋一番，连绵两局而不舍，还有接连悔棋、热于胜负之争的天真情态，也说及来京之后才知道他自己的父亲王力教授年龄与绀弩不过一两岁之差，也病于医院。他急急匆匆在探视时间偕同老伴陈翰辛赶去却又为主治医生所阻拦。在隔离观察期间，父子不得相见，说明病势已临险境了。

在杯筷交错当中，谈话逐渐热烈，而大半都是围绕着关于绀弩坎坷不幸，多情而又孤傲，貌似玩世而又洁身与社会之污秽作敏捷于腾挪的斗争等等遗留给朋友们的追思。他的经历是有趣而多彩的！十八岁就在福建泉州参加"东路讨贼军"国民党革命军行列,任前敌总指挥部的司书。二十岁在仰光任《国民日报》《缅甸日报》的编辑,阅读《新青年》,为以后投身于反帝反封建的新文化战斗事业奠定了思想基础。二十一岁回国投考黄埔军校,是二期黄埔生的"左"派人物。在这里结识了中共领袖之一的周恩来,随军再次东征,途中还担任了为彭湃主办的海丰县农民运动讲习所政治教官。不久,又去莫斯科中山大学学习。一九二八年正当二十五六岁的英气勃勃的年华,回到南京担任了"中央通讯社"的副主任。三年后却由于在报刊上发表了与当局的"欲攘外先安内"的仇共媚日国策相抗的文章,而暴露了"左"倾于民族革命伟业的政治思想,最后,终于不得不逃亡,去了上海。

绀弩与因恋而相随不舍的新婚妻子周颖去了东京,在那里结识了未来的中国著名杂志《七月》的主编胡风,但一年之后又由于在东京出版了《文化斗争》,倡导反日而为日本当局所驱逐,傲然不屈地被押送出境。从此,在上海成为"左联"的文学理论研究者,并创办了为鲁迅、茅盾、丁玲等著名左翼作家所支持的《动向》,开始成了无产阶级党组织的一名文化战士。他所写的杂文,从此受到鲁迅重视。一九三五年鲁迅在北四川路豫园宴请《生死场》《八月的乡村》两书的作者——萧红与萧军时,绀弩就是作为左翼作家方面的代表人物之一偕同夫人周颖与茅盾夫妇一起出席会见的。在这以后,绀弩经山西临汾而延安,又经皖南新四军而任金华《文化战士》的主编,一九四〇年夏,当我由金华去新四军之后不久,他又离开浙东,应约去桂林编《力报》副刊了。不久,又在新中国剧团与一位话剧名演员再度爆发了艺术家之间的热恋而同居,但遗憾的是,这种双栖双飞的生活还不到三个月,又突然接到原认为早已在战乱中丧亡于上海的夫人函召,一个筋头从幸福的云端翻下地来,急匆匆直赴山城重庆……谈不尽的诸般为我们这些友人都知道的往事。当时,我们的友情重,相知也深,那生死与共的友谊,非似建国后,绀弩作为人民文学出版社主编之后公务缠身时可比。五十年代，只有星期天我们与吕荧相约，在石碑胡同的待客西厢，围成一桌，打打桥牌，轮流做东聚餐而已。有时，胡风从上海来，也是一起打桥牌，很少谈心。而十年"文化大革命"之后，绀弩由于长期囚禁之习，出狱后也是经常蜷卧床之一隅，懒于室外之行，但是写作依然勤奋，就像奥斯特洛夫斯基在写《钢铁是怎样炼成的》一样。这些年，我说我们虽然同在北京，可一年也不过一两次会晤，多是陪人趋访，情虽似往，却也不如旧日那般心魂相融了。尤其是在对于古史及青铜文字的断代方面，他是拘于"殷墟甲骨为文字之始"的否古（殷商之前的五帝，唐虞之古）观点，且又同我一样固执己见，所以我们是很难如旧日般保持一致的话题而倾心相谈了。

"那么老聂在北大荒劳动改造的时候，你为什么不去看看他？你不也是下放到黑龙江去了么？"

"是呀，"我只能说，"我没有去看他。"

我是下放到牡丹江地区的，"反胡风运动"时被"隔离审查"近一年，心情很不好，因而五七年的运动，没说一句话，也没戴上政治帽子，但是早已感觉自己是受所谓"控制使用"的人物，而在十年"文化大革命"中，也在"漏网右派骆宾基"的大幅横标下受过批斗，但当年确乎还是行动自由的。就是说我随时可以去萝北探望他，而且也不是没做过这样朝思暮想的梦。我不无沉思式地说机会来了，却又为我谢拒了，因为考虑到我有满腹的委屈，他的心情也不会好，两个人又是无话不谈的，见了面，就免不了发牢骚。发牢骚有什么好！就是不说"过头话"，也会为过"左"的偏见者所误解、所疑忌。更有甚者，或为以罗织人罪为政治阶梯者故作误解而给彼此带来更大的不幸！

"那么老聂在北大荒火烧'草料场'事件，你当时知道么？以反革命破坏建设罪判了两年有期徒刑呢！"

"我在哈尔滨采访东北抗联李延禄将军——抗联四军军长时，就听说过了！我是不相信的，我不相信老聂会干出这样的荒唐事！当然,我认为这也不会是八十万禁军教头豹子头林冲在沧州遇到那种'火灾',就是说,不会是受什么人的陷害。因为老聂究竟不是处于八百多年前的宋徽宗时代,且也没有那样的仇人。我想,自是有所疏忽,而造成的一场'烧身'之祸。"

"火并不大,这恐怕是只有我知道底细。老聂亲自对我讲过,是我问起的。"

于是杂文家秦似就以其特有的广西官话,娓娓动听地谈起这段为人所不尽知的往事来。这也或许是最能说明绀弩置自身于形骸之外的超然之态了。

四、胸怀坦荡洁似玉

秦似说:那似是春初草干易燃或深秋枯草易焚的季节,清晨或傍晚的路面上结有薄冰,到底这是在东北呀,天气早晚还冷得很,老聂就是在路面结有薄冰的一个傍晚,挑着担干草时,脚下一滑,柴草又一晃,身子一趔趄,就把他带倒了,摔了一个仰叉,一肘还支着地。他到底是年近六十的人了,这一跤大概摔得不轻,他久久没动,接着,顺手摸出纸烟来,点着烟,掷出或未完全吹熄的火柴,就势躺下去了。头枕着干草,抽着烟,仰望着蓝天,仿佛刚才他不是挑草路滑跌倒在这里,而是打草累了才躺在草地上休息休息的。他完全忘记自己是躺在柴草棚口了,只是在欣赏那无际的蓝天……"是呀,东北荒原上的天空,多美呀!那蓝色,多纯净,多么柔美,真的是美玉般的光润,天鹅绒一样的柔软,那么单纯,没有半点儿神秘!令人神怡!看着它,心中充满了宁静、平坦的情绪,就像时间完全静止了一般,地球也似在这瞬间停止了旋转,真让人愿意就这样一辈子静静地躺下去……"秦似重复着老聂的话这样说。我的眼前出现了东北的天空,仿佛看到绀弩躺在那里怡然自得地吸着带给他飘逸之感的纸烟。这个旷代诗人在这里静静地躺着,他不愿干扰这个身外世界,也不希望这个身外世界干扰他,这是千金难买的平静与宁谧……

"结果呢?"谁的声音在问。

"结果?结果是,老聂抽足了烟,在那里躺了一阵,在起身前又顺手掷出了忘记熄灭的烟头。北大荒的旷野,时当有冰季节,未熄的烟头,随便扔,扔到哪里也不容易酿成火灾,可他偏偏是在柴草棚门口,扔在哪儿,都有几根干草。岂知竟在他掮着一根扁担(扁担上挑着两卷捆草绳)悠哉游哉离开草棚后,那星星之火就燃烧起来了,干草垛也烧起来了……直到火灾酿成,老聂也说不清这火是未熄的点烟火柴头还是带火的纸烟蒂巴引起来的,而这场火,就形成了以后传称的'火烧草料场'的'反革命案件'。"

诗人总是天真的!我们都静静的,屋内也静静的,只有姜庆湘手中的香烟闪着,冒着丝丝线样的烟。

五、神魂崇高白如云

我们静静地听着秦似的讲述,开始还觉得绀弩摔了跤索性就势躺下抽口烟歇歇气的任性放诞之态很是天真有趣,"这正是老聂的性格呀!"有人说。继之,又各自沉默起来,都在思索着什么!仿佛都感到内心一种凄凄然的沉痛。

我们的当年老友姜庆湘说:"这完全是老聂的诗人性格,确确实实是一种超然处世之态。"又问我:"你还记得他在桂林给我写的条幅么?"

"记得!"那是选录的一首李白的七言绝句,四十多年过去了,直到现在我还能背诵,是:

两人对坐山花开,
一杯一杯复一杯。
今日我醉卿且去,

明朝有意抱琴来。

李白晚年处于缧绁之中,也是无辜的,他是出自忠于李氏王朝之心,而却未考虑及李氏王朝内部还有王位谁属的私人之争,自然,两位大诗人虽说都是晚年不幸,都属于"无辜之火",但究竟是相隔一千两百多年之久,实质是有很大差别的,一为封建王朝的困难尽忠,一为天下为公的共产主义崇高文化事业效力。

耿庸久久才说:"他确确实实有种超世不凡的态度!"自然仍是针对着在草棚前挑草滑倒,就势仰天而卧的那种"曲肱而枕,乐在其中"的姿态而言。可见秦似的叙述,给他印象之深了!

秦似说:"不这样超脱,'人世'给他的负担岂不过于沉重而难以忍受么?"

"十年'文化大革命'嘛!"我说,我是深有体会的,又想起了雪峰,接着说,"我们文学界,有两个共产党人,是一圣一佛,圣者是晚年的冯雪峰,而绀弩的晚年却达到了佛境,'尘世'的无端纷扰以及家庭所遭受的不幸纷至沓来(他所深爱的独生女儿——一个纯洁、善良而像他一样孤傲自持的舞蹈演员兼教练——聂海燕,为反映为家庭爱情的政治境遇所迫,遗弃了自己一双可爱的儿女而殉难了。这事就发生在他出狱前约一个月左右),但这种人生晚年的致命创伤也并未伤及他想往共产主义的信心。《散宜生诗选》就是他过去一段历史生活的心灵记录,是他从时代的特殊生活矿藏中提炼出来的情感结晶,也是他晚年对文学事业贡献的一部分。"诸般人世的苦难,对他纯洁如蓝的崇高信念是无损伤的,请看《柬周婆》一首:

龙江打水虎林樵,
龙虎风云一担挑。
邈矣双飞梁上燕,

苍然一树雪中蕉。
大风背草穿荒径，
细雨推车上小桥。
老始风流君莫笑，
好诗端在夕阳锹。

又《惊闻海燕之变后又赠》（《又赠周婆》）

愿君越老越年轻，
路越崎岖越坦平。
膝下全虚空母爱，
心中不疼岂人情。
方今世面多风雨，
何只一家损罐瓶。
古稀妪翁相慰乐，
非鳏未寡且偕行。

晚年的老夫老妻生活又是从未有的谐和，仿佛饱经大难大劫风雨苦难之后，绀弩与周颖才懂得了爱情之可珍。

六、悠悠日月常相思

第二天午后，几个桂林时期的老友又在八宝山告别绀弩遗体时再次相会。记得七月派诗人、湘潭大学教授彭燕郊也在场，当时八十多岁的夏衍老人在礼堂外的廊檐下见到秦似还深有所感地说："如今在世的《野草》编委，只剩下我们两人了！"哪里想到，三四天以后忽然传来消息，秦似突然病发于电影学院周伟教师的家宴上……

七月南行归来后，得到转来的电报，秦似已在广西南宁逝去，世间再也见不到这个体态宽壮、才思敏锐的杂文家！哀哉！哀哉！是为忆、为怀。

一九八七年春三月初稿

五月订正誊清于深圳西丽湖畔

往事堪回首
——为纪念韩侍桁先生而想起来的

一、题解

一九八七年五月卅一日,我从深圳特区归来,案头信件、报刊中,就有赫然触目的韩侍桁先生于五月九日病逝上海,享年七十有九的讣告。另外还有上海文学研究所友人受三十年代老作家赵清阁女士之嘱,专函作的转告,除了上海市作家协会与译文社联合筹备的追悼会是定于五月廿一日外,还告诉了我韩夫人孙士溥的上海通讯地址。信是十四日在上海签发,而我十五日已由女儿陪随离京南行了!不但未能转道上海去韩侍桁先生灵前致哀,就是连唁电也未能拍发。人世间这一种生行死别之时间差,给我带来的遗憾又非一般。我心里久久不宁,仿佛对逝去的友人有所亏负。往事历历如现眼前,在繁杂的回忆中,又似乎认识到这种友情不仅仅是我们个人之间的私谊,分明在这之间还体现着一种艺术与真理相交结而为一体的属于祖国古老文化优秀传统的民族素质在内,它又反映着属于全国解放前夕四十年代那个伟大的历史转折期的社会意识形态所有的光泽。这是有关我们对于"第三种人"的重新认识、重新评价的问题,因而提笔略过本篇纪实文字的缘起之由,以作题解。

二、"第三种人"与"左翼作家"原非"同道"

韩公侍桁,当年是为鲁迅先生点名的,属"第三种人"有名的三代表人物之一。对于三十年代的左翼作家来说,是属于"非我同道"

的一方，正如人世间的红白两色之外，有黑有黄，而"第三种人"非灰非烟，今天来看，似属于蓝色！它是和三十年代中国历史的土壤分不开的。

在三十年代之初，有名的"左联"五烈士，是以诗人殷夫、柔石为首，殉于自己的马列主义信仰与共产主义的崇高理想，而在上海龙华为国民党反动派所枪杀了。它明显地反映着在当时的中国文艺界里已经形成左右两大营垒，而各自有着自己政治倾向的斗争了。站在左翼阵营的如鲁迅、茅盾等前辈，站在他们对面的头面人物是胡适、徐志摩与今天仍健在（注：成文时健在，誊录校订时已逝矣）的留台湾的学者梁实秋教授诸名家。

左翼文化阵线是五四运动的继承者，也是它的发展者，不但要科学，要民主，主张为人生而艺术，且在文学创作实践中，以反帝反封建为新现实主义文学所负的历史使命（正如今天它所担负着的四个现代化而建设有中国特色的社会主义国家的历史使命一样），并力求在自己的作品中作为艺术的灵魂来体现，来感染读者，以达到改造客观世界，改变读者旧文化素质，改变我们处于危亡之秋的中华民族百年来经常受帝国主义者侵侮的政治地位。

站在新现实主义文化反面而有着西方殖民地意识形态色彩的右翼阵线就不同了。他们的首脑人物，有的是从五四运动分裂出去的，有的是国民党右派权势的依附者。依附于国民党右派权势的"攘外必先安内"的对日妥协政策，对国民党导致国人自相残杀的"围剿"政策是拥护的。因而他们对于"左联"五烈士的惨遭国民党反动权势派所屠杀，默不一语，实际是给以舆论的默许，如果抗议的文章想投到为他们所影响的报刊上发表，那是很难实现的。这从他们反对学生参加抗日运动，提倡关起窗来"读书救国"就可以知道，更有劣者以"抗日救亡"为共产党人独一无二的政治主张。凡是主张抗日救亡反对国内"围剿"政策的，都诬之为"拿了苏联的卢布""出卖了灵魂"等等。形成了为随之而来的政治迫害所利用的舆论。

就在这新旧都带着各自的西方意识形态的影响，相互对垒，而"左联"五烈士遭到非法杀害之后，在这左右两大文化阵营之外，又出现了反对文学艺术的政治"功利主义"，竖起"为艺术而艺术"的旗帜，力图超然于政治之外的"第三种人"的立论，于是成了又一文艺派别！

现在我们且看鲁迅先生是怎样看待这个问题的。鲁迅先生说：

> 为艺术而艺术在发生时，是对于一种社会的成规的革命，但待到新兴的战斗的艺术出现之际，还拿着这老招牌来明明暗暗阻碍他的发展，那就成为反动，且不止是"资产阶级的帮闲者"了。（见《鲁迅全集》第五卷《又论"第三种人"》）

但鲁迅是辩证唯物主义论者，对于"第三种人"他并没有作固定的结论。结尾是说：

> 所谓"第三种人"，原意只是说：站在甲乙对立或相斗之外的人。但在实际上，是不能有的。人体有胖有瘦，在理论上，是该能有不胖不瘦的第三种人的，然而事实上却并没有，一加比较，非近于胖就近于瘦。文艺上的"第三种人"也一样，即使好像不偏不倚吧！其实是总有一些偏向的。平时有意的或无意的遮掩起来，而一遇切要的事故，它便会分明的显现……所以在这混杂的一群中，有的能和革命前进、共鸣，有的也能乘机将革命中伤、软化、曲解。左翼理论家是有着加以分析的任务的！（见《鲁迅全集》五卷一二九页《又论"第三种人"》）

那么，韩侍桁先生已是可以盖棺论定的人物了，今天该作怎样的评价呢？

我们现在有一句流行的至理名言：

"实践是检验真理的唯一标准！"

作为现代派诗人头领的戴望舒，是一九四九年带着自己一个六七岁的女孩，从香港到北京来参加了第一次全国文代会，我是有幸见过两面的。另一位有名的"第三种人"的代表人物是施蛰存教授，今天仍健在，且《人民日报》今年六月文艺版有专访，《新文学史料》还有教授自撰有关与中国共产党文学理论家之一冯雪峰的友谊回忆文章。而韩侍桁呢？

据我所知，五十年代之初（或经冯雪峰在上海的推荐），韩到山东齐鲁大学更命改制的山东师范大学任过中文系教授。当时在这个大学任教的还有谭正璧、费先生等，笔者那时正在山东省文联工作，偶相往来，自然，韩侍桁和许多的"为艺术而艺术"的高级知识分子和只问业务而不问政治的有名的某医学界人物一样，是一个深深崇爱自己的有着古老优秀文化传统，且从半封建半殖民地的百年精神枷锁中解脱出来的社会主义的祖国的。

实际上，早在四十年代之初，我国新现实主义文学理论家冯雪峰在上饶集中营以"保外就医"的机会，化装逃亡重庆以后，我从冯来信所用的都是"中央通讯社"的红标信壳与信笺上，就知道雪峰先生已经获得了稳妥可靠的隐蔽处，因而对于韩侍桁又觉得并非如我从鲁迅笔墨中所知道的——那种真正介乎正反两方之间而毫无是非观念的"第三种人"了！

虽然韩侍桁与"在逃"的冯雪峰有着这样异乎寻常的友谊关系，但我还是作为前者属于后者在文化界的"统战对象"来看的。却完全忽略了——或者说是当时还没有具备合于客观实际的理解与认识水平——这些富有民族优势文化传统的杰出人物的素质。

一九四四年夏西南防线大撤退的前夕，我由桂林到达重庆，和韩也仅仅有一面之缘。那时为我所尊重的新现实主义文学的向导人冯雪峰同志，已迁居作家书屋楼上一角的储书室了。不管是对韩侍桁还是对作家书屋的主人姚蓬子，我都是以敬而远之的态度相看的。以后阅世较深，就又有所不同。尤其是对"第三种人"的代表人物韩侍桁，真正有了一点"为人处世"的道义品德方面的了解，还是在一九四九年春节之夕由南京老虎桥监狱获释而逃亡上海之后了。

三、出狱却未脱险

因为在这段桂黔山途急行车式的艰险经历所具有的时代特色，并关系到左翼作家与"第三种人"的非比一般的友谊关系，所以不能不作别生一枝的叙述了。

按一般常规来说，一个政治犯，如果获释出狱之后，就等于恢复了公民权，就可以由此续享一切公民基本的言论、行动和居住的自由权利。但事实却不然。一九四九年春节来临之前，南京老虎桥监狱中我们同一号牢房的各式各样的政治犯，都早已经在兴奋地等待着有人来开牢门的大铁锁，准备一拥而出地"走向自由"了。牢房里那条长长的三人可以抱肩并行的走道，满是从各自囚室里涌出来的蓬头而也略加梳整的被囚者。他们当中以青年大学生为多，走道两侧排列两厢的各个囚房，都大半空荡荡的，仿佛这是自"释放政治犯以求和平"的消息暗中不断传来之后，除了临院子的铁栅栏式牢门之外，走道内厢各自相对的囚室就都不上锁，看守也仿佛躲在牢门外，不敢再在牢内那条长长走道上迈着嗒嗒作响以示威严的步伐进出，也再听不到狱卒从两侧囚室的某一"门洞"里窥望着大声申斥什么的声音了。囚饭木桶，都是摆到牢门外，送到铁栅栏门里的走道口为止，而且也不见持枪的警卫人员露面。

来自特刑庭的暗地口传消息之一，是李宗仁总统府秘书长的邱昌渭先生亲自交下了经过总统圈点的释放人员名单。由于罗隆基先生代表民盟的交涉，民革的首领广西派的元老李济深也讲了话。而邱昌渭先生和我在桂林还有一面之缘，因而消息说，我的名字是列在首批开释的政治犯名单之内的。但在一九四九年蒋介石发表"元旦文告"宣布下野的前夕，我却在特刑厅宣判案前，以"图谋勾结'共匪'进行武装叛乱未遂"罪，判处有期徒刑两年半。这就是说，从一九四七年三月初在长春市郊被捕，在狱羁押已近两年，再有五六个月，我就可以刑满出狱了。但当时我心里明白得很，这不过是一副"安慰剂"，是麻痹我以及狱外关心我的从事民主运动的朋友们和文学艺术界的左翼同道们的。如果是真正依法审理，就该公开宣判，就该有新闻记者参加，就该容我声辩！绝不会那样匆匆忙忙地在夜晚采取秘密的"宣判"了！

这天夜晚，在候审室的几行空排椅上，只有我在那里等待"候审"。我不知道那个自称是南京金陵大学的青年学生，是怎样打通了特刑厅里的便衣法警，附在我的耳旁机密地告诉我说："吴组缃教授已在金陵大学为你安排了出狱后的住处。"告诉我，政治犯是势必"无条件"释故的，并给我留下组缃兄的电话号码。谈话不过两三分钟，仅仅是在两个看守法警背身交谈当中，他就匆匆走过来和我俯首密谈的。我自然不但没看清楚他的脸，连姓名也没来得及问。当然我是深怀感激之情的。这已是个把月以前的往事了。可见我和我的同一牢房的难友都是怎样急切地盼望着"释放政治犯"这一天的到来了！但天天兴奋地聚集在走道上熙熙攘攘地传递着各种有关国共双方酝酿和谈的消息，而天天傍晚都又各自带着失望的情绪回到各自的囚室里去挤在一起睡觉，就这么天天等、天天盼。

春节前除夕这天的一早，第一批释放名单终于下来了。伪典狱长穿着军便服亲自站在牢门外唱名。被呼的人应声道："有。"各自提着被卷或行囊，从半开的铁栅栏门口侧身走出去。首批释放的政治犯，主要是有关"中共华北秘密电台案"的待审人员，头一个著名人物就是与西北军孙连仲有联系的余心清先生。这是一个和在西北地区有声望的民盟负责人杜斌丞先生地位相仿的社会活动家。我们分手道别的时候，余心清说："你也不会久了！我们在外面还会见到的！"我也说："希望一会儿外面见！"心里却想"第一批的名单里当然会有我"。却不想，头一批唱出的最后一个人却不是我！隔着那半扇铁栅栏门，我问那个全然是军人步态的"典狱长"："为什么头一批里没有我呢？"

"你是已决犯！释放的都是未决犯！你看他们不都是没判决的嫌疑犯么？你安心服刑等着好了！"穿着绿色军便衣的"典狱长"脸色冷冷的，语言平淡，不蛮不横，就那么威严地转身随在徒手押送人员之后离开了。年轻而精干如军人的黑衣看守在最后咣当一声锁了牢门。我们原来的那种眉飞色舞的神色，顿然消失，只有做无可奈何的相互询问和宽慰，都关心这幢牢房里还有多少待释的未决犯。我是沉默的，心事重重，久久纳闷：这个"典狱长"是头一次露面，怎么会认识我，知道我是已经判决的政治犯呢？我这是第一次见到穿着军便衣的"典狱长"，从他的行态步式上，可以看出原是一个体弱军人的"剽悍姿势"，我的未来命运仍然是未脱离南京解放前夕非法死于"暗处"的可能之险，因而那作为法院监狱"典狱长"本该是黑制服法警打扮的文官人物，却是穿着军便服，且神色也冷峻而又故作平淡的谈话，给我留下了一种不祥之兆！

午后不想又来了第二批释放名单，唱名的仍然是那个体质文弱而步态威严的"典狱长"，这次我隔着铁栅栏门注意到他，见他年纪也不过三十岁左右，神色却似军人受检阅般冷峻。身着黑衣的法警打开半扇牢门，"典狱长"唱名喊人了！围集在牢门门口的诸般政治囚徒又是一番互相欢快的推让，兴奋地握手或拥抱道别、喧喧嚷嚷。不待"典狱长"转身，我又在牢栅栏门里高声问了：

"为什么这一批里还是没有我呀？这一批里不是也有一些已经判决的人么？"

"快！快！""典狱长"一边隔着那未开的半扇铁栅栏门催促人，

一边侧脸正眼也不看地向我说:"哪个法官开释票,我们就按票放哪个人!你有话得找你的主审法官讲,我们是不管的!"

我满腔的气势壮然的理由,全被挡回来,仿佛对方来提人时早已经估计到我会有这样的问话而有所准备一样!我心里想:在这时候,还要我向什么鸟主审官去说什么服软的话讨饶么?"典狱长"听不到我的反应,这才正眼向我看了看,是一种敌视的侦察目光,锋锐如剑。这两道尖锐如锋刃的眼光,再次引起我不祥的预感。不知怎么,我仿佛突然感到或许晚上还会有第三批释放名单。如果真是这样,那么我的生命就在旦夕之间了。

因为白天释放,据说在政治犯的亲友家属之外,还有大批当天要拍发新闻报导的中外驻南京记者。但夜深人静,悄悄释放出去,在阴暗的角落,随时都会有遭"暴徒"绑架而"失踪"的危险。这是在沈阳解放之前我在炮声隆隆之中曾经有过的一种不祥的感觉,而且还作为敌特的阴谋策划来"揭穿",作过公开的斗争,最后作为"神经有病"由空航押解北平又转南京军法局"审讯"的!而我所以有这样的"设想",又是因为在沈阳军统二处所掌握的秘密监狱中,当传来延安为国民党中央军所侵据的时候,在同案囚室里爆发了"这回哥儿们算完了""八路的老窝给端了"之类惶惑喧嚷声中,我未加深思(只考虑到巩固同案人的信心,未考虑到军统看守就在门外的走廊上监听)而大声宣布:"延安是撤退,不是什么占领。消灭敌人有生力量不在一城一地的得失!这是毛主席的战略思想!"自然,这话在激愤中一出口,就自知是一种政治倾向的暴露,把原来在夜半秘密审问中我的政治声明——自己是无党无派,完全为了反对国共双方的内战而来东北的政治立场——全都否定了!因而自知是很难逃脱"秘密处决"之险了!实在说,在沈阳解放前夕,我能乘军用运输机押解南京军法局,是在开始进行"揭发"斗争时所想象不到的。我的要求,用当时我自己的话来说,就是"宁愿死在刀刃下,而不能死在刀背上""死在黑影里，我不干"！

现在既然是处于南京面临解放前夕了，狱中相传孙科的行政院已迁广东，企图另立取代李宗仁的"中央政府"……局势如此混乱，正是暗地杀人而嫁祸异己的好时机，军统的顽固分子岂肯放我！自然，也不排除——我在长期监禁的狱中斗争上有种"政治过敏感"，但总要防于万一，总要于身后向党作个案情始末以及敌我狱内、狱外斗争经过的交待。于是我选择了曾在特刑厅狱中同囚一室的朱成学同志（今年是他在南京市委宣传部任副部长内因病逝世五周年的忌辰，恕我不能作别生一枝的书怀文字了。以后在回忆南京狱中往事的时候，当再作独树一章的纪实回忆）。因为他是南京著名的一九四七年"五·二〇"学生运动的领导人，（一九八二年六月二十四日《人民日报》有朱的专文回忆，视"五·二〇"是继五四、五卅、"一二·九"的第四次学生运动）在准备去解放区南京的江沿码头上，为地下交通人员所出卖，是已判刑十年的共产党人之一。（他另外两位同案的同学，李飞与华彬清两同志仍健在，前者现任南京化工学院教授，后者是南京大学图书馆馆长）

我们是并肩在那阴暗的长廊式走道上，穿过迎头的诸色穿戴不整的难友，来往擦肩而过地匆匆走着并头相谈的。自然我是毫无就义前的慷慨之容，却作着准备遭害之前的临别嘱托。当我一开始讲到我的处境之险，或有晚间第三批呼名"开释"之危时，朱说："一般是不会再来放第三批人了。你放心，五点以前他们就下班了！出狱前还要到羊皮巷特刑厅办当庭开释手续！"朱是法律系的大学生。我说："当然有道理！不过你现在先听我说个底细。我是在作万一的准备，不发生这种险情自然是最好了！"

我还须说：朱成学这位有着一双环眼而戴着黑框近视眼镜的大学生，那充满凛然正气的脸色听到我的陈述，又是多么愤然了！等到听完我的案情始末，接受了我的"同志式嘱托"之后，又决定："如果真的今天傍晚还作第三批释放来喊名，就坚决抵制，你绝不要出狱。"朱说，他将动员所有这幢监牢里的大学生带头，组织各号子（囚室）难友同声支援，"要和他们作一场说理斗争"！我在狱中对外一直声称"南京没有一个认识的人"（有一工程师愿为我提供出狱后暂作栖息的二楼"书屋"，还是作为探监亲友由别幢监牢的一个在囚教授辗转介绍给我的）。总之，夜深人静总不能要我流落街头吧！不须说，我们想得也特天真，仿佛对方是讲人道主义的慈善机关一样。我也不须说，朱成学与同案同学又是怎样秘密交谈、怎样分头布置的。我也不知道，天还未黑，果然听到牢门口低低传言："来了！来了！"自己的脸色是不是突然变白了！确实感到一阵恐怖，打了个寒噤。但还是迎向铁栅栏门前，不想一听到那个"典狱长"第一声就大喊"张璞君！出来！无保释放！快"，我反而冷静了下来。

我说："天晚了！我不能出去！"

穿军便衣的"典狱长"说："天再晚，你也要出去！"

"我在南京，人地不熟，天晚了，不能出去。"

"那不行！我们接到释票，就要放人！特刑厅的解差还在外头等着！你非出来不行！快！"

于是麇集在长长走道上的年轻而静悄悄在听我们谈话的人们，有的高声插话："这么晚了，今天再住一夜，天亮就走还不行吗？"

"不行，这里不是旅馆！出来！快！"所有麇集在牢门口的囚人都大声抗辩助威！他们骚动般鼓噪起来！也不知是谁道出了我心底的机密："眼看天要黑了！人要出去，出了问题谁负责！"

"出什么问题？释票在这里！你要不出来，我就派人调警卫连来了！就是打伤了，打得不能动了，抬也得抬出监狱去！"

看来，那个"典狱长"不是没有想到这样晚了"放人"会发生一场"抗令相拒"的斗争的，他们是早有"准备"的！

我问："释放几个人？"

"哪！这是释票，人多着呢！"

天还没有黑，只是将近黄昏时候，且不是释放我孤自一人，如果双方僵持，或会酿成一次流血镇压惨案，因为不甘心于执行李宗仁总统释放政治犯的军统内部极端反动分子，是会趁机制造这种千金难买的"流血惨案"的！而"打伤了，打得不能动了，也得抬出来"一句话就暴露了这个潜在的危机。说明他们是有所准备有"谋划"的，我当然不能为敌人的暴力镇压做"导火线"，说不定这会引起意想不到的伤亡，因为在长期囚禁中的青年大学生，对国民党反动统治和非法羁押，早已淤积着满腔的激愤，尤其是在炮声隔江隆隆传来，南京达官武弁惶惶然逃亡一空的这般时候，这些热情而天真的大学生们早已摩拳擦掌不耐烦于等待按释票放人的程序了，都巴不得有机会一哄出狱，把所有囚牢门窗砸他个稀巴烂！这是对革命形势不利的。在麇集的众难友高声乱哄哄地向穿便衣的"典狱长"抗辩相助而对方冷峻地等待我的决定，就要转身向待命的黑衣打扮的法警说什么的时候，我转过身来，果断地面向这些充满义愤和激情的青年大学生高声说："谢谢大家了！我出去！我先走一步了！谢谢！谢谢大家！"自扣双手高举头上向他们告别。我忘记还说了些什么，只记得在众多的激动而又愤愤然的难友中，没有再见到朱成学的面容。不知哪位同监房的人为我提来美国军用鸭绒睡袋，也不知我所有的书籍、辩诉书以及为人起草的声辩底稿之类，是不是都已包裹在内，就匆匆接过来也不及检点，遂在气氛急转直下的寂静当中，在有的为我悄然担心、有的对我的决定却又惊疑不解等等诸多向我集中注视的眼光中，我匆匆一侧身大踏步跨出了那半开的铁栅栏牢门，"典狱长"果然又冷冷地按着释票唱名，并又连声催促"快！快"了。

我必须在这里说，当时我隔着那半关的铁栅栏牢门，仍在寻视麇集门里面的囚人中是不是有朱成学同志。我不仅仅急于要向他交换一个安抚的眼光，作最后的告别，主要的还想看看他对于我不受难友的善意拦阻而毅然出狱的心情，是不是理解。我必须说，如果在这里一笔略过这瞬间的决定，不提我昂然应释出狱的"动机"，主要是在于避免一场招来为敌人借机"镇压"制造惨案的机会，不提这种宁肯自己担当面临死亡之险，也不愿敌人以我为导火线，借机毁坏了当前的这种关系民族命运未来的时局形势，那实际上就是掩盖了当时作为一个左翼作家的政治素质，也等于淹没了同时代的忘年师友日常给以的精神影响。在我昂然而出这姿态上，正显示了这种影响的闪光处，自然这种闪光的政治素质，除了党内师友的现代精神影响之外，也和我们这个古老民族的优秀文化传统的陶冶融合在一起的！朱成学同志是发动支持我当晚拒绝出狱斗争的组织者，他现在是不是理解我这临时突然的改变呢？是不是会误认为在斗争紧急关头，是我作了软弱"妥协"呢？我必须说，当时因为我没有再看到他的面影，使我念念很久！

我们这次一起开释的统共七人，在特刑厅便衣法警押送羊皮巷途中，我完全没有注意他们是些什么人，也没有注意在老虎桥监狱大院门外，究竟还有几个冷冷落落的接出狱人的难友家属，是不是还有化装的军统人员混杂在难友亲属之内？总之，走在路上感到两腿过于软弱，如果这时让我脱下牧师式黑布长棉袍可以逃掉，我也不会逃跑的。自感是跑不了几步路了，而且也跑不快！这是在囚禁的狱中所没有感到的一种体质软弱。

四、走出监狱仍是忧心重重

走了很久，我才摆脱了老虎桥监狱的骚动和正义声援所带给我的亲比骨肉的激动情绪，还有未能最后看到朱成学同志而产生的一种忆念。我逐渐摆脱了种种梦幻式思考而回到现实里来，开始观察周围了。我注意到身旁是招商局江航学校的小余，据同牢难友说，他是因参加上海学生"反战"大示威而被捕的。这个苏州型的青年，是在特刑厅狱中放风时见过一两面的，和我并不是一个号子的"同监难友"。他穿着短的蓝褂、长的蓝裤，内套红毛衣，外露袖口，红毛裤也露裤脚，面型清秀，在大学生中，是深获多人好感的青年小伙。

我低声问他："南京有人接你吗？"

"有亲戚来接我，刚刚在老虎桥监狱门口还见到了。"

"在哪儿呢？"我环顾。

"没跟来！直接去特刑厅等我了。"

"你这个亲戚在南京是做什么的？"

"做生意的。"

"开铺子？"

"开铺子。"

"是老板？"

"是。"

"小余，我求你一件事好吗？"我考虑一阵问。

"什么事？"

"你亲戚接你的时候，你告诉他，陪我一起到一个工程师那里去，好不好？把我送到落脚的地方，你们再离开我，好吗？"

"好呀！这有啥子！"

"一定？"

"没问题！"

于是我们小声约定今天在南京过一夜，明天一起回上海！由他亲戚代买我的火车票。小余说，他亲戚会亲自送我们上火车。我暗自盘算，头一站，我在那个不相识的工程师二楼的"书房"暂且落落脚，待小余和他的亲戚走后，我当然要和金陵大学通电话，当晚住到吴组缃教授为我安排的栖宿处所。次日的火车票，再和工程师电话联系，约定和小余在火车站相见的时间。心里忧虑重重，作着安然脱险的盘算，自然完全没有注意走的哪条街，街上又有什么样的铺面，只觉得天色已近黄昏，街旁商店的窗玻璃有夕阳光辉闪耀反射了。

不知怎样的一种警觉使我回身向后看了看，发现紧紧贴近我背后的是一个在老虎桥监牢内从未见到过的彪形大汉，他身穿一件旧军大衣，头戴破旧的军用冬季帽，肩上背着行李卷，仿佛一直在侧耳侦听我和小余的谈话。我直感地觉得，这正是在我意料中的人物，是个化装囚徒的军统眼线！我也在扫视中注意到走在身旁的便衣押解人员了。他也是一个彪形大汉，身穿蓝色棉袍而且恰恰也是注视着我，眼神似狼般的"森人"。显然我注意到背后那个化装的囚犯虽未被侧耳侦听的这个侦听者本人所察觉，却给那个彪形大汉的便衣"看守"看在眼里了！他也没想到我还会向周围扫视而会发现他时时在监视我动静的眼光，虽是四目相交的眼光一闪而过，但彼此仿佛都感到敌对的两种不同的情绪偶然相撞了！仿佛双方有根眼不见的绷得紧紧的吊索，一端是拴在我腰间，我是被悬空吊在陡峭的山崖半腰，绳索另一端是握在他们手里。他们是装作放人到山底的模样，而实质上这条早已有暗伤的绳索在半山腰会突然断掉，我会突然被抛到万仞之下的深山涧里去！而他们会在危峰之巅当着其他等待悬空而下的我的同伴面前，装做这有暗伤的绳索在紧要关头断掉了，和他们完全是无关的！

这时我想，看来那个好心的工程师给我准备的二楼寓所是不能做临时的落脚点了！于是想到我在老虎桥或特刑厅监狱，除了朱成学同志还从未向第二个可信的难友透露过，我在南京除了金陵大学的教授组缃兄关系之外，还有一两个为外人所不知的好友。

五、我在南京的社会关系方面扣着"底牌"

除了文学界的吴组缃教授，还有新闻界的小 K 女士。这是在我心里扣着的一张底牌人物。她是《大公报》驻南京的名记者，一九四六年九月我在南京梅园（周恩来公馆）偶然碰到她，应约到她的驻京办事处去逗留过，并在二楼一间日本风格的客厅里吃过一顿难忘的美餐，这是一个烹调鲜鱼的名厨为我加的一道拿手客菜。在餐桌上，K 小姐也为我介绍了同桌的主人。在梅园我向她交过底：我说"我是应H之约，到南京来玩的。原本想住一星期，但五天就把带来的钱花光了！回去，没有路费了。幸而在这里碰到你。借我个车票钱，能回上海就行了"。实在说，我应H之约出来原以为他们的剧团在南京安置下来，日常生活应较抗战时期的重庆宽裕些，却想不到反而更潦倒。夫妻两人住在舞台后头储存道具的一个角落里，是用舞台布景的木框画布间壁的"住室"，摆了双人床、孩子床、煤炉，还有兼做餐桌的书桌，"屋"中间扯着绳子，挂着尿布。这后台的一角，拥挤得简直没有回旋的余地。我一顿饭也不想在这里吃，说到底是不忍心在他们家里吃，我如果在这里吃了一碗饭，仿佛他们夫妇就会各自少吃半碗一般！虽然这对夫妇都是我在桂林时期的好友，在外头吃小馆，也当然不忍让主人破费。不管怎么说，在南京我们玩得还是很写意。H是比较超脱的，很满足于他的那位漂亮的来自桂林美专的妻子和他婚后的家庭幸福生活。当我想离开南京的时候，他还特意约了黄苗子夫人，女画家郁风到玄武湖去划船。这位女画家也仍然如桂林少女时期般潇洒。自然他们都不知道，我虽然决定提前两天回上海，却是裤袋空空，还准备要到梅园找人借路费回上海的！

小K女士也是我四十年代初在桂林时期认识的老友了！那时，她是名花无主，我们年轻友人在背后都以"雅、秀、洁"三字相称，但不知为什么在桂林曾经两次街路相逢，都仿佛是互不相识一般！各自傲然擦肩而过。但当她婚后，我们在重庆民生路街口偶然再次见面，就全像解除军装的闲散人员一般，亲切握手如老友，而且谈笑自如了。一九四六年秋，我们在南京偶然之遇，是她婚后我们第三次见面了！当时我想，她是南京的社会名流，报界有影响，适于做我狱外的庇护人，我一定要在天黑以前和她取得联系。自然，我还要查查电话簿上《大公报》的电话号码。

走进羊皮巷一所有高过人头的铁栅栏门遮护的小院内，就看见法警早在那里等着了。问过姓名说:"你们四个人得取保,还剩下你们三个不要保,现在你们三个人领回你们的东西,检点好,就可以走人了!"又高声说:"你们四个取保的跟我来!"我还没有问小余话,那个原先在我们背后侧耳侦听谈话的彪形大汉就走过来向我亲热地打招呼:"嗳!走吧!咱们三个人是什么手续也不要,带好东西,先找个茶馆坐下来,咱们一块儿商量商量今晚怎么住好吗?"

我两眼直视着他说:"我们原本也不认识,你走你的吧!我们还要等人呢!"

"呵!哪!那好啦!我先走一步啦!"

没有想到他竟然真的趄不答地走了!走出铁栅栏门外,还回头看了看,又说:"走吧!走吧!一块喝茶去嘛!"

我招呼小余不须理会他,转身上台阶,跨过接待室门口,贴墙有排长条木板靠椅,我们各自带着领回来的包裹坐下来。我感到有些口渴舌燥。屋子里冷静无人,光线阴暗,倒也看清楚小余注视院门外的那种等候来人接的急切切的眼神了。

"会来吧?"我问。

"会来!在老虎桥监狱大门口他还说先来这里等我呢。"

我说:"那我们就耐心等吧!"很悔进羊皮巷口时,没有注意胡同里是不是有闲杂路人。如果有,又都是何等模样。正胡思乱想,那个法警从院里右侧方走过去,头上戴的白箍儿圆顶黑制帽,从窗玻璃外闪过来,于是听到上台阶的脚步声了!

"呵?你们在这等什么?还没走呀?"

"我这样不能走!"我从未想过要这么说,"我有话要向你们法官说。"又肯定地大声宣布,连我自己也吃惊的话:"这样,我不走!"

"你要见法官?"

"对啦!"

"好!我给你回话去!可不知道在不在。"

这黑制服法警看来是真正的法院系统老职员，说话和颜悦色，习惯于同民事犯或刑事犯周旋，看来是很会从犯人家属那里"讨人情"的一个老执法吏。他年在四十岁以上，倒仿佛在家庭里是一个很受子女爱戴的慈祥父亲。对这样的人，我的直感是可亲可信的。在这个可亲可信的法警走后（显然是西墙有夹道通后院，法警又从玻璃窗外闪过），接待室只有我们两个人时，我宽慰小余说："不要急！你亲戚会来的！他不是老板么？""是老板！""那好！他自己可以说了算，说来就会来！"突然外头走进一个头戴礼帽，身穿古铜色长袍的商人！脚下是双新的白底黑面布鞋。一上台阶，我们就都迎出去了！小余做介绍。来人抢先紧抱双拳在胸说："我叫杨春田，在南京开了个小店！"我说："我们先谈谈！"我急切地说："我是想请杨老板和小余送我到一个工程师那里，然后你们再回去，好吗？""没问题！那我们一起走吧！还等什么呢？就这么点东西么？我来拿！"我说："先等等！"只见那个法警又从窗玻璃外闪过来。

"法官说你先生若是有什么要说的，对我说。"法警跨进门来说，"让我去转报！要是没有什么说的，你先生就可以走人了！你是无保释放！什么手续也不要呀！"

我说："那么请你转告法官，这样我不想走！你们既然是执行你们总统李宗仁先生的命令，无条件释放政治犯，就该对我负责到底，把我安全地送到我落脚的地方，我也可以给你们找保嘛！"

"送你到下处去呀？不是就这么点事么？我去转告法官！不是有个人陪着就行了么？这好办！"

黑衣法警第四次经过南窗西去之后，那杨春田老板就带着苏北的口音问我："那个工程师住哪条街？"我说："我南京也不熟，这里有个条子和电话号码。"就把保存在裤口袋里的小纸条拿给他看，我现在仅仅记得似乎是有"新街口"或"十字路口"的字样。我说："真对不起，因为我耽误了你们吃年夜饭！"

"不要紧,不要紧。天南地北,在这里相识也是一种难得的缘分!"

谈话间那个黑衣法警第五次出现,这次却高声宣扬着:"法官下班走掉了!你们赶紧出去!我就要锁门了!"一边从墙上摘下门锁,一边向我说:"你尽管走你的,特务组织都解散了!你放心,没人盯你的梢!"

"这样好吧?"我站起来提着自己那件鸭绒睡袋卷成的行囊,说,"你和我交个私人朋友好不好?锁上大门,咱们一起走!请你陪着杨老板一起把我送到住处,好吗?"

"好!没问题!等我锁上大门就是啦!"

我们先走出特刑厅的方形小庭院,我站在院门口外向东西两头一看,整个羊皮巷冷冷静静不见一个行人,更不要说头戴压眉鸭嘴帽、眼戴黑墨镜,站在街头弯着一条腿抽纸烟的人物了!直到这时我才坦然地舒了一口气,种种疑虑算是初步消失了。也是这时候我才发现自己本属近视的两只眼睛却似鹞鹰眼一般尖锐,看的是那么远,从街口这一端一眼看到那一端,仿佛有只黑猫溜过墙根,也会看得清清楚楚。我自己实在也觉得稀奇!实际上已有两年不戴近视镜子了!而我的右眼以前却是戴四百度的克罗米镜片呢!同时自我感觉,脑力也从未有的机敏!现在我倒觉得自己或是过于不必要的敏感了。我立即向那穿着黑衣而憨厚可亲的法警道谢。我说:"今天非比一般,是大年夜晚,要吃辞岁酒的!你锁上门就尽自回家过年吧!再见啦!再见!"

于是我们三人相伴离开了特刑厅的院门口,我们是跟随着杨老板直向东走去,一直走出这条军法局和特刑厅所在地的羊皮巷。我奇怪的是却没有见到挂"军法局"牌子的大门。这是一九四八年秋,我们从沈阳乘军用机经北平又走海道押解到南京羊皮巷时,在"死囚牢"里囚禁过两个月的军统机关。直到一九八一年我路过南京由朱成学老友,还有当年牢中老友华彬清同志偕同,一起去羊皮巷特刑厅监狱旧址走访时才发现，原来军法局和特刑厅是同在一个院落办公，院外或是东西分挂过两个不同的标牌。实质上，裁判大权仍然是握在军统和中统人员的手里，不过军统人员以特刑厅法官或推事的名义出庭，脱下军装换上司法界文官的特制衣帽而已！

六、走出羊皮巷的惊人发现

走出羊皮巷，我再次前瞻后顾地回头扫视了一下，那特刑厅附近，已不见锁门的人影，两端路口都有一闪而过的街头行人，东口外大街上的行人，看得更加清楚，谁也没有向羊皮巷内侧脸看一下，都是行色匆匆，各自奔往各自的去处。我开始注意到整条羊皮巷不但僻静，而且巷内外的街路上也格外整洁。天空呢，有些雾气沉沉，将近黄昏，残阳却还未完全落尽。看看我身后的小余，夹着发还给我的包裹，低头走着，显然他在想什么心事。我第一次注意到，他穿的短袄里头虽套着红毛衣裤，却还显得过于单薄，这时才想到，在他夹着的那个为我所有的包包就是用我曾穿的那件旧毛衣捆裹着。究竟那里头还有些什么？仿佛执法吏在特刑厅交待时，一件件要我当面点验过，那还是一九四七年三月在长春市郊被捕时的穿戴。我当时全然没有在意，只记得把一只西马牌瑞士怀表揣起来了，眼镜却不知是不是仍然裹在里头了。我现在穿的黑棉布长袍，据说是由南京那个话剧演员朋友转送到特刑厅看守所的。另外还有友人馈赠的大小十几个肉罐头。直到全国解放以后，从友人的闲谈中我才知道，原来那是邵荃麟同志从香港汇款二三百元，特嘱留在上海筹办信丰文化出版公司的同志为我置备的狱中冬装，又转托老友李钊彭君送来南京的！当时我自己根本不知道两年前在长春被捕时的衣物，却也随人转解南京。更使我惊奇的是，在无罪开释时，竟然还会一物不缺地全部发还，这又不得不说国民党法制机关的一种难得的小小美政了。当时我只注意观察作为"无保释放"犯人之一的那个彪形大汉的言谈神色了，现在才注意到小余的穿戴太单薄，便想到，原在特刑厅接待室就该让他把我那件刚刚发还的旧毛衣加在身上！这也充分说明，自己的疑虑现在确已完全消除了！因而开始有了宽裕的心力，关注到他人的寒暖了！

我说："你不冷么？那件旧毛衣你可以套在里头么。"因而也想到，小余的亲戚杨春田在他囚于羊皮巷特刑厅时，也许没有想到该给他添送些过冬的穿戴吧！也许他们不是近血统的亲戚。还未及再向小余说什么，我们已开始过马路，我左右一看，又一次感到自己有双鹞鹰般的眼睛，仿佛一眼可以看到马路两端的街底那么锐利。在那稠密的匆匆行走的来往人当中，没有什么向我们三人遥远注视的眼光，我再次感到自己确确实实的是自由了！感到我的神经紧张，确是由于"政治过敏"了！在小余的那个文质彬彬的亲戚带领我们走向三轮车站（停车场）的时候（它正斜对着羊皮巷口），我们须要跨过那条横在东西巷口外的南北大街。就在我们横越马路相互握肘扶臂的时候，我突然注意到杨春田这位商店老板的口里却镶着一颗金牙！在我的观念里，这是一种浪荡公子哥儿的标记，是和妓馆、舞场有关的标记。不须说，他不是正装的生意人，而是依靠父亲开办的商店，做小店主的。这样人在上海又称"小开"！而善于交结赌朋酒友，又非一般吝啬的贪财商人可比的。因之，一在三轮车停车场站下，还没有等杨春田开口雇车，我就拦住他了！

我说："杨老板！我看你是见过世面爱交朋友的人，有件事咱们先商量一下好吗？"

"好哇！什么事？"

"我在南京不认识什么人！今晚能不能和小余一起到你府上去打扰一夜呀！实在说。今天晚上是除夕，大年三十呀！我和那个工程师原本也不认识，还是狱中的难友辗转介绍的……"却不想小余说："他是周作人的学生！"

"你怎么知道的？"

"听人家说的！"仿佛小余自觉失言，突然不响了。实在说，我听到这话是很吃惊的！

我说："所以我也不想，谁家大年三十，欢迎一个刚出狱的囚犯一起吃年夜饭呀！"

"欢迎！欢迎！"杨春田老板说，"这太难得了！天南地北都是有缘千里来相会嘛！"

很快我们分坐两辆三轮车离开了停车场。我坐的是单人双座三轮，心里想着这一回我算真正鱼归大海、逃之夭夭了！军统的魔掌再也摸不到我的行踪了！我对临时改变方向的决定，感到很是自得，不止一次在心里赞美着自己，多么机灵又多么果断呀！心想谁也别想再知道这个身穿底襟遮脚背的黑袍人物的去处了！一到杨家商店的宅院，我决定立刻另换一套衣服！别提为了获得真正的自由，我这时是多么欢快了！

在一条当中铺有铁轨的僻静街道上，我们下了三轮车，停在一个只有两间门面的小零售店门口。我首先注意到柜台后面的货架上空空荡荡，什么货物也没有，只在底格有几叠黄色的粗糙草纸、三两条破封的纸烟。柜台一端的台面上，靠墙摆着大口的玻璃酒缸，装着半缸红色的五加皮色酒。柜台外头就是喝酒的方桌，一面靠墙，两面有木椅，打横的却是一条四脚长板凳。显然这是摆着酒桌的样式，五个人就没有地方坐了。哪有半点做生意的形象！

"晚上住在哪里呢？"我故作镇静地问。

"哪！住在对面大学生宿舍里。我们熟！等我们的小伙计到老虎灶上打回水来，我们先洗洗脸，泡壶茶喝，再安排！"直到现在，我才真正注意到杨春田嘴里不但露着金牙的闪光，且是军人式的光头，还有着两道如剑锋一般刺人的眼光，而且分明透露着猎人在捕获了一头陷窘的猛兽那样掩饰不住的兴高采烈，但还时时又故意沉脸作掩饰。我呆然半晌，才看到对面隔着铁道的大门口门墙一侧，确实挂着"南京中央大学学生宿舍"的牌子。

是的！我发现自己是真正落在刽子手化装为天使的"魔窟"里来了！如果夜里我真住到对面那个大学宿舍里，或许不等我睡到半夜就被堵上口，捆绑起来，也或是采取文明方式，轻声敲门，是穿着警察衣装的人物"查户口"。一个没有身份证而自称是刚被无罪开释的政治犯，怎么会住到"南京中央大学"的宿舍里来？有礼貌地请你到警察局"辛苦"一趟，外面说不定会有吉普式警车等着，恭请你上车！我从杨春田沉脸躲避我的眼风中，知道我的脸色一定是有变化了！我心里不断叫着："我一定要镇定！""我一定要逃出去！""我今天绝对不能在对面那个宿舍里过夜！"

七、不是网破就是鱼亡

我如鱼在网中，不是撞破渔网逃之夭夭，就是"失踪"于一九四九年春节辞岁之夕！我感到危在分秒，刻不容缓，内心虽说急如火燎而神色却又不得不强作从容不迫、镇静如常，这也只有视人生如舞台的大艺术家能做到，我就自感不足，而且不能超脱现实。我说：

"我得打个电话，想法借笔钱，明天还得和小余买票回上海。囊中空空如也，怎么好？"先作了番唯恐遭拒的解释。

"等会子，等小伙计打水回来，咱们擦把脸，我领你去！"这个伪装的零售店老板说。此刻我已怀疑这杨春田究竟是不是他的真姓名了。

我又问："公用电话在哪里？"

"对面宿舍里头，大门旁边就是！"

"那我去了！一会儿就回来！"说得实在不潇洒。

"慢，等等！不急么！张先生！喏！我陪你去，你不认识，人家也不让你打呀！"

见我推说不须他陪，一边说"耽误你的工夫太多了"，一边尽自走出去，他于是匆匆随后跟来了！我不知道他是不是已狐疑到我可能借机偷偷溜掉。见他紧紧跟随过来，并搀扶我越过铁道时那种伪装殷勤的模样，我已明显地感到，自己如鱼撞网，却很难在这个"方向"撞破口子了！那么给谁打电话呢？找《大公报》驻京记者K小姐么？那不是等于告诉他，自己要和新闻界联系么？那会怎么样呢？自然会立刻遭到阻拦，甚至于不惜露出军统特务人员的獠牙来阻截。这《大公报》驻京记者办事处是深深埋在我心底的机密，不得有把握的机缘，我是绝对不能轻易泄露的！因为我在南京经过前后三个地点不同的监狱中，一直对外声言我在这里"是不认识什么人"的，但我却完全忽略了南京有人曾经给我送来棉袍和那么多牛肉罐头！在作为看守值班的军统爪牙面前，我那作为舞台演员的朋友是不是和我说的口径一致呢？会说"受人之托"和我完全不认识么？我当时竟是还那般幼稚，但却又自以为对敌特来说"伪装"得"天衣无缝"。现在看来岂不可笑！等到推开南京大学学生宿舍传达室的房门，走进里头的电话间，我已想好准备给金陵大学吴组缃教授打个电话，告知我眼前立脚的所在，且一定要说，"很想立即去看他"，又要告诉他"自己路不熟"，最好是金陵大学方面有一两个同学来迎接，因为我根本不知道金陵大学坐落的方向！

  这个电话间又似学生的会客接待室，房间很大，靠墙有条长板凳，墙上挂着电话机箱。排队在长凳上守候的大学生，约有三五人，虽说除夕之夜就要来临，人不算多，但要坐在那里等，在我这个刚刚开释出狱而又危在分秒之间的政治犯来说，是坐不住的！如果天黑下来，我就很难逃脱有夜幕遮掩歹徒作恶的"失踪"之险了！

  今天来看，我仍是带着未脱一般世情常规而为社会旧风习所束缚的书卷气，全然不是一个政治家或革命工作者那般豪放不羁。如果我那时在这三五个大学生当中，首先声明我是刚从老虎桥监狱中无罪获释的政治犯，要急于向金陵大学取得联系，请同学们给我一个优先打这次电话的机会，我相信这么落落大方地一说，会受到有礼貌的优惠照应。而且借此机会，我还可以把晚间会来他们的男生宿舍借宿一宵的消息，散播开去，说不定就此会撞破一道网口，借机在热爱文艺，有着正义感的南京大学学生的护送下转去金陵！但根本不想在杨春田这个化装的军统人物监视监听下打电话的念头，紧紧束缚着我，尤其忌讳为他掌握我与金陵大学有关的资料，很怕以后又会牵连到为我布置了出狱后栖息处的那位富于正义感的友人，这就是我坐在等候打电话的排列位置上所考虑的唯一问题：心里自问，打是不打？所谓"秀才造反三年不成"，就是由于这种不符实际的思虑过多的缘故！因为那时究竟是广西抗日派领袖李宗仁坐镇南京总统府，而蒋介石的军统毛人凤系爪牙，是只能在阴暗角落里做活动，且除了中枢机构，多已瘫痪了。我应该掌握住这个政治条件所形成的社会心理，但我没有去考虑。

我完全没有听一个时装少女打电话时在说些什么，只注意到她背后的灰围巾和头上的红黑两色相间的小花帽很别致。这完全是两年前的上海型打扮。这时我又闪过一个念头，觉得自己又确是与"自由世界"为邻了！而且离得这么近。

我终于摆脱有关金陵大学的思虑，转身说："电话不打了！咱们走吧！"

又说："我想趁天色还早，赶紧先和小余两个人找地方洗洗澡！"在杨春田相随中，我还说："要过年了，除旧迎新，总得洗洗身上的霉气呀！"

"看小伙计回来了没有，回来了，我陪你们去！"

"不要再耽搁你的工夫了！今天一个大半天，也够你辛苦的了！"

但不行！杨春田有礼貌地一再坚持要陪我们去首都浴室。又说这家澡堂离得近，转过条街就到，而小余不认识路，等等等等。终于在那个也是穿长袍的小伙计打水回来后，由于我脸也没擦一把就走出来，杨春田就不得不匆匆促促向小伙计交待了几句什么话，追随着从后面赶上来了！我这是第二次在寻求撞出网外的机会。走出路口只见街上行人熙熙攘攘，这是很好的逃脱时机，于是我在街口拐弯处，故意走过马路，装作要在烟摊前买纸烟的模样。实际上这又是极为幼稚的行径，因为杨老板也知道我裤袋里一分钱也没有。小余却也紧随不舍，并在我身后说："你买烟，有钱么？"我是想一跨过马路就跑掉。但是这时又一次发现我的两条腿软绵绵的。天呵！哪里还有半点跑步的力气！我只能"急匆匆"地走，而这种姿态岂能不使那个"杨老板"的两只眼睛光芒如剑锋般直射地注意，他从从容容慢步跟过来，那神气仿佛说，你跑也跑不掉！嘴里却道："你可不要乱跑！这里车多，再撞着！我们三十晚上还图个吉利呀！"说话口气也全不似以前对我的尊重了，又说："我带着钱，换盒三五牌嘛！"

我说："强盗牌就可以了！谢谢你了！还要你破费！"我不能不随着他们又转回马路对面。这时街灯突然亮了！我心里叫着："这回可要完了！真是糟糕！两腿竟这般不争气，看来今晚要难逃鹰爪了！有生之年才三十二岁！这样过早地驾鹤西去，岂不可惜！"杨老板在前，小余在后，我们脚跟脚地走到临街三座住宅式门口，只见那门上横着一块"首都浴室"门框。那写着四字商号的白纸是整整齐齐临时贴在旧横匾上的。穿过套门，热腾腾的雾气扑面。在白茫茫的雾气中隐隐约约透露着几多条赤裸裸的背影，有的是袒露着男人圆墩墩胸口，胸膛当中一撮黑黑丛毛也清清楚楚，有的露着健壮的青筋如蚯蚓般的长褪，或在浴巾围肩之下现出肥硕的白白肚腹！

等听到看座的招呼，我们才随他直从两厢满是躺椅式的排床之间，走向打横的一排木榻空处，外手一侧紧靠出入池塘那时开时关的门道。门道里雾气弥漫地罩满窗玻璃，看不清什么了。因为那两个跟踪者是有意慢腾腾地解衣扣，显然要等我脱光之后才解内衣。那杨老板内衣里露出件红肚兜，我想等待他们先进池塘而后逃脱的打算又落空了，我不得不很快脱光衣裤匆匆递交给看座人就走下木榻来，还听见穿短裤头作标志的池塘服侍生一边问杨春田："泡什么茶？要茉莉花茶还是绿茶？"一边搭讪着："要不要擦背修脚？"同时高高伸手接着他伙计抛过来的手巾把，分给我们擦脸。我说："我搓背！"拿到擦背搓身的牌子，就匆匆地脸也不擦走进池塘间去了！那里间在雾气笼罩下，只依稀地见到两三个相连的大池塘人影绰绰，远离一两米就什么也看不清了。我的左右都是些为雾气遮蔽而呈半裸或全身赤条条现着各种不同肤色和体型的浴客，不用说，有的半裸的下部身子都浸埋在池水底下。我机警地全然不露神色地巡视着，注意周围有没有向我注目的眼睛，也时时观察小余的动静，注意到池塘门口进来的杨春田瘦瘦脸上带着舒展神情，他也在扫视周围，在寻找我栖身的位置。我故作不见，泡洗了一阵子，赶紧插空交出擦背的竹牌子，要短裤头看池子的准备为我擦澡。我竭力装作全不在意什么，从从容容的安闲姿态，心里却叫着："天已经黑下来了！可怎么办？难道真的见不到明天的太阳和灰蒙蒙的天空了？"等我冲掉浑身的肥皂沫躺在单人榻上享受擦澡人的搓擦而侧身的时候，我注意到，杨春田也在舒心地吐着气向人递牌子了。等他也舒适地躺倒在单人木榻上要另一个侍应生擦背，我就悄声向自己的侍应人说："我不擦了！家里还有点事儿！"就在众多的赤条条的来往浴客遮蔽中，到池子里草草涮洗一下，又迅捷地走出热腾腾雾气所弥漫的池塘，也忘记注意小余是不是就在邻近，赶紧溜到外间。我准备一出来就要招呼看座的给我挑下衣服来，赶紧穿戴，赶紧走，就是杨春田赤着身子赶出来，我只匆匆说声我一会儿回去，任他怎样阻拦也是没用了。我就这样想着："罢！罢！我可要先走一步了！"却不料我坐下来刚用浴巾擦身子，还没有来得及招呼穿短裤的看座人，就见到从对面的风门套间里走进一个彪形大汉来。看脸型仿佛我们是在哪里见过，老虎桥？军法局监狱？说不清，又想不起来他是谁，看穿戴他又不像我们今天晚上同时作为"无保开释"的那个穿军大衣的人物。就在这千钧一发急于脱身逃掉的珍贵时机里，我心里喊着老天保佑，孩子般呆然坐在那里，一时动不得了！只见这个来人手里拿着长把电筒，尽自扬头向西侧的挂衣架上观察。显然这是在辨认为他所熟习的袍褂或皮领大衣！我心想是查找我的踪迹么？那么他是到过那座空荡荡的"零售小店"去找过我们了，他是从小伙计那里知道我们的行踪了！如果我猜得不错，看来他是在验证我们是不是果真在首都浴池，以便安排什么防范的"接应"。我悄悄注意着，并悄悄离开我的卧榻，又走向池塘。我稍一侧脸，果然见到这彪形大汉注意到我那木榻上方悬挂着的棉布黑长袍了。只见他用电筒向上还照了照，就此截止，又转身匆匆往回走了！我再次回到自己的空榻上，要侍应人员用长挑竿挑下我里外的穿戴，还未及穿外裤，只见那满头汗水淋淋的杨春田，神色惶惶脚步跄跄地抢步跨出池塘间，从雾气中出现了！显然他那光秃秃军人头上的肥皂泡沫也没冲净，那一双锐利目光一落在我的眼里就安然地作笑了！他不解或故作不解地说：

"你怎么啦？"

我说："我头晕，肚子也饿！正等着你们呢！"心里却叫着："完了！完了！"嘴里却说："我们赶紧走吧！我还要找人借钱去！借到钱我请你们吃年夜饭！"

"我带着钱，我请你们到饭庄吃，喝绍兴老酒去！"

我们就在这个问题上展开争执。我说："我不能让你老是破费！"他呢？还问我理理发再走不好么。我坚持得赶紧走！我说："头晕，还要吐！"我们争执时小余也急匆匆出来了，并惊疑地看着杨春田。由于我尽自在急急忙忙穿衣服，杨春田在众多目光观测之下也不得不催小余，要他赶紧擦干身子穿衣服，说："他头晕，不舒服了！我们火速走吧！"如果不是年冬天寒风冷，我就是只穿内衣内裤，也会尽自走了！两个光身子的人是不会赤条条地跑到南京街头来追我的！那岂不暴露了盯梢者的秘密身份！但这是严寒的春节之夜，我必须在内衣、内裤之外再穿毛衣、毛裤，而且两腿经过热水浴后越发软绵绵地失去肌力了，哪里还能跑？仿佛两腿的肌肉细胞全都松散开来，处于一种半沉睡或半沉醉的舒适状态，哪里还有半点力气？我又感到口舌干燥，不得不接过面巾擦脸、擦汗，又要喝口热茶！我宽慰自己，只要走出这家浴池住宅式的临街门，只要门口外没有什么人拦截，也没有吉普之类的警车停在那里阻捕，我还是有机会逃走。能逃，尽量逃，实在逃不脱，也要在被捕时大声当着街上行人说几句什么，反正逃不脱嘛，总要死得光明磊落、死得值，要无愧于一个左翼作家的形象，要为众人所见、所传、所知。这样一想，一时又很坦然了。杨春田穿戴衣物正和脱掉衣物时相反，麻利，迅捷。我终于在形似相牵相扶式的两人伴随下，走出首都浴室临街的住宅式门脸，门外倒也不见什么可疑动静，天色已经完全黑下来了。街头上电灯明亮。除夕的晚上，行人仍是来往不绝，他们的脸色却完全不似浴室休息间内洗澡人那般舒展和安闲自在了，而是匆匆促促、忙忙碌碌，神色间还反映着南京已是处于兵临江岸而战火只隔一水，危险就在眼前的胁迫感，我又感到分秒珍贵，再也不容坦然的迟疑了！见到遥远街口有一个戴宽檐黑制帽的交通警，于是一个以前完全没有想到过的闪念，使我竟然猛地一下摆开杨春田和小余的搀扶，完全出乎他们不意，直奔十字街头的交通警走去。杨春田在我脱身那瞬间，突然紧跑两步，想在我面前阻截，嘴里说："你要干什么？"脸色顿然变绿，那脸形上出现了如魔鬼露出獠牙时的一双眼睛，意在威胁，赫然是他职业性的习惯使然，是不自主地暴露，但他却没有深思一下，现在我们置身的场合是南京的十字街头。他仿佛仍在另一个世界里那样注意着我，很遥远而又不相识一般！我同样是本能地用力摔脱他握着我的那只手。我说："我问问路，找朋友借几个钱！"我实在不是一个舞台上的好演员，尽管嘴里这么说，眼睛却在向他指问："你在大街上要干什么？"这也是不由我自主的。我看见他的神色顿然出现笑容，显然是由于威胁无效而改变的笑容，如罩着泥塑面具一般，并说："走吧！我带着款子，咱们先到馆子里吃点东西！"

我说："我借到钱，请你们吃年夜酒！"

他第二次伸手要握我的手臂，我又有力地摔开。显然，我们谁都暴露了彼此埋在心底里对立的意图：他是竭尽智能阻拦我和外界接触；而我却竭力要摆脱他的阻拦，急于和外界取得联系。如果在南京的街头上和他撕掠起来，我就会大声向围观的行人宣布：我是今天刚刚无罪获释的政治犯，准备到金陵大学投奔朋友，根本和这两个阻拦者不认识。那么，那化装成商人的杨春田只有眼巴巴看着我走掉了。我相信在围观的众人中，一定会有热情而有正义感的青年护送我登上公共汽车的。我也知道，如果真的为他所要挟而夹持到附近的餐馆里去，那么小余在碰杯劝盏中再暗地打个电话，警备司令部之类的武装稽查人员就会突然闯进来检查，还会随便以"没有身份证"或"在逃的杀人嫌疑犯"之类的名义，再次不容申辩地逮捕。这是那些反动的军统爪牙惯于用的一张"王牌"，我自然要竭力避开给对方这个往外"摔底牌"的机会！我们现在已经临近彼此卸去伪装而以敌我气势相对的边沿了！我是在有力地推开面前的阻拦者，在推脱中顿感对方已经姿态相应地软弱下来，脸像形成一种恳求模样了，他一边小步追随一边说："我也饿了！我带着钱呀！吃完饭，再去不好么？"街口那交通警察已经远远发现我们这一伙在争执的三个人了！两个阻拦者已经现出无可奈何的惶恐神色。那杨老板这时还左右环顾，意在寻求外援一般。小余却已一声不响，仅仅默默追随而已！我见杨老板的脸上原本现着魔鬼般的绿色也在变淡，眼色恐慌，于是顿感胜利在握，越发胆壮，并开始边走边宽慰地叫他"杨老板"。又说："洗澡、擦背都叫你掏钱，我真过意不去！这次我一定会借到钱，也请你们俩吃顿年夜饭！"我急匆匆向岗警走着，他俩也急匆匆侧身说着什么追随着。我还要在这里附带说明，这是我第二次看到黄黄的人脸竟会突然变成可怕魔鬼般的绿色了！我猜想这是由于自己内心的突然恐怖，使胆汁猛泄而在视觉上发生的一种色素的变化！因而我体会到，这种色素表现的恐怖感，早已为世界古老的民间泥塑师所发现，凡属庙宇的魔鬼都是赤发绿脸就是例证。它确实是有着系于现实生活经验的认识根据，如果笔者没有这种亲身的感受，恐怕是绝对不会理解，魔鬼的脸相为什么一定要用绿色来表现了。我说过，这是我来自生活的第二次体会了。现在距离那个注视着我们的交通警察越来越近了。周围的绿色也在逐渐消逝，街头灯光又恢复了红中现黄的昏暗色彩，说明我的恐怖感已完全消逝。我急匆匆走向这个仍在瞠惑向我注目的交通警察，还距离一两米远，我就高声喊了："警察老总！我是打听打听路的！"一到他身前，我就问："到《大公报》记者驻京办事处，怎么走？"

"喏！从这大学宫路口进去，就是《大公报》的门市部！你到那里再问！"

"谢谢啦！"我说。

我真是要感谢命运之神了！竟然这么近，过了街道，就是《大公报》门市部所在的胡同口。杨春田现在改作正式恳求口吻了，他说"张先生！我们还是先找个酒馆吃点东西吧！大家都饿了""你先生真固执""朋友嘛"等等连他自己也知道是为我不会听从的话，口气也是软弱无力。那神色表明他心里仿佛是在说："这可有什么办法呢？这可有什么办法呢？"我却全然从容自主地坚持说："我借到钱请你们，一定请你们！"仍是径自一人急匆匆走在头里，心里却在为南京电灯公司的夜班工人祝福。我心想幸而没有停电！伟大的电力发现者安培，伟大的城市安置路灯的创始者富兰克林！我祝福你们！此时此刻的南京电灯厂的电动机千万不要出故障。我已经看到路侧不远的一座临街瓦房了，那廊檐上挂有"《大公报》门市部"的大字横匾了！这时我自己也很吃惊，我的头脑竟还这样的机敏。我回头向他们说："你们在这等等，一会我拿到钱就出来！"径自摆脱了他们，是那么敏捷地走进《大公报》门市部的临街门市里去。只见在柜台里有两人隔着对摆的办公案坐着,显然他们是大年夜晚的值班人!

我赶紧问:"劳驾!K·F小姐在么?"

"K·F吗?她不在南京!"

另一人说:"她早派到北平去采访了!"

"那么,请问驻南京特派记者站,现在是谁负责呢?"

正这时候,背后门响,那两个追随我的军统眼线也急匆匆地跟进来了!他们在门口外可能经过一番简单的商议,取得一致的宽慰意见吧!柜台里的一个年在四十岁的人,瘦脸上还留有年轻时眉目清秀的余韵,他略有迟疑地站起来。等知道进来的两个人虽然行色匆匆,却又无事,而是跟随我来的,就又安然坐下了。他说:"我说了,你也不一定认识,你先生有什么事么?"

我说:"是有点事!想借点钱!你先生知道,你们《大公报》的徐盈先生、K先生,都是我在重庆的老朋友,我认识你们《大公报》记者的人不少呢!"

"唔!现在徐盈、高集、子冈都不在南京!"

"那咱们走吧?"杨春田两只尖悦的鹰般眼光,又在灯光下现出开始苏醒的自信了!

我仍然站在柜台外径自问话:"那么现在是谁在南京负责呢?说不定我也认识!"又向我身旁的杨老板说:"不要急!等等!我一定得借到钱!"从声音准也听得出我进门时的欣慰感却已在下降了。

"我们现在记者站的负责人姓C,你先生认识么?"仿佛对方已看出我是除夕之夜在求友人借贷的,是一个穷困潦倒的知识分子,棉衣虽新,且洗过澡,皮肤也还清爽,但发须不修、面容枯槁。因而对话人又现出同情的神气,不再是拒之门外,心怀疑惑的眼光了!

我的眼睛又现出自己也感到兴奋的光彩,欣然地说:"我记得这个名字,我们在桂林见过一面!我认识!"

"那你先生得先给他挂个电话吧！"

"谢谢！谢谢了！电话号码是……"

"那，我给你挂，电话打通了再说！他忙得很！还不一定在办公室，说不定又外出参加什么酒会去了呢？"

我仿佛落水者已经两手在接触到陆地的岸边时，又为这个"外出"的预言，冲击了一下。如果和C联系不上，我就又有可能为恶浪冲击到礁石之外的旋涡里去！我注意在听着那值班的勤杂人员在打电话。我也注意到杨春田仍然是微含欣慰的眼光（因为我们只是一面之识的朋友），我不知道自己的脸色是不是显得踟蹰而失去刚才在十字街口那种坚定的志在脱险而"登岸"的勇气了！总之，欣慰之感又在对方神色间上涨，这是看到杨春田他那如猎人般的欢欣眼光的反应，才感觉到的。对我来说，他那神色是不祥的！

让我再次感谢命运之神的布置吧！这一天驻南京的这位《大公报》名记者，并没外出活动，却来办公室接电话了，并问："是谁找我呀？"

我接过电话兴奋地说："是我！我们在桂林见过一面，不知你还记得么？我是骆宾基，刚从老虎桥监狱无罪释放出来！"

"噢！欢迎！欢迎！"对方说，"我们在这里正吃年夜饭！你来喝杯酒好吗，让我们庆贺庆贺你获释出狱！"

我说："酒，我是已经有人请了！"我有意在这里宽慰那两个便衣监视人。我说："我刚出狱，一个钱也没有！想从你那里借几万元零花！"又说："我马上就来！你那是什么路？离这远么？好吧，二十分钟以后，在你那里见！我今天夜里是准备在一个难友的亲戚家过夜，谢谢了！"

今天看来，我还应该在电话中告诉他，准备住在南京大学学生宿舍，是学生宿舍对面开小店的杨春田老板介绍去住的，以防走出《大公报》门市部，在去记者办事处途中发生什么意外。这样，如果真的"失踪"，也有线索可寻了！当时电话打得仓促，来不及作周密的思考,甚至于连为我接通电话的那个值班的勤杂人员的长相、穿戴与形态也没有注意!我的注意力全部集中在暗暗观察杨春田的神色和举止方面,仿佛我发现他离开我们,匆匆跑去找助手,我也就会在那瞬间迅捷地摆脱小余的追逐而逃跑一样。我在这瞬间实际上完完全全忘记自己的两条腿早已丧失奔跑的力气了!在这紧要关头,也未及考虑当时就该请门市部那个值班的高级职员打发人陪我们一起去!我心不在焉地道声"谢谢",仿佛脚底下确已踏住礁石的溺水者那样,强作镇定般地坦然走出来了!

自然一到已见冷静的街口,杨春田又想拦阻我,仍然是说请我吃饭,说他已经是饿坏了。我仍然坚持,借到钱请他们吃老酒。我说:"我们该好好吃一顿,和小余过个痛快的除夕,明天一起好回上海!"这次双方都仿佛在文质彬彬的友好气氛中商谈,可以看出两人不得不顺从着我,来到街口,叫到两辆三轮车,为了摆脱杨老板仍在喃喃不止的纠缠,我最后声称:"如果你们等不及,你们先去找地方吃饭!我借到钱再雇车回去!反正今晚上,我和小余要在南京大学学生宿舍过一夜了!"这才结束两人有礼貌的恳求和争执,确定不去饭庄吃饭,而以我的意旨为主了。结果仍是我一人坐上双座三轮在前领路,那两个化装的便衣乘双人三轮在后尾随。这次我相信我的脸上是略有三分自主的愉快气势了!坐在车上我还回顾说:"你们饿了可以先去吃饭嘛!何必一定饿着肚陪着我去呢?"心里又想,天晓得,我们从哪里来的这份深厚的友情哟!不管是在特刑厅的牢房里,还是在老虎桥的监狱里,我和小余原本没有住过一个号子!哪里又会想到这么一个奶油小生式青年,竟会是军统方面预先安排的一个眼线之类人物!我心里乱糟糟地这么想着,又不止一次宽慰自己,终于找到可以逃脱的机会了!

两辆三轮车在一座有落地大玻璃窗的别墅型洋门脸台阶前停下来,这就是《大公报》驻南京记者办事处,已经完全不是一九四六年秋末K小姐在南京时住过的日本风格的两层小楼了。里面灯光很亮，隔着大玻璃窗看得清清楚楚，在办公室外面的餐桌周围，坐满正吃年夜酒的一圈人。坐客中西装笔挺的背影，从那剪裁适体的样式看，是高级衣料、高级手工，自然属于高阶层的知识分子了。有的是素面绸长袍，显然已脱掉中式水獭领皮大衣了，从戴的无边眼镜样式看，也是一些高薪阶层的年轻知识分子。总之，灯光杯影清楚无比，甚至连站在窗外的杨春田那种微感惊异的眼光，也看得出来。我说："请你们在外面等我一会儿，我拿到钱就出来！"

等我开门进去，那在桂林曾有过一面之缘的C先生就离开餐桌迎过来了！刚刚握手，我就急于想谈谈自己的处境。但此公却不容我说什么，紧紧牵我到餐桌旁，坐到留空位上。那些围着餐桌而坐的嘉宾，也都欢笑地随着主人的介绍站起来为我举杯相庆，都以为我是真正无罪开释而脱险了。我环顾着众多的欢快脸色以及灼热的眼光，不能不空腹奉陪，应声说："谢谢，谢谢！干杯！"全然不知道该补说一句"为了大家健康"或"事业的胜利，一起干杯"。那么多客人我都不认识，主人不避频繁地逐一介绍着，但我哪里听得进、记得住！现在只记得在座的有上海《新闻日报》一个特派记者，因为主人曾俯在我耳朵上低声相告："是沈钧儒老人的女婿。"（以后我在上海隐蔽期间，听说黄炎培先生受民盟中央常委之托，多处打听我，当时对我的安全很关心。我想，可能就真是从他这里获得我已由C秘密协助潜进上海了）除了这一位著名记者外，给我印象较深的还有和上海《密勒氏评论报》有关的一位举止端庄的英国记者。他那红润而欢乐的脸色上显示着富有教养的谦虚与礼貌，另一面也正反映了欧美高级知识分子一种共有的自尊。我就在他频频注视的欢欣目光下，向着身着灰条西装的主人低声询问："我先问一声，今晚能给我安顿一个过夜的住处么？"

"没问题！就住在我这里好了！"C爽然地说。

我说："我歇会儿再来！外面还有两个人等着我！我去打个招呼

就来！"心里欢叫着：这是真理与正义的胜利，我得救了！

"大家喝酒！大家喝酒！"主人开始环顾一时沉默相待的那些敏感的同业友人，"没什么事，一会他就回来！"

我顾不得向周围的新识者点头致意，离开座位，又回头仓促地推开自动启闭的那扇镶着大块玻璃的外门，向在台阶上等待着我的那两个脸色活跃的化装监视人说道："实在对不起！今天晚上，我不回去了！明天我……"不想，我的话一出口，那两个化装的便衣神色大变，顿然受到意外的大棒击顶式的打击一样，僵然如泥塑像般立在那里。只有这一瞬间我才对于"呆若木鸡"一词有了真正的形象理解！两人都在僵直地凝视着我，却又仿佛完全没有见到我，在另一个世界里一样。我感到国民党军统几个顽固分子为我所精心策划、布置的秘密的灾难网，现在被我真正撞破了，自己是站在网外的一个"自由世界"的领域里直直看着他们，而他们两人仿佛不止是因为丧失了自己的俘获物而惊呆了，而且仿佛丧失了他们自己的魂魄，丧失了他们的生命的价值一般，现在我却不知再说什么话可以弥补他们的"空虚"了，我倒觉得现在他们两人很可怜、很不幸。他们是失败者！在这两三分钟对面相视的时间里，显然我们已经猝不及思地互相调换了幸与不幸的位置。我明确地感到在那瞬间，地球仿佛也停止了旋转，我们处在正相反的两个世界里。

不须说，开始我自己为他们那种僵立如塑的面型吓了一跳，不无惶惑地说："明天我一定去取行李，还和小余一起到火车站！"我自己也感到这是不值一文的宽慰话，但此外我再也不知道应该怎么说，才能解除他俩的呆然困境，打发他们得体地离开这里了。最后只道了声"明天再见"，就如漏网之鱼那么欣欣然地摇尾而去，尽自退到玻璃门内。宴饮友人正在向我顾盼，我心里却在想着背后那两个人的不幸处境，这是我无能给以帮助他们解脱的不幸。我又举杯喝了半杯葡萄酒，仍很不安，不得不再次告便。我说，是两个难友，他们没走，我还得说两句话。我想，他们不和我说句告别的话，是不会这样丧然离去的。果然，我还未走出门去就隔着大块门玻璃，看见他俩仍然守候在门前台阶上伪作欣慰的面影了。显然他们断定我还会出来再次向他们道别的。从脸色上看，两人已经交换过意见，恢复了伪装的亲善神气。见我迎面走出来，"小商店主"杨春田抢先说："外头这样冷！让我们进去说个话好么？"

"好！"我主人般慨然答应，并开门请他们进来。主人离座，把我们让到餐厅里间的办公室，又径自照顾外间嘉宾们的宴饮去了。

我说："实在对不起你们，我和这里的主人，也只是一面之交，也不能留你们在这里久坐！还有什么话说么？"

"我这里带着一笔钱，给你留十万，春节做零花！我知道，你不好意思向他们开口！"

"谢谢了！"我把杨春田搁在办公室桌上的两叠用纸绳捆扎的法币推过去。我说："这样，已经要你们破费不少了！连三轮车费都是你杨老板开，已经很说不过去了！"我说："这钱我不能留！你揣起来！"

"你先生和小余，同受牢狱之灾，是患难之交呀！若是你先生不留，就太看不起兄弟了！我是喜欢交你先生这样江湖朋友的！"又说什么"南京老虎桥监狱非比外省，都是大案子，藏龙卧虎的地方呀"。推来推去，我坚决辞谢，我说："就这样！明天九点见！"

"明天一早等你来吃早点呀！"

不知怎样，我现在完全失掉半点怜悯心肠，我说："不要客气了！九点太早，明天十点到十一点，我一定去。我和小余不是早说好了嘛！还要一起到上海呢！"还随意补充说："咱们可说好了！明天你杨老板可不要为我们准备午饭。我拿了美国军用睡袋，就去火车站。"

在我终于把那两叠子钞票塞到小余的棉袄口袋里，那化装"小店主"的人，就作出不胜惋惜的神色喃喃地说："你先生太见外了！太见外了！"终于说出："明天还是早点来！我们还是等你吃早饭！"

"再见！不要等！不要等！"在我走出门外，眼看他们走下台阶，还煞有其事坚持"十点到十一点一定到"。

我现在才感到真正的从未有的一种自由和舒展。这种感受只有出笼的小鸟确已飞到林中，栖落在枝头上抖擞自己羽毛的时候才会有的！我仿佛终于脱身于深水旋涡所构成的险流而攀崖踏上陆地了，仿佛还感到脚底下的砂石由于久晒阳光而遗存的舒适与温暖一般。

八、肠胃空空过除夕

我在这里没有必要来描绘这顿年夜酒会的丰盛和南京新闻界的名流记者在这个辞岁酒宴中的豪兴以及有关时局的谈话了。实在说我当时什么也没有听到心里去，一点印象也不存在了。因为我当时仿佛仍旧栖息在海岸的礁石上一般，虽说安全可靠，但总还有为海潮突涨而淹没的可能。我唯一的考虑是怎样离开这块临时安身的"礁石"——逃出南京去。又因为肠胃空空，连喝了两杯酒，感到有些饥饿，却又不想吃什么！脑际时时还摆脱不了那两个化装便衣顿然呆若木雕面具的形象，那瞬间他们的神态真是意外的惊人！我久久还处在惊魂未定的心态中，给吓坏了似的。也时时想到杨春田突然掏出一叠钞票，慨然相馈的举止。他们丝毫没有察觉我已看穿他们的诡诈心术了么？尤其是我们过去连烟酒之交的友情基础也没有，却突然要赠我万元（如今天的一二百元）款子，岂不虚伪得过分了么？这说明由于他们一时惶惑而又急于要遮掩的缘故。同时，我也悚然想道：当我欣然自得地一再强调明天十点到十一点必然去他那个小铺，岂不也有点虚伪得过分了么？从杨春田那时冷漠相视的神色中，也不是露出对方是别有所思么？自己当时那种得意之态不是同样暴露了解脱生命之危而有的一种过分欢欣的情绪么？因之，我在宴饮中，实在是神不守舍，是处在一种貌似神离的状态。看似在那里陪着友人喝酒，心魂却在另一处纠缠，席间自己究竟说了些什么，也完全不记得了。

直到酒席散场，我还是什么也没吃。座椅一阵响动之后，我跟随主人走出办事处大厅的门外，眼看中外宾客各自登上从隐蔽角落开到临街空场的军用吉普、奥斯汀轿车或人力双座三轮纷纷离散之后，我就向热情而处于兴奋状态中的主人说明我的处境，指出陪随我的那两个人可能是便衣人员，直率地提出："希望你还能协助我，想办法让我尽早离开南京回到上海去！"

"买飞机票吗？"

我说："不！我不能坐民航班机，更不能坐军用运输机！"

"火车呢？"

"火车也不能坐，是的！长江码头的江轮也不能坐！公共汽车站也会有他们的眼线！"

"那好吧！你今天晚上好好休息一夜，我会给你安排！一定保证你安全到达上海！"

我们离开了两人密谈的办公室，临走熄了灯。我注意到壁钟这时已是夜半将要进入农历正月初一的早一点了。但我奇怪，在我们两人谈话中，仿佛壁钟没有什么声响，我们仿佛是在无声无响中与旧岁的除夕十二点钟告别了！临离开，我才听到壁钟嗒喏的摆动声。可见我当时的精神虽说镇静自持，但实际上还是过度紧张，就是说面对杨老板那种不由自主的潇洒自得的神态，并没有保持多久。

"你一定要休息好！今晚在隔壁住一夜，明天让我想办法！"

"今晚不能离开这里么？另外找地方？"

"宾基兄！你放心！今天你住的地方，绝对安全！"

我仿佛被带出侧门，走进相邻的住宅里，转入一间女人的卧室。最惹人注目的是一座带穿衣镜的大而漂亮的西式红木衣柜，还有带半身梳妆镜的化妆台，铺着厚床垫的席梦思软床，地板上有小块大花的地毯，图案非常典雅。临近床下，零乱摆着各种款式和五颜六色的高跟鞋、高勒红皮靴、绣花红缎拖鞋之类,显然女主人走得匆促、急迫,不难看出她是提着装满金钱首饰或英国汇丰银行保险箱钥匙和存款潜逃的。自然我们互不谈及这个房间的女主人,就道晚安了。

主人临走,还为我轻轻关上门。他那关门时回脸一顾的亲切眼色,仿佛说:"好好安心!好好睡!"那方脸所显现的性情敦厚、处事练达而胸襟又开阔的爽朗神采,还有那稳健持重的步伐,都给我一种可以完全依赖的感觉!四十年代高级知识分子之间,仅仅是一面之缘的友情,在生命攸关的紧急关头,竟现出这般珍贵的价值,看似意外,实际上有力地说明了一个真理,那就是,我们都拥戴一个共有的崇高理想,也就是共有的一个心魂相通的信念,因而彼此的意愿相投,这种两人心魂相结的款式和意愿的色泽,仿佛彼此可以摸得着、看得见!

九、绕峰回水迎新春

次日大年初一,黎明时候,C先生叫醒我,等我匆匆洗漱完毕,在街静人寂悄然无声的气息中带我乘车离开了《大公报》驻京记者办事处,临行前先叮嘱我:"你什么也不要管,我给你都安排好了!今天就离开南京,绝对安全。"我只记得临出屋时,我出狱后第一次在穿衣镜了里看到自己刮过脸以后的苍老而枯槁的面容。我当时心里想,两鬓的毛发过长了!主人有些话,我也没有在意,对于这位驻京名记者,我是完全信任的,我认为自己的命运完全交给他了!不过这样快就安排了不经铁路不乘公共汽车,不坐民航班机,更不是乘长江航轮而能安全离开南京,我猜测,当然是和中国共产党地下的交通网有关。我想,或许要经乡间的田间小路,乘上一条运货的机动拖船之类。主人既然不说带我到哪里去又是怎样走法,自己就只能听从安排,不便多问了!我忘记在奥斯汀式黑色轿车里是只有我们两人,还另有一位也是《大公报》驻京记者名叫W·H·B的同志在座,仿佛这是不久以后才相识并立即引起我注意的一位热情洋溢的青年友人。八十年代之初，相隔已经三十二三年之久，我们才在北京笔者前门的住宅里重逢，谈起这段如梦的往事，我才知道他当时还不是共产党员，只是由于倾向革命挺身从旁助我脱险而已，并说，当时曾赠我大衣，助我化装，但我却也全然不记得了，也可能是临行匆匆而遗落在曾经进行过多人座谈的大客厅里了，只记得离开那座大客厅的时候，确是有人助我戴上一只纱布大口罩。W同志说，那是为了不给车外行人认出面目，是他给我戴上的。

年初一黎明的南京街道仍是静悄悄的，远近连一声鞭炮动静也听不到，街灯刚刚熄灭。我仍是机警的，每过一条街口，我都感到自己可以在那瞬间一眼扫到底。我注意着是不是有什么行人在探望。车子要开到郊外的村镇里去么？我心想而又不便问，黎明而冷静的南京街头，实际也反映了一种大战前夕的近于逃亡一空的景象。国民党旧总统府编制下的那些中上层文武权贵，不用说多已护送他们的家眷东逃上海或南亡广州了，因而也带走了汽车、马车东来西往那种春节官场上应有的忙碌拜贺气氛。现在遗留下来的中下层市民，仿佛多在睡梦中未起，又仿佛对未来、对于迫在眉睫的战事，忧心忡忡，却已失去节日出门走亲访友的兴致了。周围气息是出奇的冷静，在冷静中，居然也听到一次隔街的马车蹄声嘚嗒作响。

我还未及注意汽车驶进的是什么样的大门，就在院子一侧的别墅式宅门台阶前稳然停下来。走出门道来迎客的是一个欧美模样的中年人。他穿的不是西装而是中山服，俨然是家常便服般的学者打扮。圆脸不见红润，有两只温和的大眼睛。看来是一个随随便便不讲仪节的外国高级知识分子。这是我没想到的，丝毫没有准备，内心实感意外，仓促中，几乎没有听清楚C兄从旁介绍的姓名，就和这位出迎的主人匆匆握手，并以汉语互道问候之辞了。

"欢迎！欢迎！"主人欣然在观察我的神色和语气，举止间体现了一种文质彬彬。随着C先生，我们走进一间大客厅，厅中间是四面共十二件大小皮沙发围绕成圈和各占一面的茶几。地毯早已卷起,袒露的地板仍然保持着打过蜡的光洁。我们走进沙发围绕的方圈里,各自在相邻的沙发一端坐下来!这样主客三人,分作三面,我还未及看看手中接过来的名片,心里还在猜疑,这是在哪儿呢,就听这个官邸式的住宅主人用汉语一字一字地说:"我是你的读者!"

"是么?"我更感到惊奇!

"是的!"这个欧美籍的宅主人说,"我看过你的长篇小说《幼年》!"

"啊!那是很遥远的事了!"我深有感慨地说。

诗、艺术、普式庚、托尔斯泰,现在对我来说,却已经像是距离一个世纪不曾涉及的另一个世界的事物一样,花朵、理想、爱情这时同样也是仿佛隔着无际的海洋一般遥远!我现在唯一的愿望是求生,是想知道宅主人打算怎样协助我逃离这还潜伏着种种莫测危机的南京。我现在迫切需要的首先是自由。忘记在墙上看到挂的什么了,我意识到这可能是一所美国文职官员或金陵大学美籍教授的客厅。是的,美国政府已经站在敌人一方,与中国人民作对了,但在我来说,通过马克·吐温、杰克·伦敦、司坦培克、海明威等美国文学家的著名作品,以及林肯、华盛顿、富兰克林、罗斯福的传记介绍,我对美国并不陌生,正像通过俄国与苏联的著名作品而对俄罗斯民族有着亲切感一样,尤其是埃得加·斯诺,在我心目中是中美两国人民之间的一座现代化的优美的精神桥梁。还有三十年代以来好莱坞以米高梅为代表的电影公司,向世界推出了那么多一流艺术作品,介绍了那么多光彩耀目的男女影星,给予世界观众那么多美而崇高的享受、那么多欢快和幸福感,这是为任何一个中国的高级知识分子所难以忘怀的领域,尤其是四十年代抗战时期,忆者在重庆看到的几部有名的电影,如《居里夫人》《民主万岁》《神枪手》《一曲难忘》《魂断蓝桥》等等,我都像对苏联的《列宁在一九一八》《人民代表》《夏伯阳》《乡村女教师》等等同样看待，对于苏联和美国的电影艺术所达到的高峰怀着一种崇敬与向往，自庆我们是同处于一个伟大的诗的世界，同处于一个相比为邻的新现实主义的艺术时代！尤其是美国女明星费雯·丽主演的《魂断蓝桥》的女主角——那个由于爱人应征出发前线而落魄街头的芭蕾舞演员，不仅仅是呈现出剧作者的才华感人，而演员的表演才能更是使人如饮醇酒般沉醉。例如，作为一个"神女"在迎着纷纷从火车站蜂拥而出的复员归国的美军军官行走时那一瞬间，在这一特定环境中她向迎面而来的那些熙熙攘攘、擦肩而过的退役军官（不管是手提笨重旅行箱还是反背行囊的旅客）左顾右盼，不断急匆匆送着诱人的媚眼，同时作着透露出一个街头"神女"的职业性的虚伪微笑！体现了她的人生的辛酸与不幸！费雯·丽在这里所达到的表演艺术的高峰，我认为只有《天鹅湖》古典舞剧中苏联表演艺术家乌兰诺娃可相媲美，后者在天鹅已临近死亡而舞台上只现出伸展的两臂作着最后生命在挣扎的波动时候，使人感到天鹅垂扑两翅，生命已在衰竭中挣扎的痛苦，连表演者臂膀的肌肉都仿佛现出生命力在丧失瞬间的颤栗一样！这种表演艺术已是超越国家和民族的界限，形成一种人类社会可以相互理解的真与美的高峰了，难道我们与这些优秀的天才艺术家同生长于一个时代而不感到幸运么？自然在这里我还不得不补充说明几句，这种启发人们对于社会生活产生激情，进而使人们产生思考，不禁要问构成人生这种激流飘荡之悲欢的主导因素到底是什么，最后日积月累，必然会感到人类社会的弊端需要改变而产生思想意识方面的社会效果。这类可以列于世界之林的优秀的表演艺术大家，不仅仅是苏联，也不仅仅是欧美，印度与巴基斯坦同样也出现了不少这样卓越的影片制作者与歌舞表演家。在我们中国古典的京剧里也出现过（并还正在出现）这样杰出的艺术表演家，如杨小楼的《落马湖》中那种豪爽磊落而略带心胸豁达者的响亮笑声。梅兰芳的属于大家闺秀那种含情眉目，就是说他在两眼一闪动间流露出来的那种含情脉脉的目光，会反映出习惯于封建束缚的一种蕴藏于内心深处的动人情感。而达到这样的艺术表演造诣是很难作出金玉可比的适度评价的！又如我们传统的京剧《打棍出箱》，在谭富英年华正茂时的表演中，也是达到这种世界表演艺术高峰的！当他所扮演的已处在发疯状态中的儒生范仲淹出台一踢腿的那瞬间，观众从他满涂油彩、披散长发的脸上，已经看出来是发疯了。当他如痴如呆的两眼突然眨眨，仅仅是直视空间，观众已经知道他显然感到头上有什么异样的东西落下来了！果然这东西落下来了，而且正正当当地落到了他的头顶上。是什么呢？他又眨眨眼睛，再伸手去摸取。待摸出来一看，原来是一只布鞋！那是在他出台亮相，一抬腿那瞬间踢到空中的。这种表演就不仅仅是一般的才智所能表达的，而且还要一定的武功技艺。这些都是忆者年在十七八岁留下的印象，这些表演艺术带给观众的幸福性享受正如畅饮贵州茅台或绍兴花雕一样，有种一刻千金般的艺术沉醉感，但现在所有这些给过我幸福感的艺术，距离我是那么遥远了，仿佛隔着一个世界，对我是引不起半点情趣了！

我沉默着，只等这位学者式的宅主人为我讲讲，他在作怎样的布置来援助我，使我能很快逃离南京，很快摆脱那些残余的军统特务的监视或绑架！但宅主人却不再说什么，只沉默地观察着我，仿佛在等待我说什么。我时不知怎么开口，难道我的 C 兄没有和他商议妥当么？我正感到困惑的时刻，忽然听到美国军用吉普车开进院子来的声音，而且一辆接着一辆，心里顿感紧张，只有随着主人站起来！一批美军装束的军官，喧喧嚷嚷地从门口走进大客厅来了，个个戴有军阶和袖标，都现着活泼而神色兴奋、激动的眼光。我必须在这里说，当时我是很感意外的。紧张情绪虽说平静下来可还有些懵里懵懂。这又是些什么人呢？因为直到这时，我还不知道，我是置身在美国大使馆内，是作为客人面对着美国文化参赞的接待的。我说过，当时由于美国杜鲁门政府偏袒国民党蒋介石，已经是站到与中国人民作对的立场上去了，自然也已经影响到美国驻南京大使司徒雷登作为燕京大学校长的以往的信誉了！这个时期的美国政府已经和抗战时期罗斯福总统的反法西斯的美国政府不同，和史迪威将军、华莱士副总统在西南大后方中国知识界人士中所享有的属于代表"自由民主"的美国威望，也全然不同，真似天壤之别了！当时美国军人在我心目中，已经是处于"敌人的朋友"的位置上，是些使我心怀警惕的人了！而在重庆那些飞扬跋扈的美国军人，那些头戴"和尚帽"，在街头酗酒闹事的"帝国主义士兵"形态，对于一个崇奉新现实主义的左翼作家来说，是深刻难忘的！就在我随着这位作为驻南京的美国文化参赞的宅主人站起来，而和众多的美国军官装束的来人握手致意一个一个被介绍的时候，一边匆促地伸手接名片，一边忙不迭地道谢，耳旁就听见"他们都是美联社的军事记者，要随大使馆今天撤离南京的最后一批人了"。

说话人原来是我们主客双方之间的口译者。我注意到他西装整洁，是个年轻而风度潇洒的大学生式的人物。这就是前面已经提到过的那位《大公报》驻南京记者W同志了。显然，他看出我神色有些惊异而姿态也过分矜持慎重了！他的介绍对我的紧张情绪来说，有一种缓解力。我顿然感到一阵宽慰呵！美联社的记者，我认为我们都是与埃得加·斯诺、马克·吐温、斯坦培克、海明威等人的精神相通的朋友！如果说，我在谈话中还有所矜持的话，那是担心语多有失，而为这些神色活跃、智力过人的特派记者产生什么误解。他们闪烁着敏锐的蓝色或灰色眼光，都仿佛眼前出现了一顿足供享受的精神美餐一般欢快。这就越发使我感到拘谨。在他们纷纷提询的问题中，我记得主要的是：

（一）既然是无罪释放，说明两年监禁是非法的，狱中你受了不公正的虐待，出来以后，当然不能就此作罢，那么骆先生要采取什么手段来报复呢？（二）出狱以后的打算，是不是继续在民盟里保持政治上独立的见解呢？还是就此不问政治而专事文学创作呢？

关于第一个问题，我对口译者说受不公正虐待的政治犯，不只是我一个民盟人士，还有更多的是中国共产党人！现在国共双方不是已经准备谈判么？中国共产党自然会提出关于中国未来的政治主张。至于个人所受的政治虐待和损失，究竟是一个微小的已成为过去的问题了。对于第二个问题显然就回答得含糊，暴露出忆者是有意在回避什么了。

"为什么骆先生出狱以后的打算，还得到上海才能决定？"有人问。

"那么，你的朋友可都到香港去了！你还要到香港去么？"又有人问。

美联社的记者们每经 W 同志的一次口译，都相互地交换眼光，小声议论着，兴奋地吸着烟。很清楚，他们都同样要摸摸忆者未来的动向，仿佛这是他们最感兴趣的一种测验自己智力的探索。对我来说，似是我们双方在进行智力较量；对他们自己的同行来说，又是智力的竞赛，看谁猜得透、摸得准，谁又优先摸得到。自然这是难度很高的一次测验，因为谁都听得出来，忆者已经设立了烟云笼罩的巩固的防线，就是说，忆者有意在卫护自己未来的政治趋向，打算秘不告人。

"民主同盟可不在上海呀？"

"是的！"我说，"当然，我也可能去香港。总之，这要到上海休息儿天以后，看看未来的政治局势才能决定。现在我是任什么情况都不了解呀！朋友们的想法都不知道，所以说不出有什么打算！"

还说："我没有想到下一步！"又说："也许要到香港去！文学固然是我的事业，但眼下政治局势更重要，也不容作家坐下来伏案写作！"

我感到美联社在我未来去向的问题上是采取正面的围攻，而我是在作掩护性的坚守。他们毫不隐讳是在观察、窥视我的脸色，毫不掩饰他们所显示出来的猜测和衡量距离般的眼光。我很不愿意自己所处的这种供人作研究对象的地位。在我看来，这些在三面茄紫色皮沙发上环绕着以我为核心而坐的美联社记者,或华盛顿著名报刊的特派随军采访人员,都现出一种新刮过脸的青色两颊或红而鲜润的肤色,显出他们日常为高级营养品滋补的血色,鲜润得真可以说是个个容光焕发。他们是那么兴奋地在研究着口译者转述的答话,仿佛香气扑鼻的美味就摆在眼前而且热气腾腾,但却不知从哪儿下手落筷一般。一方面他们仿佛想从一个面瘦如鹄的憔悴的中国现代作家的投身趋向,判断中国高级知识分子的政治倾向,在他们激动而欢快的神态中,还有另一面,仿佛又透露着告别南京的最后一次早餐,吃得很舒畅,咖啡浓淡也可口,和忆者谈话不过在作一次高级消遣的桥牌的娱乐而已。现在我看着环绕三面的那些兴致勃勃闪灼着的眼光,那双双眼光也在观察我的神色,仿佛在猜测我要打的是哪样牌。我或是不该过于这样警惕,过于这样矜持,又过于这样认真自重了。如果我的半生社会经历丰富些,国际友人间的交往经验多一些,我会以一个为祖国的独立、民族的自由解放,而度过漫长而艰苦的八年抗战生活的现代作家身份,坦率地告诉他们,从三十年代中期我在北京图书馆自学的校外生活开始,就对率领美国军民进行了也是长达八年的美国独立战争而终于赢得最后胜利的统帅——华盛顿,对于领导美国人民进行过解放美国南部黑奴战争的林肯,都是怀着一种崇敬的感情!对于图书馆与都市路灯的创建者富兰克林又是怀着一种怎样的敬慕心理,我会反问:如果他们今天仍然活着,又会怎样看待我们中国的战争呢?我会说,虽然会像埃得加·斯诺,或史迪威将军一样,支持我们的人民革命,也就是说,支持延安方面的政治主张!这样我就会变被动而为主动,问他们国民党和"四大家庭"为抗战时的祖国到底做了一些什么样的利民"贡献"!问问他们——美国优秀的高级知识分子们对于这些是非又是怎样看呢?如果罗斯福总统健在呢?会对这样一个完全失去国民拥护的半封建半殖民地的政权采取偏袒的支持态度么?我不相信在反法西斯的二次世界大战中一直受着中国公民尊敬和爱戴的罗斯福总统,会站到敌对中国人民的那一方面去！总之，我们可以完全赤诚相见，坦率地进行一场有关中国未来的政治争论的。但我在未来的政治趋向上，却采取了属于弱方的防御幼稚姿态，仿佛一个刚刚逃出修道院监禁的少女在众多的富有舞场经验的舞女面前，要她当众说出她想要投奔的这个"处女恋"中的情人是谁一样。这是很难对这些不相干的外人可以随便启心相告的，尤其是这个"情人"正是为对方的舞场"老板"所仇视的人！她怎么知道这些在社交场中富有媚人经历的人物，究竟会站在哪一边呢？将要站在他们的薪金发放者的"老板"一边么？那就不会援助我，至少是不敢助我逃亡为他们"老板"所嫉视的那一方去！那么站到"少女"一方么？会卫护在逃的一个少女的"处女恋"与雇佣他们的"老板"作对！当然值得怀疑。因之我坚不吐实。但对方却是些富有国际采访经验的机智斗士。一个才敏过人的美联社记者，满脸闪着兴奋、愉快的容色，突然黯然神伤地叹息了。

他说："你要到香港去，我们是帮不上什么忙了。实在遗憾！要是到北平去，可非找我们不可！"在口译者转述这话的时候，我注意到那"想帮你也帮不上忙了"的灰色眼睛所表示的友好的谦然神情。

"那么有到北平去的办法么？"显然我的眼光里不由自主地闪耀出希求而感兴趣的光芒，仿佛水中的游鱼突然发现香饵在前的机灵模样。

"当然啦！"在众人静悄悄的观望中，口译者转述，"他说，上海有联合国救济总署的运输飞机，可以直接飞北平！"

"现在还有么？"我急切地探问。

"他说有！"译者转询之后又口译美联社记者的回答。

"那太感谢了！"我迅速地不加思考地说，"如果有直达北平的飞机，当然请你们帮忙了，我很想去北平！"

待年轻的口译者W同志宣布了我的意愿，原本一时寂静下来的大客厅当中，突然爆发了来自三面的"胜利者"的笑声。他们仿佛是些垂钓人，都在欣赏离开水面的金色鲤鱼在空间卷尾摇头的形态一样看着我，我终于明白，我已经咬住"北平"这个诱饵，给钓到空中了。顿感我的内心动向已经当众曝光了！一种自知社会阅历幼稚的困窘，一种承认自己的心底机密已经完全暴露无遗的憨然情绪，使我自嘲，也开始随着众人笑起来！

于是会谈结束，大家都愉快地纷纷站起来（仿佛他们都老早就等待着这种愉快的结束似的），准备动身了！

在忆者离开座位前，仿佛仍是那位才智出众的美联社记者经口译人转告我，说："救济总署的班机，不是每天有，是一周一次！到上海后，我们会帮助你联系！现在，我们可以离开了！"看来，这些美联社的记者同样是些讨人喜欢的知识分子，在这次"座谈"中，他们也是煞费"心机"才取得皆大欢喜的结局，虽然他们都是美国军官打扮，都戴着圆盔军帽，却不是重庆街头那些手握啤酒瓶，时时边走边仰脸往嘴里灌酒的酒徒，更非手持鞭炮悄悄点着炮捻儿向所跟踪的中国女人高跟鞋底下掷，怀着一种吓唬中国少妇少女以取乐的美国大兵可比。后者一般都是头戴僧人式软胎军帽，他们都是美国青年，都还天真，但却由于文化素质有很大一截子的差距，而和他们这一伙一比就分成为思想意识不同的两个社会层次了。我感到自己虽然被对方摸了政治方面的"底"，但却双方都似乎精神沟通而相互"信任"了。

送别富有正义感而援我出险的 C 和他的同事（作为英语口译人的 W 同志）之后，我怀着一种出嫁少女离开娘家那般难过，仿佛自己将被遗留在原不相识的婆家村上了，不知未来还有什么意外挫折和不幸在等待着自己一样，心绪渺渺茫茫，分手时，倍感两人的亲切。我的眼里突然有泪珠活动。但我强作坦然地微笑，泪珠终未流出，我们终于扬手告别了。然后，我随着那位应我友人嘱托，将在路上关照我的美国文化使节，站在大门台阶上，眼看着美联社随军记者们或单人或偕有侣伴，都纷纷跨入各自的军用车，目送一辆辆吉普车头尾相接开出这个大使馆的暗红色栅栏板式院门，约有七八辆之多。最后轮到我们上车了，那是一辆普通的使馆轿车，就停在这条临街胡同一端的宅院门口，等待着。很显然，那几辆鱼贯而出的美国军用吉普车是我们黑轿车的前导了！

十、脱险历程

我在上车之前，貌似泰然自若而实际上内心却仍紧张，保持着一种对外界的警惕状态，仍然感觉自己视力锐敏异常。短短的胡同内外在我瞬间扫视当中，静无一人，街口也一样。仿佛整个南京却如我们来时一样的寂静，好似人们都还在大年初一的早晨沉睡未醒，又仿佛当时整个南京冷落如空城一般。我们上车之前，除了看到一辆一辆绿色美国吉普车拐过胡同口外的幽静街口，我们同时也注意到，什么时候中国籍的留守人员早已随在我们身后，也都站在美国使馆的宅门口外，准备等待和这个大使馆最后一个撤退的美国雇主告别了。一个穿戴整洁一新的瓦盆店掌柜般胖乎乎的人物，上身是黑布棉袄，下身是黑缎面棉裤，头上戴着猫皮三耳帽，正是春节将要出门拜年的打扮！他不仅体态胖乎乎的、面容胖乎乎的，手指头也是胖乎乎的。显然他是这个使馆雇用多年的来自中国南方省份的厨师了。在他身旁，是个年轻的中国杂役，他们都站在大院门口注视着那个转身告别的文质彬彬的美国外交官员。在那个领头的胖胖厨师的眼睛里，分明有种不胜依恋的凄苦神情。一眼可以看出，他是深为美国宅主所信任而且在战火威胁下不得不承受主人给以重任委托的。此后，他将担着风险留守在这样偌大的一所宅院里，做负责的看管人员了！也看得出来，他是怀着一种祝愿这座美国官邸的宅主在战争风暴过去后会早一天平安归来，但神情中又有一种对于再次见面的机缘感到渺茫难得的意味。那凄楚的脸色似乎说："我多么舍不得你们走呀！未来的战局不知道怎样，还能见面么？"我们的美国朋友仿佛在和这位胖乎乎的中国厨师握手时，也深受厨师依依不舍的眷恋之情的感染，而安抚式地用另一手拍了拍对方的手背，四手相攒地宽慰孩子般地拍着。那只红红的胖乎乎的手，终于松开了！可见他们主仆之间平日的友情非比一般。从他们主仆相互握手告别的凄然无奈而又依恋不舍的神色中，我第一次看到一个美国高级文职官员和为他服务的中国仆佣之间，有着一种多么感人的类似双方"平等"的情感。这是属于一种有着欧美资产阶级优良文化教养的"雇主"的民主作风在半封建半殖民地国家的仆佣者身上所产生的感情效果。它确是不同于半封建的国统区社会生活的厂主与工人或官邸中的主人和仆佣之间的那种感情隔阂如山的关系。但这总是属于私人之间的友谊所体现出来的。在当时来说，它却不能更替属于美国政府企图奴役与剥削中国人民的帝国主义的实质给人的反感。如上海一九四六年秋发生的臧大咬子三轮车夫为美国水兵所溺杀的案件，凶手却在"领事裁判权"之类帝国主义不平等条约袒护下转移美方，中国法律是无权过问美籍犯人的，结果是美方把这个杀人凶手送回美国而逍遥法外了。这就是美帝国主义者欺侮中国人的实例之一，这和今天一个公司的美国人因酒后吸烟失火而受到哈尔滨市人民法院的刑法制裁（除了罚款，还须入狱受刑）是截然不同的！自然，我也从他们主仆间最后握别的凄楚和依恋的神色中，感到南京已经面临解放前夕，私心庆幸我们一直处于帝国主义侵略和欺侮的半封建半殖民地的这段悲惨而招人愤慨百年之久的社会史就要结束了！中国共产党将为我们民族带来光辉闪耀的日子，历史要翻开新的开拓性的一页。自然我也想到，这位一上车就坐在忆者身傍埋头沉思的人物，一个最后从南京美国大使馆撤退的文化参赞，也很可能是史迪威将军式的现实主义者。那么他或许从中国的实际出发会看清楚，未来的中华民族的命运是由延安方面决定的，中国是要独立的，中华民族是要复兴的。因而对于一个倾向于中国共产党的中国现代作家，他伸出个人的援助之手。这也或能说明，他知道真理和正义是在中国共产党这一方面的，但他居于美国官方使者的职位，又不能不遵循华盛顿方面亲国民党而敌视共产党的意旨而决定自己的言行而已。

我现在怀着一种十分歉疚的心情不能不说，当时对于沿路照料着我，助我逃离南京的这位美国使者，是采取了一种过于矜持的态度。仿佛自己是一个有莫大政治影响的政治家一样，仿佛随便一句话就会为这个"亲蒋的"美国使馆文化参赞所误解或利用。因为我当时毕竟是作为民盟中央常务委员罗隆基先生公开向国民党进行数次交涉，要求无条件释放的一个政治人物。另外，对于身旁这位自称为我的《幼年》读者的美国友人，我当时由于所处的政治环境的影响，也不能不心怀警戒，这就说明为什么我连这位援我出险的文化参赞的名片也不看，甚至于说也根本想不到去看的缘由了。自然直到很久以后才听说他是美国著名的汉学家傅泾波先生。

我们主客两人当时虽说并坐后座，但却各自沉默着。他是独自掩脸于一只手掌下，在埋头想什么远离现实的心事，我则整个注意力却又全部集中在前座挡风玻璃板上端的反视镜上，想从镜面上看到我们的汽车后尾的公路，想看看后面是不是有什么机动车在跟踪。这是在汽车拐弯时才能看清楚的。一般在反视镜上现出的多是那个美国军人打扮的华籍司机的江浙人面容，自然我顺便捎带一眼也侦察着他是不是在开车的同时暗暗注意我——一个美国使馆带着纱布口罩的神秘客人。因为这毕竟是美国驻南京大使馆的中国籍司机，很难保证他和国民党军统之类情报机构没有联系。但我几次在捎带一瞥的侦视中，在反视镜里看到的往往都是司机目注前方的一心贯注于公路上的神气，从未碰到他抬眼向后座窥察什么的眼光。我们在无锡一家并不豪华的高级宾馆的二楼房间过夜。晚餐我是作为美国文化参赞的客人，两人独占一桌，吃的是西餐，每人有酒一杯。途中的午餐，是与美联社的活跃而喧闹的记者组集体吃的。两次的餐费，都是由援我出险的参赞付钱。另外那些记者们是各自分付平均分摊的餐费。我这次受的优厚的款待，自然是用"谢谢"一词不能了结的！遗憾的是，我们分手以后天各一方，再也没有机缘见面，因而这份盛情至今未酬！我当时觉得敏感的对方是知道我衣袋里一个零用铜板也没有（W同志如有馈赠，我却全未留意，也许仓促出走中都遗落在大使馆的沙发上了），因而一路上完全是受这位文化参赞慷慨无私的美好的款待，所以"谢谢"一词也觉得是浅不足道了！

在这里我还要补充说明的是，在离开南京市郊的行人与车辆出入的检查站时，有南京警备司令部的警备军哨兵检查了司机的证件。检查哨只向玻璃窗内俯脸以手遮光般探望了一下，由于我戴着大纱布口罩，自然他也看不清我的双目以下的面容。实在说，就是摘掉口罩，哨兵也未见得会认出谁来。他只那么匆匆一瞥，见到车内确实坐有一位美国大使馆的外交官员，也就点头放行了。我一路上担心的是便衣打扮的眼线。我曾说过，汽车如走直路，我从司机座前的反视镜里原来看不到车尾的场景，但在检查哨口开出的车还没有越过铁丝网围绕的检查线那阵子，我曾调头回顾汽车后的窗外，只见整截一段公路，是空空荡荡，只有寥寥几个穿戴一新串亲拜年的乡村男女在走动着。

夜间在无锡又有过一次军警联合的大检查，但也只是开门探探头，并没有半句话的惊扰。可见美国驻华使馆的过客，对地方驻军和警察来说，是有种眼不见的非属他们权限所可闻问的界限与威力。他们只是探头探脑地窥望窥望而已。从探头者的神色中现出来，是出于个人好奇，匆促中看看这位随大使馆撤出南京的中国客人是何等模样，实际是与窥探者的检查职责完全无关的！

总之，一九四九年旧历正月初三傍午我们安然到达上海百老汇大厦前的停车场。由军用吉普车做前导的车队一在外白渡桥上出现，那些在百老汇大厦守候在玻璃窗口等待着的美国随军记者家属、亲友，还有大厦的经理、管事的领班人员，都一拥而出，欢呼着出迎了！他们个个现着兴奋的欢乐面容，急匆匆地走下横条宽面台阶来，先是熙熙攘攘地拥向从军用吉普车陆续跳下的美联社记者群，开始频繁地拥抱、握手，互亲面颊或相吻，接着又奔向我们的雪福兰黑色轿车，欢迎一路给了我优厚食宿款待的那位身着中山装的使馆参赞，又是一阵频繁地拥抱握手，互亲面颊，我很珍惜他们之间如泉涌般的热情寒暄，不愿干扰他们忘情的攀谈，更不愿跟随他们走进百老汇大厦去，再给我的新结识的美国朋友增加精神负担。我不得不说，我也是心急如焚地切望着和"知我者"的冯雪峰同志见面。我是匆匆告别的，很想安顿下来，再到百老汇大厦珍重地拜谢那位助我出险的汉学家的深情厚惠，但却没有想到由于政治方面必须隐蔽，再也没有获得在这里露面的机会了。以后我是委托《大公报》驻上海的同乡记者刘北汜君代我道谢的！因为我的朋友们考虑到美联社那么多的记者朋友，一个革命作家随他们大使馆逃离南京的消息，在上海租界的新闻界，不会不作谈话资料传播出去，那么难免不招致国民党军统在上海的耳目注意，因而我该远远避开美联社那些天真热情而充满活力的记者们，不能再在百老汇大厦附近露面了。事后知道这个决定是完全正确的，因为不久从南京传来消息，春节之前除夕之夜，秘密枪杀七十九人，就有当天释放而当夜又秘密地逮捕回去处决的。

十一、树林深处一枝头

忆者现在终于是在上海苏州河北旧日本租界地区的马路上了，我在匆匆走着，又在自由地选择我的树林深处的隐蔽枝头了。如果美国大使馆的雪福兰黑轿车路过法租界霞飞路，我肯定会直接到作家书屋去找冯雪峰同志，两年前（一九四七年元旦刚过不久）最后一次和他见面就是在那里——当时民盟中央常务委员之一的周鲸文约请笔者作为他个人代表"视察吉林东部为国共双方当时还无力顾及的边远地区"，我来听取雪峰的意见时，就是在那个有名的作家书屋二楼一角的斗室里见面的。这里几乎成了党在文学艺术界的秘密联络点之一。

可见冯雪峰同志和书屋主人之间的友谊是多么深厚了。

现在既然离法租界作家书屋很远,而忆者两只裤袋空空,连坐无轨电车的铜板也没得,那么只能就近找个电话借用,先给雪峰一个我已从南京安然秘密到达上海的口信。我还准备暂时到《前线日报》驻上海老记者沈可人兄处去落脚。后者家在北四川路老靶子路里,离百老汇大厦并不算远,但又想到他那里又没有家用电话。这时正巧经过天潼路国际文化服务社的门市部,于是想到虽无来往,但还有一面之缘的韩侍桁先生,他和蓬子同样是雪峰的老友。我说过,雪峰在重庆是深受他们的"掩护"之益的。忆者认为在政治上这样的"第三种人"是曝过光的底片,形象明确可靠。因为他们一向"不问政治",唯独以文学艺术为探索目标,因而构筑了诗人般洁身自持的处世观。这样就形成人格素质上的一道坚韧可信的政治保障,因而我是毫无游疑地摘下大口罩,大步闯进去了!

韩侍桁是这个出版社的主人,听值班店员说有客人找,就从楼上走下来了!他穿戴整洁如往日,黑发黄颜,浓眉秀目,端正的鼻梁,狭长的光洁面型,看不出半点北方人的粗犷气质,倒似儒雅的江南学者模样。穿的是黑色礼服呢长袍、白底布鞋、古铜色散腿裤。看来是节日的打扮,但门市冷静异常,也不见上门拜贺的亲友。确似隐于山林之间的佛门居士一般。在这处于佛俗两殊的世界里,竟然又逢行脚僧人一样!自然,还未待我报名,他已趋前握手说:"认识,认识!你是刚到上海么?还没有看到雪峰么?"我说:"还没有!他还住在法租界么?""还住在蓬子那里!我给你挂个电话,看他在不在。"

韩侍桁确非一般文学界人士可比,对于我南京怎样出狱全不闻问,生怕为政治尘埃所"沾染"一样。正如忆者进门也未曾向主人道节日之喜,说些"又是一年人增寿"之类的话。韩对我的"无罪开释"也不作一语之贺,仿佛我是从南京刚刚办事归来一样。现在想来,这种貌似平常的谈话,也可能是还有一个因素,那就是我们身旁有一个值班店员。总之，根据他的说法，我找作家书屋的人，在第三者听来，也不过是在找一个和书店主关系密切的发稿编辑人而已。我在壁箱式电话耳机中，听到确是有着浓浓的浙南山区口音的雪峰同志的兴奋而愉快的话声，几乎要欢欣地两腿跳跃地蹦高。

我说："我就去看你！"

雪峰同志说："不！我马上到你那里去看你。"

社主人韩侍桁知道冯要来，要我安心坐下来等待，仿佛还随便递给我一本他所译的英国文学作品，但我翻了翻，一个字也没有看在眼里。我想雪峰同志没有要我去，这太好了。要不，我还得到老靶子路去借坐电车的零用钱。我的两腿实在走不到法租界那么远的街路了！店员为忆者沏了碗茶，我低声道谢。看了看，这所书店不过三间临街门面，也许是节日关系，街上过往的行人，寥寥无几，哪里还有人来买书。而且那书架上摆的多是这个书店主人自己译的英国文学名著，如哈代的小说作品，就是他热衷选译的。还有自著的《英语造句研究》之类的课外参考教材。这其间，社主人向我告便，径自上楼去了。我见到他那整洁的衣裤、白底布鞋，感到对方潇洒不俗，确有一种超世的山林居士模样，也第一次感到自己需要脱下美式军用牛皮靴、第一次感到应该找个地方理发整容，修饰一番了。直到这时我又想起前天夜里在那不知主人姓名的夫人出走后所遗留的空房里，独自从大穿衣镜里见到的憔悴而枯瘦的一个囚徒的面容。

当冯雪峰手持细藤式手杖，穿着深蓝色的中山装，仪态严谨地走进这个国际文化服务社的时候，社主人早已在楼下等候着了，不容我们多说话就招呼道："还是到楼上去坐吧！"原来二楼上的临街房间是个客室，外间靠着楼梯口摆着一个不铺桌布的大餐桌。韩夫人孙士溥女士当时住在后三间居楼，前楼的客室，自然也是这个店主人日常译作的写字间或会客室了。店员或住在隔壁，另有通楼梯的房门。

主人带路引我们上楼时候，还顺手擎着忆者的茶杯，从他这种待客殷勤的姿态里，也可以看出这个书店主人平日对于冯的友谊是带着一种怎样淳厚的敬重心情了。前楼这间客室的设备简单，仅能说床、桌、椅齐备而已。临街玻璃窗很亮，正是节日经过大扫除那般洁净。在雪峰清瘦的脸上显得半似为我安全出狱在这里又得重逢的喜悦，半似欣逢春节的节日愉快。

"身体怎么样？还可以么？"

我说："还可以！"

在冯热情洋溢地饱含欢欣情绪问我的时候，他那双聪慧有神的眼睛闪射着不胜宽慰的神气，且侧脸向书店主人韩侍桁注目，仿佛说："你看呢？身体还可以嘛？"这两只眼睛在那瞬间是那么慧敏动人，给我一种会使青春期的女性感到一种智慧诱惑的印象。

这是我初次到他在浙江乡居写作的神坛村的夜谈中曾经有过的一种感受。韩侍桁看到忆者与冯热切相晤急于谈话的神态，或以为属于"政治机密"，（他并不知道当时我和地下党早已经失去正式的组织关系，还没有接上）接过店员为冯沏的茶，并安置我们在靠窗的办公桌前坐下，自己却随着店员退出了。

在这里如果再追述为读者还不知道的案情始末，那么它将是二三十万字的另一部长篇回忆录了，那就超越"纪念韩侍桁先生"的命题过远了，因而只能在这里概略地说明几点。

我是在长春市郊的检查站为杜聿明的特刑队逮捕的，当夜，吉沈铁路挂专车秘密押赴沈阳，由国民党军统少将衔的W（现任全国政协委员，参加民革行列了）以东北行辕第二处处长的名义亲临现场验收的。当时我还不知道据说作为东北剿匪司令的杜聿明，曾有"就地枪决"的签批，电呈东北行辕主任熊式辉。又据说，不知这份机密电讯是在第二处还是机要处之类的电报人员转手当中，给扣押了一两天，直到忆者被捕的消息已为当时驻沈阳的《大公报》名记者张高峰同志（现仍健在，为《天津日报》记者）转送《东北日报》公布以后，那个签批的电呈才送达东北行辕的办公室。怎么办呢？既然原本准备审讯后就秘密枪决的阴谋已经不能实现，只有由东北行辕组织军事法庭以"合法的形式"审判裁决了。

因之，在忆者前后历经两年的狱内斗争中，除了反对国内战争的再次挑起，说明呼吁和平的政治立场之外，还有国民党内部一种卫护真理与正义的属于孙中山真正信徒们的暗地庇护。如果没有后一部分力量的卫护，我是早于四十年前的春三月就在沈阳离开人世了。

"是呵，国民党那里的真正有正义感的人还是不少嘛！你也在实践中学会辩证地看问题了。就是顽固的反动派，也是要分化的，也要变。真理总是真理嘛！"冯雪峰的眼睛里闪着青春生命复燃的神气，整个脸又一次显得年轻、俊秀了。半是赞许半是欣赏的神气，观察着忆者，说："怎么样？"又说："在上海留下来吧！我们一起办个大型的文艺刊物。上海就要解放了！"

"你就住在这里好了！"

"我还想到沈可人那里去呢！"

"你还是在这里住下来，在这里隐蔽是最可靠了！我也在这里住过！"又说："我可以和韩去说。"

我就是这样被安排在韩侍桁这间作为译作的前楼写字间里，暂时住下来了。

十二、处尘污飞扬之境而自洁

雪峰走后，值班店员为我打来净面水，带来毛巾、香皂。当时，我的口袋里连条手绢也没有。开饭时，在大的圆桌上，见到韩侍桁夫人。这是一个贤妻良母型的主妇，体质柔弱，在餐桌上只是关照女用人为客人加双筷子、加只碟子，多一句话也不讲，对男人的事仿佛全然不闻不问。因而我在这个书店前楼里，虽住了一两周之久，但对这个家庭却是一无所知的。生活琐事，如灌暖水瓶之类，都由那个节日值班的店员照料。韩侍桁从不到这间客室里来找我聊天，也不像一般热情的主人那样问寒问暖，只是在餐桌上礼貌地说一两句话，仿佛仍然是"佛俗两殊"。正如节日的餐桌上，有酒、有鱼、有肉，但如富裕之家的日常饭菜一般，可见这个书店的营业还是清淡的。围在餐桌上的食客，除了我，还有一两个似来自江南村镇的亲友。我们照例在桌面上点点头，互相注目致意，主人主妇也不作介绍，我们也互不多谈一句有关酒菜之外的闲话。我不知这是不是书店主人的平日家风使然。在餐桌上他是这样恬淡自如，以致用餐人都如英国人喝汤不出声般的肃静，或者人们专心致意于自己的饮食，或者因为餐桌上多了一个为他们所不熟习的"陌生人"。在我这方面由于冯雪峰的媒介，当时虽感到主宾之间有如"佛俗不同道"，但却又有心魂相通的一面。因为为艺术而艺术的作家，和为人生而艺术的左翼作家一样，共同追求着属于人类意识形态方面的最高的真、善、美境界，从宏观上讲，终归是目标一致的。"新月派"的诗人闻一多，不就是从艺术的追求而通向真理的追求么？而在他的人生实践上，不是最有代表性地体现了为改变客观世界而献身于政治斗争并以身殉的新现实主义诗人气质么？以《猫城记》闻名的幽默文学家老舍不是同样地为了民族独立的政治斗争而和自己的不同政治的旧现实主义的象牙之塔告别了么？不但在民族存亡之秋弃家而南走，且在抗战的社会生活领域充满政治斗争的实践上，逐渐走向为人生而艺术，走进以鲁迅、茅盾为代表而开拓的新现实主义——即不仅仅是为了说明世界，而且还为了改造世界的文学的领域里来了！这是在文学史上形成为我们的子孙后代足以自豪的两个文学大师所历经的道路！自然，韩侍桁和前两人还有所不同，当时既不如徐志摩、沈从文、林语堂、张资平等人著名，而且又是和"左联"沾边的"第三种人"。

但正如鲁迅所说，真正既不左又不右的"第三种人"，在这个大致可以看作两大系的文学艺术领域里（即"为艺术"与"为人生"）

的新旧之间是并不存在的。

"在一遇切要的事故",那种好像不偏不倚的"偏倚",就分明地显现出来了,用一个有名的当代女作家的话说是"曝光"了,这是"能和革命前进共鸣"的显形。韩侍桁就是这样走过来的,而且是走在三十年代后期停步的沈从文先生前面的。忆者说过,早在抗战期间,具体地说,四十年代的重庆"中央通讯社"时期,韩就在掩护冯雪峰的实践中曝过光了,现出一个不为利禄所沾染的诗人般的形象,一个处于尘污飞扬之境而自洁的诗人般的灵魂,一个和左翼文学理论家的革命战士冯雪峰站在一起的闪光的身形了。在当时这是担着一定政治风险的社会实践,由于冯是体现真理与正义的所在,也是体现真、善、美的所在。因而韩侍桁站在冯雪峰一侧,卫护真理般地卫护他。一九四九年春,又担着一定的风险卫护为他并不相知却为冯雪峰所庇护的友人。在这里,韩侍桁确实如"身在曹营心在汉"的徐庶一样,闪着一种属于我们民族古老的优秀文化传统的光泽。这光泽也将闪烁在祖国的现代文学史上。

它不但证明,世界上并没有站在"不偏不倚"原地一步不移的"第三种人",也绝不会有不受什么政治思潮影响的"纯艺术"。

因为世界是动的!地球是在自身旋转之外还分秒不停地在日夜循着自己的轨道围绕着太阳转!

一九八八年二月二十九日完稿
一九八九年十二月校订

《瞭望时代的窗口》自序

一

本集分为"散论与简评""序跋与附记""怀念与回忆"三部分，共三十几篇，除了一九八七年春完成的纪念亡友绀弩与秦似逝世一年的《又是一年春草绿》这篇文字外，大多是一九八四、一九八五、一九八六这三年发表于各报刊上的散文。对于自己来说，这也算是春天已过的"古稀诞辰"的一个纪念集。对读者来说，自然是提供了一个可以瞭望与观察我们这个伟大时代精神领域里的"窗口"了。

自然，在这三年当中，笔者不止完成了这几十篇散杂文字，还写有《释"日"》《二十八宿源于中国》《黄帝"骑龙登天"为妄说议》之类以考证为主的论辩文字多篇，或是古文字训诂，或是有关天文、神话、民俗的考证性研究文字，也多发表过，另外编入《说龙·伏牺氏·龙王庙》一集里了。因而，本集只能说是这三年来收获之半，虽不能说是历经半年之积累，但至少也说明笔者虽属风烛残年，却也还勤奋不息。这是可以聊以自慰而也有慰于关心笔者的朋友与读者的吧？

自然，这还不仅仅是靠土壤之肥沃，而是得天时的结果，是我们正处在这样一个伟大的第二次革命的新时期的时代使然！

二

正因为我们处于这样一个伟大的时代，它辉煌灿烂而又有阴暗的泥沼阻路的角落，它沿海富裕得惊人（数十万元资产收益的专业户、个体户不算，据说山东栖霞县某村年人均收入两万元，一个村的生产队长住的是自建的别墅式的"将军楼"),而一些偏僻山区还未脱离令人难过的贫困;它在科学技术方面可为国外提供输送商业卫星进入宇宙轨道的运输火箭,同时在国内运输业上还存在着野蛮装卸,甚至发生过三十万吨进口小麦竟卸在洼地为雨水所浸泡直至发霉无人认领之事……总之从大的方面来说是智慧与勤奋在闪闪发光,但部分地还存在着愚昧与怠惰的阴影幢幢。

在文学艺术的领域里也不例外,一方面是强调它潜移默化的功能而着重人的素质、灵魂、思想的培育,负起神圣的社会职责,以它的社会效果论它的艺术价值;另一方面却强调娱乐、消遣,仿佛它们原本不属于新现实主义的附属功能,不是它的统一体的有机部分似的。实际上,就是娱乐和消遣、旨趣也有层次差异,有人欣赏柴可夫斯基的弦乐四重奏《如歌的行板》、阿炳的《二泉映月》,有的却喜欢听那种怪音奇响及酒吧间的软绵绵的《劝君再饮一杯酒》之类纯消遣性的女歌音。自然,都可以存在。中国偌大一个天地,怎么会容不了无伤大雅的酒吧歌手一席之地?

但我们在这里所说的是有中国特色的社会主义文学艺术,是以鲁迅、茅盾为开拓者所形成的新现实主义的文学艺术领域,而不是在谈有彩灯激光闪烁、扫耀的夜总会里的"为娱乐艺术而艺术"的表演。因而作者虽处晚年霞天之境,也知这些"老生常谈"有些人不愿听,却总还希望对那些不是视"方向"与"理想"为可怕、可憎——生怕它有碍于创作的自由——的青年读者、学者谈些或会有益的话,也自以为这对于酒吧间之外的大批读者的未来或有点滴的社会效益,这也是作者不惜晚年笔墨而辛勤、苦劳于案头的人生价值的所在,自然,也是作者旨趣所在,自感生命还有社会意义的所在。

三

这三十几篇散文,如漫天撒出的种子,落在肥沃的土地上,它就会发芽、生长，再得天时、人和之利，那么或会获得超越过去的硕果；落在岩石板上，就会晒干，为风雨吹冲至沙石堆里，也或为小鸟、小兽啄食，滋润了小鸟美丽的羽毛、喂肥了小兽，这也好嘛！

但作家究竟又不比播种的农民，农民可以自由择地播种（不过现在也得在自己承包的那些土地上），选择哪块地适于种小麦，哪里又适于栽种喜沙土的花生或马铃薯。而作家的著作却相反，是摆在诸色书籍之中，尽由读者已有的认识力自去选择了。因之，笔者就不想再在这里多说什么了。

四

总之，以笔者个人的管见，在任何一个历史时期，"方向"和"理想"的大旗总是不能抛弃的！

个人在人生的旅途中失去方向，就会误入歧途，失去了理想，就会陷于庸庸碌碌的个人家庭温饱主义者的小天地中！就会辜负了自己禀赋的智识和才华，和民族的建设大业在精神的崇高处脱节！

一个民族如果失去了方向，那就是一个没有前途的民族，如果失去了理想，那就等于失掉了希望！

最后，感谢《人民日报》出版社和责任编辑的辛勤劳动，给了它以新形态出现的社会生命，使它有了与广大读者接近的机会。

一九八七年八月一日于北京夜闻雁鸣斋

纪念老舍先生的几句话

一

老舍先生离开我们十六年之久了。

我们是四十年代中期在作为抗战"陪都"的重庆相识的。当时，我从丰都军统局所属的秘密囚室中获得释放，刚刚回到重庆不久，住在张家花园的全国文艺抗敌协会会部的宿舍内。老舍先生住在郊区，在一个小规模的文艺界同人欢迎我出狱的座谈会上，才初次与特意从郊区赶来的老舍先生见面。当时我只知道在营救我出狱的过程中，老舍作为全国文艺界抗敌协会的主席出过力，但却不知道具体的情节。因为我们被捕的五名教师在从秘密囚室押解到丰都县政府的当天，就全部获释了，只在形式上审讯过作为主犯的笔者一个人。而在我答辩之后，主审官就说："你们的保人来了。"并且离座走下大堂作介绍。原来保人是当地的一位开明士绅林梅荪先生，据称，他是受画家丰子恺先生之托，前来保释我们的。当场跟随林先生走的有杜巴同志和两位本来是为我们送行，却被军统特务扣留了的教员。他们走后，张一之县长留下我和丰村同志，说是请我们"喝杯压惊酒"。

在便宴中，张一之先生坦然相告，说自己是邵力子先生的学生，当年邵任国民党陕西省主席时，他就是邵公属下的一名县知事。这一次受邵公的电报嘱托，进行营救的，但几经周折，拖了近两个月，直到旧历除夕，军统才把这个案子交给地方来了结。因之，在我一直单纯地认为，由于冯雪峰同志通过邵力子先生的一个同乡的关节，才取得这次获释出狱的胜利。而丰子恺先生托林先生出面保释，也起了一定的作用。但是却不知道，另外还有一条关键的属于军界系统的营救渠道，那就是老舍先生作为文协主席，曾经响应党在文艺界领导人的号召，亲自去恳托冯玉祥将军，经冯将军会晤蒋介石，给有关当局拍案要人，进行抗议和声援之后，案情始缓解，得移交地方处理。（注："会晤蒋介石，陈述利害"是冯玉祥将军当年的秘书于志恭先生所告，"拍案要人"为老舍夫人胡絜青大姐所追述）老舍先生不仅在重庆那回初次相识的文协座谈会上只字不提营救渠道的开辟过程，而且在以后冯玉祥将军于康庄家里设宴两席招待我们的时候，也没有提及，所以当时我还以为这宴席，仅仅是为了迎接一九四六年的元旦佳节之庆，是一般的与文艺界知名人士联欢之宴，却根本没有想到，在这里我与主人之间，还会有一种受声援、营救之惠的个人恩德关系在内。而且老舍先生究竟是与我同桌，还是与郭公沫若同桌，我都记不很清了，可见他并没有作过引人注目的谈话。我只记得出席这次宴会的，还有叶以群，今天健在的有冯乃超、蔡仪、吴祖光、凤子诸同志，而我与聂绀弩兄是邻座，可以倾头相谈。总之，似乎谁都没有提一年以前重庆文艺界营救我们出狱的事，因而也是理所应当的，我没有在这次宴会上单独站起来为主人敬一杯表示谢意的酒，更不要说借酒向老舍先生举杯致谢了。

二

解放以后，再次与老舍先生相逢，是在紫光阁周总理召开的一次文艺界人士座谈会上。我记得老舍先生见到我的第一句话，是低声相告："我刚接到电报，剑三先生已经故去了！"这真使我有些吃惊，王统照先生有气管炎，秋冬两季微有哮喘，我在山东时期就知道。但遽然而逝，却感到意外。陈毅同志讲话以后，直到散会，我们再也没有得到谈话的机会。只记得在这次会上，老舍先生的发言，偏重于向总理声诉，往返机场迎送外宾活动太频繁了，影响了自己的写作时间。

显然，以后老舍先生的生活，有所改变，在总理的关怀下，继著名的话剧《龙须沟》之后，又写出了著名的《茶馆》，并且在十年"文化大革命"之前，他就已经着手自传体长篇小说《正红旗下》的写作了！记得有一次，在我和吴组缃教授（或许是雷加同志）应约同车去老舍家里叙谈时，主人还对我们读了自己正在写的这部长篇小说开始的一两章，说是要听取我们的意见。

老舍先生是满族人，生于八旗之族已经败落的家庭，对那些八旗子弟的窘困生活很熟悉，有自己的丰富的经历这是不需要说的了。而老舍在语言上的表现才能，闪耀着光辉，形成了自己独特的俏皮而幽默的艺术风格，也不需要我——一个没有对老舍著作做过系统研究的人——来作ABC式的介绍了。中外有许多老舍研究者，在外国，以日本翻译界和日本的中国现代文学研究者最为突出。日本著名的翻译家和中国文学研究家小野忍、饭塚朗、竹内好、冈崎俊夫……诸位中国文学研究社成员，冈本隆三、今村与志雄等，以及日本著名作家水上勉、井上靖、开高健等，都曾翻译、评介过老舍的作品，写了纪念他的文章。一九七八年日本学习研究社在《世界文学全集》第四十五卷中，编选了杉本达夫与市川宏两位教授合译的"茅盾老舍卷"，选译了《骆驼祥子》与《腐蚀》；去年日本学研社又出版了《老舍小说全集》；今年则有东京御茶水女子大学中山时子教授率领的老舍著作爱好者访华团来我国访问，并应邀参加山东大学主办的老舍学术讨论会，可见老舍作品在日本的影响之大了。我在这里主要说的是，老舍先生作为一个真正的文学家所有的纯洁的心灵和人品。

从抗战一开始，在民族危难之中，他逐步认识了中国共产党是领导民族解放的核心力量之后，就紧紧跟随党的步伐，响应党的号召，默默地做了些为公众所不知道的贡献，而且从来不以个人付出的辛勤劳动来宣扬自己。如果不是三中全会以后，看到一九七九年于志恭先生的文章《忆老舍与文协》，我是很难知道老舍先生为营救我们打通了军统机关的关节的。

　　老舍先生在不市私惠这点上,是他平凡当中的不平凡之处。他为人正直谦和,从来不干践踏战友以抬高自己的事情!但想不到,他自己却受到"文艺黑线专政论"极左路线的打击与践踏,身心遭到摧残与迫害,含冤而逝!这是我国文艺界所无法弥补的损失!

　　今天我们来纪念他,除了继承他文学作品的遗产之外,还应当继承他给我们留下的光辉照人的属于品质方面的遗产。在这里,我要向大家介绍的是属于一个作家心灵的点滴之一。这仅仅是可以探望老舍先生品质方面的一个窗口。谨以此文,来寄托我的哀思和怀念。

一九八二年三月二十六日

"的士"与"巴士"
——谈谈出租汽车

一

据报载，从动物园到颐和园一线，已经开辟了出租性的小巴士，说它是出租性的，是因为它和一般公共汽车不同，据说可以在这条固定路线上随招随停，这具备了出租汽车的性质，说它是小巴士，是因为它是有固定路线的，应该称"巴士"。出租性小巴士的出现，应该说是经济企业在改革中一个很好的开端，值得我们庆贺！

但这样出租性的小巴士，虽然在首都已开辟了三条线，还是不能代替出租汽车企业的经济体制的彻底改革。首都市民和来首都观光、旅游的国内外朋友、客人，是希望有不受路线限制，而能沿着繁华街道可以招手就停的出租汽车。

二

以前我在《初到哈尔滨的时候》一文中，曾经提到哈尔滨的单辕马车和出租汽车，它们是开到人跟前招揽生意的。驾驶人员多是白俄，他们像骆驼祥子，在车主那里租车，为多挣钱，常常一天工作十小时以上，使用率很高。这是和工业化时代的机械运转速度节奏相符的。机械运转等于劳动转化为资金，而机械停止运转，等于金钱的损失，而这种损失的大小，又是和停顿运行的时间多少成正比例的。

现在的出租车，停止运转坐候呼叫，又岂止三五小时的浪费？这种使用率极低所浪费的时间，岂不就是国家资金、利润的损失？这种无形的闲置而"停产"的数字损失，如果统计起来，一定是惊人的！

还有一种单程跑空的浪费，车是在不间断地运转着，但送客回路是跑空的，接客呢，去路又是跑空的。如果路上人有急事，招手要这跑空的挂牌的汽车停下来，未经车站的指派，司机是很难理会拦车人的，虽然这是公私两利，原本属于出租汽车业务之内的社会职责！

三

实际还不只如此。

例如今年二月三日是正月初二，夜晚有香港的朋友，年近六十且有寒腿病的出版公司的编者来访。饭后已有醉意，临走我请共餐的文友代我送别。

前门西口就是出租汽车站，而朋友住在华侨饭店，当会"照顾"。哪想到，一如往日！尽管场上停车密密麻麻，售票亭也有三四人之多在一起闲谈，但回答仍然是"有车没有人开"！不过听说是华侨饭店的住客，又一变冷漠的口气告以"等一个小时之后会有车开回来的"。数九寒天，要在街头等候一小时。不过这已经是回答得够体贴人的了！

难道三五十辆出租车闲置"待业"，竟仅一辆出租车在轮班值勤么？

四

因而在报上看到首都出租汽车公司的经理出访广州，对街头随手一招即有沿路慢驶的出租小车过来揽座赞叹不已，就感到这是首都出租汽车企业改革中的吉兆。果然，不久就出现了在三条专线上行驶的小巴士。但这还不等于出租车，不等于不受专线所限而沿街都可以招手就来揽座的香港与广州的的士。彻底改革的关键，恐怕仍然在于承包责任制。

这种改革有利于外地来往首都的客商、有急切需要的首都公民，同时，又是利于国家的税收、资金的积累。那些洗刷得洁净闪光的挂牌出租小车，密密麻麻，一天五六个小时地停止运转，闲在那里寂寞无聊地打瞌睡，难道这不是让国家的投资失去了应得的利润？

难道这不是一种无形的浪费么？

一九八四年春

希望寄托在这一代

一九八三年获奖的二十篇短篇小说，我虽没有全部看过，但也看了大半。我们的文学事业，确确实实在蓬勃地向前发展着，的确出现了一批富有才华的作家和反映我们时代生活的作品。

在这些作品中，有像抒情诗一般动人的《我的遥远的清平湾》《那山 那人 那狗》，有油画一般富有色彩的《琥珀色的篝火》《船过青浪滩》，都具有我们时代的特点，是歌颂了我们中华民族勤劳勇敢、正直向上的那些属于崇高一面的气质。

就拿一九八二年得奖的《这是一片神奇的土地》来说吧，是讲究结构的，像油画一样色彩斑斓的。《小说选刊》上李清泉同志对这篇小说写的评论也概括有力。在这个"鬼沼"地带，四个支边青年死了三个，也并没有带给我们凄凉的感伤，相反地倒使人感到悲壮而自豪。终于，我们的牺牲者为开拓这片土地奠定了胜利进军的基础！这就是我们的时代特色，我们的当代革命现实主义文学艺术的特色。

我是喜欢读反映我们今天伟大时代的现实生活的作品的。例如巴波的《走上正道》，写了三中全会以后在东北农村贯彻生产责任制中的各个场面，通过一个"甩手掌柜"——改革前的生产队长，到了实行责任制时，哪个组都不要他，这就表现了各个组的生产积极性是多么高了！最后公社只好给了他一块河滩地，他靠自己的力量带领全家劳动，终于也由于向日葵丰收而致富了。叶文玲的《舅公》，描写了刘少奇同志的冤案得到平反在农村的反应。何士光的《乡场上》，就使人想起契诃夫那些有名的短篇来。还有《筵席曲》，是写建立生产责任制在一个农妇的精神上所产生的昂扬情绪和性格上的变化。

它们的共同特点是抓住了我们时代的阀门，写出了从十年"文化大革命"的伤痕中复活了的新的动人的心魂。

自然，这些作品的产生，主要是来自三中全会以后我们的社会生活的变化发展，同时，这也和我们的编辑评论工作分不开。

产生这些优秀作品的一条很重要的经验，是我们的文学继承了革命现实主义的传统。现在有的同志在提倡学习徐志摩、沈从文（固然，这些作家在旧写实主义文学方面有他们的贡献），但是我以为，更重要的是学习鲁迅和茅盾，是继承"左联"以来的革命文学的传统。我们不是为艺术而艺术的，我们有一个共产主义的崇高理想。

我们说新出现的一批中青年作家有才华，并不意味着他们的作品都是完美无缺的。我认为，我已经看过的一九八三年获奖短篇小说，还有不足之处。这些作品在结构与主题方面，总让人不满足。例如，我们读莫泊桑的《项链》、契诃夫的《打赌》、海明威的《老人与海》就不同；我们读丁玲的旅美见闻就不同，比如她写在纽约参观博物馆中的苏州亭园那篇散文，就不一样。它那政治与艺术浑然一体的主题，那样简练的完美感，恐怕并非一般作家只凭着才华和生活体验就可以做到的。在这里，作品闪耀着的美学观点，是和作为一个中国共产党人的作家的社会责任感凝结为一体的，这是出于年富八十的生活阅历、政治素质及艺术鉴赏修养等等的沉积层的产物。

另外，我们的当选作品中，还是反映时代角落的多。虽然时代的阀门是摸到了、打开了，照亮的却只是一个角落，还没有摸到主要的阀门，还没有照亮我们这个时代的广场。我们也需要反映时代各个角落的作品，但我们更需要反映时代广场的，不仅是优秀的，而且是伟大的富有概括力和思想性的作品。我们需要自己的《静静的顿河》，也需要自己的《被开垦的处女地》。在这点上，报告文学是走在前头了，如《关东奇人传》。现实生活中出现的典型人物已经走在前头了，步鑫生式的厂长，陈秀云式的伯乐，已经出现在现实生活中了。相比之下，我们的文学还落后于现实。

　　是的，赶上这个距离还需要时间。我们的某些作品，已经接近于这种伟大作品的边缘了，已经属于反映时代广场的杰作了！我们有这么多富有才华，而思想气质未受什么污染的正直有为的中青年作家，我们的革命现实主义文学艺术，必然会进一步繁荣！希望寄托在这一代！

一九八四年五月二十八日

白各庄小记
——北京郊区纪实

一

白各庄是带动顺义县农村经济走向繁荣、富裕的"领头羊"。

"一石激起千层浪"。一九八三年白各庄平均每人过千元的分配数值像投进一潭静水的石头,震动了全县大大小小的农业生产队,因而一九八四年顺义全县乡镇企业由一九八三年的一千八百多个,发展到二千五百多个,工厂企业的产值,一九八〇年只占百分之十九点二,一九八四年已占百分之七十左右了。今年头八个月的统计,全县平均每人就能比去年多拿一百零七元。

白各庄在北京市农村经济的富裕、繁荣方面,是和房山县的窦店、大兴县的留民营、昌平县的四合庄各具特色,并列前茅。

二

白各庄过去和顺义县一般农业生产队一样,从一九六六年到一九七七年每年每人平均不过百元上下,就是有所增收,也就是两三元。哪里会想到不过六年的时间,每人平均收入增长了十倍。在这个劳动日值的上升数字上,反映着党的十一届三中全会以后富民政策的光辉。这就是白各庄这个农业商品生产经济领域里的宝石所以闪闪发光的光源所在。

三

我在三十五周年国庆前夕,有机会随着市政协参观团体到顺义县马坡乡的白各庄作了一次匆匆忙忙的走访。

首先看到的是白各庄刚刚落成的一所别墅式两层砖瓦建筑楼舍。说是上下六大间,实际是两明一暗,四大间居室,中间是楼梯,算是未来布置客厅或餐桌的过道间。楼上楼下左右各两大间,都是前后玻璃窗,后面可以看到堆积着玉米棒子的大场院、牲口饲养棚;前面有砖砌花的大阳台,隔着一块比足球场还宽阔的院子就是一望无际的庄稼地、一望无际的蓝天。这座别墅式两层楼农舍左右是两座红砖红瓦的两层楼,还没有安门窗,墙壁也没有粉饰,显然这还是刚刚兴起的建筑,它们标志着八十年代现代化的未来的新式村庄的建筑规模。

白各庄确实富裕了,别墅式的两层楼农舍,个人出六千元就能买一套,订购的社员还要排队的。因为今年每个劳动力平均可以拿到一千八百元,全队农副业总产值将达到一百四十万元,比去年的九十四万元增加约二分之一。我们在这个别墅式的新农村建筑上,也可看到三中全会以后,党的富民政策所产生的威力和效果。城镇与农村的生活距离在大幅度缩短。彩电和冰箱是这里的热门货。这种变化速度是三十五年前人们做梦也不会想到的。

四

接着,我们又匆匆忙忙地走访了白各庄五个工商企业中的三个。

头一个是矮墙围绕的不起眼的塑料厂。两大间平房是作业车间,值班女工不过五六人,外面是草席搭的工棚。那遮阳棚下地面上铺的也是席子,一两个女工正搞"原料加工",就是各人手持一把剪刀在剪碎从北京市塑料厂购进的各色下脚料。购进黑色的下脚料,一吨是九百五十元,其他各色一吨一千五百元,而加工成"塑料苫布",每吨售价二千六百元。一九八三年全厂九个工人,今年扩大了营业额,职工也增加了,现在是十九人,预计总产值达二十万元,纯收入十万元。

因为是随团体去走访,我也只能匆匆地走、匆匆地看。在遮阳的凉棚底下,我终于有机会和一位叫郭淑兰的老年女工谈了几句话。

"去年一年你总收入是多少?"

"去年,我一个人,连工资带奖金,加上其他的,不过两千元。我儿子挣得多。家里五口人,四个劳动力,也是万元户。"

据县委书记说,顺义县的乡镇企业,一般是工人拿计件工资,超额有奖;厂长或经理没有固定工资,多是浮动工资,年终得的效益工资,是他们所经营管理的工厂、企业的纯利润的百分之三。如果按这个规定算,这个厂纯利润如果达到计划要求,那么这个厂的厂长的效益工资就是三千元。而白各庄生产队除塑料厂外,还经营着地膜厂,水泥厂,活动房屋厂,汽水、冰棍厂等,还有一个队办商店。那么生产队长的效益工资是多少呢?一九八三年的三千元有零的数字是挡不住的,一般估计应多得多,这就克服了"铁饭碗"的弊病,也摆脱了平均主义这个绳索的多年束缚。

五

再说白各庄的冰棍、汽水厂。院子也不大。朝阳的北房和作为车间的东房,可以说,窗明几净,清爽得很。这个厂日产汽水一千八百盘,每盘二十四瓶,旺季一个月就是四五万元的盈利。

规模大一点的是地膜厂。设备是从云南引进的,据说有些原料是进口的,在机器旁的操作工也不过三五个人,而今年这个厂计划总产值达三十万元,纯收入也在十万元以上。

从以上三例,我们可以看到农村商品生产是走向繁荣、富裕的门径。

六

一九八二年白各庄每人的平均收入在全顺义县是数得着的,也不过三百二十几元,而一九八三年猛增了两倍多,全村实现了公费医疗,老人有生活补助金,可以说,一年之内是在高速度地发展着。

白各庄生产队的社员分配数字在顺义县已是稳拿今年的金牌了。每人平均年收入将达到一千八百元以上,这个数字在一九八四年度,或许在北京市菲菜区生产队中也是名列前茅的吧!

题外有关的话
——在厦门大学丁玲创作讨论会上的致辞

一

我只是丁玲同志作品的读者,当然也是她在中国的革命文学路程上的一个一般性的战友。

因为丁玲是二十年代后期的左翼作家,而我是三十年代后期才跨入这个"左联"已经宣告结束的——左翼文学界里来的,是晚辈。所以只能说是一般性的战友,且在一九四九年第一次全国文代会前夕,才和她见面于北京饭店。因而可以说,我了解她,比她了解我多,我读她的作品,也比她看过我的小说多得多。但对她的作品我只是作为一般读者来读,说不上是研究者,自然在这里就是讲些题内的话,也是一般的。

二

例如,我一九三六年到上海之后,已知道她为国民党特务所绑架,且不知是否还在人世,音讯渺茫。当时读她的名作《莎菲女士的日记》,用今天的话来说,感到这是中国新现实主义文学方面的一种创新之作。对于莎菲这样一个二十年代的典型的新女性,我感到亲切。她所不喜欢的身边那两个性格全然不同的青年,我也同样不喜欢,这是读来感到亲切处。但对于这个亲切的女主人公又有所惋惜,觉得作者对她笔下的这个女主人公也同样又是赞美又是指责。这个莎菲确是那个时代的反封建、追求个性解放的典型人物。倒是对于这个女作家在赞赏的描绘中，又有含蓄的批判的细致而又独具胆识的艺术表现力，很钦佩。用今天流行的话来说，两个字，"服了"。自然，对于这位女作家生死未卜的命运，就分外地关注了。直到抗战之始，读到《丁玲在西北》这本广为流行的小册子，很庆幸这个富有才华的左翼女作家仍在人世，且换了戎装。当时那种欢喜与宽慰的情绪，是可以想象到的了，并且还曾冒着风险，把这本小册子同斯诺的《西行漫记》作为统战工具，借给当时驻扎浙江古称"剡溪"之滨的三界茶场十六师四十八旅旅长读过。以后初访在义乌乡居写作的冯雪峰同志，才知道她是在党组织秘密协助下逃出南京国民党囚牢的，是在有名的杂文家聂绀弩同志化装陪护下奔赴西安的。我虽然还未和这位传奇式的左翼女作家见过面，而对她作为共产党人所具有的坚毅不屈的气节，以及不惜生命、甘冒艰险潜赴革命圣地延安的大无畏气魄，还有她的政治信念的坚定，感到可佩！这又深于初读《莎菲女士的日记》而有的对于作家的才华和胆识的钦佩了。自然这是属于丁玲创作研究的题外话之一了。

再次读到丁玲的新作，是四十年代我在桂林和重庆的时候了。

我曾经应《抗战文艺》的负责人冯雪峰之约，写过一篇关于《我在霞村的时候》的书评。这是我首次写的小说评论文字。特别是《夜》，直到现在印象仍然很深，我仍然认为是美玉般圆润而透明，是属于世界文学宝库里的传世珍品。如果今天来看，还要加以补充的话，那么我要说，当时我还没有认识到这篇小说是标志着中国革命文学一个新的历史阶段的开始，即当代革命现实主义的第一篇作品出现了。自然新现实主义文学所肩负的反帝反封建的历史任务没有变，那么怎么在新现实主义领域中又会出现新的历史阶段呢？是的！我是指从微观文学史方面来说的。因为历史任务虽说没有变，但属于决定典型人物的典型环境却是变了，《夜》是一个出现于中国的属于社会主义初期性质的典型地区的社会生活的反映，因而在《夜》中出现的农民，是新型的农民，他的感情、意识、道德观、爱情，都处于新旧交替之间。

因之，它的色泽是不同于鲁迅的《祝福》、萧红《牛车上》的。这是出于两个区域、两个阶段的社会生活的结晶，它们还有一个明确的分界线。国统区的革命文学，实际上是以暴露半封建半殖民地的阴暗的社会生活为主，祥林嫂是批判现实主义文学的典型，而《夜》是诞生在黎明之前，在那个布尔什维克的村干部身上闪耀着一种为作者所赞美的时代曙光。这并不只是丁玲个人创作上的风格的变化，而实质上是为时代以及特定的社会环境所决定的色泽。虽说是《夜》，但读者如大白天戴着墨镜走入那牲口棚般的明快。

在《夜》之后，出现的有孔厥的《苦命人》，但后者的批判现实主义情调还浓一些，同样是对于新型人物的歌颂，属于当代革命现实主义初期的珍品。

三

五十年代，丁玲荣获苏联斯大林奖金的长篇巨著《太阳照在桑干河上》，如果和三十年代出现于中国新现实主义文学领域里的另一部长篇巨著《子夜》对比来看，那么它们标志着两个历史阶段的新现实主义文学的历程，反映了两个历史阶段的两种典型社会生活和人物。严格地区分来说，前一种是批判现实主义的文学，后一种是属于当代革命现实主义的文学，色泽尽管不同，所负的历史使命仍是共同的，都是各具民族形式与时代意义的不朽之作。任何以"图解"之类名词，企图贬低它们的文学价值的理论，除了为反理性、反主题思想的什么流什么派所欢迎之外，是丝毫无损于它们在中国新现实主义文学史上所具有的地位的。自然，这些都是遥远的过去的事了。

四

我们今天这个会，依我个人来看，不仅要总结过去，改变丁玲在国内文学史上的地位，也必然会对我们中国的革命文学的未来产生影响！

因为丁玲的创作历程，代表着我们社会主义文学的创作的方向，我之所以不远迢迢数千里之遥，赶来参加这个盛会，就是由于此。这会关系到我们当代革命现实主义未来的繁荣的！

八十年代，我们的社会生命，经过十年"文化大革命"之后，幸存下来，而"复活"了。丁玲以近八十的高龄发表了短篇小说《杜晚香》以及许多散文，我都读过。我个人认为丁玲同志晚年的散文，超过了她自己在小说方面达到的境界。

例如，《苏州亭园》是可以和唐宋八大家的传世之作媲美的。

这是一篇约两千字的短文，语言是那么洗练，信笔写来，却含有很易解的哲理。这种思想境界，形成灯标式的主题，因而不妨约略在这里谈一下。

文中写到在美国纽约这个摩天大楼林立，汽车如滔滔流水般的繁华都市，她却走进另一个天地，走到在纽约有名的一座博物馆，来到一座紫檀木色的木门前，木门里还有一道屏风，这已经是一幅富有中国建筑门面风格的画面了，在屏风后出现的就是苏州式亭园。两棵芭蕉、一丛翠竹、假山、长廊、小亭，作者说就像走入一幅典雅的画一样，是那么幽静，使人感到心旷神怡，把读者完全带到我们祖国所独有的江南亭园的建筑艺术境界里去了。但在这里，作者笔锋一转，从中国的古老文化在世界上受到喜爱和尊崇，从苏州亭园提到齐白石的画、唐诗、宋词与《红楼梦》，结尾点出国外喜欢的是深刻地反映我们中国社会生活的东西，是真正的"中国货"，这就使读者自然而然地想到我们中国文学所应走的道路，要求我们富有革命教养的作家，不要在影片和作品中搞好莱坞的那些早已失去了四十年代新现实主义光彩的破烂货！要知道，这是在党中央提出"清除与反对精神污染"之前，而党中央所采取的是从群众中来到群众中去的科学的工作方法。这第二次警钟敲得同样及时而重要，是有历史意义的。

这篇两千字左右的短文，达到了艺术性与思想性谐美的统一，而且反映出来，作者虽身在美国纽约，而心魂却仍回绕在祖国的社会主义文学艺术的方向上。这是很值得我们深思的。

自然，作者不是反对"拿来主义"的，而是反对丢掉了我们中国的文化传统，在中国新现实主义革命文学来说，就是丢掉了我们的鲁迅和茅盾。

我们从三十年代走过来的人都知道，在旧中国的文学艺术界，从五四运动以来，就出现两大派：一派是以鲁迅、茅盾为首的属于左翼的革命文学派，他们是新现实主义文学的开拓者；另一派是以胡适为首的旧写实主义者，他们的著作也还不是没有丝毫可资鉴赏的意义。但我们终究不是为艺术而艺术的作家，我们是有着崇高理想的革命作家，站在当代革命现实主义行列里的作家。

我们优秀的古老文化传统，包括世界名著在内，为我们的当代革命现实主义文学提供着蛋白质、脂肪、碳水化合物、钙与铁。古典主义的优秀京剧、山水画，是我们的并肩之"盟友"，同是在为祖国的社会主义服务，同属于社会主义文学艺术的这个百花竞妍的园地的花朵！但我们毕竟还有一个明显的分界线：因为我们还负有改造社会的使命，不仅仅是说明世界嘛！自然，在改造客观世界中也改造我们主观的认识。显然，这已是在今天有的青年或者看作是无所谓的话了。

但我要在这里借订补这篇讲话稿的机会补一句：

在新现实主义文学旗帜上，是染有我们先烈的生命之血的。三十年代是柔石、殷夫、胡也频等有名五烈士的血。四十年代染着闻一多、邱东平、辛劳的血，后期又有骆何民、陈子涛等"文萃"三烈士的血。六十年代，邵荃麟、老舍应是代表人物！

自然，这又是题外的话了！

五

再说丁玲另一篇散文《会见尼姆·威尔士女士》。尼姆·威尔士这个名字读者或还不熟悉。如果说，海伦·斯诺夫人，那么只要读过抗战初期的那本畅销书——即前面提到过的《西行漫记》的读者，都会知道。这是一个随着丈夫在旅途上经受了摆脱国民党反动派当局布置的监视网的风险，秘密到达延安的美国朋友，后来随同丈夫在延安进行了多方面的采访而终于以《续西行漫记》驰名于世界的女记者。

在这篇散文中，我们印象中不但留下了那个早已失去三十七年前潇洒英姿的老妇人的形象，还有她那连心爱的小猫也租给房客了的贫困态势。文中也提到这个年已七十五岁，依靠一点数目可怜的救济金（一个月百多美金）生活的老人，是须臾不能离开床头氧气瓶的，但她勤奋不息，积累有三十二部手稿却一直得不到出版机会。因为她说："这儿有在中国不可能有的最坏的审查。"于是以"自由世界"盟主自居的美国的"出版自由"的实质，跃然纸上。这不仅是诗般抒情的友谊的回顾，在这里作者同样也提出理性的含而不露的论点。这样就使艺术性与政治性达到完整而和谐的统一，这是一般单纯的故友重逢之类文字或自然主义式的旅游文字或纯理论性的分析论文，不能相比的。

在这篇散文里作者提到，因为在访问时女主人海伦·斯诺夫人交给她的信——后来译出来了，作者才知道这位美国的左翼朋友原来比自己所想象的还贫困，于是立即从纽约急急忙忙寄了"一小笔款"，作为赠送她过圣诞节的"贺仪"。这"一小笔款"是丁玲在一个美国大学里的讲演报酬，是多少呢？五百美金，等于海伦·斯诺夫人近三个月的救济金。五百美金，对斯大林奖金获得者来说，确也不算什么，是一小笔款。但不然，这是对海伦说的，是"微不足道"，在丁玲这方面可并不是"一小笔款"，作者是并没有什么储蓄的。我问过"那笔斯大林奖金呢"，丁玲同志说："是七万元的支票，还不是这只手接过来那只手就拿出去了，社会福利事业需要嘛！"问及《太阳照在桑干河上》的再版稿费呢，说不到二百元，她还没有说作者要买这一版书，赠送国内外的旧友新知呢！二百元的稿酬，不够这笔购书的开支！在这里就说明，我们的年已八十高龄的女作家并非一般的风格了！五百美金，在丁玲来说，是一大笔款，这是慷慨的馈赠，同时这也向我们提出一个问题，那就是我们需要一部实事求是的保护著作人权益的出版法，二十年绝版之后的重印书，不等于连续十年，年年重版的著作。我们多数著作者的稿费不是太多了，而是太少了。如果按过去的百分之十五到二十的版税来说，以低的百分之十五作标准，那么就是扣去百分之五交给作家协会做社会福利基金，仅以百分之十说，我们的多数作者都可以不需要国家的工资，而且有的在中国儿童福利基金的捐献上，也不至于连百元也拿不出来了。

中青年作家恐怕也不一样，同样多数是并不宽裕的。就以陈祖芬为例来说，应该说是多产的！因为她是报告文学作家，反映今天，就要投身到今天的转折期的时代激流里去，在典型社会生活里深入采访，生活那么一两个月，就算是三两个月写一篇，一年也不过四五篇。但有的文章在报刊上发表了，稿费正够补还从那报社里借垫的来往出差的旅费，而在采访中，还有不得不付的与被访者共餐的餐费呢！

自然，这是第三类的题外话了。

六

最后我要谈的题外而有关的话，是丁玲对于我们中青年作家的关怀。

不久前她发表的为自己散文集写的编后记里，却尽是向读者热情洋溢地推荐邓刚的作品，她给予刚刚出现于当代革命文学的新作家这种鼓舞与赏识，是很不平常的。可以看出她为我们祖国新的战友的出现，怀着多么高的欢欣情绪。

据说，在这篇编后记发表前后，在一个座谈会上对于另外一个已负盛名的中年作家的作品，却说过委婉而并不以为然的话。显然丁玲同志是以两种态度来对待这两个作家的，这后一种态度，尤其是对一个已负盛名的中年作家来说，也是一种关怀，而且是难得的关怀。因为在今天，有时是过分敏感的文艺界，属于"开罪"人的评论，是很少有人说的。这也反映了丁玲同志潇洒不羁的豪爽风格。实质上，一褒一贬都说明她对中青年作家的期望和爱护，是同样的关心、同样的爱护。有朋友问及我，我就这样回答，并不是后一作家文字写得差，而恰恰相反那是一篇炉火纯青的佳作。而丁玲以八十高龄来加以褒贬，因为它是关系到我们的当代革命现实主义的发展方向。赞扬前者，是因为它反映了我们今天的时代社会现实生活，而苛责后者呢？却是因为它避开今天的现实，而有趋向于"消闲文学"的倾向。当然，如果作者处于晚年或偶尔在这一"消闲文学"作一扩大读者面的尝试，也未便苛责，因而不以为然地那么点一句就很必要，而且来自丁玲，我认为是珍贵的。

七

我的题外话，也可能解释得走了样，有的观点没说透，或与丁玲同志的褒贬的原意不尽相符，这方面的偏差责任自然由我来负。不对，请批评！

一九八四年七月三十一日根据录音订补

关于环境

我这里要说的不是自然环境。

我们的祖国领域广阔，到处有秀丽的山、明媚的水，自然，由于工业的发展、旅游事业的繁荣，水有污染问题，草木有整洁问题，空气也有净化的问题。怎样来保持它的洁净、它的优美，是已经为我们党和政府部门所注意的了！同样属于现代化建设的设施问题。

关于社会环境，也有一个为那十年"文化大革命"留下来的污染，也需要净化而也正在进行着净化的问题。倡导理想、纪律，加强法制教育，都是这种净化的手段。

我这里说的也不是这些，而是属于意识形态领域的——我们有着近五千年历史的古老文化的物质环境。

例如处于陕西黄陵县的轩辕黄帝陵，我们在清明节的祭祀，出现于电视的银屏上了！

这说明我们的党和政府领导同志，也在开始着手于净化我们的古老历史——在半个世纪之前所遭受的一种随着反封建而来的主观主义的否古论者给予的污染了！

明明夏禹墓有姒氏族系世代相守以祭的谱系记载，却不去研究，偏偏从《说文》所载："禹"为"虫也"，而加以否定；明明有帝少昊的陵墓建立在《帝王世纪》与《水经注》所载的黄帝生于的"寿丘"（曲阜之郊）之前，却一概视为神话。甚至于殷墟出土了夏禹婚宴青铜礼器的"司母辛墓"，也释为殷高宗"妣辛"，称"妇好墓"（注：详论见《湘潭大学学报》一九八一年第二期）。主观主义对于我们古史的有意、无意污染已半个世纪之久，不可谓不严重！

　　该是净化一番的时候了！手段在于真正的百家争鸣，要"辩"。

一九八五年四月

七星岩下怀故人

今年七月应中共桂林市委召开的抗日战争时期专题党史座谈会之约，又一次来到一别四十一年之久的这座有名的抗战文化城。这座漓江之畔的名城，在我的文学生涯中，占据了一个闪光的位置。我像回到了故乡一样，感到山亲、水亲、树也亲。不须说，得幸于晚年旧地重游，感慨之情真是风起浪涌。

首先是桂林新式盒型高楼遮住了昔日盆景式的山水，自然这是我在榕湖饭店远眺的印象，而且一看到七星岩山峰半露，就又想到当年在警报中常常就近躲避的七星岩下的自然形成的"防空洞"，于是耳傍就出现了当年最令人心震撼的一句话："挂了两个灯笼了！"这话是带着浓重的广西乡音的官话——"了"字尾音拖得很长。这就是说敌机已临近了。这个紧急空袭警报，是由独秀峰的山顶所树立的高杆子上出现的灯笼数字为标准的。一个灯笼，还属境外发现了敌机，如果挂起三个灯笼，那么就是向市民宣告，敌机已临上空了，而以两个灯笼为躲警报的紧急标准。自然立刻又想到当年在七星岩下的溶岩洞里常常不期而遇到的石联星同志。那时，她已与我的年长好友而今仍然健在的杂文家分开了，但仍在苏联名剧《大雪雨》中扮演主要角色。看到七星岩半露的山峰，石联星的柔音笑貌就仍如她生前一般浮现在我眼前，仍如五十年代之初，我们又在首都的第一次全国战斗英雄与劳动模范代表会上相见一样，那时我们是或做来宾或做特约记者的列席人员，她主演的《赵一曼》影片还在上演着，因而在休息的茶座上，她是很为那些外省来的部队代表、战斗英雄所频频瞩目的人物，那时她已在延安结婚并生了一个男孩子，但柔音笑貌仍如在桂林，是那样光泽照人，健捷的步态未变，悦人的善良性格也如旧，哪里想到她竟会先我而逝。

　　记得是在北京劳动人民文化宫的社会活动中我碰到了她的丈夫电影《骆驼祥子》的导演凌子风同志，他告及我石已经因病住到首都医院去了，我也答应要到医院去探望，但因为淹没在日常的案头工作上，间隙中却常常想到该去首都医院了，临到挂电话要车了，又想还是中秋节去，带点月饼水果之类的东西，却想不到她的病情如此险恶，竟然意外逝世，我再也实现不了这个一周曾经几度缭绕心头的慰问她于病床之前的愿望了！这是一个大的遗憾！可因而却在脑海中仍然保留着一九三八年她出席全国政协会议闭幕式之后，在我寓所与桂林时期来京开会的好友饯别宴上的音貌。那次有上海的友人姜庆湘、湖南的友人彭燕郊，还有聂绀弩夫人周颖，除了后者，我们都称石为大姐的。对于后一人，我们同样称作大姐，不过有时加一个"老"字。不须说，对于周颖老大姐我们是敬，对于石联星大姐我们是亲，因为究竟我们和石在桂林相处的日子多，且熟的缘故。

　　也想到抗战时期以主编《七月》而对中国新现实主义文学作过优异贡献的理论家胡风。当年他就住在七星岩附近的民房里，有着一道板壁小院。我当时由于和聂绀弩同志两人合编《文学报》期刊，为了组稿，曾经是这个小院里的常客。来自延安的丁玲的短篇小说和田间的诗抄，都是经由胡君之手转我而在《文学报》"革新号"第一期上发表的。以后在胡风问题上，仿佛由于诗作是通过胡风在大后方的国统区发表，田间受过严峻的批判，而我总认为胡风在这一点上却正是起着在大后方的国统区扩大来自革命圣地延安的社会主义现实主义文学的影响的政治作用，这也正是胡君的功绩所在。总之，我们的友情可以说是从这里奠定的，是一种向往延安、倾向革命的基础。以后，由于一九四五年在重庆中苏文协一次纪念萧红逝世四周年的座谈会上，我们的观点发生了分歧，五十年代初，虽然在北京相遇如初，但已不及桂林时期的亲切了。因为我们这位在大后方很有影响的理论家认为萧红自和萧军分离后，就在文学上日渐脱离现实趋于消沉。实际上，这是由于一个居于国统区的倾向革命的作家，都在受着历史条件的制约，具体地说，受着国民党的图书杂志审查的胁迫和限制，这是论者不能不考虑的一个问题。何况萧红仍在勤奋不休地进行着不断的文学创作，怎能说是"意志消沉"或"政治方面消沉"了呢？

今天看来，似乎是很明白而简单易解了。这就是说，她的《呼兰河传》是一部除了鲁迅的《祝福》，目前还很难找出可以和它相媲美的文学作品，有着这样浓烈的反帝反封建的艺术感染力，更不要说"超过了"！在她那抒情诗一般的语言里，是笑中含泪的，她为我们留下了一幅东北旷野式农村社会的缩影，为我们留下了炭画式的为农村封建势力和迷信所摧残致死的一个原属活泼健壮的少女形象，还有默默地在与农村封建势力抗拒着，以挣扎求生的磨倌冯歪嘴子等等感人神魂的诸般属于中国三十年代的农村人物的形象。

总之，我们这位在抗战时期主编《七月》，曾经做出优异贡献的理论家个别观点虽不免有时偏颇，但是从不隐瞒自己的文学观点以媚世，不愧为风骨昂然一豪家！如今他的遗容出现在我的脑际，但已是一九八二年在一位老同志家中做客的最后一次相晤的印象了！

自然，更想到今天仍然健在的年已八十有二的老人聂公绀弩了！看到七星岩多就想到他那篇有名的《韩康的药店》。这是皖南事变后的出现于抗战时期的一段阴暗的历史标志，也想到他那"五月裘公"式的（不为外界炎日所影响）在政治上和经济生活上洁身自持的精神，它既有民族的传统如李白的潇洒风度、魏晋时竹林贤者的放任不羁的性情，却又有着布尔什维克的战斗式豪情和敏感。

今天，我们虽然同处北京城区，但一年之内见不到两三次。现在远眺七星岩山峰，他当年或手持手杖，或臂下挟着手杖而步履轻捷，情似少年般的俊逸模样，又出现在我的冥想之中，由于十年"文化大革命"中的长期囚禁,他如今已惯于整年在床上躺着阅读、思考、写作,而两膝的关节筋络已经僵化,不能伸直了。虽然如此,他却仍勤奋于读、写,这种职业性的勤奋不息,我是深深理解的,因为这时作者把他生命的意义已经完全寄托在自己的笔下了!离开了它,一个文学家的晚年还有什么生命价值呢?这价值,会反映在社会效果上,会反映在人类文化发展史上。

我远眺着七星岩山峰,怀念他,并遥遥为他祝福!

一九八五年九月十三日

悼念丁玲同志

一

正如国内版《人民日报》三月五日关于丁玲同志于四日在北京逝世的标题概括她八十二年的一生所说，丁玲是"一生与中国人民的命运紧紧联系在一起的——著名作家"，这是科学的总结。丁玲同志确确实实，一生贡献给养育自己的民族与人民了，她是中国共产党的优秀儿女，当代文学界的巨人。她的不平凡的一生，也正反映了我们中国的革命的起伏与曲折，而她始终是与中国人民共命运，始终是为了一个共产党人所应有的崇高理想而拼搏而战斗终生。她不是置国家人民命运于不顾而去探索什么文学艺术的奥秘的作家，去探索与国家、人民的命运、理想相脱离的什么人生价值的！

因而她在一九三三年五月，正是我们民族遭受日本帝国主义者侵略的危难之际，为国民党反动派特务所绑架，又是必然的。因为她不是一个置人民命运不顾的，置反帝反封建的历史使命与作为一个有着崇高理想的作家所肩负的社会责任于不顾的为艺术而艺术的作家。

她之所以未死，一方面是由于宋庆龄、蔡元培、鲁迅、杨杏佛等国内著名民主人士的呼吁营救，一方面还由于得到当时国际著名进步作家与民主运动领袖人物古久里等人的声援和抗议，这也是必然的，因为罗曼·罗兰、巴比塞同样是自觉地肩负着人类正义与崇高理想的进步作家，不是为艺术而艺术的，不是离开人类正义与理想而去做人生奥秘的探索者！

二

丁玲同志的一生是为崇高的共产主义理想社会而奋斗不息、拼搏不已的！而且她从不隐晦自己的观点。

当一九八一年十月三十一日她在美国爱荷华大学国际写作中心举行的中国周末活动的一次演讲中曾说：

（中国）作家们在刑场上、监狱中，和其他革命烈士一样慷慨牺牲，从容就义。这些正说明中国新文学的一大特点。中国新文学的生长发展是同政治密不可分的。新文学的花朵是染着烈士们的鲜血的。（注：见丁玲著《我的生平与创作》）

又说：

因此（抒写对旧中国封建社会的愤懑与反抗）我很自然追随我的前辈如鲁迅、瞿秋白、茅盾等人和他们一样，不是为了描花绣朵，精心细刻，为艺术而艺术……我是为人生，为民族解放，为国家独立，为人民的民主，为社会的进步而从事文学写作的。（引同上）

同年十一月十六日，在纽约哥大的演讲《我怎样跟文学结下了"缘分"》再次宣称：

中国的文学、作家历来多是与政治有不解之缘的，无法分开，社会条件决定了这种关系。

当然，中国也有一些为艺术而艺术的人，也有一些作品写得还很好……但他们所号召的"为艺术而艺术"发展不下去，莫说郁达夫从未写过浪漫主义作品，他一直是写实的，就连郭沫若后来也转了方向。这个国家和人民所需求的不是高雅的，脱离人民群众斗争的"纯"艺术品，而是要求反映他们所遭遇的病苦，说出他们的愿望，这就是为什么"文学研究会"（以茅盾、叶圣陶为代表——原注）最早的理论到今天还能存在的原因。

以上，就是丁玲同志对于中国新文学的科学的分析与科学观点。她是反对脱离今天我们的人民在建设改革中的斗争实际，而去搞什么置社会责任于不顾的"纯"文学艺术的。

三

我们为了纪念她在中国新文学上所建立的，今天看来，已越来越显著的科学论点（包括她现身说法式的一生所经历的各个历史阶段的一个战士的韧性的战斗精神），我们是应该接过她所高举的新文学旗帜——它上面标志着"新文学为人生、为人民、为社会的进步"而奋斗的遗愿，染着先驱者的鲜血的新现实主义的旗帜继续奋斗，写出我们今天的伟大的第二次革命的新中国的社会现实来！这应是我们有志于继承新现实主义鲁迅、茅盾传统精神的中青年作家们对于这样一个旷代作家丁玲的最好的纪念！

一九八六年三月八日

"七次量衣一次裁"
——致《井旁琐记》作者信

一叶同志：

七月四日回京以后，初则疲倦，继则热伤风，因而只能浏览式匆促地读了寄来的大作，也约略地谈了谈我初读几篇散文的随感，而意犹未尽！

近年来读的作品，虽不多，但确有一些难忘之佳作，如吉林延边作家陈景河的中篇小说《五峰楼传闻》、陈祖芬的名作报告文学《经济和人》，我是写过评论的。还有黑龙江的"七月"风格的女诗人刘畅园，我认为是继艾青、绿原、冀汸之后，很值得我们注意的一个有才华的当代诗人，可是我们的国家太大了，刊物和有才华的诗人、作家仿佛是比比皆是，因而不作评价，是很难为青年读者所重视的，而我停笔十年，又离开文学创作十年，二十岁左右的人就很少知道了！因而作评介也是影响有限的！所以几次想评介评介这位未为评论家给以应有注意的女诗人，但又受牵制于杂务，且限于须翻阅有关书刊，就这样思绪几次起伏，几次中断，拖拖拉拉，始终未写一字！

实际上要评介的还有，例如一九八四年我在《北方文学》上读到一篇署名学利的短篇小说《高高的青岗岭》，很有柴霍夫的构思风韵，想写点什么，但为什么打断了我的构思，于是也没写一字。一九八五年读到《北京文学》所载之短篇小说《浣江静静流》，也同样，有种是未来的大手笔的感觉，同时不知不觉地在读后品味当中出现了和《高高的青岗岭》相比较的念头。一篇的女主人公是乐天派，由于爱最后宁愿牺牲自己而为异母妹培植幸福，自己完全担负起护理病瘫老人，还有修道工的接班人该担当的烦琐而又须要体力劳动的公私杂务；而另一篇是一个年轻的母亲为了摆脱寂寞而单调的限于浣江水上木筏上的打鱼生活，也是为了改变孩子的未来的命运，居然"私奔"式地抛下丈夫和孩子奔向诱惑着她的、有着动人歌声、装有马达的电机驳运船只来往繁华上海去了！一个是古朴之风感人的健壮、活泼的北国姑娘，一个是朴素却又柔美的江南少妇，前者心魂美于后者，而后者要改变自己和孩子处于闭塞无知状态中的命运所体现的开创式的胆识，又是超过那个女修道工的。总之，很可以从自然学与社会学，民族传统的美德和冲破陈旧的生活观而追求自己所憧憬改变固有处境的新观念两方面去比较，也或会对反映今天现实的当代文学研究者有所启发的。应是"一石二鸟"之论。但在思考时，又见到后一篇小说作者赵锐勇已经作为新闻人物，将要骑着自行车沿顺黄河（或长江）去作采访式的长途旅行了！既然作者已是为新闻界所注意的一个作家了，再作评介，就非比一般，要作深入的研究才能着笔了！于是也未及铺纸就又作罢了！

关于尊作《井旁琐记》，如果不是今天，刚刚于昨天清理了案头的积压，《左传新解与古史新辩》的编后记又脱稿了，有关此次南行的文字还未着笔，如果今天不着手谈谈这篇散文的读后感，作个简略的评点，一拖下来，不知又会为什么意外的会务打断而流产了！

记得对《井旁琐记》，前信我说过类似"是第一流的散文选材"，只是笔墨还"生硬"一些，如果再作深一步的构思，那就是一篇"天衣无缝"的佳作了！

为了评点得准确一些，我不得不再次翻检你寄来的《遵义报》细读一遍，这样我落笔仿佛是就有力了！自然，是自以为如此。

这篇散文，虽然短到不足三千字，却反映了两个历史阶段，它是以路侧井旁一个不幸居民的命运变化而概括地再现了。这是作者着眼点大，也是我作为"第一流散文选材"评价的根据，它体现在人物性格、精神态势前后变化与对方心理反应及情绪起伏的结构上，这种感情起伏的结构，就是散文所具有的一种音乐性的旋律，是艺术的结构。但在属于情节的表现方法上，还酝酿不足，味道还没有达到这种情绪结构所应有的醇度，也就是酝酿的酵期不足。应该反复斟酌，在情绪的描绘上，应该作两三个线索和色泽的选择。尤其是在情节的剪裁上，尺度应恰如其分，考虑到它的典型性，因为这是关系到政治效果的情节，用传统的说法是关系到主题思想，今天来说，是关系到它的社会效果的。

具体地说，尊作中有这样一段感情的抒发，在这里也正是作者的政治观点的闪光处，如果不具备这一点，就等于一个国王而不具备王冠一样，就不是"第一流的散文选材"了。现在不妨在这里引一段：

> 其实当时我认定他是疯子。一想到此，我不由联想到井边那一幕，我忽然明白了，原来，那些整人害人者是多么聪明（聪明该加引号）呵。简直是危险！把一个发现他们一点秘密的人说成是"疯子"，让他永远和人们隔着一层可怕的屏障（该加"无形"两字，为"无形屏障"），使他在窒息中死去，这手段是何等残忍而掩人耳目呵！

在这里，我希望你能找找上海版《文汇月刊》（一九八五年第八期）所载诗人邵燕祥《读一篇悼念文章想起的》纪实文学。诗人所想起的是一个曾在北京大学中文系的彭令昭（林昭）这个戴了"右派"帽子而拒不认"罪"的女杰，在十年"文化大革命"之前已由"劳改"而被捕入狱了。

> 她在狱中不断唱歌，不断写诗，也不断地绝食，甚至经常割开血管写血书……她继《海鸥之歌》和《普罗米修士受难之日》

之后,又在狱中写了《呵!大地》《献给检察官的玫瑰花》《家祭》(纪念"四·一二"政变中牺牲的她的舅父许金元烈士——原注)……在接到从有期徒刑二十年改判死刑的判决书时,又留下了最后一份血写的遗书,《历史将宣告我无罪》。

林昭是一九六〇年十月入狱,一九六八年四月二十九日遭杀害,在狱中一直拒不认罪,斗争了近八年之久而终于含冤死去!那么,你会不会想,这个井旁的箍桶匠"因'吹牛'时无意中涉及一位大首长,有人告了密,被造反派以'恶毒攻击'的罪名抓去蹲大狱"很久以后,以"疯子"宣告开释,还可能是一种有正义感的马列主义者在不得已的形势下所采取的一种庇护手段呢?如果这样来认识,也许是能概括一般,有它的典型性,而罪恶就归于那为首的林彪及"四人帮"一伙反革命头目身上了,政治效果不是在文字之后虽隐约却又明确如画么?

再说情节方面需反复斟酌作选择的地方。如,以"我"自称的人物在井边初遇"疯子"时,读者毫无心理准备,是来得很突然,自然,这也是一个荒漠上的旅人途中突然遇到森林,森林之间又突然出现山崖、溪谷一样,正是奇笔惊人,为探险读者所要寻找的"幽处"。

例如,文中的"我",一开始自叙,说到在路边上那口井,原来常年有一个绳拴的吊桶摆在一旁,是供路人消暑解渴的,水井久已荒废般封口了!这次路过,重又见到拴着绳的吊桶摆在井旁,周围的杂草已除,于是她汲上一桶凉凉的清水,不是想洗手,而是"原想在凉水里浸浸自己本来干净的两手"。读者随着作者所称之"我",进入了一个为桂花树遮阴的路边井旁的幽静世界。(在这里,如果为广西桂林也习见的桂花树换上一株在广西称为榕树,而在贵州西部却属于榕树系的一个别种,当地称为"黄桷"的树,或是为贵州所特有的香气四溢的玉兰角树,地方色彩就浓了,而它的主干粗大须两三人环抱成围、枝叶繁茂、荫广半亩之类的形态，不妨相应地加重几笔，就会更增强夏日炎炎，提桶井水浸手取凉的幽静气氛）于是：

  突然从背后传有一声重重的咳嗽，我一惊，抬头一看，是他，"疯子"，尽管他已穿得相当干净，头上蓄了多年的长发已变成平头，我却还是很害怕，不自觉地后退着……

这是由幽静而突然转入雷声隆隆的惊人之笔，音韵悠扬，情感旋律，没有深厚的文学艺术修养自然是难得这样布局、这样开始、这样引人入胜的。

但"疯子"呢？却"只看了一眼"那个内怀惊惧而外示镇定的"我"，对井站着，默默在思索什么。接下去是：

  "疯子"的病好了？我猜想，但又旋即否定，因为早就听人们说他是假疯、装疯，而眼前的事更证实了这一点，这井台，原来是他打扫出来的呀！

这就是我所说的"酝酿不足处"了，如果早已知道"假疯""装疯"，是不会像十六七岁的女孩子一样惊恐，而且那么故作镇静地胆怯地不自觉地后退，如果真是一个十五六岁的女孩子，又不会有那种"突然明白了！原来那些整人害人者是多么聪明呵……"的理性认识了！这种认识，也说明是多少经历了一些社会世情的。因之，在心理状态方面，这个由险而夷的旋律，还须稍作调整。希望不要怪我在这里故意地挑剔，因为这篇散文是第一流的选材，所以除了它在结构上所形成的主题思想之外，在表现方法的细节选择上，也就作相应的高标准要求了。记得列宁在哪本书里曾引用过一句俄罗斯民间谚语，说："七次量衣一次裁。"对干部处理问题来说，这是句至理名言，对我们从事文学创作的人来说，更是如此。

最后，还有一点，《井旁琐记》中的"疯子"，在我们北方来说，称"痴子"。"疯"与"痴"，这是两个概念，同样是精神病患者，但在形态上却又截然不同。"痴子"是内向型，总在思索什么，不伤人，类似生活在与外界脱离关系的想象之中，或嬉笑自若，一般来说，是文静的。"疯子"却不同，大都是"武"的，狂而吓人。不知黔川边区，可有此类的区分？

如果这信对你在文学创作道路上有所启发，而有助于未来的写作，在我来说，那是珍贵的欣慰！

总之，还要多写，只有多写才能积累创作经验，熟能成巧嘛！但要多写，首先还得要在社会生活实践里多观察，尤其是还需要典型性社会生活实践的补充。如今，"典型"两字仿佛过时了，实际上，它是属于我们所处的这个富于时代特征的标志，它是一个客观的存在，不管你是不是承认它。如陈祖芬的《经济和人》，就最能体现典型环境与典型人物的关系了！王竣和孙超，既是现实的人物，又是属于富有时代特征的典型。茅盾先生不在上海金融与实业界的江浙同乡所组成的富于时代特征的社会生活间进行观察与活动，是不会产生《子夜》这部巨著的。夏衍老人当年如果没有在上海滩纱厂女工之间所形成的富有时代特征的社会生活一角的接触，也不能为我们留下传世佳作《包身工》。

信是过长了！是分作三气，占去了三个半天完成的！祝
全家康乐

一九八六年九月三日

"窦店纪行"附记
——关于《八十年代中国农业一座里程碑》的话

一

本篇是作者访问北京郊区农村的第二篇散文体报告文学了,头一篇命题《春天的报告》,两篇报告文学相距整整是二十年。这二十年,国内社会生活变化之大,竟形成两个历史阶段。关于这些感慨话,我已在《书简·序跋·杂记》一书的《编后记》(注:该书将于青海出版。《后记》已发表于一九八五年十二月版《成人写作》丛书第三册——中央广播电视大学出版社出版)里说过了!现在只补充一点,这就是本篇诞生之前因后果。

二

一九八三年在北京饭店召开的一次迎春茶话会上,承《人民文学》编委葛洛同志从隔着两张茶桌之处,穿过椅背之间的夹道走来相约,说:"该给我们写篇散文了!"

"是的!"握着手说,"当然,应该写!"因为我和《人民文学》是有着一段亲切关系的。不但与老编者如涂光群、张宝莘(女)、周阴,诗人唐祈诸同志有过交往,就是八十年代的负责编者李清泉诸同志也比较熟习。

"说定了!"

"说定了!只是不要限我时间。"

"不限!不限!我们等着!"

因之要写篇散文的口约,就这样定了。

三

散文嘛!我的理解是小说、回忆录、传记文学统统一样,都应有诗的感情,自然诗也反映着民族的感情、我们所处的时代的感情。这是概括的说法,如果说得更具体一些,我认为诗的感情不外源出于人类生活的自然之感与自然之情,还有社会之感与社会之情。例如李白的:

> 床前明月光,
> 疑是地上霜。
> 举头望明月,
> 低头思故乡!

是源于自然之感,不具时代的色泽,社会意识也不明显。正如朱自清的散文《荷塘月色》一样,是因自然景色而抒客居乡思之情。又如李白的另一首诗:

> 两人对坐山花开,
> 一杯一杯复一杯。
> 我醉欲眠卿且去,
> 明朝有意抱琴来。

严格地说,这种懒散而充满魏晋"竹林七贤"潇洒自如的任性姿态,也并不是人人都能同样欣赏的,但这种自然性的描绘,还是偏重于超脱社会的,因而也不受时代的轨限。如母爱、如男女两性之间的微妙的友情的蜕变之类,都属于这类。

另外，还有一种是具有强烈的时代感与社会感的，例如岳飞的《满江红》"三十功名尘与土，八千里路云和月"，自然美景与世间利禄全不在意，而志在"壮志饥餐胡虏肉，笑谈渴饮匈奴血"，同样是诗词，但却轻于自然而偏重于社会感，也就是说偏重于历史赋予的社会使命感了！而这种诗词的感情，当时也并非人人所共有，但凡是有民族意识的豪杰之士，都会受这诗词的感染而产生共鸣的。这就是艺术的政治效果。在散文中，如高尔基的《海燕》，是以暴风雨欲来的景色象征着革命爆发前夕的形势，以高冲云霄的海燕那种敢于不畏风暴来临的精神，作为对于迎着革命风暴而准备搏斗的战士的歌颂，这又是和纯以自然景色为主的欣赏者不同的。鲁迅的《为了忘却的记念》就以不同的表现形式、不同的时代感来抒发自己失去战友的悲愤与沉痛之情了。这同样是一种纯然出于社会意识的诗的感情，正如《满江红》一样，在当时，共鸣的范围就更有它的轨限与局限性了。例如：

前年的今日，我避在客栈里，他们却是走向刑场了；去年的今日，我在炮声中逃在英租界，他们则早已埋在不知那里的地下了；今年的今日，我才坐在旧寓里，人们都睡觉了，连我的女人和孩子。我又沉重的感到我失掉了很好的朋友，中国失掉了很好的青年，我在悲愤中沉静下去了，不料积习又从沉静中抬起头来，写下了以上那些字。

就是这一类。

又如诗翁聂绀弩的《草宿同党沛家》：

成百英雄方夜战，一双老小稍清闲。
眠于软软茅堆里，暖过熊熊篝火边。
高士何需刘秀榻，东风不揭少陵椽。

清晨哨响犹贪睡,伸出头来雪满山。

都是自然生活的态势,但却盖有历史的社会烙印,启发我们在感情方面共鸣之外的属于社会生活阶段的沉痛的深思!

总之,这是属于文学艺术上两大范围的诗词与散文。说白了,一种全然或近于是为艺术而艺术的作品,一种全然或近于是为人生而艺术的作品,虽然古今不同,但都应属于高档的精神产品。而我,是属于后一类作品的作者,那么我要写篇像样的散文,它理应是反映我们这个新历史时期特有色泽的社会生活。对北京市的工商企业,我是外行,于是在农业经济体制改革的典型生产队中,我选中了窦店公社的窦店大队。

四

《八十年代中国农业一座里程碑》是写出来了,这要感谢葛洛同志,但却没有在北京的报刊上发表,而为江西省的《百花洲》刊出了,说明在北京的编辑界朋友中还是有不同看法的。例如,我写的从窦店镇市面貌看到的是工农业之间的差别的缩短、体力劳动者与脑力劳动者差距的缩短,以致城乡距离也在缩短,它们统属社会主义社会向共产主义社会过渡的历史距离的缩短,这是本篇的主题所在。但有的据有一定审阅取舍权的编者朋友说,类似这三大差别,在有的资本主义国家的实际社会生活中,早已缩小或是基本差异已经模糊不清了!言谈中,没有说出口的是,你在窦店看到的这些变化,比起某些国家来不算什么,因为我们中国农村不管是在机械化、现代化的程度与选种、施肥、饲料、农药等科学技术或业务管理上,还是农民的物质生活水平上,比起美国、法国、加拿大的农业户(也就是大小不等的农场主)来说,是落后,甚至有些地区是非常落后的,这是我们人所共知的,从报刊、电影、电视、文学作品上,也能经常看到的。但作者在"窦店纪行"里所反映的,却是我们中国自身的属于乡镇农业的变化。这种变化之大、速度之快、范围之广,实在已经改变了我们固有的、旧的农村的含义,表现尤为突出的在江浙,且不要说三十年代、四十年代一个半封建半殖民地的旧中国的农村乡镇了,就是以窦店为例,在三大差别大幅度缩小的程度来说,与五十年代、六十年代的社会主义的中国农村相比,也是可以分属新旧两个历史时期了!尤其是在十年"文化大革命"中,我们五十年代的那种苏联模式的社会主义农村经济深受"宁要社会主义的草,不要资本主义的苗"之类过"左"的政治运动的损害,几乎面临崩溃的边缘了!本篇就是以此为开笔的历史背景,固之,它正是反映了我们这个新历史时期的一个转折点。

我们知道,从一九七八年十二月党中央三中全会以后,国内的社会生活开始复苏了!农业经济在党的富民政策指导下,讲承包,讲责任制,讲多种经营、家庭副业、专业户,讲手工艺商品生产,讲多劳多得,在我们长城内外、大江南北都发生着进度不同、模式也各有特色的变化,而窦店,就恰恰集中地反映了一个进行这种农业经济改革三年之后的中国现代化农村乡镇的模式,它是属于有着我们中国自己特色的社会主义北京新兴村镇的一个典型。比起国外发达的资本主义国家,我们固然还落后,但我们社会主义国家和资本主义国家在农业经济建设上,除了生产所有制不同外,主要的,还有一个,姑且借用一句现在流行语来说吧,还有一个现代意识的差别。这就是,我们中国的社会主义农业户是新兴的农业建设者,是客观世界的改造者。他们不但要改变自己的命运,同时也要改变周围人们贫穷、落后的命运!(写到这里,我就想起堰桥的范林根同志,一个新型的农民)这就是窦店人民所共有的一种时代精神,也是作者曾访问过的江苏无锡堰桥乡人民所共有的时代精神。

总之,窦店的变化,不只是国内有志之士希望了解的,也当为国外有志于人类社会生活改革的读者所注意,关心着中国社会主义建设的人们也必然会感兴趣的。

五

本篇题目一度改为"窦店纪行",作散文投稿,但最后终于在《百花洲》编者尊重作者不删一字的礼遇鼓励下,恢复了原来的题名《中国八十年代农业一座里程碑》,为了它的史实性,称它为散文体报告文学。

原以为本篇发表之后,会有一番关于三大差别大幅度缩短的"不以为然"的论争,但与作者初料恰恰相反,这篇关于窦店的报告文学,却是排除在文艺评论者瞩目之外,沉默得又有些奇怪了。

现在既有编选者还感兴趣,索性附记"前因后果"如上。

一九八六年九月二十五日

纪念巴人同志
——在宁波巴人学术讨论会上的书面致辞

宁波市文联、巴人学术讨论会、同志们、朋友们：

没能来参加这个盛会，实在遗憾！王克平同志今年四月到北京代他父亲王任叔同志领取人民文学出版社三十五年来出版的优秀长篇小说文艺奖时，我曾当面答应十月一定到宁波来参加巴人学术讨论会。就是在九月底，当韩念龙同志给我电话，说明自己由于接连几个国内外会议，十月十日还将出访欧洲，不能到宁波参加纪念会了，表示很是遗憾，但希望我能参加，问我怎么样时，我也是毫不犹豫地告诉他，我会来的。在电话中，韩念龙同志还谈到孤岛时期巴人同志的功绩，说他和夏衍同志时常到任叔同志的家里开会，任叔是为党做了很多工作的……在百忙中仍念念不已，使我不由得想起了遥远的过去，很受感动。

一九三九年的春节前后，我从浙东回到上海，是想回去约我的朋友林珏同志到嵊县三界茶场去工作的。当时，王任叔同志正在协助胡愈之先生主持《鲁迅全集》的编辑、校对工作，林珏就是在王任叔同志的组织下参加《鲁迅全集》的校订工作的。自然，工作很忙，离不开上海。临走，王任叔同志约我到他家吃饭，一路上，我们装作互不相识，每到街口拐弯处，任叔同志都要四顾观察、回头侧视，可见当时形势非常紧张，可就是在这样紧张的气氛下，王任叔同志还要冒着风险请我到家中吃饭。那不仅仅是为了我喝杯饯行酒，而主要的还是要了解浙东的情况。关于这点，我在《初访神坛》的回忆里，在与冯雪峰同志提及关于王任叔仍在上海坚持工作的谈话中，曾写到过，在那种紧张的局势下，王任叔同志在孤岛留下来坚持党的政治斗争工作，在当时来说，是要担多么大的风险，需要多么大的气魄，他所做的工作对我们拯救中华民族的危亡来说，意义又是多么重大了！

十月六日，北京将举行鲁迅逝世五十周年纪念会，而我们纪念鲁迅，同时也不能忘记《鲁迅全集》的第一版，就是在作为孤岛的上海编辑、出版的，是与上海地下党的组织、领导工作分不开的，是与王任叔同志的组织与协助分不开的。因为，在当时，鲁迅的战斗精神，是体现了我们的民族精神，是为历史所要求的。它是为了文学应尽的历史使命而战斗的！

今天，纪念鲁迅、纪念茅盾、纪念冯雪峰、纪念王任叔，同样是为了继承他们的这种以文学鼓舞我们为开拓未来具有中国特色的社会主义国家的建设而奋斗。过"左"的，损害我们精神文明建设的狭隘的因循保守观念，我们要坚决反对，在精神领域里遗留下来的包装已经更新的半殖民地意识和封建残余的旧风习，我们都应同样坚决反对。我说的这种新的半殖民地意识，实质上就是否定自己民族的优秀传统，尤其是五四以来优秀的革命文化传统，自卑到一切要依附于西方资产阶级没落思潮的民族虚无主义！我们赞成的是鲁迅的"拿来主义"，"拿来"是有选择的！

我们的文学，是为人生的艺术，为人生的文学。这是我们要继承的老一辈的革命文学传统，也是我们今天纪念王任叔同志的现实意义的实质所在。

王任叔同志是我们中国优秀的革命知识分子之一，他是宁波人民、浙江人民的骄傲，也是新现实主义文学艺术界的骄傲！

东方已白，思绪绵绵，就此匆匆搁笔。

谨祝

——"巴人学术讨论会"圆满成功！

——大家身体健康，学术研究不断取得新的成绩！

一九八六年十月四日晨

许行著《第四片枫叶》序

题下语

　　在今天，有些低于为艺术而艺术的旧写实主义的——荒诞与色情的"混纺物"，时时为我们所处的新时期浪潮所冲击而飘浮在时代思潮之上，有时反掩盖着这澎湃浪潮的趋向、声势和光泽的时候，读到年已六十开外的作者许行这部来自生活实践的短篇小说集《第四片枫叶》的校样本，自然很是高兴。因为它是属于闪着为人生而艺术，有着人类崇高理想的新现实主义色泽的作品。它，如时代浪潮的录像带，有着它旨在追求人类美好的理想的拍摄角度，因而愿为之作序，以志个人的读后感！

一

　　集子里的每篇小说，不论是《夜、静悄悄》，还是《画像》《仙人沟的故事》，都是写得娓娓动听、发人深省的。它们歌颂了人与人之间的美的情感，自然在歌颂美的心魂中也批判了旧的、丑的东西，揭露了有的原是新的、美的心魂，却在历史的曲折经历中为旧的、庸俗的烟尘所熏染的形态。面对着《画像》中的幼儿园主任郭丽的前后对比，能不引起我们的深思而久久为她痛惜吗？"养移体，居移气"，可见历史环境与人的社会生态是有着多么密切的关系了。你不能以主观的承自先辈的优秀传统精神与理想改变它，它就会潜移默化地改变你！以致那个原来念念不忘幼儿园中郭丽阿姨的爱护和培养的画家，面对着和他心目中的郭阿姨完全不同的这个已经习惯于运用自己所把握的那点社会权力的郭主任而不敢也不愿相认了！这是有着契诃夫式的艺术韵味的构思。

《夜、静悄悄》，笔力媚人，同样有着一种诗般的音韵。例如，表姐领着作者自称的"我"在旧历四月十八逛庙会一节，写到那个表姐"在衣着上并不显眼"，可是她"身上却仿佛有着什么魔力"而招来很多逛庙会的小伙子的注意。

> 有个青年小伙子像着迷似的，一直跟着她走，表姐走他走，表姐停他停。这时我看了表姐一眼，表姐脸红扑扑的，更好看了！可我们不认识这个青年，我想这个青年一定不是好人，于是我向他瞪眼问：
> "你老跟着我们做什么？"他脸一红，走了。可是表姐反倒不太高兴，她说："你对人家那么凶干什么！"

如果作者的描述到此为止，那么这个表姐就是另一种直爽得像史湘云的性格了。但作者在"你对人家那么凶干什么"之后又补叙道：

> 随后，过了一会儿，她又对我解释似的说："别惹出事来……"

这对于一个喜欢听表弟给自己读《西厢记》鼓词的盐店店主家漂亮文静的女儿来说，是一种多么含蓄的内心刻画呀。读《西厢记》鼓词时，这个漂亮寂寞的姑娘总是若有所思地静静听着，每次读完一段，她都把唱本收藏起来，等过了几天，又拿出来要求表弟给她重读，说"再听一回……"足见这个忙于协助母亲做些繁杂家务，平常难得与男性青年接触的表姐对于《西厢记》里所表达的自由爱情是多么向往了。

因此，这个相亲时没看中对方的表姐，才能对媒人拿来定亲的信物金镯子、金项链之类"连看也没有看，就给扔了过去"，而对母亲不管对方人品怎样，只求找个殷实的人家，好让自己心疼的女儿嫁出去后不愁日子的整夜苦苦劝说听不入耳，反抗说"谁答应的谁去"。可是嘤嘤哭泣之后，还是被抬头抱脚地强塞进扎彩的篷车，硬逼着嫁出去了！

当表弟再次回乡探望时，这个表姐已是六十六岁的老人了，她守寡拉扯大了三儿二女，面对着自己正在婚姻十字路口徘徊的最小的女儿——一个大宾馆的工作人员——是忧心忡忡的！当她看到女儿小梅"好像被一种不可抗拒的力量吸引着，她终于把脖子伸过去"让港派打扮的龙文涛套上金项链的那天夜里，这个旧社会过来的六十六岁的老太太翻箱倒柜，终于找出来一个小布包，轻手轻脚地打开：

> 那里包着几本书，我一细看，啊呀！怎么还有我小时候给她读过的那本《西厢记》的鼓词呢？另外，还有几本旧唱本。她翻来翻去，从中找出一本一九五〇年颁布的《中华人民共和国婚姻法》小册子，表姐把婚姻法小册子送给小梅（这个八十年代的宾馆工作人员），最后说："可你要真正的自由啊！别让几个臭钱花了眼睛，让人家用一条镀了金的锁链套在脖子上。"
>
> 夜，是静悄悄的！最后是小梅的声音。从里屋传出来：
>
> "妈，你让我咋办哪！……你让我咋办哪，难道我非得到那个只铺着一领破炕席的人家去嘛？……"

母女两代人截然不同的命运和心魂，飘荡着小夜曲般优美的音韵，颤动得感人！这是酒吧间式文艺作品中没有的一种闪烁着蒙了时代尘埃的艺术光泽。

此外，在《仙人沟的故事》之类的短篇小说中，也可以明确地看出作者在故事结构方面，始终是体现着新现实主义传统的方法——现实主义与浪漫主义相结合的方法，这是和据说当代流行的一种"反理性"的文学论点及方法截然相反的。如果一篇小说没有主导思想，没有主题，那么就像是一个头上失去王冠顶戴的国王，尽管衣饰华丽多珠、色彩绚美，脚下也是金玉闪闪发光，但总是一个光头国王。如果莫泊桑的《项链》不具备对于世俗的虚荣一针见血的鞭挞，也就失去了它的艺术魅力。若是海明威的《老人与海》不具备经过艰苦的劳动而所获之猎物最后却为沿船追逐的鲨鱼掠夺一空的象征手法的主题作冠戴，那么海明威的《老人与海》也就失去它现有的处于当代世界文学短篇小说之峰的位置了！

因而过去评论界所引进的把文学创作单纯地划为形象思维，而把哲学之类称为逻辑思维的论点是该重新考虑了。如果《仙人沟的故事》的作者不具备逻辑思维的才华，而仅仅限于形象思维，是决不会构成突破狭窄的民族地区主义的观念而使母亲属于朝鲜族、父亲属于汉族的少女朴春花说出："何必一定汉族或朝鲜族呢？难道不兴拐个蒙古族或维吾尔族的（男人回来）吗？"这样漂亮、开放的答话来结束的。小说中的仙人沟原来只有两户人家，一户是汉族，一户是朝鲜族，而故事又是以这两户贫穷庄户人家狭隘的民族主义相互仇视开始的，这就形成《罗密欧与朱丽叶》的浪漫史的相对的社会关系基础了。而故事的展开就不仅仅限于片面的形象思维了。它显出了逻辑思维的情节结构以及情节结构的层次。一个新现实主义作家，不具备逻辑思维的才华，是很难在主导思想上形成王冠式的主题从而对读者精神世界方面产生感染效果的！

三

愿读者亲自领受这一精神世界的种种美的情思产生共鸣的音韵吧！我仅仅是作为一个向导而已。

如果作者问我还有什么有待注意，那么，我说，语言简朴为一优点，但火候还可再精练，使之字字如珠、闪闪发光。此为苛求。是为小序。

一九八六年十一月二十日

《李起超小说集》序

一

我和作者原不相识，却有段短短历史的神交。

时在一九八三年，我从重庆出版的大型文艺刊物《红岩》上读到他的《巴巴坳风情》，开始知道远在西南地区有这样一个出手不凡的新战友列身于我们当代新现实主义的队伍里来了！

在《巴巴坳风情》中，作者反映了西南山区一个牧鸭者的山涧溪水般的流动的放牧生活，不但闪耀着我们所处的这个历史转折期所特有的时代色泽，且在一种偶遇的爱情姻缘中，为我们塑造了富有西南少数民族风采的一个临近河流的村寨的少女形象。这个少女竟然挟着布包，沿顺那条牧鸭者来自的河流而上溯，终于在上游找到为她所倾心的牧鸭青年栖息的山村了。如果我的记忆不错，那么虽然当时她所投奔的知心人儿不在屋，她却在邻人打开门锁，被带到那个单身汉独自过活的茅屋之后，就俨然以新主妇的姿态，清除打扫，整顿起这个即将改变她的生活命运的新居来了！在她的风度、气质上，有种为西南川贵山村的少女所有的朴实、健捷的地域性韵致，同时又显出了为她个人属性所有的爽朗中带着强悍的果断色彩。环境与人物是相谐相融的。

如果这是一个语文教师的处女作，那么可以看出其未来必然会是新现实主义天宇里的一颗光彩夺目的新星。这是我读后的想法。为什么以为作者是语文教师呢？因为从作品里感到作者的文字修养，是有着自己深厚功底的，而且我想，只有山村的语文教师才会有这样的现实的社会生活的见闻和体验。

自然，虽说作者在表现客观社会生活上，有着来自生活实践的表现力，在环境与人物的典型性方面达到鱼水般谐美，但在塑造客观人物的典型性所选择的情节方面，又显出结构上的斧凿痕迹，也就是说显露出作者主观要求的题旨与作者所表现的客观人物之间不是天衣无缝的，虽然它是细微、并不显眼的"裂痕"！这就是我在"致李起超"一信中所指出来的，如"矿石的发现，在结构上是异峰突起，但与主要的放鸭情节有断痕，且属偶然。自然学方面的因素又掩盖了社会学方面的时代色泽"。当然，这或是"求全""求疵"的苛论了！

二

一九八五年初，由于为友人筹划办一个文学刊物，于是在从维熙、刘绍棠、邓友梅、陈祖芬、谌容等诸在北京的当代作家之外，又想到黑龙江的女诗人刘畅园、吉林延边的《五峰楼奇闻》作者陈景河……西南地区就是《乡场上》的作者何士光与本小说集的作者李起超了！

我的约稿信是寄重庆《红岩》编辑部转的，却不想收到的作者回信是来自贵阳的《山花》编辑部，原来作者不在四川，也不是山区的语文教师，不怪《巴巴坳风情》中的那个少女有种苗族姑娘的山野属性了！于是我们开始通信，作者两个月后给我寄来特约稿《水手的无极河》。

三

这是一部中篇散文体小说。

作者对无极河两岸的山山水水、村镇、码头和运货机船上的水手们一样，是怀着心魂相牵的深情，熟习而热爱着的，但含而不露的却是在默默地赞美着无极河上的水手。

在形式上，它与《巴巴坳风情》的严谨笔风不同，仿佛是随手而写，漫不经意，而畅然似水流。这是为作者所要表现的，运货机动船上那些长年累月来往于无极河上下游的水手们的生活所决定的，他们都是些随随便便，各自有各自心愿、各自兴趣的人，全不像海明威的《老人与海》中的老人那么紧张地与自然界的大风、海浪相拼挣、与猎获物相拼搏，最后与追随着血水而来的鲨鱼群相拼搏，不使读者那么激奋也不那么为搏斗者命运揪心，因为他们是在内河的航运船上，除了险滩，几乎是没有什么可以使那些习惯于无极河航行的水手们值得注意的。相比之下，只有这条运货机动船上的唯一的搭客、船长的亲属——一个准备投考美术学院的青年，沿路是以新奇的眼光，浏览沿岸的山村、林木、晨雾与暮霭之间的秀色，因而显得那些各自有各自心所向往的村镇、码头、酒馆、茶肆的水手们的情感有些陈旧了！船上的杂活儿，也不过是例行公事而已！甚至于很少人知道船工载运的是什么，因为都堆积在那里搭着苦布，似乎谁也不关心。他们关心的是什么时候可以到达靠岸的码头，而且也只有在码头所在的集市上，坐在酒馆里喝两盅时，才显出兴奋气息。自然在作者笔下的环境与人物仍是鱼水般的谐美。信手写来，可以看出沿途村镇虽透露着农村经济生活已趋复苏的活跃气氛，但茶馆里说唱的却仍是古老相传的旧鼓词，仿佛农村经济的承包责任制的新风从北京吹到这无极河两岸，已经是力微声弱了，是北京距离这里过于遥远了么，还是作者对于无极河两岸变化速度之缓慢怀着深情的感叹？这就使人不禁想起契诃夫的《草原》来了！在契诃夫笔下，是通过第一次远离自己家乡、村庄、邻舍、父母而随着——假如我没有记错的话——贩羊毛的一个大胡子神父去草原另一端的遥远的城市，准备作"寄宿生"的中学少年描写出其背乡离井的情怀，以新奇的眼光，浏览俄罗斯大草原的无边无际的又单调又辽阔的云天与草地相接的场景，以及夜间在篝火傍倾听大胡子神父与运载羊毛的车夫的谈话。由于契诃夫选择的是一个远离家乡准备到陌生城市的亲戚家寄宿的中学生，自然这种别乡而又新奇的草原旅途生活给他的感受就相应的深厚而感人。《水手的无极河》由于是选择了一个搭货船的船长的亲属——一个准备投考美术专科学校的青年,虽说在航行旅途中同样怀着新鲜感来享受沿途的山光水色,在读者眼前通过这个未来的画家的目光展开了祖国西南贵州山区大自然的画卷,但在情感的深度上,一是少了一层离乡背井的愁怀,二是年龄阅历又有了青年与少年的差异,这两篇小说的主人公的对客观世界的感受当然就全然不同了!而作者随意到漫不经心般的笔风却又有相似之处。尽管在契诃夫笔下是一幅彩色录像般反映了十八世纪末十九世纪初的俄罗斯草原旅途的社会生活,是择选了搭乘神父贩羊毛农车的离乡少年为主人公,而《水手的无极河》选择的主人公是作为准备投考美专的知识青年,搭乘的是机动运货船,展现的是二十世纪末的中国西南山区的航行生活。笔力也有深浅之别,但在主题结构上,由于这条内河的运货船,在险滩上遭到不测而在抢险当中水手们发现了原来在苫布掩盖下装载的是大批的为农村经济建设所急需的化肥,于是像乌黑的夜晚,突然一道闪电照亮了在夜色蔽障下的原野、河流、草垛、村庄,乌黑的卧牛石和与它们相依傍的阔叶芭蕉、高竿修竹一样,瞬间照亮了水手们的珠玉一般闪光的心魂,他们都感到肩上所负的是关系到千家万户农民致富脱贫的命运,关系到中华民族一个偏僻角落的经济复苏的。原本是例行公事般、懒懒散散的无极河的水手们,顿然振奋起来竭尽全力投入排险抢救物资了!作者在这里显示了自己的才华,既没有慷慨的辞令,也不作脱离客观真实的歌颂,但在通过客观社会生活的再现的抢险过程中,完成了作者主观意识的要求,也就是艺术题旨的要求,而产生了它应有的社会效果,显示了无极河的水手们的属于社会主义的热望现代化改变落后农村经济的集体主义精神。

  在这里,体现了作者主观的理性要求与作者感性的反映客观世界的艺术结构的统一性,完整而相融为一体的谐美。这是《水手的无极河》墨色虽还淡，但在结构与题旨方面又胜于《草原》处，自然也是胜于《巴巴坳风情》之处了！虽然在用墨上同样还有弱于《草原》的地方，都显示了作者未来的光辉前程。

四

通过这两篇作品可以看出作者在题旨结构上的大跨步的跃进态势。这是为满足于自我才华的发挥而忽视客观典型社会生活的作者所不及的！因为前者注意的是艺术价值所标志的社会效果，而后者或偏重于自我情绪的随意发挥，忽视理性的题旨结构，或是等而下之，仅仅偏重于市场的价值，偏重于情欲而否认什么理想、什么作家的历史使命。

因而在这两篇作品上所体现的文学创作的当代倾向方面在当前是珍贵的！是为序。

这篇《水手的无极河》因为我协助友人筹划的刊物由于内外种种因素停办，致使它未能早日与读者见面，又是很遗憾的。是为本序的附记！

一九八六年十二月二十一日

回忆诗人伍禾
——读诗集《行列》[1]有感

诗人伍禾是我四十年代旅居桂林时的好友。当时,虽未读过他的诗,却已喜欢诗人所有的放任而不羁于尘俗的性格了!

我们是一九四三年初识于广西艺术馆朋友租居的三义公寓,南窗临榕湖。是年夏,伍禾约我去平乐县的一个中学教书。一周只要我教一个小时的课。这样,我就有了较安定的生活条件和较清静的居住环境,写长篇小说《姜步畏家史》的第一部《幼年》了。由于伍禾之约同去这个广西南部农村里教书的,有在六十年代于中央艺术局局长任内故去的木刻家刘建庵,有音乐学者陆华柏。一九四四年桂林大撤退时,我已到了重庆,记得伍禾给我写信,说是他从桂林是背着南天出版社的若干纸版逃到柳州的,内中有绿野的《童话》诗集的纸版,而诗人伍禾自己私有的——虽然是不值什么钱,但是确为日常所需用的衣物,可全抛弃了!因而为我视为是献身于"七月诗丛"而不计酬的一个经营出版业者。南天由于诗人伍禾抢救出来的纸版完整无损,在重庆租到门面,很快就出版诗集,开始批发营业了。而这个出版社,从经理到会计,以及跑印刷厂、看清样、搞门市营业,甚至为印刷品邮件打包,运送到邮局寄出……可以说,都是伍禾一人动手。由于国民党统治区的通货膨胀,月初和月底的物价差数很大,诗人伍禾尽管是一人肩负着如此繁重的不同事职,最后却不得不依靠为聂绀弩兄所介绍的一个杂志社担任校对而维持一家三口的温饱,南天给的工资,

---

1 《行列》,长江文艺出版社出版。

到了月底，已是仅能买几盒烟抽了。

因之，自相识以来，我们虽是相处以情，纵情地谈诗，纵情地谈普式庚，纵情地谈涅克拉索夫，我却总以为诗人伍禾只是有诗人的秉性而已，是善于代人经营企业的干材，却未读过诗人笔底下的创作的诗篇。

二

我们当时都年轻，我原以为伍禾是晚于我的，四十年代初才出现于桂林左翼文艺界的诗人，自然，我并没有因此而以前行者自居。实际上，诗人在年龄上是长我四岁，但他却从不置我于年幼弟之列，因而我们确属平等相处，互尊互谦，这也许是由于年长我十二三岁的聂绀弩兄那种类似魏晋竹林七友的遗风所感染吧！但在七星岩下喝茶，嘉陵川菜馆中酒会，评古论令，我们的稿酬虽所得无几，但"曲肱而枕之"，确也都感到"乐在其（诗）中矣"。及至今天读到伍禾的诗集《行列》的清样，我才大吃一惊。开篇第一首，就是写于一九三三年，发表于当时著名刊物《现代》上的《旅人》。原来，诗人伍禾不但在自然年龄上长我四岁，而且在社会纪年上，就是说，在文学纪年上，也早我四年。想起来，这就足以说明诗人伍禾是多么潇洒脱俗。诗人伍禾是全然没有资历、名位观念的，也许正因为如此，他才能背着别人委托的诗集纸版，千里跋涉，从桂林把南天搬到了重庆吧！

三

更使我震惊的是，伍禾的诗，写得是这样的畅如流水，感情是美玉般无瑕，语言又是如珍珠般光润，令人不禁拍案叫绝。我作为诗人伍禾的一位挚友，相亲而相敬的挚友，只认识伍禾是一个诗人，是一个任性而不羁于俗的诗人，却从未读过他的诗，从不知他是一位有俄国诗人谢甫琴珂式神采与才华的诗人，岂不惭愧！幸而诗人伍禾有他的同代诗友欣赏他的诗,有忘年之交的知音关心他的诗,有不迷信权威名位的出版者出版他的诗。终于,这本属于四十年代深夜崖巅之琴声般的诗集,在诗人伍禾逝世十七年之后出版了!我为它的出版而庆幸!

伍禾的诗,在诗的王国里,是独具它特有的色泽的,如珠、如玉。它将与民族的艺术同在。

伍禾在文学纪年史上,是一颗闪闪发光的星星,他是永生的。

我的启蒙老师和他的私塾
——珲春县人物小志

我住在韩家大院,一开始是到三秀才的私塾馆去上学,启蒙老师就是我们珲春唯一受人尊崇的学者,韩四爷的亲三哥,清末的一名秀才。这是在我的长篇小说《幼年》里,于韩家大院之外未曾触及的一个人物。因为《幼年》究竟是自传体小说,而并非我的"自传"。

这个有名的私塾馆,就设在三秀才府邸的后院里,距离韩家大院所在的胡同不远,仅隔一条商埠地大街,一在街南,一在街北。这所坐北朝南的秀才宅第自然很大,大门口临街,是红柱绿门,门上钉着两只兽口含的大铜环,门口外还有两只如官衙公署一般的,对坐的护门石兽。平日两扇大门同样紧紧关闭着,只走边门。进院就见到有圆柱长走廊的大厅,厅前有石铺的灰砖镶边的宽走道,走道两侧是花坛,长廊圆柱的红漆和大门门柱一样,早已失去当年的夺目光彩,都已陈旧了。但在珲春西城外的商埠地一带,除了门有警哨的高等警察厅那所有红漆大门的院落之外,就是这座砖木建筑的庭院最讲究、最有气派了!而且两所广门大院仅隔三五家店铺。它们还有点不同:一是那所院子的大门里有白墙影壁,影壁墙上写有"崇文尚武"四个大字;二是那院子里还竖着高高的旗杆,上面挂着一面迎风飘展的五色旗。因而对比之下,我们的私塾馆所在的秀才宅第就逊色多了!但庭院却也肃静得很。

我们常常看到落在前庭院子里的麻雀在落叶的灌木丛中飞跃、啾鸣。那有圆柱长廊的大厅,平日也从未打开过,沿廊的玻璃窗都挡着布窗帏。我们的私塾馆设在大厅背后的西书房内,学生禁止在前庭院里逗留。仿佛我们上的是冬学，我只记得散学后便已是夜深人静，在寒风吹着电线如海涛般的呜呜声中，可以听到从河沟北沿传来的叫卖烧鸡的声音。那声音在远处悦耳地响着，人的精神顿然一振，困顿思睡的情绪就全给驱散了！冬夜的风刺骨般的冷，有的同学是受家长的嘱咐，一定要挑着灯笼送我到韩家大院胡同里头，但我往往跑过街道，一面高叫着："不要送了！我不害怕！"然后就径自走了。至于启蒙书究竟读的是《幼学琼林》还是《三字经》，却完全记不确切了。因为以后的冬季，我不过七岁的光景，就又去城里北区的祖师庙私塾里读了一个寒假。在那里，读完了上部《论语》，得到了来自胶东的塾师张海涛先生的称誉，他怂恿父亲，一定要很好地供我读书，要读到大学。因而我对他的私塾的印象很深，倒把启蒙的是《三字经》还是《幼学琼林》的印象冲淡了！只记得晚间在三秀才私塾里是背诵《唐诗合解》，当时的我，只是一个六岁的儿童，坐在成年人坐的长条凳子上，两脚悬空吊着，身子前后摇晃着，拉着独特的长腔高声背诵"洛阳访才子，江岭作流人"，听年长的同学说，洛阳是一个在关里的很远很远的地方，我心里也曾想，长大以后，也要到洛阳去看看。但这只不过是零碎的记忆了！

还记得，在同窗中有一个独坐一把靠背太师椅的学生，名叫H.S.Z，他是满族人，宽颧骨，大眼睛，身材高大，俨然是这个私塾馆的学生头领。他又是三秀才的本家子弟，我们心里都怕他三分。有时，三秀才外出参加当地士绅和官府的什么宴席，这时H.S.Z就如王子一般，要写大字了。他还叫人研墨伺候，墨研得好，就在人家的脖子上拍拍，高兴了，还抓住人家的脖子，要人家随着他的手转两圈，那人就得弯着腰，像陀螺一样地转。虽然他捉弄的都是年在十五六岁以上的同窗，从来不招惹我这个住在韩四叔大院里的孩子，但我总感到他是倚仗韩家的威势欺侮人。因之，我逐渐不想再到三秀才的这座有着寂静冷落前庭的大院里去上学了，而且，一想到这个私塾馆就想到那个有时坐在书案上，五指抓着人脖子转陀螺玩的人，就感到一种使人不快的威胁。现在想来，这是一种满族的优越感在H.S.Z同窗身上的反映。这种皇族的优越感与威势，他在辛亥革命以前的幼少年时期就已经养成了。据说，以后他升学到延吉师范，与张魁祥同学的时候，虽然他高于后者一班，但见了这个来自珲春的"民人"的子弟，同样要按着人家的头顶嬉耍一番。

张魁祥的父籍是山东掖县，同样是商家的子弟，却是为出身于旗人门第的贵族子弟所蔑视的。在延吉师范读书的珲春人，多是满族，郎姓或关姓，张魁祥是民户出身，因而很孤立。听说有一次，在他受过H.S.Z的嬉耍，弯腰溜掉之后，夜晚回到自己班里复习功课时，再也坐不住了，越想越气，因为在他溜掉时受到很多珲春同学的嘲笑，自觉从此难以为人了，于是，回到宿舍找到一根顶风门的粗木杠子。正当课室内灯光明亮地上晚自习的时间，他就手持木杠，走到H.S.Z的班级门口，向里叫道："×××，出来！外边有人找！"H.S.Z口中问着"是谁呀"。他刚刚走出班门口，心怀复仇之志的持杠人满脸胀得血红，从门后的黑影里跳出来当头一棒，并口中喃喃："再让你欺负人！"却不想第二杠子还没有打下来，那位身材魁梧的高班师范生已经扑倒在地，再也不能动弹了！于是惊动了班里的学生，并报告了学校的学监。张魁祥立即被人团团围住，作为杀人凶手监视起来。校长一到，就命令："绑起来，送警察局！"并说："持棒行凶，这还了得！"可是，人们刚刚把持棒行凶人五花大绑捆起来，还没有离开现场，H.S.Z就在人们纷纷欢叫声中睁开了眼睛。他喘出一口气，第一句话就问："谁呀？谁打的我？""是我！是我打的！"在手电筒光下，在人们汹涌的围绕中闪出张魁祥那惨白的脸色和一双复仇的眼睛。

"呵！是你呀！"那个身材魁梧的高年级师范生在众人搀扶下站起来了，并且向校长说，"是他！就算了，放开他吧！"张魁祥以后在上海吴淞时候曾说过:"我真没想到,他竟那么宽容,当时为我向校长求情,完全饶恕了我。而且从那以后,他再也不按头相欺了!"从这一点上来说,H.S.Z 却还是一个值得敬重的人,因为他已自知平日欺人太甚了!我们猜想,这个人以后既然到北平去升学了,会不会到延安去呢?我们猜想得不错,以后 H.S.Z 不但改名去了延安,参加了中国共产党,而且一九四八年珲春解放之初,他又随军进城,并担任了珲春县人民政权的第一任领导者。为他所欺侮而行凶报复,而后又受对方宽恕的张魁祥,改名棣赓(在《七月》上用的笔名是狄耕),解放后曾任陕西省文联主席。他同样是在延安参加了中国共产党。但后者一九五七年已在南京故去。这是珲春县出身的两名杰出人物,也是延吉师范生中的两名豪士,更是应该名列县志的人物了。

现在,再说我幼年的启蒙老师三秀才,这是一位矮胖矮胖的老人,粗臂大肚,真像弥勒佛一般,连两只手背,也胖嘟噜的,显得十指又圆又短。日常把辫子盘在头上,穿着蓝缎子衣裤,戴着镶宝石的扳指,帽子前脸也镶着宝石。扳指上的宝石是绿色的,帽子上的是珊瑚红。还有,三秀才的乌木杆烟袋也很长,手指甲也同样很长,足有一二寸。他似乎从来不用戒尺打人,也仿佛从来没有向学生发过脾气,但大伙却都感到他有一股威严,都怕他。白天,只要他坐在里屋的暖炕上,屋外总是静悄悄的,静得可以清清楚楚地听到前庭树枝上那喜鹊的喳喳叫声。虽然我记不准启蒙书到底是《三字经》还是《幼学琼林》,但每天早晨在"号书"之前,前庭的喜鹊叫声却记得很真切。原来靠近西院墙有一排白杨树,喜鹊常常在树丛的高枝上栖息。在后厢的书房里,只有把头斜弯到书桌底下,才能从窗玻璃上方望见它们。它们在风中上下不住地掀动着长尾巴,仿佛互相在商量要飞去的方向。这是我对三秀才的私塾印象最深的记忆了!

父子情
——珲春县人物小志

一

我是吉林珲春县出生的人，在东关县立第一小学毕业。九一八事变之前二年级的班级主任是本地的满族人郎光宇先生，一年级的班主任是从北京香山慈幼院聘请来的白泉泰老师。两人都是"左"倾的，都是有着革命憧憬的爱国主义者（后来我才知道白泉泰老师担任过中共珲春县县委书记，一九三四年牺牲），前者似乎仅仅执教半年就离开了，后者一直任教两学期，九一八事变之后，就率领一批属于早一学期的毕业班同学，赶往距城九十里的东兴镇，去参加抗日了。那时驻扎东兴镇的部队属于吉兴旅的王玉振营，这个营的营长后来参加了以王德林为首的抗日救国军，营也扩编为一个旅了。当时不只是身任县教育局长的本地大学生郎程九参加了这个抗日的东北军部队，就是珲春县的县商会会长王芝山也弃家投军了！

等到我的同班同学穆学武等人应召潜赴东兴镇时，已经是最后一批了，而周树东烈士，是随白泉泰最先出走的先进同学之一。

穆学武同学于一九三二年秋随着作为遣散的抗日救国军王旅的旧部回到珲春县城里来，我们还暗地作过一次长谈，我的第一部长篇小说《边陲线上》，就是由他提供的基本资料。例如抗日救国军的秘书长曹品一为孔宪荣所诬陷而被枪杀（在《过去的年代》一书里就有了更切实的记载）对他的影响就很深，问及白泉泰老师与周树东同学的去向，则答以不摸。此后我又南去，再也听不到他们两人的消息了！

二

周树东同学在初级小学时,原本低于我。后来,由于我初小四年级毕业就离校,转到祖师庙的私塾馆去读《论语》了,三年后再回到县立高级小学一年级时,周树东同学已经是属于高小二年级毕业班的高才生了,当时在同学当中,人称"周大摆划",说明是一个能讲善辩的活跃分子!他身穿粗布学生服,阔嘴,环眼,牙有重齿,土语称为豹牙,整天是眉笑颜开的。我因为是落后两个班次,竟然与过去的同班同学的二弟或更小的三弟坐同一教室听课了,所以总有一种自愧的情绪。在操场上,总是躲着这个看来是自命不凡而又怡然自得的人物,因而和少年时期相反,在校内外是不常接触的!

但周树东同学的父亲是山东省平度县人,比狄耕(注:即张棣赓,又名魁祥。解放后曾任陕西省文联主席,珲春人)父亲的家乡山东掖县来说,是与我的父籍更近一层,是同县的同乡,因而年节之际,父辈仍是互有来往的。

等到一九三三年冬,我从山东奔父丧,回到珲春,周树东的父亲闻讯,特来看我,是从来闭口不提周树东的消息与去向的,我也讳而不问,都是谈些海南的庄稼和年成,以及坦坡"山"会上的野台戏班子"还是不是艳福挂头牌"之类的闲话。谈话并不多,只说,见见面,爷儿俩说几句话,就很高兴了。这位父亲的同乡周大叔并说:"我住的院子,熏鼻子(注:是牛皮作坊)!有空,还是我来看你吧!"临去,再一次惊叹:"长得真高,一年工夫和我平肩膀了!唉!"不胜幸福地叹息着。

这人,我称周大叔,人称周师傅,母亲也不知道他的名号。直到这时,我才从母亲口里知道,周树东的父亲仍然是经营制皮革的手艺作坊,也仍住在珲春县有名的"半截胡同"里。这条胡同,有挂双幌的山东酒馆,也有江浙菜馆,还有旅店。半中间有个向西的大车门,里面是五间北瓦房的大院，中间有两口坐地的大锅，有四只树干做腿的大长木板案子，这就是硝皮子脱牛毛的露天作坊。我与周树东同班同学时，去过这个院子，臭的牛毛味，确实难闻，但周师傅他们三五个师徒，就在这臭气中为靰鞡铺制造牛皮，供庄户人过冬做靰鞡。这条胡同的顶端是品字形的三大套院落，每个院落门前都有大吊灯，一到晚间木迎壁挂满了扎着绸制花朵的彩牌，那上面都是妓女的花名。三个大院分扬州班、苏州班、天津班之类！由于这个原因，母亲和周师傅都不让我到那条胡同去，仿佛年轻人是不能在这条不名誉的地区露面的。

但以后，我在珲春期间，周师傅却并没有再来看我！

一九三五年夏，我又第二次从北平回到故乡。有一天，在门外有了轻轻的叩门声，周大叔轻手轻脚，好像生怕惊动了谁似的走进来了！

说："我是要来看看大侄子的！"说："又长高了一些！"母亲就欢快地怂恿我："站稳了！要你周大叔好好看看！"很愿意听周大叔称誉似的，还问："是又长高了些？"

"是呀！"那周大叔两手把着我的胳臂，仍然是幸福般地长长地叹息着："唉！"我这时却发现周大叔已经不似先前那样是个又瘦又高的大汉了！而是又瘦又矮，仿佛身材缩短了一般，面形狭长、憔悴，也全然不像以前的周大叔，不像阔嘴豹眼的周树东的父亲了！

"怎么样？"这次却意外地两眼直注视着我，低低地问，"关里没有什么动静么？"

"动静？"

"呵！不是说朱毛带着队伍要过来了吗？"

"是呀！要过来的！要北上抗日！一路上正打着呢！"

我们说话的声音是如此的低微、神秘，甚至于连我们自己听见这种不似出于自己的声气和语音也骇怕起来了！母亲的脸色变得苍白了，喃喃道："你们说什么呀！怪瘆人的！"

"我们爷儿俩说句体己话儿！你不懂！"接着就转换话题，说，"我一听说你家我大侄子回来，就想来看看了！"但话也不多，还是常常叹气，仿佛有什么心事说不出口来似的。坐了不久，又说："过几天抽空，再来看你！"可以后我在家的日子，他却又没有来。

这次周大叔走后，母亲又是很久很久不说话，也仿佛想着什么心事似的。

"妈！你想什么呢？"

"他是想儿子呢！"

"谁？"

"你周大叔！"又小声说，"他不是探听东山里的消息吧？"

"怎么？妈！你也知道他在东山里呀？"

"乡里乡亲什么不知道呀！"这是母亲第一次谈起周树东，又说，"可怜孩子从小就没有妈了！是你周大叔带大的，就那么一根苗儿！不知这人还有没有了。"

"周大叔会知道什么消息呢？"

"这种事，谁好问呀！快不去想它吧！不问还好，问了倒叫人伤心，挂念！"

暑假没完，我就到哈尔滨去了。

三

实际上，周树东这时健在人世，仍然活动在靠近苏联边境的东山里。这是一九八一年六月我在哈尔滨烈士馆瞻仰抗日先烈的遗容时，才知道的。

原来，周树东烈士，是于一九三六年在汪清沟里的一次战斗中英勇牺牲的。当时他已是东北抗日联军第二军的副师政委，年龄也刚刚二十挂零，我看到墙上挂的周树东烈士的遗像，就不禁泪如泉涌，立即想起烈士的父亲，想起我的已逝去三十年的母亲，想起他们的谈话的乡音，还有烈士父亲那显得已经瘦小的体态，变得狭长而又憔悴的面容，还有那低低的紧张的问询："关里没有什么动静吗？"

如今，已经是周树东烈士牺牲五十年的忌辰了！不知周大叔这个牛皮作坊的老手艺师傅是不是还健在。健在的话，也应是九十岁挂零的老人了！如果他知道，他的英雄的儿子已为我们这个民族的危亡而壮烈牺牲了，必然感到悲哀，感到心痛但又会自慰！因为他的这个独生子是不屈的，是为卫护民族的尊严死在战场上的。

周树东烈士在珲春县的青少年时期的旧日同学，如果知道这个消息，也必然会悲痛，却也会自豪，因为他是半个世纪以前我们吉林边区青年知识分子的代表人物，为了民族的独立与自由，他在崇山峻岭之间，在镰刀与斧头的红旗之下，战斗了五年，直至献出了生命！

周树东同志形骸虽失，但浩气如星光，应该永远闪耀在我们中华民族的斗争史册上！

一九八四年十月定稿
一九八六年十二月订正

传记文学随想

一

友人告以文化艺术出版社在筹备中的《传记文学》丛刊就要出版了，问及关于传记文学有什么看法，希望谈谈。

既然是友人，所以就直感以告。

二

我谈了两点。

第一点，我说，我对传记文学并没有作什么专业性的研究，虽然三十六年前写过一本关于三十年代一位著名女作家的小传，但只是排泄自己心胸郁结的块垒，仅凭所写之主人的自述的回忆，并没有查检有关资料加以融解、提炼，可以说是自然主义式的，而它的可贵处，在于真。六十年代又写过关于东北抗日联军第四军的记录体报告文学，曾以"过去的年代"为书名出版过二十万册，现在已改名"李延禄将军的回忆"准备重版。这是史料性质的作品，似"传"而又非"传"。因而可以说，对于传记文学，并无专业的研究，但既已写过，且有简略的《自传》摆在那里（见《初春集》），又不能说毫无这方面的感受。概括为一个字，既然是"传"就应具备史学价值，贵于真！

现在似有一种关于回忆录方面的论点，不在于真伪，而责之以"自溢其美"。回忆录主要的，我认为还是真，如果是真，有美也不须讳，或谦逊而稳其事、讳其真。

因为"自溢其美"的叙述中往往把历史的实际原盘地端出来了，

在这里就出现了珍贵的史实。如果强调自谦,回避自己,那么往往在讳忌之余,把历史的珍贵情节也许全部弃之于脑侧而最终就完全为它所淹埋,失去记载了。而且"自溢其美"之美处,不外是敌前置生死于度外之英勇或在攻取中的机智而善谋,以生命掩护自己的战友,以肝胆之身而把积极的力量团结在自己的周围;或者奋而忘我攻关,解决了科技方面的问题,力持祖国社会主义现代化建设利益为主而抗拒了腐朽遗风的腐蚀等等。总之,这个"美"处,虽以自我的表现形式出现,但它却往往还有着中国共产党人的马列主义思想的光辉,盖有时代的烙印。因之有美不必讳,谦固然要谦,但谦到只字不谈,岂不把珍贵的历史资料也抛弃了么?如果有美,就不怕溢,最后执史笔者会参考有关资料加以取舍的。

第二,是关于现代史中某些著名人物的传记,如李大钊与蔡元培、陈独秀与胡适等都应有主次分明的详传,因为我们是这样一个有着传统的古老文化的国家,又适逢那样一个复杂动荡的时代,社会构成的各个方面是复杂的人物,是各有各自的地位和作用,色泽也是多彩的。

总之,革命的美,有益于后代,不须讳,而须真;反动的丑也有"教益"于后代,也不须隐,同样须真。这应是传记文学的着眼点。古史者董狐不就是一个中国古代的优秀的执史笔者的榜样么!

三

谈过之后,友人嘱以记下这个谈话来作为《传记文学》的《笔谈》栏目之约稿。

丁卯之秋

南方花开早，
北地春来迟。
屡经暴风雨，
倏忽已七十。
面水惊白发，
临峰诵新诗。
烟云烂漫处，
桃李争春时。

点点滴滴　记忆犹新
——为了悼念萧军先生

一、补序

我和萧军先生相识于五十二年前，因为都是九一八事变之后，穿着哥萨克绣着衣边的时兴衬衫从哈尔滨逃亡到上海，有着一种类似的苦难命运。十年"文化大革命"中又有过同处"牛棚"的记录，因之回忆起来，要谈的就多，且也很难在随感录里概括及全、评论及深，不想初稿还未完成，本月二十二日早突然接到萧军夫人王德芬的电话，噩耗传来，长我十年的萧军已溘然如陨星般离开这个世界而长逝。于是情感跌宕，文思变异，停顿时间久了，再提笔仓促整理，前后的色调就显出两段模样。因而加上了副标题，生前的评论就成了逝后的不像悼文的悼文了。特补小序说明如上。

二、萧军和他的《八月的乡村》

萧军总是和他的中篇小说《八月的乡村》联系在一起的，当时的署名是田军。在三十年代中叶，它是和萧红的《生死场》先后都由鲁迅先生作序推荐而震动上海文坛的，真如旋风一般席卷长江南北、黄河两岸。虽然立刻遭到查禁，但在意识形态领域里，它已经撕破了国民党蒋氏系的半封建半殖民地的"王朝"所遵奉的"攘外先安内"的全力"围剿"红军的政策帷幕，把为国民党蒋氏系王朝不抵抗主义而抛弃的东北三省沦为丧国亡民的艰苦的斗争、反抗的血泪现实，暴露在国人面前，等于向全国的优秀的中华儿女发出抗日的呼喊，举起了挽救民族于垂危之中的火把。

鲁迅在《八月的乡村》序中说:"这书,当然不容于满洲帝国,但我看也因此当然不容于中华民国。这事情很快地就会得到证实。如果事实证明了我的推测没有错,那也就证明了这是一部好书。"果然,《生死场》也好,《八月的乡村》也好,这两部同属奴隶社自筹资金出版的著作,不幸而为鲁迅以言中,立即遭受查禁而成了地下的畅销书。

自然,如果脱离当时的历史政治乱境而孤立地以今天的所谓"纯艺术"的角度来看,虽说这一对年轻夫妇都还有着各自的稚弱之处,但也已经是不弱于当时诺贝尔奖金获得者的美国女作家赛珍珠的《大地》了。后者也是以中国农民为题材的长篇小说。在人物描写和主题思想上,《八月的乡村》虽稍逊于法捷耶夫的《毁灭》,但影响之广之深,却又大大超过在当时极为流行的苏联作家的作品。因为这是反映我们中国现实的,为国民党蒋氏系王朝的不抵抗主义政策所抛弃的一角土地的,不屈于日本帝国主义关东军"征讨"下的血淋淋的斗争生活。可见新的现实主义文学作品,总是时代的产物,它是和历史的客观现实息息相通,是推动历史前进的。

今天还有为我个人一向所尊重的知名教授,为了纪念不久以前在台湾去世的梁实秋教授的"为艺术而艺术的纯艺术"思想,我个人也认为是久已存在的一个文学艺术的流派,我们也在当代文学史上给以一定的位置和评价,毕竟它与为了卖钱而搞"性描写"的文学名家不能画等号。但也并不能因为肯定他后期的学术成就,而抹掉了在民族危亡之机而提出"与抗战无关论"的文艺观点也是正确的。也正如章士钊先生当年曾为资助一批马列主义信仰者去法国勤工俭学,资助中国共产党人培养他们的领导人才而筹募两万银洋的功绩确实应该在中国的历史上大书一笔的,但铁狮子胡同的惨案,章士钊作为段祺瑞内阁的主要当事人,是不能辞其咎的。鲁迅当年的批评也没有错。

因之,文学评论也罢,人物评论也罢,总是不能脱离历史而作孤立的评价。

三、三个地点一线牵

萧军和萧红夫妇相偕于一九三四年夏从日本关东军占领下的哈尔滨逃往青岛，并在青岛两人完成了《八月的乡村》与《生死场》。于当年冬又奔往上海，与左翼文学大本营的统帅鲁迅汇合，正如山间的支流与奔腾不息的黄河汇合一样，这不是偶然的。因为，是有着共同的一种崇高信念一线相牵。

两萧合著的短篇小说集《跋涉》，一九三二年秋就在哈尔滨"非法"地出版了。这是在中共满洲省委秘密所在地的左翼文学阵线，为建立自己的普罗文学作者的前哨位置，故而招来敌伪爪牙的闻嗅行踪的搜寻、受到胁迫。当时，在号称"东方莫斯科"或"东方小巴黎"的哈尔滨，左翼文化运动的核心人物之一是《大北新画报》的编辑、有名的诗人兼画家金剑啸。他是一九三〇年由当时的名电影演员、现仍健在的陈凝秋（即后来以戏剧歌词创作著名的"塞克"）的介绍，从东北到上海去学习的，以后又转入上海艺术大学，参加了上海摩登剧社的演出，并在上海参加了中国共产党。九一八事变之后，又回到哈尔滨，组织抗敌剧社。在一九三二年哈尔滨大水灾之后，便组织救灾的维纳斯画展。关心东北文学史料的人都知道，就是在这次水灾当中。萧红才借机逃出久困如囚的债权人的监视，在《国际协报》一位热情的编辑的住所，找到萧军并借到一间住房，自然是并不注重婚姻仪式而如情人般地结为伴侣了。在金剑啸后来筹备的维纳斯画展的厅廊上，就展出了萧红急就章式的两幅属于普罗艺术的粉墨画：一幅是两根萝卜，还有一幅是一双穿破了的牛皮鞋和东北特有的大众食品——带刀切花边的"杠子头"（火烧），足证两萧一结合就热情而幸福洋溢地投入为中共地下党的社会活动当中去了。在金剑啸以后组织的星星剧团演出英国作家华克莱和中国女作家白薇的话剧中，萧军和萧红都是积极的支持者。后来还为演出作广告画。毫无疑问,金剑啸这个曾在上海左翼文化运动中参加中国共产党的年轻诗人兼画家,会向他们谈及上海的"左联"运动、谈鲁迅的。在精神领域,金剑啸为鲁迅与萧军、萧红夫妇搭起了一座光辉闪闪的桥梁,唤起了两萧对于"左联"领导人鲁迅的崇敬与向往。

另外一位关键人物,同样是中国共产党员,这就是现在仍健在的著名老作家舒群同志。署名"三郎"(萧军)与"俏吟"(萧红)合著的《跋涉》所以能在哈尔滨"非法"出版,不但是由当时以"黑人"署名的舒群私人筹集的资金(据说是从他母亲手里讨出的留作"寿器"的私蓄),而且萧军与萧红在该书一出版就遭敌伪查禁,而且不得不躲避敌伪爪牙的跟踪和搜寻,终于在穷困中出走青岛,也同样是由于舒群在与中共地下组织有关的《青岛日报》为萧军谋获了一个有薪金可拿的文艺副刊编辑的职位。如果没有这样一个可以维持两萧夫妇最低的温饱的简朴生活,为他们提供一个安定舒心的文学创作环境,那么未来轰动中国文坛的两部著名作品的原稿在当年就出现于上海鲁迅先生的案头,也是很难想象的。

除了以上两位关键人物之外,还有为两萧提供发表创作园地的《国际协报》文艺编辑白朗。她的丈夫罗烽同样是中国共产党人。因而,可以说,萧军就是在中国发生九一八事变之后开始从事文艺创作的,他从此在中国共产党人的周围、受着左翼普罗文学的影响与左翼文化运动的哺育,逐步成长壮大起来的。

四、这笔遗产要继承、要发展

不必说,国民党蒋家王朝正在调动百万大军进行"围剿"的"红军"——这两个足以致敌人于死地的方块字,为萧军夫妇两人分作笔名,也同样不是偶然的随便签署。在这"红——军"的两个字上,充分体现了萧军、萧红夫妇处于血气方刚之年的锐气,标志着他们夫妇两人的政治向往和崇高的理想寄托所在。难怪这两部在艺术结构上还稍逊《毁灭》的中篇小说，却在社会效果上产生了超过《毁灭》与肖洛霍夫的名著《静静的顿河》当时在中国读书界的影响，而具有投入久旱而枯的干柴堆上的两把火种一样的威力，助长了中华优秀儿女要求抗日、要求枪口一致对外的势如燎原的火焰。

在辩证唯物主义的哲学理论上，如果不是加重了民族矛盾实质已上升而超过了阶级矛盾的意识形态领域的砝码，至少，《八月的乡村》和《生死场》为这一科学理论提供了形象而具体的论证，尤其是由于它们的出现而产生的社会效果。

因而在这里又充分地证明了一个真理：新的现实主义（就是过去的社会主义现实主义或革命现实主义与革命浪漫主义的简称）的艺术价值在于它的政治效果，也就是说在于它推动人类历史进程的效果。这就是萧红、萧军夫妇两人的文学创作实践中遗留给我们的若干植于世界文艺之林而无愧的文学作品之外的又一笔同样宝贵的、该继承发展的遗产！

一九八八年六月二十五日初稿

相隔十八年的两次会面
——《点点滴滴 记忆犹新》之二

一、初识萧军在吴淞

五十二年前,正是一九三六年鲁迅先生逝世的近两个月之后的冬末,当时我和一同从哈尔滨逃出而先后到达上海的狄耕同住吴淞口一条小镇市上,我们租的是一间临街的前楼,萧军的来访,是应狄耕之约,我只能算是一个陪客。见面的那天,我们谁也没有穿在哈尔滨流行的那种绣花边的哥萨克衬衫。那还得要扎根带穗子红丝绳腰带。我们都穿着外套,里面都是西式衬衣,扎着领带,说明我们都很重视这次会面。萧军是蓝呢料西装,结着很显眼的花领带。我们脚下都是硬牛皮底皮鞋,走在铺石板的街道上嘚嘚作响。自己听着这种发自脚下的声音,也往往感到步伐健捷、姿态潇洒,年华正茂的自己,正是未来的时代开拓者,仿佛肩上担负着未来的民族兴旺大任一样。在我和狄耕还是志在未来,而萧军自然不同。如果我们还是左翼文学艺术坛苑中两棵含苞未放的花蕾,那么萧军与萧红已是芬芳四溢的两枝惹人注目的妍丽花朵了!萧军刚毅英俊的脸上,带着一种未来的民族兴衰命运已经担在自己肩上那样自信、自豪一般。狄耕穿的是套深蓝色哔叽装,软而不挺,扎着条蓝领带,长发蓬松,体态有些肥胖,一看就知道是有孩子叫爸爸的中年人了。实际上他比萧军还小五岁,却显得年长于后者。论资历来说,他是一九三一年以前的北平中国大学的学生,九一八事变后参加过南下的学生请愿团,在北平的火车站卧过轨,在南京砸过教育部的牌子。当时我们是依靠同是珲春县籍的一个黄浦江海关的下级缉私职员的供给，过着十分穷困的寄居式生活，不但临街前楼的房租赖他支付，日常吃的米面也全靠他从家里背着管家老爷子往我们住处背，往往是夜深来叩门。那狄耕不修服饰的样子，比萧军更像是一个普洛艺术家！我穿的咖啡色带原色条纹的西装，虽说剪裁于哈尔滨，适身得体，穿无领衬衫，另按的"胶领"也洁白，只是显得季节已过，不是冬季当令的呢料了！而且裤袋总是空空荡荡，我们吸烟都要在烟摊上用一枚两枚小铜板零支买。当时一角小洋仿佛能换十二个铜板，可见当时我们穷困到何等可怜的程度了。因之《八月的乡村》作者萧军的来访，在我们自然是件大事了。尤其是对于在珲春我们曾经隔着一条街相邻的狄耕，在《赤血地带》这部长篇小说稿为茅盾先生退回后，这次会见更是关系未来的命运、生计的一个关键了！我们是早在火车到达之前约半小时，就到吴淞火车站外去接车了，因为我们舍不得拿小洋去买月台票。在吴淞口下车的多是短衣打扮的乡镇行商、小贩、船客，萧军那笔挺的西装在群客之间自然是最着人注目的了。狄耕首先去接迎，并为我们两人作了介绍，我们立即谈起哈尔滨《大北新报画刊》的编者金剑啸，谈起在哈尔滨听到的关于两萧为鲁迅先生所赏识的消息，谈起在哈尔滨制的影片《水》的年轻导演贾小蓉，都倍感亲切。

仿佛萧军并没有到我们住的那僻静的临街前楼去坐坐，就直接领着我们走进吴淞镇上算是最讲究的一个挂着四个幌子的南方饭庄的楼上去了！

"今天我请客！"萧军把堂倌递给他的硬皮菜目夹子转交狄耕，"挑你们最喜欢的菜——点！"

我们都很兴奋，觉得我们受到这位上海来的著名作家的慷慨宴请，完全是应该的，是和我们的意料相符的，他的豪爽的姿态，也使我们满意。我们当时不仅同属"天涯沦落人"，又是从哈尔滨金剑啸身旁先后出亡的关外相闻的乡友，更是未来将同属文学艺术阵营里的战友，就倍感亲切。自然，在我们看来，他是鲁迅的入室弟子，而我们还只能算是窗外门徒而已！我们喝的是绍兴老窑花雕，还有上海流行的五加皮，最难忘的菜是油爆大虾和红焖肘子之类的肉食，谈的是高尔基《我的大学》、法捷耶夫的《毁灭》，还有左勤克的《烟袋》以及苏联问题长篇小说《沙宁》之类。我们不能理解的是诗人叶赛宁之死！狄耕谈到他曾经与北平中国大学的友人去天津筹划过办报以号召抗日的失败经历，我也提及自己的长篇小说《边陲线上》经茅盾先生推荐而为书店退稿的挫折。萧军说，《八月的乡村》与《生死场》最初也是经过鲁迅先生向书店推荐遭拒之后，才决定自筹资金作为奴隶社的丛书出版的，并关切地相嘱："如果茅盾先生那里还有问题，你把稿子寄给我，我可以找巴金。我想文化生活出版社是看作品，不管作者是不是名家的！如果名家的第一部成名作品没地方出，那么哪里还会有名家嘛！"这话我是作为至理名言来看的。抗战爆发以后，这部长篇小说由已停办的天马书店的现代文学丛书主编人王任叔同志转给巴金先生，果然在上海沦为"孤岛"之后由文化生活出版社作为巴金主编的"现代文学丛书"之一出版了。虽然未经萧军先生的手转，但在吴淞镇那家南方酒楼上慨然相许将要推荐出版以助的热忱，是与鲁迅先生对待文艺青年的珍贵行径一脉相通，相信将会传之后世。对于狄耕的未来，萧军答应回上海后，一定设法帮助他摆脱这种倚靠干亲关系而过的寄人篱下讨生活的窘境。至于我个人，如果那部长篇年底还没有着落，还拿不到可以回到上海租界亭子间住的一笔稿费，那么将要回到胶东父母的家乡去筹借再次返沪客居的贷款。

萧军回上海不久，果然实践了自己的在吴淞镇上的诺言。介绍狄耕去江西景德镇，在一个开拓性经营瓷器的企业公司里谋一有固定工资收入的职员位置。原来这个公司的总经理就是以后因办《新生》月刊发表了赫赫有名的《闲话皇帝》而震动了上海日本领事馆引起有关"中日邦交"的交涉的东北企业家杜重远先生。虽然狄耕这次南行在南昌并没有站住脚,但再次回到上海后却缘于萧军而住到法租界,租住了美华里的一座前楼,与当时流亡上海的许多左派文艺界人士融汇一起了!以后我们在这里结识了王任叔、韩念龙、陈沂、宋之的、王蘋、林珏与尹庚,而朝夕相处的还有东北流亡诗人辛劳和亚丁。关于这段生活,在《抗日战争爆发那一天》的纪念文字里,我已经作过回忆的记录了。因而一九三六年十一月间和萧军在吴淞的初次相会(也是在国统区唯一的一次见面)在我和狄耕两人的文学生涯旅途上也是不容忽视的一个关键站了。萧军在上海左翼文艺界和从哈尔滨出走而流亡上海的东北文艺青年之间,体现了一座桥梁的作用。

一九三六年冬的除夕之夜,我终于离开吴淞口的海口码头回山东平度县的父母家乡去了。是狄耕和王光莹两人送我上的船。

这王光莹就是狄耕在珲春县的拜把子弟兄,是慷慨周济我们度过一段艰难流亡生活的吴淞海关的一个杂工式缉私员,上海"八·一三"抗战爆发后,他弃职逃迁上海租界,曾由我介绍给东北作家林珏,去徐家汇海格路国际难民收容所担任过总务。上海沦陷后,他又携领妻子和最大不过三四岁的一个男孩,还带着反满抗日的"左"倾思想倾向,回到吉林珲春县城。在吴淞口的男孩子,如今已是五十开外,已经身任延边朝鲜族自治州一个县级的财政局副局长,这是须要顺笔一提的,说明人与人之间的社会关系,当中的政治思想的感染是有着多么深远的影响潜力。

二、再次相逢在北京一所小院的西厢

我们初次在上海吴淞相遇,萧军那种慷慨豪爽性格,给我的印象很深,确有关外家乡大草原的牧马手的胸襟开阔、潇洒的风度。但相隔十八年之后,我们再次在北京相遇,只是握了握手,打了个照面,却如处在两个世界一般。那天他身着一套虽旧却还洗得整洁的蓝色干部服,他的容貌虽依旧,神色却略显庄重,举止也如军人般整肃了。

那似是一九五五年秋天一个星期日，这是我们几个在北京的文艺界朋友每周必然在西长安街石碑胡同聂绀弩同志处相聚的欢快日子。午间往往就在那里聚餐，绀弩和夫人周颖老大姐做东，主持家务的"三妹"（我们随着绀弩这么称呼）掌握炊事，做的一手湖北口味的菜肴，喝的是西凤或四川大曲，酒后谈一会子闲话，如《水浒》里面究竟有多少是山东土话俚语？因为我们的东主是开国第一任的人民文学出版社的副主编并兼管重新编印中国古典文学作品，谈起来难免就牵涉到对于古典文学的研究，为了要我找出究竟有多少纯属山东俚语的词汇，曾经特意带给我一部社赠的新版《水浒》。我确实也逐章逐行地阅读过，但却终了也没有找出一两句像样的山东俚语，因而绀弩同志确定《水浒》的语言多确是属于作者施耐庵的家乡官话了。经常在座谈天的还有美学家吕荧，在桥牌桌上，我们是一方，绀弩和夫人周颖是一方，如果赶上胡风从文化部招待所来做客了，主妇周颖就让出自己的座位，聂胡两人又是桥牌一方了。酒后闲谈一会子之后，又继续围着西厢客屋的方桌，铺上垫毯，打桥牌了，吕荧兼做记分员。如果外出用餐，自然就形成我和吕荧轮流做东主的局面了。吕荧喜欢吃西餐，东风市场里有"吉士林"，在那里还可以听到餐厅自播的音乐，提琴独奏的小夜曲，"胡桃夹舞曲"之类。而绀弩喜欢的是弄堂里的闽菜馆或北京饭店内有名的"谭家菜"，我喜欢的是五十年代早已歇业的"惠尔康"那里的椒醋鳜鱼，应是京菜第一家的拿手菜，自然也喜欢"吉士林"的香港咖啡厅式的轻松幽雅的情调。总之，在北京各自忙碌着学习开会，会务之外又忙于各自案头的文字工作，勤勤恳恳忙过一周的这个假日，我们看得很珍贵，就是要过得安闲自如，品美味，喝醇酒，玩得惬意。总之这是五十年代前半期我国社会主义初建时期部分在京的文学工作者日常生活中在我说来最欢快悦意的一天了。这也是我们年当中午风华尚茂时候最难忘的一段幸福而自由的社会主义式作家生活。

就是在这样一个星期天的例会上，仿佛距离用餐时间还很长，我们牌兴正浓的时候，突然院门响声传来，只见一个修理电灯线的电工般人物，空着两手走进小院里来了。西厢房门是敞着的，我们四人当中，不知是谁说了声"萧军"——都认出来人果然是久久闻传言而却不见人的《八月的乡村》作者，走进方砖铺地的小院来了。他头戴鸭舌制帽向厢房门口纸烟烟雾缭绕的处所走过来。我们都从各自的牌桌座位上站起来，实际上我已扔掉了手中的纸牌，绀弩是扣在桌上，只有胡风和吕荧一手仍然拿着牌，另一手与萧军相握。我在握手时，仍然感到对方的手劲强而有力，我很惊奇又很欢欣，只问了声："你怎知道这个地方？"还未及说什么，绀弩同志就急急拉着他的手，走出西厢客屋，拉到北房东间的寝室里去谈话了。周颖老大姐补上留下的空位子，我这时只有捡回自己的扑克牌，继续着未完成五百分的牌局，但谁都除了说些有关纸牌的话，如"该谁出牌了"或"刚才那一墩儿谁拿去了"，要翻开看看，都别有所思，心不在牌上了。可也没人提起关于萧军来北京后何以这么久也不露面之类的话题了！显然，各自却都在想有关萧军突然在这里出面的问题，却又都避讳谈论它。因为传言，他在一九四八年主编哈尔滨《文化报》时犯了政治性错误，受到东北一些报刊的批评之后态度又"恶劣"，而下放煤矿去"劳改"了。一九五二年的"文艺整风"在山东省文联内，我作为省文联副主席也是受过"思想批判"的，主要的错误似乎是自由主义和散漫的生活作风。幸而在上海的华东文联的领导人夏衍同志在这时给我协助一位上海名导演完成一个反映山东农村新面貌的电影剧本的任务，因而在批判会上受到在我觉得是可笑的批判之后，离开济南，随着那位留学过英国的绅士式的电影导演去胶东文登县采访了。如果没有这一个上级来的指定"任务"，那就很难说那种"批判"最后超过我的容忍限度，要闹成何等样不可想象的僵局了！因为在要我交代自己的历史问题时，我谈到曾于一九四〇年秋去过新四军，由于自己过惯了自由散漫的写作生活,不适应部队的作息军规以及原为去敌后陈毅部队在梅花桩战术开展的游击区去采访,梦想在后方写出为国人所瞩目以望的属于民族革命斗争必将胜利的曙光所在的报告文学,因而留下来在宣传部当编辑,也不是与我的初愿不符的。这是我四个月以后离开新四军的两个主要因素。因而有人指问说:"你是不是在革命最需要的时候,怕艰苦开了小差!"我笑着说:"哪里是怕艰苦呀!我是要到敌后去,敌后的游击区岂不更艰苦!"我没辩解"开了小差"的指责,因为我的离开是取得南方局组织部长曾山同志的支持,并由军部发给护照,向政治部主任袁国平握手告别,和现仍健在的军部领导人之一的李一氓同志临别也谈过话的,因为事实是事实,自然以为妄言不须一辩,只是笑笑而已!岂知这个从新四军"开小差"做了"逃兵"的不实指责竟然在"文化大革命"之始,在一个"东北老作家"笔下作为揭发我"罪行"的大字报出现在面临北京市文化大院的市作协筹委会会议室外的墙壁上,并发生了意想不到的造谣中伤的效果⋯⋯胡风的文艺思想,过去也不是没有受过报刊上的文字批判的,虽然谁也说不清楚萧军究竟是犯了何等样的严重政治错误,但谁也不想打听这个内中是非,以免为人误解为非分而探听不关自己的机密以招嫌,何况我一九四七年为国民党"剿匪司令"杜聿明的特刑队所逮捕,几近两年的监狱经历之类政治性问题还没有明确结论,自然感到更要避讳作"非分"的议论,而日后受"批"了。因为谁都知道萧军既不会反党,也不会反革命,可是属于档案的材料,又是不能越轨过问,那么这个是非,就很难在牌桌上摆出来谈了!传言说,在哈尔滨主编《文化报》时受了批判,是有反苏嫌疑的,萧军怎么会反苏呢?但一问,就会遇到疑惑不解的目光,仿佛是说:"你难道对党组织的决定,还怀疑么?"在我这是深有所感而却不能涉及的一个难解的问题。至少在这里大多都是萧军三十年代在上海相识的老友,现在也避讳谈及绀弩急匆匆带他到北房东间寝室里到底谈些什么机密。须要背着我们单独相谈,自然是机密了！也许是人民文学出版社要出版他的什么新作而必须删改一些片段，当着十多年前的老友争执起来，有伤这位《八月的乡村》作者的自尊么？或者是遵循出版社的党组决定退稿，我们一边玩着扑克，叫着牌，一边还想等待萧军随着绀弩回到西厢方砖铺地的客屋一块喝茶，聊一聊，准备等待吃"三妹"炒的鳝鱼丝、湖北京山口味的蒿子秆蒸米粉肉，喝两杯四川泸州的大曲。但结果却又完全出乎我们的意料，两人谈话出来时，来客是独自在前，绀弩相随于后，显然是送客模样。萧军路过小院脸也不偏，连个侧面招呼也不打就匆匆走过去了，胳膊底下，也不见夹带一部报纸包扎的手稿之类东西。我们都相互地愕然交换着不解的眼光，只是周颖老大姐例外，全然不在意地捻着手里的牌说："该谁出牌了？怎么啦！"说话间绀弩已送客归来，夫人站身腾出位子，绀弩接过牌去坐下来，看看大家凝集相视的探询眼色，知道不说句什么是很难酬答这几位贴心朋友对于主人未留萧军一起喝杯酒的心愿的！

绀弩字字如金玉般珍惜地喃喃自语般说："政治影响太重了！我现在的这副肩膀哪背得动呀！"然后正式问："什么是王牌？该谁出牌啦？"

绀弩并非谨小慎微的侍从官出身的人物，正相反，在国统区一向是以魏晋间纵情不羁的名士风度招人欣慕的，现在身任副部长级的文职主编，属于翰林院编修一类的身份，在现代文学界的政治影响，不管是党内党外，当时是举足轻重的人物。但当时他连萧军的边儿也不敢沾，可见后者的问题的"不一般"了！实际上，我们当时都处于"党外布尔什维克"的地位，还不具备党内政治思想斗争的切身经验，不知道绀弩如果当时留下萧军来和我们这两三个三十年代后期相识的朋友会面将会产生什么样的社会影响，不知道就在这方砖铺地的西厢餐桌上那会恢复我们之间固有的以鲁迅为尊的友谊，这就等于绀弩为萧军"平反"，等于在社会上为萧军恢复了原有政治面目，这自然又等于和六年前东北局党组织对于萧军作为"反革命"结论作政治性对抗——何止是对抗，而是在实际的社会生活中给推翻了东北局的政治结论，把政治上正与"反"的界标给撤掉了！今天看来，绀弩当时或会想到，如果由他做东在这挂有镂花白纱窗帏的西厢客屋里的餐桌上，撤除了我们之间相隔的那一道眼所不见的政治界限，那么或会招来什么什么"小集团"之类的误解和非议。绀弩究竟是二十年代莫斯科东方大学的中国留学生，在政治上是敏感的，所以一见萧军就出面作"挡驾"式的阻拦，不给萧军与我们相谈的机会。主要地我想并不是为了保持自己的党性和纪律性，因为他不是个人主义者，而是考虑到我们都是在他周围的亲密朋友——而且又都各自尚未澄清自己的文艺思想或历史关节之类问题，如果在他寓所又增多了一笔属于由萧军引起的"谈话问题"，渗合一起，那么各自的文艺思想问题，就更择检不清了。直到两年以后反胡风运动开始，我才反顾如过危崖般认识到度过了石碑胡同那方砖铺地的小院落里，由于萧军的匆匆出现所形成的险势，心里惊叫着："当时多亏绀弩把着关！好险哪！"我们，尤其是我和书生气十足的吕荧，哪里还会想到在过"左"的思潮影响下，内部的政治思想斗争竟然还如此错综复杂，甚至离开法治与常情，竟会作出无法、无天、无真理的"冷酷斗争"。

  是绀弩以高度政治敏感使我们三十年代初识的老友再次相逢却隔离开来如当中画了一道眼睛看不见的界限，明显地感到萧军是被隔离在我们这个社会生活圈子之外了。现在看来，这就是聂公绀弩作为一个中国共产党人的党纪精神的体现，这是与过去在国统区那种魏晋之风的名士派的形态所掩盖着的秘密的一个共产党的战士实质又是一脉相通的。如果不是由于这次萧军的突然出现而"曝光"，就是他周围相熟的朋友也很难有机会透视到绀弩当时作为一个建国初期的部级文职干部的这种党性的闪现。

  两年后我们在反胡风运动中深深感到这次在石碑胡同和萧军的匆

匆一晤，为绀弩所遮挡是一种预见般庇护。因而在以后的政治思想审查中，除了我和胡风"文艺观点相近"之外，并没有和萧军的来往关系搅拌在一起。自然绀弩不是诸葛孔明，当时他并不知道两年后又会发生胡风"反革命集团"的问题。因而又仅是一般的"预见"而已。

最后，我还要说，我和萧军之间是并没有因为绀弩同志以身相遮挡而就关系中断再无来往。究竟我们也是从魏晋贤者那里承继了一些古老的中国古老文化基因的新知识分子，因而不久有一次在什刹海散步当中不知怎么谈起"萧军就住在附近"，我一时兴致所趋，就随着吕荧去萧军那座窗临后海的别墅式两层红砖小楼的寓所作"踏雪寻梅"式的探访了！但我们又都是在国统区就以"党外布尔什维克"的左翼作家自命的人，更从石碑胡同绀弩寄居的那座方砖小院的西厢里，经历过党的又一次来自实践的政治教育一般，始终是面对面相近不过三尺那样或站或坐，而在心灵上又是相距如海峡两岸一般的遥远。谁也不触及一九四八年的往事，互不敲叩对方的心扉。我们谈他的那座别墅式的寓所，我们伏在楼窗口眺望后海周围的过客，谈各自收藏的石刻图章，谈古画和仿造的古画。从一九五四年到史无前例的十年"文化大革命"整整十二年当中，我们有过六七次的来往，也有过因牵涉到私人的公务如老友那样亲切相商，但在我们当中始终有道眼睛所不见的为绀弩在那方砖小院的西厢所划定的"政治界限"，始终我们如隔在"阴阳"两个领域一般，他日有闲当再做随想式的回忆。恕我补一句：这样的心情实在也太多了！

一九八八年七月十五日初稿
二十六日校订

（注：《点点滴滴记忆犹新》之一已在七月十二日《人民日报》海外版刊出）

"电视"漫笔

晚年的娱乐性休息，就是坐在电视机前看电视了！

首先要看的自然是《新闻联播》，这是读报以外认识我们所处的这个不平凡的时代，每天定要日读的必修课。再就是体育实况转播，较远的，像我国女排的"三连冠"，看后真让人扬眉吐气！运动健儿身上，处处闪耀着个人的超群技艺，显示出集体的力与智的结构美。我们从那一方方画面上，可以感受到一种民族豪气、一种健美与机智的混合体结晶般的素质，我分享他们胜利的喜悦，像痛饮茅台一样，忘掉世间的忧虑，完全陶醉了！当然有时也为运动健儿在体力与气势上不敌对手而不安，感到东西方民族之间体质上的差异，这就有赖于我们物质生产力能得到根本提高的改革大业了。

在电视文艺节目中，我喜欢连续剧《四世同堂》——因为它将已经过去半个世纪的历史，形象化地再现于屏幕上，导演与剧中人和我们这些过来人的带着伤疤的心魄是完全相通的；喜欢日本的《阿信》——阿信在日本穷困农村的处境，以及那种坚强不屈而又时时将命运自主权掌握在自己手里的奋斗精神，与我们过去中国农民的色泽是相类的，也是我们所熟悉的。而日本军国主义者带给日本人民的灾难，也能为我们同情和理解。还特别喜欢转播的苏联影片《这里的黎明静悄悄》，我认为它是社会主义现实主义的电影艺术王冠上的又一颗明珠。至于《血疑》以及墨西哥的《卞卡》《诽谤》之类，在我就不及像看昆曲与京剧这些传统节目那样着迷了！这里，我还要提及的是今年春天在电视里看到的舞台戏剧小品，像《雨巷》，获得参赛节目的高分，名列前茅，实在是当之无愧！它所刻画的几个在同一屋槽下避雨的男女青年形象，可以说由于演员的高超造诣，性格完全体现出来了！角色之间在同一处境下的相互关心与体贴，真如同玉雕般光润和透明。再比如荣获冠军的《芙蓉树下》，描写一个即将参军的青年农民与自己还未过门的恋人告别，它既不同于古典京剧中薛平贵的《别窑》，也不同梁山伯祝英台之间的十八里相送，给人以全新感受。那位四川姑娘热情洋溢，恋恋不舍，全然不顾小伙子急迫报到的心理和军纪约束，硬是让他和自己坐在树下，美美地回忆一下当初的定情，最后又将特制的纪念品红兜肚送给意中人，整个过程通过军艺两位演员惟妙惟肖的表演，给观众以极大的艺术享受。尽管很短，它的魅力却像一颗闪闪发光的钻石，体积虽小，价值珍贵。

这就启示我们，任何优秀的艺术作品，都可以说是社会生活的横断面，因而它必有所本。这本，是源于客观的历史以及现实的生活体验。一个剧作家，不管怎样才华出众，如果脱离生活的实践，只靠关起门来编故事，是不会创作出优秀作品的。纯属消遣解闷的电视片，虽然也会使一部分人看迷，但由于它脱离时代，失之于琐碎，就会落于旧写实主义的范畴，而不为另一部分人所欣赏。

《美的殉道者吕荧传》代序
——《美学家——吕荧之死》及附语

附　语

这《美的殉道者吕荧传》一书，是作者吴腾凰同志公余之暇与乘之同志两人合作完成的，是一部现代文学评论家、翻译家的传记文学。该传曾在南京的《青春》上连载过，为吕荧兄的两个女儿潘怡和潘悦姊妹俩所赞赏，因而趁作者来京开会之际，偕同到我住所过访，索取书序。遗憾的是恰逢笔者不适，精力不济，很难提笔再作伏案工夫，且又病于目，也很难在限期内通读十二万字之多的原稿。由于潘怡之赞，又由于作者吴腾凰谈及走访吕荧生前同道以及患难之时的知情者，更谈及搜集素材的经历，看出作者确实是付出了许多辛勤的劳动和宝贵的时间，因之深信这本书会是符合于史实的传记作品。由于笔者与逝者生前友谊之笃，为了庆幸这本传记的出版，愿以一篇曾刊载于香港《文汇报》上的《美学家——吕荧之死》权作代序。这是笔者为这本书所奉赠的礼仪式冠带，意在装饰它的形态。至于悦人心魂之美的眉目，还在于本书内含所呈现的品貌与情态！

希望本书不但得到有党性而无派性的我国现代文学史家的赏识，更希望它会得到广大青年读者的欣赏而能对人生旅途中美的探索者有所启迪。

美在险崖之巅，
　真理之花散发芳香之处。

它属于
崇高理想的山峰，
距离凡俗安逸之界
远如
蓝天！
而与众多的
为之献身的追求者
为伴、
与众多
为之牺牲的开拓者
为邻。
攀登吧、前进吧，
美与理想与你们同在，
青春就与你们同在！

是为笔者"代序"之附语。

一九八五年十一月十八日

一个人的时间和精力是有限的，尤其是到了力渐竭、气渐衰的晚年，更何况是在病中。很多该写的东西还未及写，很多该整理出来的文字，还未整理完，不想，又突然接到了吕荧两个女儿的来信，告知我，她们的父亲不是病逝于上海，而是在一九六九年三月五日病死于北京清河农场，并附录了中央有关审理部门一九七九年为吕荧平反昭雪的结论，说明一九六六年六月间把吕荧作为"影响治安"的"胡风分子"再次隔离，给以"强制劳动"的处理是错误的。

因之，我原来听到的"吕荧六十年代死于上海"是传闻之误了。

我读过潘怡、潘悦两姐妹的来信，默然久之。显然，过去的传闻掩盖了事实真相。这样，笔者就不能不做以上的订正，而对吕荧其人及其死说几句话了！

二

吕荧，本名何佶，安徽省天长县人。据碧明的《忆吕荧》（见《北京文艺》七月号）所记，吕荧在三十年代是北平《浪花》文艺社的主要成员之一，还是北京大学的运动健将。但我认识他的时候——在四十年代中期——他却已经是个面目清癯如瞿秋白式的"文弱书生"了。当时，他已离开云南大学的教职，住在新婚的夫人潘俊德在涪陵的家宅里，正在翻译普希金（他译作普式庚，很接近俄语语音）的《欧根·奥涅金》，而笔者在涪陵邻县的丰都教书，刚回重庆来看看形势，不知"迁都"之后怎么办，因之在冯雪峰的住处相遇，自然大家都是很高兴的。只见他，两眉细瘦，面目苍白，穿着半旧的灰色西装，结的领带也不显眼，在屋里还罩着旅行式夹大衣。主人呢？尽管纸烟的雾气弥漫整个房间，却不开窗，怕他背后经不得西风吹来而受凉。可见客人体质是多么弱，而主人对他又是多么爱护，多么亲切和器重了。当然，吕荧也是很自尊而持重的。

第二年，我们再次在重庆相遇，是日本投降以后了。他以"泥土社"的名义，私费出版了《人的花朵》——一本论诗人艾青与田间的新诗评论集，四十年代吕荧据此作为左翼的文学评论家，在中国新文学界像新星一般惹人注目地出现了。同时仍在译著普希金的长诗《欧根·奥涅金》，而面色也仍那样苍白，进屋仍然不敢摘帽，怕风，怕受凉。

三

但当一九四九年初夏，我们两人结伴，一起离开香港，满怀着对于祖国、对于未来的充满光辉的希望和信心，乘船北上时，他却和我同样只穿了一件衬衣，衣着懒散地在甲板上散步，瞭望海阔云低，而又一片渺茫无际的景色了。一位从英国留学回国的女导演为我们俩人拍了唯一的一张合影。在我的印象中，这仿佛是他生活中最轻松的一段旅程了。仿佛一切，都是重新开始，祖国的未来，就是自己的未来、幸福的未来，和无产阶级的共产主义事业紧紧结合在一起的未来。当时，笔者是刚刚离开南京特刑厅的监狱，绕道香港北上，而吕荧原在台湾一所大学里教书，是从台湾归来的。

"台湾当地人都说汉语么？"

"不，"他思索着，显然是思考着我的提问，然后回答，"殖民地化久了，都说日语。"

"讲课呢？"

"我用英语。"

他如哲学家般不断地思考着什么。读者从这简短口气里也会知道，吕荧谈话，是多么严肃、认真，尽管在航行中他也脱了外套，显得很随俗，和我的情调很协和，但仍然结着领带，谈吐也仍然是冷静的、理性的，一点儿也不随便。这就充分说明，这位诗人的知己，普希金诗作的译者，艾青和田间的欣赏者和歌颂者，是一个多么慎言谨行的人物了。

他一支接着一支地吸着烟，显然是在思考着过多的与谈话无关的问题，在酝酿未来的写作。体质虽还那么文弱，但精神却又那么健旺，仿佛一个孤傲的骑士一般，他的那么单薄的体质能负担得了他所思考的一些关于文学艺术、新诗与诗人之类问题所积压起来的重量么？

四

但美学家吕荧，却不是一个谨小慎微的人。

当胡风的理论及私人通信方面的问题作为"反革命"的罪证公布出来之后，这个即便闲谈中每一句话也都加以慎重思考的美学家，《列宁论作家》的译者，在中国作家协会召开的有一二百人参加的批判会上，却当众提出了与当时党报的"编者按语"以及在会上发言的人全然相反的论点，认为思想意识领域里的问题不等于政治问题。自然，吕荧在不少的嘘声中被赶下讲台了。

他当时只知道列宁在批判俄国的民主派作家时一贯采取的"两点论"。例如，列宁指责《钟》的编者赫尔岑为一些革命派知识分子所不齿，说"车尔尼雪夫斯基、杜布罗柳波夫、谢尔诺—梭罗维约维奇、新的一代平民知识分子革命家的代表人物，他们责备赫尔岑这种从民主主义向自由主义的退却，是一百二十分正确的。不过，公平讲来，赫尔岑虽然这样在民主主义与自由主义之间动摇不定，但是他终究是多半趋向民主主义的"，并称赞赫尔岑曾经"挽救了俄国民主派的名誉"（指赫尔岑《为波兰而辩护》——见吕荧译《列宁论作家》第三五、三七页）。而且他仅考虑了赫尔岑的是非又完全不同于胡风的功过，却完全忽略了当时绝大多数中国的诗人与作家——连笔者也包括在内——对党是怀着一种多么虔诚的信赖。

自然，当时《列宁论作家》的译者吕荧，作为胡风分子被隔离审查了，而一年之后的审查结果"吕荧没有参加胡风反革命集团阴谋活动"，终于经"中央十人小组"批准，于一九五六年五月二十三日解除了审查。以后，在胡乔木的关心下，吕荧关于美学的专论在《人民日报》上发表了，一九五九年又由作家出版社出版了《美学书怀》，据此，奠定了这位诗人的"知己"，在中国当代文学史上的美学论者的理论基础。

用他自己曾经阐述过的一句话说，"实践是检验理论正确性的标准"（见《美学书怀》——七页），今天应该说，在胡风问题上，他是正确的。因之，可以说，美学家吕荧是我们五十年代的知识分子的荣誉，而六十年代开始却成了严重的精神分裂症患者，他的薄弱的体质终于负担不了脑子思考的重荷，脑神经爆裂式地病变了。于是在上海进了精神病患者的疗养院。他的有数的几个好友之一——聂绀弩，曾在上海的这所疗养院里探视过他。

如今，美学家吕荧已病逝于北京清河农场整整十一年零六个月了。坟墓自然是没有的，而骨灰在哪里，恐怕也很难查找了。但吕荧有他的几本译著在，这将永远流传于后世。在社会风气中，将起着洁化的作用。它们将永远散布着芬芳，因为译作者吕荧本人就是我们民族的花朵。

今天，当他逝世十一周年零六个月的时候，我仅献上这一束文字，算是墓前的致哀！

我们永远怀念你！

一九八〇年九月五日

三十年代左翼女作家葛琴
——香港版《葛琴选集》后序

今年春暖还寒时候,北京大学副教授邵小琴陪偕由美归国公干的弟妹——周蒙爱医学博士来看我,谈起她为妈妈葛琴编的短篇小说将由香港三联出版,嘱我为这部新版书早日写点什么,附于鲁迅三十年代为《总退却》写的序文之后,对作者作一简论。自然,这是义不容辞的。因为我与作者相识虽晚,但也有半个世纪之久了。是为本文的由来。

葛琴年长我十岁,相识于一九三八年冬的东南抗战文化重镇——金华柴场巷十五号。这是白院墙的近门处挂着一块扁方形黑底金字标牌的国际新闻社驻金华办事处。我在回忆散记中曾写过,这是一座有着东西两厢角楼的雕花木板建筑的砖墙紫红漆小楼。我国新文学界的理论家冯雪峰正避居义乌乡间写作,是这个白墙红楼小院的常来的客人,杂文家聂绀弩就住在西厢角楼上,另有楼梯直接上下,并在这角楼里编辑水平较高的综合性杂志《文化战士》,东北流亡诗人辛劳住在楼下的东厢房,在为《刀与笔》写他的有名长诗《捧血者》。我为绍兴的《战旗》来金华组稿,就住在绀弩楼下的西厢房。住在北房三间的主人就是邵荃麟和葛琴夫妇俩了。在东南浙、闽、赣、湘来说,这个红楼小院又可以说是东南文化重镇的中心。那时桂林的文化城还没有定型,而这金华的江南风格的白墙小院,墙头只差斜挑在旗杆上的一幅以鲁迅头像为标志的"帅"字大红旗了!葛琴是当时新妇女抗日救亡界的风云人物,风华正茂,经常是开襟旗袍、西装外套,上海款式的高跟鞋敲击着小院里的砖石走道嘚嘚作响。从声音里就听出女主人的步伐是多么健捷了。陪伴她进进出出的是福建籍的林秋若，有着一双乌黑闪亮的大眼睛。当时她是从皖南云岭刚下山的一个女战士，是否刚刚接任省府主席黄绍雄的政治秘书之职，我已记不确切了。总之，当时在我一个年仅二十一岁的青年眼里，这是一对豪气勃勃的时代女杰。那时我还不知道葛琴早在一九二六年就已经是中国马列主义政党的一员了。她在上海景贤女子高中时得到以洛甫署名的张闻天老师的赏识，因而转学到以瞿秋白为核心、陈望道为校长的上海大学。在上海八十万工人武装暴动中，葛琴由于来往各街头堡垒之间传递文件与消息，在三十个小时的战斗中不断输送军事资料而获得了"三剑客"之一的称誉。自然，这就是鲁迅在《总退却》序中所说的"写出了中国的眼睛"的论点所在，也或者就是冯雪峰指葛琴初期作品的激情胜于文辞的论据所在了。因为这是一九三二年丁玲主编《北斗》时鼓励她根据时代生活实践而写出来的开山之作，笔力有幼弱处自然是难免的，而《犯》就比较成熟了，这也或是鲁迅序中所指的写农村人物胜于写工人的评语依据吧！《教授》应该是列于抗战时期的代表作了。

曾经在三十年代初期"写出中国的眼睛"而开始文学生涯的女作家葛琴，现在八十有二，已是自然生命领域内属于新文学这株巨干上仅有的三五硕果之一了。而她的社会生命无疑必将与萧红、丁玲、冰心诸三十年代就著名于世的老一辈女作家一样，随着作品流传于后世的。但现在她的社会生命之光，仿佛暗淡于前三人，这主要的因素还是因为十年"文化大革命"当中她心神受到严重的伤害之后，又为脑血管病失去了语言和持久的逻辑思考能力的缘故。这是属于作者本身的不幸，另外也还有一个重要因素，谁都知道，过去的十年"文化大革命"为中国的传统文化包括五四运动以来的新文学领域带来了灾难，出现了不可填补的断层。近十年实事求是的马列主义精神重新当政以来，我们的文艺评论者、出版界为了纠正过去忽视新文学中非左翼文学作品——如徐志摩、沈从文、林语堂诸人的新诗与小说——的偏向，开始弥补，因而向国内的读书界作了大量的介绍，并重版了他们早在四十年抗战时期的大后方就已长时期失去光泽的作品。抗战期间以及五十年代以后由于散居于国外的华侨学者及华裔教授已经远远离开了祖国，为他们所熟悉的自然多是三十年代的非左翼文学，诗人徐志摩的读者自然多于四十年代的艾青和田间，因而国内重版那些在四十年代大后方就已失却时代色泽的文学作品，得到国外读书界的重视和呼应是很自然的。这原也是无可厚非的。但在这种国内海外相互呼应中，又出现了我们对于三十年代以来自己的左翼文学作品重视不足的又一偏向，且不要说葛琴与萧红，就是生前很活跃的丁玲，在她的家乡长沙各新华书店，一九八六年不但买不到她的晚年杰作（还是湖南出版的）《访美散记》，而且当我们在武陵山区碰到一群常德地区的高中女生群，相谈之下，竟然都不知道丁玲是什么人，不知道我们戴的胸牌"纪念丁玲学术座谈会"是什么学科的会议！不用说，小学中学的语文课本里就忽视了选入丁玲的短篇小说代表作《夜》，更不要说葛琴的三十年代短篇小说《犯》了。如果我们的中小学语文课本忽视了这些属于三十年代和四十年代的左翼文学的优秀之作，还谈什么政治思想教育和革命传统！这仿佛一个铜板的两面，一面在上，一面就必然在下。这是不对头的。因为左翼文学的艺术观和它的为了崇高思想而奋斗不息的精神，正是我们今天应该继承的。因为它是我们中国现代文学的主流，是提高我们民族素质的维他命和氨基酸。尤其是在以民族革命为主要历史使命的抗日战争时期，以鲁迅、茅盾为旗帜，反帝反封建为内容的新现实主义文学，实际上已经形成我们中华民族精神的脊梁。（著名剧作家与小说作者老舍是在民族危急关头从旧现实主义象牙之塔里走出来与鲁迅、茅盾旗帜下的左翼文学汇合的，"新月派"诗人闻一多教授也一样）我们应该继承这种以文学为载体，负荷着我们中华民族复兴的崇高理想而使我们民族精神升华的艺术观，我们要以文学艺术来凝聚国人的意志，同心协力推动历史前进，加速我们现代化的进程。

实际上这也是新现实主义文学与旧现实主义文学的分解所在。后者的艺术观仅仅是"反映现实",有的甚至于为属于旧社会的血淋淋的现实蒙上一层神秘的遮面纱,正如徐志摩的新诗所表现的那样。给苍蝇之母的绿豆蝇披上华丽的辞藻,赞赏地称之为"翡翠"般的闪光如贵族夫人之类,而沈从文有篇真实如画的小说,也仅仅是"说明世界如此"而已。而新现实主义者的艺术观不仅仅要求自己的文学作品能真实如画地反映现实、说明世界,还要求它能肩负着神圣的历史使命、崇高的民主革命理想、影响现实、改变世界。

葛琴的作品就是这种艺术观的体现。到现在她虽然已是白发如银,而且失去说话的能力,形成半身瘫痪的残损病态了,但每次见了旧日如弟兄的老友,笑声呵呵,从浑浊的眼睛里会闪出欢乐的神色,如果你有了新书或文章问世了,她靠在沙发上,必然在笑呵呵中,伸出大拇指来,表示称赞你、鼓舞你,仍如一个至亲的大姐姐一样,却一点也没有想到她自己晚年由于失其荃麟而有的孤寂感一样,这是使人面对她的呵呵笑声和竖大拇指相迎的病体残态,心里阵阵作痛要纵声大哭的!这种关心世界而无我的精神境界是了不起的。这对肩负着我们民族命运和未来的杰出的青年一代,在认识自我价值、讲究主体意识的同时,不正是也要同样继承过来的一种精神么?

一九八九年五月一日前夕

为了继承和发扬

——"左联"六十年纪念语

今天是中国共产党诞生六十八周年的良辰吉日，我们北京市文艺界也终于听到了邓小平同志关于十三届四中全会的几次重要讲话，会后归来，万感交集，心潮澎湃，展阅上海鲁迅纪念馆为出版《"左联"六十年纪念集》的约稿信，思潮就更澎湃不息了。

我本不是"左联"的成员，只能算是一九三六年"左联"解散之后的一个左翼作家。"左联"时期依然健在的老人，当今会有各自珍贵的回忆和论述可写。而我作为后来者，在这万感交集的日子里，也不能自禁地要从激涌的思潮中，筛选一些有关"左翼文字"——过去往往统称为批判现实主义与革命现实主义的文学创作——的论点，或者说是从"左联"那里作为一笔宝贵的精神财富继承过来的理论指针，使其再现光辉，传于后代。这也是对于"左联"的一种纪念方式吧。

一、老一辈共产党人伟大无私胸怀的感召

我们在这里且不说这次四中全会多么富有说服力地展示了中国共产党人伟大无私的胸怀中实事求是的气魄，尤其是党的领袖人物的磊落无私的胸怀。我们要在老一辈革命家这种无私精神的感召上，认真冷静地思考过去，只有对过去有所回顾和总结，才有利于冷静地思考未来，实际上在邓小平同志的两次讲话中，我们已经解除了对于未来的大部分忧虑，从江泽民同志的讲话中，我们增添了对未来改革的信心。在这里，且让我们从文学艺术方面，从"左联"的无产阶级文学

的革命传统方面来想想，五星红旗升上天安门广场上空之前，我们的左翼文学到底从"左联"那里继承了一笔什么样的宝贵财富？她的光芒照耀了整个四十年代我们的精神领域，通过以生活书店为首的几家出版社是那么闪闪发光，以致属于统治阶级的什么"正中书局"之类是那样暗淡萧条。新文学的光源到底来自哪里？

二、左翼的文学源于"左联"的马列主义的艺术观

让我们重新看看瞿秋白于"左联"建立两周年的一九三二年三月，在"左联"出版的刊物发表的题为"普洛大众文艺的现实问题"一文中所说的一段话吧：

"文艺问题里面，同样要由无产阶级反对资产阶级而完成资产阶级民权革命的任务，准备着团结着群众力量，以便立刻进行社会主义的革命。为着执行这个任务起见，普洛大众文艺应当在思想上、意识上、情绪上、一般文化问题上，去武装无产阶级和劳动民众……这是艰苦的伟大的长期战斗"（见《瞿秋白全集》四五九页）！这是要求无产阶级的大众文艺，要在思想、意识、感情等方面去武装群众，而目的是为社会主义的革命作准备，为夺取半殖民地半封建的蒋介石王朝的政权作准备。

"左联"领导人之一鲁迅曾说："因为我不在革命的旋涡中心，而且久不能到各处去考察，所以我大约仍然只能暴露旧社会的坏处。"（见《答国际文学社问》）实际上，早在"左联"之前，鲁迅就已从事批判现实主义的文学创作了。例如《祝福》就是暴露旧社会坏处的反封建的名作之一。至于在"左联"时期的许多揭露旧社会黑暗，以及主张从西方要采取"拿来主义"的杂文所显示的革命战斗精神就更不待说了。"左联"另一位领导人茅盾的许多著名的作品如《子夜》《春蚕》《腐蚀》等等，都是体现了这种在思想上、意识上、情绪上为进行社会主义的革命作准备去武装读者的。三十年代中期的左翼作

家萧红的短编小说《手》《牛车上》，长篇小说《呼兰河传》都是继承了"左联"这种革命文学的精神，受到普洛文学革命理论的辐射而闪闪发光的代表作。

鲁迅还说过："大约十年以后（指一九二七年以后，笔者注），阶级意识觉醒了起来，前进的作家就都成了革命文学者，而迫害也更加厉害……有许多青年竟至于在黑暗中将生命殉他的工作。"（见《草鞋脚》小引）这是很清楚的，"左联"时期有许多从事无产阶级革命文学的青年是为社会主义的革命作准备而以身相殉的。"左联"有名的柔石、殷夫为首的五烈士只是左翼文学界的许许多多的牺牲者代表人物而已。

冯雪峰同志于四十年代中期，在民族革命的抗日战斗胜利后，提出革命现实主义文学的艺术价值就在于它所产生的巨大的、积极的艺术效果——这也是瞿秋白马列主义艺术观的继承和发展。

实践是检验真理的唯一标准。在整个抗日战争期间，所有"为艺术而艺术"的作家，除了极个别的，如张资平之类的民族败类外，绝大多数的有正义感和良知的作家，都抛掉"为艺术而艺术"的旗号走到以反帝反封建为纲领的抗日统一战线的"为民族而艺术""为社会而艺术"的左翼文学阵营里来了。我在一次重庆出版社召开的《中国抗日时期大后方文学书系》的座谈会上曾经说过：抗日战争之始，抛弃了"为艺术而艺术"象牙之塔所在的北平而只身舍家出走的老舍在前，"新月派"诗人闻一多殿后，包括现代派诗人如徐迟在内，都抛弃了"为艺术而艺术"的旗帜，走到以左翼文学为主的阵营里来了，都在中国共产党的抗日统一战线旗帜下，也就是反帝反封建的旗帜下团结在一起了。就是以社会言情小说家著称的张恨水也由于写出了有关常德会战的抗日小说和批判国民党反动统治的《八十一梦》而受到在重庆的毛泽东同志接见。

一九四九年以前的"蒋管区"——我们称之为"大后方"的属于

意识形态的精神领域，也可以说都是由于"左联"时期的马列主义艺术观的理论光辉，在四十年代又通过冯雪峰、邵荃麟、胡风、聂绀弩等人各自形成的强弱不等的辐射线，而照耀着整个新文学艺术界。在大后方，不管是在以文化城著称的桂林，还是《抗日文艺》所在地的重庆，求知的青年，绝大多数都聚集在几家书店门市部。在桂林有生活书店、新知书店、三户书店，在重庆除了前两家，还有读书生活出版社。他们在思想领域里为有为而求知的青年用进步读物架起了通往革命圣地延安的桥梁，这就是反映现实、影响现实的文学作品所达到的政治效果。不须说，《大众哲学》之类理论，《乡风与市风》之类杂文，斯诺的《西行漫记》，丁玲的《我在霞村的时间》和艾青、臧克家的诗，都起了相互媲美的作用。当时在这几家书店的书架上，畅销的书籍除了鲁迅的杂文集、茅盾的《子夜》《腐蚀》、冯雪峰的《真实之歌》《有进无退》、胡风的《在混乱里》、聂绀弩的《蛇与塔》《姐姐》、萧红的《呼兰河传》、萧军的《侧面》《第三代》、姚雪垠的《长夜》《春暖花开的时候》、骆宾基的《幼年》等等、郭沫若的历史剧、夏衍的《法西斯细菌》、阳翰笙的《天国春秋》、茅盾的《清明前后》、曹禺的《蜕变》《日出》等都是笔者所读过的轰动一时的力作。

一九四九年之后，"左联"时期的瞿秋白式马列主义艺术观，在全国普遍学习的《在延安文艺座谈会上的讲话》于一九四二年就得到进一步总结而形成强有力的被称为毛泽东文艺思想的辐射光源了。

《讲话》概括和发展完整的马列主义艺术观，有着划时代的意义，强调作家需要到人民群众的火热斗争中去，到社会生活实践里去观察为基本点的艺术观，覆盖面在五十年代是很广的，并波及国外。《保卫延安》如三十年代的《生死场》《八月的乡村》一样的轰动，而另一本纪实性的文学作品《红岩》，更高达七百万册。这两个数字也可说是马列主义艺术观在五十年代占了主导地位，几乎成了时代精神的一个佐证。

三、惊人对比的数字说明了什么

在已近九十年代的今天,一部在纪实性上可与《红岩》媲美,艺术上则有过之而无不及的名为"大撤退"的作品,一版印数不过七千有零,与《红岩》差了千倍,这个对比实在惊人。又为丁玲晚年的散文集《访美散记》八五年在厦门大学召开的丁玲学术讨论会上得到公认的评价是,超过了她的小说在艺术与政治统一的美学上所达到的高峰,但在八四年印数也不过一万六,尽管八五年就脱销了,几年来并不再版。如果说这完全是由于十年"文化大革命"出现了文学传统方面的断层,因之八十年代成长起来的读者的欣赏力普遍降低了,而五十年代那批数以万计的读者因年老体衰已失去欣赏文学作品的兴趣,或者说八十年代的读者对于旧的公式化、概念化的说教的、富有政治意义的文学作品普遍厌烦了,而喜欢轻松消遣的读物了,我认为这也是与事实不相符合的片面观。其他文学读物我未作过调查,只拿笔者自己一部为东北抗日的共产党人树碑立传的书来说,这本书一九七九年在黑龙江出版,印了二十万册,还只是征订数的一半,这在当时北京、上海的书店也不多见,就是在哈尔滨据说不久也出现了黑市价格。但奇怪的是,由于个别人"自溢其美"的只言片语的否定,那准备改版的大三十二开的二十万册的征订额内的书,竟然不再印了。相隔仅十年,最近终于又由有胆识的湖南人民出版社从政治意义上考虑,不计盈利,同意以《李延禄将军的回忆》名称重版了,但订数却一落十九千丈,只印行了一千册。出书地区固然是因素之一,但这些年来忽视或否定中国革命传统(甚至中华民族自炎黄以来近五千年的文明史),尤其是在新文学领域里的由瞿秋白"左联"时期就为我国无产阶级革命文学奠定的革命理论的传统,中断了体现这种传统而确定新现实主义作品的"艺术价值在于它的政治效果"的左翼文学理论家冯雪峰、聂绀弩、邵荃麟等所体现的,以文艺为武器而改造世界的马列主义宇宙观、艺术观,中断了"左联"的革命精神,忽视了邓小平同志提出的坚持四项基本原则的现实意义与反对资产阶级自由化的现实价值,不是一个主要的决定性的因素吗?

自然,今天我们最重要的课题,是重新在马列主义宇宙观和艺术观的旗帜下团结起来,继承"左联"的革命传统,如瞿秋白所说的"组织自己(阶层——笔注)的情绪,组织自己的意志",统一我们共产党人自己的社会观,去为我们伟大而崇高的社会主义物质文明与精神文明事业服务。

对于那些"为艺术而艺术"的作品,自然也不可能完全排除在书店之外,如琼瑶的小说、宫闱秘史之类的消闲小说,也都该在我们的书店或书摊上占有一席之地。有正义感、是非感,以反映现实为主的如三毛的作品,不妨摆在书架的显眼处,至于临街的玻璃书窗,自然要摆《经济和人》与《孙超现象》《地球上的红飘带》《大撤退》之类。

总之,反映现实,以改造现实,反映今天,以影响未来,这应该是今天我们自认为有神圣历史使命和崇高的社会责任的革命作家,尤其是共产党员作家的座右铭。

我们今天来纪念,"左联"六十年的现实意义,或许就该在这里吧。

一九八九年七月一日

《艺窗琐记》序

本书作者赖丹副教授是一九四九年在香港文艺界五四纪念会上，有过一面之缘的青年朋友。说来已是相识整整四十年之久的老友了，直到三年前绀弩久病逝世后，我们才有幸在北京见第二次面，可以说来往不多，但却神交久矣！又可以说，赖丹教授通过作品，过去对我的认识与理解比我对他的认识与理解是多一些，且也深一些。虽说作者当时在香港《华商报》副刊已经发表散文及杂记了，而我真正阅读教授的文字，实际还是从八十年代之初那篇《从〈山区收购站〉看作家与生活》的评论开始，在这之后关于聂绀弩小说的评论《写出时代风云和心灵美》，还有论我的小说创作《生活的折光》，直到有关悼念亡友秦似的文字，都读过，且还深感教授在文学评论中所独具的卓越之识，又非一般学院派专以辞藻迷人的评论可比。因而得知本书稿由北京师范大学童庆炳教授推荐，将由北京的中国文史出版社出版的消息很是欣慰。但要写篇序跋文字，就以所读有限，颇感落笔之难了。

写序嘛，首先要通读本书的剪存底稿，自然篇篇都是报刊上影印下来的文字，倒是清楚醒目。但我患有一般老年人所常有的眼疾，是还未成型的白内障，偌多的五号字排出的文章，我的眼力哪堪消受，是以心感怯怯，左思右想，礼不容辞，就是悬崖之巅建有四面火力口的碉堡，也非拿下来不可。这篇小序自感是势如"攻坚"。

于是依靠香港友人（还是教授的媒介而在京相识的彦火先生）馈赠的放大镜的助力，阅读了几篇从《福州晚报》上剪辑的影印的散文，我才发现，自己过去对于教授的文学评论，仅仅如睹海涯之一角，眼前只看到一些露出水面的大块巉岩礁石而已，不知道视线为它们所阻挡，绕开这些大块巉岩，就发现在它们背后一望无际的海面、浪潮澎湃，蓝天万里，海鸥、远帆、渔舟点点，却另有一番诗情画意！

在本集里不但有关于茅盾先生惊人记忆力——能当众背诵一百二十回《红楼梦》的珍闻遗事类史料记载，还有关于数学家华罗庚与诗翁聂绀弩评论武侠小说作者梁羽生与其作品的传闻与诗话。在《前度刘郎今又来》中既评论了为白居易称为"诗豪"的唐代良臣刘禹锡的流放生涯及再贬而不屈的排阵而持新的坚强而不媚权贵的斗志，且在《一帧风清画》又论及八十年代我国长篇小说杰作之一的《芙蓉镇》英人译者游访作家古华湖南嘉禾故乡的感受，正如《呼兰河传》的美国译者葛浩文教授曾游访作者萧红在黑龙江的故乡呼兰一样，译者可以说都是作者难得的知音，戴乃迭夫人据教授的记载，就赞誉作者古华为"中国南方的哈代"。中国的文学作品所以取得外国译者如此程度的钟情魅力，恐怕又不是以诺贝尔文学奖金为文学创作目的而奋斗的人所不易完全理解的。《匠心独运》评的是闽西书法家罗丹"成名于斯"，也是"丧身于斯"的钻研书法的精神，而《朗诵艺术》又记下了一九七六年年已近七十高龄的抗战诗人高兰教授朗诵《哭亡女苏菲》那种已臻朗诵音韵艺术高峰的感人效果。本集中不但有关梅兰芳、盖叫天、陈伯华（武汉汉剧团团长）诸戏剧名流的表演评论，也有名剧《茶馆》与《窦娥冤》在剧本创作上的对比研究，更有田汉陪同梅兰芳于六十年代初在福建国防前线慰问演出名剧《宇宙锋》前后不下二十场次，虽是这同一剧目，而田汉也场场必到，而看了不下二十次。原来梅兰芳的表演，细微处场场有新的改变，也许正是由于有这位名剧作家田汉坐在观众席上罢，也正是由于这位观众是剧作家，因之场场如看新的剧目演出一样，"一点儿也不使人感到重复"，可见这些细微的创新，也只有我们这位酷嗜京剧的剧作家才能辨别赏识，一珠一璧相映而成辉。在《难能可贵》中论及武丑王国明的气功，在翻筋斗时能在空中停顿那么一两秒或两三秒才落地，而落在舞台的木板上，却又寂然无声。在《融入角色》中介绍了驰名闽粤及海外的黑净老艺术家林阿泉在《审潘洪》一剧中扮演潘洪的唱腔与念白的口齿工夫，并以炸音作为拖腔尾声而形成自己的独创的艺术风格，且描绘了林阿泉这位黑头艺术家扮演潘洪挂帅在校场点将,连点大将王龙"三卯"未到勃然大怒，掷开手里划卯的大笔，那只笔脱手而出，飞腾空中，旋转而下，不偏不斜，却又恰恰落到舞台案头的笔架上，愤怒之势、技艺之精，写来生动如画。更写得淋漓尽致、情趣醉人的还有《掌上春秋》，在这篇千把字的短文里，作者评介的是饮誉海外的闽南布袋木偶戏。它比提绒木偶还小，演出者以套在布袋里的两只手指控制木偶动作，演出剧情所要求的木偶种种情态。作者赖丹教授以闽南布袋木偶剧目中有名的《雷万春打虎》为例，说明表演者一人是两手操作两个布袋木偶，一为老虎，一为打虎者。丈余布幔围成长方形舞台，台口只见木偶，表演者的身手都为布幔遮掩着。作者写道："我们看到一只下山猛虎有多样生活习性的不同姿态。由昏昏欲睡、伸懒腰、寻思觅食，到发现生人而潜伏追踪、急于捕扑以及虎啸风腾、咆哮猛噬、剪尾怒扫、攫抓狂嘶，直到受伤呻吟、孤注一掷、奋力搏击，一连串逼真若虎的态势动作，令人目眩神驰、叹为观止。"

真是写来精致动人，使读者如临布幔之外的台口目呆而意醉。

总起来说教授是在"勤于业始能精于笔"所竭力赞扬这种艺苑珍奇的史绩，这是我们应继承的前辈艺术大师敬于业而勤于业更精于业的钻研精神。这是教授诸般文字的命意所在。

实际上，恐怕还不能止于此。在《水舟之间》中，作者记述了我国女高音歌唱家郭兰英率领中国歌舞剧院乌兰牧骑演出队在福建作者执教所在地的龙岩公园广场演出情况。还未开幕，当主持人在台前出现，大声呼喊着维持观众秩序而台下竟然什么也听不清、万头攒动，人潮如涌，眼看将要出现不测的险情，像最近发生在英国设菲尔德足球场上的惨案的前一瞬间，郭兰英当机立断挺身而出代替了已吓得目瞠口呆的大会的主持人,她站在麦克风前一声呼喊,如海潮般汹涌的观众顿然安静无声,为在场的万人所仰望的这位女高音名手是很会摸听众那种急欲一睹歌舞演员风采的心理和灼灼目光所含的热望,开门见山地指出来,如果这样动乱不安,原是给大家以欢乐的盛会就会变成悲剧。自然这是大家所不愿意看到的,于是一场骚动完全平息下来。

  关键在于主持大会的人,对于广大听众的心理渴求有所沟通理解,这就是"水能载舟,亦能覆舟"古训的意旨所在,因之今天仍然有它的现实意义。教授文末结束所作的献语可以说纸薄情厚、文短意长。现实生活所见所闻所知随手拈来,都是珠玉一般的闪光文字,因而是使读者展卷有益的读物。不但适于大中专院校学生课外浏览,也当为我们从事文学艺术与琴、棋、书、画、舞台、电视有关的业务人员所喜欢。是以愿而为序。

——五四运动七十周年纪念日脱稿于北京

(本文发表于《人民日报》(海外版)一九八九年八月十八日)

关于"围棋"的话

《奥妙的黑白世界》一书的作者竹可羽同志,是笔者文苑老友,五十二年前初识于古称剡溪的浙江嵊县,太平洋战争爆发之后,又相逢于桂林。五十年代初在《光明日报》文艺版负责实际编辑工作。六十年代在《文艺报》任文学理论编辑期间,下放河北怀安地区。到了八十年代我们又开始书信来往,还曾分别受朱兆祥校长约,去宁波大学一起讲学,同时可羽阅读了我的晚年新作并热情洋溢地写了赞为"如饮醇酒"的书评。不想竹的《〈金文新考〉划时代的意义》一文还未刊出,这位才华过人而还有待发挥的现代文学评论者,已于九十年代之始的一月十三日猝然因脑溢血以七十有二之龄而长逝于怀安了!

本书是作者晚年以辩证认识论观点,从自己在黑白双方对垒已积存超五十年以上的布棋实践经验中提炼出来的弈理结晶,为祖国古老的优秀文化传统的冠带上,增添了一颗属于社会主义文化建设闪光的宝石。

这种与围棋结下不解之缘而相伴作者终生的关系,不仅有悠久的史姻,还有地缘因素,例如在我们东北的吉林东部的县城,每遇春假节日得闲,青年来往相会,往往是四人坐在暖炕上摸纸牌,俗称"看马掌",或在地桌上"摸骨牌",通称"打麻将"。这是赌博性娱乐,南北相同。但如处东北山村,除"摸纸牌"外,还别有乐趣。冬闲时候,赶几里盘山道去会友,结伴上山打围、赶野鸡、捐着拉网熬夜圈山貂,是特有风习。而在浙江嵊县却不同,走亲会友都是以两盒黑白棋子为核心,两人对坐,多人围观。乡镇之间走十里二十里山路,或坐着三明瓦小乌篷船走二三十里水路去访高手下盘围棋,这都是日常发生而每每年久还会为人乐道的趣事!

除了地缘,在这块古越地区,还有与关外漠野不同的文化史姻。在世代相承的社会风习中,古越地区就处处闪烁着我们这个古老民族的优秀古老文化传统的光彩。尤其是作为越剧发祥地的嵊县,它是琴、棋、书、画之风盛行的乡土。以"坦腹东床"这个典故著名的东晋书法家王羲之为例,辞去"右军"后就是隐居在这里。至今坐落在金庭乡的晋墓犹在,现已成为中外游览者所向往如兰亭一般的胜地。历史上有名的淝水之战,以八万之卒打败秦主苻坚一百二十万步骑大军的晋司徒加侍中、录尚书事、封征讨大都督的谢安,也是这里人,父亲是太常乡谢裒,兄谢奕曾任剡溪县令,谢安自幼随兄长于嵊县,对会稽的书法大家王羲之与无锡大画家顾恺之是一并尊重的文友。书画之外,更喜欢黑白两色的围棋,嗜之如酒如茶。

《晋书·谢安列传》载:

玄等既破坚,有驿书至,安方对客围棋。看书既竟,便摄放床上,了无喜色,棋如故。客问之,徐答云:小儿辈遂已破贼。既罢,还内过户限,心喜甚,不觉屐齿之折,其矫情镇物如此。

是说,谢安在着棋中得到淝水前线的战报告捷,看完战报就轻轻放在一边,脸上全无喜色,平平常常仍着棋如旧,但棋罢回内寝过门槛儿时,因为"心喜甚",把木板鞋的鞋底齿碰断了。原来当时穿的是木板鞋,鞋底有两立板称齿,这是汉晋风尚。如今这种木屐在我们国内已不见,日本直到今天却还保留着这种汉晋穿戴的遗风。

这里有对谢安的"矫情镇物"的四字评语。"镇物"为确,"矫情"就不一定切合实际了。因为第一,过门槛儿碰断了鞋底的木齿,说明是匆促而并不一定是"心喜甚",如果说棋罢要回内寝,急于告知谢琰的母亲(也就是谢安的夫人),说淝水前线谢玄、谢琰两弟兄打了大胜仗，两人都平平安安，那么情切心急正反映了谢安对夫人的关怀，急于慰藉，倒并不一定是"喜甚"。至于喜忧而不形于色，春秋楚之名相孙叔敖有例在先，三次封相面无得色，三离相位也无失色，在这里显示出来的，是为相者的一种非一般人可比的人生处世的姿态，得失相因，祸福相依，这是辩证的哲理，正像围棋攻守双方，都有交换位置的可能，或以攻为守，或守势之子，却潜伏着攻杀之机。从局部看一方或已被围而无眼位要输掉，但从全局着眼，弃子争先以夺势，或还是赢局。因而棋之高手，得势面不露喜，输势也不见忧，因为围棋不在局部，而在于全盘之筹谋。得失不形于色原是深谋远虑与浅见浮识者在棋风上的判然有别的两种表现。不怪过去有个传说，金殿点元之后，新科状元作为门生要拜谒主政的宰臣认师时，寒暄几句必摆一盘围棋，俗说是宰相要试试新科状元的度量而不是招数高低。实际是老少新交，没有什么知情话要谈，也许是一种飨宾的方式。但这种得失不形于色的棋风，自然也是一种文化素养的标志了。谢安得知百万大军压境，面无失色，与试图请示迎敌策略的侄儿——前锋将军兼徐州刺史谢玄对弈而不语军事是正常的，这里也并无"矫情"可说。如果说这种沉默不语当前的军事策略必有深意那也只能说，为了保持高度机密，不容第三者过问而已。往日棋高一手的谢玄，现在却因未得谢安有关迎敌策略的片言只字的指示而心怀惶惑，哪里还有心思用在棋上，不过在那里虚与周旋而已。结果把作为赌注的一座山墅的主权，也输给作为指挥诸军的大都督谢安了。谢安镇定自持之态，史笔如画。实际上谢安已运筹帷幄之中，早就"已别有旨"，就是说，另作策略方面的安排，不容谢玄再问了。但究竟是以八万少数步骑对敌一百二十万之多的兵马，只能说胜负还有一半是全在于敌人的反应，征讨大都督谢安真似汉武侯诸葛当年镇静自持地坐在空城头上弹琴以"自娱"一样。这种对于决定个人生死荣辱于瞬间的危急形势完全置之度外的潇洒姿态，如果说完全是由于围棋方面经年对局而来自棋风上的陶冶，恐怕是有所偏颇的，在这里不能排除儒家的"朝闻道夕死可矣"这种重道义而轻生死的古老的民族文化优秀的传统。这种重道义而置个人生死荣辱于度外的对人生的潇洒以处的态度，也并非一般矫情伪装所能作到的。因为如果没真的道义在肩生死不计的超然姿态，那么这个琴音毕露方寸已乱的杂声，弹不成调子，总会为率领四十万围城大军的司马懿识出破绽的。自然那是《三国演义》，非比淝水之战是史实。又如，现代有名的经济学家马寅初，宁可卸脱北京大学校长之荣冠，而仍然坚持国家该控制人口，提倡计划生育的原则不变。可以说，又是一个铁肩担道义可比前贤的现代大知识分子的典范。他也是古称剡溪的嵊县人，和属于先烈的仁人志士中有名的秋瑾，同属古称山阴的绍兴地区。如果把这种肩担道义贵真理而轻个人的生死荣辱的行径完全归之于魏晋先贤或书圣王羲之"坦腹东床"，视富贵机缘如浮云之类潇洒处世的遗风影响，恐怕也不能说是绝对的。因为远如并没有受到我们中国的地缘史姻特别影响的十六世纪西方文化的杰出人物，像意大利的科学家伽利略，由于证实哥白尼的地球围着太阳转是科学的真理，而否定了千年误解所形成的太阳是围着地球转的常识，虽然触怒教皇而却坚持这一科学发现而不易说，以致七十高龄而备受监禁之苦。这是过去的西方杰出人物了。眼前也有南非人民领袖纳尔逊·曼德拉这样的人，虽受监禁二十七年之久，仍然坚持为自己所属的民族争取尊严、独立与解放。坚持反对南非当局的种族隔离政策。前后两人所坚持的信念固不相类，但为了坚持人类所应共识的科学真理，为了卫护民族整体的权益所显示的人类应有的公理而视个人的生死荣辱于度外的处世潇洒风姿，又有着东西方优秀文化以及黑、白、黄种族之间自然相通的精神。这是人类精神的一个崇高的峰巅，而为那些自觉历史使命和人类共有的道义有肩的杰出人物所势必要攀登的一个超俗的精神境界，它是并无国界的。

  这种崇高而潇洒的人生观，在我们东方，早在两千年前就为孔孟之道的儒家所总结、所提炼，可以概括为八个字，"杀身成仁"与"舍身取义"。而在各个历史阶段上，它都发挥了巨大的作用，明末的史可法、清末的谭嗣同，五十年代之初的黄继光、邱少云等等都可以说是我们中国的光照万世的典范，如果论者有异议，那也只是今古对"仁"与"义"的概念与理解，由于历史发展阶段不同而在认识上或会有所差异就是了。因之，在我们这个古老的历代多闭关自守的国家来说，这种重道义而轻生死的崇高精神，已形成我们民族优秀的文化精髓，还是不能完全脱离地缘与构成文化传统基因的史姻的

这种牺牲个人而保持民族整体尊严与权益的精神，除了我们前面所说的儒家精神，体现在黑白两色棋子所形成的弈理上，就更简单、更明确。"弃子争先以取势"，只是一例而已。不限于眼前的局部得失，而着眼于未来的全盘之势。因之，过去在围棋界有句流行的话，说棋理通世情，就是这个道理。也可以说，围棋在我们中国绵延两千年之久而不衰的缘故，就是因为在娱乐中它体现着我们中国古老的文化优秀传统。它不仅启迪我们不贪小利而失大义，还锻炼我们虽在坎坷不平的人生道路上，处困境而须要坚毅不拔的拼搏求生的精神。

总之，它是有着多种能量，冶炼我们的情操，以求达到人类的精神文明的最高峰。这是完全不同于西方文化新潮所提倡的个人价值高于一切的利己精神或拜金主义的。如果把我们东方的这种固有的重道义而轻生死以及舍一己之私而顾全局的精神转化到现实生活实践中来，那么肯定会在物质文明建设中作出有益于国家、民族人类的诸般光辉的贡献！

因之，我们要继承这个黑白两色棋子构成的围棋技艺，更要发扬它的弈理，在国际文化智力交流中，让它发挥超越前人的灿烂光辉，以它促进人类的团结、互尊、互助而使世界文明共同繁荣昌盛！

《骆宾基》自序

很久就想为隔海相望的台湾读者与海滨的香港、澳门诸地的故友、神交，编选一本作品集了。今天有幸实现这一夙愿，实在是本人晚年的一种欣慰事。

集中所选文字，除了《老女仆》《北望园的春天》等小说，是"重选"之作，《生与死》一篇为"改订"之作以外，占四分之三的作品，首次编印成集。它们大都是四十年代前后的旧作，而且又大都是在国内已经很难收集的文字了。如《两只箱子》是择自一九三九年上海版的《鲁迅风》。它是抗战初期浙东海门一个旅客小店里的纪实性的文字。长篇小说《人与土地》遗存于世的首三章，原是连载于一九四一年香港出版的《时代文学》上的，由于这年爆发了太平洋战争，这一连载不但因为刊物停办而中断了，就是未刊出的续稿约二十五万字，一部分是存在编辑住处，于日寇占领九龙前夕为其邻人匆匆焚毁，一部分在本人已离四十四天之久的九龙寓所为"乱仔"所洗劫一空而丢去了。残存的这一部分，对个人来说，就分外珍贵了。本人重读这部分遗存文字的时候，又略作过几笔订补。总之，还是本集的一个特色，大都是今天难以搜求的盛年之作了。

最后，感谢为我提供数据的朋友及誊录者，还有香港三联书店与人民文学出版社的编者。是多人的辛劳，才使它有这一与海内外读者见面的幸运！

一九八四年七月二十八日